DEBORAH CROMBIE

Beklage deine Sünden

GOLDMANN
Lesen erleben

Deborah Crombie

Beklage deine Sünden

Roman

Deutsch von
Urban Hofstetter

GOLDMANN

Die Originalausgabe erschien 2017 unter dem Titel
»Garden of Lamentations«
bei William Morrow & Company, London.

Der Verlag weist ausdrücklich darauf hin, dass im Text enthaltene externe Links vom Verlag nur bis zum Zeitpunkt der Buchveröffentlichung eingesehen werden konnten. Auf spätere Veränderungen hat der Verlag keinerlei Einfluss. Eine Haftung des Verlags ist daher ausgeschlossen.

Dieses Buch ist auch als E-Book erhältlich.

MIX
Papier aus verantwortungsvollen Quellen
FSC® C014496

Verlagsgruppe Random House FSC® N001967

3. Auflage
Deutsche Erstveröffentlichung Juli 2017

Dieses Werk wurde vermittelt durch die Literarische Agentur
Thomas Schlück GmbH, 30827 Garbsen.

Gestaltung des Umschlags und der Umschlaginnenseiten:
UNO Werbeagentur München
Umschlagfoto: Arcangel Images/Andy Aughey, FinePic®
Gestaltung des Stadtplans von London: © Laura Hartman Maestro
Redaktion: Lisa Wolf
BH · Herstellung: kw
Satz: omnisatz GmbH, Berlin
Druck und Bindung: GGP Media GmbH, Pößneck
Printed in Germany
ISBN: 978-3-442-48024-1
www.goldmann-verlag.de

Für Wren

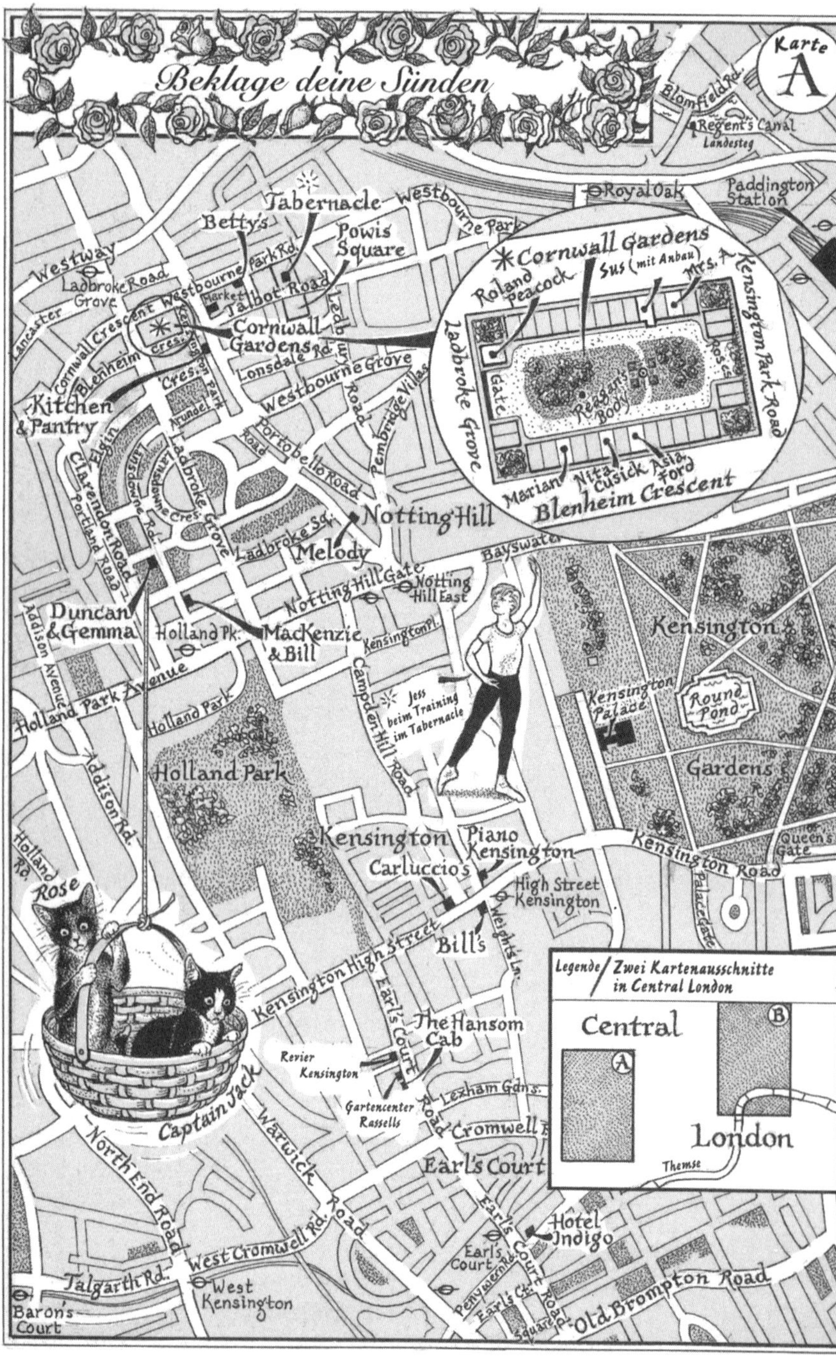
Beklage deine Sünden
Karte A
Blomfield Rd.
Regent's Canal
Landesteg
Royal Oak
Paddington Station
Tabernacle
Westbourne Park
Betty's
Powis Square
Westbourne Park Rd.
Talbot Road
Market
Westway
Ladbroke Road
Ladbroke Grove
Lancaster
Cornwall Crescent
Westbourne
Cornwall Gardens
Blenheim Cres.
Kensington Park
Lonsdale Rd.
Ledbury Road
Westbourne Grove
Pembridge Villas
Kitchen & Pantry
Cres.
Arundel
Elgin
Portobello Road
Lansdowne
Lansdowne Cres.
Ladbroke Grove
Clarendon Road
Portland Road
Lansdowne Rd.
Ladbroke Sq.
Notting Hill
Melody
Notting Hill Gate
Notting Hill East
Bayswater
Duncan & Gemma
Holland Pk.
MacKenzie & Bill
Kensington Pl.
Addison Avenue
Holland Park Avenue
Holland Park
Campden Hill Road
Jess beim Training im Tabernacle
Cornwall Gardens
Roland Peacock
Sus (mit Anbau)
Mrs. A
Ladbroke Grove
Kensington Park Road
Gate
Roses
Reagan's Body
Marian
Nita
Cusick
Asia
Ford
Blenheim Crescent
Kensington
Kensington Palace
Round Pond
Gardens
Holland Park
Addison Rd.
Holland Rd.
Kensington
Piano Kensington
Carluccio's
Kensington Road
Queen's Gate
High Street Kensington
Palace Gate
Weights Ln.
Bill's
Kensington High Street
Rose
Earl's Court
The Hansom Cab
Revier Kensington
Gartencenter Rassells
Road
Lexham Gdns.
Cromwell R
Captain Jack
Warwick Road
North End Road
Earl's Court
Legende / Zwei Kartenausschnitte in Central London
Central
A
B
London
Themse
Hotel Indigo
Earl's Court
Penywern Rd.
Earl's Ct.
Square
Earl's Court Road
Old Brompton Road
West Cromwell Rd.
Talgarth Rd.
West Kensington
Baron's Court

Karte B
Gasholder #8
The Guardian
Fußgängerpfad
Copenhagen St.
Towpath
Barnard Park
Copenhagen St.
Caledonian Rd.
Pancras Road
Goodsway
York Way
Wharfdale Rd.
The Driver
Midland Road
Pancras Rd.
King's Cross
Hähnchenrestaurant
Pentonville Road
St. Pancras
King's Cross Station
City Road
Goswell Road
Euston Road
Kings Cross Road
Swinton St.
Lloyd Baker St.
St. John Street
Spencer St.
Gray's Inn Road
Wren Street
Calthorpe St.
Farringdon Rd.
GPO
St. James
Sekforde St.
Bowling Green St.
Street
The Duke
Roger St.
Rosebery Ave.
Clerkenwell
Great Ormond St.
Clerkenwell Rd.
Russell
University of London
Revier Holborn
Hatton Garden
Farringdon Rd.
Denis' Haus
Bloomsbury
Theobald's Rd.
Gray's Inn Rd.
Gower St.
Montague Pl.
Square
Southampton Row
Farringdon
Barbican
Bedford Square
British Library
British Museum
Red Lion St.
Charterhouse St.
West Smithfield
Holborn
Chancery Lane
Holborn
Great Russell St.
Bloomsbury Way
High Holborn
Holborn
Scotch Malt Whisky Society
The Bleeding Heart Tavern
Holborn Viaduct
New Oxford St.
High Holborn
Chancery Lane
Lincoln's Inn Fields
Charing Cross Road
Monmouth St.
POLICE
Fetter Lane
The Bleeding Heart
Fleet St.
Strand
Aldwych
The Temple
Shaftsbury Ave.
Leicester Square
Aldwych
Temple
St. Martin's Ln.
Victoria Embankment
Blackfriars Bridge
Themse
Illustrated map ©2016 by Laura Hartman Maestro
Waterloo Bridge
Trafalgar Square
Charing Cross
Embankment
Nelson's Column
Northumberland Av.
Stamford Street
Southwark Street
Horse Guards
Whitehall
Jubilee Gardens
Waterloo
Waterloo East
The Cut
Union Street

1

Sie stand an der Haltestelle und trat von einem Fuß auf den anderen. Mittlerweile wartete sie schon seit zwölf Minuten, und es war immer noch kein Bus aufgetaucht. Dabei sollte man doch eigentlich meinen, dass man am Freitagabend an der Kensington High Street einen Bus erwischen würde. Das war so ätzend.

Ganz zu schweigen von dem unheimlichen Typen mit dem Kapuzensweatshirt und den Ohrhörern. Er glaubte wohl, sie würde nicht bemerken, wie er zu ihr herüberschaute. In ihrem dünnen weißen Kleid fühlte sie sich seinen Blicken vollkommen ausgeliefert, und sie hatte nicht einmal eine Strickjacke dabei, die sie sich über die Schultern legen konnte. Was hatte sie sich bloß dabei gedacht? Warum hatte sie dieses verdammte Teil nur angezogen? Aber natürlich wusste sie, warum sie es getan hatte. Zum einen war es ein wunderschöner Abend, ungewöhnlich warm für diese Jahreszeit, und außerdem hatte sie geglaubt, er würde sich anders entwickeln.

Demonstrativ kehrte sie dem Kapuzentypen den Rücken zu und checkte ihr Handy. Keine Nachrichten. Und auch keine verpassten Anrufe. Anscheinend hatte sie sich geirrt.

Und immer noch kein Bus in Sicht. Der Kapuzentyp rückte ihr noch ein bisschen dichter auf die Pelle.

Das gab den Ausschlag. Sie beschloss, zur Kensington Church Street hinüberzugehen und dort den 52er zu nehmen – womit sie sich auch das Umsteigen am Notting Hill Gate sparen würde. Allerdings musste sie dann noch mal an der Pianobar vorbei, und sie wollte die anderen nicht mehr sehen.

Sie marschierte rasch los und blickte kurz über die Schulter, um sich davon zu überzeugen, dass ihr der Kapuzentyp nicht folgte. Als sie am Club vorüberkam, wummerte Musik aus den offenen Fenstern im ersten Stock. Und sie senkte den Kopf, als ob sie so unsichtbar würde. Als sie vorhin hinausgestürmt war, hatte sie halb gehofft, irgendwer käme ihr nachgelaufen, aber mittlerweile wollte sie keinen von ihnen mehr sehen. Auf gar keinen Fall heute Nacht. Vielleicht nie wieder.

Und mit Hugo war sie wirklich ein für alle Mal fertig. Beim Gedanken an die letzte Nacht errötete sie vor Scham. Sie hatte Schluss machen wollen und sich deswegen schuldig gefühlt. Und nur aus diesem Grund hatte sie noch mal mit ihm geschlafen. Aber heute Abend hatte sie herausgefunden, was er für einer war. O Gott. Dieser Arsch.

Als sie über den Vorplatz der St. Mary Abbots Church abkürzte, klatschten ihre Sandalen auf die Pflastersteine. Jetzt im Dunkeln und da der Blumenstand geschlossen war, wirkte es hier sehr verlassen, und sie war heilfroh, als sie endlich um die Ecke biegen und zur 52er-Haltestelle hinauflaufen konnte.

Erleichtert sah sie, dass der Bus heranrollte. Nachdem er quietschend und seufzend zum Stillstand gekommen war, stieg sie ein. Mit ihrem weit ausgestellten Kleid wollte sie auf keinen Fall die Wendeltreppe hochsteigen und suchte sich einen Platz im Unterdeck. Als sie saß, wandte sie sich von ihrem Spiegelbild im Fenster ab. Zuvor erhaschte sie jedoch noch einen Blick auf die dunklen Locken, die ihr über die Wange fielen, und den unbedeckten Hals. Sie zitterte.

Sie hatte von dem grässlichen Drink, den der Barkeeper ihr vorhin im Club gemacht hatte, nur einen winzigen Schluck genippt und das Glas dann bei irgendwelchen Leuten auf den

Tisch gestellt. Jetzt wünschte sie, sie hätte sich die Nase zugehalten und ihn ausgetrunken. Zumindest hätte er ihr vielleicht beim Einschlafen geholfen.

Als der Bus holpernd an der Haltestelle Elgin Crescent anhielt, stieg sie aus und ging den Rest der Strecke zu Fuß. Die Gärten waren dunkel, und auf den Straßen herrschte Stille. Als sie beim Haus ankam, war es ebenfalls unbeleuchtet. Abgesehen vom schwachen Licht in der Souterrainküche.

Sie fischte ihren Schlüssel aus der Handtasche und blieb noch einen Moment auf dem Treppenabsatz stehen. Plötzlich hatte sie es gar nicht mehr eilig hineinzugehen. Wie gerne hätte sie jemanden zum Reden gehabt! Vielleicht ihre Mum. Von ihr würde sie einen guten Ratschlag bekommen. Aber die war meilenweit entfernt, und sie konnte sie nicht um Hilfe bitten. Sie hatte versprochen, niemandem zu erzählen, was sie erfahren hatte. Und dieses Versprechen würde sie auch halten.

Ihr war klar, dass sie sich mit Hugo zum Trottel gemacht hatte. Aber sie wusste auch, dass das auf lange Sicht keine Rolle spielte. Hugo war nie mehr als eine Ablenkung gewesen, und ihr Leben würde ohne ihn genauso weitergehen.

Es war diese andere Sache, die Folgen haben würde, mit denen sie nicht gerechnet hatte. Und die ihr Leben, ganz gleich was passierte, auf die eine oder andere Weise verändern würde.

Jean Armitage stellte sich niemals einen Wecker. Ihr gesamtes Erwachsenenleben war sie, komme, was wolle, jeden Morgen pünktlich um fünf Uhr aufgewacht. Darauf war sie sehr stolz. Ihrer Meinung nach mangelte es Leuten, die den Tag nicht früh begannen, an innerer Stärke.

Als ihr Ehemann Harold noch gelebt hatte, war sie, um ihn nicht zu stören, immer leise aus dem Bett geschlüpft und zum Anziehen auf Zehenspitzen ins Bad geschlichen. Er war Banker gewesen und hatte es für unzivilisiert gehalten, vor sechs aufzustehen.

Inzwischen genoss sie die Freiheit, die Nachttischlampe einschalten zu können, sich anzuziehen, wie es ihr gefiel, und das Bett mit der Genauigkeit einer Internatsschülerin zu machen, ehe sie ins Erdgeschoss hinunterging. An diesem Samstagmorgen im Mai schüttelte sie die Kissen auf und gab dem blumengemusterten Bettbezug einen letzten zufriedenen Klaps. Dann ging sie zum Fenster, zog die Vorhänge auf und blickte einen Moment lang auf den Gemeinschaftsgarten hinaus. Der wolkenlose Himmel schimmerte zartrosa, und gerade in diesem Augenblick vergoldeten die ersten Sonnenstrahlen die Baumwipfel.

Ihre Freude über den Ausblick wurde jedoch von dem halbfertigen Anbau getrübt, der von der Rückseite ihres Nachbarhauses bis in den Garten hineinragte. Jean runzelte die Stirn und schnalzte missbilligend mit der Zunge. Nur weil diese Leute einen Verlust erlitten hatten, gab ihnen das noch lange nicht das Recht, sich auf dem Gemeinschaftseigentum auszubreiten. Sie hatte sich bei der Eigentümerversammlung darüber beschwert, genau wie ein paar andere Gartenanwohner. Bislang war dagegen zwar noch nichts unternommen worden. Aber sei's drum. Sie war keine Person, die in einem Konflikt klein beigab.

Ein paar Minuten später öffnete sie mit einer Tasse in der Hand das Eisentor, das ihre kleine Privatterrasse vom Gemeinschaftsgarten trennte. Bei schönem Wetter genoss sie es, den Pfad entlangzuspazieren, der um die Gartenanlage herumführte, und alles genau zu inspizieren, während sie an ihrem Kaffee nippte. Der perfekt geharkte Kiesweg knirschte unter ihren Schritten, während ihr gleichzeitig der betörende Duft der Climbing-Cécile-Brunner-Rosen in die Nase stieg. Clive

Glenn, der Gärtner, hatte sich dieses Jahr selbst übertroffen. Die Hecken waren makellos geschnitten, die Bäume zierten dichte Laubkronen, und die Spätfrühlingsblumen blühten in voller Pracht. Cornwall Gardens hatte nie prächtiger ausgesehen und war zweifellos der schönste Garten in Notting Hill.

Jean zog sich die Strickjacke enger um die Schultern. Es war noch etwas kühl, aber der Tag versprach sonnig und warm zu werden. Vielleicht würde sie bei dem milden Wetter Gelegenheit haben, bei den anderen Anwohnern um Unterstützung zu werben.

Sie hatte gerade begonnen, sich einen Plan zurechtzulegen, als ihr Blick an etwas hängen blieb. Stirnrunzelnd blieb sie stehen und betrachtete den leuchtend grünen Rasenstreifen, der sich durch die Mitte des Gartens schlängelte. Der Ausblick wurde von etwas Weißem verschandelt, das unter einer Platane lag – in dem dicht mit Bäumen bewachsenen Bereich, den sie insgeheim das Wäldchen nannte. Die verdammten Bauarbeiter von diesem Anbau, schimpfte sie in Gedanken vor sich hin, ließen ihren Müll so rumliegen, dass er durch die Gegend geweht wurde.

Oder hatte es vielleicht einen Einbruch gegeben? Bei diesem Gedanken beschleunigte sich ihr Puls ein wenig. Was immer das für ein Gegenstand war, er lag nicht weit weg vom Gartenschuppen. Und in letzter Zeit hatte es in einer ganzen Reihe von Londoner Gemeinschaftsgärten Einbrüche in solche Schuppen gegeben.

Aber wenn es Einbrecher gewesen waren, hatten sie inzwischen bestimmt schon längst das Weite gesucht, mahnte sie sich selbst zur Ruhe, während sie den Pfad verließ und mit wiedergewonnener Entschlossenheit über das taufeuchte Gras marschierte. Doch als sie näher kam, verlangsamte sie ihre Schritte. Was aus der Ferne wie ein Haufen weißes Plastik oder Papier ausgesehen hatte, erinnerte allmählich verstörend an eine menschliche Gestalt. Bestürzt erkannte Jean, dass es eine Frau war. Eine junge Frau in einem weißen Kleid, ausgestreckt auf der Wiese unter den dicken Ästen einer Platane.

Sie lag auf dem Rücken und hatte das Gesicht ein wenig abgewandt, doch schon als Jean nur noch wenige Schritte entfernt war, erkannte sie bereits am Profil und den schulterlangen dunklen Haaren, um wen es sich handelte. Es war das Kindermädchen, das auf der anderen Seite des Gartens arbeitete.

Erbost stürmte Jean Armitage auf sie zu und holte tief Luft für eine ordentliche Gardinenpredigt. Was für ein dummer Streich! Die jungen Leute von heute schreckten doch wirklich vor gar nichts zurück. Anscheinend hatte sie sich nach einer Nacht in der Stadt zum Schlafen in den Garten gelegt. So ein Verhalten konnte in Cornwall Gardens nicht geduldet werden, nicht unter zivilisierten Menschen. Sobald sie die junge Rumtreiberin erst aufgescheucht hatte, würde sie als Nächstes mit der Arbeitgeberin des Mädchens ein ernstes Wort reden müssen.

In diesem Moment stieg die Sonne über die Baumwipfel und besprenkelte das grüne Gras und das weiße Kleid mit tanzenden Lichttupfen.

Jean blieb stehen, wobei ihre Schuhsohlen auf den nassen Grashalmen quietschten. Der intensive Geruch der Rosen war ihr plötzlich widerwärtig, und sie legte sich unwillkürlich eine Hand auf die Brust. Die Haltung der jungen Frau erschien ihr irgendwie unnatürlich. Und sie lag so regungslos. Ein Spatz flatterte über sie hinweg und streifte dabei fast ihre dunklen Haare, aber sie rührte sich trotzdem nicht.

Sämtliche Vorwürfe erstarben auf Jeans Lippen. Sie trat einen Schritt näher, dann, ganz langsam, noch einen weiteren … und erkannte, dass die Frau gar nicht schlief.

»Für einen Samstagmorgen bist du ganz schön früh auf«, sagte Gemma, als sie barfuß und noch im Nachthemd in die Küche tappte. »Wusst ich's doch, dass ich dich gehört habe.«

Kincaid wandte sich von der Kaffeemaschine ab und sah sie an. Er hatte sich rasch geduscht, eine Jeans angezogen und das leicht verknitterte Hemd vom Vortag übergestreift. »Ich wollte dich nicht wecken.« Die Maschine zischte, als der erste Kaffee in die Kanne tropfte.

Seine Frau ließ sich auf einen Stuhl am Küchentisch sinken und unterdrückte ein Gähnen, während sie ihr zerzaustes kupferrotes Haar zurückstrich und mit einem Haargummi fixierte. Dann atmete sie tief das Kaffeearoma ein. »Das duftet himmlisch.«

»Möchtest du auch einen?« Kincaid nahm vom Regal neben dem Herd ihre Lieblingstasse. Sie war mit grellpinken Rosen verziert, die zum Teil über den abgeplatzten Trinkrand ragten. Aber im Müll würde sie nie landen. Toby hatte diese Tasse von seinem Taschengeld auf dem Markt für sie erstanden.

»Gern.« Sie beobachtete, wie er einen Schuss Milch in ihren Kaffee gab. »Aber ich dachte eigentlich, wir schlafen heute aus. Es ist Samstag.«

»Stimmt.« Er reichte Gemma ihren Kaffee und rang sich ein Lächeln ab. Dann schenkte er sich seinen eigenen ein. Da er zu unruhig war, um sich hinzusetzen, lehnte er sich an den Herd. »Aber ich konnte nicht schlafen. Von diesem verdammten Fall bekomme ich Albträume.«

»Ist der nicht abgeschlossen und zu den Akten gelegt?« Unsicher sah sie ihn an.

Er zuckte mit den Schultern und versuchte, sich gelassen zu geben. »Ich möchte nur noch mal alles überprüfen, bevor die Staatsanwaltschaft übernimmt. Was, wenn ich irgendetwas übersehen habe?« Es waren keine besonders komplizierten Ermittlungen gewesen. Ein Kokaindealer in Camden, den man erschossen in seiner Wohnung aufgefunden hatte.

»Du hast versprochen, mit den Kindern und dem Hund im Park spazieren zu gehen«, sagte Gemma mit wenig Begeisterung. Als ob er ihre Worte unterstreichen wollte, kam in dem Moment Geordie herein und ließ sich schwanzwedelnd vor Gemma auf den Boden fallen.

»Ich weiß. Es tut mir leid. Ich mach auch nicht lange.« Kincaid sah Gemmas ungläubigen Blick. »An einem Samstagmorgen und ohne laufende Ermittlungen wird niemand da sein. Ich brauche nur …« Er verstummte.

Er konnte ihr nicht sagen, was er brauchte. Wie sollte er ihr auch erklären, dass er sich dazu zwingen wollte, die Fotos vom Tatort anzuschauen … oder dass er hoffte, so seine Träume von einem anderen Tatort loszuwerden … und die von dem Mann, der ihm ein Freund geworden war, tot, mit einer Pistole in der Hand?

Als er sich umdrehte und die Tasse in die Spüle stellte, schwappte ihm Kaffee über die Finger. Er wischte sich die Hand an dem frischen Geschirrtuch ab und ging zu Gemma, um sie auf die Wange zu küssen.

Aber sie hielt den Kopf gesenkt. »Was denkst du dir bloß dabei?«, fragte sie spitz. »Was soll ich denn den Kindern sagen?«

Kincaid spürte, wie ihm in jäher Wut die Hände zitterten. »Was du für richtig hältst. Seit wann muss ich mich denn dafür entschuldigen, dass ich meinen Job mache?«

Ohne ihre Antwort abzuwarten, ging er hinaus. Und als er das Haus verließ, fiel die Tür hinter ihm mit einem Knall ins Schloss, der wie ein Pistolenschuss klang.

»Pass auf, dass die Kätzchen nicht entwischen.« Gemma sah auf, als die gläserne Terrassentür aufging, und wischte sich mit dem schmutzigen Gartenhandschuh über die Stirn. Sie hatte entweder mit Toby oder Charlotte gerechnet, die mit sieben beziehungsweise drei Jahren (oder genauer dreieinhalb, wie Charlotte ihr regelmäßig ins Gedächtnis rief) für die winzigen samtpfötigen Entfesselungskünstler keine ernsthaften Gegner waren. Aber stattdessen sah sie Kit, auf dessen Schulter ihr schwarz-weißes Kätzchen Captain Jack lag.

»Äh, brauchst du vielleicht Hilfe?« Sein Blick fiel auf den halb ausgeschütteten Sack Blumenerde und die leeren Plastikbehälter, die überall auf der kleinen Steinterrasse verstreut lagen. Dahinter erstreckte sich ihr Gemeinschaftsgarten in Notting Hill, der mit wunderbaren Schattenplätzen lockte. Wie gut hätte man es sich dort in einem Liegestuhl bequem machen und eine Limonade genießen können. Nach den schönen Vormittagsstunden war es um die Mittagszeit herum heiß geworden, und obwohl ihre Nase mit Erde verschmiert war, spürte sie dort allmählich einen Sonnenbrand.

»Du hast heute schon mehr als genug getan.« Seufzend setzte sie sich zurück und fragte sich, ob das knackende Geräusch eben aus ihrem Knie gekommen war. Die Gartenarbeit war nicht halb so vergnüglich, wie sie es sich ausgemalt hatte. Die Begonie, die sie gerade behutsam eingetopft hatte, war am Stamm zerbrochen und sah auch sonst reichlich zerzaust aus. Außerdem tat ihr der Rücken weh.

Kit zuckte mit den Schultern und hielt das Kätzchen am Nackenfell fest. Er hatte auf die jüngeren Kinder aufgepasst, während sie alle im Rassells, dem Gartencenter an der Earl's Court Road, gewesen waren. Gott sei Dank, weil Toby ansonsten bestimmt die Rosen und Rhododendren verwüstet hätte.

Gemmas Begeisterung für ihr Gartenprojekt hatte deutlich nachgelassen. Als jemand, der über einer Bäckerei an einer Hauptstraße in North London aufgewachsen war, hatte sie die Gartenarbeit auch nicht gerade mit der Muttermilch aufgesogen.

»Hat Dad angerufen?«, fragt Kit betont beiläufig. Ob er sich wohl darüber ärgerte, dass Kincaid nicht wie versprochen mit ihnen in den Hyde Park gegangen war?

»Nein«, sagte sie und unterdrückte einen Seufzer. »Noch nicht.« Sie hatte ihren Ärger auf ihn bereits bereut, als Kincaid die Haustür hinter sich zugeschlagen hatte. Danach hatte sie dagestanden und stirnrunzelnd zugesehen, wie er in seinen alten grünen Astra gestiegen und davongefahren war.

Sie hatten einander nie die vielen Überstunden vorgeworfen, die sie im Dienst machten. Dass sie beide bei der Polizei arbeiteten, war einer der Gründe, warum ihre Beziehung funktionierte. Aber das ... Bei dieser Sache ging es nicht um den Job, sondern um irgendwas anderes. Und das machte ihr Sorgen. Seit damals im März, als sie von Ryan Marshs Tod erfahren hatten, war er nicht mehr der Gleiche.

Gemma hatte versucht, mit Kincaid darüber zu reden, aber er hatte sie bloß mit ausdrucksloser Miene angesehen und das Thema gewechselt. Sie hatten immer miteinander sprechen können, erst als Dienstpartner, dann als Liebespaar und schließlich als Eheleute. Sie wusste nicht, wie sie mit der Mauer umgehen sollte, die er in letzter Zeit zwischen ihnen hochgezogen hatte.

Kit legte sich das herumwuselnde Kätzchen auf die andere Schulter und sah auf die Uhr. »Es ist bloß so, dass ich für einen Geschichtstest lernen muss und ein paar Freunden versprochen habe, dass wir uns heute Nachmittag im Starbucks treffen.« Jack ließ ein protestierendes Miauen hören, als Kit die spitzen kleinen Krallen von seinem Hemd löste. »Ach«, sagte Kit noch, als er zum Haus zurückging, »denkst du dran, dass Toby in einer halben Stunde Ballettunterricht hat und Charlotte zu MacKenzie soll?«

Gemma sah auf ihre schmutzigen Hände, die Jeans und das verschwitzte T-Shirt hinunter. »Mist.«

Kincaid blickte durch die gläserne Wand seines Büros im Polizeirevier Holborn in den CID-Raum hinaus, der während der ruhigen Mittagszeit vorübergehend leer war. Im Laufe des Vormittags waren immer wieder mal Beamte aufgetaucht, doch Kincaids eigenes Team befand sich, solange nicht irgendwelche neuen Fälle hereinkamen, im Wochenende. Und bislang schien es im Stadtbezirk Camden für einen Samstag relativ ruhig zuzugehen.

Ein halbes Dutzend Mal hatte er seinen Bericht zur Schießerei in Camden bereits überarbeitet, hier ein Wort verändert, da eines ergänzt, und ihm war klar, dass er nur Zeit schindete. Die Abzüge der Tatortfotos lagen nach wie vor unberührt ganz unten im Ordner. Was für eine Sorte Polizist war er eigentlich, dass er sich keine Schusswunde anschauen konnte?

Sein Handy lag auf seinem viel zu ordentlich aufgeräumten Schreibtisch. Er streckte die Finger danach aus und veränderte dessen Ausrichtung an der Kante der Schreibtischunterlage um einen Millimeter, ehe er die Hand wieder zurückzog. Er wusste, dass er Gemma anrufen sollte, aber je länger er das Telefonat hinauszögerte, desto schwerer fiel es ihm. Was könnte er ihr auch sagen?

Vielleicht würde er ihr auf dem Heimweg einfach Blumen besorgen. Das war zwar nicht besonders einfallsreich, aber vielleicht würden ein Strauß und eine Entschuldigung ja genügen.

Und was war mit den Kindern? Er verzog das Gesicht. Er durfte gar nicht darüber nachdenken, wie enttäuscht Charlotte sein musste. Angewidert von sich selbst stand er auf und ließ das Handy in die Hosentasche gleiten. Es war höchste Zeit, dass er sich wie ein richtiger Vater benahm. Und wie ein guter

Ehemann. Vielleicht konnte er sein Versprechen an die Kinder ja doch noch wahrmachen.

Er hatte gerade seine Jacke vom Haken genommen und die Bürotür hinter sich geschlossen, als sein Vorgesetzter Detective Chief Superintendent Thomas Faith das CID-Büro betrat. Groß und schlank, wie er war, mit seinen allmählich ergrauenden blonden Haaren und dem gestutzten Schnauzbart sah Faith sogar in seiner Freizeitkleidung so aus, als steckte er in einer Uniform.

»Duncan«, sagte er, »ich bin froh, dass ich Sie noch erwische. Der Sergeant am Empfang sagte, Sie seien hier.«

»Ich bin gerade auf dem Sprung.« Hätte er sich doch bloß schon einen Moment früher auf den Weg gemacht, dachte Kincaid.

Doch wie es schien, war Faith nicht in wichtiger Mission unterwegs. »Gute Ermittlungsarbeit«, sagte er. »Der DAC wird erfreut sein.«

Der Deputy Assistant Commissioner Crime hatte vor Kurzem die Parole ausgegeben, dass alle Mordermittlungsteams ihre Aufklärungsraten zu erhöhen hatten. Kincaid verstand durchaus, welches politische Kalkül dahintersteckte, aber er wusste auch, dass überhöhter Ergebnisdruck zu schlampiger Polizeiarbeit führte. Und nach allem, was zuletzt passiert war …

Faith unterbrach seinen Gedankengang. »Richten Sie Ihrem Team aus, dass sie gute Arbeit geleistet haben. Und das werde ich auch gegenüber Ihrem ehemaligen Vorgesetzten erwähnen, wenn ich ihn sehe.«

»Sir?« Kincaid war verwirrt. Sein früherer Chef, Detective Chief Superintendent Denis Childs, hatte im Februar aus persönlichen Gründen eine Auszeit von seinem Job bei Scotland Yard genommen – kurz nachdem er noch Kincaids Versetzung zum Mordermittlungsteam im Polizeirevier Holborn veranlasst hatte. Childs hatte ihm seine Entscheidung damals nicht erklärt und danach auch auf keinen von Kincaids Versuchen reagiert, Kontakt mit ihm aufzunehmen.

»Ach, ich dachte, das wüssten Sie bereits.« Faith sah ebenso überrascht aus, wie Kincaid sich fühlte. »Chief Superintendent Childs ist wieder im Dienst.«

Gemma hatte es geschafft, eine cremefarbene Sommerbluse anzuziehen, sich ansonsten allerdings nur noch den Dreck von den Knien ihrer Jeans klopfen und kaltes Wasser ins Gesicht spritzen können.

Hätte sie genug Zeit zum Nachdenken gehabt, wäre sie mit den beiden Kindern zu Fuß losgegangen, aber in ihrer Eile hatte sie die zwei stattdessen in ihren kleinen Ford Escort bugsiert. Der Wagen hatte die ganze Zeit in der prallen Sonne gestanden, und die Sitzpolster waren so aufgeheizt, dass sie sich beim Hinsetzen die Rückseiten ihrer Oberschenkel versengte.

Ihre Freundin MacKenzie Williams wohnte nur ein Stück die Straße hinunter, in einem Haus, das eine dunkelblaue Vordertür hatte und hinter einer hohen Gartenmauer verborgen lag. Es war von blühenden Rosen umgeben und sah eher wie ein Märchenhaus als wie eine typische viktorianische Villa in Notting Hill aus. Während Gemma einparkte, kamen MacKenzie und Oliver ans Tor, um sie zu begrüßen.

»Bleib im Auto«, ermahnte Gemma Toby, während sie Charlotte aus ihrem Kindersitz losschnallte.

»Aber ich möchte Bouncer sehen«, protestierte er. Bouncer war das grau gefleckte Kätzchen, das sie an die Familie Williams abgegeben hatten, eines der vier, die Kit und Toby im März aus dem Schuppen in ihrem Gemeinschaftsgarten gerettet hatten.

»Toby, möchtest du gar nicht tanzen?«, fragte Gemma, während Charlotte von ihrem Sitz herunterkletterte, aus dem Auto sprang und mit laut klatschenden Sohlen auf dem Gehsteig landete.

»Dooooch«, erwiderte Toby nach kurzem Schweigen und ließ sich in seinen Sitz zurücksinken.

Charlotte zog an Gemmas Hand. »Mummy, kann ich gehen?«

»Na klar, Süße. Aber du hörst auf MacKenzie, ja?« Gemma küsste ihre Tochter und wollte ihr zur Verabschiedung noch einen leichten Klaps auf den Po geben, aber Charlotte rannte bereits zu Oliver ans Tor.

MacKenzie zerzauste Charlottes dichten karamellfarbenen Haarschopf. Dann sagte sie leise, mit einem Nicken in Richtung Auto: »Ist das da drinnen wirklich dein Kind? Wo ist der Junge mit den tausend Widerworten geblieben?«

Gemma grinste und verdrehte die Augen. »Es geschehen eben noch Zeichen und Wunder. Dank dir.«

Tobys neu entdecktes Interesse am Ballett war MacKenzies Verdienst. Ihr Sohn Oliver war Charlottes bester Freund an der Vorschule, und MacKenzie hatte sie und Toby zu Olivers Bambini-Ballettkurs mitgenommen. Charlotte hatte sich nicht sonderlich beeindruckt gezeigt, obwohl sie gerne ein Tutu gehabt hätte. Bei Toby war es dagegen Liebe auf den ersten Blick gewesen. Und seit einem weiteren Ausflug mit MacKenzie zum Royal Ballet war Toby noch entschlossener, das zu lernen, was er dort auf der Bühne gesehen hatte.

Doch die anschließende Suche nach einer geeigneten Ballettschule erwies sich als deutlich schwieriger, als Gemma gedacht hatte. Denn zum einen gab es in der Nähe keine reinen Kurse für Jungs, und die gemischtgeschlechtlichen Kurse, die angeboten wurden, waren alle sehr teuer.

Als Gemma ihrer Freundin MacKenzie von der Misere erzählt hatte, riet die ihr, Toby im Tabernacle anzumelden.

»Das Tabernacle bietet Ballett an?«, hatte Gemma überrascht gefragt. Das runde Ziegelgebäude am Powis Square hatte eine lange Tradition in Notting Hill, anfangs als Kirche, später als ein Mekka der Gegenkultur und mittlerweile als Gemeindezentrum und Hauptquartier des Notting Hill Carnival. Dort gab es einen Garten, ein Café, eine Kunstgalerie und – offensichtlich – auch Tanzkurse.

»Während der Woche übt dort eine Ballettschule«, hatte MacKenzie ihr erklärt. »Samstags gibt es dann immer erstklassige Kurse von Portobello Dance, in denen übrigens auch viele Jungs sind. Und die Preise halten sich absolut im Rahmen.«

MacKenzie hatte wie immer recht behalten. In Tobys Kurs waren noch zwei weitere Jungs, und er wurde von einem Mann geleitet, einem gefeierten Profitänzer und Choreografen.

Während Gemma nun am Powis Square nach einem Parkplatz Ausschau hielt, wurde Toby ganz hibbelig. »Ich möchte nicht zu spät kommen. Mr Charles wird sonst bestimmt was sagen.«

Toby, den eine kleine Standpauke bisher noch nie sonderlich beeindruckt hatte, nahm sich die Ermahnungen seines freundlichen Trainers sehr zu Herzen.

»Okay«, sagte Gemma und hielt vor dem schmiedeeisernen Tor des Tabernacle an. »Dann geh du schon mal rein. Aber vergiss deine Tasche nicht.« Sie sah Toby hinterher, bis er im Gebäude verschwunden war, und machte sich dann wieder auf die Jagd nach einem Parkplatz.

Als sie endlich einen gefunden hatte, ging sie zurück zum Powis und in den gut gefüllten Vorgarten des Tabernacle, wo Leute an den Tischen saßen und etwas aßen oder einfach nur die Sonne genossen. In der Sicherheit des umzäunten Geländes tollten Kinder herum, während ein paar an die Tische geleinte Hunde ihrem ausgelassenen Treiben interessiert zusahen.

Der runde Mittelbau des Gebäudes erinnerte sie an die Trockenhäuser, die sie in Kent gesehen hatte. Obwohl die beiden Türme, die das Tabernacle links und rechts einfassten, höher waren als bei Trockenhäusern und außerdem einen quadratischen Grundriss hatten. Eigentlich sah das Tabernacle plump und ungemütlich aus, aber dennoch strahlte es einen gewissen Charme aus. Die orangeroten Ziegel leuchteten in der Sonne und bildeten einen gefälligen Kontrast zu den laubgrünen Bäumen im Garten.

Gemma hätte sich gerne sofort einen Platz in der Sonne gesucht, aber erst musste sie etwas gegen ihren Durst tun. Sobald sich ihre Augen an das Schummerlicht im Gebäudeinneren gewöhnt hatten, ging sie zur Theke im hinteren Bereich und kaufte sich eine frisch gepresste Limonade. Während sie langsam die Stufen auf der rechten Seite des Raumes hochstieg und wohlig seufzend an ihrem Getränk nippte, betrachtete sie die Fotos der Prominenten von Notting Hill, die die Wände des Treppenhauses zierten.

Das Ballettstudio befand sich hinter dem Theater, im rückwärtigen Teil des ersten Stocks. Eltern durften während der Stunden nicht hinein, aber vielleicht konnte sie ja durch die Glasfenster in den Türen spähen, die vom Vorraum in das Studio führten. Sie hatte sich noch immer nicht an Toby in seinem weißen T-Shirt und den schwarzen Leggings gewöhnt oder an den Anblick seines kleinen hochkonzentrierten Gesichts. Und immer wenn sie ihn so sah, spürte sie ein eigenartiges Ziehen in ihrem Herzen. Wieso wirkte ihr ungestümes Kind auf einmal so ernsthaft und zielstrebig? Nicht dass sie sich darüber beschweren wollte, dachte sie lächelnd und stieß die Tür zum Vorraum auf.

Wenn sie bisher zu den Kursen mitgekommen war, hatten

hier immer auch ein paar andere Eltern gewartet, aber heute war der Raum verwaist, bis auf einen einzelnen Jungen, den sie auf neun oder zehn Jahre schätzte. Er trug den üblichen Aufzug aus weißem T-Shirt und schwarzen Leggings, aber seine Waden steckten in schäbigen, halb aufgedröselten Stulpen, und seine weißen Ballettschuhe sahen schmutzig und abgewetzt aus. Seine aschblonden Haare berührten den T-Shirt-Kragen, und er hatte eine leichte Stupsnase mit Sommersprossen.

In der Stille, die auf das Klicken der schließenden Tür folgte, hörte Gemma, wie er leise zählte. Er übte verschiedene Positionen, und da es hier keine Ballettstange gab, stützte er sich stattdessen mit ausgestreckten Fingerspitzen an der Lehne eines Holzstuhls ab. Sie erkannte ein paar der Grundpositionen, die Toby gerade lernte, aber die Eleganz und Präzision, mit der dieser Junge sie ausführte, zeugten von jahrelangem Training.

Während er vom Stuhl zurücktrat, murmelte er: »Eins, zwei, drei, Drehung.« Dann stieß er sich mit einem Fuß vom Boden hoch, und Gemma verfolgte staunend, wie er eine Reihe von Pirouetten vollführte. Einen Moment hielt er inne und wandte Gemma das Gesicht zu, allerdings ohne sie zur Kenntnis zu nehmen, und setzte gleich darauf zu einer weiteren Serie von Drehungen an.

Er schaffte zehn, bevor er schließlich das Gleichgewicht verlor und den erhobenen Fuß mit einem deutlich vernehmbaren »Scheiße« auf den Boden setzte. Danach sah er sie an, mit einem argwöhnischen Blick.

»Ach, wie schade«, sagte Gemma, ohne auf seinen Fluch einzugehen. »Ich hab dich wahrscheinlich abgelenkt. Versuch's doch noch mal.«

Nach kurzem Zögern nickte er und erhob sich zu einer neuen Abfolge von Pirouetten. Diesmal gelangen ihm zwölf. Gemma fiel auf, dass er dabei ganz ruhig und entspannt atmete.

»Wird dir nicht schwindlig?«, fragte sie, als er sich ohne erkennbare Mühe dehnte.

Er schüttelte den Kopf und strich sich die blondbraunen Haare aus der Stirn. »Nicht mehr, seit ich klein war. Man muss den Blick nur fest auf etwas richten. Gerade habe ich den Aufkleber an der Tür im Auge behalten.«

Gemma sah kurz über die Schulter zu dem ovalen blauen Notausgangszeichen, dann wandte sie sich wieder dem Jungen zu. »Du tanzt also schon lange.«

»Seit ich drei bin.«

Toby war also ein Spätzünder, dachte sie. Aus dem Studio erklangen die gedämpften Töne des Klaviers, und durch das Glasfenster in der Tür erhaschte sie einen Blick auf Tobys hüpfenden Blondschopf. »Mein Sohn hat gerade erst angefangen. Er ist sieben.«

»Er kann es vielleicht trotzdem noch lernen«, entgegnete er mit der gleichgültigen Herablassung, die er als Profi für einen Amateur übrighatte.

»Wartest du auf einen Kurs?«, fragte Gemma.

Er nickte. »Nicht auf den nächsten, sondern den danach – für Fortgeschrittene. Unter der Woche nehme ich Stunden in Finsbury Park.«

»Du tanzt so häufig?« Mit leichtem Grausen überlegte Gemma, was es wohl für ihre Familie bedeuten würde, falls Toby diese Angelegenheit jemals so ernsthaft betreiben wollte. »Würdest du den Samstag nicht lieber mit deinen Freunden verbringen?«

Er zuckte mit den Schultern. »Mr Charles ist ein großartiger Choreograf, und ich kann allein hierherkommen.«

»Nach Finsbury Park fährst du nicht allein?«

Sein freundlicher Gesichtsausdruck verfinsterte sich. »Meine Mum meint, dafür sei ich nicht alt genug.«

»Ja, manchmal sind Mums so«, gab Gemma vorsichtig zu. »Wie alt bist du denn? Elf?« Sie schätzte bewusst am oberen Ende der Skala.

»Fast.« Seine Miene entspannte sich wieder. »Meine Mum möchte, dass ich mit elf beim Royal Ballet vortanze. Deswegen muss ich so viel üben.« Als wäre es ihm bei seinen eigenen Worten gerade erst wieder eingefallen, ging er zum Stuhl zurück und hielt sich mit einer Hand an der Lehne im Gleichgewicht. Gleichzeitig hob er ein Bein in einer Position ans Ohr, die Gemma eigentlich für anatomisch unmöglich gehalten hätte.

Aus dem Studio hörte sie deutlich Mr Charles' Stimme: »Gut, gut. Dasselbe noch mal.« Und auch das Klavierspiel klang gleich ein wenig beherzter.

»Dann lasse ich dich mal in Ruhe weitermachen.« Gemma vermutete, dass sie die Gesprächsbereitschaft des Jungen bereits erschöpft hatte. Allerdings gab es in dem Raum nicht genug Platz, um sich gegenseitig zu ignorieren. »Ich gehe einfach runter. Viel Glück beim Vortanzen. Ich bin sicher, dass du das ganz toll machen wirst.«

Über sein sommersprossiges Gesicht huschte ein kurzes Lächeln. »Danke.«

Zum Abschied winkte sie ihm kurz zu und ging dann wieder hinaus. Vielleicht würde sie sich ja doch noch in den Garten setzen und dort ihre Limonade austrinken, bis Tobys Kurs vorbei war.

Gemma öffnete die Tür und wollte gerade in den Garten hinaustreten, als sie mit jemandem zusammenstieß, der in die Gegenrichtung lief. Noch während sie eine erschrockene Entschuldigung stammelte, wurde ihr klar, dass sie gerade mit MacKenzie Williams kollidiert war. »Alles in Ordnung, Mac-

Kenzie?«, fragte sie, während sie ihrer Freundin sacht den Arm tätschelte. Dann wurde sie plötzlich unruhig. »Was machst du denn hier? Wo ist Charlotte? Geht es ihr gut?«

MacKenzie sah sie an und runzelte die Stirn. »Ich habe ganz vergessen, dass du auch hier bist, Gemma. Nein, nein, den Kindern geht's gut. Ich habe sie bei Bill gelassen. Aber …« Sie verstummte und schüttelte den Kopf.

»Was ist denn los?« Gemma legte MacKenzie einen Arm um die Schultern und zog sie sanft aus dem Strom der Leute im Eingangsbereich. Ihre Freundin zitterte. »Setz dich hierhin«, sagte sie und führte MacKenzie zu einem leeren Tisch in einer dunklen Nische. Als ihr auffiel, dass sie immer noch den halb ausgetrunkenen Becher Limonade in der Hand hielt, reichte sie ihn MacKenzie. »Trink das.« Gemma wartete, bis MacKenzie gehorsam ein paar Schlucke genommen hatte, und setzte sich dann neben sie. »Und jetzt erzähl mir, was passiert ist.«

»Es … Es ist furchtbar. Es geht um Reagan«, begann MacKenzie stockend. Unter ihrer schwarzen Lockenmähne wirkte ihr Gesicht so weiß wie Papier. »Ich glaube, du kennst sie nicht. Sie arbeitet als Model für uns und passt manchmal auf Oliver auf.« MacKenzie und ihrem Mann Bill gehörte eine sehr erfolgreiche Bekleidungsmarke namens Ollie, die sie online und mit einem Katalog vertrieben. »Aber sie …« MacKenzie holte tief Luft. »Reagan lebt bei einer Familie in Cornwall Gardens. Sie ist das Kindermädchen ihres Sohnes.«

»Verstehe.« Gemma nickte, um sie zum Weitersprechen zu ermutigen.

MacKenzie umklammerte den Becher mit beiden Händen. »Sie ist tot. Reagan ist tot. Sie haben sie heute Morgen unter einem Baum in Cornwall Gardens entdeckt. Aber Jess – der Junge, um den sie sich kümmert – weiß es noch nicht. Seine Mum hat mich gebeten, nach ihm zu suchen.«

»Verstehe«, wiederholte Gemma. »Das ist wirklich schrecklich. Aber warum bist du *hier*?«

»Ach.« MacKenzie schien überrascht, dass Gemma noch nicht selbst darauf gekommen war. »Weil er tanzt. Jess ist ein Tänzer. Wegen ihm wusste ich, dass das Tabernacle eine gute Ballettschule für Jungs hat. Jess nimmt hier jeden Samstag Unterricht.«

2

Noch bis vor ein paar Monaten hatte sich Kincaid bei New Scotland Yard ganz zu Hause gefühlt. Als er jetzt den hohen Glasturm an der Victoria Street betrat, kam er sich jedoch wie ein Eindringling vor. Die Sicherheitsbeamten im Erdgeschoss waren ihm nicht vertraut, und auch sie schienen nicht zu wissen, wer er war, als sie seine Identität überprüften.

Nachdem sie den Türöffner für ihn betätigt hatten, fuhr er mit dem Aufzug in das Stockwerk, wo das Büro von Detective Chief Superintendent Childs lag. Er war direkt vom Revier Holborn zum Yard gefahren, da er Childs am Samstag bei der Arbeit zu erwischen hoffte. Immerhin war es sein ehemaliger Vorgesetzter gewesen, der ihm diese Arbeitseinstellung vorgelebt hatte.

Kincaid konnte zwar nicht behaupten, dass er Denis Childs während ihrer gemeinsamen Dienstzeit wirklich gut kennengelernt hätte. Aber bis zum vergangenen Herbst hatte er ihn respektiert und ihm vertraut. Kincaid hätte ihn damals vielleicht sogar als Freund bezeichnet.

Immerhin waren sie so gut miteinander ausgekommen, dass Childs ihn und Gemma seiner Schwester als Mieter für das Haus in Notting Hill empfohlen hatte.

Im letzten Herbst hatte Childs ihm dann persönlich einen wichtigen Fall übertragen, bei dem es um den Tod einer Polizistin in Henley-on-Thames gegangen war. Kincaid war mit Childs' Ermittlungsmethoden nicht einverstanden gewesen und hatte ihn sogar für den Tod zweier Menschen verantwortlich gemacht – eines leitenden Beamten der Metropolitan Police und seiner gänzlich unbeteiligten Ehefrau.

Es war Kincaids letzter Fall gewesen, bevor er in Elternzeit gegangen war und sich um seine Tochter Charlotte gekümmert hatte. Als er im Februar zum Yard zurückgekehrt war, hatte er sein Büro leer geräumt vorgefunden, auf dem Schreibtisch seinen Versetzungsbefehl. Außerdem hatte man ihm mitgeteilt, dass sein Vorgesetzter Childs aus privaten Gründen eine längere Auszeit genommen habe.

Denis Childs war Kincaid nie wie ein rachsüchtiger Mensch vorgekommen. Aber warum hatte er ihn dann von seinem Posten abgezogen und jede Kommunikation verweigert? Und wo hatte er während dieser drei Monate gesteckt?

Der Aufzug gab einen Klingelton von sich, als er Childs' Stockwerk erreichte. Während die Tür aufging, holte Kincaid tief Luft und lockerte die Schultern, um die Anspannung in seinem Nacken ein wenig zu lindern. Der Flur war menschenleer, aber Kincaid war sich der niemals endenden Aktivitäten im restlichen Gebäude deutlich bewusst. Hinter halb geschlossenen Türen erklangen Stimmen, und Telefone klingelten, aber niemand trat auf den Korridor.

Sein eigenes ehemaliges Büro hatte er bewusst gemieden, aber auch der vertraute Anblick von Childs' Büro schmerzte ihn. Genau wie die Begegnung mit Marjorie, der Assistentin des Chief Superintendents, die an ihrem Schreibtisch im Vorzimmer saß.

Als sie hochsah und ihn erblickte, erstrahlte auf ihrem freundlichen Gesicht ein Lächeln. »Detective Superintendent, was machen Sie denn hier?« Marjorie hatte ihm immer das Gefühl gegeben, einer ihrer Lieblingskollegen zu sein. Allerdings hatte er den Verdacht, dass sie es mit den anderen Ermittlern ebenso hielt.

»Wie geht es der Familie?«, fragte er mit einem Blick auf die ausufernde Fotosammlung auf ihrem Schreibtisch.

»Meine Tochter erwartet ihr erstes Kind«, sagte Marjorie strahlend. »Ich erledige hier nur noch ein paar Dinge, weil es jetzt jederzeit so weit sein kann und ich dann wahrscheinlich ein paar Tage freinehmen werde.«

»Das sollten Sie auf jeden Fall tun, und ich gratuliere Ihnen ganz herzlich«, entgegnete er und meinte es auch so. Dann nickte er zur Tür, die zu Childs' Allerheiligstem führte. »Ich dachte, ich erwische Seine Hoheit an diesem Samstag vielleicht auch.« Damit spielte er auf einen alten Witz an, den er und Marjorie miteinander teilten, aber jetzt sah sie ihn nur bedauernd an.

»O nein. Tut mir leid, Mr Kincaid, er ist nicht hier.«

Kincaid war nicht ganz sicher, ob er ihr das abnehmen sollte, weil ihre Augen kurz zur geschlossenen Tür hinübergezuckt waren. Marjorie war fröhlich, höflich und sehr effizient, aber Verschlagenheit hatte noch nie zu ihren Stärken gehört. »Keine Überstunden?«, hakte er nach. »Sie wissen schon, aus alter Gewohnheit.« Er lächelte sie an und hoffte, ihr so die Befangenheit zu nehmen.

»Aber nein, er ist jetzt ganz brav«, sagte sie, sichtlich froh, sich wieder auf sicherem Terrain zu bewegen. »Ich habe ihm auch gesagt, dass er es andernfalls mit mir zu tun bekäme.«

Kincaid lehnte sich mit der Hüfte gegen die Ecke von Marjories großem Schreibtisch. »Ich habe gerade erst gehört, dass er wieder zurück ist. Wie geht es ihm denn?«

»Ach, sehr gut, Mr Kincaid. Sie glauben gar nicht, wie gut er …« Sie unterbrach sich und errötete. »Ich lege ihm eine Nachricht hin, dass Sie vorbeigeschaut haben. Damit er es auch sicher erfährt, falls er am Wochenende noch mal reinkommt.«

Kincaid wusste, dass sie ihn damit aufforderte zu gehen. Und was sollte er auch anderes tun? Die Tür einrennen? »Danke«, sagte er mit einem aufgesetzten Lächeln. »Sagen Sie Ihrer Tochter bitte alles Gute von mir. Und richten Sie dem Chief Superintendent herzliche Grüße aus.«

Nach einem betont munteren Abschiedswinken drehte er sich um und ging zum Aufzug.

Sobald die Fahrstuhltür hinter ihm zugeglitten war, sagte er sehr laut: »Dieser Mistkerl.«

Kincaid glaubte, den ganzen Weg durch die Eingangshalle Blicke in seinem Rücken zu spüren. Er sagte sich zwar, wie dumm das sei, dass sich niemand für ihn interessierte, aber trotzdem wurde er den Eindruck nicht los. Das ungute Gefühl nach dem Henley-Fall und seiner anschließenden Versetzung hatte sich seit der Nacht, in der Ryan Marsh umgekommen war, nur noch gesteigert.

Natürlich hatte er immer schon gewusst, dass es in den Reihen der Metropolitan Police Bestechlichkeit gab. Kincaid kannte die menschliche Natur gut genug – und hatte genügend Beamte erlebt, die sich zu kleineren oder größeren Vergehen hatten hinreißen lassen –, um zu wissen, dass sich so etwas nie ganz vermeiden ließ. Bis zum Henley-Fall hatte er jedoch nicht gedacht, dass es ihn mal persönlich betreffen würde.

Aber wie tief war die Polizei von dieser Fäulnis durchdrungen? Und war Denis Childs Teil dieses korrupten Systems?

Er stand gerade in der Schlange vor der Ausfahrt des Yard-Parkplatzes, als der Piepton seines Handys eine eingehende SMS ankündigte. Gemma, dachte er, während er das Telefon aus der Jackentasche fischte, und dass er sich besser eine gute Entschuldigung einfallen lassen sollte. Erneut stach ihn sein schlechtes Gewissen wegen des verpassten Ausflugs in den Park.

Aber auf dem Display erschien eine unbekannte Nummer, und die knappe Nachricht lautete: »The Duke. Roger Street. Acht Uhr.«

An diesem Nachmittag hatte Gemma das Haus ganz unerwartet für sich allein. Duncan war mit ihren beiden jüngeren Kindern und dem Hund unterwegs, wenn auch nicht wie ursprünglich versprochen im Hyde Park, sondern bloß die Ladbroke Grove runter im Holland Park. Inzwischen fragte sie sich, ob Duncan mit den Kindern so schnell aus dem Haus verschwunden war, um den beiden damit einen Gefallen zu tun oder weil er nicht mit ihr reden wollte. Als er nach Hause gekommen war, hatte er sie geküsst und sich dafür entschuldigt, dass er sie am Morgen so angefahren hatte. Allerdings war er dabei ihrem Blick ausgewichen. Doch zumindest hatte der Trubel beim Aufbruch der Kinder sie von ihren Sorgen um MacKenzie und den Jungen vom Ballettunterricht abgelenkt.

Die beiden hatten das Tabernacle ein paar Minuten nach Gemmas Gespräch mit MacKenzie verlassen, wobei Jess verkniffen und wütend, ihre Freundin dagegen erschüttert ausgesehen hatte. Gemma hatte nicht neugierig sein wollen, aber nun fragte sie sich, auf welche Weise das Mädchen umgekommen war und wie der zehnjährige Jess die Nachricht wohl aufgenommen haben mochte. Und sie war auch ein wenig überrascht, wie sehr sie es aufgewühlt hatte, MacKenzie so schockiert und aufgebracht zu sehen.

Um sich zu zerstreuen, setzte sie sich ans verstaubte Klavier und schlug einen zaghaften Akkord an. Der Ton war unerwartet laut in dem stillen Haus, aber während der Nachhall verklang, merkte sie, wie sie sich entspannte. Das ermutigte sie, und sie begann zu spielen, anfangs noch stockend, weil sie erst ihre Finger lockern musste. Aber nach einer Weile konzentrierte sie sich nur noch auf die Notenfolge, und so bekam sie es – auch weil keine bellenden Hunde im Haus waren – zunächst gar nicht mit, als es läutete.

Sie schob die Klavierbank zurück und eilte an die Tür. MacKenzie stand auf der Vortreppe und sah ungewohnt zerzaust aus. »Ich hoffe, es macht dir nichts aus«, sagte sie. »Ich dachte, ich schau noch mal vorbei, bevor ich nach Hause gehe.«

»Gar nicht«, sagte Gemma und umarmte ihre Freundin rasch, ehe sie sie einließ. »Geht es dir gut?«

»Ja. Nein.« MacKenzies Stimme zitterte. »Keine Ahnung. Ich weiß bloß nicht, wie ich heimgehen und Oliver erklären soll, was mit Reagan passiert ist.«

»Komm mit in die Küche. Ich mach uns einen Tee.«

MacKenzie folgte ihr gehorsam, aber als Gemma nach dem Wasserkocher griff, sagte sie: »Ähm, hättest du vielleicht auch etwas Stärkeres?«

»So schlimm?« Gemma drehte sich um und betrachtete ihre Freundin eingehender. MacKenzie trug einen ihrer typischen bedruckten Röcke von Ollie und dazu eine strahlend weiße Bluse, aber sie wirkte völlig geschafft. Ihre dunklen Locken hatte sie nachlässig zu einem Pferdeschwanz zusammengebunden, und ihre Lippen waren ganz blutleer.

Doch MacKenzie Williams sah selbst unter den ungünstigsten Umständen immer noch umwerfend aus. In ihrer Person vereinten sich die selbstsichere Haltung eines Models, die Zuversicht einer geborenen Unternehmerin und dazu der Wohlstand und der gehobene gesellschaftliche Status der Elite von Notting Hill. Gemma hatte zudem schnell gemerkt, dass MacKenzie überhaupt nichts Gekünsteltes an sich hatte. Vielmehr war sie einer der bodenständigsten und freundlichsten Menschen, die sie je getroffen hatte.

MacKenzie nickte. »Echt übel.«

»Dann verabreichen wir dir besser was Stärkendes.« Gemma nahm eine Flasche Pinot grigio aus dem Kühlschrank und wischte rasch mit dem Küchentuch durch zwei Weingläser. »Hier drinnen ist es ziemlich stickig«, sagte sie, nachdem sie den Wein eingeschenkt hatte. »Lass uns auf die Terrasse rausgehen.«

»Wo sind denn die anderen alle?«, fragte MacKenzie, als Gemma sie durchs Wohnzimmer führte. »Ich habe dieses Haus noch nie so still erlebt.«

»Duncan ist mit den Kleinen und den Hunden in den Park gegangen. Nicht dass es deswegen hier weniger chaotisch aussähe.« Gemma bahnte sich einen Weg durch das Spielzeug, das auf dem Fußboden verstreut lag. »Und Kit ist mit seinen Kumpels im Starbucks. Angeblich zum Lernen.«

MacKenzie brachte ein Lächeln zustande. »Wahrscheinlich tippen sie eher Nachrichten und schauen sich Videos auf ihren Handys an.« Sie hielt an, um das kleine Fellknäuel auf der Couchlehne zu streicheln. Das Knäuel geriet in Bewegung und entwirrte sich zu zwei Kätzchen, dem schwarz-weißen Jack und der weißen Rose mit dem Schildpattmuster. Sie reckten sich und gähnten, wobei sie winzige nadelspitze Zähne präsentierten, mit denen Jack gleich mal versuchsweise an MacKenzies Finger knabberte. »Autsch.« Sie riss die Hand zurück. »Kleiner Fiesling.«

»Ja, das ist er«, sagte Gemma und lachte.

»Wenigstens hast du zwei, die sich gegenseitig bei Laune halten können. Bouncer klettert mir dauernd die Beine hoch, was besonders angenehm ist, wenn ich keine Hose anhabe.«

Gemma stellte erleichtert fest, dass MacKenzie sich wieder ein wenig gefasster anhörte.

Auf der Terrasse schien noch die Sonne, aber die Luft hatte sich im Verlauf des Nachmittags ein wenig abgekühlt und war nun angenehm mild. »Das sieht hübsch aus«, sagte MacKenzie, als sie sich hinsetzten, und Gemma freute sich, dass ihre mühevolle Arbeit mit den Topfblumen Würdigung fand.

»Ich bin wirklich keine große Gärtnerin. Aber ich dachte, solange das Wetter so schön ist, sollten wir es uns hier gemütlich …« MacKenzies Gesichtsausdruck ließ sie verstummen.

Aber MacKenzie trank einen Schluck Wein und bedeutete ihr mit einem Zeichen, dass sie fortfahren solle. »Natürlich sollt ihr das«, sagte sie, als sie das Glas wieder abgesetzt hatte. »Ich kann nur … ich muss immer daran denken, dass …«

»Möchtest du lieber reingehen?«

»Nein. Bitte beachte mich gar nicht. Ich kann ja nicht für alle Zeiten Gärten meiden, nur weil sie in einem gefunden wurde.«

»In Cornwall Gardens hast du gesagt, oder?« Gemma überlegte einen Moment, wo das war.

»Ein kleines Stück nördlich von der Blenheim Crescent …«

»An der Kensington Park Road«, vervollständigte Gemma MacKenzies Beschreibung. »Jetzt weiß ich's wieder.« Es war einer der parkartigen Gemeinschaftsgärten, die sich in diesem Teil von Notting Hill wie Perlen an einer Kette aneinanderreihten. Genau wie der, der sich vor ihnen in der Nachmittagssonne ausdehnte. Außer ihnen beiden auf der kleinen eingezäunten Terrasse war niemand zu sehen.

»Man möchte doch eigentlich meinen«, sagte sie, um MacKenzie die Anspannung zu nehmen, »dass die Leute diese Gärten mehr nutzen würden, so begehrt, wie sie sind. Unsere Kinder spielen im Gemeinschaftsbereich, aber sonst sieht man da kaum jemanden, nicht mal während der Ferien.«

»Die Erwachsenen arbeiten den ganzen Tag, und die Kinder sind im Internat oder haben regelmäßige außerschulische Verpflichtungen.« MacKenzie war ihre Missbilligung deutlich anzuhören. In ihren Kreisen war die Familie Williams eine absolute Ausnahme. Es war ihnen gelungen, ein erfolgreiches Geschäft aufzubauen und trotzdem ihrem Kind und dem Familienleben die höchste Priorität einzuräumen.

»Ich habe jetzt auch ein Kind mit einer regelmäßigen Verpflichtung«, frotzelte Gemma.

»Ja, aber das ist etwas anderes.« MacKenzie schwenkte ihr halb leeres Glas und ließ den Wein darin kreisen. »Toby möchte das tun. Die meisten Kinder werden dagegen nur von einer Aktivität zur anderen gekarrt, weil ihre Eltern sich nicht mit ihnen beschäftigen wollen.«

Gemma war froh, dass sie daran gedacht hatte, die Flasche mitzunehmen, und schenkte MacKenzie nach. »Und was ist mit Jess? Er ist offensichtlich auch im Ballett, weil er es möchte. Ich habe noch nie so ein motiviertes Kind erlebt.«

MacKenzie sah überrascht aus. »Du kennst Jess?«

Vor ein paar Stunden hatte Gemma nur gesagt, dass sie glaubte, ihn vor dem Unterrichtsraum gesehen zu haben. »Ich habe ihn beim Üben gestört, und dann haben wir uns ein bisschen unterhalten.«

»Jess ist gar nicht der Typ, der sich einfach mal so unterhält«, sagte MacKenzie mit hochgezogenen Augenbrauen.

»Er ist außerordentlich begabt, oder?«

»Ja, aber genau deswegen ist er manchmal auch ganz schön ruppig. Nicht aus Bosheit, sondern weil er so … getrieben ist.« Sie sah das Glas an, und ihre Augen füllten sich mit Tränen. »Und jetzt … Kein Kind in seinem Alter sollte mit so etwas konfrontiert werden.« Sie sah zu Gemma auf. »Es ist merkwürdig, aber ich habe noch nie jemanden gekannt, der gestorben ist. Ich meine, so jung. Es erscheint mir einfach … so verkehrt …«

»Ja, natürlich. Erzähl mir von Reagan«, sagte Gemma sanft. »Woher kanntest du sie?«

MacKenzie hatte einen langen, schlanken Hals – einer der Gründe, warum sie so fotogen war –, und Gemma sah, wie sich beim Schlucken ihr Kehlkopf bewegte. »Über Nita. Jess' Mum. Bill hat früher mit Jess' Dad Racquetball gespielt, bevor Chris und Nita sich scheiden ließen. Ich bin Nita und Reagan mal zufällig im Kitchen and Pantry begegnet.«

Das Kitchen and Pantry war ein Café, das an der Ecke Elgin Crescent und Kensington Park Road lag. Es war speziell bei den Yummy Mummies, wie man die trendigen und gut betuchten Mütter in Notting Hill nannte, ein beliebter Treffpunkt. Dort hatten Duncan und Charlotte auch MacKenzie und Oliver kennengelernt.

»Ich war mit Oliver dort«, sagte MacKenzie. »Und sie hatte sofort einen guten Draht zu ihm. Also habe ich überlegt, ob sie sich vielleicht gelegentlich um ihn kümmern könnte, wenn sie mal nicht auf Jess aufpassen musste.«

Gemma hatte bislang noch nicht begriffen, warum ein Zehnjähriger ein Vollzeit-Kindermädchen brauchte, doch sie wollte MacKenzie nicht unterbrechen.

»Aber um Nita nicht ins Gehege zu kommen – sie kann manchmal ein bisschen empfindlich sein –, habe ich zuerst sie gefragt, und sie sagte, es sei für sie in Ordnung. Von da an kam Reagan ein paar Vormittage in der Woche, während Jess in der Schule war, für ein oder zwei Stunden zu uns. Und als ich sie so mit Oliver spielen sah, dachte ich mir, dass sie gut in unseren Katalog passen würde. Weißt du, sie war niemand, nach dem sich alle auf der Straße umdrehen würden. Aber sie hatte was. So eine … frische Art.«

Während MacKenzie kurz verstummte, befüllte Gemma noch mal ihr Glas und schenkte sich selbst ebenfalls nach. Das Kondenswasser außen an der Flasche fühlte sich kalt an, und ein Windstoß stellte ihr die Nackenhaare auf. Plötzlich zitterte und fror sie, aber MacKenzie, die ihren eigenen Gedanken nachhing, bekam davon nichts mit.

»Sie hat ... hatte eine ganz wunderbare Haut, die immer zu funkeln schien. Sie hatte überhaupt immer so ein gewisses Funkeln ...« MacKenzie geriet ins Stocken und schüttelte den Kopf. »Heute Nachmittag, nachdem du Charlotte abgeholt hast, wollten wir eigentlich Aufnahmen machen. So habe ich überhaupt erst erfahren, was ...« Ihr versagte die Stimme, und sie musste erst mal schlucken. »... was ihr zugestoßen ist. Ich hatte den ganzen Vormittag versucht, sie zu erreichen. Als ich nichts von ihr hörte, habe ich irgendwann Nita angerufen, und sie ... sie sagte ...«

»Du hast gesagt, Reagan sei unter einem Baum gefunden worden. Erzähl mir genau, was passiert ist.« Gemma hörte Hundegebell und entfernte Stimmen. Auf der anderen Seite des Gartens, die mittlerweile größtenteils im Schatten lag, waren nun doch Leute.

»Ich weiß nur, was Nita mir erzählt hat. Eine ihrer Nachbarinnen hat kurz nach Sonnenaufgang eine Runde durch den Garten gedreht. Sie hat Reagan entdeckt und die Polizei verständigt. Nita hat davon gar nichts mitbekommen, weil sie beim Yoga war. Als sie wieder nach Hause gekommen ist, hat sie nach Jess gesehen, aber er und Reagan waren beide nicht da. Sie hat gedacht, dass Reagan mit ihm irgendwohin gegangen sein musste, vielleicht zum Frühstücken ins Kitchen and Pantry. Dann bemerkte sie den Menschenauflauf im Garten, und noch bevor sie jemanden fragen konnte, was passiert war, stand auch schon die Polizei vor ihrer Tür. Die Nachbarin hatte Reagan zwar erkannt, aber Nita sollte ihre Leiche ...« MacKenzie verstummte und leerte ihr Glas. Als Gemma ihr den restlichen Wein einschenken wollte, schüttelte sie jedoch den Kopf.

»Das muss schrecklich für sie gewesen sein«, sagte Gemma. »Wurde Reagan …« Sie hatte eigentlich »vergewaltigt« sagen wollen, entschied sich jedoch für eine weniger verstörende Frage. »… verletzt?«

»Nicht, soweit Nita es erkennen konnte. Sie trug immer noch das Kleid, in dem sie am Vorabend das Haus verlassen hatte.«

Gemma runzelte die Stirn. »Der Garten ist eingezäunt, oder?«

»Ja. Abgesehen von den Zugängen durch die Häuser gibt es nur einen einzigen Eingang.«

»Nita hat sie gestern Nacht nicht nach Hause kommen hören?«

»Nein. Sie sagt, sie hat eine Schlaftablette genommen. Das macht sie wohl gelegentlich, wenn sie am nächsten Morgen früh raus muss.«

»Und Jess? Hat er sie nach Hause kommen sehen?«

»Nita sagt, dass er früh schlafen gegangen ist.«

»Hm.« Wenn Jess' Mum geschlafen hatte und Reagan ausgegangen war, hielt Gemma es für äußerst unwahrscheinlich, dass der unbeaufsichtigte Zehnjährige allzu bereitwillig ins Bett gegangen war. Sie dachte über ihr Gespräch mit dem Jungen nach. Er hatte nicht den Anschein erweckt, als würde er sich noch mit irgendetwas anderem als Tanzen beschäftigen. Außerdem hatte er einen aufrichtigen Eindruck auf sie gemacht. Aber wenn seine Mum so verzweifelt auf der Suche nach ihm gewesen war, nachdem sie von Reagans Tod erfahren hatte, wo hatte er sich dann bis zum Tanzunterricht herumgetrieben? »Was war heute Vormittag?«, fragte sie. »Wo ist Jess da gewesen?«

»Ich weiß es nicht«, entgegnete MacKenzie. »Er will es nicht sagen.«

Am Ende hatte Kincaid Gemma einen Teil der Wahrheit gesagt.

Das war es doch, was die Anwälte ihren Klienten immer rieten – so weit wie möglich bei der Wahrheit zu bleiben.

Besorgt hatte er sich während des gesamten Parkspaziergangs mit den Kindern überlegt, was er tun sollte. Und auch danach noch beim Abendessen, als er immer wieder verstohlen auf die anonyme Textnachricht geschaut hatte. Gemma hatte gesehen, dass er das Essen auf seinem Teller nur hin und her geschoben hatte, aber vor den Kindern hatte sie sich nicht dazu geäußert.

Um Punkt sieben Uhr trug er seinen Teller zur Spüle und schickte die Kinder zum Spielen ins Wohnzimmer.

»Ihr wollt uns immer nur loswerden, wenn ihr etwas miteinander zu besprechen habt«, sagte Kit. »Aber immerhin muss ich dann nicht das Geschirr spülen. Ich geh in mein Zimmer.« Einen Augenblick später hörten sie ihn die Treppe hinauflaufen.

»Was …?«, begann Gemma, sobald sie die Küche für sich allein hatten, aber er fiel ihr gleich ins Wort.

»Es tut mir leid, Liebling, aber ich muss noch mal kurz weg.«

»Jetzt?« Sie sah besorgt aus. »Musst du noch mal arbeiten?«

»Ich weiß es nicht.« Das war zumindest die Wahrheit. »Ich habe heute Nachmittag eine Nachricht von einer unbekannten Nummer bekommen.« Er zog sein Handy aus der Tasche und hielt es ihr hin.

Gemma war aufgestanden und hatte begonnen, den Tisch abzuräumen, aber jetzt hielt sie inne und studierte den Text. »Das Duke? Du willst doch nicht ernsthaft dorthin gehen, oder?«

»Ich dachte, ich schau mal nach, was …«

»Du hast doch gar keine Ahnung, von wem das stammt.« Sie

sah zu ihm hoch und wirkte noch besorgter. »Und wo zum Teufel ist überhaupt diese Roger Street?«

Er hatte tatsächlich »Wer sind Sie?« zurückgeschrieben, war aber nicht überrascht gewesen, als er keine Antwort erhielt. »In Holborn. Nicht weit vom Revier.«

»Also jemand aus der Arbeit.«

»Möglicherweise«, entgegnete er vorsichtig. Er wollte nicht über seinen Ausflug zu Scotland Yard sprechen oder darüber, dass er die Nachricht, nur wenige Minuten nachdem er von Denis Childs' Büro weggegangen war, erhalten hatte. Hatte ihn irgendjemand dort gesehen?

»Warst du schon mal in diesem Pub?«, fragte Gemma, während sie den klappernden Tellerstapel in die Spüle stellte und nach einem Geschirrtuch langte.

»Bis heute habe ich noch nie davon gehört. Wir gehen meistens in die Pubs um die Lamb's Conduit Street herum. Ins Lamb oder ins Rugby.«

»Es muss irgendjemand sein, der deine Nummer hat.«

Typisch Gemma. Sie ging immer alles ganz logisch an. »Das ist wahr. Wahrscheinlich will mir irgendein Kollege einen Streich spielen, aber das werde ich nie herausfinden, wenn ich nicht hingehe.« Er fand, dass seine Lässigkeit glaubhaft klang, aber Gemma warf ihm über die Schulter einen nachdenklichen Blick zu. Als er nach Hause gekommen war, hatte sie mit MacKenzie Williams draußen gesessen und Wein getrunken. Jetzt war ihre Haut ein wenig vom Alkohol gerötet, und außerdem hatte sie einen leichten rosafarbenen Sonnenbrand.

»Wenn ich es nicht besser wüsste«, sagte sie mit einem kleinen Lächeln, »würde ich glauben, du suchst bloß nach einer Ausrede, um am Samstagabend mit deinen Kumpels auf ein paar Bier zu gehen.«

Genau in diesem Augenblick schrie Toby im Wohnzimmer:

»Stirb, du übler Abschaum!« Dann hörten sie ein Kreischen, und gleich darauf fing Charlotte an zu weinen.

Gemma verdrehte die Augen. »Ich will nicht gerade behaupten, dass ich es nicht verstehen könnte.« Sie reichte ihm das Geschirrtuch und verließ die Küche, um gleich darauf mit der tränenüberströmten und schniefenden Charlotte auf der Hüfte zurückzukehren. »Ich habe Toby auf sein Zimmer geschickt. Ich würde sagen, das ist für dich die Gelegenheit. Verschwinde, solange du noch kannst. Aber nimm die U-Bahn und nicht das Auto. Und ich möchte alle Einzelheiten hören, wenn du wieder zu Hause bist.«

Erlaubnis erteilt, dachte Kincaid, und er wusste nicht, ob er deswegen erleichtert oder besorgt sein sollte.

Die Bahn von Holland Park nach Holborn hatte sich verspätet, so dass er sich ganz schön ins Zeug legen musste, wenn er pünktlich bis um acht im Pub sein wollte. Und als er in die Theobald's Road einbog, schien es ihm angesichts des rasch dunkler werdenden Himmels im Osten sogar noch später zu sein.

Auf Höhe des Polizeireviers hielt er kurz an, um die Umgebungskarte auf dem Handy zu studieren. Das Duke in der Roger Sreet war zwar nicht weit vom Revier entfernt, aber es lag ein paar Blocks in östlicher Richtung und war nicht ohne Weiteres zu erreichen. Und so blieb Kincaid nichts anderes übrig, als ein strammes Tempo vorzulegen, weswegen er ein bisschen außer Atem war, als er das Pub schließlich erreichte.

In den umliegenden Gebäuden gingen die Lichter an. In diesem Eck von Holborn dominierte der georgianische Baustil, aber die wie ein Schiffsbug hervorragende zweiseitige Fassade des Pubs gehörte zu einem Art-déco-Gebäude.

Kincaid stieß einen anerkennenden Pfiff aus. Dieses Mehrfamilienhaus war wirklich ein verstecktes Juwel. Durch die stahlgerahmten Art-déco-Fenster des Pubs schien ein heimeliges Licht, doch trotz seines einladenden Äußeren standen vor dem Lokal nicht die für einen Samstagabend üblichen Menschentrauben, und Kincaid fragte sich, ob er sich vielleicht in der Adresse geirrt hatte. Vielleicht steckte wirklich irgendein Spaßvogel aus der Arbeit dahinter, der ihn ganz umsonst aus dem Haus gejagt hatte. Aus dem Haus …

O Gott. Gemma und die Kinder. Eine Welle von Panik stieg in ihm auf, und einen Moment lang sah er das Bild aus seinen Träumen vor sich: den zerstörten Schädel und das in den Teppich sickernde Blut. Er schluckte gegen die plötzliche Übelkeit an und ermahnte sich, nicht albern zu sein. Gemma und den Kindern ging es gut. Dann hob er die zitternde Hand an die Tür und stieß sie auf.

Zuerst sah er nur die Farbe Pink. Und zwar nicht irgendein Pink, sondern den leicht malvenfarbenen Ton, den man aus viktorianischen Salons kannte – oder auch aus viktorianischen Freudenhäusern. Die Wände sahen aus, als wären sie mit Unmengen von Pepto-Bismol gestrichen worden. Die unerwartete viktorianische Anmutung wurde noch von den Palmen verstärkt, die jede verfügbare Ecke ausfüllten. Sogar auf der Bar standen zwei dieser Topfpflanzen. Der Raum war sehr beengt, doch die Spiegel, die überall an den Wänden hingen, ließen ihn größer erscheinen. Alle Tische und Nischen waren besetzt, aber nur vor der geschwungenen Holztheke standen Gäste herum. Kincaid vermutete, dass das Pub ein wohlgehüteter Geheimtipp unter den Einheimischen war.

Vom Eingangsbereich aus musterte er die Gesichter der Anwesenden. Zuerst glaubte er, keinen von ihnen zu kennen, doch dann ging sein Blick zurück und blieb an dem Mann in der Nische hängen, die am weitesten entfernt von ihm war und unmittelbar neben dem Hinterausgang lag. Er hatte an Gewicht verloren, und seine früher so fahle Haut sah im Widerschein der pinken Wände ganz rosig aus. Doch Kincaid hätte die dunklen Haare und die leicht schräg gestellten pechschwarzen Augen überall wiedererkannt.

Denis Childs hob sein Glas und prostete ihm zu.

3

»Was zum Teufel treiben Sie da für ein Spiel?«, fragte Kincaid, als er beim Tisch ankam. Er starrte Childs an und merkte, dass er ein bisschen zu schnell atmete. »Und was ist bloß mit Ihnen passiert?«, fügte er ohne nachzudenken hinzu.

Obwohl Childs' Gesicht nicht ganz so rosig war, wie es von der anderen Seite des Raums aus den Eindruck gemacht hatte, schien er doch bemerkenswert gesund zu sein. Er hatte sogar Wangenknochen, und die Hand, die auf der Tischplatte ruhte, war nicht mehr massig, sondern kräftig und knochig.

»Warum trinken Sie nicht Ihr Bier?« Childs deutete auf das volle Glas auf Kincaids Seite des Tisches. »Ich habe gehört, es sei hier sehr gut. Und vielleicht möchten Sie sich dazu ja auch hinsetzen.« Seine Stimme klang noch immer samtweich.

Ein Blick durchs Lokal verriet Kincaid, dass die anderen Gäste ihn anschauten. Er ließ sich in die Nische gleiten, wobei er etwas zu hart auf der Sitzbank landete, aber das Glas rührte er nicht an. »Sie scheinen ja ziemlich sicher gewesen zu sein, dass ich auftauche«, sagte er und zeigte auf das Bier.

»Der Wetteinsatz erschien mir nicht allzu hoch.«

»Warum hier?«

»Ich wohne in der Nähe.«

»In Holborn?« Bestürzt erkannte Kincaid, dass er gar nicht gewusst hatte, wo Childs lebte. Er hatte ihn immer irgendwo am Stadtrand verortet.

»Ein bisschen weiter östlich«, sagte Childs. »In Clerkenwell, um genau zu sein. Wir haben das Haus vor Jahren gekauft, als die Leute noch glaubten, wir wären bescheuert, weil wir uns mitten in London ein georgianisches Gebäude aufhalsen wollten.«

Wie klug von ihm, dachte Kincaid, aber Childs war ja immer schon schlau gewesen. Unwillkürlich legte er die Finger um das Glas.

»Na, machen Sie schon, es ist nicht vergiftet«, sagte Childs, während er ihm sein eigenes Glas entgegenstreckte und spöttisch eine Braue hob.

Kincaid zögerte einen Moment, ehe er sachte mit Childs anstieß und einen Schluck trank. Das Bier schmeckte tatsächlich gut, cremig, malzig und mit genau der richtigen bitteren Note. »Danke. Sie trinken kein Bier?«

»Ein Tonic. Für mich gibt es dieser Tage leider kein Bier.« Childs zeigte auf sich, mit einer Geste, die seine gesamte Erscheinung zu umfassen schien. »Ich bin ein neuer Mensch. Im wörtlichen Sinne. Zumindest zum Teil. Ich hatte eine Lebertransplantation.«

Kincaid starrte ihn an. »Was? Aber wann? Niemand hat mir davon …«

»Ich habe es in Singapur machen lassen. Darum war ich dort. Und ich habe gebeten, es nicht an die große Glocke zu hängen.«

»Aber …« Kincaid bemühte sich noch immer, diese Neuigkeit zu verdauen.

Childs trank von seinem Tonic, dann stellte er das Glas auf den Tisch, hob die Hände und legte die Fingerspitzen aneinander – eine Geste, die Kincaid sehr vertraut war. »Ein Grund, warum ich nach Singapur gegangen bin«, sagte er, »ist, dass meine Schwester dort lebt. Aber das wissen Sie ja. Sie hat mir einen Teil ihrer Leber überlassen. Und …« Er wehrte Kincaids nächste Frage mit einem Kopfschütteln ab. »Ja, das hätten wir natürlich auch in England erledigen können, aber selbst mit einem geeigneten Spender kann es hier Jahre dauern, bis man unters Messer kommt. Und ich hatte keine Jahre mehr.«

»Sie haben das schon länger gewusst«, sagte Kincaid und dachte an Childs' Haut, die während der letzten Jahre immer ungesünder ausgesehen hatte. Natürlich. Er war gelbsüchtig gewesen. Und außerdem hatte er mindestens ein Jahr vor seinem Verschwinden schon angefangen, Gewicht zu verlieren. »Dass Sie abgenommen haben. Ich dachte, das hätte gesundheitliche Gründe gehabt.«

»Das hat ja auch gestimmt«, bestätigte Childs. »Wenn vielleicht auch nicht ganz so, wie Sie es meinen. Übergewicht kann bei Operationen und während der Reha zu Komplikationen führen.«

»Aber Sie waren doch kein … ich meine …« Kincaid brach ab. Er hatte Childs zwar nie viel trinken sehen, aber andererseits stellte er ja gerade fest, wie wenig er über seinen ehemaligen Chef gewusst hatte.

»Wenn Sie versuchen, mich auf höfliche Weise zu fragen, ob ich Alkoholiker war, lautet die Antwort nein.« Childs klang ein wenig amüsiert. »Ganz zu Beginn meiner Laufbahn habe ich mich mit Hepatitis angesteckt. Aber erst in den letzten Jahren stellte sich heraus, welche Schäden die Krankheit in mir angerichtet hatte.«

Während Kincaid einen weiteren Schluck aus seinem Glas trank, dachte er über Childs' Enthüllungen nach. Damit war also seine Abwesenheit erklärt, na gut, aber nicht, wieso er vorher noch Kincaids Leben auf den Kopf gestellt hatte. »Sie wussten, dass Sie eine Auszeit nehmen würden«, sagte er. Es klang wie eine Anklage. »Warum haben Sie mir nicht gesagt, dass Sie meine Versetzung wollten?«

»Ah, ich wusste, dass wir dazu noch kommen würden.«

Childs wirkte resigniert. »Ich habe es Ihnen nicht gesagt, weil es besser war, die im Glauben zu lassen, ich würde Sie loswerden wollen.«

»Was meinen Sie damit?« Beunruhigt setzte Kincaid das Glas ab. »Wer sind ›die‹?«

»Besser, wenn Sie das nicht wissen. Es gibt Leute, die mich nicht mögen, Duncan.« Childs kniff die Lippen zusammen. »Es gab mehrere Gründe, warum ich die Transplantation woanders habe machen lassen. Hier hätte ich so lange warten müssen, bis ich schließlich zu krank für die Arbeit gewesen wäre. Und es gibt Menschen, die dankbar jeden Vorwand aufgreifen würden, um mich in Frühpension zu schicken. Außerdem dachte ich, wenn ich nicht mehr da wäre, und sei es nur vorübergehend, würde sich etwas von dem … Widerwillen gegen mich vielleicht auch gegen Sie richten. Ich kenne Tom Faith vom Holborn Revier schon lange. Er ist ein guter Polizist.«

»Wollen Sie damit sagen, dass andere es nicht sind? Beim Yard?« Kincaids Magen krampfte sich zusammen.

»Das ist genau die Art von Fragen, die Sie nicht stellen sollten, Detective Superintendent.« Childs' dunkle Augen blickten ihn kalt an.

»Also haben Sie das alles nur zu meinem eigenen Besten eingefädelt?« Kincaid wurde lauter. »Und was war mit Gemmas Versetzung? Stecken Sie da auch dahinter?« Es dauerte ein bisschen, bis er bemerkte, dass die Leute erneut zu ihm herübersahen.

Childs bedachte ihn mit einem schwer zu deutenden Blick. Dann beugte er sich über den Tisch und sah Kincaid direkt in die Augen. »Trinken Sie aus, Jungchen«, sagte er mit sanfter Stimme. »Dann gehen Sie heim zu Ihrer Frau und kümmern sich um Ihre Kinder. Machen Sie Ihre Arbeit und stecken Sie Ihre Nase nicht in die falschen Angelegenheiten.«

Nachdem Childs sich wieder zurückgelehnt hatte, trank er sein Glas leer und schlüpfte aus der Nische – erstaunlich elegant für so einen schweren Mann. Dann stand er einen Moment lang da, als zögerte er noch, ehe er Kincaid schließlich kurz zunickte und das Lokal verließ.

Was hätte er sonst noch sagen können? Denis Childs zog die Schultern hoch, als er in den unangenehmen Ostwind hinaustrat. So spät im Jahr war ein Wind aus dieser Richtung eher ungewöhnlich. Wie ging noch mal das alte Sprichwort? Ein Ostwind weht nie Gutes herbei? Auf den heutigen Abend traf das auf jeden Fall zu, dachte er, während er sich mit der Faust die zusammengezogenen Aufschläge seines Jacketts gegen die Brust drückte. Der geschlitzte Stoff im Rücken wehte wie Krähenflügel hinter ihm her. Bislang hatte er weder Zeit noch Lust gehabt, viele seiner Kleidungsstücke ändern zu lassen, und so hingen die meisten so locker an ihm wie die Klamotten einer Vogelscheuche.

Er war sehr geübt darin, andere häppchenweise mit der Wahrheit zu konfrontieren, aber heute Abend war es unerwartet kompliziert gewesen. Nein, er sollte zumindest sich selbst gegenüber aufrichtig sein: Eigentlich hatte er damit gerechnet, dass es schwer werden würde. Es war einfach nur noch schwerer gewesen, als er gedacht hatte.

Von allen Polizisten, mit denen er im Lauf seiner Karriere zusammengearbeitet hatte, war ihm Kincaid der liebste. Und derjenige, in dem er am meisten von sich selbst wiedererkannte, sowohl von seinen guten als auch von seinen schlechten Eigenschaften. Kincaid, der nie einfach mal fünfe gerade sein lassen konnte. Kincaid, der trotz seines ganzen Charmes und seiner guten Erziehung immer wieder mit Dingen herausplatzte, die er sich besser verkneifen sollte. Und der bislang noch nicht begriffen hatte, dass es nicht immer darum ging, ob etwas richtig war, sondern dass manchmal auch der Zweck die Mittel heiligte.

Als ob ich mich selbst daran hielte, dachte Childs schuldbewusst. Der Wind frischte noch stärker auf, und während er den Kopf einzog, trauerte er einen Moment dem Gewicht hinterher, das er verloren hatte. Er fühlte sich kraftlos, als hätte er keine Substanz. Vielleicht hätte er sich doch aus gesundheitlichen Gründen pensionieren lassen sollen. Vielleicht hätte er die Met einfach ungehindert den Bach runtergehen lassen sollen. Seine Versuche, etwas dagegen zu unternehmen, erschienen ihm ohnehin so aussichtslos wie der Kampf einer Mücke gegen einen Tiger. Aber dieser Tiger stank, und die Fäulnis zerfraß ihn wie einen verwesenden Leichnam.

Er erreichte den Eingang zum Friedhof von St. James Clerkenwell. Die Gräber machten ihm keine Angst. Seit seiner Jugend, in der er Messdiener gewesen war, empfand er die Kirchenrituale als tröstlich, auch wenn er nicht mehr an sie glaubte. Bei den Spaziergängen, die nun schon seit ein paar Monaten zu seinem Trainingsprogramm gehörten, nahm er regelmäßig die Abkürzung über den Friedhof. Und dieser Ort, an dem sich im Mittelalter das St.-Mary-Nonnenkloster befunden hatte, quoll von der Kraft tröstlicher Gebete sicherlich nur so über. Bei dieser Vorstellung musste Childs unwillkürlich lächeln, doch dann kehrten seine Gedanken wieder zu Kincaid zurück. War es ihm gelungen, den Mann aus der Schusslinie zu nehmen, oder hatte er mit seiner Einmischung alles nur noch schlimmer für ihn gemacht?

Wenn er ganz ehrlich war, musste er sich eingestehen, dass seine kleine Beichte ziemlich töricht gewesen war. Wahrscheinlich hätte er genauso gut einem Hund mit einem leckeren Happen Fleisch vor der Nase herumwedeln können. Er war willensschwach gewesen und hatte der Versuchung nicht widerstehen können, seinen Charakter vor einem Mann reinzuwaschen, auf dessen Urteil er Wert legte.

Als er den eigentlichen Friedhof betrat, fiel das Tor hinter ihm mit einem Knall zu und schlug dann noch einmal im Wind. Unter den hohen Bäumen blies er etwas weniger stark, aber eine wirbelnde Böe fegte ein paar abgestorbene Blätter und Papierfetzen über den Boden.

Was konnte er tun, um den Schaden zu beheben?

Allerdings betrieb er inzwischen ja schon viel zu lange Schadensbegrenzung, und vielleicht war es an der Zeit, den Tiger in den Arsch zu beißen. Der Gedanke ließ ihn laut auflachen, doch das Geräusch, das dabei aus seinem Mund kam, hörte sich sogar für seine eigenen Ohren sehr erstickt an. Insgeheim beschimpfte er sich selbst als Angsthasen und ging eilig weiter, wobei er den Blick fest auf das Tor an der anderen Seite des Friedhofs gerichtet hielt.

Der Schlag kam von hinten, und Childs bemerkte ihn erst, als er ihn traf. Im nächsten Moment raste die von Wurzeln durchzogene Erde auf ihn zu, und alles versank in Dunkelheit.

4

Die Themse floss breit und flach unter der Putney Bridge hindurch. Im frühmorgendlichen Sonnenschein glänzte sie wie geschmolzenes Glas.

Doch Doug Cullen wusste sehr wohl, dass diese Ruhe trügerisch war. Die Flut setzte ein, und die Strömung unter der glatten Oberfläche des Flusses war stark genug, um die Tollkühnen und die Unachtsamen in die Tiefe zu ziehen. Oder um sich einen einzelnen Ruderer zu schnappen, der das Pech hatte zu kentern. Und Doug wusste, wie eingerostet er war.

Er hielt sich ein wenig nach links, kniff die Augen gegen die Sonne zusammen und steuerte das federleichte Boot flussaufwärts, in Richtung Hammersmith. Er hatte seine Sonnenbrille vergessen, die beim Rudern eigentlich zur Standardausrüstung gehörte. Zu seiner Rechten begannen die Flaggen am Bootshaus zu flattern und zu knallen. Der Wind frischte auf. Aber fürs Erste erlaubte ihm die Strömung, die Muskelverhärtungen in seinen Schultern und Knien zu lösen, ohne sich dabei übermäßig anzustrengen. Der Fußknöchel war dagegen ein ganz anderes Thema.

Sein Arzt hatte ihn gewarnt, dass es vielleicht noch zu früh wäre, um zu rudern, aber nach all den Monaten erzwungener Untätigkeit hatte er fest vor, es zumindest zu versuchen. Schließlich hatte er das Haus in der Lacy Road gekauft, weil sie nur ein paar Blocks südlich vom Fluss verlief und er wieder rudern wollte. Und er sollte verdammt sein, wenn er sich durch diesen blöden gebrochenen Knöchel von seinem Vorhaben abbringen ließ. Er war einem Verein beigetreten und hatte sich diesen schnittigen kleinen Einer zugelegt.

Aber jetzt gestand er sich allmählich ein, dass er völlig außer Form und sein Knöchel möglicherweise noch nicht wieder so belastbar war wie früher.

Das Ende des Kiesstrandes glitt an ihm vorbei, dann Beverly Brook. Als Nächstes blieb die Putney Bridge hinter ihm zurück, und die darüber hinwegrollenden roten Busse sahen nur noch wie Spielzeuge aus. Das Knarzen der Dollen und das leise Platschen, mit dem die Ruderblätter ins Wasser eintauchten, ergaben zusammen einen Rhythmus, der ihm so natürlich vorkam wie das Atmen. Dougs Zuversicht nahm wieder zu. Er konnte das sehr wohl schaffen. Zur Hölle mit den Bedenkenträgern.

Er war froh, dass Melody Talbot nicht gekommen war, um ihm im Garten zu helfen. Seitdem er im Februar in das Haus in der Lacy Road gezogen war, hatte sie ihm immer wieder versprochen, mit ihm dieses kleine Fleckchen Erde auf Vordermann zu bringen. Melody, die genauso wenig Ahnung von der Gärtnerei hatte wie er, war stundenlang durch Pflanzencenter gezogen und hatte einen Plan ausgearbeitet. Und heute war der Tag, an dem sie eigentlich gemeinsam das Blumenbeet hatten umgraben wollen.

Aber als er sie angerufen hatte, war sie noch ganz verschlafen und verwirrt gewesen. »Oh, Doug, es tut mir so leid«, hatte sie genuschelt. »Das hab ich vergessen. Ich zieh mich nur schnell an und bin gleich bei dir.«

»Bemüh dich nicht«, hatte er beleidigt erwidert. »Ich fahre mit dem Boot raus.« Ehe sie protestieren konnte, hatte er bereits aufgelegt. Und dann auch noch das Handy ausgeschaltet, damit er nicht in Versuchung geriet dranzugehen, wenn sie zurückrufen würde.

Jetzt tat ihm sein Zornausbruch leid. Sie hatte geklungen, als ob es ihr nicht gut gehe. Überhaupt schien in letzter Zeit irgendwas mit ihr nicht zu stimmen. Doug wurde klar, dass er sie schon seit ein paar Wochen nicht mehr gesehen hatte. Heute war nicht das erste Mal gewesen, dass sie wegen Arbeit oder Müdigkeit eine Verabredung abgesagt hatte.

Man hätte meinen können, Melodys Durchhänger hätten etwas mit ihrer noch recht frischen Beziehung zu dem Gitarristen Andy Monahan zu tun, aber der tourte gerade durch Europa. Nein, was immer mit Melody los war, Doug glaubte nicht, dass es an Andy lag.

Aber wer war er schon, dass er meinte, sich in andere hineindenken zu können? Doug, der sich immer so viel auf sein wohlgeordnetes Leben eingebildet hatte – auf seine Karriereschritte, das Verhältnis zu seinem Vorgesetzten, die Entscheidung, ein Haus zu kaufen –, er hatte offensichtlich alles falsch verstanden. Er war von einem Posten abgezogen worden, den er geliebt hatte, als Stellvertreter von Detective Superintendent Duncan Kincaid. Und als Nächstes hatte Kincaid nicht nur Scotland Yard verlassen, sondern er schien ihm auch persönlich aus dem Weg zu gehen.

Und jetzt mied Melody ihn ebenfalls?

Plötzlich erschien ihm die Putney Bridge sehr weit entfernt. Beim nächsten Ruderschlag zwickte sein verletzter Knöchel, und als er sich umschaute, erblickte er am südlichen Ufer das Harrods Book Depository. Er war weiter gekommen, als er beabsichtigt hatte. Also brachte er das kleine Boot in einer weiten Kurve herum und begann flussabwärts zu rudern. Doch jetzt musste er gegen die Strömung ankämpfen, und über seinen Bug zog eine steife Brise, die die Wasseroberfläche aufwühlte. Der Schmerz in seinem Knöchel war schon bald mehr als nur ein Zwicken, aber trotzdem hatte er keine andere Wahl, als weiter zu rudern. Außer er wollte sich so lange flussaufwärts treiben lassen, bis sich beim Gezeitenwechsel die Fließrichtung wieder umkehrte.

Doug biss die Zähne zusammen und hängte sich weiter rein. Melody Talbot sollte der Teufel holen. Wenn er das Ufer nur noch als Krüppel erreichte, war das ganz allein ihre Schuld.

»Du spülst, ich trockne ab«, sagte Kincaid und zog das Geschirrtuch von der Stange an der Ofenfront. Er wusste, dass das die einfachere Aufgabe war – genau wie Gemma, dem Blick nach zu urteilen, den sie ihm zuwarf –, aber sie lag ihm. Weil sie ein sichtbares Ergebnis lieferte, und er mochte sichtbare Ergebnisse. Sie waren heilsam gegen die Frustrationen in seinem Job.

Sie hatten eben ihr Sonntagsfrühstück beendet, und in der Küche roch es noch immer nach Speck und Toasts mit Spiegeleiern. Die beiden Kleinen spielten im Hausflur. Als er vorhin hinausgegangen war, um nach ihnen zu schauen, hatte Toby gerade unter Charlottes entzückten Blicken die Kätzchen in einem Korb durchs Treppenhaus abgeseilt. Als sie wieder festen Boden unter den Pfoten gehabt hatten, hatte Kincaid Toby zwar pflichtschuldig die Leviten gelesen, aber es war ihm nicht leichtgefallen, sich das Lachen zu verkneifen.

»Ich glaube, Kit liest Toby Jules Verne vor«, sagte er, als Gemma ihm ihre Teekanne von Clarice Cliff herüberreichte, die sie extra für das sonntägliche Frühstück herausgeholt hatte. Ganz vorsichtig nahm er sie entgegen. Wenn Besucher zu Gemma sagten, sie sei zu kostbar, um sie zu benutzen, entgegnete sie für gewöhnlich ganz pragmatisch: »Wofür soll sie denn sonst gut sein?« Aber er wusste, sollte er sie zerbrechen, würde Gemma ihm das nicht so schnell verzeihen.

Er sah ihr am Gesicht an, dass sie von Tobys Mätzchen nicht sehr begeistert war – und auch nicht von ihm. Kein Wunder, dass sie sich ärgerte. Nach Denis' Aufbruch gestern Abend war er noch eine ganze Weile im Pub geblieben und hatte das Bier ausgetrunken, das vor ihm gestanden hatte. Danach hatte er noch eins bestellt und zu begreifen versucht, was Denis ihm eröffnet hatte. Und er hatte auch darüber nachgedacht, was genau er Gemma erzählen sollte.

Während er an seinem zweiten Bier nippte, betrachtete er die anderen Gäste und versuchte, sich auszumalen, wer sie waren, was für Jobs und Beziehungen sie hatten. Wann war er eigentlich zum letzten Mal irgendwo allein gewesen? Abgesehen von den Fahrten mit dem Auto oder der U-Bahn war er den ganzen Tag von seiner Familie oder seinen Kollegen umgeben, und das jeden Tag. Und plötzlich merkte er, wie dringend er diese kurzen Zeitfenster für sich selbst brauchte, um mal abzuschalten.

Er trank sein Glas aus, stand auf und nickte dem Barkeeper zum Abschied zu.

Wegen einer langsamen U-Bahn-Verbindung hatten, als er endlich zu Hause ankam, nicht nur die Kinder, sondern auch Gemma bereits geschlafen.

Nun war allerdings der Moment der Wahrheit gekommen.

»Also«, sagte sie, während sie ihm mit übertriebener Heftigkeit den ersten tropfnassen Teller in die Hand drückte. »Erzähl mir von deinem geheimnisvollen Treffen. Wer war es?«

Trotz all seiner Bemühungen war ihm keine Möglichkeit eingefallen, wie er es ihr sanft beibringen konnte. »Denis«, sagte er, während er gleichzeitig energisch an einem Fleck auf dem Teller rieb. »Es war Denis.«

Gemma sah ihn kurz an, ehe sie den nächsten Teller ins Spülwasser tauchte. »Blödsinn. Sogar die Kinder würden sich eine bessere Geschichte zusammenreimen.«

»Denis könnte sich keiner zusammenreimen.« Er hatte es

ganz bewusst leicht dahingesagt, doch diesmal drehte sie sich zu ihm um und sah ihn an, während das Wasser vom Teller unbeachtet auf den Boden tropfte.

»Das ist doch Unsinn«, sagte sie, klang aber nicht mehr ganz sicher. »Unser Denis?«

»Kein anderer.«

»Aber …« Sie schüttelte den Kopf. »Ist er wieder da? Wo zum Teufel hat er die ganze Zeit gesteckt? Und warum um alles in der Welt hat er dich nicht angerufen?«

»Er war in Singapur. Wegen einer Lebertransplantation.«

»Wegen was?« Gemma legte den Spülschwamm zur Seite und lehnte sich mit dem Rücken gegen die Arbeitsplatte. Sie sah ihm fest in die Augen. »Du nimmst mich doch auf den Arm. Das ist überhaupt nicht komisch.«

»Wieso sollte ich denn Witze über eine Lebertransplantation machen?« Der Gedanke ließ Kincaid erschaudern. »Und wenn du ihn gesehen hättest, würdest du es auch glauben. Er strahlt richtig. Und er ist gertenschlank. Na ja, zumindest für seine Verhältnisse.«

»Aber … ich verstehe nicht … warum hat er es niemandem erzählt? Und warum in Singapur?«

Kincaid erzählte ihr die Geschichte, die er am Vorabend gehört hatte, verschwieg dabei jedoch Denis' Angst, den Job zu verlieren, wenn irgendjemand herausgefunden hätte, wie krank er wirklich gewesen war.

Als er ausgeredet hatte, sah sie ihn zwar etwas weniger skeptisch an, meinte jedoch: »Warum hat er es dir nicht gesagt?«

»Vielleicht hat er geglaubt, ich würde ihn nicht sehen wollen.«

»Völlig zu recht. Hat er dir deinen alten Job wieder angeboten?«

»Nein.«

»Hat er wenigstens erklärt, warum er dich versetzt hat?«

Beinahe hätte Kincaid geantwortet: *Weil er meinte, dass ich bei Faith in Sicherheit bin.* Doch stattdessen sagte er: »Er fand, dass ich eine Veränderung bräuchte, und glaubte, dass ich mit Chief Superintendent Faith gut auskommen würde.«

Stirnrunzelnd nahm Gemma die Teekanne vom Abtropfgestell und stellte sie vorsichtig ins Regal beim Ofen. Dann drehte sie sich erneut zu ihm um. »Es ist wegen Henley, oder? Er hat dich dafür bestraft, dass du sein Urteilsvermögen im Hinblick auf Angus Craig angezweifelt hast.«

Er schüttelte den Kopf. »Nein, er ...« Er unterbrach sich. Vor dem gestrigen Abend hätte er noch dasselbe gesagt. Mit einem Schulterzucken meinte er: »Vielleicht. Aber ich glaube, dass Denis sich über ganz andere Dinge Sorgen gemacht ...«

Als Gemmas Handy klingelte, zuckten sie beide zusammen. »O verdammt«, murmelte sie. »Tut mir leid.« Nachdem sie das Telefon unter dem Stapel Sonntagszeitungen hervorgezogen hatte, schaute sie aufs Display und antwortete mit einem neutralen »Hallo«, das ihm nichts darüber verriet, wer am anderen Ende der Leitung war.

Aber er war froh über die Ablenkung. Wer weiß, was er noch alles zugegeben hätte, wenn sie nicht unterbrochen worden wären.

Mit dem Handy am Ohr nickte Gemma ein paarmal, dann sagte sie: »In Ordnung. Gut. Ja, natürlich. Nein, wir haben schon gefrühstückt – oder eher gebruncht.« Sie sah ihn an und dann die Küchenuhr. »Ich sehe zu, was ich machen kann, und ruf dich dann zurück.«

»Wer war das?«, fragte er, nachdem sie aufgelegt hatte.

»MacKenzie. Sie hat gefragt, ob ich ihr einen Gefallen tun kann.«

Melody sah völlig fertig aus. Ihre dunklen Haare waren verfilzt, und das eine halb geöffnete blaue Auge, das ihr trübe aus dem Spiegel entgegenblickte, wirkte blutunterlaufen. Auf ihrer Wange entdeckte sie den Abdruck des gemusterten Sofakissens. Kein besonders hübscher Anblick. O Gott, wieso hatte sie schon wieder die ganze Nacht besinnungslos auf dem Sofa gelegen? Sie verzog das Gesicht und wandte sich vom Spiegel ab. Dann ging sie unter die Dusche und stellte den stärksten Strahl ein.

Dougs Anruf hatte sie aus dem Schlaf gerissen, und das Erste, was sie gesehen hatte, war ein Karton mit zusammengeklumptem indischem Lieferessen gewesen, der unmittelbar vor ihrer Nase auf der Kante des Couchtischs kippelte. Neben dem Karton stand eine leere Flasche Rotwein, ein billiger Italiener. Hatte sie die wirklich ganz ausgetrunken? Doch sicher nicht ... Aber als sie mit der Zunge ihre Zähne betastete, fühlten sie sich genauso pelzig an wie ihr Kopf.

Das Letzte, an was sie sich erinnern konnte, war, dass sie sich auf YouTube körnige Konzertmitschnitte von Andy und Poppy in einem Münchner Club angeschaut hatte. Und dass sie versucht hatte wachzubleiben, falls Andy doch noch anrief. Es war schwer, die Zeit für ein richtiges Gespräch zu finden, da er nachts auf der Bühne stand und die Tage durchschlief. Wenn er seine Auftritte beendete, war es in London meistens schon weit nach Mitternacht. Während er dann ganz aufgekratzt war und sich unterhalten wollte, konnte sie vor Erschöpfung kaum noch die Augen offen halten. Deswegen hatte sie sich auch besonders auf die Nacht von Samstag auf Sonntag gefreut, in der sie es sich leisten konnte, lange wach zu bleiben, doch er hatte sich nicht bei ihr gemeldet.

Vielleicht war es so das Beste, dachte sie, während sie nachdenklich die Weinflasche betrachtete. War sie denn verrückt gewesen zu glauben, dass so eine Beziehung funktionieren könnte? Zwischen der zugeknöpften Polizistin und dem plötzlich berühmt gewordenen Rockgitarristen? Als sie Andy Monahan kennengelernt hatte, hatte er sich noch als Session-Musiker verdingt und in einer mittelmäßigen Band gespielt. Damals war er kaum imstande gewesen, seine Rechnungen zu begleichen. Dann hatte sein Manager ihn mit der zwanzigjährigen Poppy Jones zusammengebracht, der Tochter eines Vikars aus Twyford, die eine fantastische Stimme hatte und virtuos Bass spielte. Die beiden hatten miteinander ein Hitvideo aufgenommen und tourten jetzt gerade in Europa, wo ihre Bekanntheit mit jedem Auftritt wuchs.

Melody sah nicht, wie sie da hineinpassen sollte, und nichts, was sie von ihren Arbeitstagen zu erzählen hatte, konnte mit dem mithalten, was Andy ihr von seinem Tourleben berichtete. Der Dampf der Dusche waberte durchs Badezimmer und beschlug den Spiegel, in dem sie sich gerade ein weiteres Mal betrachtete. Sie schloss die Augen, froh, nicht mal mehr ihr verschwommenes Abbild sehen zu müssen. In Wahrheit konnte sie nicht mit Poppy Jones mithalten. Und der Gedanke, Andy zu verlieren, schmerzte sie auf eine Weise, über die sie gar nicht nachdenken wollte.

Na ja, wenn sie schon nichts wegen Andy unternehmen konnte, sollte sie wenigstens versuchen, die Sache mit Doug wieder hinzubiegen. Sie wischte das Kondenswasser vom Spiegel, sah sich selbst in die Augen und sagte: »Reiß dich gefälligst zusammen, Melody Talbot.«

Nach ihrer kurzen Dusche rubbelte Melody sich die Haare mit einem Handtuch trocken. Danach schlüpfte sie in eine Jeans und zog dazu ein laubgrünes T-Shirt an, das ihrer Meinung nach gut zu Gartenarbeit passte. Schließlich verließ sie ohne Frühstück oder auch nur einen Kaffee ihre Wohnung in Notting Hill und bemerkte erst, als sie mit dem Auto über die Putney Bridge fuhr, dass sie gar keine Gartenausrüstung dabeihatte, nicht mal ein Paar Handschuhe. Was soll's, ein paar Blasen würden ihr schon nicht schaden. Aber hoffentlich hatte Doug wenigstens daran gedacht, einen Spaten zu besorgen.

Der Tag war mittlerweile sonnig und heiß geworden, und obwohl es ihr seit der Dusche schon viel besser ging, litt sie immer noch unter bohrenden Kopfschmerzen. Tee. Sie brauchte einen Tee, das große Allheilmittel. An der Putney High Street, gleich bei Doug um die Ecke, gab es einen Starbucks. Sie würde ihm auch einen Becher mitbringen – als Friedensangebot.

Ein paar Minuten später war auch das erledigt. Und sie hatte gerade ihr Auto in der Lacy Road geparkt und es sogar geschafft, die zwei Pappbecher aus dem Auto zu bekommen, ohne etwas zu verschütten, als ihr Handy klingelte. »Ach, verdammt«, murmelte sie, während sie versuchte, den Tee sicher auf der Motorhaube abzustellen und gleichzeitig das Telefon aus der Handtasche zu fischen. Als sie sah, wer es war, hätte sie das Gespräch beinahe nicht angenommen. Auf dem Display stand schlicht »Mum«. Aber wenn sie jetzt nicht dranging, würde ihre Mum nicht aufhören, sie anzurufen. Melody holte tief Luft und drückte auf das grüne Hörersymbol.

»Mum«, sagte sie behutsam, »ich bin gerade mitten in …«

»Du steckst immer mitten in irgendwas, mein Schatz. Hast du etwa schon wieder unseren Sonntags-Lunch vergessen?« Lady Adelaide war ihr Missfallen deutlich anzuhören.

»O Sch…« Melody unterdrückte gerade noch den Fluch. Sie hatte es tatsächlich vergessen. Nicht zum ersten Mal. Ausgerechnet ihr allwöchentliches Familienritual, das man nur ausfallen lassen durfte, wenn man tot war. »Entschuldige, Mum.«

Sie trank einen Schluck Tee und verzog das Gesicht, als sie sich dabei den Mund verbrühte. »Aber weißt du, ich hab schon was vor, und außerdem bin ich für unseren Lunch gar nicht richtig angezogen.«

»Komm trotzdem.« Lady Adelaides Stimme klang unnachgiebig. »Du bist schon seit Wochen nicht mehr hier gewesen, und dein Vater ist darüber allmählich ziemlich verärgert.«

Ivan Talbot trug nicht umsonst sowohl zu Hause als auch bei der Zeitung den Spitznamen »Ivan, der Schreckliche«. Melody hatte zwar keine Angst vor den Wutausbrüchen ihres Vaters, aber sie konnte nicht gut damit umgehen, wenn sie seine Gefühle verletzte. Und genauso wenig konnte sie die Missbilligung ihrer Mutter ertragen. Addie Talbot besaß großen Charme und war von untadeliger Erziehung. Und sie war stets bereit, beides einzusetzen, um das Leben ihres Ehemanns so reibungslos wie möglich zu gestalten.

»Hör mal, Mum, ich habe einem Freund versprochen, mit ihm im Garten zu arbeiten und ein paar …«

»Im Garten? Sei bitte nicht albern, Schatz. Du verstehst doch nicht das Geringste von der Gartenarbeit. Wasch dich nur kurz. Du kannst dich ja umziehen, wenn du hier bist. Ich werde deinem Vager sagen, dass du kommst.« Dann legte sie auf.

Dieses Mal fluchte Melody ausgiebig und laut. Eine Frau, die auf der anderen Seite der Straße einen Kinderwagen schob, sah empört zu ihr herüber und legte einen Zahn zu. Als sie sich noch mal umdrehte, hob Melody die Hand zu einer entschuldigenden Geste.

Sie musste ziemlich idiotisch wirken, wie sie so mitten auf der Straße stand und Selbstgespräche führte. Aber ihre Mutter zurückzurufen hatte auch keinen Sinn.

Na gut, sie würde hingehen, aber erst, wenn es ihr passte. Zuerst musste sie wenigstens noch mit Doug sprechen.

Nachdem sie ihre Fassung wiedergefunden hatte, schulterte sie ihre Handtasche und nahm die beiden Teebecher. Die Jalousien in Dougs Erkerfenster waren offen, aber sie sah kein Zeichen von Aktivität. Als sie auf dem vorderen Treppenabsatz stand, betätigte sie die Klingel umständlich mit dem Ellbogen. Hinter der Tür erklang ein Läuten, aber sie konnte keine Schritte vernehmen. Sie wartete einen Moment, dann setzte sie die Becher ab und klopfte fest. Totenstille. Durch das grün-goldene Buntglas im oberen Teil der Tür war keine Bewegung auszumachen.

»Der Teufel soll dich holen, Doug, wenn du da drin bist und schmollst«, sagte Melody mit lauter Stimme. Sie zog ihr Handy wieder aus der Tasche und wählte seine Nummer. Er ging nicht ran, und sie konnte sein Telefon auch nicht im Haus klingeln hören. Wenn er vom Fluss zurückgekehrt und allein in den Garten gegangen war, dann würde er doch trotzdem drangehen, oder?

Außer, er hatte sich verletzt … oder irgendetwas Dummes angestellt und war dabei gestürzt. So wie schon einmal. Sie bemerkte, wie ihre Handflächen feucht wurden.

Es war ein Reihenhaus, was bedeutete, dass sie nur durch das Gebäude in den Garten gelangen konnte, und sie hatte keinen Schlüssel für die Tür. Wenn sie sich doch nur vergewissern könnte, dass ihm nichts passiert war. Vielleicht hatten ja die Nachbarn einen Ersatzschlüssel, oder sie gelangte irgendwie durch deren Garten …

Nein. Melody holte ein paarmal tief Luft, wackelte mit den Fingern und zwang sich zur Ruhe. Sie musste aufhören, sich so dumm zu benehmen. Natürlich ging es ihm gut. Vermutlich hatte er einfach das Telefon abgestellt, als er mit dem Ruderboot rausgefahren war. Oder er hatte in einem der Pubs am Flussufer einen Zwischenstopp eingelegt und das Klingeln überhört. Vielleicht hatte er aber auch einen Bootsunfall gehabt … *Nein!*, dachte sie noch einmal. Sie hatte zehn Minuten lang vor der Ampel auf der Putney Bridge gestanden. Und da war abgesehen von ein paar Ruderachtern und den Motorbooten der Trainer nichts auf dem Fluss zu sehen gewesen. Keine Unfälle. Sie machte sich wirklich lächerlich.

Melody suchte in ihrer Tasche nach irgendwas, auf das sie schreiben konnte, und kritzelte Doug schließlich eine Nachricht auf die Rückseite ihrer Starbucks-Rechnung. Einen Moment zögerte sie noch, dann nahm sie den abgegriffenen und mehrfach gefalteten Plan, den sie für ihr Gartenprojekt gezeichnet hatte, aus der Handtasche und legte ihn zusammen mit der Nachricht auf die Türschwelle. Zum Schluss beschwerte sie beides noch mit dem inzwischen schon ziemlich abgekühlten Teebecher.

Auf dem Weg zurück zum Auto drehte sie sich ganz bewusst nicht mehr zum Haus um. Dann stieg sie ein und fuhr nach Kensington.

Als sie vor dem Reihenhaus ihrer Eltern ankam, blieb sie einen Moment stehen, um es zu betrachten. Mit dem kleinen abgeschlossenen Vorgarten und der weißen Stuckfassade sah es eigentlich nach nichts Besonderem aus. Wer sich nicht mit den Immobilienpreisen in London auskannte, hätte nie vermutet, dass sich nur jemand mit sehr viel Geld so ein Haus leisten konnte. Und Ivan Talbot, der Eigentümer der erfolgreichsten Zeitungen Londons, deren Verlagsbüros gleich hier um die Ecke lagen, gehörte ganz sicher in diese Kategorie. Aber er war nicht reich geboren worden und hatte auch nie ein Geheimnis daraus gemacht, dass er aus einer Arbeiterfamilie in Newcastle stammte.

Das schwarze schmiedeeiserne Tor öffnete sich, noch bevor Melody den Knopf der Gegensprechanlage drücken konnte.

Ihr Mutter hatte bereits nach ihr Ausschau gehalten. Offenbar war sie sich ganz sicher gewesen, dass Melody wie angeordnet erscheinen würde.

Die glänzend schwarze Eingangstür schwang auf, sobald Melody sie erreichte, und Addie Talbot zog sie mit einer Umarmung ins Haus. Genau wie ihre Tochter war auch Addie nur ein kleines bisschen über eins fünfzig groß und so zierlich, dass sie sich unter Melodys Händen so zart wie ein Kind anfühlte. Melody küsste sie auf die weiche Wange und trat einen Schritt zurück, um ihre cremefarbene Leinenhose und die blaugrüne Seidenbluse zu betrachten. Das, was ihre Mutter unter Freizeitkleidung verstand.

Addie wiederum hielt Melody auf Armlänge und inspizierte ihr Äußeres. »Schatz, du siehst ja zum Fürchten aus.«

»Ich habe dir doch gesagt, dass ich nicht vorzeigbar bin«, sagte Melody, wobei sich ein defensiver Ton in ihre Stimme schlich. »Und wenn du außer mir sonst noch jemanden eingeladen hast, bin ich sofort wieder weg.«

Ihre Mum hatte die wirklich üble Angewohnheit, Melody während ihrer sonntäglichen Essen mit Männern bekannt zu machen, die sie für heiratsfähige Junggesellen hielt. Und sie machte keinen Hehl daraus, dass sie und Melodys Vater Angst hatten, sie könnte als alte Jungfer enden. Bislang hatte Melody noch nicht den Nerv gehabt, ihnen von Andy zu erzählen – oder Andy mehr über ihre Eltern zu offenbaren, als dass ihr Vater etwas mit Zeitungen zu tun hatte.

»Schatz«, sagte Addie, wobei sie die Stirn stärker in Falten legte, als sie es sich normalerweise erlaubte. »Was hast du denn bloß mit deinen Haaren angestellt?«

»Ach.« Melody fuhr sich mit einer Hand über den Kopf. Sie hatte ganz vergessen, dass ihre Mutter diesen neuen Look noch gar nicht kannte. »Abgeschnitten.«

»Du hast sie abgeschnitten? Mit einer Küchenschere? Jean Paul hätte dir so etwas bestimmt nie angetan.«

»Nein, ich habe sie nicht selbst geschnitten, Mum. Ich war bei einem Friseur. Weil ich Lust auf eine Veränderung hatte.« Melody hatte sich ihre dunklen Haare noch nie viel weiter als bis zum Kinn wachsen lassen, aber vor ein paar Wochen war sie während der Mittagspause in einen Friseursalon in Brixton gegangen und hatte sich einen jungenhaften Kurzhaarschnitt verpassen lassen. Wie bei einem Pilger, war ihr durch den Kopf geschossen, als sie sich im Spiegel betrachtet hatte. Sie hatte sich nackt gefühlt – und überraschend frei. Sie war sich allerdings überhaupt nicht sicher, ob es ihr gefiel.

»Wenn du eine Veränderung willst, hättest du dir auch ein neues Outfit zulegen können«, sagte ihre Mutter. Aber Melody hörte die Belustigung in ihrer Stimme. »Ich finde ja, dass es dir gar nicht schlecht steht, aber ich habe keine Ahnung, was dein Vater dazu sagen wird.«

»Wo ist er?«

»Unten. Er kümmert sich um das Essen. Es gibt nur kalte Salate, aber ich glaube, er hat sich noch etwas Besonderes für dich ausgedacht.«

Ivan Talbot konnte es sich leisten, in den feinsten Restaurants von London zu speisen, und tat das auch sehr oft. Aber er hatte nie seine Wurzeln in Newcastle vergessen. Er genoss es, in der Küche herumzuhantieren und Speisen zuzubereiten, die er als gewöhnliches Essen bezeichnete.

»Wir sollten runtergehen«, sagte Addie. »Er wird sich schon fragen, wo wir bleiben.« Die Küche des Reihenhauses und das angrenzende Wohnzimmer befanden sich im Untergeschoss, von wo man in den Garten blicken konnte. Das Wohn- und Speisezimmer im Erdgeschoss wurde nur selten genutzt, außer zu förmlichen Abendgesellschaften.

»Dann mal hinein in die Höhle des Löwen«, sagte Melody und ging voraus.

Die Treppe, die ins Untergeschoss führte, war aus blankem Portland-Stein. In der Mitte waren die Stufen ein wenig ausgetreten. In der Blütezeit des Gebäudes waren sie bestimmt noch mit einem trittfesten Teppich belegt gewesen, um die Schritte der Dienerschaft auf ihrem Weg zwischen Küche und Speisesaal zu dämpfen. Aber Melodys Vater hatte darauf bestanden, sie unbedeckt zu lassen. Er wollte, wie er sagte, die Knochen des Hauses sehen.

»Hallo, Dad«, sagte Melody, als sie den unteren Treppenabsatz erreichte und die Küche betrat. Groß wie ein Wikinger, mit blonden Haaren, die allmählich auf distinguierte Weise ergrauten, so stand Ivan Talbot an der Arbeitsfläche. Er hatte sich eine Küchenschürze umgebunden, die an seiner massigen Gestalt eigentlich hätte lächerlich aussehen müssen. Aber er trug sie mit der gleichen Souveränität, mit der er die meisten Dinge in seinem Leben tat.

Als er sie in eine feste Umarmung zog, ließ Melody sich einen Moment lang gegen seine breite Brust sinken. »Es war aber auch höchste Zeit, dass du mal wieder dein hübsches Gesicht sehen lässt, Mädchen.« Selbst nach dreißig Jahren in London hatte er immer noch einen starken nördlichen Akzent. Obwohl Melody sicher war, dass seinen scharfen Augen nichts entging, machte er keine Bemerkungen über ihre Haare oder ihre Kleidung. Ihre Mutter, die hinter ihr eingetreten war, begann, Teller und Besteck zusammenzusuchen.

»Kalter Schinken, Gurkensalat, rote Bete und Kartoffelsalat«, zählte er auf, nachdem er sich von ihr gelöst hatte. Dabei deutete er zu den Schüsseln auf der Küchentheke. »So schön, wie es heute ist, sollten wir am besten im Garten picknicken. Und hier haben wir noch …« Mit einem spitzbübischen Grinsen holte er eine weitere Schüssel aus dem Kühlschrank. »... meinen Aufstrich aus geräucherter Renke. Den Toast dazu machen wir erst kurz vorm Servieren. Und das Blubberwasser muss auch noch kühlen.« Mit »Blubberwasser« meinte Ivan den Veuve Cliquot, der in einem silbernen Eiskübel steckte.

Die Türen an der Außenwand des Wohnzimmers standen offen und gaben den Blick auf eine Gartenfläche frei, die wie ein grünes Juwel leuchtete. Es war eine äußerst elegante Anlage, bei der Pflanzen in verschiedenen Grüntönen allmählich in weiße Gewächsflächen übergingen, und dabei kunstsinnig arrangiert um eine Terrasse, die mit den gleichen grauen Portland-Steinen gepflastert war, die sich auch im Inneren des Hauses fanden. Das Ganze unterschied sich so sehr von der ruhmreichen, struppigen Blumenrabatte, die Melody für Doug Cullens kleinen Garten ersonnen hatte, wie der Tag von der Nacht.

»Geht es dir auch gut, Schatz?«, fragte Addie und hielt kurz mit einem Tablett in den Händen inne. »Du hattest für einen kurzen Moment einen ganz eigenartigen Blick in den Augen. Als ob du etwas verloren hättest.«

Melody blinzelte und schüttelte den Kopf. »Nein, mir geht's gut. Ehrlich.«

»Ich dachte, du bist vielleicht etwas durcheinander, wegen deines Chief Superintendents.«

»Wie meinst du das?« Melody blickte ihre Mutter verständnislos an.

»Hast du es nicht schon in der Arbeit gehört?«, fragte Ivan.

»Ich hatte das ganze Wochenende keinen Dienst.« Melody fühlte sich mit einem Schlag so benommen, als wäre ihr alles Blut aus dem Kopf gewichen. »Wovon sprecht ihr? Ist Superintendent Krueger irgendetwas zugestoßen?« Diane Krueger war ihre und Gemmas Vorgesetzte beim Polizeirevier von Brixton.

»Nein, nein.« Ihr Vater schüttelte den Kopf. »Deine Mutter meint den Vorgesetzten deines Freundes Kincaid. Oder besser, seinen Ex-Vorgesetzten bei Scotland Yard. Chief Superintendent Childs. Anscheinend ist er gestern Abend in der Nähe seiner Wohnung auf einem Friedhof überfallen worden. Der Angreifer hat wohl angenommen, er sei tot, und ihn einfach liegen lassen. Sie sind nicht sicher, ob er es schafft.«

5

»Was heißt das, ›einfach liegen lassen‹?«, fragte Melody. »Wird er überleben?«

»Ich habe keine Ahnung, mein Liebes. Sonst hätte ich es dir gesagt.« Ihr Vater runzelte die Stirn. »Ich wollte dich nicht damit überfahren. Ich habe wirklich geglaubt, du hättest es schon gehört.«

Melody zwang sich, die geballten Fäuste zu öffnen, und versuchte, ruhig zu sprechen. »Ich habe es euch doch gesagt: Ich hatte dieses Wochenende keinen Dienst. Und es hat mich auch niemand angerufen. Weißt du, welcher Friedhof es war oder in welches Krankenhaus sie ihn gebracht haben? Ist er … wurde er …« Sie schluckte krampfhaft. »… angeschossen?«

»Ich weiß es nicht.« Ivan stellte die Champagnerflasche in den Kübel zurück und kam zu ihr herüber. Er legte ihr eine große kühle Hand auf die Schulter und sagte: »Es ist gerade in die Nachrichtenredaktion reingekommen. Ich habe ihnen gesagt, sie sollen es nicht veröffentlichen, solange nicht noch weitere Informationen vorliegen. Soll ich versuchen, mehr herauszufinden?«

»Oh. Nein, Dad, aber vielen Dank.« Das Letzte, was sie wollte, war, dass Ivan seine Zeitungsverlegernase in Polizeiangelegenheiten steckte – oder irgendwas anderes tat, was ihre familiäre Verbindung ans Licht bringen würde. »Ich war nur«, sie schluckte erneut, »neugierig.«

Ihre Mutter wirkte nicht überzeugt. »Du siehst wirklich etwas blass aus, Melody. Kannst du bitte ein bisschen besser auf dich achtgeben? Ich habe immer gesagt, dass dieser Job bei der Polizei eine schlechte Idee war. Und nach dem, was dir passiert ist, als …«

»Mummy«, unterbrach Melody sie. »Entschuldige mich bitte für einen Moment. Ich muss kurz telefonieren.« Noch ehe ihre Mutter protestieren konnte, war Melody schon hinausgegangen. Neben dem quadratischen Lilienteich war ein perfekter Rasen angelegt, aber sie ging weiter, bis sie das hintere Ende des Grundstücks erreichte. Dort hatten ihre Eltern einen Kamin in die Steinmauer einbauen lassen. An den Tisch mit den zwei Stühlen setzten sie sich an kühlen Abenden gern, um einen Drink zu genießen. Heute brannte die Sonne jedoch mit aller Macht vom Himmel, und ihre sengenden Strahlen wurden vom Steinfußboden zurückgeworfen. Melody fühlte sich dem grellen Licht schutzlos ausgeliefert und hatte das Gefühl, man müsste in dieser gleißenden Helligkeit ihre Knochen sehen können.

Sie zog das Handy aus der Tasche. Aber dann zögerte sie und ließ die Finger über dem Tastenfeld schweben. Normalerweise wäre ihr erster Impuls, Doug anzurufen, aber eine weitere Zurückweisung konnte sie nicht ertragen. Außerdem war es nicht ihre Aufgabe, es ihm beizubringen. Das sollte besser Duncan übernehmen.

Sie wählte die Telefonnummer in ihren Kontakten, die ihr am vertrautesten war. Sie gehörte Gemma.

Kincaid hatte gar nicht glauben können, was Gemma ihm da erzählte, und deswegen gleich Tom Faith angerufen, der es ihm unglücklicherweise bestätigte. Anscheinend war auf dem Friedhof von St. James Clerkenwell jemand auf Denis Childs losgegangen – irgendwann während des vorangegangenen Abends. Und jetzt lag er im Royal London Hospital, in der Abteilung für Schädel-Hirn-Traumata. Mehr als das wusste Faith auch nicht, aber er hatte vor, persönlich ins Krankenhaus zu fahren.

»Dann treffen wir uns da«, sagte Kincaid und merkte erst, nachdem er aufgelegt hatte, dass er gerade erst Gemma versprochen hatte, auf die Kinder aufzupassen, solange sie mit MacKenzie unterwegs sein würde.

»Nein, geh nur«, sagte Gemma. »Ich lass mir irgendwas einfallen.«

Während er durch North London fuhr, ging er in Gedanken immer wieder das gestrige Treffen durch. Warum war Denis so vorsichtig gewesen und hatte ein Pub ausgewählt, in dem keiner sie beide kannte. Hatte er befürchtet, dass man ihn verfolgte? Und wenn er damit recht gehabt hatte und ihm wirklich jemand zum Duke gefolgt war, hieß das, dass er Kincaid dann auch dort gesehen hatte?

Mit finsterer Miene fuhr er an der St. Pancras Station vorüber. Als ob er extra an Ryan Marsh erinnert werden müsste. Er war es gewesen, der nach der Explosion eines Phosphorbrandsatzes in der Bahnhofshalle gemeinsam mit Melody Talbot den Opfern geholfen hatte. Und Marsh hatte geglaubt, er selbst sei das eigentliche Ziel des Anschlags gewesen. Er hatte Angst gehabt, irgendjemand von den Polizeikräften würde ihn beobachten oder gar verfolgen. Aber Marsh war tot. Und nun war Denis Childs im Krankenhaus gelandet, kurz nachdem er ihm ganz ähnliche Verschwörungstheorien unterbreitet hatte.

Wenn Denis wirklich beschattet worden war, geriet Kincaid dann ebenfalls in Gefahr, wenn er sich mit ihm in Verbindung brachte?

Fluchend trat Kincaid fest auf die Bremse, um noch rechtzeitig vor einer roten Ampel zum Stehen zu kommen. Die heißen Auspuffabgase, die durch die offenen Fenster in seinen alten Astra hereinwehten, machten ihn ein wenig benommen, und er schüttelte den Kopf, um wieder klar zu werden. Er war ja schon völlig paranoid. Total bescheuert.

Als er in den Innenspiegel sah, fiel sein Blick auf Charlottes Kindersitz hinter ihm, und trotz der Hitze begann er plötzlich zu frösteln. Was, wenn es nicht bescheuert war? Er trug die Verantwortung für seine Familie.

Kincaid musste mehr herausfinden und wenn möglich mit Denis Childs reden. Es stand zu viel für ihn auf dem Spiel, um einfach den Kopf in den Sand zu stecken und zu hoffen, dass er sich alles bloß einbildete.

MacKenzies Ehemann Bill sprang mal wieder als Retter ein und versprach, sich um die Kinder zu kümmern. Aber Charlotte, die bereits Kincaids abrupten und unerwarteten Aufbruch verkraften musste, hatte geweint und sich an Gemmas Beine geklammert, als sie mit ihr in das Haus der Williams ging. Erst nach einigem guten Zureden war sie in den Garten gegangen, um mit Toby und Oliver zu schaukeln.

»Es tut mir so leid«, sagte Gemma, als sie sich zu MacKenzie ins Auto setzte. »Bill ist wirklich ein Heiliger, dass er sich ein schniefendes dreijähriges Kind aufbürdet.«

»So etwas gibt's bei uns im Haus ja sonst nicht«, antwortete MacKenzie und grinste. Doch dann wurde sie wieder ernst. »Und er braucht auch eine Pause, nachdem er sich bis jetzt ununterbrochen um ein Model bemüht und versucht hat, die Katalogaufnahmen neu zu planen.« Sie warf Gemma einen schuldbewussten Blick zu. »Das ist ganz schön herzlos von mir, Reagans Tod als Unannehmlichkeit aufzufassen, oder? Aber es geht ja nicht nur um die Models, wir müssen auch einen ganzen Haufen andere Leute jonglieren und eine neue Foto-Location finden. Die von gestern war nur an diesem einen Tag verfügbar. Bill war schon kurz vorm Verzweifeln.«

»Gott sei Dank geht das Leben weiter«, erwiderte Gemma. »Deswegen darfst du dich nicht schuldig fühlen.« Sie fuhr an ihrem eigenen Haus vorbei und bog nach rechts in die Clarendon Road ab.

»Damit kennst du dich sicher gut aus«, sagte MacKenzie nachdenklich. »Ich habe mir bisher nie bewusst gemacht, dass du es mit den Familien von Verbrechensopfern zu tun bekommst. Ich weiß nicht, wie du das schaffst.«

Gemma sah ihre Freundin an, bevor sie antwortete. »Daran gewöhnt man sich nie. Aber Leute in solchen Situationen wollen oft einfach nur reden. Und es hilft ihnen, wenn man zuhört.«

»Keine Ahnung, was ich zu Reagans Mutter sagen soll. Ich kenne sie ja gar nicht, und es war schon schwer genug, mit Nita darüber zu sprechen.«

»Das wird dir dann schon einfallen. Und es ist eh das Wichtigste, dass du es überhaupt versuchst.« Gemma fuhr langsamer und bog in die Blenheim Crescent. »Wir hätten lieber zu Fuß gehen sollen«, sagte sie mit Blick auf die beiden zugeparkten Straßenseiten. Aber dann entdeckte sie wie durch ein Wunder doch eine Lücke, in die sie den Escort quetschen konnte.

Diese Gegend war ihr vertraut. Sie lag nur ein kleines Stück nördlich vom Kitchen and Pantry an der Elgin Crescent und auch nicht weit vom Café ihres Freundes Otto entfernt, das sich ebenfalls an der Elgin Crescent befand, allerdings ein bisschen näher an der Portobello Road. Auf der Kensington Park Road raste ein Bus der Linie 52 vorbei, aber in der Blenheim Crescent selbst herrschte Ruhe, so als hielten die Anwohner alle ein kleines Mittagsschläfchen.

»Wir müssen da lang«, sagte MacKenzie, als sie ausstiegen,

und deutete auf die nördliche Straßenseite. Doch dann berührte sie Gemma am Arm und hielt sie an. »Ich muss die ganze Zeit darüber nachdenken … wenn es Oliver wäre …«

»Das darfst du nicht.« Gemma umarmte sie kurz und verschwieg, dass es nichts gab, vor dem sie sich mehr fürchtete, als mit Eltern zu sprechen, die ein Kind verloren hatten. Stattdessen fragte sie betont munter: »So. Welches Haus ist es?«

MacKenzie holte tief Luft und schenkte Gemma ein unsicheres Lächeln, ehe sie sie ein Stück zurück in die Richtung führte, aus der sie gekommen waren. Die Sonne spiegelte sich so grell in den Autodächern, dass Gemma die Augen zusammenkneifen musste.

Schließlich blieb MacKenzie stehen und wies mit dem Kopf auf ein Gebäude, etwa in der Mitte der Häuserreihe. »Das hier.«

Im Gegensatz zu seinen in Pastelltönen gestrichenen Nachbarn zu beiden Seiten hatte dieses Haus eine hellgraue Fassade und eine schwarz glänzende Eingangstür. Und anders als einige der anderen Gebäude war es auch nicht in mehrere Wohnungen unterteilt. Es gab zwei Treppen, von denen eine zum vergitterten Untergeschoss und die andere hinauf zur Vordertür führte. Die Vorhänge im Erkerfenster des Erdgeschosses waren aufgezogen, so dass Gemma durch die Räume hindurch geradewegs bis in den rückwärtigen Garten blicken konnte.

»Die typische Notting-Hill-Eitelkeit«, flüsterte MacKenzie, als sie ihren Blick bemerkte. »Wenn man ein Haus oder eine Wohnung mit Garten besitzt, möchte man ihn den Leuten auch zeigen.«

»Darin muss man sich ja wie auf dem Präsentierteller fühlen«, antwortete Gemma, obwohl sie vermutete, dass sich die meisten Familien vorwiegend in den Küchen und Wohnzimmern im Untergeschoss und eher selten in den förmlicheren Räumen im Erdgeschoss aufhielten.

Die Sonne brannte ihnen heiß auf den Rücken, als sie die Stufen hochgingen und MacKenzie die Türklingel betätigte.

Die Frau, die ihnen aufmachte, steckte in einer Yogahose und einem dazu passenden T-Shirt – es war die Art teure Trainingsbekleidung, die Gemma sich nicht leisten konnte. Und selbst wenn, hätte sie gar keine Zeit gehabt, sie zu tragen –, sie war dünn, hatte ein kantiges Gesicht, das eher markant als hübsch war, und kragenlange hellbraune Haare, die zu einer aufwändig durchgestuften Frisur geschnitten waren. »MacKenzie«, sagte sie, dann bat sie die beiden Frauen in den Eingangsbereich und küsste die Luft neben MacKenzies Wangen. »Vielen Dank fürs Kommen«, fügte sie leiser hinzu. »Reagans Mutter ist hier, und ich fühle mich ein wenig verloren.« Gemma erkannte, dass ihre Augen unter dem makellosen Make-up rot gerändert und verquollen waren.

»Nita, das ist meine Freundin Gemma James«, stellte MacKenzie sie vor. »Ich dachte, sie könnte vielleicht behilflich sein. Gemma, das ist Nita Cusick.«

Nita ergriff Gemmas Hand. Ihr Händedruck war fest und trocken. »Das ist sehr freundlich von Ihnen. Mir ist wirklich jede Hilfe willkommen. Kannten Sie Reagan?«

»Nein, leider nicht.« Gemma wollte gerade noch erwähnen, dass sie am Vortag ihren Sohn Jess kennengelernt hatte, aber da öffnete Nita bereits die Tür zum Wohnzimmer.

Als Gemma ihr folgte, hatte sie das Gefühl, in eine Gartenlaube zu treten. Die Sofas und Sessel waren mit zart limonengelben Blumenmotiven gemustert, die sich, wenngleich in etwas neutraleren Farbtönen, auch auf den Zimmerwänden wiederfanden. In verschiedenen, über den Raum verteilten Vasen standen Hortensiensträuße. Durch die großen Fenster zum Garten fiel Licht herein.

Doch Gemma verkniff sich alle anerkennenden Kommentare, als sie die Frau erblickte, die in der Ecke eines der langen Sofas saß. In Nita Cusicks elegantem Wohnzimmer schien sie so deplatziert wie eine Pusteblume in einem Treibhaus. Gemmas Schätzung nach war sie nicht wesentlich älter als Nita, aber sie trug ganz gewöhnliche Kleidung, und ihr dunkles Haar war von grauen Strähnen durchzogen. Wenn sie auf ihr verquollenes Gesicht überhaupt Make-up aufgetragen hatte, war es inzwischen von den Tränen abgewaschen.

»Gwen«, sagte Nita, »das sind meine Freundin MacKenzie Williams und deren Freundin Gemma …«

»Mein Name ist Gemma James«, sprang Gemma ein, als sie Nitas ratlose Miene bemerkte. »Mein herzliches Beileid für Ihren Verlust, Mrs Keating.«

Gwen Keating nickte Gemma zu, richtete dann jedoch ihre ganze Aufmerksamkeit auf MacKenzie. »Mrs Williams«, sagte sie. »Reagan hat so viel von Ihnen erzählt. Sie hat große Stücke auf Sie und Mr Williams gehalten.« Sie sprach leise und mit einem leichten walisischen Akzent.

»Ach, wir waren auch ganz begeistert von ihr.« In MacKenzies Augen standen Tränen, als sie sich zu Gwen Keating aufs Sofa setzte und ihre Hand ergriff. »Es tut mir so leid. Ich kann es immer noch nicht fassen.«

»Kannten Sie meine Tochter?« Gwen Keating sah zu Gemma auf. Als Gemma den Kopf schüttelte, zog Gwen einen verknitterten Katalog aus ihrer Handtasche. »Hier, sehen Sie. Sie sagte, Mrs Williams gefiele es, wie sie auf Fotos aussah.«

Gemma setzte sich auf ihre andere Seite und nahm den Katalog. Auf der aufgeschlagenen Seite sah sie das Foto einer dunkelhaarigen jungen Frau, die auf einer Ziegelmauer saß. Sie trug Jeans, dazu eine Bluse mit dem für Ollie typischen Blumenaufdruck und blickte mit einem bezaubernden, angedeuteten Lächeln in die Kamera. Gemma kannte die Aufnahme. Sie hatte zu

Hause den gleichen Katalog – irgendwo in der Küche. »Ah ja, ich habe sie schon gesehen. Sie ist hinreißend«, flüsterte sie, während sie das Bild betrachtete, und bemerkte, dass sie im Präsens von Reagan Keating sprach. Das Mädchen strahlte so viel Lebendigkeit aus, dass es schien, als könnte sie unmöglich tot sein.

Behutsam legte sie den Katalog in Gwen Keatings Hände zurück. Die drückte ihn sich mit einer Hand an die Brust, während sie die andere an ihre aufgeplatzten Lippen hob.

Gemma blickte sich um in der Hoffnung, Taschentücher und ein Glas Wasser für die trauernde Frau zu entdecken, aber auf dem Sofatisch war nichts zu sehen außer einer niedrigen Vase mit weißen Rosen, die in dem warmen Raum einen intensiven Duft verbreiteten. Nita Cusick hatte sich nicht zu ihnen gesetzt. Stattdessen stand sie in der Nähe der Tür und sah aus, als ob sie jeden Augenblick davonrennen würde.

»Nita«, sagte Gemma. »Vielleicht hätte Gwen gerne eine Tasse Tee? Ich würde ihr sehr gerne eine aufbrühen.«

»Ach, aber natürlich.« Nita wirkte so überrascht, dass Gemma sich fragte, ob die Menschen in ihrem sozialen Umfeld keinen Tee tranken. »In Ordnung. Ich gehe rasch runter und bereite ihn zu.«

»Ich helfe Ihnen«, sagte Gemma und erhob sich.

Einen Moment glaubte sie, Nita würde ihr Angebot ablehnen, doch dann nickte sie und sagte: »Danke.«

Gemma lächelte MacKenzie noch kurz aufmunternd zu, ehe sie Nita in den Eingangsbereich folgte, von wo eine elegante Treppe ins Obergeschoss führte und eine zweite, etwas weiter links, nach unten.

»Zur Küche geht's hier entlang«, gab Nita über die Schulter zurück, während sie sich auf den Weg hinunter machte.

Im Untergeschoss trat Gemma auf den steingefliesten Boden und sah sich neugierig um. Genau wie das Wohnzimmer im Erdgeschoss erstreckte sich auch dieser Raum von der Front bis zur Rückseite des Hauses. Und auch hier waren die Wände in einer hellen neutralen Farbe tapeziert, allerdings ohne Muster. Die maßgeschneiderten Gardinen an den Fenstern zur Straße waren zugezogen, aber die großen rückwärtigen Fenster waren nicht verhängt. Sie rahmten den Ausblick so, dass er auch ein Wandgemälde hätte sein können, und der grünliche Widerschein von draußen ließ den Raum wirken, als läge er unter Wasser.

Die Küchenmöbel waren offensichtlich speziell angefertigt worden und, wie Gemma vermutete, sehr, sehr teuer gewesen.

»Sie stammt aus dem Kücheneinrichtungshaus Wilkinson and Barley«, sagte Nita, die sich umgedreht und offensichtlich bemerkt hatte, wie Gemma mit dem Finger an der Kante der zentralen Kücheninsel entlanggefahren war.

»Ah ja, kenne ich«, antwortete Gemma. Sie hatte die Ausstellungsräume in Notting Hill tatsächlich schon mal gesehen, allerdings nur von außen.

»Sie sind Klienten von mir.«

Gemma schaute wohl ein wenig verwirrt drein, denn Nita erklärte: »Klienten meiner Firma. Ich mache für sie Public Relations und Marketing.«

»Wirklich sehr schön, ganz bezaubernd«, sagte Gemma, die versuchte, ihren etwas unwissenden Eindruck wieder wettzumachen. Und die Küche war wirklich schön, auch wenn sie nicht aussah, als ob sie je jemand benutzte. Außerdem schrie sie ihrer Ansicht nach förmlich nach einem Klecks Farbe.

Gemma bemerkte außerdem, dass auf dem riesigen Aga-Herd mit seinen sechs Kochfeldern kein Teekessel stand, obwohl unter den wenigen Dingen, die die makellose Schlichtheit der Arbeitsflächen verschandelten, ein Kaffeekocher und eine Espressomaschine waren.

»Ich bin keine Teetrinkerin«, bestätigte Nita Gemmas Verdacht. »Aber ich habe einen Wasserkocher und …« Sie schwieg einen Moment, während sie einen Küchenschrank in der Nähe der Gartenfenster öffnete und hineinlangte. »… das.« Als sie sich wieder umdrehte, erkannte Gemma in ihrer Hand eine angeschlagene rote Teekanne. »Die hat Reagan gehört«, fuhr Nita fort. »Sie hat sie auf dem Markt gekauft. Und ich habe auch noch ihren Tee.« Nita zog eine Schublade auf, sah aber nicht hinein, sondern presste sich plötzlich die Kanne an die Brust und sagte: »Ich … ich weiß nicht, ob wir den nehmen sollen. Ihre Mutter … wird sie ihn nicht erkennen? Ich möchte sie auf keinen Fall noch mehr durcheinanderbringen.«

Gemma ging zu Nita hinüber, nahm ihr sanft die Kanne ab und stellte sie auf den Herd. »Das geht bestimmt in Ordnung. Was für einer ist es denn?« Als sie in die Schublade sah, entdeckte sie eine Schachtel mit Tetley's English Breakfast Tea, die ordentlich neben den verschiedenen Kaffeegerätschaften verstaut war. Sie überlegte kurz, ob sie drei oder vier Beutel nehmen sollte, und entschied sich dann für einen starken Tee. Den konnten sie alle gebrauchen.

Nita trat zur Seite, als Gemma die Teebeutel in die Kanne tat. Dann befüllte sie den Wasserkocher an einer der beiden Spülen in der Kücheninsel. »Wo haben Sie Tassen?«, fragte Gemma, als das Wasser im Kocher heiß wurde, aber Nita hatte wieder den gleichen abwesenden Blick, den sie auch schon oben an ihr bemerkt hatte. Gemma berührte sie am Arm. »Nita?«

»Oh, Entschuldigung.« Nita versuchte zu lächeln, aber als sie ein paar weiße Tassen aus einem Oberschrank nahm, sah Gemma, dass ihre Hand zitterte.

»Vielleicht sollten Sie sich einen Moment hinsetzen, Nita.« Sie sah sich um, entdeckte jedoch keine geeignete Sitzgelegenheit. Die Barstühle aus Metall hatten keine Lehnen.

»Nein, mir geht's gut, kein Problem«, sagte Nita, wobei sie sich jedoch wegdrehte und mit beiden Händen auf der Arbeitsfläche abstützte. »Herrgott noch mal, ich bin es doch gewohnt, mit Krisen umzugehen. Meine Klienten verlassen sich darauf, dass ich jedem erdenklichen Notfall gewachsen bin. Aber das hier …« Sie schüttelte den Kopf. »Ich kann mich überhaupt nicht konzentrieren. Dauernd denke ich, ich müsste Reagan darum bitten, dieses oder jenes zu tun. Und dann fällt mir wieder ein …«

»Es muss ein schrecklicher Schock gewesen sein«, sagte Gemma, während sie heißes Wasser aus dem Kocher in die Kanne goss. »Standen Sie einander nahe? Wie lange ist sie schon bei Ihnen gewesen?«

»Zwei Jahre.« Nita schien ein wenig von ihrer Fassung wiederzugewinnen. Sie richtete sich auf und holte ein Tablett für das Teegeschirr. »MacKenzie hat es Ihnen ja sicher erzählt. Reagan war … Reagan war ein reizendes Mädchen. Es will mir nicht in den Kopf …«

Gemma glaubte zu wissen, wie der Satz weitergehen würde, doch stattdessen fuhr Nita stockend fort: »Die Polizisten sagten … sie sagten, sie müssten überprüfen, ob Alkohol oder Drogen im Spiel waren. Das kann ich gar nicht glauben.« Nita schüttelte den Kopf. »Doch nicht Reagan. Ich weiß nicht, was die von der Polizei Gwen erzählt haben, aber Reagan hat in meinem Haus gelebt, und ich habe mich für sie … verantwortlich gefühlt.« Zum ersten Mal traten Tränen in Nitas Augen, und Gemma begriff, warum Nita vorhin so hilflos und zerstreut mit Gwen umgegangen war.

Davon hatte MacKenzie ihr gar nichts gesagt, aber die würde es auch nur wissen, falls Nita ihr davon erzählt hatte. »Bei verdächtigen Todesumständen wollen sie natürlich …«, begann Gemma, unterbrach sich dann aber. Anscheinend hatte Mac-

Kenzie Nita noch gar nicht gesagt, dass sie Polizeibeamtin war. Es wäre nicht gut, wenn sie jetzt plötzlich damit herausplatzte oder allzu großes Wissen über die Polizeiarbeit demonstrierte. »Ich bin mir sicher, dass die Polizei sehr schonend mit Gwen umgegangen ist«, fuhr sie fort. »Soweit die Umstände es zulassen. Und was Ihre Verantwortung angeht: Reagan mag ja unter Ihrem Dach gelebt haben, aber wie alt war sie noch mal?«

»Vierundzwanzig.«

»Dann war sie eine erwachsene Frau und hat gewusst, was sie tat.«

»Na ja, Sie haben sicher recht, aber …« Nita brach ab und schenkte Gemma ein zittriges Lächeln. »Ich weiß, dass Sie recht haben. Hat MacKenzie Ihnen gesagt, dass ich sie gesehen habe?«

»Ja, hat sie. Das muss schrecklich für Sie gewesen sein.«

»Ich bin froh, dass Gwen das erspart geblieben ist. Aber als sie kam, erzählte sie mir, dass sie als Erstes in der Leichenhalle gewesen ist. Um die … die Leiche zu sehen. Und ich war mir nicht sicher, was von beidem ich schlimmer fände …«

»Vor dieser Wahl sollte niemand stehen müssen.« Es gab so vieles, was Gemma gerne gefragt hätte, über Reagan und darüber, was Nita gesehen hatte. Doch der Tee wurde kalt, und MacKenzie fragte sich mittlerweile bestimmt schon, wo sie abblieben. Sie sah, dass Nita nur drei Tassen herausgestellt hatte. Als sie sie zum Tablett trug, fragte sie: »Trinken Sie denn keinen?«

Nita verzog das Gesicht. »Ich hatte heute schon viel zu viel Koffein.«

»Dann wollen wir mal raufgehen. Lassen Sie mich das machen.« Gemma nahm das Tablett und drehte sich zur Treppe um. Dabei bemerkte sie einen großen Korb, der zwischen den unteren Treppenabsatz und die Schränke gezwängt war. Über den Rand hinweg erspähte sie eine dreckige Trainingshose und einen Fußball. Da fiel ihr erst auf, was sie in diesem Haus von Anfang an irritiert hatte. Nirgends sah man, dass hier ein Junge lebte.

Sie dachte an ihr eigenes Wohnzimmer und die Küche, in denen ein ständig wechselndes Durcheinander von Spielzeugen und anderem Kram verstreut lag. Darunter meistens auch Tobys schmutzige Trainingshose, die von der gleichen Marke war wie diese hier, aber ein paar Nummern kleiner.

Lebte Jess bei seinem Vater und kam nur zu Besuch hierher? Aber warum hatte dann Reagan hier als Kindermädchen gearbeitet? Oder hatte sie irgendetwas grundsätzlich falsch verstanden?

Sie drehte sich zu Nita um und sagte: »Gestern habe ich Ihren Sohn kennengelernt. Jess. Beim Ballett. Ich glaube, deswegen wollte MacKenzie auch, dass ich heute mitkomme. Wie kommt er damit zurecht?«

Nita runzelte die Stirn und rieb sich mit der Hand über die Augen. »Keine Ahnung. Er will nicht aus seinem Zimmer kommen. Und er spricht auch nicht mit mir. Anscheinend denkt er, das Ganze sei irgendwie meine Schuld.«

»Du hast also keine Lust auf meine Renke?«, fragte Ivan Talbot, als er Melody dabei beobachtete, wie sie einen Cracker mit ein bisschen Fischpaste bestrich, ihn dann aber ohne zu probieren auf den Teller zurücklegte.

»Nein, das hat nichts mit deinem Aufstrich zu tun, Dad.« Melody rang sich ein Lächeln ab. Sie hatte ein bisschen Gurkensalat und ein paar der kalten Kartoffeln herunterbekommen, aber an den Schinken durfte sie nicht mal denken, und mit der Renke ging es ihr ähnlich. Sie stocherte in ihrem Essen herum und hoffte, so ihre Appetitlosigkeit verbergen zu können. Ihr war klar, dass ihrer Mutter eigentlich nichts entging, aber bislang hatte sie es nicht kommentiert. »Ich glaube, es liegt an der Hitze«, sagte Melody. »Außerdem habe ich leichte Kopfschmerzen.«

»Wir könnten reingehen«, schlug Addie vor.

»Nein, nein. Draußen ist es doch schön.« Melody schüttelte den Kopf, nur leider etwas zu heftig, und verzog das Gesicht.

Jetzt sah ihre Mutter sie skeptisch an. »Vielleicht solltest du dich hinlegen.«

»Nein, Mummy. Ich würde wirklich lieber hier draußen bleiben.« Und das war ja auch nicht gelogen. Sie saßen an einem Tisch auf der steingefliesten Terrasse, unmittelbar neben dem Kücheneingang. Das Haus schirmte diesen Bereich des Gartens von der Nachmittagssonne ab, und es wehte sogar ein leichter Wind. Sie konnte bloß nichts essen und auch nicht stillsitzen – was es nicht besser machte, weil ihre Mutter es hasste, wenn man zappelte. Den Champagner hatte sie jedoch trinken können, und sie war ihrem Vater auch nicht in den Arm gefallen, als er ihr nachgeschenkt hatte.

»Wenn du dir Sorgen um deinen Chief Superintendent machst«, sagte ihr Vater, »sollten wir uns die Nachrichten anhören. Ich bin neugierig, was Scotland Yard an die Presse geben wird.« Noch bevor Melody protestieren konnte, stand er auf und ging ins Haus, um gleich darauf mit dem braunen Küchenradio zurückzukehren, das er auf BBC 1 einstellte.

Es war zehn vor zwei, und zur vollen Stunde würden sie den neuesten Stand der Nachrichten erfahren. Der Song, der gerade lief, kam zum Ende und wurde von der vertrauten Stimme von Alice Levine abgelöst, die den Sonntagnachmittag moderierte und über etwas sprach, dem Melody nur mit halbem Ohr folgte.

»Ich bin mir nicht sicher, ob sich die Pressestelle der Met

überhaupt dazu äußern wird«, sagte Melody zu ihrem Vater und gab gleichzeitig alle Versuche auf, etwas von dem Renkenaufstrich zu essen.

Außer wenn er stirbt, dachte Melody und spürte einen schmerzhaften Stich in ihrem Herzen. Wusste Gemma vielleicht schon Genaueres? Sie zerknüllte die Serviette auf dem Schoß und veränderte ihre Sitzhaltung. Was war passiert? Sie konnte doch nicht einfach nur hier herumsitzen, während …

Alice Levines Stimme verklang, und stattdessen spielte wieder Musik. Diesmal erkannte Melody das Lied bereits bei der ersten Note. Es war der eine Song, den sie bei den YouTube-Videos immer aussparte. Andy und Poppy hatten ihn gerade live gespielt, als der Brandsatz in der St. Pancras Station explodiert war.

Sie stand rasch auf und langte über den Tisch. Doch als sie am Radio herumfummelte und es abzuschalten versuchte, warf sie es um und dabei beinahe auch noch ihr Champagnerglas. Ihr Vater griff danach und konnte es dank seiner schnellen Reflexe noch rechtzeitig festhalten, aber ihre Eltern sahen sie jetzt an, als wäre sie plötzlich verrückt geworden.

»Warum, um Himmels willen, hast du das getan?«, fragte ihre Mutter, während sie das Radio wieder aufrichtete. »Außerdem mag ich diesen Song.«

O Gott. Ihre Mutter war ein Fan? Vielleicht sollte sie jetzt einfach sagen: »Ach, übrigens … Der Typ, der damals in St. Pancras gespielt hat. Er und ich sind zusammen.« Bei dem Gedanken konnte sie nur mit Mühe ein hysterisches Lachen unterdrücken. »Tut mir leid«, sagte sie stattdessen schnell. »Mir ist nur gerade eingefallen, dass ich noch was erledigen muss. In der Arbeit.« Sie beugte sich zu ihrer Mutter hinüber und küsste sie auf die weiche Wange, dann umarmte sie noch schnell ihren Vater. »Ich ruf euch an. Danke für den Lunch.«

»Aber, Schatz«, sagte ihre Mutter und schob den Stuhl zurück, als wollte sie sie aufhalten, doch Melody war bereits ins Haus geschlüpft. Der forschende Blick ihres Vaters war ihr allerdings nicht entgangen. Sie rannte die Treppe hoch und zur Tür hinaus, so schnell wie eine Sprinterin bei den olympischen Spielen.

Melody blieb erst wieder stehen, als sie am östlichen Ende des Platzes um die Ecke gebogen war. Während sie keuchend um Atem rang, wurde ihr bewusst, dass die Leute sie anstarrten.

Die Sonne schien viel zu grell, ihr pochte der Kopf, und ihr Herz raste. Einen Augenblick glaubte sie, ihr würde schlecht. Sie klammerte sich an die Spitzen des Zauns, der die Gartenanlage umgab. Das Eisen fühlte sich kühl an.

In Gedanken hörte sie immer noch Andys und Poppys Song. Menschen, die schrien und weinten. Die Sirenen kamen näher, der Rauch brannte ihr in den Augen und versengte ihre Kehle, und mit einem Mal schien der Boden unter ihren Füßen zu schwanken. Verdammt, was war nur los mit ihr?

Plötzlich legte sich eine Hand auf ihre Schulter, und eine Frau fragte: »Melody, bist du das? Fehlt dir was?«

Als Melody herumfuhr, fiel ihr Blick zuerst auf ein rotes Kleid, dann konzentrierte sie sich auf das besorgte Gesicht vor ihr. »Hazel?«

6

Kincaid war erst die City Road entlanggefahren und dann weiter auf der Commercial Street, bis ins Zentrum von Whitechapel. Obwohl die Brick Lane einen Block weiter östlich verlief, war Kincaid sicher, dass er neben dem Geruch der Auspuffabgase, die durch die offenen Fenster des Astra hereinzogen, auch den Duft von Halal Chicken und Curry wahrnahm.

Während auf der rechten Seite Spitalfield Markets auftauchte, erhob sich vor ihm die schroffe Turmspitze der Christ Church. Kurz vor der Kirche ging linker Hand die Fournier Street ab, wo die dreijährige Charlotte den größten Teil ihres bisherigen Lebens verbracht hatte. Der Drang, abzubiegen und die Straße hinunterzufahren, war beinahe übermächtig, aber damit würde er auf die Brick Lane geraten, die von seinem Ziel wegführte, und im Moment wollte er jeden Umweg vermeiden.

Doch vor seinem geistigen Auge sah er das hohe, schmale georgianische Haus mit der blauen Eingangstür und den schwer verriegelten Fenstern. Charlottes Eltern, Sandra und Naz Malik, hatten es gekauft, als noch niemand in Whitechapel leben wollte, und das Gebäude mit wenig Geld, aber viel Herzblut renoviert. Als sie gestorben waren, hatte die Immobilie einen Preis erzielt, den sie sich nie erträumt hätten, und das Geld steckte nun in einem Treuhandfonds für Charlotte.

Das war Charlottes kulturelles Erbe, dachte er. Die plakativen Graffiti ebenso wie die Frauen in Seidenstoffen, die so bunt wie Schmetterlinge aussahen. Das Sprachwirrwarr aus Cockney, Punjabi und Urdu. An wie viel davon konnte Charlotte sich heute noch erinnern?

Ihre Mutter Sandra, die eine herausragende Textilkünstlerin gewesen war, hatte für ihre Arbeiten die Farben und Stoffe des East End verwendet. Ihr Vater Naz, ein Kind pakistanischer Einwanderer, hatte als Anwalt in seiner gut gehenden Praxis ortsansässige Klienten vertreten.

Nach dem Tod der beiden war es für Gemma und Kincaid unvorstellbar gewesen, Charlotte ihren kriminellen und habgierigen Verwandten mütterlicherseits zu überlassen. Und so hatten sie beim Sozialamt die Pflegschaft für Charlotte beantragt. Es hätte da auch noch Louise Phillips gegeben, die sich mit Naz die Kanzlei geteilt hatte und nun seinen und Sandras Nachlass verwaltete. Louise mochte Charlotte auch sehr gern und kümmerte sich mit großem Eifer um ihre finanziellen Angelegenheiten. Aber sie hatte sich nicht gerade darum gerissen, ein kleines Kind aufzuziehen.

Dabei fiel Kincaid ein, dass er mal wieder nach Louise sehen sollte, die sich gerade von einer Tuberkulose erholte – und auch nach Tam, Louises Freund und Nachbar, der sich bei der Explosion in St. Pancras schwere Verletzungen zugezogen hatte. Zum ersten Mal in seinem Leben fühlte er sich von den Problemen anderer Menschen überwältigt.

Und jetzt auch noch das. Er schüttelte den Kopf und versuchte, sich auf seine Route durch Whitechapel zu konzentrieren, während er sich dem Krankenhaus näherte. Doch er konnte nicht leugnen, dass er Angst hatte, was er dort vorfinden würde.

Das Royal London Hospital war Kincaids Meinung nach ein architektonischer Albtraum. An die ursprüngliche Fassade aus dem achtzehnten Jahrhundert war mit den Jahren allerhand angebaut worden, was von Erweiterungen im viktorianischen Stil bis zu den postmodernen Glaskästen reichte, die zuletzt hinzugekommen waren. Inzwischen sah das Krankenhaus aus, als hätte man bei seiner Errichtung wahllos in einen Sack mit Bauklötzen gegriffen. Doch der Anblick des leuchtend roten Rettungshubschraubers gefiel ihm, und er beschloss, eines Tages mit den Kindern hierherzukommen, damit sie ihn sich ansehen konnten.

Was für ein Glück für Denis – zumindest hoffte Kincaid das –, dass sich der Überfall so nahe an Londons führendem Krankenhaus für Traumapatienten ereignet hatte und er nicht erst mit dem Helikopter hertransportiert werden musste.

Nachdem er einen Parkplatz gefunden hatte, begab er sich zum Hauptempfang, wo ihm eine Rezeptionistin den Weg zur Intensivstation wies. Sie war nicht schwer zu finden. Als er den Wartebereich der Station betrat, stand Detective Chief Superintendent Tom Faith auf und kam ihm entgegen.

Faith trug Golfkleidung, deren sportliches Aussehen nicht recht zu seinem besorgten Gesicht passen wollte. »Duncan. Wie schön, dass Sie gekommen sind.« Er begrüßte ihn mit einem festen Händedruck, dann setzte er sich wieder hin und bedeutete Kincaid, auf dem Stuhl neben ihm Platz zu nehmen.

»Wie geht es ihm?«, fragte Kincaid und sah sich im Wartebereich um. In der gegenüberliegenden Ecke saß ein nervös wirkendes Paar in den mittleren Jahren, das ihm jedoch nicht bekannt vorkam. »Ist niemand von seiner Familie hier?«

»Diane sitzt an seinem Bett. Sie lassen zwar jeweils zwei Leute zu ihm ins Zimmer, aber ich …« Faith schüttelte den Kopf und verzog das Gesicht. »Ich hab gedacht, dass sie Zeit miteinander brauchen. Und außerdem: Was kann ich da drin schon groß tun?« Er hob seine schmalen Schultern zu einem vielsagenden Zucken. »Aber ich möchte dabei sein, wenn die Ärztin kommt und Diane auf den neuesten Stand bringt. Sie …«

»Ist Denis bei Bewusstsein?«

»Nein.« Faith schüttelte den Kopf. »Sie haben ihn in ein künstliches Koma versetzt, damit sein Gehirn abschwellen kann.«

Kincaid sah zu dem Paar hinüber und senkte die Stimme. »Was ist eigentlich genau passiert?«

»Das wissen wir nicht. Ein paar Teenager haben ihn auf dem Friedhof von St. James Clerkenwell gefunden. Mädchen, die bei Dunkelheit durch die Gräber geschlichen sind. Er lag auf dem Boden.« Faith verzog das Gesicht. »Zuerst dachten sie, er wäre betrunken, und sind schnell an ihm vorbeigelaufen. Weil er irgendwas Unverständliches genuschelt hat und aufstehen wollte. Aber dann fand eine von ihnen, dass er irgendwie krank aussah, und ist noch mal zurückgegangen, um nach ihm zu schauen. Gott sei Dank. Sie haben den Notruf verständigt. Als die Sanitäter kamen, war er bewusstlos. Jemand hat ihn von hinten auf den Kopf geschlagen.«

»War es ein Raubüberfall?«

»Nur wenn die Räuber bei der Tat gestört wurden. Und das ist unwahrscheinlich, da sie noch genug Zeit hatten, auf ihn einzutreten. Brieftasche und Handy hatte er jedenfalls noch bei sich.«

»Haben die Mädchen irgendjemanden gesehen?«

»Sie sagen Nein.«

»Und der Zeitpunkt?«

Ein strenger Blick von Faith erinnerte Kincaid daran, dass er gerade einen Ranghöheren, noch dazu seinen Vorgesetzten, verhörte. Er entschuldigte sich und lehnte sich langsam auf seinem Stuhl zurück.

»Ich kann verstehen, dass Sie sich Sorgen machen.« Das war zwar kein Rüffel, doch Kincaid hörte den warnenden Unterton. »Es war gegen neun und gerade ganz dunkel geworden. Vermutlich hat er noch gar nicht lange da gelegen. Immerhin ist der Weg durch den Friedhof eine recht beliebte Abkürzung.«

Kincaid versuchte zurückzurechnen. Er hatte Denis um acht getroffen. Wie lange hatten sie sich unterhalten? Er hatte nicht auf die Uhr gesehen, als Denis ging. War es mehr als eine halbe Stunde gewesen? Und wenn er mal davon ausging, wie lange ging man von der Roger Street bis St. James Clerkenwell?

So oder so war er vielleicht der Letzte gewesen, der Denis vor dem Überfall gesehen hatte.

»Diane sagt, dass er ihr Haus in der Sekforde Street ungefähr um halb acht zu einem Spaziergang verlassen hat. Aber wir wissen nicht, wo er hingegangen ist.« Ob Faith seine Gedanken erraten hatte?

Kincaid hörte das Blut in den Ohren rauschen und spürte, wie ihm der Schweiß in den Kragen rann. Auf der anderen Seite des Wartebereichs weinte die Frau mit kleinen Schluchzern, die an Schluckauf erinnerten. Vertraute er Faith genug, um ihm zu sagen, dass Denis und er sich getroffen hatten?

Aber sein Vorgesetzter rutschte auf dem Stuhl herum, sah auf die Tür zur Station und anschließend auf seine Armbanduhr, und dann war der Moment vorüber.

»Gut, dass er seine Brieftasche noch hatte«, hörte Kincaid ihn sagen. »Natürlich hätten ihn die Sanitäter in jedem Fall so schnell wie möglich in die Trauma-Behandlung verfrachtet, aber es hat sicher nicht geschadet, dass sie ihn als Polizisten identifiziert hatten. Und als sie Diane aus der Notaufnahme angerufen haben, konnte sie ihnen gleich von der Transplantation erzählen. Man hat ihm in die Seiten getreten, und wir

wissen noch nicht, wie es seiner neuen Leber seitdem geht.«
Kincaid bemerkte, dass Faith die Fäuste geballt hatte.

Er dachte darüber nach, was es über Faiths Verhältnis zu Denis und Diane Childs aussagte, dass er hier im Krankenhaus war. »Entschuldigen Sie.« Er räusperte sich. »Ich habe gewusst, dass Denis beruflich sehr viel von Ihnen hält, aber mir war gar nicht klar, dass Sie eng befreundet sind.«

»Wir haben gemeinsam die Polizeischule besucht. Und unsere Frauen waren dreißig Jahre lang die besten Freundinnen. Sie haben sich über uns kennengelernt.« Faith sah Kincaid an und beantwortete die Frage, die er gerade hatte stellen wollen: »Linda ist vor zwei Jahren an Krebs gestorben. Keine Ahnung, wie ich die Zeit danach ohne Denis und Diane durchgestanden hätte ... Na ja, wie auch immer. Ich würde alles für die beiden tun. Und selbstverständlich bin ich hergekommen.«

O Mann. Kincaid rieb sich über die Bartstoppeln. Also hatte Denis ihn in die Obhut seines vertrauenswürdigsten Freundes gegeben, und zum Dank war er monatelang stocksauer auf ihn gewesen. Wenn er doch nur ...

Als die Stationstür aufging, drehten sie beide gleichzeitig die Köpfe. Es war Diane Childs. Als sie Kincaid erblickte, kam sie zu ihm und reichte ihm die Hand. »Duncan, wie lieb, dass Sie gekommen sind.« Ihre Hand fühlte sich in seiner wie die eines Kindes an. Die schlanke Frau, in deren dunklen Haaren sich nur wenige graue Strähnen zeigten, hatte neben Denis' massiger Erscheinung immer schon klein gewirkt, aber heute, ganz für sich allein, sah sie regelrecht zerbrechlich aus. Abgesehen von dem wie zum Trotz aufgetragenen rosafarbenen Lippenstift trug sie kein Make-up, und die Augen in ihrem blassen Gesicht wirkten geradezu erstaunlich blau.

»Gibt es irgendwas Neues?«, fragte Faith.

Sie schüttelte den Kopf und brachte ein kleines Lächeln zustande, ehe sie sich auf einen Sitz sinken ließ. »Nein, aber sie sagen, dass sei ein gutes Zeichen.« Sie zog die beiden Seiten ihres saphirblauen Cardigans zusammen.

»Ich hole dir einen Kaffee«, sagte Faith. Er sah aus, als könnte er keinen Augenblick länger ruhig sitzen bleiben.

»Wenn ich noch mehr Kaffee trinke, gehe ich sicher bald die Wände hoch. Aber vielleicht eine heiße Schokolade?« Sie zitterte sichtlich. »Hier drinnen ist es zwar warm, aber ich friere trotzdem ein bisschen.«

Faith zog missbilligend die Augenbrauen zusammen. »Du hast noch nichts gegessen.«

Diane Childs lachte. Ein so überraschender Klang im Wartebereich, dass das Paar auf der anderen Seite aufschaute und für einen Moment von seinen Sorgen abgelenkt schien. »Tom, hör auf«, sagte sie mit offensichtlicher Zuneigung. »Hol mir bitte eine heiße Schokolade. Und wenn es dir Freude macht, auch ein Sandwich.«

Einen Moment lang glaubte Kincaid, Faith würde protestieren. Doch da er ihre kleine Auseinandersetzung zumindest zum Teil gewonnen hatte, nickte Faith bloß und ging in die Richtung davon, aus der er selbst vorhin gekommen war.

Während Kincid erstaunt darüber nachdachte, dass sich sein Vorgesetzter in dieser Weise herumkommandieren ließ, bemerkte er, wie Diane ihn mit ihren irritierend blauen Augen fixierte. »Tom kann eine ganz schöne Glucke sein. Aber das wissen Sie ja sicher selbst. Am besten lässt man ihm da einfach seinen Willen.« Sie berührte ihn leicht am Arm. »Außerdem wollte ich einen Moment allein mit Ihnen sprechen.«

Kincaid erstarrte. Wusste sie, dass Denis ihn gestern Abend getroffen hatte? Und hatte sie eine Ahnung von den Dingen, die er in ihrem Gespräch angedeutet hatte? Er versuchte, sich eine Antwort zurechtzulegen, aber das Einzige, woran er denken konnte, war, dass ihr Geruch ihn an die Sommer mit seiner Mutter in Cheshire erinnerte, an die Wicken in ihrem Garten. »Es tut mir leid. Was da passiert ist …«

Diane schüttelte den Kopf, als hätte sie keine Geduld für seine Mitleidsbekundungen. »Denis konnte noch nie gut seine Gefühle ausdrücken – und dass man bei der Polizei selten über seine Emotionen spricht, hat auch nicht gerade geholfen. Aber er erzählt oft von Ihnen – und von Gemma und Ihren Kindern, ganz besonders von Ihrer kleinen Tochter. Ich glaube, er beneidet sie ein bisschen um Ihre Familie.«

Kincaid sah sie verblüfft an. Damit hätte er am Allerwenigsten gerechnet. Aber dann dachte er an all die freundlichen Fragen, die Denis immer in ihre Gespräche eingeflochten hatte. Er hatte immer angenommen, das wäre bloß die Art, wie Denis seine Ermittler im Auge behielt. Immerhin wusste ein guter Vorgesetzter, dass die persönlichen Belange seiner Untergebenen auch Auswirkungen auf ihre Arbeitsleistung hatten, und hielt sich daher stets über ihr Privatleben auf dem Laufenden. Nie hätte Kincaid geahnt, dass Denis sich aus tatsächlichem Interesse erkundigt hatte.

Aus diesem Blickwinkel betrachtet ergab manches einen neuen Sinn.

Zum Beispiel Gemmas Versetzung nach Brixton, kurz nachdem sie maßgeblich an der Aufklärung einer langen Vergewaltigungsserie beteiligt gewesen war, bei der sich ein hoher Polizeibeamter wiederholt an weiblichen Untergebenen vergangen hatte. Irgendwie hatte Kincaid immer angenommen, dass Denis das Ganze nur eingefädelt hatte, um sich mit ihm gut zu stellen. Damit er nicht gegen den Ausgang dieses Falls aufbegehrte. Aber was, wenn es gar keine versteckte Bestechung gewesen war, sondern eine Maßnahme, um Gemma aus der Schusslinie zu holen?

Diane tätschelte ihm die Hand und holte ihn in die Gegenwart zurück. »Er hätte es natürlich nie so offen gesagt, aber ich weiß, wie sehr er es bedauerte, Sie an Holborn zu verlieren. Auch wenn er niemanden mehr respektiert als Tom Faith.«

»Mich zu verlieren?«, fragte Kincaid. »Hat er es so formuliert?«

Diane lehnte sich zurück und seufzte. »Na ja, vielleicht nicht genau mit diesen Worten. Er …« Sie unterbrach sich und blickte auf, als die Stationstür aufging.

Es war eine Ärztin, wie man unschwer an ihrem weißen Kittel und dem Stethoskop erkennen konnte. Kincaid spürte, wie sich Diane neben ihm versteifte, und einen Moment lang hoffte er, die Ärztin wäre herausgekommen, um mit dem Paar auf der anderen Seite des Raums zu sprechen. Doch stattdessen kam sie direkt auf sie zu und fragte: »Mrs Childs?« Sie sprach leise und mit einem leichten Akzent.

Diane nickte, und Kincaid ergriff unwillkürlich ihre Hand.

»Mrs Childs, mein Name ist Cisse. Solange Ihr Mann auf der Intensivstation liegt, ist er in meiner Obhut.«

Die Haut der Ärztin hatte die Farbe von dunklem Mahagoni, und ihr Name ließ Kincaid vermuten, dass sie aus Zentralafrika, möglicherweise aus Nigeria stammte. Ihre dichten Haare, die sie zu vielen kleinen Zöpfen geflochten und mit einem bunt bedruckten Kopftuch zurückgebunden hatte, bildeten einen auffälligen Kontrast zu ihrem seriösen Auftreten.

Als sie ihn fragend anblickte, ließ er Dianes Hand los und begrüßte die Ärztin. »Duncan Kincaid«, stellte er sich vor. »Ich bin … ein Freund der Familie.« Diane warf ihm einen raschen nervösen Blick zu.

Die Medizinerin setzte sich auf den Platz neben Diane und studierte kurz einen kleinen Tablet-Computer in ihrer Hand. Dann sah sie hoch und sagte: »Sie wissen, dass wir Ihrem Mann Beruhigungsmittel verabreichen, weil wir hoffen, so ein Anschwellen seines Gehirns zu verhindern? Er leidet unter einer Verletzung, die wir als epidurales Hämatom bezeichnen. Gestern Nacht mussten wir es operativ behandeln. Dabei wurde auch eine winzig kleine Sonde in den Einschnitt eingebracht, die den intrakraniellen Druck überwacht – also ob das Gehirn anschwillt.« Sie sah die beiden an, um sich zu vergewissern, ob sie ihren Erklärungen folgen konnten.

Diane nickte, und Kincaid vermutete, dass sie einiges davon schon am Vorabend gehört hatte.

»Ihr Ehemann hat sich ein zweites Mal den Kopf gestoßen, als er nach vorne gekippt ist, und die beiden Schläge haben sein Gehirn ziemlich durchgerüttelt.«

»Eine Gehirnerschütterung?«, fragte Kincaid.

Das brachte ihm ein Lächeln der Ärztin ein, als wäre er eine Art Musterschüler. »Ganz genau.«

»Aber man hat uns erzählt, dass Denis gesprochen hat, als die Mädchen ihn fanden«, sagte Diane, und Kincaid hörte deutlich, wie viel Mühe es sie kostete, ruhig zu bleiben.

»Das ist bei einer Verletzung wie der Ihres Mannes nicht ungewöhnlich.« Cisse schenkte Diane ein aufmunterndes Lächeln, aber Kincaid fühlte sich dadurch nicht besser. Er hatte schon erlebt, dass jemand nach einem Schlag auf den Kopf stundenlang ganz klar geblieben war, nur um dann plötzlich das Bewusstsein zu verlieren. Ihm drehte sich der Magen um.

»Konnten Sie feststellen, was die Verletzung am Hinterkopf verursacht hat?«, fragte er.

Das Lächeln der Ärztin verblasste ein wenig. »Ich kann nur vermuten, dass sie von etwas Hartem stammt, und wir wissen, dass die Schlagwunde ungefähr so breit wie ein Finger war. Ich glaube nicht, dass wir mehr darüber sagen können, Mr …« Sie verstummte kurz, um ihr Tablet zu konsultieren. »… Kincaid. Gut, wenn Sie keine weiteren Fragen mehr haben …«

»Wie lange müssen Sie ihn ruhigstellen?« Dianes rosafarbener Lippenstift hob sich inzwischen deutlich von ihrem bleichen Gesicht ab.

»Das hängt ganz davon ab, ob es zu weiteren Schwellungen kommt, Mrs Childs. Aber ich kann Ihnen versichern, dass er keine Schmerzen hat.«

»Wenn er aufwacht … Wird er dann noch wissen, was passiert ist?«

»Leider können sich Patienten in solchen Fällen häufig nicht mehr an das Ereignis erinnern, das zu ihrer Verletzung geführt hat. Aber darüber würde ich mir an Ihrer Stelle im Moment noch keine Sorgen machen.«

Was die Ärztin nicht erwähnte, schien wie eine Geistererscheinung zwischen ihnen in der Luft zu hängen.

Dass Patienten mit einem schweren Schädel-Hirn-Trauma oft gar nicht mehr aufwachten.

Kincaid betrat allein den mit Vorhängen abgegrenzten Bereich. Die Ärztin war genau in dem Moment gegangen, als Tom Faith mit Dianes Sandwich und ihrer heißen Schokolade zurückgekehrt war.

Er ging langsam bis ans Fußende des Bettes und umfasste das hochgeklappte Gitter. An der rechten Seite von Denis' Stirn bemerkte er eine üble violett verfärbte Beule. Auf den Wangen und dem Kinn standen dichte, zwei Tage alte Bartstoppeln. Von seinem rechten Arm baumelte ein Infusionskatheter, und in seinem schlaffen Mund steckte ein Atemschlauch. Er wurde von Monitoren flankiert, die lautlos blinkend Wache standen. Denis' Gestalt unter der Krankenhausdecke wirkte geschrumpft.

Knapp unter dem Haaransatz hatte Denis einen locker gewickelten Verband, und Kincaid vermutete, dass sich darunter die in seinen Hinterkopf eingepflanzte Sonde verbarg. Es war ja schon unheimlich genug, dachte Kincaid, Menschen, die man gut kannte, beim Schlafen zuzusehen. In ihrem Gemurmel sowie dem Zucken und Flattern der Augenlider offenbarten sich ihre Persönlichkeiten, die in den reglosen Körpern steckten. Bei Denis Childs nichts davon. Ihm ging auf, dass über sein Gesicht, auch wenn es oft völlig unbewegt gewirkt hatte, ständig eine Vielzahl von Ausdrücken gehuscht war – und dass jeder von ihnen einzigartig gewesen war. Die dunklen Augen hatten seinen hellwachen und analytischen Verstand verraten. Jetzt waren sie geschlossen, und Denis' lange Wimpern fächerten sich über den Wangen auf.

Kincaid umklammerte das Gitter so fest, dass seine Fingerknöchel weiß hervortraten. Er würde herausfinden, wer dafür verantwortlich war.

Er würde auch herausbekommen, was sein ehemaliger Vorgesetzter ihm hatte sagen wollen.

Und Denis würde auch bestimmt wieder aufwachen.

»Reagan war zwar ein Einzelkind, aber sie hat immer schon einen guten Draht zu Kindern gehabt«, sagte Gwen Keating zu Gemma. Sie hatte ihren Tee so schnell ausgetrunken, als ob sie völlig ausgetrocknet gewesen wäre, und Gemma hatte ihr den letzten Rest aus der Kanne nachgeschenkt.

MacKenzie war in den Flur hinausgegangen, um Bill anzurufen und sich nach den Kindern zu erkundigen. Nita saß derweil auf der Sofakante, wippte nervös mit dem Fuß auf und ab und blickte alle paar Minuten die Treppe hinauf ins Obergeschoss des Hauses.

Gemma wusste nicht, ob es daran lag, dass sie ihr den Tee serviert hatte, aber vielleicht wollte Gwen ihr auch nur deswegen unbedingt von Reagan erzählen, weil sie ihre Tochter nicht gekannt hatte. »Ihr Dad ist gestorben, als sie drei Jahre alt war«, sagte sie gerade. »Krebs. Danach gab es nur noch uns beide, und wir haben immer alles gemeinsam gemacht.«

»Was machen Sie in Cardiff, Gwen?«, fragte Gemma und hoffte, damit die Unterhaltung in eine weniger intime Richtung zu lenken.

»Ich unterrichte Englisch an einer Gesamtschule.« Gwen beugte sich vor und sah sie besorgt an. »Der Polizist, mit dem ich gesprochen habe, meinte, dass Reagan an einer Alkoholvergiftung oder einer Überdosis Drogen gestorben sein könnte.« Sie stellte ihre leere Tasse ab. »Das glaube ich nicht. Nie und nimmer. Es kann ja sein, dass Reagan sich, als sie mit ihren Freunden unterwegs war, ein paar Gläser genehmigt hat, aber sie hat sich auf keinen Fall sinnlos betrunken. Und Drogen hätte sie niemals genommen. Ich kenne mich mit jungen Leuten aus und bin kein naives Mütterchen. An der Schule habe ich jeden Tag mit ihnen zu tun und weiß sehr gut, was sie alles anstellen können. Aber Reagan war nicht so.«

Gemma hatte ähnliche Bekundungen schon von anderen Eltern gehört, schmerzhaft in ihrer Aufrichtigkeit. Schockiert und tieftraurig, wie sie waren, wollten die meisten von ihnen nicht glauben, dass ihre Kinder etwas falsch gemacht haben könnten. Aber Gwen Keating hatte recht: Sie wusste, wie junge Leute waren, und wirkte auf Gemma auch kein bisschen naiv.

Außerdem ließ die Beschreibung von Reagans Leiche auch eine andere Vermutung zu, die Gwen sicher noch schmerzhafter gefunden hätte: Möglicherweise hatte ihre Tochter Selbstmord begangen. »Ich bin überzeugt, dass sie Ihnen schon bald Genaueres mitteilen können«, meinte sie. Sie wusste, dass sich keines der möglichen Untersuchungsergebnisse positiv für Gwen anfühlen würde. Obwohl ein natürlicher Tod ganz sicher am besten zu verkraften wäre.

»Ich möchte ihre Sachen gerne mit nach Hause nehmen«, sagte Gwen und griff nach ihrer Handtasche – ein erstes Signal für ihren bevorstehenden Aufbruch.

Nitas Kopf fuhr zu ihr herum. Es schien, als sei sie ganz woanders gewesen, bis Gwen mit ihr gesprochen hatte. »Das können Sie nicht.«

»Was?« Gwen starrte sie an. »Was meinen Sie damit? Wieso sollte ich es nicht können?«

»Tut mir leid. Ich wollte nicht ... Aber die Polizisten haben mir aufgetragen, Reagans Zimmer in seinem ursprünglichen Zustand zu belassen, bis sie ihre ersten Untersuchungen abgeschlossen haben. Haben sie Ihnen das nicht auch gesagt?«

»Nein. Haben sie nicht.« Gemma hatte ihre Lippen fest zusammengepresst.

Irgendjemand vom Revier Kensington hatte bei dieser Sache ganz schön gepfuscht, dachte Gemma. Angefangen damit, Gwen gegenüber Alkohol und Drogen ins Spiel zu bringen, solange weder die toxikologische Untersuchung noch die Obduktion vorgenommen worden war. Wenn das jemand aus ihrem Team gewesen wäre, dann ließe sie sich jetzt seinen Kopf auf einem Silbertablett servieren.

Nita warf ihr einen flehentlichen Blick zu.

Im Zimmer war es mittlerweile wärmer und auch stickiger geworden. Gemma wunderte sich, warum Nita nicht mal ein wenig lüftete, und widerstand dem Impuls, sich zu erheben und die Fenster selbst aufzustoßen.

MacKenzies Stimme war leise murmelnd in der Eingangshalle zu hören gewesen. Jetzt hörte Gemma, wie die Vordertür aufging und wieder ins Schloss fiel. Sie stand auf und beobachtete durch die Vorderfenster, wie MacKenzie mit dem Handy am Ohr auf dem Gehweg auf und ab lief. MacKenzie sah hoch und winkte ihr lächelnd zu.

»Aber Gwen könnte sich Reagans Zimmer doch zumindest ansehen, oder, Nita?«, fragte Gemma. Sie wollte sich nicht wieder hinsetzen. Die Rosen rochen inzwischen noch intensiver.

»Aber … ich weiß nicht, ob sie das tun sollte … und ich glaube nicht, dass ich …«

»Ich begleite sie«, unterbrach Gemma ihren Protest.

Nita runzelte die Stirn. »Und Sie achten darauf …«

»Natürlich wird Gwen nichts mitnehmen.« Gemma merkte, dass sie allmählich die Geduld verlor.

»Na gut, wenn Sie es für richtig halten«, sagte Nita, sichtlich ungehalten. »Es ist das vordere Zimmer im ersten Stock. Das hintere gehört Jess. Ich muss ein paar Anrufe machen und bin dann mal in der Küche.« Sie bedachte sie mit einem steifen Lächeln und ging hinaus. Im Zimmer war es so still, dass Gemma gleich darauf ihre leisen Schritte auf der Treppe hörte.

Sie drehte sich zu Gwen um. »Sind Sie sicher, dass Sie das tun wollen?«

Gwen stand auf und nickte. Gemma hatte den Eindruck, dass sie im Moment nicht in der Lage war zu sprechen.

»Dann wollen wir mal hochgehen, oder?« Gemma ging voran und musste sich eingestehen, dass sie trotz der Umstände neugierig war. Sie wollte das Haus weiter erkunden. Und mehr über Reagan Keating herausfinden.

Als Gwen vor der geschlossenen Tür zögerte, drehte Gemma am Knauf und gab ihr einen ermutigenden kleinen Klaps auf die Schulter. »Ich bin bei Ihnen«, sagte sie und trat einen Schritt zurück, damit Gwen eintreten konnte.

Das Zimmer war geräumig und hatte zwei große nach Süden gehende Fenster. Die Jalousien waren halb heruntergelassen und die Fenster geschlossen, so dass es hier sogar noch wärmer war als unten. Die Luft roch dennoch besser und ein wenig nach frisch gemähtem Gras. Das Doppelbett, auf dem eine leuchtend bunte Decke mit orangefarbenem und violettem Blumenmuster lag, sah aus, als wäre es sehr hastig gemacht worden. Und eines der zahlreichen dekorativen Kissen war zu Boden gefallen.

Reagan hatte ein gutes Gefühl für Farben gehabt, dachte Gemma, und sie hatte es sich gerne gemütlich gemacht. Sie sah ein Regal voller Taschenbücher und Zeitschriften und einen Sessel, neben dem eine mit Perlen behangene Leselampe stand. Auf dem Schreibtisch entdeckte Gemma eine kleine Teeküche mit einer Teebüchse, einer Dose Shortbread und einer angeschlagenen Brown-Betty-Kanne.

Über der Lehne des Sessels hing eine Jeans, und auf dem Boden lagen zwei achtlos fallen gelassene Sommerkleider. Waren das die Kleidungsstücke, die Reagan am Freitag eigentlich hatte anziehen wollen, dann aber verworfen hatte?

Gwen sackte auf die Bettkante, als ob plötzlich die Knie unter ihr nachgegeben hätten, und hob eines der Kleider auf. »Das hat sie von mir bekommen«, sagte sie. »Zum Geburtstag.« Dann stieß sie einen herzzerreißenden Schrei aus, und gleich darauf begannen ihren Schultern zu beben. Tränen strömten ihr über die Wangen, während sie sich, das Kleid fest an die Brust gedrückt, schluchzend vor und zurück wiegte.

Gemma setzte sich neben sie und legte ihr einen Arm um die Schultern. »Schon gut«, flüsterte sie. »Schon gut.« Als wäre Gwen ein Kind. Doch sie wusste, dass es in Wahrheit nicht gut war und auch nie mehr gut werden würde.

Als Gwens Schluchzen allmählich in einen Schluckauf überging, sah Gemma sich nach Taschentüchern um und entdeckte, ordentlich hinter dem Teekessel verstaut, eine Küchenrolle. Sie drückte Gwen noch einmal, ehe sie aufstand, um die Rolle zu holen. Doch als sie am Schreibtisch vorbeikam, hatte sie mit einem Mal nur noch Augen für die darüber angebrachte Pinnwand.

Sie war mit handgeschriebenen Notizen, Fotos und Seiten bedeckt, die aus dem Ollie-Katalog herausgerissen worden waren. Darunter die Aufnahme, die Gwen ihr gezeigt hatte, und noch ein paar andere, an die sich Gemma aus ihrem eigenen Exemplar erinnern konnte. Die Notizen waren alle in einer säuberlichen, runden und flüssigen Handschrift gemacht worden. Vermutlich hatte Gwen ihrer Tochter in jungen Jahren beigebracht, wie man schönschrieb. Bei den meisten Notizen schien es sich um gewöhnliche Einkaufslisten zu handeln oder um Erinnerungen an bevorstehende Treffen – nicht zu entschlüsseln, außer man kannte die Initialen und Abkürzungen, die Reagan verwendet hatte.

Aber Gemma interessierte sich ohnehin vor allem für die Fotos. Heutzutage sah man selten so viele Abzüge, da die meisten Menschen Bilder nur noch in ihren Handys speicherten. Als sie den Blick über den Schreibtisch schweifen ließ, entdeckte Gemma hinter einem Bücherstapel einen kleinen Farbdrucker. Auf dem vorderen Bereich der Tischplatte war eine freie Stelle, wo sonst vielleicht Reagans Laptop gestanden hatte.

Gemma riss ein paar Blätter von der Küchenrolle ab und ging zu Gwen zurück. Während die sich nach einem dankbaren Nicken die Nase putzte, wandte Gemma sich noch mal den Fotos auf der Pinnwand zu. Ihr Blick fiel zuerst auf eine Aufnahme von Reagan und Oliver und als Nächstes auf ein Bild, das die beiden zusammen mit Charlotte zeigte. Von Jess gab es Dutzende Fotos – beim Tanzen in Trainingsklamotten, beim Tanzen im Kostüm auf der Bühne und noch eins, auf dem Reagan und Jess zusammen zu sehen waren. Darauf hatte sie ihm lässig einen Arm um die Schultern gelegt, und die beiden schnitten Grimassen.

Daneben hingen noch ein paar Fotos von Reagan mit ihren Freunden. Die meisten waren spätabends in Pubs gemachte Gruppen-Selfies, verschwommen und wenig schmeichelhaft. Aber ein paar der Aufnahmen zeigten einen sehr gut aussehenden jungen Mann, und so wie sie an der Pinnwand hingen, hatte Reagan sie vermutlich häufig angeschaut. Er hatte sehr blondes, rundum auf Kragenlänge geschnittenes Haar, volle Lippen und auffallend blaue Augen. Aus der Art, wie er in die Kamera blickte, schloss Gemma, dass er es gewohnt war, fotografiert zu werden.

»Gwen?«, fragte sie und drehte sich wieder zum Bett um. »Wissen Sie, wer das ist?« Sie tippte mit dem Finger auf eines der Fotos.

»Der? Das ist Hugo. Reagan ist …« Gwen schluckte mühsam und setzte noch mal an. »Reagan war mit ihm zusammen. Aber ich glaube, in letzter Zeit haben sie sich nicht mehr so oft gesehen.«

»Hat sie Ihnen gesagt, weshalb?«

»Nein … ich meine, sie hat nicht gesagt, dass sie sich nicht mehr sehen. Mir ist nur aufgefallen, dass sie ihn in letzter Zeit nicht mehr so häufig erwähnt hat.«

Gemma sah sich wieder das Foto an und fragte: »Kennen Sie Hugos Nachnamen?«

Gwen schüttelte den Kopf. »Sollte ich eigentlich. Ich weiß, dass sie ihn mir gesagt hat. Aber ich habe ihn nie kennengelernt, und ich … ich hätte mich mehr bemühen müssen …« Sie schien erneut in sich zusammenzusacken.

»Nein, nein.« Gemma setzte sich wieder neben Gwen und nahm sie in den Arm. »Ich habe mich nur gefragt, ob irgendjemand ihren Freunden Bescheid gesagt hat.«

»Ihr Handy«, sagte Gwen mit einem panischen Unterton in der Stimme. »Wo kann es bloß sein? Sie hätte es nie irgendwo liegen lassen.« Sie löste sich von Gemma, stand auf und ging zum Schreibtisch hinüber, wo sie mit manischer Energie begann, in den Sachen herumzustöbern.

»Gwen.« Gemma stellte sich hinter sie und hielt mit Nachdruck ihre Arme fest. »Wir sollen nichts anfassen. Wir …«

In dem Moment flog die Tür auf. Mit einem Knall, der sie beide zusammenzucken ließ.

Jess stand da und atmete schwer. »Was machen Sie hier drin?«, verlangte er zu wissen. »Das ist Reagans Zimmer. Sie dürfen nicht …« Er brach ab und starrte Gemma an. »Was tun Sie denn hier?« In seiner abgerissenen Jeans und einem schlecht sitzenden T-Shirt, das Gesicht vom Weinen rot verquollen, war er kaum noch als der selbstbewusste Junge wiederzuerkennen, den Gemma am Vortag beim Ballett kennengelernt hatte.

»Jess, ich bin eine Freundin von MacKenzie. Über sie habe ich für meinen Sohn einen Kursplatz im Tabernacle bekommen. Mein Name ist Gemma.«

Jess runzelte die Stirn und sah von ihr zu Gwen hinüber. Ehe er zu einem neuerlichen Protest anheben konnte, fuhr Gemma fort: »Und das ist Gwen, Reagans Mum. Deine Mutter sagte, dass wir hinaufgehen dürfen.«

»Sie hat aber sicher nicht gesagt, dass Sie ihre Sachen durchwühlen sollen.«

»Nein, das nicht. Aber wir dachten, dass wir vielleicht ihr Handy finden, um uns mit ihren Freunden in Verbindung zu setzen.«

»Das ist nicht hier.«

Gemma sah ihn forschend an. »Du hast schon selbst nachgesehen.«

Jess senkte den Kopf, und seine Angriffslust verpuffte. »Ich dachte … sie hätte vielleicht … eine Nachricht hinterlassen.«

»Eine Nachricht?«, fragte Gemma betont sanft.

Jess trat von einem Fuß auf den anderen und wandte den Blick ab. »Ich habe meine Mum reden hören. Sie hat gesagt ... Sie sagt, die Polizei denkt, dass Reagan ... sich vielleicht selbst was angetan hat. Aber das hätte sie nie gemacht. Auf gar keinen Fall.« Er sah Gemma aus geröteten Augen an und ballte die Hände zu Fäusten.

Gemma hörte Gwen neben sich geräuschvoll Luft holen, aber sie konzentrierte sich weiter auf den Jungen. »Vielleicht war sie krank, Jess. Und wir können auch nicht immer verhindern, dass Unfälle ...«

»Nein.« Jess starrte sie an. »Ich habe meine Mum erzählen hören, wie sie ...« Er brach ab, presste sich die Fingerknöchel an die Lippen und blinzelte mehrmals. »Ich habe Mum sagen hören, wie sie gefunden wurde«, fuhr er dann mit festerer Stimme fort. »Ray hat sich nicht einfach so zum Sterben hingelegt. Das hätte sie nicht getan. Nie im Leben.«

»Erinnerst du dich, dass ich im Café hier an der Ecke gearbeitet hab?«, fragte Hazel Cavendish, die Melody immer noch mit besorgtem Gesichtsausdruck am Arm hielt.

»Na klar.« Melody rang sich ein Lächeln ab. »Natürlich weiß ich das noch. Ich war nur gerade meilenweit weg. Arbeitest du heute Nachmittag?« Sie sah wieder auf Hazels rotes Sommerkleid.

»Inzwischen arbeite ich da gar nicht mehr«, erklärte Hazel. »Aber ich backe für sie und auch noch für ein paar andere Cafés. Ich habe hier gerade Gebäck für heute Abend abgeliefert.«

»Das sind wirklich tolle Neuigkeiten«, sagte Melody aufrichtig begeistert. »Du bist ja eine richtige Unternehmerin.

Einen Moment lang sah Hazel nachdenklich aus. »Manchmal vermisse ich die Brennerei.« Nachdem Hazel sich von Tim, ihrem Mann, getrennt hatte, war sie zunächst mit ihrer Tochter Holly in ein abgelegenes Dorf in Schottland gezogen, um dort die Destillerie ihrer Familie zu übernehmen. Aber nach einem Jahr war sie wieder nach London zurückgekehrt und hatte erklärt, dass ein einsames schottisches Moor nicht der richtige Ort sei, um ein Kind großzuziehen. Doch obwohl sie eine zugelassene Therapeutin war, hatte sie einen Servicejob in einem Café angenommen und war in einen kleinen Bungalow in Battersea gezogen.

Soweit Melody wusste, waren Hazel und Tim immer noch getrennt, aber Hazel sah gut aus – und glücklich.

»Den Winter in Schottland vermisse ich allerdings nicht«, ergänzte Hazel mit einem Lächeln. »Aber wie geht es dir? Hast du deine Eltern besucht?«

Melody nickte. »Der gefürchtete Sonntags-Lunch.«

»Verstehe. Kein Wunder, dass du so blass um die Nase bist. Komm mit.« Hazel nahm sie wieder am Arm. »Ich lade dich auf eine Tasse Tee ein. Wir finden sicher einen Platz im Café. Sonntags um diese Zeit ist es da so tot wie auf einem Friedhof.«

Im ersten Moment wollte Melody ablehnen. Aber als sie begann, den Kopf zu schütteln, geriet die Welt um sie herum wieder ins Kippen, und ihr Sichtfeld wurde an den Rändern grell und irgendwie giftig gelb. Plötzlich war sie sich nicht mal sicher, ob sie es ohne Hilfe bis zu ihrem Auto schaffen würde.

Mit einem etwas unsicheren Lächeln sagte sie: »Das wäre schön.«

»Wunderbar. Dann lass uns gehen.«

Melody wehrte sich nicht, als Hazel sich bei ihr unterhakte.

Das kleine Café an der Ecke war genauso gähnend leer, wie Hazel es vorhergesagt hatte. Als sie hereinkamen, sah die kleine dunkelhaarige Frau hinter der Kasse von ihrer Zeitschrift auf. »Hazel«, sagte sie. »Was verschafft mir so schnell wieder die Ehre? Hast du was vergessen?«

»Nein, ich bin einer Freundin begegnet und habe sie hierher entführt. Wenn du möchtest, kannst du eine Pause machen, Mary. Ich passe so lange auf den Laden auf.«

»Würdest du das wirklich tun?« Mary lächelte sie strahlend an. »Ich muss noch ein paar Sachen bei Whole Foods besorgen, und bis ich hier rauskomme, haben die schon zu.« Sie riss sich die Schürze herunter. »Ähm, eine halbe Stunde?«

»Lass dir ruhig Zeit.«

Nachdem Hazel sie zur Tür hinausgescheucht hatte, wandte sie sich wieder zu Melody um und rückte im hinteren Bereich des Cafés einen Stuhl für sie zurecht. »Setz dich hierhin. Außer du möchtest lieber draußen sitzen. Innen ist es ja ein bisschen stickig.«

Im Café war es wirklich warm, aber Melody musste sogar drinnen die Augen gegen das grelle Sonnenlicht zusammenkneifen. »Nein, hier ist es gut.« Sie setzte sich mit dem Rücken zur Tür, was ihr immer ein wenig unbehaglich war, aber zumindest besser, als in die gleißende Sonne zu schauen.

»Tee oder Kaffee?«

Melody wagte nicht einmal, an Kaffee zu denken. Das wenige, was sie bei ihren Eltern gegessen hatte, lag ihr immer noch unangenehm im Magen. »Tee, bitte.«

»Die Küche ist unten«, sagte Hazel. »Ich bin gleich wieder da.«

Und tatsächlich dauerte es keine fünf Minuten, bis sie wieder auftauchte, mit einer dampfenden Teekanne, Tassen und einem Teller voller kleiner brauner Biscuits. »Meine neue Spezialität«, verkündete sie, als sie sich Melody gegenüber hinsetzte und ihre Tassen auffüllte. »Brownie Biscuits. Schmecken wie Brownies, sind aber so knusprig wie richtige Teebiscuits.«

Nachdem sie kurz Zeit gehabt hatte, um sich zu erholen, fühlte Melody sich schon wieder ein wenig besser, so dass sie Hazel zuliebe einen kleinen Bissen probieren konnte. »Oh«, sagte sie, angenehm überrascht. »Die sind fantastisch. Aus was machst du die?«

»Geschäftsgeheimnis.« Hazel grinste und erhob ihre Tasse. »Schokolade und Tee. Ein wirksames Allheilmittel.«

Melody biss noch einmal ab und fragte dann mit dem Mund voller Brösel: »Wie kommt es, dass du für Cafés bäckst?«

»Ich habe immer schon gebacken. Daheim in Schottland. Und kurz nachdem ich hier angefangen habe, hat der Konditor gekündigt. Da habe ich ein paar Sachen gezaubert, nur damit niemand in Panik geriet.« Hazel zuckte mit den Schultern. »Aber so schnell konnte ich gar nicht schauen, da war ich schon fürs Backen zuständig und behielt gleichzeitig alle meine Schichten. Total verrückt. Eines Tages kam, als ich gerade allein hier war, die Besitzerin eines anderen Cafés rein und fragte, wer für uns das Gebäck macht. Ich habe dann einen Deal mit ihr ausgehandelt.«

»Und du machst das alles in deiner Küche im Bungalow?« Melody, die schon Schwierigkeiten hatte, eine Tiefkühlpizza zuzubereiten, war tief beeindruckt.

»Das meiste. Ist gar nicht so schwer, wenn man organisiert ist. Aber manchmal weiche ich auch auf die Küche in Islington aus.« Hazel errötete ein wenig und fingerte an ihrer Teetasse herum.

Melody fiel ein, dass Gemma eine Zeit lang auf Tims und Hazels Grundstück in Islington über der Garage gewohnt hatte. Dachte Hazel etwa darüber nach, wieder mit Tim zusammenzukommen? Sie überlegte gerade, wie sie diskret danach fragen konnte, aber da wechselte Hazel auch schon das Thema.

»Wie geht es denn deinem Typen?«, fragte sie, und damit begann nun Melody, sich zu winden.

»Er ist auf Tournee. Mit Poppy. Nach allem, was ich höre, erobern sie gerade Deutschland im Sturm.«

»Wie schön für sie.« Hazel schien sich ehrlich zu freuen. »Ist ihm der Ruhm schon zu Kopf gestiegen?«, fragte sie und grinste.

»Nein, kein bisschen«, sagte Melody, wenn auch vielleicht ein wenig zu schnell. Sie musste die ganze Zeit darüber nachdenken, dass er gestern Nacht nicht angerufen hatte. Und auch über die kreischenden Mädchen, die sie in den Videos gesehen hatte.

Sie fröstelte, und ihr war auch wieder ein wenig flau im Magen. Wie konnte man jemanden, den man erst seit ein paar Monaten kannte, nur so sehr vermissen? Sie wollte Andy sehen, ihn berühren, an seinen Fingern schnuppern, die immer leicht nach dem Metall der Gitarrensaiten rochen. Sie wollte sich auf dem alten Futon in seiner Wohnung einrollen und zuhören, wie er auf seiner Gitarre klimperte. Während Bert in ihrem Schoß lag und schnurrte …

»Mist«, sagte sie. »Bert.«

Hazel sah sie verdutzt an. »Wie bitte?«

»Andys Kater.« Melody holte tief Luft und versuchte, ihr plötzlich wild pochendes Herz wieder in den Griff zu bekommen. »Er heißt Bert. Ein Nachbar von Andy gibt ihm zu fressen, aber ich habe versprochen, an den Wochenenden nach ihm zu sehen.«

»Dafür ist es ja noch nicht zu spät, oder?«, fragte Hazel vorsichtig. Hatte sie ihr die Panik etwa angesehen? Es war ja nicht nur so, dass sie bloß vorübergehend vergessen hatte, nach dem

Kater zu schauen. In Wahrheit hatte sie überhaupt nicht mehr dran gedacht. »Das letzte Mal, als ich dich gesehen habe«, sagte Hazel, »wollte Gemma dich gerade zu einem Kätzchen überreden.« Sie verdrehte die Augen. »Offenbar warst du klug genug, ihr zu widerstehen. Ich kann von mir leider nicht dasselbe behaupten.«

Melody konnte sich an diesen Abend noch in allen Einzelheiten erinnern. Sie und Gemma hatten den erfolgreichen Abschluss eines Falls gefeiert, bei dem es um den Mord an einem Mädchen in Brixton gegangen war. Dafür hatten sie sich mit Hazel im Mitre an der Holland Park Avenue zu einem Mädelsabend getroffen und Wein getrunken. Melody war in bester Stimmung gewesen, wegen ihrer erfolgreichen Ermittlungen, weil sie sich für Andy freute und auch weil sie sicher gewesen war, dass sie sich allmählich von den Folgen der Granate in St. Pancras erholen würde.

Das war die Nacht gewesen, bevor die Welt aus den Fugen geraten war. Am nächsten Tag hatten sie herausgefunden, dass Ryan Marsh, der Mann, der mit Melody in die Flammen gelaufen war, tot war.

Gemma und MacKenzie fuhren Gwen zur Paddington Station. Reagans Mutter hatte darauf bestanden, nach Cardiff zurückzukehren.

»Das ist der einzige Ort, wo ich sie spüren kann«, hatte sie gesagt, als sie vor dem Haus der Cusicks standen. Dabei hatte sie die Arme um sich geschlungen. »Dieses Haus kenne ich nicht, genauso wenig wie die Leute darin.« Sie deutete auf das Gebäude hinter sich. »Ich kenne diesen Jungen nicht. Warum sagt er so was? Warum sollte irgendjemand meinem Baby wehtun wollen?«

»Er ist nur aufgewühlt«, hatte Gemma entgegnet.

Und natürlich war Jess das. Kit war beim Tod seiner Mutter nicht viel älter gewesen, und Gemma wusste aus erster Hand, wie schwer es für Kinder war, so einen Verlust zu verkraften. Vor allem, wenn sie nur wenig emotionale Unterstützung erhielten.

MacKenzie hatte Gwen zu ihrem Bahnsteig begleitet, während Gemma im Auto geblieben war. Bei der anschließenden Heimfahrt nach Notting Hill war sie ungewöhnlich schweigsam. »Ich glaube es nicht«, sagte sie schließlich, als Gemma vor der Ampel am Notting Hill Gate hielt. »Ich kann mir nicht vorstellen, dass sich Reagan eine Überdosis verabreichen würde, ob absichtlich oder nicht.«

»Alles Spekulieren ist müßig, solange die Ergebnisse der Obduktion nicht vorliegen«, gab Gemma vorsichtig zu bedenken. Der Nachmittag ging in den Abend über, und es wurde dunkler, als tiefe dünne Wolkenfelder von Westen heraufzogen. Höchste Zeit, nach Hause zu fahren. Bill Williams musste kurz vorm Durchdrehen sein, so lange wie er schon ihre beiden Kleinen an den Hacken hatte, und außerdem machte sie sich Sorgen um Duncan, der sich noch nicht bei ihr gemeldet hatte.

Trotzdem. Sie trommelte mit den Fingern auf das Lenkrad, während der 52er-Bus an ihr vorbeiröhrte und in die Kensington Park Road abbog. Die Umstände von Reagan Keatings Tod waren bizarr. Alles daran schien so verkehrt, dass bei Gemma die Alarmglocken läuteten.

Es war nicht ihre Angelegenheit, sagte sie sich, als die Ampel umschaltete und sie den ersten Gang einlegte. Nicht ihre Verantwortung. Außerdem hatte sie im Revier von Brixton schon genug zu tun. Ganz zu schweigen davon, dass sie sich auch noch um ihre Familie kümmern musste. Und zeitlich weder ihrer Arbeit noch ihrem Privatleben gerecht werden konnte. Sie würde Jess sehen, wenn sie Toby das nächste Mal zum Ballett brachte. Und sie würde nicken und lächeln, und er würde nicht ahnen, dass sie einfach weitergegangen war, ohne ihm zu helfen.

Bei diesem Gedanken verzog sie das Gesicht.

Auf die nächste rote Ampel stießen sie an der Ladbroke Grove, nur ein paar Blocks von ihrem alten Revier, der Notting Hill Police Station, entfernt. Und von ihrem alten Chef, Marc Lamb, einem der besten Polizisten, die sie kannte.

Nicht ihre Angelegenheit, wiederholte sie insgeheim. Nicht ihre Verantwortung. Niemand würde von ihr mehr als das erwarten, was sie heute bereits getan hatte. Aber sie konnte die Bilder in ihrem Kopf nicht vertreiben – von Jess, der mit hochkonzentriertem Gesichtsausdruck tanzte und sich freute, weil er das tat, worin er gut war. Das Foto von den beiden an Reagans Pinnwand, auf dem sie ihm den Arm um die Schultern gelegt hatte und sie sich während des Schnappschusses gemeinsam totlachten. Reagan Keating hatte Jess geliebt. Davon war Gemma absolut überzeugt. Und nur mal angenommen, Jess hatte recht. Was wäre dann?

Als Kincaid in den Wartebereich zurückkehrte, sah er, dass Tom Faith und Diane Childs mit einer Frau in einem gut geschnittenen dunkelgrauen Kostüm zusammenstanden. Er erkannte sie erst, als sie sich umdrehte und ihm die Hand reichte.

»Detective Superintendent Kincaid«, sagte sie. »Ich sehe gerade nach Ihrem Vorgesetzten.« Es war Evelyn Trent, die Deputy Assistant Commissioner von Special Operations. Kincaid war überrascht, dass sie seinen Namen kannte.

Er erwiderte ihren Händedruck. »Ma'am.« Sie war eine attraktive Frau, schätzungsweise in den Fünfzigern, zierlich, mit heller Haut und exakt geschnittenen platingrauen Haaren. Er hatte sie bereits bei Führungsseminaren und größeren Lagebesprechungen reden hören und war von ihr beeindruckt gewesen.

»Assistant Commissioner Neville war schon heute Morgen da«, sagte Diane mit bemühtem Lächeln.

Jetzt verstand Kincaid, was hier lief. Die obersten Ränge, Trent und der AC Crime Sir Richard Neville, denen sowohl Denis Childs als auch Kincaid unterstanden, hatten beide ihre Aufwartung gemacht, um einem verwundeten Polizisten und seiner Frau den Respekt zu erweisen. Sie gingen davon aus, dass Denis Childs sterben würde.

»Commissioner Neville hat immer voller Begeisterung von Ihrem Mann gesprochen, Mrs Childs«, sagte Trent. »Ein guter Polizist, einer der besten.«

Kincaid spürte, wie eine Welle von Zorn in ihm aufstieg, versuchte aber, sich nichts anmerken zu lassen. »Ja, er ist einer der Besten. Und das wird er auch in Zukunft unter Beweis stellen.«

Tom Faith nickte knapp. »Wir wissen alle, dass Denis Childs viel zu stur ist, um aufzugeben.«

War Denis vielleicht *zu* stur gewesen? Kincaid hatte plötzlich das Gefühl, keinen Augenblick länger in dem klaustrophobischen Wartebereich bleiben zu können. Als er sich bei Diane Childs entschuldigte, sagte sie: »Natürlich müssen Sie gehen. Denis wird es sehr zu schätzen wissen, dass Sie sich am Sonntag auf Kosten Ihrer Familie so viel Zeit für ihn genommen haben.« Auch sie sprach ganz bewusst nicht in der Vergangenheit von ihrem Mann und bedachte Kincaid dabei mit einem beinahe verschwörerischen Lächeln. Er merkte, dass er sie sehr gern hatte, und umarmte sie noch rasch, bevor er sich bei seinen Vorgesetzten abmeldete.

Sobald er aus dem Gebäude heraus war, hatte er das Gefühl, wieder leichter atmen zu können. Während er zum Krankenhausparkplatz ging, kreisten seine Gedanken wieder um die jüngsten Ereignisse.

Denis Childs war wegen irgendwas – oder irgendwem – so besorgt gewesen, dass er Kincaid, vermutlich von einem Wegwerfhandy aus, eine anonyme Nachricht geschickt und darin ein Treffen mit ihm vereinbart hatte. An einem Ort, an dem man keinen von ihnen beiden kannte. Während dieses Treffens war er genauso zugeknöpft wie eh und je gewesen. Allerdings hatte er Kincaid vor ein paar undurchsichtigen Gestalten innerhalb der Polizei gewarnt und ihm gleichzeitig eingeschärft, sich nicht in Dinge einzumischen, die er nicht begriff. Ein paar Minuten später war er dann brutal überfallen worden.

All das fühlte sich nicht richtig an, genauso wenig wie Ryan Marshs Tod.

Plötzlich drang ihm ein dröhnendes Geräusch ins Bewusstsein, das er bislang ausgeblendet hatte. Als er zum Dach hochblickte, sah er das unverwechselbare Rot des Rettungshubschraubers, der sich gerade auf das Landefeld herabsenkte. Vielleicht hing genau in diesem Moment das Leben eines anderen Menschen am seidenen Faden. Denis Childs hatte noch eine Chance. Ryan Marsh hatte keine bekommen.

Kincaid blieb stehen und beobachtete, wie der Hubschrauber aufsetzte, obwohl er mit den Gedanken ganz woanders war. Ein Toter und ein Überfallopfer, das vielleicht auch noch starb. Was würde als Nächstes passieren? War nun auch er in Gefahr? Oder Gemma?

Er musste dieser Sache auf den Grund gehen, und allmählich glaubte er, dass er beim Tod von Ryan Marsh ansetzen musste. Aber dazu brauchte er Hilfe, und er wusste nicht, an wen er sich wenden oder wem er vertrauen konnte.

Der Rotor des Hubschraubers kam zum Stillstand, und er kauerte auf dem Dach wie ein riesiger brütender Vogel. Ob der

Patient, der in ihm hertransportiert worden war, das Krankenhaus wohl durch die Leichenhalle verlassen würde?

Die Leichenhalle.

Natürlich. Er war ein Idiot, weil er nicht gleich daran gedacht hatte.

Er wusste genau, wer ihm helfen konnte und um was er ihn bitten würde.

7

MAI 1994

Irgendjemand rauchte einen Joint. Das war immer eine etwas heikle Situation bei ihren kleinen Zusammentreffen. Die meisten von ihnen rauchten hin und wieder ihre selbst gedrehten Tüten, und keiner von ihnen wollte den Drogenfahnder spielen und fragen: »Wer von euch kifft hier?« Aber heute Abend war es für Mai ungewöhnlich warm, und die Fenster ihrer im ersten Stock gelegenen Wohnung in Earl's Court standen weit offen, damit wenigstens ab und zu ein kleiner Windhauch hereinwehen konnte. Es brauchte nur einen Nachbar, der sie anzeigte, oder einen Passanten.

Obwohl es natürlich nicht gutgeheißen wurde, sah man ihnen kleinere Drogenvergehen nach. Schließlich mussten sie ihren Rollen gerecht werden – auch hier. Aber wenn sie alle auf einen Schlag wegen ein bisschen Gras in der Tasche ins Kittchen wanderten, wären ihre Vorgesetzten bestimmt nicht begeistert.

Nur um das klarzustellen: Nicht einer von ihnen dealte mit Drogen, das war nicht Teil ihrer Mission. Aber sie waren Rebellen – ein paar von ihnen sogar Anarchisten –, und dass sie ein bisschen hiervon und ein wenig davon nahmen, ergab sich aus ihrem besonderen Aufgabengebiet. Weiter trieb es keiner von ihnen. Jedenfalls nicht, soweit er wusste.

Er fragte sich, ob einer von ihnen heute Abend wohl ein Spitzel war. Irgendwas an Mickey, dem neuesten Rekruten, ging ihm gehörig gegen den Strich. Der Mann hatte eine langweilige sommersprossige Visage und Haare, die wie der Federbusch einer Ente abstanden. Und er hatte die ganze Zeit dieses dämliche Grinsen im Gesicht.

Sie waren schon ein ziemlich schräger Haufen. So viel stand fest. Weniger als ein Dutzend Männer – und im Moment zwei Frauen, obwohl Sheila und Lynn heute noch gar nicht aufgetaucht waren. Sie waren genauso ungepflegt wie aufrichtig und die Lieblinge der verdeckten Sondereinheit Special Branch. Und sie waren alle miteinander professionelle Lügner. Sie ließen sich die Haare wachsen – oder schnitten sie ab, wenn sie Skinheadgruppen unterwanderten. Gott sei Dank hatte er das noch nicht tun müssen. Er würde damit wie André the Giant aussehen.

Sie gaben sich falsche Namen. Einen Abend in der Woche verbrachten sie daheim bei ihren Familien, den Rest der Zeit lebten sie in ihren Tarnidentitäten, für die sie sich komplexe Hintergrund- und Schlupflochgeschichten ausgedacht hatten, auf die selbst Tolstoi stolz gewesen wäre.

Doch jeden Mittwochabend trafen sie sich hier, in dieser heruntergekommenen Wohnung hinter der Earl's Court Station. Wo die unterirdisch fahrenden U-Bahn-Züge die Fußböden zum Vibrieren brachten. Es war »eine Gelegenheit, sich auszutauschen und miteinander zu entspannen«, allerdings mit der Einschränkung, dass sie ihre Tarngeschichten auch gegenüber den anderen verdeckten Ermittlern aufrechterhalten sollten. Das führte zu merkwürdigen Unterhaltungen und war alles andere als entspannend. Und bequem war es hier auch nicht. Die durchgesessene Sofagarnitur mit den Sesseln war einst braun gewesen, über die winzige Küche wollte er gar nicht nachdenken, und irgendwer hatte ein Biogefahr-Warnschild an die Toilettentür gehängt – was gar nicht mal so weit hergeholt war. Es bot vielleicht »Schutz«, war aber alles andere als ein »Haus«, dachte er und musste ein bisschen über seinen eigenen Witz lächeln.

»Was ist so lustig, Kumpel?«, fragte Mickey. »Möchtest du uns nicht auch daran teilhaben lassen?«

Also beobachtete er ihn wirklich, dieser kleine Mistkerl, aber in wessen Auftrag? Für seinen Führungsbeamten? Aber wenn das wirklich so war, würde das bedeuten, dass ihm irgendeiner seiner Vorgesetzten nicht vertraute. Und das wäre keine gute Nachricht. »Nichts, was du verstehen würdest, Mickey, mein Junge«, sagte er leichthin und sah, wie dem Mann brennende Röte ins Gesicht stieg.

»Fick dich doch«, konterte Mickey gewohnt originell.

Mit ihrem Wortwechsel zogen sie ein paar Blicke auf sich. Jim Evans, ein großer, glatzköpfiger Kerl aus Essex, lachte und sagte zu Mickey: »Hol dir noch ein Bier, Mann, und komm runter. Okay?« Danach erhob sich wieder allgemeines Gemurmel, und Jim nahm ein Carlsberg aus einer Papiertüte und reichte die Flasche seinem Nebenmann, Dylan West.

Dylan West war ein Angeber vor dem Herrn. Groß und schlank, mit dunklen, finster dreinblickenden Augen, die Frauen glauben ließen, er besäße Tiefe. Dabei war er nur durch und durch arrogant. Sie hatten gemeinsam die Polizeischule besucht. Er hatte ihn schon damals nicht ausstehen können, und jetzt mochte er ihn sogar noch weniger. War ja klar, dass dieser Schwachkopf sich einen Tarnnamen aus einem billigen Liebesroman aussuchte.

Von der Tür erklang ein fröhliches Klopfen, und Jim sprang auf, um zu öffnen. »Entschuldigt, dass wir zu spät zur Party kommen, Jungs«, sagte Sheila, die in jeder Hand eine Flasche Wein hielt. »Aber wir machen's wieder gut«, fügte sie grinsend hinzu, während sie mit Lynn im Schlepptau hereinstolziert kam.

Sheila lief wie immer vorneweg. Mit ihren Springerstiefeln, dem kurzen Rock und dem engen T-Shirt, das sich über ihre kleinen und offensichtlich von keinem BH eingeengten Brüste spannte, spielte sie ihre Rolle perfekt. Auch wenn niemand wusste, was für eine Rolle das genau war. Sie alle versuchten, auf einem schmalen Grat zu wandern, indem sie in ihren Tarnidentitäten blieben, ohne den anderen etwas über ihre genauen Aufträge zu verraten. Aber Sheila beschritt diesen

Grat mit traumwandlerischer Sicherheit. Manchmal fragte er sich, ob sie überhaupt eine Rolle spielte. Wenn ja, fiel es ihr genauso leicht wie zu atmen. Und er hätte gerne gewusst, ob Lynn sich daran störte.

Über Lynns Auftrag wusste er Bescheid, weil sie zur gleichen Zeit angefangen hatten und sie sich ihm anvertraut hatte. Sie hatte einen Job als Sekretärin bei British Gas verpasst bekommen und war dann angewiesen worden, mit ein paar weniger wichtigen Mitgliedern einer Zurück-zur-Natur-Ökogruppe herumzuhängen und dabei immer wieder schüchterne Zweifel über die moralische Integrität ihres Arbeitgebers zu äußern. Er glaubte allerdings, dass Lynn in Wirklichkeit kein bisschen schüchtern war, sondern dass sie ihre Rolle nur ebenso überzeugend spielte wie Sheila die ihre.

»Höchste Zeit, dass hier mal was Interessantes passiert«, sagte Mickey mit einem anzüglichen Grinsen. Und jemand anders heulte wie ein Wolf. Die Zimmertemperatur schien gleichzeitig mit dem Testosteronspiegel anzusteigen. Die Atmosphäre hatte sich verändert. Das konnte er spüren.

Die ganze Sache war eine richtig üble Idee, dachte er, während er sich umblickte und beobachtete, wie Wein in Pappbecher geschenkt und neue Zigaretten angezündet wurden. Irgendjemand drehte die Lautstärke an dem billigen Ghettoblaster auf dem Couchtisch auf, und aus den Lautsprechern plärrte »Livin' on the Edge« von Aerosmith.

Spürte nur er, dass sich hier eine Katastrophe anbahnte?

Am Montagmorgen wurde Melody von der Sonne geweckt, die durch die Fenster auf der Ostseite der Wohnung hereinschien. Sie öffnete die Augen, blinzelte in das grelle Licht und machte sie wieder zu. Einen Moment lang lag sie noch still und versuchte, die Ausläufer eines schönen Traums festzuhalten, aber er war verschwunden. Na gut, aber er war wirklich schön gewesen, solange er gedauert hatte … An irgendeiner Stelle in diesem Traum hatte sie getanzt, was sie in Wirklichkeit nie tat. Mit einem kleinen enttäuschten Seufzen streckte sie sich und schlug erneut die Augen auf. Dann angelte sie das Handy vom Sofatisch und las die Zeitanzeige. Es war sechs Uhr. Sie hatte zwölf Stunden lang geschlafen. Und auch wenn sie schon wieder nicht vom Sofa runtergekommen war, hatte sie es sich diesmal zumindest mit einer Decke und einem Kissen bequem gemacht. Und auf dem Sofatisch stand auch keine leere Weinflasche, sondern eine Tasse, in der noch die Reste einer heißen Schokolade zu erkennen waren.

Nachdem sie gestern Hazel eine Entschuldigung zugemurmelt und das Café verlassen hatte, war sie blindlings losmarschiert. Wobei sie wie ein kurzatmiger Läufer nach Luft japste. Sie durfte einfach nicht an Ryan denken. Sich nicht seine blauen Augen vorstellen, wie sie sie zum ersten Mal in seinem rußverschmierten Gesicht gesehen hatte. Sie waren damals, vor drei Monaten, gemeinsam in das Feuer in der St. Pancras Station hineingegangen und hatten beide überlebt. Und jetzt war er tot.

Sie war schneller gegangen und hatte versucht, das Schwindelgefühl zurückzudrängen, indem sie sich aufs Ein- und Ausatmen konzentrierte. Als sie endlich langsamer wurde, fand sie sich vor der U-Bahn-Station Kensington High Street wieder. Was war bloß los mit ihr? Sie rieb sich mit den flachen Händen über die Wangen.

Sie musste zur Oxford Street. Sie hatte Andy, bevor er aufgebrochen war, versprochen, dass sie nach der Katze schauen würde, aber zum Autofahren fühlte sie sich noch zu wacklig auf den Beinen. Ganz zu schweigen davon, dass es schon einer göttlichen Fügung bedurfte, wenn man in der Nähe von Andys Wohnung am Hanway Place einen Parkplatz finden wollte. Dann also mit der U-Bahn. Sie war bloß froh gewesen, dass Sonntag war, denn das Gedrängel während der Woche hätte sie bestimmt nicht ausgehalten.

Bert, Andys dicker roter Kater, hatte sich gefreut, sie zu sehen. Er war ihr um die Beine gestrichen und hatte wie wild geschnurrt. Nachdem sie sein Fressen, den Wassernapf und das Katzenklo gecheckt hatte, hatte sie sich auf den Futon gesetzt und ihn auf den Schoß genommen. Doch der Kater war ihrer Aufmerksamkeit bald überdrüssig gewesen und an das andere Ende des Futons stolziert, wo er sich sehr sorgfältig die Pfoten putzte. Melody war nicht mit Katzen aufgewachsen und hatte daher erst lernen müssen, Berts plötzliche Zurückweisungen nicht persönlich zu nehmen.

Auf ihrem Landsitz hatten sie Hunde gehabt, eine ganze Reihe von Spaniels und Retrievern, aber Katzen hatten sich nur in den Ställen aufhalten dürfen. »Man sollte meinen, dass du dich über Gesellschaft freuen müsstest«, sagte sie laut, aber Bert zuckte nur mit dem Schwanz und funkelte sie aus seinen goldenen Augen an.

Unruhig stand sie auf und ging durch die Wohnung, berührte Andys Gitarren, rückte Poster gerade und wischte den Staub vom Deckel des Plattenspielers. Sie war schon oft hier gewesen, während Andy unterwegs war, aber jetzt fühlte sie sich unbehaglich und so, als gehörte sie nicht hierher. Sie hatte ein paar Monate lang auch häufiger hier als zu Hause übernachtet. Sie blickte auf den Futon und dachte daran, wie er ungemacht, mit zerwühlten Bettdecken aussah. Und plötzlich fühlte sie eine überwältigende Sehnsucht und große Leere. Zeit zu gehen.

Nachdem sie eine Nachricht für den Nachbarn hinterlassen hatte, der sich um Bert kümmerte, hatte sie die Wohnungstür geöffnet und den Blick noch ein letztes Mal durch die gesamte Wohnung schweifen lassen. Ob sie sie so wohl noch mal wiedersehen würde?

In Kensington war sie auf dem Weg zu ihrem Auto am Haus ihrer Eltern vorübergeeilt, dann die kurze Strecke zu ihrer Wohnung nördlich vom Notting Hill Gate gefahren. Eigentlich gehörte ihrem Vater die Wohnung im 1930s Mansion Block. Dass sie dort wohnte, war ein Kompromiss gewesen, als sie in den Polizeidienst eintrat – ein Job, den ihre Eltern nicht guthießen. Sie wollten das Gefühl haben, dass sie zumindest in einer sicheren Gegend wohnte. Melody hatte die Wohnung nie sonderlich gemocht, niemanden zu sich eingeladen und auch sonst nichts getan, was den Eindruck erweckt hätte, sie fühlte sich dort zu Hause. Aber plötzlich hatte sie sich nichts mehr gewünscht, als sich in ihr einzuigeln und alles und jeden auszuschließen …

Doch jetzt reichte es. Was hatte es ihr gebracht davonzulaufen – mal abgesehen von einer ganzen Nacht Schlaf? Sie setzte sich auf und warf die Decke zur Seite. Wie peinlich, wenn jemand mitbekommen sollte, wie sie sich gestern aufgeführt hatte. Hoffentlich hatte Hazel Gemma nichts davon erzählt.

Es ging ihr gut. Sie hatte nur ein wenig Ruhe gebraucht. Und einen Neuanfang.

Nachdem Melody gejoggt und sich geduscht hatte, schlüpfte sie in ihre schönste Kombination aus rotem Rock und roter Seidenbluse. Heute war kein Tag für dunkle Hosenanzüge. Sie wollte so loslegen, wie sie auch weitermachen würde. Mutig und selbstsicher.

Bevor sie das Handy in die Tasche steckte, prüfte sie es noch mal auf verpasste Anrufe. Sie war zwar früh dran, aber vielleicht waren trotzdem schon wichtige Nachrichten von der Dienststelle eingegangen. Keine neuen Anrufe. Und sie hatte auch gestern Abend nichts von Andy, Doug oder Gemma gehört. Mit einem Schulterzucken ließ sie das Handy in die Tasche fallen und ging aus der Wohnung. Warum hatte sie nur gedacht, sie hätte irgendjemanden von ihnen nötig?

Melody verließ das Gebäude mit bewusst energischen Schritten – und blieb abrupt stehen. Eine rauchgraue Mercedes-Limousine neuesten Modells stand mit laufendem Motor am Randstein. Hinter den getönten Scheiben erkannte sie ihren Vater, der das Lenkrad als Lesestütze für eine gefaltete Zeitung verwendete. Wie jeden Morgen füllte er mit einem Stift das Kreuzworträtsel der *Times* aus. Wobei er immer die Zeit stoppte. Er war verdammt schnell und machte selten Fehler. Sie hatte es immer merkwürdig gefunden, dass Ivan nicht Schach spielte, aber er sagte, er habe nicht die Geduld, so lange zu warten, bis ein anderer seinen Zug machte.

Als er aufblickte und sie sah, legte er die Zeitung zur Seite, öffnete die Tür und stieg aus. Ivan Talbot war zu dieser frühen Stunde für die Arbeit angezogen und trug einen tadellos sitzenden Maßanzug aus der Savile Row, der eine Nuance heller als sein Auto war. Sein perfekt geschnittenes helles Haar glänzte in der Sonne, und Melody fiel auf, dass das Grau darin mittlerweile das Blond überwog. Ein eleganter Mann, ihr Vater, und ein mächtiger. Auf jeden Fall einer, den man ernst nehmen musste, wenn er sich auf einer Mission befand.

»Was machst du hier, Dad?« Melody sah ihn argwöhnisch an.

Ivan küsste sie auf die Wange, und sie roch den herben Duft seiner Seife. »Du leuchtest heute Morgen wie eine Mohnblume.«

Sie trat einen Schritt zurück. »Dad.«

»Viel besser als gestern, muss ich sagen. Deine Mutter hat sich wegen dir Sorgen gemacht und mich gebeten, nach dir zu sehen.«

Ihrer Mutter Sorgen zu bereiten war in den Augen ihres Vaters eine schwere Sünde. »Tut mir leid. Ich habe … mich nicht wohlgefühlt. Ein Infekt oder so was. Ich ruf sie heute an.«

Ivan betrachtete sie mit unbewegter Miene. Passanten gingen um sie herum, und Melody fragte sich flüchtig, was sie wohl denken mochten. Der wohlhabende ältere Mann, das Auto, die jüngere Frau. Aber die Londoner waren von Haus aus nicht neugierig, und niemand schenkte ihnen große Beachtung.

Ivan nickte, als ob die Sache damit für ihn erledigt wäre. »Tu das. Außerdem dachte ich, du möchtest vielleicht die letzten Neuigkeiten über deinen Chief Super hören.«

»Er ist nicht mein …«, begann sie, aber der automatische Protest erstarb ihr auf den Lippen. »Was? Ist er …?«

»Stabil. Aber nicht bei Bewusstsein. Und ein kleiner Vogel hat mir gezwitschert, dass er Brieftasche und Handy noch bei sich hatte, als man ihn fand.«

»Woher weißt …?« Melody unterbrach sich. Es hatte keinen Sinn, ihn das zu fragen. Ihr Vater beschäftigte mehr Spitzel als die Met.

»Falls es ein Raubüberfall war, müssen der oder die Täter also unterbrochen worden sein«, fuhr Ivan fort.

»Du glaubst, dass es keiner war.« Melody runzelte die Stirn. »Du meinst, er wurde … angegriffen? Aber wieso?«

Ivan zuckte mit den Schultern. »Vielleicht ein sinnloser Akt der Gewalt. Aber es gibt schon seit Jahren Gerüchte über Denis Childs.«

»Was für Gerüchte?«, fragte Melody, trotz des Kloßes, der sich in ihrer Kehle bildete.

»Ach, über eine bewegte Vergangenheit. Die falschen Freunde. Du weißt schon, das Übliche halt.« Er machte eine Pause, als würde er seine nächsten Worte sorgfältig abwägen. »Ich frage mich bloß, ob den schwer zu greifenden Detective Chief Superintendent Childs nun etwas von dieser Vergangenheit eingeholt hat.«

Charlotte zog kräftig an Gemmas Hand und blieb mitten auf dem Gehweg stehen. »Mummy, ich möchte nicht, dass Oliver bei wem anders lebt.«

»Schätzchen, Oliver zieht nirgendwo anders hin. Erinnerst du dich? Darüber haben wir doch schon gesprochen.« Das war stark untertrieben, da sie dieses Gespräch seit dem Vortag schon ein gutes Dutzend Mal geführt hatten. Und Gemma hatte allmählich Mühe, die Geduld zu bewahren. Sie brachte Charlotte gerade zu ihrer Vorschule in der Nähe von Pembridge Gardens, und sie waren spät dran, weil alle drei Kinder heute Morgen schlecht gelaunt und widerspenstig gewesen waren. Und Duncan, der heute eigentlich die Schul-Tour mit ihnen hätte machen sollen, hatte verkündet, dass er früher ins Revier Holborn gehen wolle. »Wenn wir uns beeilen, siehst du Oliver gleich«, sagte sie so fröhlich wie möglich.

Aber Charlotte ließ sich nicht aufheitern. Sie vergrub das Gesicht in Gemmas Schulter, schlang ihr wie ein Klammeräffchen die Beine um die Hüften und begann zu schniefen. »Ich möchte nicht in die Vorschule.«

»Das tut mir leid, Liebes, aber manchmal müssen wir Dinge tun, die wir nicht wollen.« Am liebsten hätte Gemma diesen Spruch gleich wieder zurückgenommen. Natürlich hatte sie recht. Aber wer wüsste das besser als Charlotte?

Charlotte war ganz aufgelöst von den Williams zurückgekehrt, und Gemma wusste, dass sie etwas von den Gesprächen über Reagans Tod mitbekommen haben musste. Für Charlotte hatte der Tod ihrer Eltern das Ende von allem bedeutet, was ihr vertraut gewesen war, und sie hatte in ein neues Heim, zu einer neuen Familie ziehen müssen. Offensichtlich machte sie sich wegen ihrer eigenen Erfahrungen nun Sorgen, sie könnte Oliver verlieren.

»Ich will nicht«, jammerte Charlotte, und das Schniefen

drohte in ein Schluchzen umzuschlagen. »Ich will heim. Mit dir.«

In diesem Moment öffnete sich die Tür des Reihenhauses, und die Rektorin persönlich erwartete sie mit einem Lächeln. »Nun, Miss Charlotte«, sagte sie munter und nahm sie Gemma aus den Armen. »Wir haben heute Vormittag ein paar tolle Dinge vor, die du sicher nicht verpassen möchtest. Aber damit sie dir auch richtig Spaß machen, müssen wir erst mal schauen, dass du nicht mehr weinst?« Über Charlottes Kopf hinweg formte sie lautlos mit den Lippen: »Ich habe es gehört. Ich mach das schon.« Dazu gab sie ihr mit den Fingern zu verstehen, dass sie gehen konnte. »Jetzt wink mal deiner Mummy«, sagte sie, und sobald Charlotte sich mit Tränen in den Augen von Gemma verabschiedet hatte, ging sie mit ihr hinein und schloss die Tür.

Gemma stand noch einen Moment lang da und fühlte sich lächerlicherweise, als hätte man sie beraubt. Dann schüttelte sie den Kopf. Natürlich würde es Charlotte gut gehen, und wenn sie jeden Tag eine Horde von unter Fünfjährigen betreute, hätte sie den Dreh vielleicht genauso raus wie Miss Jane. Sie hängte sich die Handtasche über die Schulter und ging zum Auto zurück.

Aber dass dieses Problem nun gelöst war, erlaubte ihren Gedanken nur, wieder um ihre andere nagende Sorge zu kreisen – Duncan. Als er gestern Nachmittag aus dem Royal London Hospital zurückgekehrt war, hatte er ihr nur in groben Zügen von seinem Besuch dort erzählt und war dann für den Rest des Abends in Schweigen versunken. Sie hatte das auf seine Bestürzung über den schlechten Gesundheitszustand eines Freundes geschoben. Aber es hatte sie dennoch gewundert, dass er anscheinend niemandem von seinem Treffen mit Childs erzählt hatte.

»Du hast es doch auch keinem gesagt?«, hatte er schroff erwidert, als sie diesen Punkt angesprochen hatte.

»Nein. Warum hast du es Chief Superintendent Faith nicht erzählt?«, hatte sie ihn stirnrunzelnd gefragt.

»Es ist besser, wenn wir das erst mal für uns behalten«, hatte er ausweichend entgegnet.

Daraufhin hatte sie ihn nicht weiter bedrängt. Sie wusste, dass er etwas vor ihr verbarg, und hatte vor, offen mit ihm darüber zu sprechen. Aber dazu brauchte sie Zeit mit ihm allein, ohne die Kinder.

Ihr Telefon klingelte. Während sie mit der einen Hand ihren Schlüsselbund sortierte, holte sie mit der anderen das Handy aus der Tasche und sah aufs Display. Es war Marc Lamb, ihr ehemaliger Chef im Revier Notting Hill, der sie von seinem Privatanschluss aus anrief.

Gemma erinnerte sich ein wenig bestürzt, dass sie ihn selbst hatte anrufen wollen, aber weil dieser Montagmorgen sehr chaotisch verlaufen war und Charlotte sich so aufgeregt hatte, war es ihr völlig entfallen.

»Gemma James, Sir«, antwortete sie etwas atemlos.

»Haben Sie einen Moment, Gemma?«

Sie lehnte sich an ihr Auto und sagte: »Natürlich, Sir. Ich wollte Sie selbst gerade anru …«

Lamb ließ sie gar nicht erst ausreden. »Gestern hat Bill Williams sich bei mir gemeldet«, sagte er. »Ich glaube, Sie kennen ihn.« Aus Lambs Ton schloss sie, dass das nicht als Frage gemeint gewesen war.

»Ja, Sir. Aber ich wusste nicht, dass Sie ihn auch kennen.«

»Williams engagiert sich bei Initiativen, die die öffentliche Sicherheit verbessern wollen. Dabei treffen wir gelegentlich aufeinander.« *Und Geld regiert die Welt*, hätte er noch hinzufügen können. »So wie ich es verstanden habe, hatten Sie Kontakt mit der Familie und der Arbeitgeberin der jungen Frau, die am Samstag in Cornwall Gardens aufgefunden wurde«, fuhr Lamb fort.

»Ja, Sir.« Gemma war sich sicher, dass sie jetzt einen Anpfiff bekommen würde, weil sie sich in laufende Ermittlungen eingemischt hatte. »Aber Sir, ich war nur zur moralischen Unterstützung von MacKenzie Williams dabei.«

»Ja, natürlich«, sagte Lamb. »Mr Williams ist sehr daran gelegen, dass die Polizei alle verfügbaren Kräfte und Mittel einsetzt, um den Tod des Mädchens aufzuklären. Ich habe gerade eben mit der leitenden Ermittlerin in Kensington telefoniert. Die Obduktionsergebnisse werden heute Vormittag vorliegen, aber bis dahin hätte sie gerne, dass Sie zu einem Gespräch bei ihr vorbeikommen.«

»Ich? Aber Sir, ich muss nach Brix…«

»DCI Boatman hat ausdrücklich nach Ihnen verlangt, als ich ihr erzählt habe, dass da eine persönliche Verbindung besteht.«

»Aber ich …«

»Genau wie Bill Williams«, sagte Lamb, der das Gespräch eindeutig zum Abschluss bringen wollte. Aber Gemma hörte ihm gar nicht mehr richtig zu.

»Kerry Boatman?«, sagte sie und runzelte die Stirn. »Ich kenne sie.«

»Das hat sie auch gesagt. Sie erwartet Sie.«

Kincaid brauchte ein wenig Zeit, um ungestört nachzudenken. Und das konnte er nicht tun, während er sein Auto durch den dichten Montagmorgenverkehr navigierte. Also hatte er es abgestellt und war zu Fuß weitergegangen. Allerdings hatte er im Gedrängel der Fußgänger an der Whitechapel Road auch keinen klaren Gedanken fassen können, und so wusste er, während er sich seinem Ziel näherte, immer noch nicht, ob er das

Richtige tat. Doch als er beim Krankenhaus ankam, sah er den Hubschrauber auf dem Landeplatz stehen – ein leuchtend roter Umriss vor dem dunstigen Morgenhimmel der City – und fand seinen Anblick erneut seltsam tröstlich. Zumindest war er im Moment nicht zu einem halsbrecherischen Rettungseinsatz ausgeflogen. Vielleicht war das ja ein gutes Omen.

Bis auf den Stand der Sonne sah alles genau wie am vorangegangenen Nachmittag aus. Doch heute Morgen würde er nicht zu Denis Childs auf die Intensivstation gehen. Er hatte Diane gebeten, ihn anzurufen, wenn es irgendwelche Veränderungen gab, denn er wollte es vermeiden, bei einem Besuch beobachtet zu werden. Je weniger offensichtlich die Verbindung zwischen ihm und Denis war, desto besser.

Heute führte ihn sein Weg also nicht hinauf zur Intensivstation, sondern hinunter in die tiefsten Regionen des Krankenhauses, und als sich die Fahrstuhltüren im Stockwerk mit der Leichenhalle öffneten, fragte er sich, ob er vielleicht zu früh dran war.

Doch er hätte es besser wissen müssen. Rashid Kaleem war einer der Rechtsmediziner, die für die Londoner Innenstadt zuständig waren. Er erledigte seine Obduktionen und die dazugehörigen Berichte immer dann, wenn er gerade mal nicht zum Schauplatz eines verdächtigen Todesfalls gerufen wurde. Heute Morgen hatte Kincaid Glück. Der Doktor hatte Sprechstunde.

Als Kincaid an die offene Bürotür klopfte, blickte Rashid von seiner Computertastatur auf und sah ihn überrascht an. »Was sehen meine entzündeten Augen? Bist du das, mein Freund Duncan? Was machst du hier?«

»Ich hatte gehofft, dich anzutreffen.«

Rashid stand auf und ging um den Schreibtisch herum, um Kincaid die Hand zu schütteln. »Du bist in meinem Verließ immer willkommen«, sagte er mit einem Grinsen. In seinem hellbraunen Gesicht sahen seine Zähne blendend weiß aus.

Rashid nahm einen Stapel Unterlagen vom zweiten Stuhl und bedeutete Kincaid, Platz zu nehmen. Es war schon lange ein Running Gag zwischen den beiden, wie es in Rashids Büro aussah. »Eines Tages werden sie hier deine verschrumpelte Leiche finden, begraben unter einem Berg aus Büchern und Papier«, sagte Kincaid. »Außerdem befinden wir uns doch eh im digitalen Zeitalter«, fügte er hinzu und deutete auf Rashids Computer, der – soweit Kincaid es von seinem Platz aus sehen konnte – wie zu erwarten das neueste Modell war.

»Das Zeug hier ist mein Rettungsschirm.« Auf dem Weg zurück zu seinem Stuhl tätschelte Rashid zärtlich einen schimmlig aussehenden Bücherstapel. »Ich mag Dinge, die nicht einfach spurlos verschwinden können. Und ob du es glaubst oder nicht: Nicht alles ist im Internet zu finden. Manchmal sind die alten Anatomiebücher einfach unschlagbar.«

Kincaid dachte, dass er es gut fände, wenn ein paar Dinge spurlos verschwänden – zum Beispiel alle Aufzeichnungen seines Besuchs hier. Während er sich hinsetzte, zog er die Aufschläge seines Jacketts ein wenig enger zusammen und lehnte die angebotene Tasse Kaffee ab. Hier drinnen war es immer kalt, aber Rashid trug trotzdem nie mehr als ein T-Shirt, auf dem normalerweise irgendein Cartoon mit gewöhnungsbedürftigem Rechtsmedizinerhumor aufgedruckt war.

»So schön es auch ist, dich so früh am Montagmorgen zu sehen, gehe ich trotzdem davon aus, dass das hier kein reiner Freundschaftsbesuch ist«, sagte Rashid. »Kommst du wegen der Schießerei in Camden? Ich dachte, der Fall wäre ziemlich klar.«

»Nein, darum geht es nicht. Und es ist zwar kein Freundschaftsbesuch, aber er sollte trotzdem nicht aktenkundig werden.« Kincaid holte tief Luft und kam sich vor, als würde er gleich von einer Klippe springen. Dann fuhr er fort: »Es gab einen anderen Vorfall mit Schusswaffengebrauch, der ganz ähnlich aussah. Im März, in Hackney. Ich glaube, er ging als Selbstmord zu den Akten. Das Opfer hieß Ryan Marsh. Hattest du ihn auf dem Tisch?«

Rashid dachte einen Moment nach, dann schüttelte er den Kopf: »Nein. Daran würde ich mich erinnern.«

»Gut«, sagte Kincaid und spürte eine Welle der Erleichterung. »Glaube ich«, fügte er hinzu.

Rashid runzelte die Stirn. »Es war nicht dein Fall, weil du sonst wissen würdest, wer der Rechtsmediziner war. Aber warum hast du nicht nachgesehen?«

»Weil ich keine Spuren hinterlassen möchte.«

Sie sahen einander eine Zeit lang fest in die Augen, dann nickte Rashid knapp. »Und du dachtest, dass ich den Fall vielleicht überprüfen könnte.«

»Genau, im Zuge ganz gewöhnlicher Ermittlungsarbeit. Zum Beispiel, weil du ihn mit einem ähnlichen Schusswaffenvorfall vergleichen möchtest.«

»Wie dem in Camden? Der kein Suizid war?« Rashid hob die Augenbrauen beinahe bis zu den zurückgegelten schwarzen Haaren. »Du hast doch gesagt, ›er ging als Selbstmord zu den Akten‹, richtig? Also möchtest du zwar nicht dabei ertappt werden, wie du den Fall überprüfst, aber du glaubst, dass diese Klassifizierung falsch war. Wieso?«

Kincaid verschränkte die Finger, um seine Hände am Zittern zu hindern. »Weil ich Ryan Marsh gekannt habe. Er hatte als verdeckter Ermittler gearbeitet und war von der Bildfläche verschwunden, weil er glaubte, er sei in Gefahr. Ich habe ihn davon überzeugt, er wäre in Sicherheit.«

»O Mist«, sagte Rashid, als er begriff. »Du glaubst nicht, dass er sich selbst getötet hätte?«

»Er wollte aussteigen und sich mit seiner Familie ins Ausland absetzen. Er hatte zwei kleine Töchter. Er ist nur in seine Tarnwohnung gegangen, um ein paar Dinge zu holen, und kam nie wieder heraus.«

»Hast du irgendwelche Beweise für deinen Verdacht?«, fragte Rashid ganz sachlich.

Kincaid veränderte seine Sitzhaltung und merkte, dass seine Kehle plötzlich ganz trocken war. »Ich wollte ihn an diesem Abend besuchen und bin in die Spurensicherung geplatzt.« Er schüttelte den Kopf. »Irgendwas stimmte nicht, aber ich kann dir nicht sagen, was es war. Die Uniformierten waren bereits vor Ort, aber noch keine Detectives. Ich bin nicht da geblieben.«

Rashid nahm einen Stift und begann, ineinander verschlungene Kreise auf ein Stückchen Papier zu kritzeln. »Du wolltest nicht mit dem Opfer in Verbindung gebracht werden? Das habe ich mittlerweile mitbekommen.«

»Nein«, bestätigte Kincaid mit Nachdruck. »Das wollte ich nicht.«

»Und du glaubst, irgendjemand von der Polizei könnte …« Rashid unterbrach sich und schien nach dem richtigen Ausdruck zu suchen. »… darin verwickelt sein?«

»Ich bin mir nicht sicher. Vielleicht war Marsh ja depressiv, verzweifelter, als wir geglaubt hatten. Vielleicht hat er sich selbst erschossen.« Bei der Erinnerung verzog Kincaid das Gesicht. »Vielleicht war die Klassifizierung als Suizid völlig in Ordnung. Aber ich kann mir die Akte nicht vornehmen. Denn wenn ich recht habe …«

»… steckst du in der Scheiße«, bestätigte Rashid. Dann sah er ihn scharf an. »Du sagtest ›wir‹. Wer weiß sonst noch darüber Bescheid?«

Kincaid zögerte. Vielleicht hatte er sich bereits in Gefahr

gebracht, indem er sich Rashid anvertraute. Wollte er wirklich auch noch andere mit hineinziehen? Aber Rashid würde ohnehin seine eigenen Vermutungen anstellen, und wenn er ihm schon vertrauen wollte, dann durfte er nichts zurückhalten. »Doug und Melody. Und Gemma.«

»Wissen sie, dass du mit mir sprichst?«

»Nein. Und es wäre mir auch lieber, wenn das so bleibt. Ich habe ihnen nie gesagt, dass ich ihn tot gesehen habe.«

Er hatte an diesem Abend stundenlang unter Schock gestanden und war mit einem Gefühl der Übelkeit durch London gefahren. Dabei hatte er sich verzweifelt eine Geschichte für die anderen zurechtgelegt, sich überlegt, wie er von Ryans Tod hätte erfahren haben können. Letzten Endes hatte er gesagt, dass Ryans Frau Christie ihn angerufen und es ihm erzählt hätte. Und keiner hatte seine Worte in Frage gestellt.

»Du solltest es ihnen sagen«, sagte Rashid mit erhobenem Zeigefinger. »Wenn du den Helden spielst, könntest du in ganz schöne Schwierigkeiten geraten.«

»Das kann ich nicht … Ich möchte nicht, dass sie … Je mehr sie wissen, desto gefährlicher ist es für sie.«

»Na, dann vielen Dank, dass du es mir erzählst«, sagte Rashid und grinste wieder.

Kincaid fand das gar nicht lustig. »Ich möchte dich genauso wenig in Gefahr bringen, Rashid. Ich kann jetzt auch einfach hier rausgehen, und du tust so, als ob du mich nie gesehen hättest.«

»Ja, könntest du.« Rashid drehte den Papierfetzen so herum, dass Kincaid ihn betrachten konnte. Er sah, dass aus einem der hingekritzelten Gesichter inzwischen das Konterfei einer breit grinsenden Katze geworden war. »Rechtsmediziner sind krankhaft neugierig. Das ist überhaupt der Grund, warum wir diesen Beruf ergreifen. Obwohl ein paar von uns vielleicht auch nur auf richtig schlechte Gerüche stehen und keine soziale Kompetenz besitzen.«

Jetzt musste auch Kincaid lächeln. »Stimmt. Aber ganz im Ernst, Rashid …«

»Du hast gesagt, Marsh fühlte sich in Gefahr. Vor wem oder was hatte er Angst?«

»Keine Ahnung. Das ist es ja. Er hatte die Protestgruppe unterwandert, die mit der Granatenexplosion in St. Pancras zu tun gehabt hat.« Rashid war damals zum Tatort gerufen worden. Es war ein schrecklicher Todesfall gewesen. »Ryan hat geglaubt, die Granate wäre für ihn bestimmt gewesen, aber er hat nie gesagt, warum.«

Rashid zeichnete noch ein paar weitere miteinander verbundene Kreise und runzelte die Stirn. »Mir scheint, du weißt nicht sehr viel. Warum mischst du dich überhaupt ein?«

Kincaid schluckte und sagte dann so ruhig, wie er nur konnte: »Weil er behauptet hat, in Gefahr zu sein. Und ich habe ihn nicht ernst genommen.«

»Und wenn du es getan hättest? Was hättest du dann ausrichten können?«

Kincaid zuckte mit den Schultern. »Ich weiß es nicht. Aber das ist keine Entschuldigung.«

»Nein, natürlich nicht. Aber warum gräbst du die Angelegenheit gerade jetzt, zwei Monate später, wieder aus?«

»Weil irgendjemand vorletzte Nacht Denis Childs angegriffen hat.«

»Was?« Rashid sah bestürzt auf und hob den Stift vom Papier. »Chief Superintendent Childs? Geht es ihm gut?«

»Nein, er liegt im Koma. Stumpfe Gewalteinwirkung auf das Gehirn.«

Rashid verzog das Gesicht. »Du hast recht. Nicht gut. Aber was hat er mit deinem toten Polizisten zu tun?«

»Keine Ahnung«, gab Kincaid zu. »Aber Denis hatte Angst, genau wie Ryan. Er sagte, es gebe Leute in der Truppe, die ihm Übles wollen.« Kincaid hatte nicht vor zu sagen, dass Denis auf dem Heimweg von ihrem gemeinsamen Treffen überfallen worden war. Nicht mal zu Rashid.

Der sah ihn eine Weile forschend an. Auf seinem gut aussehenden Gesicht lag ein besorgter Ausdruck. »Ich halte dich nicht für jemanden, der sich irgendetwas einredet«, sagte er schließlich. »Und ich möchte nicht, dass dir etwas zustößt. Ich werde mir den Fall anschauen. Aber du solltest Gemma erzählen, was du mir gerade anvertraut hast. Und …« Er winkte mit seinem Stift und würgte damit Kincaids Protest ab. »… du solltest mit irgendjemandem außerhalb der Met reden. Es gibt doch bestimmt jemanden, dem du vertraust.«

8

Doug Cullen hatte eine halbe Stunde lang duschen müssen, das Wasser so heiß, wie er es gerade noch ertrug, bevor er zumindest wieder die Muskeln bewegen konnte, ohne zu stöhnen. Doch der Knöchel tat ihm auch danach immer noch so weh, dass er versucht war, die verhasste Fußschiene wieder anzulegen.

Als er sich beim Rasieren eingehend im Spiegel betrachtete, stellte er fest, dass er außerdem noch einen Sonnenbrand abbekommen hatte. Der Spritzer Aftershave brannte ihm auf den Wangen, und sein Hals war knallrot. Er hatte den ganzen Sonntagnachmittag im Garten verbracht und mit geradezu manischer Energie in der Erde gebuddelt, bis die Sonne hinter der Gartenmauer versank und seine Muskeln sich weigerten, auch nur noch ein einziges Mal die Schaufel anzuheben.

Nun hatte er einen Garten mit perfekt umgegrabenen Beeten und keine Ahnung, was er in sie einpflanzen sollte.

Als er sich endlich wieder so weit auf Vordermann gebracht hatte, dass er das Haus verlassen und sich etwas zu essen holen konnte, war er über die Gaben vor seiner Vordertür gestolpert.

Der Tee war schon längst kalt und abgestanden gewesen, und an Melodys Nachricht hatte der Wind so lange gezerrt, dass der Becher den Zettel nur noch an einer Ecke festgehalten hatte. Er hatte ihn mit gerunzelter Stirn gelesen und dann das Handy aus der Jeanstasche gezogen.

Es war abgeschaltet gewesen. Er hatte vergessen, es wieder anzustellen, nachdem er vom Fluss zurückgekehrt war. Mist.

Behutsam hatte er die zerfledderte Gartenskizze auseinandergefaltet, die unter Melodys Nachricht geklemmt hatte.

Sie musste ihn für einen absoluten Trottel gehalten haben, als er nicht auf ihr Klopfen reagierte. Und um ehrlich zu sein, hatte er sich auch wie einer benommen. Er hatte den Knoten in seiner Schulter massiert und den Finger über dem Tastenfeld des Handys schweben lassen.

Schließlich hatte er das Handy, zu erschöpft, um sich eine gute Entschuldigung einfallen zu lassen, in die Tasche zurückgesteckt und den Anruf auf den heutigen Tag verschoben.

Aber als er jetzt in der U-Bahn saß, war er noch keinen einzigen Schritt weitergekommen. In letzter Zeit freute er sich nicht besonders auf den Montagmorgen bei Scotland Yard, aber heute lenkte ihn der Wochenanfang wenigstens von seinen Sorgen wegen Melody ab.

Sobald er jedoch das Stockwerk mit der CID-Abteilung betrat, spürte er, dass irgendetwas nicht stimmte. Hier herrschte eine Art verhaltene Anspannung, und als eine der Abteilungsassistentinnen mit einem Stapel Akten in den Armen vorübereilte, blickte sie kurz hoch und dann gleich wieder weg, ohne ihm in die Augen zu sehen.

»Äh, Entschuldigung?«, sagte Doug und versuchte, sich an ihren Namen zu erinnern.

Sie blieb stehen und drehte sich zu ihm um. Auf ihrem dunklen, runden Gesicht lag ein widerwilliger Ausdruck.

Erst als er ein Lächeln versuchte, erinnerte Doug sich wieder an seinen Sonnenbrand. Vielleicht war das der Grund, warum sie so bestürzt wirkte. »Wo ist das Feuer?«, fragte er.

»Wie bitte?« Sie sah ihn verständnislos an.

»Ich meine ja nur, weil Sie so in Eile zu sein scheinen.«

»Oh. Nein. Das ist nur, weil der AC dringend diese Akten haben möchte und ziemlich schlecht gelaunt ist. Das geht allen so, wegen der Nachrichten über Detective Chief Superintendent Childs.«

»Was? Welche Nachrichten?«

»Wissen Sie das nicht? Es stand heute Morgen im *Chronicle*.« Sie senkte die Stimme und blickte sich verschwörerisch um. »Er ist Samstagabend überfallen worden und jetzt im Krankenhaus. Es heißt, dass er im Sterben liegt.« Sie packte die Akten fester und fügte hinzu: »Ich muss weiter, sonst reißt mir der AC noch den Kopf ab.«

Doug sah ihr hinterher, als sie durch den Korridor davonlief. Der Chief? Im Sterben? Das konnte doch nicht sein. Zögerlich ging er zu Chief Superintendent Slaters Büro. Slater war sein nomineller Vorgesetzter, seitdem Kincaid nach Holborn versetzt worden war, und Doug konnte ihn nicht ausstehen.

»Sir«, sagte er und klopfte an die Tür, als Slater gerade den Telefonhörer auflegte. »Ich habe es eben erst gehört. Stimmt das mit Chief Super Childs?«

»Wenn Sie damit meinen, dass ihn irgendein Dreckskerl auf dem Friedhof überfallen hat, dann ja.«

»Aber ich habe gehört, er …«

»Stirbt?« Slater schüttelte den Kopf. »Er liegt im künstlichen Koma. Sagt der AC.« Über sein grobknochiges Gesicht huschte ein Ausdruck, den Doug noch nie bei ihm gesehen hatte. »Auf jeden Fall wird er so bald nicht wieder zu Scotland Yard zurückkehren, und das bedeutet, mehr Arbeit für den Rest von uns. Wir sollten sie besser nicht schleifen lassen.«

Doug quittierte diese Aufforderung zu verschwinden mit einem Kopfnicken. Sobald er außer Sichtweite war, zog er sein Handy aus der Tasche. Ob Kincaid es schon wusste? Er wählte seine Nummer, wurde jedoch zur Mailbox umgeleitet, so wie mit jedem seiner Anrufe in den letzten Wochen. Der Teufel sollte Kincaid holen. Was war bloß los mit ihm?

Er legte auf, ohne eine Nachricht zu hinterlassen. Dann tippte er Melodys Nummer, ohne einen weiteren Gedanken an eine Entschuldigung zu verschwenden.

Als Gemma Kerry Boatman das letzte Mal gesehen hatte, hatte sie als Detective Inspector im Revier am Lucan Place in Chelsea gearbeitet. Aber dieses Revier gab es inzwischen nicht mehr. Die Immobilie war so viel wert gewesen, dass die Met sie verkauft hatte. Boatman war jetzt in Kensington am Divisionsrevier untergekommen und zur DCI befördert worden. Das Revier war ein solider Zweckbau aus roten Ziegelsteinen, kurz vor dem Ende der Earl's Court Road, und hatte nichts von dem Charme des viktorianischen Gebäudes am Lucan Place.

Gemma betrat es durch den Vordereingang. Es war schon eine Weile her, dass sie sich im öffentlich zugänglichen Bereich eines Polizeireviers aufgehalten hatte, und sie fand es immer wieder amüsant, wie harmlos die Polizeidienststellen in diesen Räumen wirkten. Wie die meisten modernen Reviere in London hätte man die Lobby des Reviers in Kensington auch für den Eingangsbereich eines Geschäftsgebäudes oder irgendeiner anderen staatlichen Einrichtung halten können. Zumindest so lange, bis man die blauen Uniformblusen der beiden Beamtinnen in dem verglasten Rezeptionsareal bemerkte. Und selbst dann würde man wahrscheinlich nicht vermuten, dass das Glas schusssicher war.

Nachdem Gemma sich an der Rezeption ausgewiesen hatte, griff eine der Beamtinnen zum Telefonhörer. Anschließend betätigte sie den Türsummer und führte sie hinauf zu DCI Boatmans Büro.

Boatman stand auf und ging um ihren Schreibtisch herum, um Gemma zu begrüßen. Im Großen und Ganzen sah sie noch genauso aus wie bei ihrer letzten Begegnung, eine kleine, leicht gedrungene Frau mit freundlichem Lächeln. Ihre dunklen Haare waren zwar etwas länger und an den Schläfen zeigte sich inzwischen das erste Grau, aber Gemma hätte schwören können, dass sie immer noch dasselbe marineblaue Kostüm wie damals trug.

»Danke, dass Sie gekommen sind«, sagte Boatman und lächelte. »Darf ich Ihnen etwas anbieten? Tee? Kaffee?«

Das Büro war großzügig geschnitten, und durch das Fenster sah Gemma ein grünes Meer aus Baumkronen. Kerry Boatman hatte es weit gebracht. »Ein Kaffee wäre schön. Vielen Dank.«

Während Gemma auf dem angebotenen Stuhl Platz nahm, trat Boatman aus der Tür und erteilte einem uniformierten Beamten eine leise Anweisung. Dann kehrte sie zu ihrem Schreibtisch zurück und lehnte sich an die vordere Kante, wobei sie die Arme lässig vor der Brust verschränkte. »Wie geht es Ihnen?«, fragte sie. »Wie läuft das Familienleben? Sie haben zwei Jungs, richtig?«

Gemma nickte. »Stimmt. Zwei. Und inzwischen auch eine drei Jahre alte Tochter.«

»Ach, gratuliere.« Boatman lächelte, sah aber auch ein wenig verwirrt aus. Vermutlich wunderte sie sich, wie Gemma seit ihrer Zusammenarbeit vor einem Jahr eine dreijährige Tochter hatte bekommen können.

»Eine Pflegetochter«, erklärte Gemma. »Sie kennen sich ja mit Mädchen aus«, fügte sie hinzu, als sie sich an die Fotos mit den beiden grinsenden Mädchen auf Boatmans Schreibtisch am Lucan Place erinnerte.

»Ja, sie sind Gottes Strafe für meine Sünden. Die Jüngere ist inzwischen zehn und die Ältere zwölf. Erschreckend, wie schnell sie groß werden.« Boatman schien sehr geübt darin, ihrem Gegenüber die Befangenheit zu nehmen. Aber ihre einstudierte Art hatte auf Gemma genau den gegenteiligen Effekt. Sie merkte, dass sie manipuliert wurde, und es gefiel ihr nicht.

Es klopfte an der Tür, und der uniformierte Constable brachte ein Tablett mit Kaffee herein. Nachdem Boatman ihnen eingeschenkt hatte, trank Gemma einen Schluck und hob anerkennend eine Augenbraue. »Richtig guter Kaffee. Wie schön.«

»Anders käme ich nie durch den Tag.« Boatman nahm ihre eigene Tasse und ging zu ihrem Stuhl zurück. Ein eindeutiges Signal, dass sie nun zum geschäftlichen Teil kommen wollte. »Das Kindermädchen in diesem Garten«, sagte sie. »Heute Morgen hat Chief Superintendent Lamb angerufen und einen Zwischenbericht von mir verlangt.« Dass sich Boatmans Augen zu Schlitzen verengten, während sie das sagte, zeigte, dass sie genauso ungern manipuliert wurde wie Gemma.

»Es scheint, dass die junge Frau ein paar Freunde mit sehr guten Verbindungen hatte«, fuhr Boatman fort. »Und dass Sie sie auch kannten. Als ich Ihren Namen hörte, dachte ich, Sie wissen vielleicht mehr über die Ereignisse.«

»Ich kannte die Tote nicht«, stellte Gemma richtig. »Sie hat gelegentlich auf den Sohn einer Freundin aufgepasst und sich auch als Model für ihren Katalog fotografieren lassen.«

»Also haben Sie Reagan Keating nie persönlich kennengelernt?«

Gemma schüttelte den Kopf. »Nein. Aber MacKenzie hat die Nachricht hart getroffen. Sie bat mich, sie zu den Cusicks zu begleiten. Ich fand, das war das Mindeste, was ich für sie tun konnte.«

»Ganz recht, obwohl ich bezweifle, dass es ein angenehmer Besuch war. Mit wem haben Sie gesprochen?« Boatman lehnte sich in ihrem Stuhl zurück und umfasste die Kaffeetasse mit beiden Händen, so als hätte sie alle Zeit der Welt für ein kleines Schwätzchen.

»Mit Nita Cusick, Reagans Arbeitgeberin, und Gwen Keating, ihrer Mutter.« Gemma ließ Jess unerwähnt.

Boatman nippte an ihrem Kaffee und sah einen Moment lang in die Ferne, offensichtlich in Gedanken. Als sie sich wieder Gemma zuwandte, war ihr Blick rasiermesserscharf. »Wusste eine der beiden, dass Sie Polizistin sind?«

»Darüber haben wir nicht gesprochen, und ich weiß auch nicht, ob MacKenzie es ihnen zuvor erzählt hatte. Ich war nur als Freundin dabei.«

»Natürlich.« Boatman hob entschuldigend eine Hand. »Ich verstehe. Ich könnte mir nur vorstellen, dass Sie vielleicht eine etwas weniger … zurückhaltende Schilderung der Situation bekommen haben als wir bei unseren offiziellen Gesprächen. Sie wissen ja, wie das Visier runtergeht, sobald die Leute wissen, dass sie mit der Polizei sprechen. Sogar die rechtschaffensten Bürger beginnen dann plötzlich, über ihre unbezahlten Strafzettel nachzudenken.«

Gemma lächelte. »Von was für einer Situation sprechen wir hier eigentlich genau?«, fragte sie. »Gwen Keating hat mir erzählt, der Beamte, mit dem sie geredet hat, hätte angedeutet, Reagans Tod könnte etwas mit Alkohol oder Drogen zu tun haben. Stimmt das denn?«

»Das hat er gesagt?«, fragte Boatman leise und sah verärgert aus. »Sergeant Enright ist ein ziemlicher Trampel ohne jede Sozialkompetenz. Er hatte überhaupt keine Veranlassung, einer unter Schock stehenden Mutter seine Mutmaßungen zu unterbreiten.« Ehe Gemma sie darauf aufmerksam machen konnte, dass sie ihre Frage noch nicht beantwortet hatte, fügte sie hinzu: »Wie haben Mrs Cusick und die Mutter den Verdacht aufgenommen, dass das Mädchen an Drogen oder Alkohol gestorben sein könnte?«

»So, wie man es vermuten würde. Die Mutter war felsenfest davon überzeugt, dass ihre Tochter weder das eine noch das andere in einer so hohen Dosis konsumieren würde. Und Mrs Cusick hat es genauso gesehen.« Gemma stellte ihre Kaffeetasse mit einem vernehmlichen Klicken auf den Schreibtisch. »Hören Sie, DCI Boatman, was genau erwarten Sie von mir? Ich war dort nur als Gast und kann Ihnen leider keine professionelle Einschätzung zu Reagan Keatings Gewohnheiten geben.«

»Ich heiße Kerry, Gemma. Ich dachte, wir wären schon bei den Vornamen.« Als Gemma nicht darauf einging, seufzte Boatman und sagte: »Anscheinend hatten Mrs Keating und Mrs Cusick zumindest teilweise recht. Ich habe den vorläufigen Bericht der Rechtsmedizinerin gesehen. Laut den ersten Tests hatte sie einen ziemlich hohen Alkoholspiegel im Blut.«

»Aber Sie sagten doch gerade, die beiden hätten recht.« Gemma war ebenso überrascht wie verwirrt. Sie merkte, dass sie den Versicherungen von MacKenzie, Nita und Gwen Keating möglicherweise zu viel Glauben geschenkt hatte. »Das versteh ich nicht.«

»Ich auch nicht. Die Rechtsmedizinerin sagt, dass der Alkoholspiegel des Mädchens vermutlich nicht ausgereicht hat, um sie zu töten. Sie meint allerdings, dass sie Hinweise auf Fremdeinwirkung gefunden hat. Welche, weiß ich noch nicht.« Boatman hob eine Hand, bevor Gemma ihr ins Wort fallen konnte. »Ich wollte gerade zur Leichenhalle und würde mich freuen, wenn Sie mich dorthin begleiten würden.«

Von außen betrachtet wirkte das Revier Holborn so abweisend wie eh und je. Seine triste Glas- und Betonfassade sah nicht einmal in der morgendlichen Maisonne besonders ansprechend aus. Während Kincaid die Treppen hochstieg, nahm er seinen Ausweis aus der Jackentasche und steckte ihn sich an.

Als er den Empfangsbereich betrat, konnte er nur knapp einen Zusammenstoß mit Chief Superintendent Faith vermeiden, der gerade am Hinausgehen war.

»Sir«, sagte er automatisch und wurde im nächsten Augenblick von einer bösen Vorahnung durchzuckt. Warum verließ Faith schon so früh am Morgen das Gebäude? »Sir, gibt es irgendwelche ... Neuigkeiten?«

»Nein, alles unverändert.« Faith sah müde und hohlwangiger aus als am Vortag. »Ich sehe nur mal nach Diane.« Er runzelte die Stirn und schien Kincaid jetzt erst richtig wahrzunehmen. »Waren Sie schon im Krankenhaus?«

Einen Moment fragte Kincaid sich, ob ihn jemand im Royal London Hospital gesehen haben könnte. Aber das war lächerlich. Er hatte einen großen Bogen um die Intensivstation gemacht. »Nein, Sir. Heute noch nicht. Aber ich würde später gerne noch mal vorbeischauen.«

»Wunderbar. Guter Mann.« Faith klopfte ihm auf die Schulter und drehte sich wieder zu den Eingangstüren um. Erst da bemerkte Kincaid den Mann, der hinter ihm stand.

»Duncan, wie schön, Sie zu sehen.« Nick Callery begrüßte ihn mit einem festen Händedruck.

Kincaid hatte mit Callery, einem DCI in der Antiterroreinheit, bei den Ermittlungen nach der tödlichen Granatenexplosion in der St. Pancras Station zusammengearbeitet. Das war der Fall gewesen, der ihn zu Ryan Marsh geführt hatte, doch Kincaid hatte sein Wissen über Marsh nie mit Callery oder seiner Einheit geteilt. Callery trug wie gewohnt einen anthrazitfarbenen Anzug, der zu seinen silbergrauen Haaren passte. Doch mit seiner athletischen Statur und dem leicht gebräunten faltenlosen Gesicht schätzte Kincaid ihn auf irgendwo in den Vierzigern.

»Das finde ich auch«, sagte er mit mehr Begeisterung, als

er empfand. Callery war ihm immer etwas überheblich vorgekommen.

»Die Sache mit Denis Childs tut mir leid. Ich bin nur kurz reingekommen, um Ihren Chief zu fragen, ob es etwas Neues gibt. Sie haben doch eine Zeit lang mit Childs zusammengearbeitet, oder?«

»Ja, stimmt.« Mehr wollte Kincaid zu dem Thema nicht sagen.

Callery schien sich an seiner Einsilbigkeit nicht zu stören. »Ihre Freundin«, fuhr er fort, »die Polizistin, die da war, als die Granate explodierte. Talbot, richtig? Wie geht es ihr?«

Kincaid hatte nicht damit gerechnet, dass Callery sich an Melody erinnern, geschweige denn, nach ihr erkundigen würde. »Es geht ihr gut. Ich sage ihr, dass Sie nach ihr gefragt haben, wenn ich sie das nächste Mal sehe.« Ihm fiel auf, dass Callery an der linken Hand einen kleinen Verband hatte.

Callery bemerkte seinen Blick und lächelte. »Küchenunfall. Ich bin ein ziemlicher Tollpatsch. War schön, Sie zu sehen. Lassen Sie uns mal zusammen ein Bier trinken gehen.« Damit nickte er Kincaid zu und folgte dem ungeduldig dreinblickenden Faith zu den Eingangstüren. Kincaid sah den beiden nach, wie sie die Stufen hinuntergingen, konnte aber nicht erkennen, ob sie auch gemeinsam aufbrachen. Er zuckte mit den Schultern und machte sich wieder auf den Weg hoch zum CID.

Sein Team war vollständig anwesend. Sein Fallmanager, Detective Sergeant Simon Gikas, saß wie zu erwarten über eine Computertastatur gebeugt. Detective Inspector Jasmine Sidana, seine Stellvertreterin, hing am Telefon. Detective Constable George Sweeney hatte indes die Füße auf den Papierkorb neben seinem Schreibtisch gestützt und drehte buchstäblich Däumchen. Keiner von ihnen schien besonders beschäftigt zu sein, während der restliche Raum wie am Montagmorgen üblich vor Aktivität nur so summte.

Gikas sah auf und grinste. »Hallo, Chef. Wir haben allmählich schon geglaubt, Sie machen heute blau.«

»Das könnte Ihnen so passen.«

Sidana beendete ihr Telefonat und nickte ihm grüßend zu. »Chef.«

Wenn sie ihn auch nicht so überschwänglich willkommen hieß wie Gikas, war ihr Nicken doch zumindest freundlich. Ihr Verhältnis hatte sich deutlich verbessert, seit er im Februar den Dienst im Revier Holborn angetreten hatte. Sidana hatte geglaubt, die Beförderung zur DCI und die Leitungsverantwortung über das Team verdient zu haben, und sie hatte es ihm sehr übel genommen, dass er ihr vorgezogen worden war. Vielleicht tat sie das auch immer noch, dachte Kincaid, aber sie waren immerhin schon so weit, dass sie bereit schien, höflich mit ihm zusammenzuarbeiten. Sie war immer noch kratzbürstig und so steif wie die weißen Blusen, die sie stets trug, aber sie war eine gute Polizistin. Inzwischen mochte er sie und schätzte ihre Art zu ermitteln.

Sweeney, der es nicht sonderlich eilig zu haben schien, seine Füße vom Mülleimer zu nehmen, war ihm dagegen ein Dorn im Auge. Er war arrogant und seine Arbeitsweise im besten Fall schlampig. Kincaid konnte nicht nachvollziehen, warum man Sweeney zum Detective Constable befördert und in dieses Team gesteckt hatte.

Doch bevor er ihn zurechtweisen konnte, klingelte Kincaids Telefon. Im ersten Augenblick dachte er, es gebe Neuigkeiten über Denis, aber ein Blick aufs Display verriet ihm, dass es seine Mutter war. Er ging in sein Büro und schloss die Tür. Dann nahm er den Anruf an. »Mum? Was ist denn los?« Es sah Rosemary Kincaid gar nicht ähnlich, ihn in der Arbeit anzurufen. »Ist irgendwas mit den Kindern?« Die beiden Kinder seiner Schwester Juliet bereiteten ihm Sorgen, besonders Lally. Sie war nur ein paar Monate älter als Kit und hatte ein Talent dafür, in Schwierigkeiten zu geraten.

»Nein, denen geht es gut.« Kincaid hörte in der herzlichen Stimme seiner Mutter ein leichtes Beben. »Es geht um deinen Vater, Schatz. Ich wollte dich nicht beunruhigen, aber es hat einen kleinen … Vorfall gegeben.«

»Einen Vorfall?«, wiederholte er verständnislos. »Mum, wovon redest du?«

»Gestern, spät in der Nacht, hat er über ein komisches Gefühl in seiner Brust gesprochen. Er wollte deswegen keinen großen Aufruhr machen – du weißt ja, wie dein Vater ist –, und er hielt es ja auch bloß für eine Magenverstimmung. Aber es hörte gar nicht mehr auf. Irgendwann habe ich ihn dann gezwungen, Jim anzurufen, und der hat ihn gleich ins Krankenhaus einweisen lassen.«

Jim Strange war der Hausarzt seiner Familie und auch einer der engsten Freunde seiner Eltern.

»Geht es ihm gut? Warum hast du mich nicht angerufen?« Durch die Glaswand seines Büros sah Kincaid, wie Jasmine Sidana zu ihm herüberblickte. »Wo ist er jetzt?«

»Es hätte nichts gebracht, dich gestern Nacht aufzuscheuchen«, sagte Rosemary. »Es ist alles okay. Er wird heute Nachmittag nur eine kleine OP haben. Der Doktor sagt, er braucht einen Stent.«

»Einen Stent? Aber das ist …«

»Ein absoluter Routineeingriff heutzutage, laut dem Kardiologen.« Rosemary schien zu versuchen, ihre übliche patente Art an den Tag zu legen, aber ihre Stimme zitterte immer noch. »Ich ruf dich gleich an, wenn er aus dem OP raus ist«, fügte sie hinzu. »Versprochen, ich …«

»Nein«, unterbrach Kincaid sie. »Mum, ich komme zu euch hoch.«

»Das ist doch albern, Schatz. Das ist bestimmt nicht nötig. Und du kannst doch nicht einfach so aus deiner Arbeit verschwinden.«

»In ein paar Stunden bin ich da.«

9

Als sie beim Chelsea and Westminster Hospital in der Fulham Road ankam, überlegte Gemma immer noch, ob sie gebeten oder angewiesen worden war, Kerry Boatman zu begleiten. Das Chelsea and Westminster hatte die beste verbrennungsmedizinische Abteilung in London. Daher war ihr dieses Krankenhaus recht vertraut geworden, nachdem sich ihr Freund Tam Moran, Andy Monahans Manager, im Phosphorfeuer in St. Pancras schwere Brandwunden zugezogen hatte.

Unter dem gebogenen Vordach über dem Eingang, das sie immer an eine Bushaltestelle hatte denken lassen, stand Kerry und wartete bereits auf sie, als wäre dies eine x-beliebige Verabredung an einem ganz normalen Frühlingstag. Während sie abwartete, bis sie die Straße überqueren konnte, hatte sie einen Moment Gelegenheit, die Frau unbemerkt zu beobachten.

Der höflich-neutrale Gesichtsausdruck, den Kerry während ihres Gesprächs vorhin zur Schau getragen hatte, war einer besorgten Miene gewichen. Sie sah auf die Armbanduhr und überprüfte zweimal ihr Handy, ehe sie hochsah und Gemma entdeckte.

Sobald Gemma sie erreicht hatte, sagte sie ohne jede Vorrede: »Es tut mir leid, Gemma, dass ich Sie so entführt habe. Im Revier wollte ich nicht darüber sprechen, aber ich stehe in dieser Sache ziemlich unter Druck. Meine eigentliche Partnerin ist in Elternzeit, und die da oben setzen mir bei diesem Fall ganz schön zu, dank ihrer vornehmen Freunde.« Kerry lächelte leicht, um der Bemerkung die Schärfe zu nehmen. »Und mir wurde ein Sergeant zugewiesen, der nicht den Mund aufmachen kann, ohne sofort in ein Fettnäpfchen zu treten. Wenn die Rechtsmedizinerin mit der Fremdeinwirkung recht hat, dann könnte sich dieser Fall zu einem politischen Minenfeld entwickeln.«

»Also hätten Sie gern, dass ich mit einem Stöckchen in der Hand vorangehe?«, fragte Gemma mit hochgezogenen Augenbrauen.

Kerry zuckte verlegen mit den Schultern. »Ja, da ist schon was dran. Aber ich glaube auch tatsächlich, dass Sie mir helfen können. Und ich habe gedacht, Sie haben vielleicht auch ein persönliches Interesse daran zu erfahren, was Reagan Keating zugestoßen ist.«

Und damit hatte Boatman recht. »Dann wollen wir mal sehen, womit wir es zu tun haben, oder?«

Als sie in den verglasten Zuschauerraum der Leichenhalle geführt wurden, saß die Rechtsmedizinerin an einem Schreibtisch im Obduktionssaal. Mit dem Rücken zu ihnen machte sie Notizen, und ihr schwarzes Haar, das gerade so die Schultern ihres Kittels berührte, schwang leicht hin und her, während sie sich bewegte. Sie hatte sie anscheinend kommen hören, denn sie drehte sich genau in dem Moment um, als Gemma sie ansprach: »Kate?«

»Gemma!« Dr. Kate Ling stand auf und kam lächelnd zur Glastrennwand herüber. Es war schon eine Weile her, dass sie mit ihr gearbeitet hatte. Aber sie fand, dass Kate – die immer schon so zierlich gewesen war, dass Gemma sich neben ihr plump und grobknochig gefühlt hatte – sogar noch dünner und auch erschöpft aussah. Kates Lächeln wirkte jedoch aufrichtig erfreut.

»Wie geht es dir?«, fragte sie. »Und der Familie?«

»Alle sind wohlauf. Wir haben uns ja seit einer Ewigkeit nicht mehr gesehen. Ich habe schon gedacht, du hättest irgendwo anders eine Stelle angenommen.«

Kate verzog das Gesicht. »Ich war nur eine Zeit lang weg. Meine Mum ist krank.«

»Das tut mir leid«, sagte Gemma. Sie hätte sich eigentlich genauer erkundigen wollen, aber neben ihr begann Kerry ungeduldig mit den Füßen zu scharren. Da sie annahm, dass die beiden sich noch nicht kannten, stellte sie sie einander kurz vor. »Dr. Kate Ling, DCI Kerry Boatman.«

»Freut mich«, sagte Kerry, aber Gemma merkte, dass sie gerade keinen Sinn für Höflichkeiten hatte. »Sie sind bei unserem ungeklärten Todesfall auf Unregelmäßigkeiten gestoßen, richtig?«

»Das kann man so sagen«, entgegnete Kate. »Aber sehen Sie bitte selbst.« Sie setzte sich ihr Headset auf und streifte ein Paar Handschuhe über, während Gemma und Boatman ganz dicht ans Fenster traten. »Bevor ich sie öffne, wollte ich Ihnen noch zeigen, was ich bei der äußeren Besichtigung entdeckt habe.« Ihre verstärkte Stimme erklang jetzt so laut, als stünde sie mit ihnen im gleichen Raum, und sie bedachte Gemma mit einem kleinen Lächeln. Offensichtlich dachte sie an das eine oder andere Mal, als Gemma sich ein wenig zartbesaitet gezeigt hatte.

Als Kate das Tuch von der Gestalt auf dem Untersuchungstisch zog, erkannte Gemma das Gesicht, das sie auf den Fotografien gesehen hatte. Sie hatte eigentlich gedacht, sie wäre darauf vorbereitet, aber trotzdem schockierte sie die Ähnlichkeit mit Gwen Keating. Dadurch erschien ihr die lebende und atmende Person, die Reagan gewesen war, plötzlich sehr real.

»Ich gehe davon aus, dass die junge Frau erstickt ist«, fuhr Kate fort. »Zum einen hat sie die typischen Petechien.« Mit einem behandschuhten Finger zog sie eines der Augenlider zurück, aber Gemma konnte die kleinen roten Punkte in der Bindehaut, die von geplatzten Kapillargefäßen stammten, nicht erkennen.

»Glauben Sie, dass sie erwürgt wurde?«, fragte Kerry.

»Auf ihrem Hals sind keine Würgemale. Vielleicht ergibt die innere Besichtigung ja noch etwas anderes, aber das wage ich zu bezweifeln.« Kate sah zu ihnen hoch. »In ihrer Nase fanden sich Faserspuren, die zum Rock ihres Kleides passen.«

Gemma dachte darüber nach. »Kann es nicht sein, dass sie sich mit dem Rock die Nase geputzt hat?«

»So fest, dass sie sich dabei das Innere der Lippe am Zahn aufgeschnitten und Blutergüsse in der Mundhöhle zugezogen hat?« Kate schüttelte den Kopf. »Ich glaube nicht, dass es so passiert ist. Außerdem hing an der Kante dieses Zahns auch eine Faser, und am Saum ihres Rocks klebte ein winziger Blutfleck.«

»Also glaubst du, dass ihr irgendwer mit ihrem Kleid Mund und Nase zugehalten hat? Gibt es Hinweise dafür, dass sie sich gewehrt hat?«

»Unter ihren Fingernägeln war ein bisschen Gras, aber kein fremdes Hautgewebe oder verdächtige Fasern. Der Schnitt und die Blutergüsse in ihrem Mund und die Fasern in ihrer Nase lassen natürlich auch noch andere Schlussfolgerungen zu. Aber das ist nicht alles, was ich gefunden habe.«

Kate schlug das Tuch zurück und deutete auf verblasste blaurote Abdrücke auf Reagan Keatings nackter linker Schulter. »Blutergüsse. Davon hat sie noch mehr auf ihrem rechten Oberschenkel.«

Gemma versuchte, es sich bildlich vorzustellen. »Du meinst also, jemand hat sich auf sie gekniet, sie zu Boden gedrückt und mit ihrem eigenen Kleid erstickt?«

»Ein Rechtshänder«, warf Kerry nachdenklich ein. »Der sie mit dem rechten Knie und der linken Hand am Boden festgehalten hat. Aber müsste man dazu nicht sehr kräftig sein?«

»Das hängt von vielen verschiedenen Faktoren ab.«

»Unter anderem von der körperlichen Verfassung des Mädchens.« Kerry runzelte die Stirn. »Sie sagten, ihr Blutalkoholspiegel sei hoch gewesen. Also hat sie sich betrunken.«

»Das ist eine mögliche Interpretation. Aber ja, nach den vorläufigen Untersuchungen würde ich sagen, dass sie beeinträchtigt war. Und wir müssen natürlich auch noch die Ergebnisse der Drogentests abwarten.«

»Wurde sie sexuell missbraucht?«, fragte Gemma.

»Nein. Es gibt zwar Anzeichen, die auf einen nicht lange zurückliegenden Geschlechtsverkehr hindeuten, aber der hat nicht unmittelbar vor ihrem Tod stattgefunden.«

»Trotzdem«, dachte Gemma laut nach, »könnte sie sich mit ihrem Freund gestritten haben.« Sie erinnerte sich an den Blonden mit den blauen Augen auf den Fotos an Reagans Pinnwand.

Kate zuckte mit den Schultern. »Möglich. Aber egal ob es zu einem Streit kam oder nicht, wer immer sie getötet hat, hat anschließend ihr Kleid zurechtgerückt und ihren Körper in Pose gelegt. Sie hat sich nicht selbst wie eine schlafende Prinzessin hindrapiert.«

Kincaid stand auf der Türschwelle seines Hauses, während sich das Geräusch des auf der Ladbroke Grove davonfahrenden Taxis in der Ferne verlor. Dieser kleine Teil von London hätte genauso gut eine Geisterstadt sein können. Auf den ruhigen Straßen war kein einziges Auto unterwegs. Nicht mal ein Spaziergänger mit Hund oder eine Mutter mit Kinderwagen störte die belaubte Idylle. Überall um ihn herum erklang Vogelgezwitscher, und die Bäume in dem großen Garten zeigten allmählich das reife Grün des Sommers.

Er fischte den Schlüssel aus der Tasche, sperrte die kirschrote Tür auf und trat ein. Im Haus war es sogar noch stiller als auf der Straße. Dann stieß Geordie ein überraschtes Fiepen aus, als wäre er gerade aus einem Nickerchen erwacht, und einen Moment später trotteten die Hunde in den Flur, mit wackelnden Schwänzen und zitternden Schnauzen. »Ihr seid mir ja tolle Wachhunde. Was hättet ihr denn getan, wenn ich ein echter Einbrecher gewesen wäre?« Er kraulte Geordie hinter den Ohren und verstrubbelte kurz das drahtige Fell auf Tess' Kopf. Das Haus fühlte sich seltsam an, menschenleer, aber immer noch hing der Duft von Kaffee und Toastbrot in der Luft.

Er wusste, dass er Gemma heute Morgen hatte hängen lassen. Und auch, dass ihr Ärger auf ihn verfliegen würde, sobald er ihr von Hughs Krankheit erzählte. Eigentlich hatte er sie sofort, nachdem er das Haus betreten hatte, anrufen wollen, merkte nun aber, dass er den Gedanken an ihr Mitleid nicht ertragen konnte. Jedenfalls jetzt noch nicht. Er würde sie von unterwegs aus dem Auto anrufen, wenn er noch ein wenig mehr Zeit gehabt hatte, sich an die Vorstellung zu gewöhnen.

Im Mittagsverkehr sollte die Fahrt in den Süden von Cheshire nur ein paar Stunden dauern. Seine Eltern und seine Schwester lebten in der Marktgemeinde Nantwich, doch das nächstgelegene Krankenhaus befand sich fünf Meilen weiter, in Crewe.

Die Hunde folgten ihm nach oben, wo er ein paar Sachen in eine kleine Reisetasche warf. Ein sauberes Hemd, sein Rasierzeug und eine wärmere Jacke. Nur weil es in London schön mild war, bedeutete das nicht, dass weiter nördlich eine ähnliche Temperatur herrschte. Einen Moment lang stand er da, um zu überlegen, ob er etwas vergessen hatte, und nahm dabei seine Umgebung wahr. Merkwürdig, wie intensiv er in dem leeren Haus die Gegenwart von Gemma und den Kindern fühlen konnte. Es war, als hätte ihr tägliches Leben hier einen spürbaren Abdruck hinterlassen, während er selbst sich ganz unwirklich fühlte.

Plötzlich kam ihm sein ganzes Leben unwirklich vor, als ob sich alles, was ihm etwas bedeutete, von einem Moment auf den anderen in nichts auflösen könnte. Es ging ihm nicht in den Kopf, dass sein Dad krank war. Natürlich war ihm bewusst, dass seine Eltern in die Jahre kamen. Aber Hugh Kincaid hatte mehr Energie als irgendein anderer Mensch, den er kannte. Er war immer enthusiastisch bei der Sache und hatte, während er gerade das eine macht, stets schon das nächste Projekt im Kopf.

Seine Mum sagte, Hughs Herzproblem sei keine große Sache. Vielleicht projizierte er ja die Sorge um Denis auf seinen Dad. Das war wenigstens mal eine Vermutung, mit der er hoffentlich richtiglag.

Die ganze Fahrt nach Brixton grübelte Melody besorgt darüber nach, ob sie Gemma von den verschleierten Andeutungen ihres Vaters erzählen sollte. Auf was hatte Ivan eigentlich hinausgewollt? Und warum hatte sie noch nicht von Gemma oder Duncan gehört?

Sie beschloss, die U-Bahn zu nehmen, und hielt auf dem Weg zur Notting Hill Gate Station bei einem Zeitungsverkäufer, um nicht nur den *Chronicle*, sondern auch alle anderen wichtigen Tageszeitungen zu kaufen. Beim Durchblättern in der U-Bahn fand sie ein paar knappe Meldungen über die Attacke auf Denis Childs, aber nur im *Chronicle* wurde um Hinweise aus der Bevölkerung gebeten.

Als sie in Brixton ankam, hatte sie sich entschieden, Ivans Andeutungen für sich zu behalten. Zumindest vorerst. Auf keinen Fall wollte sie Geschichten von Ivan weitertragen, die sie dann gegenüber ihren Vorgesetzten vielleicht noch genauer dokumentieren musste. Sie ließ den Zeitungsstapel auf einem leeren Sitzplatz zurück und sah, wie die anderen Passagiere danach griffen, noch ehe sie ausgestiegen war.

Zum Polizeirevier war es von der U-Bahn-Station noch ein kleiner Fußmarsch, in nördlicher Richtung auf der Brixton Road und am Station Road Market vorbei. Montagmorgens war dort nicht viel los, und die meisten Stände waren verriegelt, aber im hellen Sonnenschein war er dennoch hübsch anzuschauen. Sie ging an einem jungen Mann mit Dreadlocks vorüber, der ihr rotes Outfit in Augenschein nahm, sie dann anerkennend angrinste und »Süß« sagte. Diese kurze Begegnung stärkte ihr Selbstvertrauen ungemein, und sie lächelte immer noch, als sie ein paar Minuten später das Polizeirevier erreichte.

Das Lächeln verschwand jedoch wieder, sobald sie das CID betrat. Von Gemma war nichts zu sehen, und dem Gesichtsausdruck ihrer Chefin, Superintendent Krueger, nach zu urteilen, wartete sie nur auf irgendeinen unglücklichen Laufburschen, dem sie eine Abreibung verpassen konnte. Sie telefonierte gerade. Doch als sie aufgelegt hatte, blickte sie sich in der CID-Abteilung um. Sobald Krueger sie erspäht hatte, runzelte sie die Stirn, und Melody wusste, nun war sie diejenige, die diese Abreibung bekommen würde.

»Sergeant.« Krueger winkte Melody in ihr Büro. »Hier herein.« Krueger war eine schlanke, dunkelhaarige Frau in den Vierzigern. Man munkelte, nach ein paar Gläsern Alkohol besäße sie einen erstaunlichen Sinn für Humor, aber in diesen Genuss war Melody bislang noch nicht gekommen.

Sie schloss die Tür mit einem bangen Gefühl hinter sich. »Ma'am.«

Krueger setzte sich nicht hin, was kein gutes Zeichen war. »Sergeant, Ihre Vorgesetzte hat es irgendwie geschafft, sich zu einem anderen Fall abziehen zu lassen.«

»Ma'am?« Melody hatte keinen Schimmer, wovon Krueger sprach.

»Ich habe es gerade vom Chief Super in Notting Hill erfahren. Anscheinend, weil sie eine Verbindung zu dem Opfer hat.« Aus Kruegers Mund klang das Wort »Verbindung« irgendwie schmutzig.

»Verbindung?«, wiederholte Melody ratlos. »Was für eine Verbindung? Welches Opfer?« Sie wusste, dass sie sich wie eine beschränkte Kuh anhörte, aber ihre Gedanken rasten. War es jemand, den sie kannten? Oder ging es um Denis? Aber Denis hatte nichts mit Notting Hill zu tun. Und er war auch nicht …

Krueger unterbrach Melodys wild kreisende Gedanken. »Wie ich sehe, hat DI James es nicht für nötig befunden, Sie über diese Sache zu informieren. Vielleicht holt sie das ja nach, wenn sie uns mal wieder mit ihrer Anwesenheit beehrt. Bis dahin übertrage ich Ihnen die Verantwortung.«

Melody verstand das als Aufforderung zu verschwinden. Mit einem letzten »Ma'am« drehte sie sich um und eilte zu ihrem Schreibtisch.

Shara MacNicols, die Detective Sergeant in ihrem Team, sah von Melody zu Kruegers Bürotür, verdrehte die Augen und murmelte leise: »Auf dem Kriegspfad.«

»Weißt du irgendwas darüber?«, flüsterte Melody.

»Nicht das Geringste.« Shara schüttelte den Kopf, wobei die Perlen am Ende ihrer kleinen Zöpfe mit einem leisen Klickgeräusch gegeneinanderschlugen. Melody bemerkte, dass sie heute blau waren.

Sie fuhr ihren Computer hoch und bemühte sich, beschäftigt zu wirken. Gott sei Dank hatten sie nur einen einzigen aktiven Fall, bei dem es um einen Obdachlosen ging, dessen Leiche im Battersea Park aufgefunden worden war. In ihrem E-Mail-Eingang fand sie den Bericht des Rechtsmediziners. Als sie ihn überflog, seufzte sie erleichtert. Mangelernährung, Unterkühlung, Nieren- und Leberversagen infolge chronischen Alkoholmissbrauchs. Also ein natürlicher Tod. Armer Kerl, aber wenigstens war sein Dahinscheiden nichts, um was sich Gemma dringend hätte kümmern müssen.

Mit einem verstohlenen Blick zu Kruegers Büro hielt sie ihr Handy unter der Tischplatte und rief Gemmas Nummer auf. »Was zur Hölle ist los, Boss?«, tippte sie. Und dann noch: »Wo bist du?«

Sie erhielt keine Antwort.

10

»Ich möchte den Tatort sehen«, sagte Gemma zu Kerry Boatman, als sie die Leichenhalle verließen.

»Aber ich dachte, da waren Sie schon gestern.« Kerry, die ihr Telefon gecheckt hatte, blickte verwirrt zu Gemma auf.

»Ich war im Haus der Cusicks, hatte aber keinen Grund, in den Garten zu gehen. Ich hätte nur wie eine Voyeurin gewirkt.«

»Aber sind wir das denn nicht alle?«, murmelte Kerry gedankenverloren. Dann fixierte sie Gemma. »Was war das mit dem Freund des Opfers?«

»Ich habe Fotos von ihm in Reagans Zimmer gesehen. Laut ihrer Mutter heißt er Hugo, aber seinen Nachnamen kennt sie nicht. Und sie hatte den Eindruck, dass Reagan sich in letzter Zeit von ihm entfernt hat.«

»Also haben sie einen Streit, und er tötet sie?« Kerry zuckte mit den Schultern. »Kann sein. Aber dazu hätte er Zugang zum Garten haben müssen.«

»Gibt es da kein Tor?«

»Nein. Nur eine massive abgeschlossene Tür in der Ziegelmauer, die den Garten Richtung Ladbroke Grove abschirmt. Da könnte nur ein Ninja drüberklettern.«

»Vielleicht hatte ja jemand einen Schlüssel«, gab Gemma zu bedenken.

»Schon möglich«, stimmte Kerry zu. »Aber ich halte es für wahrscheinlicher, dass unser Täter entweder ein Anwohner oder sonst jemand ist, der Zutritt durch eines der Häuser hat. In einer halben Stunde treffe ich den Gärtner. Das mit dem Schlüssel finden wir raus.«

Gemma hörte das sie mit einschließende »wir« und schüttelte protestierend den Kopf. »Aber ich muss nach Brixton.«

»Keine Sorge. Auf dem Weg habe ich mit Chief Superintendent Lamb gesprochen. Und der hat das mittlerweile mit Ihrer Vorgesetzten geklärt.«

»O verdammt«, sagte Gemma. Krueger kochte bestimmt vor Wut. »Sie haben mich tatsächlich entführt.«

»Sie können jederzeit Nein sagen.«

»Und es mir mit Marc Lamb verscherzen?« Sie erkannte an Kerrys selbstzufriedener Miene, dass sie wusste, wie sicher sie Gemma im Sack hatte.

Sie trafen Clive Glenn an dem Ende von Cornwall Gardens, das an der Ladbroke Grove lag. Im Verlauf des Vormittags war es wärmer geworden, und Gemma spürte die Hitze der Sonne auf Wangen und Nase. Wenn das Wetter so blieb, würde sie sich bald mit Sunblocker einreiben müssen.

Clive Glenn war dagegen sonnengebräunt genug, um sich über so etwas keine Gedanken machen zu müssen. Zudem sah er gut aus, wie ein amerikanisches Model für Outdoor-Bekleidung. In seinen Haaren und dem kurz gestutzten Bart zeigte sich das erste Grau, und Gemma schätzte ihn auf Ende dreißig oder Anfang vierzig. Seine Jeans und das enge T-Shirt betonten noch, wie fit er war. Doch als er den Mund aufmachte, war sein Akzent genauso vornehm wie der von Melody Talbot, und Gemma musste sich bemühen, ihre Überraschung zu verbergen.

Das Funkeln in seinen Augen, nachdem sie sich einander vorgestellt hatten, ließ sie vermuten, dass er ihr kurzes Stutzen bemerkt hatte und nun insgeheim über sie lachte.

Er war schon vor ihnen da gewesen, und als sie eintrafen, lehnte er am Heck seines kleinen Pritschenwagens, den er beim Eingang zum Garten geparkt hatte. Die Ladefläche war voll mit Gartengerätschaften und Säcken, die anscheinend Mulch enthielten.

Der Eingang war genauso, wie Kerry ihn beschrieben hatte – eine blassblau gestrichene Holztür in einer hohen Ziegelmauer, die sich zwischen zwei Häusern erstreckte. Man konnte in den Garten nicht hineinsehen und wäre nur mit einer Leiter oder Kletterausrüstung über die Mauer gekommen.

»Ist das der einzige Zugang?«, fragte Gemma und klang sogar für ihre eigenen Ohren ziemlich unwirsch. Sie wollte Glenn den amüsierten Ausdruck vom Gesicht wischen. »Was ist mit der Seite an der Kensington Park Road?«, fügte sie hinzu. Natürlich war sie schon häufig daran vorbeigekommen, sowohl im Auto als auch zu Fuß, aber sie konnte sich nicht erinnern, dass ihr der Garten schon jemals aufgefallen war, ganz zu schweigen von einem Eingang.

»Da steht ein Eisenzaun, gut drei Meter hoch, an dem sich sehr stachelige Climbing-Cécile-Brunner-Rosen hochranken. Keine Tür.« Gemma glaubte, aus Glenns Stimme leisen Spott herauszuhören. Aber falls Kerry es ebenfalls bemerkte, ließ sie es sich zumindest nicht anmerken.

»Und wie kommt man auf dieser Seite rein?«, fragte Kerry.

Glenn zog einen Schlüssel aus der Tasche. Das Schloss an der Tür hatte einen Heberiegel aus angelaufenem Messing, der mindestens so lang wie seine Hand war.

»Gibt es nur einen einzigen Schlüssel?«

»Der hier ist das Original«, antwortete Glenn. »Mrs A hat einen Zweitschlüssel.«

Gemma runzelte die Stirn. »Mrs A?«

»Mrs Armitage. Sie ist die Vorsitzende des Gartenausschusses. Sie war es, die die Leiche gefunden hat und Ihre Kollegen rein und raus ließ.«

»Richtig«, sagte Kerry, als ob sie das bereits gewusst hätte, aber ihr Mund sah verkniffen aus, und Gemma vermutete, dass ihr diese Information neu war. »Dann wollen wir mal einen Blick riskieren.«

»Kennen Sie Mrs Armitage gut?«, fragte Gemma, als Glenn sie zum Eingang führte.

Er zuckte mit den Schultern. »Man könnte sie wohl meine Chefin nennen. Sie ist ganz in Ordnung. Vielleicht ein bisschen pingelig, aber so sind die meisten Ausschussvorsitzenden.«

»Betreuen Sie auch noch andere Anwesen?«

Glenn warf ihr über die Schulter einen amüsierten Blick zu, während er den Schlüssel ins Schloss steckte. »Wenn nicht, könnte ich kaum im Geschäft bleiben.«

»Aber Sie schaffen die ganze Arbeit doch bestimmt nicht allein?«

»Ich bin Landschaftsgestalter, Sergeant. Für größere Aufgaben beschäftige ich freie Mitarbeiter, aber die routinemäßige Gartenpflege mache ich lieber selbst.«

Gemma machte sich nicht die Mühe, ihn hinsichtlich ihres Rangs zu korrigieren, während sie durch das Tor auf einen Gartenpfad traten. Die Kiesschicht war mehrere Zentimeter hoch und fühlte sich unter ihren Füßen wie nasser Sand an. Wenn irgendwer auf diesem Weg hereingekommen war, hatte er sicher keine verwertbaren Spuren hinterlassen.

Büsche und die Stämme großer Bäume blockierten ihre Sicht auf den eigentlichen Garten, aber von allen Seiten schien goldenes Sonnenlicht herein. Dieser Ort fühlte sich versteckt und auch ein bisschen klaustrophobisch an. Gemma folgte Glenn und Kerry auf dem nach rechts abgehenden Pfad und trat ins Freie. »Oh«, sagte sie.

Vor ihnen erstreckte sich eine ausgedehnte Fläche. Der Pfad, auf dem sie standen, führte um das gesamte Gelände herum. Und auch in die Mitte des Gartens, wo er die Umrisse von sehr gepflegt angelegten Beeten nachzeichnete. Auf ihrer Seite des grünen Rasens standen mehrere ausgewachsene Bäume mit mächtigen Stämmen, zwischen denen hier und da wohlplatzierte Inseln aus Rhododendren leuchteten.

Nirgendwo war Absperrband zu sehen.

»Wo wurde sie denn genau entdeckt?«, fragte Kerry, und Gemma wurde zum ersten Mal bewusst, dass sie die Leiche am Schauplatz gar nicht gesehen hatte. »Das Ganze ist erst heute Morgen auf meinem Schreibtisch gelandet«, erklärte sie ihr, ein wenig defensiv, wie Gemma fand. »Und ich werde Enright umbringen«, fügte sie flüsternd hinzu.

Clive Glenn führte sie zu einer besonders großen Platane, die am Rand eines geschwungenen Rasenstücks wuchs. In der Nähe stand ein Schuppen, der gerade groß genug für Gartengeräte war. Hier, im helleren Licht, bemerkte sie die kleinen Fältchen um seine grauen Augen und korrigierte sein geschätztes Alter um ein paar Jahre nach oben. »Sie war unter diesem Baum«, sagte er. »Genau da drüben.« Er deutete auf eine Stelle auf der grasbewachsenen Seite neben dem Baum. »Das Merkwürdigste, was ich je gesehen habe.« Plötzlich klang er nicht mehr ganz so selbstsicher.

»Aber Sie haben die Leiche nicht gefunden«, sagte Kerry und sah auf ihr Telefon, als ob sie dort eine Notiz überprüfte.

»Nein. Das war Mrs A. Aber ich bin gleich nach ihr und vor der Polizei hier angekommen. Die Anwohner nutzen diesen Ort samstags ziemlich intensiv, und ich möchte sichergehen, dass er immer perfekt aussieht. Manchmal wird Müll hereingeweht, oder Jugendliche machen Party und lassen Zeug rumliegen.«

»Irgendwelche speziellen Jugendlichen?«, fragte Gemma, die sofort an Jess dachte. Aber Jess war viel zu jung, um spätnachts im Garten herumzuhängen. Dann fiel ihr wieder ein, dass Jess' Mutter eine Schlaftablette genommen hatte und früh zu Bett gegangen war. Ihr war nicht wohl bei dem Gedanken. Wer wusste, was Jess in der Zeit getrieben hatte?

Glenn zuckte mit den Schultern. »Nein, ich kenne die nicht. Aber ich finde alles Mögliche. Bierdosen, gebrauchte Kondome, Zigarettenstummel. Ich glaube zumindest, dass es Jugendliche sind, aber ...«

»Lag irgendwas in der Art auch um Reagan Keatings Leiche herum?«, unterbrach Kerry ihn.

»Nein, ich sage nur, dass das vorkommt.«

»Muss wirklich erschütternd gewesen sein, sie so zu finden. Für Sie und Mrs Armitage«, sagte Gemma, die ihn zum Weiterreden animieren wollte.

»Mrs A war ganz außer sich. Hatte kein Telefon dabei – sie hält nichts von diesen Dingern – und hatte wohl vor, so lange zu warten, bis jemand sein Haus verließ. Als ich in den Garten kam, rannte sie auf mich zu und war weiß wie ein Laken. Ich hatte Angst, sie bekommt gleich einen Herzinfarkt.«

»Wissen Sie noch, was sie gesagt hat?«

Mit halb geschlossenen Augen ließ Glenn den Schlüssel zwischen den Fingern kreisen, als würde ihm das helfen, sich zu erinnern. »Da ist eine junge Frau. Das Kindermädchen. Sie ist tot.« Ich dachte erst, sie spinnt, bin ihr aber dann doch hinterhergegangen. Und als ich sie – das Mädchen – sah, wusste ich sofort, dass sie tatsächlich tot war. Aber ich habe trotzdem nach Lebenszeichen gesucht.« Er sah Gemma an, als zweifelte sie seine Worte an. »Man kann kein Team von Landschaftsgärtnern leiten, ohne zumindest Grundkenntnisse in Erster Hilfe zu haben. Ich weiß, wie man den Puls ertastet. Aber …« Er erschauderte beinahe unmerklich. »… sie war ganz kalt.«

»Was haben Sie dann getan?«, fragte Gemma weiter.

»Ich habe die Rettungskräfte alarmiert. Dann habe ich Mrs A zum Tor geschickt, um dort zu warten. Einer von uns beiden musste sie ja reinlassen, und ich wollte sie nicht bei … dem Mädchen zurücklassen.«

Also war Clive Glenn mit der Leiche allein gewesen. So wie Mrs Armitage, rief Gemma sich ins Gedächtnis. »Haben Sie sie gekannt? Reagan Keating?«

Einen Moment lang dachte Gemma, er würde nicht antworten. Dann zuckte er leicht mit einer Schulter und ließ den Schlüssel in die Tasche zurückgleiten. »Ich habe sie ein paarmal gesehen. Mit den Kindern, auf die sie aufgepasst hat.«

»Haben Sie mit ihr gesprochen?«

»Nein. Ich kannte nicht mal ihren Namen.« Er trat von einem Fuß auf den anderen. »Ist es in Ordnung, wenn ich mich jetzt wieder an die Arbeit mache? Ich muss meinen Zeitplan einhalten.« Er riet ihnen noch, Mrs Armitage um ihren Schlüssel zu bitten, und beschrieb ihnen ihr Haus, damit sie es vom Inneren des Gartens aus finden konnten.

Kerry bat ihn, das Tor offen stehen zu lassen, bis sie das mit dem Schlüssel geklärt hatten, und auch, vorerst nicht in der Nähe des Leichenfundortes zu arbeiten. Dann bedankte sie sich bei ihm. Doch als er sich zum Gehen wandte, fügte sie noch hinzu: »Diesen Müll, den Sie da immer finden, Mr Glenn. Sind Sie sicher, dass Sie nicht mehr darüber wissen?«

»Hören Sie«, sagte er, als er sich, beide Hände tief in die Hosentaschen vergraben, wieder zu ihnen herumdrehte, »ich wohne hier nicht. Um diesen Garten herum stehen gut dreißig Häuser, von denen einige in mehrere Wohnungen unterteilt sind. Während der fünf Jahre, die ich mich inzwischen um dieses Anwesen kümmere, habe ich vielleicht mit einem halben Dutzend der Anwohner hier gesprochen.«

Er sah Kerry nicht in die Augen, während er das sagte, und als sein Blick kurz dem von Gemma begegnete, sah er sofort wieder weg. Irgendwas hielt er zurück. »Aber?«, drängte Gemma ihn weiterzureden.

Glenn zog eine Hand aus der Tasche und kratzte sich den Bart. Nach kurzem Zögern schien er schließlich zu einer Entscheidung zu gelangen. »Ich möchte keine Gerüchte in die Welt setzen. Aber im Sommer wird es sehr früh hell, und ich arbeite gerne schon am Morgen, bevor es heiß wird. Ich habe beobachtet ... Ich glaube, dass hier ein bisschen Reise nach Jerusalem gespielt wird.«

»Reise nach Jerusalem?« Kerry sah ihn verständnislos an.

Aber Gemma wusste sofort, was er meinte. Obwohl sie selbst nie jemanden in ihrem Garten dabei erwischt hatte, kannte sie die Gerüchte über das bunte Treiben in den Gemeinschaftsgärten schon, seit sie den Dienst in Notting Hill angetreten hatte. »Techtelmechtel unter Nachbarn. Gegenseitige nächtliche Besuche. Oder«, fügte sie hinzu, als ihr die gebrauchten Kondome einfielen, »auch ein Quickie im Garten.«

Glenn nickte und sah sie dankbar an. »Ja, genau.«

Kerry wirkte dagegen überhaupt nicht erfreut. »Wen haben Sie dabei beobachtet, wie er Reise nach Jerusalem gespielt hat? Reagan Keating?«

Er schüttelte den Kopf. »Nein. Keine Ahnung. Ich habe nur den Eindruck, dass es so ist. Gestalten, die in der Dämmerung durch die Gegend huschen. Das Geräusch von schließenden Türen. Ich hätte es gar nicht erwähnen sollen. Ich habe nie jemanden erkannt.«

»Aber Sie haben gesehen, aus welchen Häusern die Leute gekommen sind?«

»Nein, nicht mal das. Ich kann Ihnen da leider nicht weiterhelfen.« Seine Antwort klang tonlos und endgültig, und seine zusammengepressten Lippen ließen keinen Zweifel, dass er es auch so meinte.

Gemma wusste, dass er log.

»Ich setze die Kriminaltechniker darauf an«, sagte Kerry, als Glenn gegangen war. »Obwohl ich kaum glaube, dass sie noch irgendetwas finden werden.« Sie hielt sich das Handy ans Ohr und ließ Gemma stehen, während sie auf dem Kiesweg auf und ab ging und telefonierte.

Gemma suchte sich derweil ein schattiges Plätzchen in der Nähe, von wo aus sie die Stelle betrachtete, an der Reagan Keatings Leiche gelegen hatte. Warum dort, am Rande der Lichtung? Hatte das etwas zu bedeuten? War es möglich, dass die Leiche dorthin gebracht worden war? Kate Ling hatte keine bläulichen Hautverfärbungen erwähnt. Sie zog das kleine Notizbuch aus der Handtasche, das sie trotz ihres Handys immer noch mit sich herumtrug, und schrieb eine Erinnerung, dass sie das überprüfen musste.

Der Baum war schön, wie aus einem Bilderbuch, wie er so auf dem geschwungenen grünen Rasenstück stand. Wie hieß das noch mal in den alten Büchern, aus denen Kit Toby vorlas? Rasenschwarte. Ja, das war's. Das Wort hatte einen altertümlichen Klang, der Gemma an Ritter und Zaubersprüche denken ließ. Aber vielleicht dachte sie das auch bloß aufgrund der Schilderungen, wie das Mädchen aufgefunden worden war – hindrapiert wie eine schlafende Prinzessin.

Auf dem Rasen sah sie keine Kampfspuren, dafür aber am Rand des Pfads ein paar längere parallel verlaufende Abdrücke, etwa einen Fußbreit voneinander entfernt. Gemma vermutete, dass sie von der Rollbahre stammten, aber sie konnten natürlich auch von etwas anderem verursacht worden sein – einem Leiterwagen oder einem anderen Gefährt, in dem die Leiche transportiert worden war. Sie machte eine weitere Notiz und blickte dann auf, um zu sehen, wie sich diese Stelle in die restliche Gartenanlage einfügte. War sie von den Häusern in der Nähe aus einsehbar?

Soweit sie feststellen konnte, war sie durch die Bäume und Büsche zur Linken vollständig von den Häusern auf dieser Seite abgeschirmt. Die kleinen Privatgärten zur Rechten waren dicht mit Sträuchern und blühenden Pflanzen zugewuchert, aber möglicherweise konnte man auf dieser Seite das Rasenstück aus den oberen Fenstern der nächstgelegenen Häuser gerade noch so sehen. Damit blieb noch der Blick von der Mitte der Gartenanlage aus.

Dort gab es Böschungen mit Azaleenbeeten, die so angepflanzt waren, dass sie beinahe wie wild wachsende Pflanzen wirkten. Diese Böschungen fielen zu den strenger gestalteten Beeten im Zentrum des Gartens hin ab. Hier und da wurde die Farborgie von Büscheln verblühter Tulpen und Narzissen durchbrochen. Gemma dachte, dass ein Zeuge nur aus ziemlicher Nähe uneingeschränkte Sicht gehabt hätte. Wie hell war es wohl am späten Freitagabend gewesen? Die hoch aufragenden Häuser hielten sicher das gesamte Licht der umgebenden Straßenlaternen draußen.

Es war ein sehr ungestörter Ort zum Sterben.

Sie zog ihr Handy aus der Tasche, um rasch ein paar Fotos zu machen, als Kerry ihr Telefonat beendete und zu Gemma zurückkehrte. »Sie sind unterwegs«, sagte sie. »Was immer das bringen wird. Und ich habe über Funk auch den örtlichen Constable herbeirufen lassen, der aufpassen soll, bis die Kriminaltechniker eintreffen. Aber wie gesagt …« Sie verdrehte die Augen. »Ich glaube nicht, dass wir damit noch viel erreichen werden, nachdem am Wochenende ganze Heerscharen mit ihren Hunden durch das Gelände getrampelt sein müssen. Aber ich hoffe, dass der diensthabende Polizist derselbe ist, der auch den ursprünglichen Notruf entgegengenommen hat.«

Falsche Schicht, dachte Gemma, aber sie verbesserte Kerry nicht.

»Was halten Sie von dem Gärtner?«, erkundigte sich Kerry. »Könnte einem Roman von D. H. Lawrence entsprungen sein, oder?«

Gemma dachte über die Frage nach. »Möglicherweise kannte er sie besser, als er zugibt. Zumindest steht fest, dass er uns irgendetwas verschweigt. Aber er ist nicht unattraktiv, wenn es das ist, worauf Sie hinauswollen.«

»Heiß genug, damit eine Frau um die zwanzig ihn anziehend findet?«

»Ja, oder er sie. Aber von da ist es noch ein weiter Weg bis zu einem Mordmotiv«, gab Gemma zu bedenken. »Er scheint nicht verheiratet zu sein. Zumindest trägt er keinen Ring.«

»Das überprüfen wir. Ich habe seine Personalien. Und ich würde auch gern wissen, ob er sich den ganzen Blödsinn mit den mitternächtlichen Bäumchen-wechsel-dich-Spielen nur ausgedacht hat oder ob er jemanden beschützen möchte.«

»Am besten fangen wir mit Mrs Armitage an. Er scheint sie zu bewundern. Wir sollten herausfinden, ob das auf Gegenseitigkeit beruht.« Gemma ließ den Blick über die umliegenden Häuser gleiten. Clive Glenn hatte recht, hier wohnten sehr viele Leute, und sie wusste aus der Erfahrung mit ihrem eigenen Gemeinschaftsgarten, dass sie sich nicht alle untereinander kannten. Auch wenn die beschränkte Zahl von Personen mit Zugang zum Garten den Kreis der Verdächtigen einengte, würde es eine Herkulesaufgabe sein, ihre möglichen Verbindungen zu Reagan Keating zu überprüfen.

Der Constable traf ein. Es war nicht derjenige, der am Sonntagmorgen zum Schauplatz gerufen worden war. Kerry, die erneut die Stirn runzelte, sagte ihm, wo er bis zum Anrücken der Kriminaltechniker warten sollte, und wies ihn an, sie sofort zu verständigen, sobald sie da waren. »Bis dahin müssen wir uns hier nicht die Beine in den Bauch stehen«, sagte sie zu Gemma. »Aber wenn wir mit den Anwohnern sprechen, sollten wir uns auf den Begriff ›ungeklärte Todesart‹ beschränken. Zumindest vorläufig. Ich möchte nicht, dass die Mutter von der Ermordung ihrer Tochter erfährt, bevor ich persönlich mit ihr reden konnte. Vor ein paar Minuten habe ich versucht, sie anzurufen, bin aber bei ihrer Mailbox gelandet.«

»Gwen Keating hat mir erzählt, dass sie heute wieder zur Arbeit gehen wollte. Sie sagte, dass sie ihre Schüler so kurz vor dem Zeugnis nicht im Stich lassen könne. Und vermutlich ist es eh das Beste, was sie tun kann. Ich glaube nicht, dass es gut für sie wäre, allein zu Hause herumzusitzen.«

»Dann ruf ich sie heute Nachmittag noch mal an«, sagte Kerry, die bei dem Gedanken an das bevorstehende Telefonat unglücklich wirkte.

Clive Glenn hatte ihnen gesagt, Mrs Armitage lebe auf der Nordseite, nahe an jenem Ende des Gartens, das an der Kensington Park Road lag. Aber sie waren erst ein paar Meter gegangen, als eine Frau aus dem ersten Haus auf der linken Seite trat.

»Kann ich Ihnen behilflich sein?«, rief sie vom Eisenzaun herüber, der ihren Vorgarten vom Kiesweg trennte.

»Wir sind von der Polizei, Ma'am.« Kerry zog ihren Dienstausweis aus der Handtasche, als sie bei der Frau ankam.

»Detectives?« Die Frau musterte Kerrys Ausweis, ehe sie ihn zurückreichte. »Sind Sie wegen des toten Mädchens hier? Ich habe von meinem Arbeitszimmerfenster aus gesehen, wie Sie mit Clive gesprochen haben.« Sie erinnerte Gemma an eine jüngere Version von Kincaids Mutter, Rosemary: schlank und klug aussehend, mit kurzen mausbraunen Haaren und einer angenehmen Stimme.

»Ja, wir untersuchen ihren Tod«, antwortete Kerry. »Und Sie sind?«

»Marian Gracis.«

Gemma streckte die Hand über den Gartenzaun, mit einem Lächeln, das hoffentlich ihre leichte Verärgerung darüber verbarg, dass Kerry sie nicht vorgestellt hatte. »Ich bin Detective Inspector Gemma James. Kannten Sie Reagan Keating, die verstorbene junge Frau, Mrs Gracis?« Eine Fremde mit »Mrs« anzusprechen erschien ihr immer etwas heikel. Frauen, die nicht verheiratet waren oder beschlossen hatten, ihren Geburtsnamen zu behalten, konnten daran möglicherweise Anstoß nehmen, aber für Gemma klang »Miss« immer so salopp, dass es beinahe an Unhöflichkeit grenzte.

»Flüchtig«, entgegnete Marian Gracis. »Sie schien eine sehr nette junge Frau zu sein. Was für eine schreckliche Tragödie. Wissen Sie denn schon Genaueres?«

»Wir stecken noch in den Ermittlungen«, sagte Kerry. »Und sind natürlich daran interessiert, mit den Anwohnern hier in Cornwall Gardens zu sprechen. Haben Sie am Freitagabend irgendetwas Ungewöhnliches gesehen oder gehört, Mrs Gracis?«

Marian Gracis zog die Stirn in Falten. »Aber ich dachte, Reagan sei … einfach gestorben. Was hätte ich denn sehen sollen?«

»Vielleicht, wie sie zuvor mit jemandem unterwegs war?«, schlug Gemma vor. »Jemand, der vielleicht weiß, ob sie sich krank gefühlt hat. Oder … irgendwie unwohl.«

»Wenn Sie darauf anspielen, dass Reagan Drogen genommen haben soll. Das glaube ich nicht.« Die Frau wirkte nicht mehr ganz so freundlich. »Genauso wenig glaube ich, dass sie sich das Leben genommen hat.« Dann erklärte sie, als ob Gemma und Kerry überrascht auf ihre Worte reagiert hätten: »Gerüchte machen hier im Garten schnell die Runde. Meine Jungs haben es von einem von Rolands Söhnen gehört. Und natürlich quatscht Mrs Armitage jedem, der das Pech hat, ihr über den Weg zu laufen, einen Blumenkohl ans Ohr.« Ihr Gesichtsausdruck ließ keinen Zweifel daran, dass sie für Mrs Armitage nicht ebenso viel übrighatte wie Clive Glenn.

»Sind Ihre Söhne mit Jess Cusick befreundet?«, fragte Gemma. Ihrer Schätzung nach waren Marian Gracis und Nita Cusick ungefähr gleich alt.

»Nicht richtig befreundet. Sie sind ein ganzes Stück älter und schon in der zehnten beziehungsweise zwölften Klasse. Aber Jess ist immer hinter ihnen hergedackelt, als er noch kleiner war und nicht seine ganze Zeit mit Tanzen verbracht hat.« Marian schüttelte den Kopf. »Er ist so ein talentierter Junge. Das muss so furchtbar für ihn sein. Besonders nachdem letztes Jahr dieser Junge gestorben ist.«

»Welcher Junge?«, hakte Gemma nach. Bislang hatte noch niemand etwas von einem weiteren Todesfall erwähnt.

»Henry Su. Er war in Jess' Jahrgang, aber ich glaube nicht, dass die beiden Freunde waren.«

»Was ist ihm zugestoßen?«, fragte Kerry.

»Ein Asthmaanfall. Als er damals abends nicht nach Hause kam, haben alle Nachbarn nach ihm gesucht. Sie haben ihn schließlich im alten Werkzeugschuppen hinter dem Haus der Sus gefunden. Anscheinend war die Tür verklemmt, und er konnte nicht raus. Das arme Kind muss in Panik geraten sein und einen Asthmaanfall bekommen haben. Na ja, wie auch immer. Das war alles so fürchterlich. Aber jetzt haben die Sus den alten Schuppen abgerissen und errichten einen Anbau.

Und Mrs Armitage befindet sich auf dem Kriegspfad.« Gracis seufzte. »Sie hat ja recht, aber ich glaube nicht, dass irgendwer von den anderen es übers Herz bringt, den Sus deswegen Schwierigkeiten zu machen.«

»Wann ist das passiert?«, fragte Gemma.

»Das war … vor Weihnachten. Es war bitterkalt, und keiner konnte sich erklären, was der Junge im Schuppen gewollt hatte.«

»Sie sagten, Sie glauben nicht, dass dieser Junge – Henry – und Jess Freunde waren. Warum?« Gemma dachte daran, wie begeistert Toby wäre, einen Jungen seines Alters in der Nachbarschaft zu haben.

Marian Gracis blickte unbehaglich drein. »Ich möchte nichts Schlechtes über die Toten sagen, ganz besonders über ein Kind.«

Nach einer kurzen Pause hakte Gemma nach: »Aber?«

Gracis zögerte noch ein bisschen länger und zuckte schließlich schuldbewusst mit den Schultern. »Sie wollen ein Kind mögen und nur das Beste von ihm denken. Und meine beiden waren weiß Gott auch manchmal unausstehlich. Aber die Wahrheit ist, dass Henry Su kein sehr nettes Kind war. Ich glaube, das hat alles nur noch schlimmer gemacht. Die Leute hatten Schuldgefühle, weil es ihnen nicht wirklich leidgetan hat. Verstehen Sie?«

»Was meinen Sie genau mit ›kein sehr nettes Kind‹?«, fragte Gemma, auch wenn sie Kerrys Ungeduld spürte.

Gracis biss sich auf die Lippe und verzog dann das Gesicht. »Ganz ehrlich? Henry war ein Fiesling. Aber fragen Sie mal Roland. Henry und sein Sohn waren im gleichen Alter, und Henry hat ihm das Leben zur Hölle gemacht.«

Als Melodys Handy läutete, fischte sie es schnell vom Schreibtisch und beeilte sich, es stumm zu schalten, bevor Krueger es mitbekam, die mit dem Rücken zum CID-Raum in ihrer Bürotür stand.

»Na endlich«, flüsterte sie, sobald sie das Telefon am Ohr hatte, sicher, dass der Anruf von Gemma kam.

»Wie, endlich?«, erklang Doug Cullens verwirrte Stimme vom anderen Ende.

»Doug. Ich dachte …« Melody fasste sich wieder und senkte die Stimme. »Warte eine Sekunde, ja?« Sie ging vom CID-Raum in Gemmas Büro. Schließlich hatte DS Krueger gesagt, sie trage jetzt die Verantwortung. Sie schloss die Tür hinter sich und nahm an Gemmas Tisch Platz. »Ich dachte, du wärest Gemma«, sagte sie und flüsterte jetzt nicht mehr. »Sie hat sich aus dem Staub gemacht und …«

»Denis Childs ist überfallen worden«, fiel Doug ihr atemlos ins Wort. »Er ist im Krankenhaus. Liegt im Koma.«

»Ich weiß.«

»Das weißt du?« Dougs Stimme stieg um eine Oktave. »Und warum hast du es mir nicht erzählt?«

»Soweit ich mich erinnere, sprichst du nicht mit mir.«

»Ach das. Mein Handy war ausgeschaltet.« Als Melody nicht antwortete, fügte er hinzu: »Hör mal, es tut mir leid. Ich habe nicht … es war blöd von mir, okay?«

»Das kannst du laut sagen«, bestätigte Melody. Sie wusste, dass sie es ihm schwermachte, und genoss es.

»Können wir später darüber sprechen?« Doug klang besorgt. »Weiß Duncan Bescheid? Über Denis?«

»Ich habe es Gemma erzählt und gehe davon aus, dass sie Duncan informiert hat. Aber ich habe seither nichts mehr von ihr gehört.«

»Moment. Aber von wem hast du es gehört?«

Melody zögerte. Sie hörte jetzt Stimmen auf dem Flur. »Ich kann hier nicht sprechen«, flüsterte sie. »Ich gehe gleich zum Mittagessen. Wir treffen uns im Caffè Nero gegenüber von der Brixton Station.« Dann legte sie auf, noch ehe Doug irgendwelche Einwände erheben konnte.

Melody mochte das Morleys. Eines Tages würde das alte Kaufhaus vermutlich entweder hergerichtet oder abgerissen werden, aber bis dahin konnte sie das schöne Gefühl genießen, ein paar Jahrzehnte in der Zeit zurückzureisen, sobald sie zur Tür hineinging. Das Caffè Nero war im ersten Obergeschoss. Um dort hinzugelangen, betrat sie das Morleys durch die Kosmetikabteilung und stieg von da die Stufen hinauf.

Sie holte sich einen kleinen Latte und fand dann einen Tisch am Vorderfenster, von wo aus sie das U-Bahn-Schild der Brixton Station im Blick hatte. Als sie auf die Straße hinunterspähte, sah sie, wie Doug aus der Station heraustrat. Er hatte sich sein Jackett über die Schulter geworfen und den Krawattenknoten gelockert. Er humpelte, und während er stehen blieb und sich nach dem Café umblickte, schob er sich die runde Brille zurecht.

Dann verschwand er außer Sicht und betrat ein paar Augenblicke später, noch deutlicher humpelnd, das Café. »Verdammte Stufen«, sagte er und ließ sich mit offenkundiger Erleichterung auf einen Stuhl sinken.

»Du weißt, dass es hier auch einen Lift gibt, oder?«

Doug sah sie finster an. »Verdammt schwer zu finden.«

Melody wusste nicht, ob er damit den Lift oder das Café meinte, aber beides war ziemlich leicht zu entdecken. »Was hast du denn damit angestellt?«, fragte sie und nickte zu seinem Knöchel.

Seine Miene verdüsterte sich noch mehr. Allerdings sah

Doug Cullen mit seinen seidigen blonden Haaren und der Harry-Potter-Brille für so einen bösen Blick viel zu jungenhaft aus. »Während du darüber nachdenkst, hole ich dir einen Kaffee«, sagte Melody.

Als sie mit dem Getränk zurückkehrte, wirkte er bereits ein wenig gelöster. Als sie ihn musterte, bemerkte sie, dass er nicht bloß erhitzt war, sondern einen Sonnenbrand hatte. »Etwas zu viel gerudert«, beantwortete er ihre Frage von vorhin und nahm mit einem dankbaren Nicken den Kaffee entgegen.

»Du warst doch sicher nicht lange genug auf dem Fluss, um derart verbrannt zu sein.«

Er schaffte es, sogar noch mehr zu erröten. »Vielleicht kommt es auch davon, dass ich noch ein bisschen im Garten gegraben habe.«

Melody betrachtete ihn argwöhnisch. »Vielleicht? Ein bisschen? Wie viel ist ein bisschen?«

Er zuckte mit den Schultern. »Alle Beete. Ich würde sagen, ich … äh … habe mich etwas hinreißen lassen.«

»Ach du meine Güte. Kein Wunder, dass du humpelst. Du bist so ein Trottel, Doug Cullen.«

»Ja.« Er nahm einen Schluck Kaffee und verzog das Gesicht. Dann nahm er den Deckel vom Becher und pustete auf die heiße Flüssigkeit. »Kann schon sein.« Er sah ihr kurz in die Augen. »Tut mir leid wegen gestern. Ich war ein Idiot.«

»Was du nicht sagst«, murmelte sie und fügte dann hinzu: »Ich habe mir Sorgen um dich gemacht.« Jetzt begann sie ihrerseits, unruhig auf dem Stuhl herumzurutschen, und drehte den abgekühlten Kaffeebecher zwischen den Händen hin und her. »Wollen wir das Ganze einfach vergessen?«

Doug sah erleichtert aus. »Ja. Gut. Von mir aus gerne.« Dann sah er sie plötzlich aus zusammengekniffenen Augen an. »Was hast du denn mit deinen Haaren gemacht?«

Melody brach in Gelächter aus. Sie konnte es nicht unterdrücken. Als ihr die Gäste am Nachbartisch einen missbilligenden Blick zuwarfen, schlug sie eine Hand vor den Mund, bis sie die Fassung wiedergewann. »Du bist mir ja ein schöner Polizist«, prustete sie.

»Ich habe schon gemerkt, dass irgendwas anders war«, protestierte Doug und wurde gleich wieder rot. »Sieht … nett aus.«

»Mach mir doch bitte nicht so überschwängliche Komplimente«, sagte sie und verdrehte die Augen.

»Ich meinte nicht …«

»Natürlich nicht. Lass es gut sein, ja?« Sie verschränkte die Arme vor der Brust und lehnte sich in ihrem Stuhl zurück. »Worüber wolltest du mit mir sprechen?«

Doug beugte sich zu ihr vor und senkte die Stimme. »Ich möchte wissen, wie du das vom Chief erfahren hast. Und was du weißt.«

»Mein Vater hat es mir erzählt. Er hat gesagt, die Meldung kam in der Nachrichtenredaktion rein.«

Aber Doug war nicht dumm, und er hatte ihr Zögern bemerkt. »Du glaubst, dein Dad hat die Information woanders her?«

»Er hat viele … Kontakte. Nach allem, was ich weiß, kann er es vom Commissioner persönlich gehört haben. Aber …«

»Aber was?«

Melody legte beide Hände um den Becher. Das war der Punkt, über den sie nicht mit Gemma hatte sprechen wollen. Aber Doug konnte sie es sicher sagen. Vielleicht würde er ihr ja erklären, dass sie bescheuert war, und dann könnten sie die ganze Sache vergessen. »Er – mein Dad – kam heute Morgen bei mir vorbei. Er war … Na ja, du weißt ja, wie Ivan ist, wenn er von etwas Wind bekommen hat …«

»Nein, tu ich nicht«, unterbrach Doug sie. »Nachdem du es nicht für angebracht hältst, ihn deinen einfachen Freunden vorzustellen.«

»Das ist überhaupt nicht der Grund«, erwiderte Melody beleidigt. »Möchtest du, dass ich weiterrede oder nicht?«

»Ja. Entschuldige.« Doug sah kein bisschen zerknirscht aus. Und auch nicht so, als ob er ihr glaubte.

»Wegen Den… dem Chief.« Sie lehnte sich jetzt auch vor und stützte die Ellbogen auf den Tisch. »Mein Dad hat angedeutet, er habe eine bewegte Vergangenheit. Und dass die ihn jetzt vielleicht eingeholt habe.«

Doug glotzte sie bloß an. »Das glaub ich nicht«, sagte er schließlich. »Nicht der Chief Super. Aber …« Er trank von seinem mittlerweile nicht mehr so heißen Kaffee und dachte nach. »In letzter Zeit ist so viel Eigenartiges passiert. Gemmas Versetzung. Duncans Versetzung, ohne ein Wort der Erklärung. Und meine – obwohl ich glaube, dass ich nur ein Kollateralschaden gewesen bin. Dann war der Chief ein paar Monate lang verschwunden. Und jetzt das. Schwer zu glauben, dass er wieder bei Scotland Yard anfängt und gleich darauf ganz zufällig überfallen und beinahe umgebracht wird. Oder …« Doug blinzelte.

»Was wissen wir denn eigentlich wirklich vom Chief Super?«, fragte Melody gedehnt.

Doug schüttelte den Kopf. »Ich kann mir … ich glaube nicht, dass er irgendwas …«

»Dass du es nicht glaubst, heißt ja nicht, dass man es sich nicht mal genauer anschauen könnte.«

Sie sahen einander an. Dann setzte Doug die Brille ab und massierte sich den Nasenrücken. Die Gläser hatten die Haut um seine Augen vor der Sonne geschützt, wodurch sie im Vergleich zum Rest seines Gesichts seltsam blass aussah. Dann setzte er die Brille wieder auf und sagte zögerlich: »Ja. Okay. Ich kann es mir mal ansehen. Und sei es nur, um zu beweisen, dass dein Dad falschliegt. Aber das kannst du auch tun.«

»Ja, stimmt wohl«, sagte Melody. Sie wusste, dass sie auf das Zeitungsarchiv zugreifen konnte. Das hatte sie auch früher schon getan. In was gerieten sie beide da bloß hinein, wenn der Angriff auf Denis Childs kein Zufall gewesen war?

Über den Tisch hinweg sah sie ihren Freund an, der plötzlich sehr verletzlich wirkte. »Doug.«

»Was?«, fragte er, offenbar erschrocken von ihrem Tonfall.

»Lass dich nicht erwischen.«

JUNI 1994

Er küsste seine Frau zum Abschied und ging die drei Blocks bis zu der Geschäftsstraße, in der er den Ford Transit abgestellt hatte. Jede Woche gab er sich Mühe, diesen Fußmarsch als den Übergang zwischen seinem echten und dem anderen Leben zu betrachten. Aber diese Trennung fiel ihm immer schwerer.

Es war bereits warm, als er in den Lieferwagen stieg, in dem es nach Schweiß und alten Essensverpackungen stank – den Hinterlassenschaften der Gruppe von Demonstranten, die er zur Protestkundgebung vom letzten Wochenende gefahren hatte. Angewidert rümpfte er die Nase und kurbelte die Fenster hinunter.

Der Transit war beinahe zehn Jahre alt, doch hinter seinem unspektakulären Äußeren verbarg sich ein 3,0-Liter-V6-Motor. Der Transit war kräftig und zuverlässig, beides wichtige Eigenschaften für das Fahrzeug eines verdeckten Ermittlers. Wenn man ein nützliches Transportmittel besaß, hatte man eine viel größere Chance, in die Reihen einer Protestbewegung aufgenommen zu werden. Natürlich brauchte man dann wiederum eine glaubhafte Geschichte, wozu man einen Lieferwagen eigentlich benötigte. Er gab sich als gelegentlicher Gärtner und Landschaftsgestalter aus. Kräftig und fit genug für so einen Job war er bereits gewesen, hatte sich darüber hinaus aber auch noch genügend Wissen aneignen müssen, um über Pflanzen sprechen und Mitgliedern der Gruppe helfen zu können, wenn sie entsprechende Arbeiten zu erledigen hatten. Dieser Job erklärte auch, warum er an Aktionen teilnehmen konnte, bei denen er dabei sein wollte, gab ihm aber auch eine gute Entschuldigung für die, aus denen er sich lieber heraushielt.

Er schaltete Radio 2 an und fuhr in nördlicher Richtung durch die Londoner Innenstadt. Als die Cover-Version von »Love Is All Around« erklang, verzog er das Gesicht und stellte das Radio wieder ab. Dann überlegte er erneut, was er an diesem Abend beim Gruppentreffen sagen würde.

Alle verdeckten Ermittler hatten durchdachte Tarngeschichten auf Lager, mit denen sie ihre Abwesenheit von den allwöchentlichen Gruppentreffen erklären konnten. In seiner ging es um einen krebskranken Vater, der in Norwich im Sterben lag und um den sich außer ihm niemand kümmerte.

In Wahrheit fuhren die Verheirateten unter ihnen – und das waren die meisten – einen Tag pro Woche heim zu ihren Familien. Er war davon überzeugt, dass der Special Branch mit Vorliebe verheiratete Polizisten rekrutierte, weil die weniger gefährdet waren, »Wurzeln zu schlagen« – wie man es nannte, wenn einer die Seiten wechselte. Trotzdem wurden Ermittler bei längerfristigen verdeckten Einsätzen dazu ermutigt, »zweckdienliche Beziehungen zu pflegen«. Mit anderen Worten, mit dem Feind ins Bett zu gehen. Auch wenn das offiziell natürlich nicht gutgeheißen wurde. Viele, die er kannte, verschafften sich den ersten Zugang zu einer Gruppe, indem sie Sex mit einem der weiblichen Mitglieder hatten.

Bislang hatte er derartigen Verwicklungen aus dem Weg gehen können. So hatte es ihn zwar viel Geduld gekostet, sich in die Gruppe einzuschleichen, aber davon besaß er mehr als genug. Monatelang hatte er im Gemeindezentrum von Notting Hill herumgehangen, wo sich seine Zielpersonen trafen, sich immer wieder beiläufig in ihre Unterhaltungen eingeklinkt und irgendwann vorsichtiges Interesse an ihren Aktivitäten angemeldet. Bei ein paar Flaschen billigem Wein in der Wohnung, die er auf der anderen Seite des Kanals in Paddington an-

gemietet hatte, hatte er ihnen erzählt, er wäre Witwer und hätte seine junge Frau bei einem tragischen Verkehrsunfall verloren. Diese Geschichte ließ ihn erschaudern, und er fragte sich, ob er irgendein Unglück auf seine Frau herabbeschwor oder auf seinen kerngesunden Vater, der kreuzfidel in Hertfordshire lebte.

Aber anscheinend hatte er überzeugend geklungen. Die Frauen hatten großes Aufhebens um ihn gemacht, während die Männer ihm auf die Schultern klopften. Danach hatten sie ihn Flugblätter verteilen lassen und in die Planung von ein paar Demonstrationen einbezogen.

Seine Aktivisten waren eine bunt zusammengewürfelte Truppe von Diskriminierungsgegnern, farbigen wie weißen, zusammengeschweißt durch einen jungen Schwarzen namens Stephen Lawrence, der im vorangegangenen Frühling in South London brutal ermordet worden war. Am 22. April 1993 war der achtzehnjährige Lawrence, ein guter Sportler und Student, der Architekt werden wollte, gemeinsam mit seinem Freund Duwayne Brooks gerade auf dem Heimweg, nach einem Besuch bei seinem Onkel in Plumstead.

Lawrence, der vorausgegangen war, um herauszufinden, wann der nächste Bus kommen würde, war von fünf weißen Jugendlichen überfallen und erstochen worden.

Das Versagen der Metropolitan Police bei diesem Fall hatte für einen öffentlichen Aufschrei gesorgt. Es war den Ermittlern nicht gelungen, stichhaltige Beweise gegen die Täter beizubringen, die von mehreren Zeugen identifiziert worden waren. Im April 1994 hatte die Familie von Stephen Lawrence dann Nebenklage gegen zwei ursprüngliche Verdächtige sowie drei weitere eingereicht – und die Met damit in große Aufruhr versetzt.

Der Special Branch sollte nun herausfinden, welche Beweise die Familie Lawrence entdeckt hatte. Man hatte Angst, dass weitere Enthüllungen über die Unfähigkeit der Polizei, den Lawrence-Fall zu lösen, zu großen öffentlichen Unruhen führen würden.

Und man munkelte, ein paar Mitglieder seiner kleinen Aktivisten-

gruppe würden Verbindungen zur Familie Lawrence unterhalten und genauer wissen, wie sie die Polizei in Misskredit bringen wollten.

Das Problem war nur: Je mehr er zuhörte und von ihnen erfuhr, desto mehr mochte er seine Gruppe und teilte ihre Ansichten. Und je länger er sie unterstützte, desto häufiger brachte er eigene Ideen für Flugblätter und Aktionen ein. Und beides war ein schwerer Verstoß gegen die Vorschriften.

11

Gemma und Kerry folgten Clive Glenns Wegbeschreibung und hatten keine Probleme, das Haus von Mrs Armitage zu finden. Sie gingen ohne zu fragen durch das Lattentor und sahen sich neugierig um. Der kleine Vorgarten war sogar noch gepflegter als die Gemeinschaftsanlage, und Gemma fragte sich, ob ihr wohl irgendwer – vielleicht Glenn – bei der Gartenarbeit half oder ob sie alles allein machte. Sie kannte sich gut genug aus, um zu erkennen, dass es sich bei den meisten Rosen um alte Sorten und nicht um Teehybride handelte. Abgesehen vom Eingangsbereich des kleinen Grundstücks wuchsen sie überall und verströmten in der Sonne einen schwindelerregenden Duft. Auf einer sorgfältig gefliesten Fläche standen zwar zwei Teakholzstühle und ein kleiner Tisch, aber Gemma konnte sich nicht vorstellen, dass irgendjemand hier draußen saß, um etwas zu trinken oder zu grillen.

Sie klopften an einer Tür, hinter der Gemma einen Windfang vermutete, doch es kam keine Reaktion. Sie hörten auch keine Geräusche, die auf ein Radio oder einen Fernseher hindeuteten, und an dem Fenster, das auf den Garten herausging, waren die Rollläden heruntergelassen. Nach einer Weile drehte Kerry sich um und zuckte mit den Schultern. »Wir können auf die Straße raus und zur Vorderseite gehen, aber ich glaube nicht, dass sie zu Hause ist.«

»Wollen wir es dann bei diesem Roland versuchen?«, fragte Gemma. Marian Gracis hatte ihnen gesagt, dass Roland mit

Nachnamen Peacock hieß und im ersten Haus nördlich vom Garteneingang wohnte. »Er könnte etwas mitbekommen haben, falls jemand versucht hat, durchs Tor oder über die Mauer hereinzukommen.« Gracis hatte ihnen außerdem erklärt, dass Peacock von zu Hause aus arbeite, weswegen Gemma vermutete, dass er eine nützliche Informationsquelle über sämtliche Anwohner und nicht nur Reagan Keating und den toten Jungen sein könnte.

Kerry sah unruhig auf die Uhr. Die Kriminaltechniker waren immer noch nicht eingetroffen. »Ja, das kann nicht schaden.«

Auf ihrem Weg zurück zum Garteneingang hatten sie keine Mühe, das Haus der Sus zu identifizieren. Der halb fertige Anbau aus Stahl und Glas ragte aus dem Erdgeschoss hervor und erstreckte sich über die gesamte Fläche, die zuvor von einem Privatgarten sowie einer Terrasse und dem Geräteschuppen bedeckt gewesen sein musste. Das Ding war ein wahrer Schandfleck, und Gemma war sicher, dass es gegen die Bauvorschriften der Eigentümergemeinschaft verstieß. Sie konnte sich gut vorstellen, wie viel Abscheu so etwas in ihrem eigenen Garten erregen würde. Warum hatte sich außer Mrs Armitage niemand sonst darüber beschwert?

»Gute Güte.« Kerry blieb stehen und schnappte nach Luft. »Ein Wunder, dass keiner *sie* umgebracht hat. Wie sind die damit bloß durchgekommen?«

»Vielleicht haben sie jemanden vom Eigentümerrat bestochen?«, sagte Gemma, nur halb im Spaß. »Ich werde MacKenz…« Zu spät fiel ihr ein, dass Kerry derzeit nicht gut auf MacKenzie und Bill zu sprechen war. Aber wie zu ihrer Rettung klingelte in diesem Moment Kerrys Handy.

Kerry hörte zu und sagte dann zu dem unglücklichen Anrufer: »Noch eine Stunde? Sie wollen mich wohl verarschen.

Was zum Henker machen die denn? Ein Teekränzchen?« Sie stampfte mit dem Rücken zu Gemma ein paar Meter den Pfad hinauf. »Sie müssen einen anderen Constable herbeordern, als Ablösung für den armen Kerl, den ich jetzt schon den halben Vormittag am Tatort Däumchen drehen lasse …«

Der halbe Vormittag war eine Übertreibung, aber Gemma schaute dennoch erschrocken auf die Uhr. Es war bereits zwölf, und ihr schoss durch den Kopf, dass sie sich noch nicht in Brixton gemeldet hatte. Das hätte sie auf jeden Fall tun sollen, ungeachtet Kerrys Versicherung, dass ihre Anwesenheit hier von Krueger genehmigt worden sei. Dann fiel ihr ein, dass sie den Klingelton ihres Handys vorhin in der Leichenhalle auf stumm gestellt und seither nicht wieder angeschaltet hatte. Was, wenn jemand von Charlottes Vorschule versucht hatte, sie zu erreichen, oder die Jungs sie brauchten?

Sie zog ihr Telefon aus der Tasche und checkte es. Sie hatte eine Nachricht von Melody und zwei Anrufe von Kincaid verpasst, der ihr jedoch keine Nachricht hinterlassen hatte. Ihr Herz setzte einen Schlag aus. Gab es schlechte Neuigkeiten über Denis?

Sie holte Kerry ein, tippte ihr auf die Schulter und zeigte ihr mit einer Geste, dass sie telefonieren müsse. Als Kerry nickte, machte Gemma kehrt und wählte Kincaids Nummer, während sie zum Haus von Mrs Armitage zurückging.

Als er nach einem halben Dutzend Mal Läuten abhob, war seine Stimme kaum zu verstehen.

»Wo bist du?«, fragte sie. Sie konnte deutlich die Fahrgeräusche des alten Astra hören. »Bist du im Auto? Ich dachte, du wolltest heute Morgen die U-Bahn nehmen.«

»Auf der M6.«

»Was? Warum?«

»Mein Dad …« Er brach ab. Dann räusperte er sich und fuhr

mit festerer Stimme fort: »Es geht um meinen Dad. Er hat was am Herzen. Ich bin auf dem Weg nach Cheshire.«

Gemma blieb stehen und geriet ins Wanken. Nur weil ihre Füße fest im Kiesweg verwurzelt schienen, kippte sie nicht um.

Sie dachte, sie würde mit Denis Childs' Verletzung zurechtkommen und damit, dass er sie vielleicht nicht überlebte. Sie hatte auch Gwen Keatings Trauer verkraftet und das unerwartete Gefühl der Vertrautheit mit dem toten Mädchen. Aber plötzlich hatte sie das Gefühl, eine wichtige Säule in ihrer Welt sei eingestürzt und dass das nun endgültig mehr war, als sie ertragen konnte. »O nein«, sagte sie. »Nicht Hugh.«

»Ist alles in Ordnung?« Kerry hatte ihr Telefonat beendet und kam zu Gemma zurück, die immer noch dastand und ihr Handy fest umklammert hielt.

»Mein Schwiegervater«, sagte Gemma. »Er hatte Schmerzen in der Brust.«

Kerry wirkte besorgt. »Geht es ihm gut?«

»Ich weiß nicht. Mein Mann fährt gerade hin. Sie – meine Schwiegereltern – leben in Cheshire, in Nantwich.«

»Müssen Sie weg? Ich kann gut verstehen, wenn Sie nicht hierbleiben können.« Kerry klang nicht sehr überzeugend.

»Nein. Zumindest jetzt nicht. Duncan hat gesagt, er ruft mich an, sobald er angekommen ist und mehr weiß.«

»Gut, ich glaube, wir sollten eine Pause machen. Lassen Sie uns was essen. Das wird uns guttun.« Kerry tätschelte Gemma etwas unbeholfen die Schulter. »Wo kann man hier in der Gegend etwas Gutes bekommen?«

Das Kitchen and Pantry war bequem zu erreichen gewesen.

»Sind Sie sicher, dass das eine gute Idee ist?«, fragte Kerry und zuckte zusammen, als ein Baby losschrie, während sie sich im Eingangsbereich gerade zwischen ein paar abgestellten Kinderwagen und der Eiscremetruhe hindurchzwängten.

»Vielleicht müssen wir … oh, da drüben«, sagte Gemma, als sie eine Sitzgelegenheit am Fenster erspähte. »Wenn Sie sich auf der Tafel aussuchen, was Sie haben wollen, können Sie den Platz bewachen, während ich unsere Bestellung aufgebe.«

Ein paar Minuten später saßen sie auf Sofas, die im offenen Fenster zur Kensington Park Road standen, balancierten Folienkartoffeln auf den Knien und hatten vor sich auf einem wackligen Tischchen Kaffee stehen. Das Baby hatte dankenswerterweise aufgehört zu weinen.

Gemma, hatte als Beilage zu ihrer Kartoffel gegrilltes Gemüse gewählt und Kerry Pilze in einer Sahnesauce. Als sie die Dampfwolke sah, die von ihrer erhobenen Gabel aufstieg, beschloss Gemma, mit dem ersten Bissen noch etwas zu warten.

Kerry, die weniger zurückhaltend gewesen war, wedelte mit einer Hand vor dem Mund herum, als ließe sich so ihre verbrannte Zunge kühlen. »O verdammt«, sagte sie, als sie wieder sprechen konnte. »Vielleicht hätten wir doch lieber ein Eis bestellen sollen.«

»Gut, dass wenigstens der Kaffee kalt ist«, entgegnete Gemma mit einer Unbeschwertheit, die sie nicht empfand.

Sie schoben beide kleine Stückchen ihrer Kartoffeln auf dem Teller herum, in der Hoffnung, sie so abzukühlen, und führten dann vorsichtig eine Gabel zum Mund. Kerry hatte ihre Portion bald aufgegessen, aber Gemma merkte schon bald, dass sie keinen rechten Appetit hatte, und allmählich bildete der Käse auf ihrem Gemüse unappetitliche Klümpchen.

Nachdem sie ihr eine Weile zugeschaut hatte, sagte Kerry: »Ich holte uns noch einen Kaffee. Mal schauen, ob sie ihn diesmal heiß hinbekommen.«

Als Kerry zur Theke abgezogen war, legte Gemma die Gabel beiseite und sah zum Fenster hinaus, wo eine Passantin ihre Aufmerksamkeit erregte. Es war Nita Cusick, die im Rock und mit ihren hohen Schuhen sehr geschäftsmäßig wirkte, während sie finster dreinschaute und nachdrücklich in ihr Handy sprach. Sie sah nicht zu Gemma hoch, obwohl das Fenster offen stand und sie nur ein paar Meter von ihr entfernt vorüberging. Gemma dachte, dass sie Nita heute Nachmittag wohl nicht mehr zu Hause antreffen würden, falls sie mit ihr reden wollten, da sie von Cornwall Gardens fortging und auf Notting Hill Gate zuhielt.

Kerry kehrte mit zwei frischen Tassen Kaffee zurück. Doch ehe Gemma die Sprache auf Nita Cusick bringen konnte, warf Kerry einen missbilligenden Blick auf ihren beinahe unberührten Teller und sagte: »Erzählen Sie mir von Ihrem Schwiegervater. Stehen Sie einander nahe? Ich dachte, Sie wären noch gar nicht so lange verheiratet.«

»Nicht sehr lange, nein, aber Hugh …« Gemma verstummte, weil sie nicht sicher war, wie sie Hugh Kincaid beschreiben sollte. Sie wusste noch, wie sie ihn kennengelernt hatte, bei ihrem ersten Weihnachtsfest in Nantwich. Rosemary hatte sie da bereits gekannt, aber sie war schrecklich nervös gewesen – wenn man ehrlich war, in Schockstarre – vor ihrem Treffen mit der restlichen Familie Kincaid. Aus Angst, ihren Erwartungen nicht gerecht zu werden. Oder ihren Erinnerungen an Kits Mutter. Aber Hugh hatte sie unter seine Fittiche genommen und alles getan, damit sie sich wohlfühlte. Er hatte sie in der Stadt herumgeführt und ihr persönliche Fragen gestellt. Und er hatte ihr mit Interesse und Respekt zugehört – was sie bei ihrem eigenen Vater so nie erlebt hatte. Als ihre Augen sich mit Tränen zu füllen drohten, schüttelte sie den Kopf. »Hugh ist … einfach Hugh.« Und dann wurde ihr klar, dass sie es den Kindern sagen musste.

Als sie wieder nach Cornwall Gardens kamen, waren inzwischen auch die Kriminaltechniker eingetroffen. Der Constable, der den Tatort bewacht hatte, war mittlerweile ans Tor umgezogen, und Clive Glenn packte seine Werkzeuge ein. Kerry hielt ihn noch mal an, bevor er sich davonmachen konnte.

»Ich brauche diesen Schlüssel«, sagte sie.

»Meinen kann ich Ihnen nicht geben. Ich dachte, Mrs Armitage …«

»Mrs Armitage ist nicht da, und die Polizei muss uneingeschränkten Zugang zum Garten haben.« Sie hatten es auf dem Rückweg vom Mittagessen noch mal bei Mrs Armitage probiert. Diesmal an der Vordertür. »Herrgott noch mal, ich habe Kriminaltechniker hier«, fuhr Kerry fort. »Wer soll hinter denen denn wieder zusperren? Seien Sie doch kein Schwachkopf.«

Gemma hätte wegen Glenns Gesichtsausdruck beinahe losgelacht. Er holte tief Luft, und sie konnte sehen, wie er unter seinen Bartstoppeln und der Sonnenbräune errötete.

»Aber …«

»Den Schlüssel.« Kerry hielt ihm die Hand hin. »Oder ich ziehe ihn als Beweisstück ein, und dann sehen Sie ihn vermutlich nie wieder.«

Die beiden starrten einander an, aber Gemma hatte keinen Zweifel mehr, wer dieses Kräftemessen am Ende gewinnen würde.

Glenn zuckte mit den Schultern und zog den Schlüssel aus der Hosentasche. Er fuhr mit seinen großen schwieligen Fingern über das Metall und ließ ihn dann in Kerrys offene Hand fallen. »Das geht aber auf Ihre Kappe, Detective Chief Inspector. Wenn irgendwas damit passiert …« Er schüttelte den Kopf. »Ich würde mich mit Mrs A lieber nicht anlegen.«

Mit diesen Worten stieg er in seinen Pritschenwagen und fuhr davon.

Kerry steckte den Schlüssel ein. »Dann wollen wir mal mit Mr Peacock sprechen.«

Das Haus der Peacocks stand auf der linken Seite des Tors, war aus braunen Ziegeln erbaut worden und hatte, anders als die meisten Häuser am Garten, keine Stuckverzierungen. Die braunen Ziegelsteine der Fassade gingen in die Wand über, in die das Tor eingelassen war, so dass das gesamte Ensemble wie eine Festung wirkte. Das Haus stand dicht an der Straße und war nur durch eine niedrige Hecke vom Gehweg getrennt. Die Eingangstür war in glänzendem Schwarz gestrichen.

»Wie eine Friedhofspforte«, murmelte Kerry, während sie die einzige Türglocke betätigte. Das Haus war also nicht in Wohnungen unterteilt. Sie konnten die Glocke, laut wie eine Sirene, durchs Haus hallen hören. Einen Moment später erklangen Schritte und die unverständliche Stimme eines Mannes.

»Was immer Sie verkaufen, Sie können sich gleich wieder verziehen«, sagte er, als er die Tür öffnete. »Ich brauche ...« Er brach mitten im Satz ab und starrte sie an. »Wer zum Teufel sind Sie denn?«

Gemma hätte sich lieber zuerst einmal mit Namen vorgestellt, aber Kerry hatte den Dienstausweis immer sofort zur Hand. »Polizei«, sagte sie knapp und hielt ihn in die Höhe. »Können wir uns mit Ihnen unterhalten, Mr Peacock?«

Roland Peacock war groß, dünn und dem Anschein nach weitsichtig. Nachdem er einen Moment mit zusammengekniffenen Augen den Ausweis angestarrt hatte, schüttelte er den Kopf. »Dazu brauche ich meine Brille. Ich glaube Ihnen einfach. Sie beide sehen nicht wie Versicherungsvertreter aus.« Er lächelte über seinen eigenen Witz und winkte sie herein. »Aber wenn es um diesen Strafzettel geht, bin ich ziemlich beeindruckt, dass sie deswegen Detectives losgeschickt haben. Sie sind doch Detectives?« Er schaute zu ihnen zurück. Kerry, in ihrem marineblauen Kostüm, sah ganz danach aus, aber Gemma war deutlich legerer gekleidet, mit ihrer beigen Hose und der dünnen gelben Popelinejacke.

Sie streckte ihm die Hand hin. »Detective Inspector Gemma James, und das ist Detective Chief Inspector Boatman.«

Peacock bekam große Augen. »Dann geht es wohl ganz bestimmt nicht um den Strafzettel. Kommen Sie doch herein.« Er drehte sich um und führte sie weiter ins Haus hinein. Sie gingen durch einen Flur, zu dessen Seiten ein formelles Wohnzimmer und ein Esszimmer sowie eine breite, nach oben führende Treppe abgingen. Die Räume im vorderen Bereich waren in dunklem Schokoladenbraun gestrichen und hatten beige Holzzierleisten. Das Zimmer im rückwärtigen Teil des Hauses, das sie schließlich betraten, war terracottarot. Die Wände waren vollgestellt mit Bücherregalen, die bis zur hohen Zimmerdecke hinaufreichten und nur von den Fenstern zum Garten unterbrochen wurden. Auf einer Seite waren eine offene Küche und eine bequem aussehende Familienessecke untergebracht. Auf Tischen und Sofas lagen Bücher und Zeitungen, und vereinzelt sah Gemma auch das irgendwie beruhigende Chaos, das Jungs hinterließen.

Im Wohnbereich war ein abgewetzter Ledersessel so positioniert, dass man von ihm aus in den Garten hinausblicken konnte. Daneben stand eine Leselampe. Auf dem gepolsterten Fußhocker lagen achtlos hingeworfene Unterlagen, ein offener Laptop und eine Brille mit Drahtrahmen. »Wir haben Sie wohl bei der Arbeit gestört, Mr Peacock«, sagte Gemma, die entschlossen war, die Gesprächsführung zu übernehmen. Wenn Kerry Boatman sie wirklich bei dem Fall dabeihaben wollte, würde sie sich nicht darauf beschränken, Notizen zu machen. »Ihre Nachbarin Mrs Gracis – Marian – hat uns Ihren Namen genannt. Wir untersuchen den Tod von Reagan Keating.«

»Ach, darum geht es. Natürlich. Ich habe davon gehört, aber auch, dass sie an einer Überdosis gestorben sein soll. Warum interessiert sich die Polizei dafür?« Peacock hatte seine Brille aufgesetzt. Der Blick aus seinen blauen Augen war sehr intensiv.

»Im Moment behandeln wir es als ungeklärte Todesart«, sagte Kerry. »Mrs Gracis hat uns erzählt, dass Sie von zu Hause aus arbeiten. Wir dachten, dass Ihnen vielleicht irgendetwas Ungewöhnliches aufgefallen sein könnte.«

»Aber dieses arme Mädchen ist doch nachts gestorben, oder?«

»Wir müssen in solchen Fällen immer alles ganz genau untersuchen.« Kerry sprach in einem verbindlichen Ton, den Gemma bislang noch gar nicht an ihr kannte. »Weswegen wir mit so vielen Anwohnern wie möglich sprechen wollen. Dürften wir …?«

»Oh, selbstverständlich. Entschuldigen Sie bitte.« Peacock deutete auf zwei etwas abgewetzte Samtsofas. Dann schob er den Fußhocker zur Seite und ließ sich im Sessel nieder. »Aber ich weiß gar nicht, wie ich Ihnen helfen kann.«

Gemma saß auf der Kante des Sofas, das näher bei ihm stand. »Was machen Sie beruflich, Mr Peacock?«

»Ich bin freier Journalist. Für Wirtschaftsthemen. Oben habe ich noch ein richtiges Büro, aber ich arbeite gerne hier unten, besonders an schönen Tagen.« Die Fenster standen offen, doch der dichte Pflanzenwuchs an der Westseite des Gartens ließ das Haus sehr abgeschieden wirken.

»Und Ihre Frau?«

»Sie ist Architektin. Ihr Büro hat Niederlassungen in den Staaten und in Deutschland, weswegen sie ziemlich viel unterwegs ist.«

Also war Roland Peacock tagsüber allein zu Hause – zumindest solange seine Söhne in der Schule waren – und manchmal auch nachts, wenn seine Frau auf Reisen war. Ihr fiel auf, dass er ein sehr gut aussehender Mann war. Nicht wie ein Filmstar – dafür war sein Gesicht zu lang und sein Haaransatz zu weit zurückgewichen –, aber die Art, wie sich seine Gesichtszüge zusammenfügten, hatte etwas ausgesprochen Attraktives. Und seine Augen, die nun leicht hinter den Brillengläsern verborgen lagen, waren … hypnotisierend. Sie konnte sich sehr gut vorstellen, dass sich eine jüngere Frau in ihn verknallen könnte. »Kannten Sie Reagan Keating, Mr Peacock?«, fragte sie. »Einer Ihrer Söhne ist genauso alt wie Jess Cusick, oder?«

»Ja, mein Arthur und er sind im gleichen Alter. Sie waren Freunde.«

»*Waren* Freunde?«, fragte Gemma und fragte sich, ob dem Jungen womöglich auch etwas zugestoßen war.

»Wahrscheinlich immer noch«, stellte Peacock klar. »Aber da Arthur jetzt in ein Internat geht, sehen sie sich nicht mehr so oft. Und nach dem … Letztes Jahr hat es hier eine Tragödie gegeben. Ich kann verstehen, dass die Jungs danach nicht mehr einfach so weitermachen konnten.«

»Sie sprechen von dem Jungen, der gestorben ist?«, fragte Gemma, froh, dass er das Thema selbst angeschnitten hatte.

»Ja, Henry. Henry Su.«

»Die drei Jungen waren miteinander befreundet?«

»Nein, waren sie nicht.« Peacock klang erstaunlich bestimmt. »Sie waren gleich alt, und Arthur und Jess sind immer gut miteinander ausgekommen. Aber … Henry war … anders.«

»Inwiefern anders?« Kerrys Stimme klang so barsch, dass er sie erschrocken anschaute. Vielleicht hatte er vergessen, dass sie auch da war. Als er zögerte, fügte sie hinzu: »Sagen Sie nicht, dass Sie über die Toten nichts Böses sagen wollen. Die Toten sind tot, und nichts kann sie mehr verletzen.«

»Aber ich wüsste nicht …«

»Sie wissen ebenso wenig, inwieweit die Informationen, die Sie uns geben, hilfreich sein könnten.«

Roland Peacock sah sie an. Einen Moment später nahm er die Brille ab und rieb sich übers Gesicht. »Henry Su war ein gemeiner Kerl und Unruhestifter. Schwer zu sagen, ob es die Schuld seiner Eltern war, die ihn zu sehr verwöhnt haben, oder ob er von Natur aus so war. Er hat die anderen Kinder gnadenlos schikaniert. Um ehrlich zu sein, war das einer der Gründe, warum wir Arthur ins Internat geschickt haben. Henry war an der Schule im gleichen Jahrgang wie er und hat ihn sowohl dort als auch zu Hause ewig gepiesackt.«

»Was genau ist Henry Su passiert?«, fragte Gemma, die bestätigt haben wollte, was Marian Gracis ihnen erzählt hatte.

Peacock verzog das Gesicht und setzte die Brille wieder auf, so dass Gemma einen Moment lang seinen Gesichtsausdruck nicht richtig erkennen konnte. »Henry hat sich gerne versteckt. Wollte damit wahrscheinlich Aufmerksamkeit erregen. Normalerweise haben ihn die anderen Kinder ignoriert und waren froh, mal ein bisschen Ruhe vor ihm zu haben. Wenn sie an diesem Tag nach ihm gesucht hätten …« Er schüttelte den Kopf. »Dann wäre es vielleicht anders ausgegangen. Henry hatte Asthma, müssen Sie wissen. Er hat es geschafft, sich in dem kleinen Schuppen einzusperren, in dem sein Vater Werkzeug und Gartenmaterial aufbewahrt hat. Ich glaube, als er nicht rauskam, muss das wohl einen Asthmaanfall bei ihm ausgelöst haben. Er hatte seinen Notfall-Inhalator nicht dabei. Und er … Er hat wohl keine Luft mehr bekommen.«

»Er ist erstickt?«

»Er hat nicht mehr reagiert, als wir ihn fanden … Da war es schon dunkel, und seine Eltern waren in Panik. Alle waren draußen und haben nach ihm gesucht. Eine Woche lang hing er an lebenserhaltenden Maschinen, bis die Ärzte seine Eltern dazu überreden konnten, ihn gehen zu lassen. Aber sie haben keines seiner Organe gespendet.« Roland schüttelte noch einmal den Kopf und hielt die Lippen fest zusammengepresst. »Irgendwie kann ich sie ja verstehen. Es war eine Tragödie. Aber vielleicht wäre sein Tod nicht so sinnlos gewesen, wenn dadurch jemand anders am Leben hätte bleiben können.«

Plötzlich dachte Gemma an Denis. Der Selbstlosigkeit seiner Schwester verdankte er die Chance auf ein längeres Leben, das nun doch wieder am seidenen Faden hing.

»Und um alles noch schlimmer zu machen«, fuhr Peacock fort, »stellen seine Eltern jetzt anstelle des Schuppens diesen grässlichen Anbau hin. Er ist illegal und scheußlich, aber niemand möchte sich deswegen mit ihnen anlegen. Um nicht unsensibel zu erscheinen. Bis auf Mrs Armitage natürlich, die Vorsitzende des Gartenausschusses.« Peacocks Gesicht entspannte sich zu einem Lächeln. »Sie leidet nicht gerade an übertriebenem Feingefühl.«

»Sie war es, die Reagan Keating gefunden hat, richtig?«, fragte Kerry.

»Soweit ich weiß. Das arme Ding. Was glauben Sie, ist ihr zugestoßen?«

»Also kannten Sie Reagan?«, fragte Gemma, die sich sehr wohl bewusst war, dass er ihre ursprüngliche Frage noch nicht beantwortet hatte.

»Ich hatte sie natürlich schon mal getroffen. Ich weiß noch, wie fertig sie an dem Abend war, als man Henry fand. Aber seitdem Arthur auf dem Internat ist, habe ich sie kaum noch gesehen. Und ich kann nicht behaupten, sie gut gekannt zu haben.«

»Gibt es irgendwen hier am Garten, der mit Reagan näher befreundet war?«

Roland dachte einen Moment intensiv nach. »Sie sollten

sich mal mit Asia Ford unterhalten. Zwei Häuser weiter von den Cusicks. Sie schien auf der Gartenparty mit dem Mädchen recht vertraut zu sein.«

»Gartenparty?«, echote Gemma.

»Vor zwei Wochen. Unsere jährliche Frühlingssause mit Erfrischungsgetränken, Punsch und albernen Spielen wie dem Löffel-an-der-Nase-Rennen. Obwohl es diesmal nicht nur Punsch gab. Asia hat ihren selbst gemachten Limoncello angeschleppt. Hat nach Badezimmerreiniger geschmeckt, wenn Sie mich fragen.« Er machte eine wegwerfende Geste. »Das Ganze ist eine Gelegenheit für die Neureichen, sich vor uns berufstätigen Mittelschichtlern aufzuspielen oder, schlimmer noch, vor denen, die ihre Häuser geerbt haben. Für die sind wir ein Ärgernis, und sie wären uns gerne los. Denn dann würden die Preise ihrer Immobilien steigen.«

»Also alles gute Freunde«, sagte Kerry und bedachte ihn mit einem Haifischgrinsen. »Man hat uns gesagt, dass es manchmal nachts im Garten zu, ähm, Techtelmechtel kommt. Unangemessene Kontakte, wenn Sie verstehen, was ich meine. Anwohner, die andere Anwohner besuchen, und dergleichen.«

»Techtelmechtel? Ach du lieber Gott, diesen Ausdruck habe ich ja schon seit Jahren nicht mehr gehört. Und nein, Chief Inspector, von *unangemessenen Kontakten* weiß ich nichts. Meine Frau würde mich umbringen.«

Dann merkte Peacock, was er gerade gesagt hatte, und sah zum ersten Mal im Verlauf ihres Gesprächs wirklich schockiert aus.

Roland Peacock hatte ihnen erklärt, sie würden das Haus an den Glyzinien erkennen, die über der kleinen Terrasse wuchsen. Gemma waren diese Blumen sogar bereits aufgefallen, als sie heute Morgen an der Südseite des Gartens entlanggelaufen waren. Der Duft, der schon morgens ziemlich intensiv in der Luft gehangen hatte, hatte nun, in der Hitze des Tages, sogar noch zugenommen. Die Pflanzen wuchsen auf einer Pergola, die auf zwei Ziegelmauern verankert war. Diese beiden Mauern trennten Asia Fords Terrasse links und rechts von den Nachbargrundstücken. Das Ganze sah wie eine Höhle mit violetter Decke aus.

Unter den dicht wachsenden Blüten gab es eine gepflasterte Fläche, auf der ziemlich alt und bequem wirkende Korbmöbel standen und daneben ein kleines Gewächshaus. Beinahe jede verfügbare Stelle war mit Töpfen, Pflanzen und Gartengeräten zugestellt, und auf den Regalen im Gewächshaus befand sich eine Sammlung wunderschöner Glasflaschen. Unter der Pergola hingen bunte Lichterketten.

Wie bei den meisten Häusern grenzte auch hier ein niedriger Eisenzaun mit Gartentor die Terrasse vom Gemeinschaftsanwesen ab. Gemma blieb zögernd am Tor stehen – sie kam sich wie ein Eindringling vor, wenn sie in einen so privat wirkenden Bereich hineinmarschierte.

Kerry, die kurz stehen geblieben war, um bei den Kriminaltechnikern nach dem Rechten zu sehen, hatte gerade zu ihr aufgeschlossen, als die aufgehende Haustür sie aus ihrem Dilemma erlöste.

Eine Frau trat heraus und begrüßte sie mit einem Lächeln. »Suchen Sie nach mir? Ich habe Sie durchs Küchenfenster gesehen.«

»Sind Sie Asia Ford?«, fragte Gemma, obwohl sie die Antwort bereits zu kennen glaubte. Der Name, diese Mischung aus Exotischem und dem Alltäglichem, passte ganz ausgezeichnet zu ihr. Mit ihrem locker gebundenen Haar, dem Baumwoll-T-Shirt und dem fließenden Rock hielt Gemma sie zuerst für eine junge Frau, vielleicht in Reagans Alter. Aber als sie ins hellere Licht am Gartentor trat, entdeckte Gemma silberne Reflexe in ihren hellbraunen Haaren und kleine Fältchen auf ihrem Gesicht.

»Das stimmt. Wie kann ich Ihnen helfen?« Asia Fords Lächeln verblasste, als sie Kerrys sehr offiziell aussehende Kombination aus Jacke und Rock bemerkte. »Ich habe die Leute im Overall gesehen. Geht es um Reagan?«

»Ich fürchte, ja«, antwortete Gemma und stellte sich und Kerry vor. »Dürften wir uns mit Ihnen unterhalten?«

»Ach du meine Güte.« Ford hob die Finger an die Lippen, aber die Geste konnte ihr bestürztes Zittern nur zum Teil verbergen. »So schrecklich.« Sie schüttelte den Kopf, während sie das Tor entriegelte. »Kommen Sie doch bitte herein und nehmen Sie Platz. Ich habe mir gerade eine Limonade gemacht. Ich bring gleich die Kanne raus.«

Kerry wollte gerade ablehnen, aber Gemma sagte schnell: »Vielen Dank. Das wäre sehr schön.« Die Folienkartoffel und der Kaffee vom Mittagessen hatten sie durstig gemacht, und mittlerweile wurde es sehr warm. Dankbar ließ sie sich in einen der Korbstühle sinken, und Kerry folgte ihrem Beispiel, wenn auch mit offensichtlichem Zögern. Unter dem violetten Pflanzendach war es kühler, und der süße Blütenduft, der sie einhüllte, schien beinahe mit den Händen greifbar zu sein.

Einen Augenblick später stand Gemma, von Neugier getrieben, wieder auf und ging zur Tür, die Ford offen gelassen hatte. »Kann ich Ihnen helfen?«, rief sie und spähte in den Raum, der eine offene Wohnküche war.

In Roland Peacocks Wohnraum hatten überall Dinge des täglichen Gebrauchs herumgelegen, aber unter dem oberflächlichen Durcheinander war das Innere seines Hauses modern und teuer eingerichtet gewesen. Asia Fords Küche und Wohnbereich schienen dagegen aus der Zeit gefallen zu sein.

Ein riesiger cremefarbener Rayburn dominierte den Raum, und Gemma konnte sich gut vorstellen, dass der alte Herd im Winter das gesamte Haus beheizte. Außerdem sah sie eine verschrammte Kommode mit Tellerbord, noch mehr Korbmöbel wie auf der Terrasse, einen Tisch mit einem geblümten Wachstuch. Und neben dem Rayburn stand ein mit Kaschmirtüchern bedecktes Sofa. Gemma hätte weder sagen können, wie alt es war, noch, welche Farbe es ursprünglich gehabt hatte. Unter dem Fenster waren eine tiefe Küchenspüle und Arbeitsflächen aus Eichenholz angebracht.

Die Wände – soweit sie unter einer Ansammlung von Drucken, Gemälden und Postern zu erkennen waren – hatten den gleichen hellgrünen Farbton wie in der Wohnung, wo Gemma als Kind gelebt hatte. Jede Abstellfläche im Raum schien mit den verschiedensten Porzellangegenständen, Büchern und Krügen voll frisch geschnittener Blumen bedeckt.

Gemma dachte, dass der Gesamteindruck eigentlich beengend hätte sein müssen, doch stattdessen fand sie das alles sehr charmant. »Was für ein wunderschöner Raum«, rief sie aus.

Ford sah von den nicht zusammenpassenden Gläsern auf, die sie gerade auf ein Tablett stellte. »Gefällt er Ihnen? Das Haus hat meinen Eltern gehört, und ich hatte keine Lust, es herzurichten. Und ehrlich gesagt hatte ich auch nicht das nötige Kleingeld, so viel wie Renovierungen heutzutage kosten.« Dann stellte sie auf das Tablett noch eine Glaskaraffe mit Limonade, in der Zitronenscheiben schwammen, eine kleine Schale mit Eiswürfeln und eine Vase mit den gleichen zartpinken Kletterrosen, die Gemma auch schon am hinteren Ende des Gartens gesehen hatte. »Climbing Cécile Brunner«, sagte Ford, die ihrem Blick gefolgt war. »Clive Glenn schneidet sie für mich ab. Ich liebe ihren Duft. Könnten Sie die Tür für mich aufhalten?« Dann trug sie das Tablett hinaus.

Gemma dachte daran, was Peacock über die Neureichen gesagt hatte. Dass sie die Nachbarn loswerden wollten, die ihre Immobilien geerbt hatten. Sie malte sich einen Bauunternehmer aus, der bei dem Gedanken, diese Küche rauszureißen und durch eine moderne Einrichtung zu ersetzen, gierige Augen bekam. Was für eine traurige Vorstellung. Nur gut, dass weder Ford noch Peacock alt waren – Gemma schätzte Ford in den Fünfzigern und Peacock in den Vierzigern, obwohl sich das Alter eines Mannes in den mittleren Jahren nur schwer bestimmen ließ.

»Ihre Eltern … haben sie lange hier gelebt?«, fragte sie.

»Meine Mutter kam in diesem Haus zur Welt. Ihr Vater war Fabrikleiter und ein sehr respektabler Angehöriger der Mittelschicht, obwohl Notting Hill damals einen ganz schönen Abstieg hinter sich hatte. Meine Eltern waren Missionare und haben das Haus über die Jahre hinweg immer wieder vermietet.« Ford tat in jedes Glas zwei Eiswürfel und befüllte sie dann mit dem Inhalt der Karaffe.

Gemma hatte ein prickelndes Getränk aus der Dose erwartet, aber was sie auf der Zunge schmeckte, war frisch, kühl und so sauer, dass es ihr den Mund zusammenzog. Sie trank das Glas in einem Schluck halb leer. »Köstlich.«

»Ich ziehe meine eigenen Zitronen«, sagte Ford und deutete auf das kleine Gewächshaus. Hinter den Glasflaschen sah Gemma die glänzenden dunkelgrünen Blätter von Zitronenbäumen und erinnerte sich an Roland Peacocks Kommentar über den Limoncello.

»Miss Ford«, sagte sie, »Roland Peacock meinte, Sie seien mit Reagan Keating befreundet gewesen. Er sagte, sie beide hätten auf der Gartenparty miteinander gesprochen.«

»Nennen Sie mich doch bitte Asia. Bei ›Miss Ford‹ komme ich mir wie eine unverheiratete alte Tante vor.« Im nächsten Moment wich alle Lebhaftigkeit aus ihrem Gesicht, und sie seufzte. »Reagan hat mir gern geholfen, und sie mochte es hier.« Ihre Geste umfasste ihren kleinen Garten. »Wir hatten uns auf den Sommer und gemeinsame Picknicks gefreut. Albernes Zeug.«

»Sie haben also häufiger Zeit mit ihr verbracht?«, fragte Gemma.

»Ich glaube, Nitas Haus war nicht …« Asia Ford verzog das Gesicht. »Nicht, dass … Ich glaube, Reagan hatte einfach Heimweh. Ich weiß, dass sie ihre Mum vermisst hat. Die beiden waren immer zusammen und standen einander sehr nahe. Ihre Mutter muss völlig verzweifelt sein. Haben Sie mit ihr gesprochen?«

»Ich habe sie gestern kennengelernt«, sagte Gemma, ohne genauer auf die Umstände einzugehen. »Aber soweit ich weiß, ist sie wieder nach Cardiff zurückgekehrt.«

»Ich werde ihr schreiben. Nita hat ja sicher ihre Adresse.« Asia schüttelte den Kopf. »Ich kann gar nicht fassen, dass Reagan tot sein soll. So eine schöne und gesunde junge Frau, und dann so ein Tod. Was ist denn da bloß passiert?« Sie sah Kerry unverwandt an. »Sie müssen doch schon irgendeine Vorstellung haben.«

»Wir untersuchen es gerade«, entgegnete Kerry. »Das ist unsere übliche Vorgehensweise bei einer ungeklärten Todesursache.«

»Reagan hätte sich nie selbst etwas angetan«, sagte Asia Ford, als hätte sie diese Unterstellung aus Kerrys Ton herausgehört. »Sie war ein positiver Mensch. Neugierig und engagiert, mit Zukunftsplänen.«

»Hat sie sich Ihnen anvertraut?«, fragte Gemma. »Wissen Sie, ob ihr irgendwas auf dem Herzen lag?« Als sie Asias Zögern bemerkte, fügte sie hinzu: »Bitte. Man weiß nie, was bei so einem Fall hilfreich sein könnte.«

Asia schenkte ihnen allen nach und nahm sich dann einen Moment, um die Karaffe mit einem Tuch abzuwischen. »Ich glaube, sie hatte Krach mit ihrem Freund«, sagte sie schließlich. »Ein blonder junger Mann. Sehr gut aussehend. Obwohl ich nicht glaube, dass Reagan ihn deshalb mochte. Zumindest war es nicht der einzige Grund.« Sie lächelte.

»Hieß er Hugo?«, fragte Gemma.

»Ja, das stimmt. Reagan hat ihn ein paarmal mitgebracht. Er war äußerst charmant.« Ihr Mangel an Begeisterung war nicht zu überhören.

»Sie mochten ihn nicht?«

»Ganz so würde ich das nicht ausdrücken. Er ist ein wohlerzogener junger Mann und weiß sich zu benehmen. Er war immer sehr höflich. Aber …« Asia verzog das Gesicht. »Ich glaube nicht, dass er viel von mir hielt. Ich gehöre nicht gerade zu den Reichen und Schönen. Wie auch immer. Ich habe immer gespürt, dass er hinter seinen guten Manieren irgendwas versteckt hat. Ich weiß nicht, vielleicht war es … Herablassung.«

»Kam es deswegen zwischen ihm und Reagan zum Zerwürfnis?«, fragte Kerry.

»Ich bezweifle, dass Reagan es bemerkt hat, und ich selbst habe nie etwas dazu gesagt. Wahrscheinlich war ich nur übermäßig empfindlich. Und dann waren da die Pflastersteine.«

Gemma und Kerry mussten ziemlich verständnislos dreingeblickt haben, denn Asia nickte zu einem kleinen Haufen Pflastersteine hinüber, der neben dem Gewächshaus aufgeschichtet lag. »Ich versuche, den Boden des Gewächshauses so zu fliesen, dass er zur Terrasse passt. Reagan hat gemeint, Hugo könnte mir doch dabei helfen. Danach ist er nicht mehr zu Besuch gekommen.« Bei dieser Erinnerung vergaß sie für einen Moment ihre Trauer und musste grinsen.

Gemma konnte sich durchaus vorstellen, dass so einen hübschen Mann das Grausen packte, wenn körperliche Arbeit drohte. »Glauben Sie, das hat zu den Problemen zwischen den beiden geführt?«

»Ach, ich glaube, so wichtig war ich für Reagan Keating auch wieder nicht.« Asia ließ das Glas kreisen, während sie nachdachte. »Reagan war sehr geradlinig in ihren Ansichten.« Sie sah zu ihnen auf, und Gemma bemerkte, dass ihre Augen eine eigenartige Farbe hatten, einen Goldton, der an Bernstein erinnerte. »Ich vermute«, sagte sie bedächtig, »dass er etwas getan hat, was sie nicht gutgeheißen hat. Und dass sie deswegen überlegt hat, mit ihm Schluss zu machen.«

Asia Ford konnte ihnen ansonsten nicht mehr viel über Hugo erzählen. Er war ihr nur mit dem Vornamen vorgestellt worden. Sie ging davon aus, dass er an einer der Londoner Universitäten studierte – Wirtschafswissenschaften, glaubte sie. Und weil er sich in Notting Hill gut auskannte, vermutete sie, dass er in der Nähe wohnte.

Im Anschluss wollten Gemma und Kerry es noch einmal bei Mrs Armitage versuchen, aber als sie aufbrachen, erklärte Asia ihnen, dass heute ihr Bridge-Tag sei. Jean, sagte Asia, sei dann normalerweise den ganzen Tag außer Haus, da sie anschließend noch ihre Einkäufe erledige.

»Sind Sie mit ihr befreundet?«, fragte Gemma neugierig, da sie von Mrs Armitage bislang einen eher zugeknöpften Eindruck gewonnen hatte.

»Wir beide lieben diesen Ort. Es ist schon komisch. Jean und ihr Ehemann haben ihr Haus gekauft, als ich noch ein Teenager war. Damals hatte ich schreckliche Angst vor ihr. Heute weiß ich, dass sie gar nicht so viel älter war, als ich es jetzt bin, und dass sie sich durch mich in ihrer Autorität bedroht gefühlt haben muss. Wer hätte gedacht, dass wir beide heute immer noch hier sein würden?«

Gemma hätte gerne noch mehr erfahren, aber Kerry erhielt einen Anruf von den Kriminaltechnikern, nach dem sie sich rasch verabschiedeten und zur anderen Seite des Gartens hinübereilten.

Einer der Techniker, ein rundgesichtiger Mann mit rotblonden Bartstoppeln, erwartete sie am Rand des Untersuchungsgebiets. »Detectives«, sagte er und nickte ihnen zu. »Wir haben ein paar Abdrücke im Gras entdeckt, die vielleicht bei einem Kampf entstanden sind. Wir tun unser Bestes, um sie mit dem Fundort der Leiche abzugleichen. Aber wir haben noch etwas anderes Interessantes gefunden.« Er hielt einen durchsichtigen Beweismittelbeutel in die Höhe. Darin steckte ein weißer Klumpen von rund fünf Zentimetern Durchmesser. »Im Gras war geschmolzenes Kerzenwachs. Kein Kerzenhalter, kein Docht, nur das Wachs.«

»Wie weit von der Leiche entfernt?«, fragte Kerry.

»Da sie nicht mehr da war, als wir hier ankamen, kann ich die Entfernung nur anhand der Fotos schätzen, die die Beamten vor Ort gemacht haben.« Nachdem er das klargestellt hatte, drehte er sich wieder zum Schauplatz des Verbrechens um. »Wie auch immer. Ich schätze, dass das Wachs zwischen einem halben und einem Meter vom Opfer entfernt war. Wir weiten das Suchgebiet aus, aber ich glaube, es lohnt sich nicht, die Lampen und Generatoren herbeizuschaffen.«

Gemma, die die länger werdenden Schatten bemerkte, seufzte. Dann sah sie auf die Uhr und nahm Kerry beiseite. »Ich muss los. Duncan ist in Cheshire, und ich habe niemanden organisiert, der meine Tochter von der Schule abholt.«

»Und ich muss die trauernde Mutter anrufen«, sagte Kerry. »Lassen Sie uns morgen früh weitermachen.«

Als Gemma mit Charlotte zu Hause eintraf, waren Kit und Toby schon da. Sie hatte immer noch nichts von Kincaid gehört, und als sie es bei ihm versucht hatte, war sie erneut bei seiner Mailbox gelandet. Aber auch ohne weitere Neuigkeiten zu haben, musste sie den Kindern irgendwas sagen.

Gemma versprach ihnen einen kleinen Snack, damit sie bis zum Abendessen durchhielten, und ging in die Küche. Dort nahm sie Käse aus dem Kühlschrank, würfelte ihn und schnitt anschließend einen Apfel in Scheiben. Sobald sie den Teller angerichtet hatte, setzte sie Charlotte und Toby an den Küchentisch und rief Kit aus dem Wohnzimmer herüber. Hätte man ihn gefragt, hätte Kit bestimmt behauptet, er wäre zu alt für einen kleinen Happen nach der Schule, aber er nahm sich kommentarlos die Hälfte vom Käse und den Apfelscheiben und wollte gleich darauf wieder aus der Küche verschwinden.

»Kit …«

»Ich habe Hausaufgaben …«

»Das weiß ich doch, Schatz, aber warte bitte noch einen Moment. Ich muss mit euch allen sprechen. Euer Dad wird heute Abend nicht nach Hause kommen …«

»Das ist ja mal ganz was Neues«, bemerkte Kit und schob sich eine Apfelscheibe in den Mund.

»Sei nicht so ein Schlaumeier«, gab Gemma ein wenig irritiert zurück. »Ich meine damit, dass er weggefahren ist. Nach Cheshire. Um eure Großeltern zu besuchen.«

»Was? Wieso?« Kit runzelte die Stirn. »Warum hat er uns nichts gesagt?«

»Weil er es selbst erst heute Morgen erfahren hat.« Da Charlotte und Toby sich gerade um den Käse kabbelten, sprach Gemma direkt mit Kit. »Hugh hatte gestern Schmerzen in der Brust. Heute Nachmittag haben sie ihm etwas eingesetzt. Einen Stent. Das ist …«

»Ich weiß, was ein Stent ist«, unterbrach Kit sie. »Bekommt er nur einen? Wie schlimm ist es? Braucht er einen Bypass?« Auf seinen Wangen erschienen hektische rosa Flecken. »Dann müssen sie seinen Brustkorb aufbrechen.«

Toby, der die Anspannung in der Stimme seines Bruders bemerkt hatte, ließ den letzten Cheddarwürfel fallen und blickte auf. »Wem brechen sie die Brust auf? Granddad? Warum? Wird er sterben?«

»Nein, er wird nicht sterben, Liebling«, sagte Gemma. »Auf keinen Fall. Ihm ging's bloß ein bisschen schlecht, und jetzt machen sie ihn wieder gesund. Euer Dad wird es euch sicher genauer erzählen, wenn er anruft. Du und Charlotte könnt kurz mit den Hunden rausgehen, und ich gebe euch Bescheid, sobald er sich meldet.«

Als sie die Glastür hinter ihnen zuschlagen hörte, musste sie plötzlich an Henry Su denken. Sie hatte sich nie um die Kinder Sorgen gemacht, wenn sie im Gemeinschaftsgarten spielten, aber vielleicht war es da gar nicht so sicher, wie sie angenommen hatte.

Sie drehte sich zu Kit um. »Schatz, sagst du ihnen bitte, dass sie in der Nähe der Terrasse bleiben sollen? Ich …«

»Sag es ihnen doch selbst. Ich muss an meinem Projekt arbeiten.« Doch während Kit aus der Küche stapfte, zog er sein Handy aus der Tasche, und Gemma war sicher, dass er seine Cousine Lally in Nantwich anrufen wollte. Sie wusste, dass hinter seiner Wut nur Angst steckte, und brachte es nicht über sich, ihn zurechtzuweisen.

Sie seufzte und ging zur Terrasse, um nach den Kindern zu sehen, als es plötzlich klingelte. »Was denn nun schon wieder?«, murmelte sie und riss die Vordertür auf.

Auf der Vortreppe stand Melody Talbot und blickte genauso verärgert drein wie wenige Augenblicke zuvor Kit. Und ehe

Gemma etwas sagen konnte, platzte sie heraus: »Wo zum Teufel hast du heute bloß gesteckt?«

12

»Komm doch erst mal rein«, sagte Gemma und runzelte die Stirn. Sie merkte, dass sie den ganzen Tag noch keine Gelegenheit gehabt hatte, Melody zurückzurufen. Trotzdem verstand sie nicht, warum sie so wütend wirkte – und derart aufgelöst aussah. Die rote Seidenbluse hing ihr halb aus dem Rock, und ihre kurzen, dunklen Haare waren feucht und zerzaust. »Wo steht denn dein Auto?«, fügte Gemma hinzu und spähte die Straße auf und ab.

»Ich bin von der U-Bahn-Haltestelle Holland Park hergelaufen.«

Gemma verkniff sich fürs Erste weitere Fragen und ließ Melody herein. »Ich setze den Teekessel auf. Wir können sicher beide eine Tasse vertragen.« Was Melody eigentlich brauchte, dachte Gemma, war ein Glas von Asia Fords Limonade, aber Tee war das Beste, was sie anbieten konnte. Als sie durchs Haus zurückging, fiel ihr auf, dass sie die Kinder nicht mehr hörte. »Warte einen Moment«, sagte sie. »Lass mich kurz nach den kleinen Ungeheuern sehen.«

Als sie durch die Glastüren hinausblickte, hatten sich die beiden weiter vom Haus entfernt, als ihr lieb war.

Charlotte saß auf der Schaukel am Baum, während Geordie aufgeregt und mit flatternden Ohren im Kreis um sie herumrannte. Im ersten Moment konnte sie Toby nirgends entdecken, und ihr Herz schien kurz auszusetzen. Doch dann sah sie ihn, wie er in der Hocke kauerte und nach etwas grub.

»Charlotte, sei vorsichtig«, rief sie. »Toby, was immer du da tust, hör auf damit. Und bleibt auf der Terrasse, wo ich euch sehen kann. Beide. Ich mein's ernst.«

Melody war von hinten an sie herangetreten. »Ich trainiere meine Fischweibstimme«, sagte Gemma über die Schulter. Es war ihr ein bisschen peinlich, dass Melody gehört hatte, wie sie die beiden anschrie. »Ich habe heute einen starken Beschützerinstinkt. Macht es dir etwas aus, wenn wir den Tee hier trinken, wo ich sie im Auge behalten kann?« Sie hielt es für besser, wenn sie sich nicht auf der Terrasse unterhielten, wo die Kinder sie hören konnten, und außerdem war es im Haus kühler.

Gemma schüttete heißes Wasser und einen Schuss Milch in zwei Tassen mit Yorkshire-Gold-Teebeuteln. Melody, die ihr sonst immer half, stand bloß schweigend da und sah ihr zu. Als Gemma die Tassen ins Wohnzimmer trug, fühlte sie sich unbehaglich und machte sich Sorgen. Nachdem sie noch einmal nach den Kindern gesehen hatte, setzte sie sich in den Sessel und zog die Füße unter sich. Melody wählte das Sofa und setzte sich mit geradem Rücken ganz vorn an die Kante. Wie ein Kind, das zum Rektor gerufen worden war, dachte Gemma. Ihr Tee stand unangetastet auf dem Sofatisch.

»Das mit heute tut mir leid«, sagte Gemma. »Es war …«

»Krueger hat mich in ihr Büro beordert und abgekanzelt«, unterbrach Melody sie. »Weil du nicht da warst. Sie hat gesagt, dass du zu einem anderen Team versetzt wurdest.«

»Ganz so war es nicht«, begann Gemma, aber Melody fiel ihr wieder ins Wort.

»Und was ist mit dem Chief Super?«

Gemma wurde bewusst, dass sie seit Duncans Besuch im Krankenhaus gar nicht mehr mit Melody gesprochen hatte. »Nachdem du gestern angerufen hast, war Duncan im Royal London Hospital. Sie haben Denis in ein künstliches Koma versetzt, um die Hirnschwellung von seiner Kopfverletzung zu reduzieren. Und sie machen sich Sorgen um seine Leber.«

»Seine Leber? Wieso?«

»Wegen der Transplan…« Zu spät fiel Gemma ein, dass sie nur deshalb von der Transplantation wusste, weil Denis Duncan bei ihrem Treffen am Samstagabend davon erzählt hatte. Und Duncan wollte doch geheim halten, dass er Denis nur wenige Minuten vor dem Überfall gesehen hatte.

Aber sicher wussten auch noch andere von der Transplantation, zum Beispiel Chief Superintendent Faith. Sie mussten darüber im Krankenhaus gesprochen haben.

»Was?«, verlangte Melody zu wissen. »Wovon sprichst du?«

Gemma konnte es schlecht wieder zurücknehmen, also gab es nur noch einen Weg, und der führte nach vorne. Sie holte tief Luft und sagte: »Denis Childs hatte eine Lebertransplantation. Anscheinend war er deswegen auch weg.«

»Aber … aber das ist Blödsinn.« Melody machte ein nachdenkliches Gesicht. »Obwohl er durchaus krank gewirkt hat. Zumindest hat er während der letzten ein oder zwei Jahre nicht gut ausgesehen. Aber warum diese Heimlichtuerei?«

»Er wollte wohl nicht, dass die Leute von seiner Krankheit erfahren.« Gemma fand es schrecklich, dass sie Melody nicht alles erzählen konnte. Um ihr Unbehagen zu verbergen, veränderte sie ihre Sitzhaltung im Sessel und sagte: »Hast du heute schon gehört, wie es ihm geht?«

Melody nahm nun doch ihre Tasse und schüttelte, ohne Gemma in die Augen zu sehen, den Kopf. »Nein, nichts. Aber du müsstest eigentlich mehr wissen als ich. Duncan hat doch sicher …«

»Duncan ist nicht hier«, platzte Gemma heraus. »Er ist nach Cheshire gefahren. Sein Dad hatte gestern Nacht Schmerzen in der Brust.« Vor den Kindern hatte sie sich noch zusammengerissen, aber jetzt, da sie mit einer Freundin sprach, füllten sich ihre Augen unerwartet mit Tränen.

»O nein. Das tut mir leid.« Melody beugte sich vor und sah sofort ganz reumütig aus. Teetropfen fielen auf ihren roten Rock, doch sie schien es gar nicht zu bemerken. »Dein Schwiegervater heißt Hugh, richtig? Wird er sich davon erholen?«

»Ich weiß es nicht. Duncan hat seit seinem Aufbruch heute Vormittag nicht mehr angerufen. Und er sollte eigentlich schon seit zwei Stunden dort sein.«

»Mach dir keine Sorgen. Ich bin mir sicher, er steckt nur mitten in Familienangelegenheiten. Und bei allem, was du am Hals hast, stehe auch noch ich vor deiner Tür und benehme mich wie eine blöde Kuh. Das tut mir wirklich leid.«

Gemma wechselte zu ihrem anderen derzeitigen Thema, das sie Melody in allen Einzelheiten erzählte. Wie sie Jess in den Räumen der Ballettschule kennengelernt hatte, dass MacKenzie sie gebeten hatte, zu ihrem gestrigen Treffen mit Reagans Mutter bei den Cusicks mitzukommen, und auch, wie Marc Lamb sie heute Morgen auf dem Weg zur Arbeit angerufen hatte. Sie berichtete ihr von der Begegnung mit Kerry Boatman, der Obduktion und dass sie den Ort besucht hatten, an dem das Mädchen gestorben war.

Während Melody ihr zuhörte, schienen ihre Augen immer größer zu werden. »Herrje«, sagte sie, als Gemma fertig war. »Du warst vielleicht fleißig. Diese DCI – Boatman … Du hast gesagt, du hast sie schon vorher gekannt. Ist sie in Ordnung? Oder will sie bloß ihren Arsch retten?«

»Ich glaube …«, sagte Gemma nachdenklich. »Ich glaube, dass sie eine gute Polizistin ist. Und ich beneide sie nicht um den Druck, den Lamb und die Williams auf sie ausüben. Andererseits war es natürlich auch gut, dass Bill und MacKenzie auf einer gründlichen Untersuchung bestanden haben. Sie kannten Reagan, und ihr Bauchgefühl hat sie nicht getäuscht. Sie ist keines natürlichen Todes gestorben.«

»Also hast du es mit einem Verschlossener-Garten-Kriminalfall zu tun, bei dem der Täter kein Unbekannter sein kann«, überlegte Melody.

»Ja«, bestätigte Gemma. »Ich sehe jedenfalls nicht, wie irgendjemand durch dieses Tor gekommen sein könnte.«

»Das hört sich alles ziemlich unheimlich an, mit dem weißen Kleid und dem Kerzenwachs in der Wiese. Wie ein Ritual, das aus dem Ruder gelaufen ist. Findest du nicht?«

Gemma dachte nach. »Nach allem, was ich bis jetzt über Reagan Keating herausgefunden habe, kann ich mir nicht vorstellen, dass sie bei so etwas mitgemacht hätte. Und es würde auch nicht ihr verschwundenes Handy erklären.«

»Hatte sie einen Computer?«

»Auf ihrem Schreibtisch stand ein Fotodrucker, aber kein PC oder Laptop. Wenn sie einen Computer hatte, ist er auch verschwunden. Dem werden wir morgen nachgehen.«

Melody wirkte plötzlich bestürzt, als wäre ihr eingefallen, dass dieses »wir« sie nicht mit einschloss. »Na, dann viel Glück«, sagte sie und sah auf die Uhr. Sie schenkte Gemma ein Lächeln und stürzte ihren Tee hinunter, der mittlerweile eiskalt sein musste. »Aber ich muss jetzt …«

»Boatman hat offensichtlich Personalmangel«, unterbrach Gemma sie. »Wenn ich eine Chance bekomme, eine vorübergehende Versetzung für dich zu …«

Melody schüttelte den Kopf. »Du hast Kruegers Gesicht heute nicht gesehen. Sie hat geschäumt. Ich würde meinen Job lieber behalten. Und außerdem habe ich jetzt an deiner Stelle das Sagen.« Jetzt wirkte ihr Lächeln aufrichtiger.

»Bleib doch zum Abendessen«, bot Gemma an, als Melody aufstand. Es gefiel ihr nicht, dass sie ging.

Melody zögerte einen kurzen Moment, machte dann aber ein bekümmertes Gesicht und sagte: »Kann nicht. Ich treffe gleich noch jemanden. Aber vielen Dank.«

»Eine Verabredung? Ich dachte, Andy ist in … wo, Deutschland?«

»Darüber weiß ich auch nicht mehr als du.« Melodys gleichgültiges Schulterzucken wirkte nicht sehr glaubwürdig. »Und nein, es ist keine Verabredung. Außer du würdest es so nennen, wenn ich Doug im Jolly Gardeners auf einen Drink treffe. Ich aber bestimmt nicht.«

Nachdem Melody gegangen war, holte Gemma die Kinder aus dem Garten herein und setzte sie zu einer Runde Jenga an den Tisch im Esszimmer. Sie hoffte, damit wären die beiden hinlänglich beschäftigt und würden vor dem Abendessen nicht mehr nach Fernsehen oder Videospielen verlangen. Das Spiel, bei dem es darum ging, Holzstücke aufeinanderzustapeln, war für Charlotte eigentlich noch zu schwer, weswegen Gemma jeden Moment mit einem Ausraster ihrer kleinen Tochter rechnete. Und dann waren da auch noch die Kätzchen. Gleich zu Beginn hatte sie sie vom Tisch vertreiben müssen, weil sie nach den Holzstücken schlagen wollten.

Als hätte sie gespürt, dass Gemma an sie dachte, kam in diesem Moment Rose, das weiße Kätzchen mit dem Schildpattmuster, in die Küche getrippelt und strich Gemma um die Knöchel. Sie war ein anhängliches kleines Ding, nicht so ein Unruhestifter wie ihr Bruder Jack, und Gemma entwickelte allmählich eine deutliche Vorliebe für sie. Sie bückte sich und hob das Kätzchen hoch, um mit ihm zu kuscheln. »Wir Mädchen«, sagte sie, während sie über den weichen kleinen Kopf streichelte, »müssen zusammenhalten, richtig? Aber sag nicht, dass du das von mir hast.« Rose hatte schwarze Flecken um die

Augen, von denen einer größer war als der andere, wodurch sie ein bisschen wie eine Piratin aussah. Zwischen diesen schwarzen Flecken war ihr Fell rot, um ihre sehr rosafarbene Nase herum jedoch weiß. Kit hatte ihr schon ein paar Vorträge über die Genetik gehalten, die hinter dem Fellmuster von Katzen steckte. Aber sie musste zugeben, dass seine Erklärungen in ein Ohr rein- und zum anderen wieder rausgegangen waren. Sie konnte sich bloß noch daran erinnern, dass nur Weibchen ein Schildpattmuster haben konnten.

Das Kätzchen beschloss offensichtlich, dass es mehr Lust auf Garnelen als auf ihre Bewunderung hatte, und versuchte, sich aus ihrer Umarmung herauszuwinden und auf die Arbeitsplatte zu gelangen. »Nein, so haben wir nicht gewettet«, sagte Gemma streng und setzte es auf den Fußboden.

Sie hatte gerade angefangen, Schalotten zu schneiden, als aus dem Esszimmer das Geräusch des einstürzenden Jenga-Turms ertönte und dann ein rasch lauter werdender Streit. Sie war erleichtert, als es an der Tür läutete.

»Hebt die Holzstücke auf«, ermahnte sie ihre Kinder, während sie durch den Flur zum Eingang ging. Als sie aufmachte, wollte sie eben sagen: »Hast du es dir doch noch anders überlegt?« Aber es war gar nicht Melody, sondern MacKenzie Williams mit Oliver, der die Hand seiner Mutter eng umschlungen hielt und den Lockenkopf an ihr Bein lehnte. »Gemma«, sagte MacKenzie. »Es tut mir leid, dass ich dich so überfalle. Aber ich muss mit dir reden.«

Oliver zog an MacKenzies Hand. »Mummy, ich will reingehen.«

»Nur wenn du dazu eingeladen wirst, Schatz«, ermahnte MacKenzie ihn.

»Natürlich darf er.« Gemma tätschelte Oliver den Rücken. »Na geh schon. Charlotte und Toby sitzen im Esszimmer an einem Spiel.« Leise fügte sie in Richtung MacKenzie hinzu: »Und die Erwachsenen können sich in der Küche unterhalten.«

»Wir können nicht lange bleiben«, flüsterte MacKenzie, als Oliver hineinrannte. »Ich habe Bill gesagt, dass wir nur noch schnell was einkaufen müssen, was ich vergessen hab.«

Als sie mit MacKenzie in die Küche ging, sah Gemma, dass unter den Augen ihrer Freundin dunkle Ringe lagen und dass sie ihre dichten Haare nachlässig mit einem Clip zurückgesteckt hatte, so als hätte sie keine Lust gehabt, sie zu bürsten.

»Könnte ich auch so eins haben?«, fragte sie, als sie Gemmas Weinglas erblickte.

»Klar.« Gemma schenkte ein Glas für MacKenzie ein, froh, dass sie noch eine volle Flasche gehabt hatte. Nachdem sie ihr eigenes auch noch mal nachgefüllt hatte, setzte sie sich zu MacKenzie an den Küchentisch und stieß mit ihr an. »Cheers.«

MacKenzie nahm einen kleinen Schluck. Dann stellte sie das Glas auf die Tischplatte und beugte sich vor. Ihre Schultern sahen angespannt aus. »Hör mal, Gemma, ich wollte dir nicht diesen ganzen Mist aufbürden. Bill hat mir erzählt, er habe heute früh deinen Chef angerufen und darum gebeten, dass du dich an den Ermittlungen zu Reagans Tod beteiligst. Bill kann ein wenig übergriffig werden, wenn er sich in etwas verbeißt, und er hat Reagan sehr gern gemocht. Aber er hatte kein Recht zu verlangen, dass du auf den Fall angesetzt wirst. Oder dich bei deiner Arbeit in irgendwelche peinlichen Situationen zu bringen.«

Nach dem, was Melody ihr von Detective Superintendent Krueger erzählt hatte, war die Situation, in der sie steckte, mit »peinlich« nur unzureichend beschrieben. Aber sie sagte: »Mach dir darüber keine Gedanken, ihr könnt …«

MacKenzie unterbrach sie mit einem Winken. »Nein, ernsthaft, hör mich bitte an. Ich habe das Gefühl, unsere Freundschaft ausgenutzt zu haben. Als ich dich gestern gebeten habe mitzukommen, hatte ich keine Ahnung, dass es so … so kompliziert werden würde. Und ich bin sicher, dass ich überreagiert habe. Reagan war vermutlich einfach krank oder hat zu viel von irgendwas genommen und nicht gewusst, wie gefährlich das für sie war. Und jetzt komme ich mir total dämlich …«

»MacKenzie«, sagte Gemma leise, mit Rücksicht auf die kleinen Ohren am anderen Ende des Flurs. »Es tut mir leid. Aber du hast dich *nicht* getäuscht. Die Rechtsmedizinerin hat heute Morgen die Obduktion durchgeführt, und ich muss dir leider sagen, dass Reagan ermordet worden ist.«

MacKenzie starrte sie mit offenem Mund an und flüsterte: »O Jesus Christus.« Mit zitternder Hand griff sie nach ihrem Glas, hob es jedoch nicht vom Tisch. »Bist du sicher?«

»Ich fürchte, ja. Es dauert noch eine Weile, bis die Laborergebnisse vorliegen, aber die Resultate der Obduktion waren recht eindeutig. Damit haben wir einen begründeten Anfangsverdacht.«

»Aber … wie?«, flüsterte MacKenzie.

Gemma zögerte. Die Information würde eh schon bald herauskommen. Für die Vernehmungen wollte sie diesen Wissensvorsprung zwar noch so lange wie möglich bewahren, aber sie sah keinen Grund, warum sie es nicht MacKenzie sagen sollte. »Rede bitte mit niemanden außer Bill darüber«, schärfte sie ihr ein. »Reagan wurde erstickt.«

»Erstickt?« MacKenzie sank in ihrem Stuhl zurück und blinzelte. Im Vergleich zu ihren dunklen Haaren sah ihre Haut plötzlich schneeweiß aus. »O mein Gott. Warum … Warum sollte ihr jemand so etwas antun? Wurde sie …?« Sie schien nicht in der Lage, den Gedanken zu Ende zu bringen.

»Nein, nein.« Gemma griff nach der Hand ihrer Freundin.

»Reagan ist nicht vergewaltigt worden.« MacKenzie war mittlerweile so blass, dass Gemma ernsthaft fürchtete, sie könnte ohnmächtig werden. »Geht's, MacKenzie? Ich weiß, dass das ein Schock ist.«

»Ich kann mir bloß nicht vorstellen …«

»Das kann keiner. Und wenn man jemanden kennt, na ja, auf so etwas kann einen niemand vorbereiten.« Gemma schob MacKenzie ihr Weinglas zu. »Hier. Nimm mal einen kräftigen Schluck. Oder soll ich dir lieber Wasser bringen? Oder eine Tasse Tee?«

MacKenzie schüttelte den Kopf und trank gehorsam. Dann verzog sie das Gesicht und setzte das Glas wieder ab. »Ich glaube, ich kann nicht … Es tut mir leid. Mir ist ein bisschen unwohl. Ich muss die ganze Zeit daran denken …«

Gemma stand auf und füllte den Teekessel. »Du trinkst eine Tasse, bevor ihr geht. Das wird dir über den Schock hinweghelfen.« Wieder hörte sie aus dem Wohnzimmer das Klappern der herabstürzenden Holzteile und gleich darauf einen schrillen Schrei. Gemma war nicht sicher, ob er von Charlotte oder Oliver gekommen war. So oder so rechnete sie damit, dass gleich Chaos ausbrechen würde.

MacKenzie erkannte die Zeichen ebenfalls. »Nein, mir geht's gut. Wirklich. Wir sollten besser gehen. Ich werde Bill erzählen, dass ich mit dir gesprochen habe … Obwohl ich immer noch finde, dass er dich nicht so hätte auflaufen lassen dürfen. Aber hast du … Hast du irgendeine Idee, wer … ihr das angetan haben könnte?«

»Wir wissen bislang bloß, dass sie sich mit ihrem Freund gestritten hat. Aber wir kennen nur seinen Vornamen – Hugo.«

MacKenzie starrte sie an. »Hugo?«

»Blond. Hübsch. Zumindest glaube ich, dass es dieser junge Mann ist. Reagan hatte Fotos von ihm an ihrer Pinnwand.«

»Das glaube ich nicht.« MacKenzie riss die Augen auf und hielt sich eine Hand vor den Mund.

»Wie bitte?« Gemma erwiderte ihren Blick. »Sag mir nicht, dass du ihn kennst.«

»So lange Haare?« MacKenzie machte eine Geste knapp unterhalb ihrer Kinnpartie.

»Ja.«

»Aber … sie hat nie … Ich wusste gar nicht …«

»MacKenzie, schau mich an.« Gemma griff über den Tisch hinweg und tätschelte ihrer Freundin die Hand. Sie verstand zwar, dass sie schockiert war, aber im Moment hatte sie einfach nicht die nötige Geduld. »Kennst du ihn?«

MacKenzie nickte, ganz langsam. »Das muss Hugo sein. Hugo Gold. Aber ich wusste nicht, dass sie etwas miteinander hatten.«

»Woher kennst du ihn?«, fragte Gemma und versuchte einen ruhigen Ton zu bewahren.

»Er hat für uns als Model gearbeitet.«

Während Kincaid in den Norden fuhr, zogen Wolken vom Atlantik herauf, als hätte jemand eine Decke über den Himmel geworfen. Er erschauderte und drehte die Heizung im Astra auf. Obwohl er nicht damit gerechnet hatte, dass ihn das schöne Wetter aus London begleiten würde, fühlte er sich angesichts der Kälte ein wenig verzagt. Er versuchte, sich auf die vorüberziehenden Cotswolds zu konzentrieren – oder wenigstens auf den Teil der Landschaft, den er von der Autobahn aus sehen konnte. Die Frühlingsfelder sahen unter dem tiefhängenden grauen Horizont unglaublich grün aus.

Ab Birmingham setzte dann richtiger Regen ein. Doch als er auf die Ausfahrt nach Nantwich einbog, hatte der Niederschlag bereits wieder aufgehört, und am westlichen Himmel zeigten sich blaue Flecken. Er sagte sich, dass das ein gutes Omen sei. Nicht dass er zum Aberglauben neigte, aber nach den Ereignissen der letzten paar Tage war er bereit, nach jedem Strohhalm zu greifen.

Das Krankenhaus von Leighton lag nördlich von Nantwich an der A350. Es wirkte klein, sogar provinziell im Vergleich zum labyrinthischen Royal London, und er hatte keine große Mühe, die Kardiologie zu finden. Seine Mutter war der einzige Mensch im Wartebereich. Einen Moment lang blieb er vor der Glastür stehen und sah sie an. Rosemary Kincaid war eine attraktive Frau mit einer zarten Gestalt, die mit den Jahren immer besser zur Geltung kam. Normalerweise legte sie immer Wert auf ihre Erscheinung und zog sich gut an, wenn auch nicht elegant – Nantwich war schließlich eine Stadt auf dem Land, und in einem Buchladen musste man sich nicht vornehm kleiden. Heute trug sie jedoch, was sie selbst als ihre »Farm-Klamotten« bezeichnete – Jeans, eine Strickjacke, die offensichtlich seinem Vater gehörte, und das alte Paar Budapesterschuhe, das sie sonst nur bei der Gartenarbeit anhatte. Sie hatte wohl nur hastig irgendwas übergestreift.

Als sie hochsah und ihn erblickte, stand sie schnell auf. »Schatz«, sagte sie, als sie die Tür aufstieß, und die Erschöpfung auf ihrem Gesicht wich für einen kurzen Moment einem Lächeln. Er streckte die Hände aus und zog sie in eine Umarmung. Es überraschte ihn immer noch, dass sie ihm bis an die Brust reichte. Anscheinend war ihm die Erinnerung daran, wie er als Kind zu ihr aufgeblickt hatte, tief ins Bewusstsein eingeprägt.

»Mum.« Er trat einen Schritt zurück, um sie in Augenschein zu nehmen, hielt sie dabei aber immer noch an den Schultern fest. »Wie geht's dir? Und wie geht's Dad?«

»Ich wollte dich gerade schon anrufen, habe dann aber beschlossen, noch ein bisschen zu warten. Er hat einen Stent eingesetzt bekommen, nur einen einzigen, und ist immer noch ein bisschen erschöpft von der OP.«

»Aber es geht ihm gut?«

»Die Ärzte sagen, dass alles in Ordnung ist. Dass sie die Verengung erwischt haben, bevor sie richtig schlimm war. Was aber nicht ihm zu verdanken war, diesem sturen Bock.« Bei den letzten Worten zitterte ihre Stimme ein wenig. Er führte sie zurück zu ihrem Stuhl und setzte sich auf den Platz neben ihr. Dann nahm er ihre Hand. Ihm war ein bisschen schwindelig vor Erleichterung.

»Was ist genau passiert?«, fragte er.

»Es war gestern Nacht gegen vier Uhr. Er hat sich über den Arm gerieben. Den linken.« Sie ahmte die Bewegung nach und erschauderte. »Gott sei Dank hat Jim darauf bestanden, dass ich ihn sofort ins Krankenhaus fahre. Gütiger Himmel. Es hat geregnet, und auf den Straßen war es stockfinster. Ich dachte schon, *ich* würde noch einen Herzinfarkt bekommen.« Sie zeigte den Anflug eines Lächelns.

»Was hat er gestern getan?«, fragte Kincaid argwöhnisch, da er seinen Vater nur allzu gut kannte.

»Ein Fort für Sam gebaut.«

»Nicht im Ernst«, sagte er ungläubig. Das war ziemlich arg, sogar für Hugh.

»Ich weiß, was du meinst. Verrate es nicht Juliet. Ich habe ihr gesagt, dass er in der Scheune gearbeitet hat.«

»Wo ist Jules?«, fragte er.

»War vor einer Stunde noch hier. Sie erwartet dich heute Abend zum Essen. Obwohl du natürlich bei uns auf der Farm übernachtest.«

»Was ist mit Dad? Wann schicken sie ihn nach Hause?«

»Sie möchten ihn über Nacht hierbehalten. Und ich werde ihn nicht aus den Augen lassen.«

Hugh Kincaid döste in seinem Krankenhausbett. Der Anblick war für Kincaid wie ein Déjà-vu, aber im Gegensatz zu Denis Childs öffnete sein Vater die Augen und sah ihn mit klarem Blick an.

»Mein Sohn, du hättest nicht den ganzen Weg von London hierherkommen sollen.« Hughs Stimme klang schwach, sein schottischer Akzent noch betonter als sonst.

»Du hättest dich vom Krankenhaus fernhalten sollen«, frotzelte Kincaid und zog einen Stuhl heran. »Was hast du dir dabei gedacht? Ist Sam nicht zu alt für ein Fort?«

Hugh zuckte mit den Schultern. Ein bisschen wirkte die Geste wie eine Entschuldigung. »Auch Teenager brauchen einen Rückzugsort.«

Kincaid stand auf. Sein Dad hörte sich müde an. »Ruh dich aus. Und benimm dich, oder ich werde es morgen früh erfahren.«

Hugh griff nach Kincaids Hand. »Kommst du noch mal vorbei, Sohn?«

»Natürlich. Versuch nicht, mich davon abzuhalten.« Einem plötzlichen Impuls folgend beugte sich Kincaid hinunter und küsste seinen Dad auf die stoppelige Wange. Das hatte er seit seiner Kindheit nicht mehr getan.

13

JULI 1994

Er saß in dem Café gegenüber der Earl's Court Station und behielt nervös die Tür im Auge. Normalerweise erstattete er seinem Führungsoffizier ein paarmal pro Woche am Telefon Bericht, besonders nach einem Treffen seiner Protestgruppe. Aber heute Morgen war er persönlich einbestellt worden. Was ihn besonders ärgerte, da heute eigentlich sein freier Tag war und er geplant hatte, mit seiner Frau aufs Land zu fahren und das schöne Wetter zu genießen.

Er war absichtlich früher gekommen. Das Lokal war ein Café für die einfache arbeitende Bevölkerung, mit Resopaltischen, abgeschabtem Linoleumfußboden und Mahlzeiten, die am Tresen bestellt und abgeholt werden mussten. Aber es war sauber, bekannt für sein gutes Essen und die großzügigen Portionen. Nach einer vegetarischen Woche in Paddington – er wagte es nicht, vor seinen neuen Freunden, die alle Vegetarier oder sogar Veganer waren, Fleisch zu essen – hatte er alles bestellt, was die Pfanne hergab: Speck, Würste und (der größte Schrecken aller Vegetarier) Black Pudding. Mittlerweile war er bei seiner zweiten Tasse Tee angelangt und saß an einem Platz, von dem aus er die Tür und das Treiben auf der Straße beobachten konnte.

Daher erspähte er Red auch, bevor der ihn entdeckte. Als er den Gesichtsausdruck seines Führungsoffiziers betrachtete, während der sich noch unbeobachtet wähnte, fühlte sich das Essen in seinem Magen plötzlich wie ein bleischwerer Klumpen an.

Als Red durch die Tür trat, sah er ihn und durchquerte forsch das

Café – er gab sich stets forsch, ein Mann, der immer eilig irgendwo hinmusste – und blieb an seinem Tisch stehen. »Noch einen?«, fragte er und nickte zur Tasse, wohl aber nur der Form halber.

»Nein danke. Ich schwimme bereits in Tee.« Nachdrücklich tippte er an seine zweite, noch volle Tasse und sah dann zu, wie Red zum Tresen ging und sich selbst einen Kaffee holte. Der Mann sah auch in Zivilkleidung durch und durch wie ein Polizist aus. Er stand so aufrecht da, als hätte er einen Stock verschluckt, sein gestutzter kleiner roter Schnauzbart war etwas, das nur ein Polizist oder Soldat tragen würde, sein sommerliches Polohemd hatte er etwas zu tief in die gebügelten Hosen gesteckt, und das Sportjackett sah ein wenig zu maßgeschneidert aus.

Als er wieder zurück war, spitzte Red angeekelt die Lippen und wischte mit einer hauchdünnen Serviette ein paar Tropfen Tee auf, die ein vorheriger Gast auf dem Tisch verschüttet haben musste. Dann setzte er sich hin und blickte sich im Café um. Das Lokal leerte sich gerade, und die ruhige Zeit zwischen Frühstück und Mittagessen brach an. Red musterte ihn kritisch. »Sie sehen scheiße aus.«

Wenn Red damit meinte, dass er nicht mehr so geschniegelt und gestriegelt wie früher war, hatte er recht. Er hatte es für eine gute Idee gehalten, sich einen leichten Stoppelbart stehen zu lassen, und seine dunklen Haare wuchsen mittlerweile bis über die Ohren und reichten ihm im Nacken bis zum Kragen. Er trug ein Jeanshemd, die Ärmel bis zu den Ellbogen hochgekrempelt, und eine robuste Arbeitshose aus Drillich. Immerhin sollte er ja einen Landschaftsgärtner darstellen. »Danke, Sir.«

»Machen Sie hier nicht einen auf Klugscheißer«, sagte Red, der für seinen Humor offensichtlich keinen Sinn hatte. Mit gerunzelter Stirn beugte er sich über den Tisch und senkte die Stimme. »Also, was für Fortschritte können Sie mir melden?«

Er blinzelte. »Fortschritte? Das habe ich Ihnen doch schon gesagt. Wir haben ein paar neue Flugblätter gedruckt und wollen bei einem Protestmarsch in South Lond…«

Red schnitt ihm mit einer knappen Geste das Wort ab. »Sie wissen genau, dass ich das nicht meine.« Dann sah er sich noch einmal verstohlen nach Lauschern um. »Was haben Sie über die Familie Lawrence herausgefunden? Wissen Sie irgendetwas Neues?«

Jetzt ging ihm ein Licht auf. Das hätte ihm eigentlich klar sein müssen. Er wusste erst seit ein paar Wochen, dass er vor allem auf ein Mitglied der Gruppe angesetzt worden war. Die siebenundzwanzigjährige Annette Whitely war Schauspielerin und fing gerade an, bessere Rollen in Kinofilmen und im Fernsehen zu bekommen. Sie war als Kind eines schwarzen Vaters aus der Karibik und einer weißen Mutter in Notting Hill aufgewachsen. Und sie war wild entschlossen, der Rassendiskriminierung ein Ende zu bereiten. Schon mehrfach hatte sie öffentlich betont, wie sehr sie der Lawrence-Fall bestürzte. Die Met hoffte, dass Annette Whitely dank ihrer zunehmenden Berühmtheit einen gewissen Zugang zu den Lawrences hatte und erfahren würde, was die Familie bei ihren privaten Nachforschungen über den Tod ihres Sohnes herausgefunden hatte. »Noch nicht«, sagte er bedächtig.

Red nahm eine drohende Haltung ein. »Das ist das Geld der Steuerzahler, Jungchen, das Sie da zum Fenster rauswerfen, während Sie bloß rumhängen und Currys in sich reinstopfen.«

Er dachte – nicht zum ersten Mal –, dass die Steuerzahler entsetzt wären, wenn sie wüssten, wofür ihr Geld draufging. »Sir.« Er versuchte, vernünftig zu klingen. »Sie wissen doch, dass solche Dinge Zeit brauchen.«

»Behandeln Sie mich gefälligst nicht so herablassend, Jungchen«, zischte Red. Seine Gesichtsfarbe ließ darauf schließen, dass er seinen Spitznamen nicht allein seinen Haaren verdankte. »Die Kacke ist vielleicht schon bald so richtig am Dampfen, und wir zählen auf Sie.«

Im Chronicle *war in dieser Woche ein weiterer Artikel über die Inkompetenz der Met im Lawrence-Fall erschienen. »Sir«, sagte er noch ein wenig leiser. Jeder, der ihn gut kannte, hätte gewusst, dass seine ruhige Sprechweise ein Anzeichen für seine wachsende Wut war. »Ich kann nicht einfach irgendwas aus dem Hut zaubern.«*

»Dann schlage ich vor, dass Sie sich mehr bemühen. Wenn nicht, können Sie echte Probleme bekommen.«

Er starrte den kleinen Mann auf der anderen Seite des Tisches an. »Drohen Sie mir etwa, Sir?«

Red ließ ein kleines Grinsen erkennen, das nicht ganz von seinem Schnauzbart verdeckt wurde, und lehnte sich auf seinem Stuhl zurück. »Es wäre doch eine Schande, wenn Ihre hübsche Frau herausfände, dass Sie eine Ihrer ungewaschenen Demonstrantinnen vögeln, oder etwa nicht?«

»Wovon reden Sie da? Ich habe nie …«

»Aber nur, weil Sie ein zu großer Schlappschwanz sind, um sich das zu nehmen, was Sie direkt vor der Nase haben. Schon komisch. Ein so kräftiger Kerl wie Sie.« Red zuckte mit den Schultern. »Aber wen kümmert's, ob es die Wahrheit ist oder nicht? Meinen Sie, Ihre Frau würde Ihnen noch glauben, wenn sie das hier sieht?« Er zog ein Foto aus der Tasche und schob es über den Tisch.

Er starrte den Schnappschuss ungläubig an. »Sie wollen mich wohl auf den Arm nehmen?« Er war auf der Straße aufgenommen worden, in der Nähe des Tabernacle. Die Gruppe hatte Handzettel aufgehängt, und Annette, die gerade neben ihm zugange gewesen war, war von einem Passanten angerempelt worden. Er hatte den Arm nach ihr ausgestreckt, um sie vorm Stolpern zu bewahren, und mehr war nicht passiert. Aber auf dem Foto wirkte es so, als hielte er sie an der Schulter, während sie sich an ihn lehnte und ihm fröhlich lachend in die Augen schaute. Man spürte eine Intimität, die ihm in der damaligen Situation gar nicht aufgefallen war.

Und noch schlimmer war, dass Annette Whitely umwerfend schön aussah.

»Welcher Mann würde es nicht gerne mit ihr tun?«, fragte Red,

während er das Foto wieder einsteckte. »Und welche Ehefrau würde nicht glauben, dass er es getan hat?«

Als Melody die Putney Bridge überquert hatte und in die Lacy Road einbog, war ihr warm, und die rote Bluse fühlte sich an, als wäre sie völlig aus der Form geraten. Die kleinen Holzhütten vor dem Jolly Gardeners waren bereits alle von Rauchern besetzt, aber es gelang ihr, drinnen einen Tisch bei den großen Fenstern zu ergattern. Durch die offenen Fensterflügel wehten die warme Abendluft und Zigarettenrauch herein.

Das Pub war ein frei stehendes Gebäude in einer Straße mit kleinen Reihenhäusern, die von der Putney High Street abging. Das im viktorianischen oder edwardianischen Stil erbaute Lokal war sorgsam renoviert worden, mit blanken Fußböden und schlichten, bunt zusammengewürfelten Möbeln, die die hohen Decken und die schönen großen Fenster ideal in Szene setzten. Im Winter brannten in den altertümlichen Kaminen Kohlefeuer, aber heute war ein Abend, an dem man sich eigentlich im Freien aufhalten wollte.

Sie blickte nach draußen und spielte an dem Weißweinglas herum, das sie sich an der Bar geholt hatte. Nachdem sie selbst sich so beeilt hatte hierherzukommen, verspätete sich nun Doug. Bevor sie in das Pub gegangen war, hatte sie noch kurz einen Blick auf sein Haus geworfen. Die Abenddämmerung senkte sich bereits herab, aber durch das grün-goldene Glas in seiner Vordertür hatte kein Licht geschienen. Doug war doch normalerweise Mr Superpünktlich. Sie fischte das Handy aus der Handtasche, vergewisserte sich noch mal, dass sie keine Nachricht oder keinen Anruf verpasst hatte, und legte es auf den Tisch.

Dann schüttelte sie energisch den Kopf, nahm das Handy wieder in die Hand und ließ es in die Tasche zurückgleiten.

Gab es einen traurigeren Anblick als eine Frau, die allein im Pub saß und verzweifelt ihre Nachrichten checkte?

Das Lokal wurde immer voller, und ein paar der stehenden Gäste warfen begehrliche Blicke auf den unbesetzten Platz an ihrem Tisch. Mit gezwungenem Lächeln stellte sie ihre Tasche auf den Stuhl. Ihr Weinglas war bereits halb leer, aber wenn sie jetzt aufstand, würde sie den Tisch verlieren. Sie nahm einen winzigen Schluck und schob das Glas beiseite. Wo zum Teufel steckte bloß Doug?

Sie hätte bei Gemma bleiben können. Aber dort hatte sie sich auch nicht wohlgefühlt. Gemmas Welt schien komplett zu sein, voller Hunde, Kinder und jetzt auch noch diesen Katzen. Ein erfülltes Leben, in dem sich ständig etwas tat. Sie dachte an ihre eigene leere und wenig einladende Wohnung und fragte sich, wie sie an diesen Punkt gekommen war.

Doch dann fiel ihr wieder Gemmas Gesicht ein, als sie von ihrem Schwiegervater erzählt hatte, und mit einem Mal kam sich Melody schrecklich selbstsüchtig vor.

Sie hatte gerade erneut ihr Handy aus der Tasche gezogen, um Gemma eine Nachricht zu schreiben, als sie über sich Dougs Stimme hörte. »Entschuldige. Diese verdammte U-Bahn.«

»Du meine Güte!«, rief sie erschrocken auf und ließ zum zweiten Mal an diesem Tag das Telefon fallen. Während sie auf dem Boden danach herumtastete, räumte Doug ihre Tasche weg und ließ sich schwer auf den Stuhl fallen. »Wo kommst du denn jetzt her?«, fragte sie, als sie das Handy fand und sich wieder aufrecht hinsetzte.

Doug nickte zu dem Telefon in ihrer Hand. »Du warst doch eh beschäftigt.«

»Ich war nicht …« Sie schüttelte den Kopf. »Nicht streiten. Lass uns lieber was trinken.«

Er tippte an ihr Glas. »Noch mal das Gleiche?«

Sie wollte gerade Ja sagen, als ihr auffiel, dass sie vor allem schrecklichen Durst hatte. »Bitte nur Wasser mit Kohlensäure. Und Eis.«

Doug zog eine Augenbraue hoch, stand aber auf und bahnte sich einen Weg an die Bar. Es war sein Stammlokal, und sie kannten ihn hier. Sie sah den Barmann lächeln, als er Dougs Bestellung aufnahm. Gab es irgendein Lokal, in dem man sie erkannte?

Als sie noch mit Gemma in Notting Hill gearbeitet hatte, war das anders gewesen. Sie war in den besten Cafés, Sandwich Shops und Bäckereien ein und aus gegangen und dort auch erkannt und begrüßt worden. Sie hatte sich mit Freunden aus der Arbeit in einem Pub in der Nähe des Reviers getroffen, wo das Personal sie mit einem Lächeln empfing und wusste, was sie am liebsten trank. Nichts dergleichen hatte sie je in Brixton erlebt, wo sie allerdings auch nie irgendwelche Gewohnheiten entwickelt hatte. Sie fühlte sich irgendwie heimatlos. Jetzt, ohne Andy, waren Doug, sein Haus und dieses Pub das, was sie am ehesten als ihre vertraute Umgebung betrachtete.

Doug kehrte zurück. In einer Hand hielt er ein Bier, in der anderen balancierte er eine große Flasche San Pellegrino und ein Glas. Dankbar nahm Melody ihm das Glas ab, schenkte es mit Wasser aus der Flasche voll und trank es fast in einem einzigen Schluck aus.

»Alles in Ordnung?« Während Doug sich setzte, warf er ihr einen besorgten Blick zu.

»Ja, aber … es war so heiß heute, und ich war die ganze Zeit kreuz und quer in der Stadt unterwegs.«

Doug sah sie überrascht an. »Du bist nach Hause gefahren?«

»Nein.« Melody trank noch mehr Wasser. »Ich war bei Gemma, um zu hören, warum sie heute nicht zur Arbeit gekommen ist. Krueger war fuchsteufelswild, weil Gemma zu einem großen Fall abgezogen worden ist. Ich hatte nichts von ihr gehört und habe …« Sie brach ab, weil sie nicht zugeben wollte, wie sehr sie sich vor den Kopf gestoßen gefühlt hatte.

»Hast du mit ihr gesprochen? Was war los?« Doug stellte sein Bier ab und wischte sich gedankenverloren den Schaum von der Oberlippe. In diesem Moment sah er wie ein kleiner Junge aus, der an einem Eis leckte, und Melody hätte beinahe gelächelt.

»Es war jedenfalls nicht ganz so, wie Krueger es mir erzählt hatte.« Sie berichtete ihm von Reagan Keating, der jungen Frau, die man tot im Garten gefunden hatte, und dass Gemma über ihre Freunde mit diesem Fall in Berührung gekommen war. »Gemma wurde von alldem einfach überrollt. Und Superintendent Krueger war wohl extrem genervt, weil Mr Lamb es nicht mal für nötig befunden hatte, erst mit ihr zu sprechen, bevor er sich Gemma von Brixton ausgeborgt hat.«

»Und den Ärger dafür wird Gemma abbekommen und nicht Lamb«, sagte Doug.

Melody nickte. »Das fürchte ich auch. Aber ich wünschte …«

»Was?«

Sie schüttelte den Kopf. Sie würde nicht einmal Doug gegenüber zugeben, wie gerne sie wieder gemeinsam mit Gemma an einem Fall in Notting Hill gearbeitet hätte.

»Es ist nie gut, wenn die Leute anfangen, Gefallen einzufordern. Es ist besser, wenn du dich da raushältst.« Offenbar wusste Doug genau, woran sie gerade gedacht hatte.

»Ja.« Sie schenkte sich von ihrem San Pellegrino nach. Das Eis war bereits geschmolzen, und das Wasser hatte ihren Durst nicht löschen können.

Doug lehnte sich vor und sah sie aufmerksam an. »Was ist mit Denis? Haben sie irgendwas gewusst?«

»Sie waren nicht beide da. Duncan ist in Cheshire. Seinem Vater geht es nicht gut. Aber …« Sie sprach schnell weiter, ehe Doug sie unterbrechen konnte. »… Gemma sagte, er sei gestern im Royal London Hospital gewesen, um Denis zu besuchen.«

»Aber er kann nicht sprechen. Denis, meine ich. Er liegt doch im künstlichen …«

»Im künstlichen Koma. Ja, stimmt. Wegen des Schlags auf seinen Kopf. Aber, Doug, Gemma hat mir erzählt …« Melody zögerte, weil sie nicht sicher war, ob sie es überhaupt erzählen durfte. Allerdings hatte Gemma es ihr nicht verboten. »Gemma sagt, Denis hatte eine Lebertransplantation und dass er deswegen weg gewesen ist.«

Doug sah sie an, als hielte er sie für komplett verrückt. »Wie bitte?«

»Du hast es also auch nicht gewusst?«

»Natürlich nicht. Sonst hätte ich es dir doch erzählt.« Er dachte einen Moment nach. »Wie konnte er so was bei Scotland Yard geheim halten? Und wieso wussten Duncan und Gemma davon? Ist Duncan mir deshalb aus dem Weg gegangen?«

Melody hörte den Schmerz in seiner Stimme. Sie dachte daran, wie schlecht sie sich gefühlt hatte, weil Gemma einen Tag lang nicht mit ihr in Kontakt gewesen war. Und da begriff sie zum ersten Mal wirklich, wie Doug sich während der vergangenen Monate gefühlt haben musste. »Nein«, sagte sie. »Ich glaube nicht … Sie schienen es auch nicht gewusst zu haben. Irgendjemand vom Krankenhaus muss was darüber gesagt haben.«

Doug lehnte sich zurück, runzelte die Stirn und trank von seinem Bier. »So ein Geheimniskrämer«, sagte er schließlich. »Und das ist nicht das Einzige, was Denis Childs verschwiegen hat.«

»Du hast also was herausgefunden.« Melodys Puls begann

zu flattern. Sie wusste nicht, ob aus Aufregung oder Angst. »Erzähl's mir.«

»Dir ist schon klar, dass ich offiziell von alldem keine Ahnung habe.«

»Schieß schon los.« Sie merkte, wie fest sie das Glas umklammert hielt.

»Ich habe intensiv im Internet recherchiert – du glaubst gar nicht, was man da alles findet«, sagte Doug. »Denis Childs war der perfekte Kandidat für einen steilen Aufstieg bei der Polizei. Universität: Oxford.« Über sein Gesicht huschte der Anflug eines Lächelns. »Er hat da Altphilologie studiert. Danach Hendon, wo er als Bester seines Jahrgangs abschloss. Anschließend die üblichen Dienstjahre in Uniform und dann die Versetzung zum CID, wo er rasch zum Detective Sergeant aufstieg.«

Melody versuchte, geduldig zu bleiben, und überlegte gleichzeitig, wie lange sie wohl ins Gefängnis müsste, wenn sie Doug auf der Stelle erwürgte.

»Er hat noch ein bisschen die Posten gewechselt, nichts Ungewöhnliches, und gleichzeitig seine Kurse absolviert. Dann …« Doug verstummte einen Augenblick und trank einen Schluck Bier. »… verschwindet er ganz plötzlich. Simsalabim. Einfach so. Drei Jahre gibt es keinerlei Einträge über ihn. Bis er auf einmal im Rang eines DI wieder in der Londoner Innenstadt auftaucht.«

Sie sahen einander an, ehe Melody schließlich flüsterte: »Das riecht nach Special Branch.«

»Eine angemessene Schlussfolgerung.«

»Er muss ja nicht unbedingt bei der Spionageabwehr gewesen sein«, sagte Melody. »Er könnte da alles Mögliche getan haben. Sogar die Queen bewachen.«

Doug grinste. »Das würde auch den Hinweis deines Vaters auf seine bewegte Vergangenheit erklären.«

»Oh, sehr lustig«, sagte Melody, musste aber tatsächlich lachen. »Kannst du noch mehr herausfinden? Vielleicht könntest du ja, du weißt schon, ihre Akten einsehen.«

Er schüttelte energisch den Kopf. »Die Personallisten des Special Branch hacken? Hältst du mich wirklich für so bescheuert?«

Hazel Cavendish hatte den ganzen Nachmittag im Haus in Islington gestanden und gebacken. Nicht dass die Küche dort sonderlich professionell eingerichtet war, aber zumindest größer und auch besser ausgestattet als die in ihrem kleinen Bungalow in Battersea. Seit sie angefangen hatte, Gebäck an ein halbes Dutzend Cafés und Restaurants in West London zu liefern, holte sie ihre siebenjährige Tochter Holly ein paarmal pro Woche von der Schule ab und verbrachte den Nachmittag hier.

»Das Haus in Islington«, murmelte sie vor sich hin, während sie die letzten Backbleche abspülte. So nannte sie es bei sich. Nicht *Tims Haus* und auch nicht *ihr Haus*, obwohl es streng genommen immer noch ihr gemeinsames Haus war, auch wenn sie schon seit zwei Jahren nicht mehr hier wohnte.

Es waren fast auf den Tag genau zwei Jahre, wurde ihr plötzlich klar, seit sie damals nach Schottland abgehauen war. Sie hatte Gemma auf diesen unglückseligen Trip mitgenommen, aber nicht einmal die hatte sie aus dem Chaos retten können, das sie sich selbst eingebrockt hatte.

Als sie das letzte Blech abtrocknete, sah sie durch das Fenster zu, wie die Schatten im Garten immer länger wurden. Die Wohnung über der Garage lag im Dunkeln. Weder sie noch Tim hatten sie neu vermieten wollen, nachdem Gemma und Toby ausgezogen waren. Obwohl sie das Geld gut hätten gebrauchen können. Tim hatte es geschafft, das Haus auch ohne ihr Einkommen zu halten und sie dabei sogar noch ein bisschen finanziell zu unterstützen. Und er hatte sich nie über diese Belastung beschwert. Wie sollte sie bloß je über ihre Schuldgefühle hinwegkommen, wenn ihr Ehemann fest entschlossen zu sein schien, sich wie ein Heiliger zu benehmen?

Heute Abend hatte er sie zum Essen eingeladen und war zum Einkaufen gegangen, während Hazel die letzte der Torten für den morgigen Tag gebacken hatte. Holly war ein Stück die Straße runter bei einer Freundin zum Spielen, und Tim hatte versprochen, sie auf dem Heimweg dort abzuholen.

Hazel ging ihren Nachbarn, mit denen sie früher engen Kontakt gehabt hatte, lieber aus dem Weg. Sie fand es schwer genug, sich selbst zu erklären, was sie und Tim waren. Getrennt, aber immer noch verheiratet. »Co-Elternschaft« nannte man das wohl, auch wenn sie den Begriff nicht ausstehen konnte. Befreundet, ja. Sie fand, dass sie eigenartigerweise während der letzten zwei Jahre erst richtige Freunde geworden waren. Inzwischen besprachen sie alles in einer Weise, wie sie es in ihrer Zeit als Mann und Frau nie hinbekommen hatten.

Und ein Liebespaar … ja, manchmal. Der Gedanke ließ sie erröten. Sie faltete das Geschirrtuch zusammen, nahm sich ein Glas und befüllte es mit Weißwein aus der offenen Flasche im Kühlschrank. Dann trat sie durch die Hintertür und setzte sich auf die Terrasse, wo sie an warmen Sommerabenden früher so oft mit Gemma zusammengesessen und über alles Mögliche geredet hatte, während die Kinder im Garten spielten. Sie bemerkte, dass sie Gemma in letzter Zeit ebenfalls aus dem Weg gegangen war. Obwohl sie glaubte, dass Gemma wusste, wie es zwischen ihr und Tim stand, schämte sie sich sogar vor ihrer engsten Freundin, es zuzugeben.

Sie und Tim schliefen nicht hier miteinander, in dem Bett, das sie jahrelang miteinander geteilt hatten, sondern ausschließlich in ihrem kleinen Bungalow, während Holly in der

Schule war oder bei einer Freundin übernachtete. Dann fühlten sie sich wie Teenager, die ein paar kostbare Stunden lang heimlichen Sex hatten, und das war besser als alles, an was sie sich erinnern konnte. Wie wäre es wohl, wenn sie wieder zusammenleben würden?, fragte sich Hazel. Würde es dann bald wieder langweiliger werden? Und wenn ja, würde es ihr damit gut gehen?

Ein lauter Ruf vom Gartentor bewahrte sie davor, weiter über diese Fragen nachzugrübeln. Holly kam hereingestürmt und wedelte mit einer ramponiert aussehenden Puppe herum. »Mummy, Amanda hat mir ihre Barbie gegeben«, sagte sie, als sie bei der Terrasse ankam. »Kann ich sie bitte behalten? Amanda sagt, dass sie alt ist. Und sie mag sie nicht mehr haben.«

»Was sagt denn Amandas Mummy dazu?«, wollte Hazel wissen.

»Sie sagt, dass ich sie haben darf. Amanda bekommt eine neue Barbie. Eine mit Kurven, aber Amanda findet das blöd.«

Hazel sah zu Tim auf, der gerade aus dem Haus trat und ein eigenes Weinglas in der Hand hielt. Sie verdrehte die Augen, als er sich zu ihr setzte, und sagte zu Holly: »Warum findet Amanda eine Barbie mit Kurven blöd, Schätzchen?«

»Weil Barbie so nicht aussieht, Mummy«, sagte Holly mit der ganzen Verachtung einer Siebenjährigen, die sich dazu gezwungen sah, das Offensichtliche auszusprechen.

»Aber …« Hazel brach ab, als sie Tims Grinsen sah. Sie hatten Holly nie gesagt, sie dürfe keine Barbie haben, da sie die Theorie vertraten, Verbote würden nur den Wunsch nach etwas verstärken. Aber sie hatten ihr auch nie eine gekauft. »Also gut, Süße«, sagte sie und versuchte, beim Anblick des deformierten Körpers und der merkwürdigen Füße dieser Puppe nicht das Gesicht zu verziehen. »Dann spiel mal schön mit ihr.« Sie zerzauste ihrer Tochter die dunklen Locken.

Sobald Holly glücklich davongerannt war, stieß Tim mit ihr an und meinte: »Gut gemacht.«

»Was? Dass ich die Themen Geschlechterklischees und stereotype Köperbilder nicht während der Cocktailstunde angeschnitten habe?«

»Uuh«, sagte er und lachte. »Ich mag es, wenn du wie eine Therapeutin redest.«

Hazel gab ihm einen spielerischen Klaps auf den Arm. »Ach, halt die Klappe.«

»Ganz im Ernst. Sie wird sie bald langweilig finden, und dann ist Barbie total *out*.«

Vom Ende des Gartens drang Hollys Singsang zu ihnen herüber. Als Hazel hinsah, erkannte sie, dass Holly es geschafft hatte, einen von Barbies Füßen in das geflochtene Seil der Schaukel zu schieben, und dass die Puppe nun an einem Bein kopfüber herunterbaumelte. Sie und Tim lachten. »Anscheinend früher, als wir denken«, kommentierte Hazel und kicherte. »Du hast wie üblich recht.«

»Ich versuche, damit zu leben«, sagte Tim gut gelaunt, aber Hazel verstummte und sah in den Garten. Sie überlegte, dass sie ein Licht mit einer Zeitschaltuhr in der Garagenwohnung installieren sollten.

Sie und Tim hatten als Familientherapeuten gearbeitet, in zwei voneinander unabhängigen Praxen. Aber als Hazel nach ihrer Trennung wieder nach London zurückgekehrt war, hatte sie das Gefühl, anderen keine Ratschläge mehr erteilen zu können. »Arzt, heil dich selbst«, sagte sie leise.

Tim sah sie eindringlich an.

»Ich habe das Gefühl, ich könnte den Rat eines Therapeuten brauchen«, sagte sie, bemüht, einen guten Themenwechsel hinzubekommen.

Er packte sein Glas fester. »Wobei?«, fragte er leise, und sie wusste, wie viel Kraft es ihn kostete, Ruhe zu bewahren. Er hatte Angst, dass sie gleich irgendeine Bombe platzen lassen würde.

»Es geht um Melody Talbot.« Sie berührte beschwichtigend seinen Arm und spürte, wie er sich entspannte. »Ich habe sie gestern gesehen. Es war sehr seltsam. Und seither hängt mir diese Begegnung nach.« Sie erzählte ihm, wie Melody ihr auf dem Kensington Square zufällig über den Weg gelaufen war. »Sie wirkte hektisch und beinahe ... ich weiß nicht ... abgespalten. Sie hat mir nicht mehr gesagt, als dass sie zum Sonntags-Lunch bei ihren Eltern gewesen war und es ihr nicht gut ging.«

»Das klingt doch ganz vernünftig. Besonders wenn ihre Familie schwierig ist.«

»Aber es war nicht vernünftig«, beharrte Hazel. »Du kennst das doch, wenn etwas ganz und gar nicht stimmt. Das kann man spüren.«

Tim betrachtete Hazel einen Moment lang schweigend und sagte dann: »Melody war doch bei diesem schrecklichen Feuer in St. Pancras, richtig? Vielleicht leidet sie unter einer posttraumatischen Belastungsstörung.«

Hazel nickte. »Das ist es auch, was ich vermute. Aber ich frage mich ... Meinst du, ich sollte es Gemma sagen? Als Freundin?«

»Melodys oder Gemmas Freundin?«, fragte Tim und sah sie ernst an. »Du praktizierst vielleicht nicht, aber du bist immer noch eine Therapeutin, und das kommt mir ein bisschen wie Petzen vor.«

»Verdammt.« Hazel ließ sich zurücksinken und nippte an ihrem Wein. »Ich habe befürchtet, dass du das sagst.«

»Du solltest dich mehr auf dein eigenes Urteil verlassen. Dir wird sicher was einfallen.«

Hazel dachte darüber nach. »Erst mal muss ich sie dazu bringen, dass sie mit mir redet. Ich werde mich mit ihr zum Lunch verabreden.«

»Was ist denn aus dieser kessen Detective Constable geworden?«, fragte Kincaid.

DCI Ronnie Babcock schnaubte so heftig in sein Bier, dass er sich anschließend mit dem Handrücken übers Gesicht wischen musste. »Kess? O Mann, Duncan, lebst du überhaupt schon im letzten Jahrhundert oder immer noch in dem davor? Und sie sollte besser nie hören, dass du sie so genannt hast, weil sie sonst wahrscheinlich einen Preis auf deinen Kopf aussetzt.«

Die Constable Detective, über die sie sprachen, hieß Sheila Larkin und arbeitete beim Cheshire Constabulary. Sie war Babcocks Assistentin und hatte ihm in der Weihnachtszeit vor zwei Jahren sehr kompetent bei einem Fall zur Seite gestanden, an dem auch Kincaid und Gemma mitgewirkt hatten. »Ich dachte, sie gefällt dir«, sagte Kincaid ungerührt.

»Nicht jeder kann es sich erlauben, etwas mit einer Kollegin anzufangen«, sagte Babcock und fügte ein wenig verschämt hinzu: »Außerdem habe ich ein besseres Angebot bekommen.«

Kincaid hob das Glas und stieß mit seinem Freund an. »Darauf trinke ich.« Mit DC Larkin hatte Babcock vielleicht geflirtet, aber als Kincaids Schwester Juliet durch eine schwere Zeit gegangen war, hatte sich sein Freund aufrichtig um ihr Wohlergehen besorgt gezeigt. Und offensichtlich hatte sich aus dieser Sorge mehr entwickelt. »Hast du irgendwelche, äh, Pläne?«, fragte er.

»Sag mir nicht, dass du jetzt den Bruder raushängen lassen wirst und mich fragst, welche Absichten ich mit deiner Schwester habe«, sagte Ronnie, nur halb im Spott.

Kincaid zuckte mit den Schultern. Als er zum Abendessen bei Juliet erschienen war, hatte Ronnies Anwesenheit nur bestätigt, was er ohnehin vermutet hatte. »Reine Neugier. Ihr zwei scheint gut zusammenzupassen. Und Juliet verdient ein bisschen Freude in ihrem Leben.« Kincaid fühlte sich unbehaglich und hatte Angst, damit die Grenze zum Kitsch überschritten zu haben.

Aber Ronnie entgegnete ganz ernsthaft: »Wir lassen es langsam angehen. Wir haben beide schwierige Scheidungen hinter uns und Juliet sogar noch Schlimmeres als das. Die Kinder brauchen fürs Erste auch keine weiteren Veränderungen.« Er grinste. »Dass ich mittlerweile offiziell über Nacht bleiben kann, war schon ein ziemlicher Meilenstein.«

»So genau wollte ich es gar nicht wissen«, sagte Kincaid und lachte.

»Wie geht es deiner Gemma?«, fragte Babcock.

Kincaid erinnerte sich noch, dass Gemma von Ronnie Babcock so angetan gewesen war, dass er sich ein bisschen eifersüchtig gefühlt hatte. »Gut. Sie ist ziemlich beschäftigt.« Er hatte sie vor dem Abendessen bei Juliet angerufen. Und auch wenn sie offensichtlich erleichtert gewesen war, dass es Hugh gut ging, war sie ebenso offensichtlich unglücklich darüber, dass er sich nicht schon früher bei ihr gemeldet hatte. Er würde heute Abend noch mal versuchen, sie zu erwischen, aber jetzt wollte er erst mit Ronnie sprechen. Das Problem war nur, dass er nicht wusste, wo er anfangen sollte.

»Alles okay?«, fragte Ronnie und sah ihn besorgt an. »Du hast doch keine Affäre, oder?«

»Spinnst du, Ronnie?« Kincaid sah ihm entsetzt in die Augen. »Natürlich nicht. Wie kommst du denn darauf?«

»Du wirkst schon den ganzen Abend so abgelenkt und schaust dauernd auf die Uhr und dein Handy.«

»Nein, das hat andere Gründe«, sagte Kincaid und schüttelte den Kopf. »Mein Vorgesetzter – mein ehemaliger Vorgesetzter – liegt im Krankenhaus. Ich hoffe, irgendwas Neues zu erfahren.«

»Ist er denn krank?« Ronnie hatte sich entspannt und sah ihn jetzt wieder mitfühlend an.

»Nein. Na ja, nicht ganz.« Kincaid erzählte Ronnie zuerst vom Überfall auf Denis, dann von dessen merkwürdigem Verhalten seit dem letzten Herbst. »Wir haben den Mord an einer leitenden Polizeibeamtin – einer Ruderin – untersucht und dabei aufgedeckt, dass ein kurz zuvor pensionierter Deputy Assistant Commissioner namens Angus Craig jahrelang Verbrechen begangen hatte. Dann fanden wir heraus, dass der DAC noch eine weitere Polizistin vergewaltigt und getötet hatte. Aber mein Vorgesetzter, Denis, ließ uns mit der Verhaftung eine Nacht lang warten.« Kincaid merkte, wie ihm der Schweiß ausbrach, obwohl der Abend kühl war und durch die offenen Fenster des Pubs ein sanfter Wind hereinwehte. Er räusperte sich. »Früh am nächsten Morgen wurden dann Craig und seine Frau tot aufgefunden, erschossen. Sie lagen in ihrem abgebrannten Haus.«

»Erweiterter Suizid?«, fragte Ronnie.

»Es sah ganz danach aus. Für mich war Denis daran schuld, weil er die Verhaftung hinausgezögert hatte.«

Plötzlich kam Kincaid die Geräuschkulisse im Pub zu Bewusstsein, die gemurmelten Gespräche, das Klirren der Gläser. Hatte er zu laut gesprochen? An den Tischen in der Nähe schien niemand auf sie zu achten. Aber Ronnie Babcock betrachtete ihn eindringlich. Auf dem Gesicht seines Freundes, das für sein Alter ungewöhnlich viele Falten aufwies, stand ein besorgter Ausdruck.

»Und was geschah dann?«, fragte Ronnie.

»Das war mein letzter Fall, bevor ich in Elternzeit gegangen bin, um mich um Charlotte zu kümmern.« Sie hatten während des Abendessens mit Juliet und den Kindern über Charlotte gesprochen. Er hatte ihnen Fotos gezeigt und seiner Schwester versprechen müssen, sie mit der gesamten Familie zu besuchen, sobald die Jungs Sommerferien hatten. Er nahm einen kleinen Schluck Bier und fuhr fort: »Als ich zu Scotland Yard zurückgekehrt bin, war mein Büro ausgeräumt, und auf meinem Tisch lag ein Versetzungsbefehl, unterschrieben von Denis. Man hatte mich dem Morddezernat im Revier Holborn zugewiesen, und Denis war nicht zu erreichen. Es gab keinerlei Erklärung. Ich dachte …« Er verzog das Gesicht. »Ich hielt es für eine Bestrafung, weil ich sein Urteil in Frage gestellt hatte. Ich war extrem wütend. Aber …« Er war bei dem Punkt angelangt, in den er niemanden außer Gemma eingeweiht hatte, und er wusste nicht recht, ob er fortfahren sollte.

Doch Ronnie sah ihn fest an, und Kincaid schoss kurz durch den Kopf, dass ihn das als guten Polizisten auszeichnete. Schweigen war eine unfehlbare Verhörtechnik, und dieser Gedanke war es, der ihn schließlich weitersprechen ließ.

»Letzten Samstag habe ich herausgefunden, dass Denis wieder zurück beim Yard war. Ich habe versucht, ihn dort zu treffen. Aber vergeblich. Dann hat er mir eine SMS geschickt, und wir haben uns noch an dem Abend in einem Pub in Holborn getroffen. Dort hat er mir dann erzählt, dass er aus gesundheitlichen Gründen weg gewesen sei und dass es im Yard bestimmte Leute gebe, die ihm Übles wollen. Er hat gesagt, dass er mich zu meinem eigenen Besten versetzt hat, damit ich nicht so deutlich mit ihm in Verbindung gebracht werden kann. Und er hat mich ermahnt, dass ich meine Nase aus alldem heraushalten soll, wenn ich keine Schwierigkeiten bekommen möchte.«

»Ganz schön dramatisch«, kommentierte Ronnie, aber sein Blick war ernst.

»Das habe ich auch gedacht. Aber nachdem er sich in dieser

Nacht von mir verabschiedet hatte, ist er ein paar Minuten später überfallen und schwer verletzt worden.« Kincaid umfasste das Bierglas mit beiden Händen. »Außer Gemma habe ich niemandem erzählt, dass ich ihn an diesem Abend gesehen habe.«

»Und er ist …«

»Bewusstlos. Im künstlichen Koma. Sie wissen nicht, ob er sich wieder erholen wird.«

»Aber du glaubst nicht, dass es Zufall war.«

»Nein, ich kann mir nicht vorstellen, dass er einfach so überfallen worden ist. Nichts wurde gestohlen. Wenn nicht ein paar Schulmädchen über ihn gestolpert wären, hätte er dran glauben müssen.«

»Aber es könnte trotzdem ein Zufall gewesen sein, oder?«, fragte Ronnie.

»Was weiß ich? Vielleicht. Aber wenn es keiner war und jemand unser Treffen beobachtet hat …« Kincaid senkte den Blick und bemerkte, dass sein Glas leer war. Aber als Ronnie mit einer Geste fragte, ob er noch eines bestellen sollte, schüttelte er den Kopf. Er wollte einen klaren Verstand bewahren.

»Ich glaube, du bist ein kleines bisschen paranoid«, sagte Ronnie. »Außer …« Seine intensiv blauen Augen musterten Kincaid forschend. »… es gibt etwas, das du mir nicht erzählst.«

»Ich … Da war …« Plötzlich war Kincaid doch nach einer weiteren Runde zumute. Um das hier durchzuziehen, musste er sich ein wenig Mut antrinken. Ohne ein weiteres Wort trug er Ronnies und sein Glas zur Bar. Aber er kam nicht mit Bier, sondern mit zwei Doppelten vom besten Whisky zurück, den das Pub zu bieten hatte.

Er nahm einen Schluck, und sobald seine Augen nicht mehr tränten und er wieder ausreichend Luft bekam, erzählte er Ronnie alles über Ryan Marsh. Bis zu der Nacht, als der verdeckte Ermittler gestorben war. »Ich habe ihn gefunden. Und niemandem erzählt, dass ich dort gewesen bin. Nicht mal Gemma. Ich kann nur hoffen, dass mich von den Polizisten vor Ort keiner erkannt hat.«

Ronnie saß schweigend da und nippte mit abwesendem Blick an seinem Whisky. Erschöpft schloss Kincaid die Augen und erschrak daher ein wenig, als Ronnie leise fragte: »Du glaubst also nicht, dass es Selbstmord war, oder?«

»Nein. Tu ich nicht. Daran hab ich nie geglaubt. Und ich habe einen befreundeten Rechtsmediziner gebeten, die Obduktionsergebnisse noch mal unter die Lupe zu nehmen.«

Ronnie dachte einen Moment lang nach, dann begann er, mit dem Zeigefinger auf die Tischplatte zu klopfen. »Nur damit ich das richtig verstehe. Du hast zwei Bullen, die vor irgendjemandem bei der Polizei Angst hatten. Du vermutest, dass einer von ihnen ermordet worden ist – obwohl du dafür keinen Beweis hast – und dass der andere Opfer eines Mordversuchs war – obwohl du dafür ebenfalls keinen Beweis hast. Außerdem glaubst du, dass dich der oder die Täter mit einem der beiden oder mit beiden Männern in Verbindung bringen.«

Kincaid nickte zögerlich. »Du findest, ich habe eine Schraube locker, oder?«

»Bei dir waren schon immer mehrere Schrauben locker, jedenfalls wenn man deiner Schwester glaubt«, entgegnete Ronnie mit einem unerwarteten Grinsen. Doch dann wurde er wieder ernst und fügte hinzu: »In diesem Fall ist das aber vielleicht … nicht so.«

»Was?« Kincaid runzelte die Stirn. »Willst du mir sagen, dass ich nicht übergeschnappt bin?«

»Na ja, da hätten wir Punkt eins: Solltest du nicht ganz plötzlich den Verstand verloren haben, verfügst du über verlässliche Instinkte und ein gutes Urteilsvermögen. Auf beides solltest du vertrauen.« Ronnie sah Kincaid in die Augen. »Aber das ist nicht alles. Eine Zeit lang ist ein Bulle hierhergekommen. Er hat gesagt, er habe vorzeitig den Dienst bei der Met quittiert und sei aus Gesundheitsgründen in sein altes Heimatcounty zurückgezogen – obwohl ich den Eindruck hatte, dass ein Teil seiner gesundheitlichen Probleme von seinem übermäßigen Alkoholkonsum herrührte. Er hat behauptet, er sei ein DCI gewesen, und wenn er genug getankt hatte, murmelte er immer wieder etwas davon, dass er zu viel gewusst habe und deshalb geschasst worden sei. In letzter Zeit habe ich ihn allerdings nicht mehr gesehen. Vielleicht sollte ich ihn mal genauer überprüfen. Sein Name ist Frank Fletcher. Sagt dir das irgendwas?«

Als Kincaid den Kopf schüttelte, fuhr Ronnie fort: »Wahrscheinlich reiner Zufall. Alkoholbedingter Verfolgungswahn, ein Säufer, der seine Fehler rechtfertigen will. Aber als wir uns über den Dienst unterhalten haben, hätte ich schwören können, dass er ein guter Polizist gewesen sein muss.« Ronnie zuckte mit den Schultern. »Es gibt immer Gerüchte über Korruption bei der Met – und natürlich auch bei jedem anderen Dienst. Das meiste davon ist Quatsch, aber …«

»Wo Rauch ist, da ist auch Feuer.« Die Worte waren Kincaid herausgerutscht, aber die Redewendung beschwor sofort unangenehme Erinnerungen herauf. Rasch nahm er einen Schluck Whisky, um sich den Aschegeschmack aus dem Mund zu spülen.

»Und jetzt?« Ronnie klopfte wieder auf den Tisch. »Wenn dein Rechtsmedizinerfreund sagt, dass dieser verdeckte Ermittler nicht Selbstmord begangen hat, was genau willst du dann tun?«

Kincaid blinzelte. »Wenn ich das nur wüsste.«

Ronnie schüttelte den Kopf. Mit den Ellbogen auf dem Tisch beugte er sich zu Kincaid vor. »Du tappst im Dunkeln. Das gefällt mir nicht. Du weißt über keinen der beiden Männer wirklich Bescheid. Du weißt nicht mal, ob dein verdeckter Ermittler auf eigene Rechnung oder immer noch für die Met gearbeitet hat. Gibt es zwischen Childs und Marsh denn eine Verbindung?«

»Nein, nicht dass ich wüsste …« Kincaid unterbrach sich, und seine Gedanken begannen zu rasen. »Ryan Marsh war bereits vor Monaten in diese Protestgruppe gegen Bauvorhaben in Camden eingeschleust worden, als Denis meine Versetzung dorthin veranlasst hat. Als wir uns neulich Abend getroffen haben, meinte Denis zwar, er habe mich nach Holborn geschickt, weil er DCS Faith vertraut. Aber was, wenn … Was, wenn er wusste, dass Ryan Marsh in meinen Zuständigkeitsbereich fallen würde? Aber dann hätte er entweder Marsh kennen oder etwas über die Gruppe wissen müssen …« Er brach ab und rieb sich übers Gesicht. »Das ist wirklich Schwachsinn. Du hast ja recht. Ich fische im Trüben. So würde ich normalerweise nie an einen Fall herangehen.«

Ronnie war ihm inzwischen so nahe, dass er seinen Atem auf dem Gesicht spüren und die leichte Whiskyfahne riechen konnte. »Du musst so viel wie möglich über diesen Marsh in Erfahrung bringen und auch über deinen Vorgesetzten«, sagte Ronnie, während er Kincaid den Zeigefinger in die Brust stieß. Und außerdem, mein Freund, musst du Gemma davon erzählen. Jetzt. Wenn du nicht bis zu den Augenbrauen in Schwierigkeiten stecken möchtest.«

14

Gemma wachte am Dienstagmorgen nicht weniger verärgert auf, als sie nachts zuvor zu Bett gegangen war. Als Kincaid zum zweiten Mal angerufen hatte, waren die Kinder gerade im Bett und sie mit den Hunden draußen gewesen. Sie hatte das Handy, natürlich, auf dem Küchentisch liegen lassen und seinen Anruf nur um wenige Minuten verpasst. Sie hörte die Nachricht ab, die er auf ihrer Mailbox hinterlassen hatte, und erfuhr, dass er die Nacht auf Juliets Sofa verbringen und nicht mehr zur Farm seiner Eltern fahren würde. Er hatte ein wenig gelallt.

Gemma hatte ihn nicht mehr zurückgerufen.

Sie war in einen unruhigen Schlaf gefallen und hatte sich die ganze Nacht hin und her gewälzt. Zwischendurch war sie immer wieder aufgewacht und hatte auf die Uhr geschaut. Trotz des Cockerspaniels und der beiden Kätzchen, die sich zu ihren Füßen zusammengerollt hatten, war ihr das Bett kalt und leer vorgekommen.

Als die Sonne aufging, war sie froh, einen Grund zum Aufstehen zu haben. Und während sie sich und die Kinder für den Tag fertig machte, merkte sie, wie sie sich auf den Morgenkaffee und einen kleinen Schwatz mit Melody freute. Dann fiel ihr auf, dass sie gar nicht nach Brixton fahren würde. Sie hatte ja etwas anderes vor.

Nachdem MacKenzie ihr abends zuvor Hugo Golds Nachnamen und seine Telefonnummer genannt hatte, hatte Gemma Kerry Boatman angerufen und ihr die Informationen weitergegeben. Ein paar Minuten später hatte Kerry sich zurückgemeldet und gesagt, Gold habe zugestimmt, sich heute Morgen um neun mit ihnen zu treffen – im Bill's in Kensington.

Sie und Kerry hatten ausgemacht, sich schon ein paar Minuten früher am Eingang zur U-Bahn-Haltestelle Kensington High Street zu treffen, da sich das Café in den Arkaden der Station befand.

Der Tag war wieder strahlend schön, und Gemmas Laune stieg merklich, als sie vor der Station stand, das Treiben auf der Kensington High Street beobachtete und die Sonne genoss, die sich – zumindest im Moment noch – sehr angenehm anfühlte. Als Kerry aus der Richtung Earl's Court Road auf sie zukam, wirkte sie entspannter, als Gemma sie je zuvor erlebt hatte.

»Ich bin zu Fuß gelaufen«, erwiderte Kerry, nachdem Gemma ihr gesagt hatte, wie gut sie aussehe. »Vertreibt die Spinnweben aus dem Kopf.« Sie schlüpfte wieder in die marineblaue Kostümjacke, die sie sich über die Schulter geworfen hatte. »Und zumindest haben wir heute Morgen dank Ihnen einen Ausgangspunkt.«

»Ein recht merkwürdiger Ort für eine Vernehmung.« Gemma deutete auf die Arkaden.

»Sein Vorschlag. Er hat gesagt, er lebe in Holland Park und das Lokal liege auf dem Weg zu seinen Uni-Seminaren. Er schien ziemlich durch den Wind, weil das Mädchen gestorben ist.«

»Er wusste von Reagan?«

»Erst seit Ihre Freundin MacKenzie Williams ihn gestern Abend angerufen hat – zumindest behauptet er das. Mal hören, was er zu erzählen hat.«

»Kennen Sie dieses Café?«, fragte Gemma.

»Manchmal schau ich auf dem Heimweg für einen Latte rein. Es ist ein netter Laden, um sich ein bisschen hinzusetzen und nachzudenken. Zwischen zwei Gefechten, wenn Sie wissen, was ich meine.«

»Wo leben Sie eigentlich?«, fragte Gemma.

»Peckham Rye. Mitten in der Vorstadt, ich weiß. Aber mein Mann ist bei der Verwaltung von Lambeth, und er hat es von da nicht weit bis zur Arbeit.« Kerry sah auf die Uhr. »Wollen wir mal schauen, ob er da ist?«

Gemma trat hinter Kerry durch die Eingangstür und atmete den Geruch von Kaffee und gebratenem Speck ein.

Es war ein gemütliches Lokal, in dem es viel Holz, Ziegelsteine und mit Leder bezogene Bänke gab sowie eine eiserne Wendeltreppe, die in ein weiteres Geschoss hinaufführte. Sie sah bunte Emaille-Teekannen und auch leere Biscuits- und Haferflockendosen, die das Besteck enthielten. Das ganze Café schien von einem gut gelaunten Stimmengemurmel erfüllt. Gemma glaubte, dass man sich hier wunderbar mit Freunden auf ein Essen oder eine Tasse Tee verabreden konnte, aber das Lokal schien wirklich auch ein guter Ort zum Nachdenken zu sein. Sie verstand, warum Kerry das Café mochte.

Sie erkannte Hugo Gold sofort. Er saß auf einer Bank im hinteren Teil des Lokals. Hugo wirkte etwas älter und dünner als auf den Fotos an Reagans Pinnwand, und Gemma fragte sich, ob die Ringe unter seinen Augen chronisch waren oder von einer durchwachten Nacht herrührten. Doch mit seinen blonden, etwas feminin geschnittenen Haaren und den ebenmäßigen Gesichtszügen sah er immer noch sehr gut aus. Bei ihm am Tisch saßen auch ein junger Mann und eine junge Frau.

»Ist er das?«, flüsterte Kerry, während sie gleichzeitig den Platzanweiser fortwinkte. Als Gemma nickte, sagte sie: »Sieht aus, wie sie ihn beschrieben haben. Anscheinend hat er Verstärkung mitgebracht.«

Sie durchquerten den Raum und schlängelten sich durch

die Tische hindurch. Hugo Gold blickte zunächst ausdruckslos zu ihnen auf, dann bemerkte er, dass sie auf ihn zuhielten – und dass Kerrys Kostüm nur einer Polizistin gehören konnte. Gemma sah, wie er sich versteifte. Der junge Mann, der gerade noch ernst auf ihn eingeredet hatte, verstummte und drehte sich zu ihnen, um sie in Augenschein zu nehmen.

»Sie müssen Hugo sein«, sagte Kerry, die als Erste beim Tisch ankam. »Ich bin DCI Boatman.« Sie streckte die Hand aus, und er erhob sich halb von seinem Platz, um sie zu schütteln. »Und das hier ist DI James. Dürfen wir uns setzen?«

Auf der Bank neben Hugo war noch Platz. Als er seinen Freunden zunickte, räumten sie ihre Sitze, wobei der junge Mann zu ihm aufrutschte, während die Frau einen unbesetzten Stuhl vom Nachbartisch herüberzog. Gemma fand es bemerkenswert, dass es der junge Mann war, der sich neben Hugo setzte. Er war ziemlich unscheinbar, besonders im Kontrast zu Hugo. Sein mattbraunes Haar war ungefähr so lang wie Hugos, aber weniger ansehnlich, und obwohl Gemma ihn für Anfang zwanzig hielt, blühten auf seinem Gesicht noch vereinzelte Pickel.

»Mein Name ist Sidney, Sidney Wyatt«, sagte er mit einem Hauch Angriffslust in der Stimme. Er hatte ein fleckiges braunes T-Shirt an mit dem Logo einer Band, die Gemma nicht kannte. Hugo trug dagegen einen königsblauen Blazer über einem weißen T-Shirt und sah aus, als wäre er gerade einer Werbeanzeige entstiegen.

Die junge Frau stellte sich mit leiser Stimme als Thea Osho vor. Ihre glänzende Haut war tiefschwarz. Sie hatte volle Lippen und hohe Wangenknochen. Ihre dunklen, an den Seiten leicht schräg gestellten Augen waren mit einem perfekt aufgetragenen Lidstrich akzentuiert. Ihr Kopf war auf einer Seite rasiert, und den Rest ihrer Haare hatte sie zu langen dünnen

Zöpfen geflochten, an deren Enden grellbunte Metallscheiben befestigt waren. Eine Frisur, die nicht jeder tragen konnte. Sie begrüßte sie mit einem aufrichtig scheinenden Lächeln, während in ihren Augen Tränen funkelten. »Wir wollen erfahren, was mit Reagan passiert ist«, sagte sie. »Wir sind auch ihre Freunde.«

Also nicht zu Hugos moralischer Unterstützung hier, dachte Gemma. Zumindest nicht Thea.

Als die Kellnerin an ihren Tisch kam, bestellte Kerry einen Latte, aber Gemma schüttelte bloß den Kopf und zog ihr kleines Notizbuch aus der Tasche. Sie wollte zuhören, ohne sich von einem Getränk ablenken zu lassen.

»Sie wussten nicht, dass Reagan tot ist?«, fragte sie an Thea gewandt.

Thea schüttelte den Kopf, wobei die kleinen Scheiben an ihren Zöpfen klimperten. Gemma hielt sie für flachgeschlagene Kronkorken. »Ich habe sie seit Freitag immer wieder angeschrieben und angerufen«, sagte Thea. »Erst habe ich geglaubt, sie wäre bloß noch mit Jess' Tanzkurs und ihrem Modeln beschäftigt.«

»Aber Sie haben nichts von ihr gehört«, sagte Gemma, als Thea nicht mehr weiterredete.

»Nein. Ich habe ihr die Mailbox vollgequatscht. Ich war ein bisschen besorgt um sie, hätte aber nie gedacht …«

»Sie sind nicht zu ihr nach Hause gegangen?«, fragte Kerry, nachdem sie einen hübsch zubereiteten Latte von der Kellnerin entgegengenommen hatte, die sie mit »meine Liebe« ansprach und damit eine Vertrautheit zum Ausdruck brachte, die von noch regelmäßigeren Besuchen zeugte, als Kerry ihr gegenüber angedeutet hatte.

»O nein, das hätte ich niemals getan.« Thea klang überrascht. »Reagan wollte nicht, dass ihre Freunde sie besuchen.

Und ehrlich gesagt, habe ich mich dort auch nie willkommen gefühlt.« Sie zuckte eine Schulter, die abgesehen vom dünnen Träger ihres Tanktops unbedeckt war. »Ich glaube, ihre Chefin mochte mich nicht«, fügte sie mit leicht verzogener Miene hinzu. Dabei hielt sie sich einen Finger an die Wange, womit sie offensichtlich auf ihre Hautfarbe hinwies. Ihre Bewegungen waren so fließend, dass Gemma an Jess denken musste und sich fragte, ob Thea wohl ebenfalls tanzte. Und während sie sich anfangs noch überlegt hatte, ob zwischen diesem Mädchen und Hugo Gold irgendwas lief, war sie sich inzwischen sicher, dass dem nicht so war. Er schaute mit ausdruckslosem Gesicht an ihr vorbei, und zwischen den beiden bestand kein Funken Intimität.

»Hugo.« Kerry, die sich mit einem Schluck Kaffee gestärkt hatte, schien bereit, jetzt zum geschäftlichen Teil zu kommen. »Wann haben Sie Reagan zum letzten Mal gesehen?«

Es schien ihn Mühe zu kosten, sich wieder auf das Gespräch zu konzentrieren. »Am Freitag.« Er sprach mit einem ziemlich vornehmen Akzent, aber Gemma fand, dass seine Stimme ein kleines bisschen zu hoch war, um angenehm zu klingen. »Freitagabend waren wir alle in der Pianobar«, fügte er hinzu und sah dabei Sidney und Thea an, als ob sie seine Worte bestätigen sollten. Die beiden nickten.

»Welche Pianobar?«

»Kensington Piano. Auf der anderen Straßenseite«, sagte Hugo und deutete auf die Kensington High Street hinaus. »Im oberen Stockwerk.«

Gemma war zwar nie drinnen gewesen, aber an der schmalen Fassade mit der kleinen schwarzen Tür im Erdgeschoss war sie schon häufig vorbeigelaufen.

»Sie waren doch ein Paar«, sagte Kerry. »Haben Sie am Wochenende nicht versucht, sie zu erreichen?«

Hugo rutschte auf seinem Platz hin und her. »Nein. Wir hatten im Club eine kleine Auseinandersetzung, und ich dachte, sie wäre immer noch sauer auf mich. Ich dachte, sie würde mir schon schreiben, sobald sie sich wieder beruhigt hatte. Sie wissen schon, um sich zu entschuldigen.«

Kerry sah überrascht aus. »Reagan hätte sich bei Ihnen entschuldigen sollen? Wofür?«

Er zuckte mit den Schultern. »Sie war einfach schlecht drauf und fand jeden bescheuert. Ich sagte ihr, sie solle wieder runterkommen. Es war Freitagabend, und wir waren unterwegs, um eine gute Zeit zu haben. Und dafür hat sie mir fast den Kopf abgerissen.«

»Hat sie getrunken?«

Er zuckte erneut mit den Schultern. »Vielleicht ein oder zwei Gläser. Aber Reagan trinkt … hat nie viel getrunken.«

»Was ist dann passiert? Haben Sie sie heimgebracht, Hugo?«

»Nein, sie ist gegangen. Es war erst gegen halb elf. Sie sagte, sie habe Kopfschmerzen.«

»Hatte Reagan ihr Handy dabei?«, warf Gemma ein, die sich immer noch Gedanken über das fehlende Telefon machte.

»Äh, ja. Bestimmt«, sagte Hugo, aber er klang unsicher. »Ich meine, warum hätte sie es nicht dabeihaben sollen?« Seinem Tonfall nach zu urteilen, hätte Gemma genauso gut fragen können, ob sie das Haus ohne Arme verlassen hätte.

Thea meldete sich zu Wort. »Sie hatte es. Ich habe sie eine Nachricht schreiben sehen.«

»Wissen Sie, an wen die ging?«, fragte Gemma.

Thea schüttelte den Kopf. »Nein. Vielleicht was wegen der Arbeit. Oder an ihre Mutter.«

Gemma hatte den Eindruck, dass Thea mehr wusste oder vermutete, als sie zugab. Und weder Nita Cusick noch Gwen Keating hatten erwähnt, dass Reagan sich am Freitagabend bei ihnen gemeldet hatte. »Wissen Sie von irgendwelchen anderen Freunden, mit denen sie Kontakt gehabt haben könnte?«

»Wir waren ihre besten Freunde«, meldete sich Sidney zum ersten Mal zu Wort. Er klang trotzig, so als hätte Reagan kein Recht auf andere Freunde gehabt. Thea warf ihm einen Blick zu, und Gemma hätte schwören können, in ihren Augen Abneigung gesehen zu haben. Hugo, Sidney und Thea waren ganz sicher nicht die drei Musketiere.

»Hat sie ihr Handy vielleicht im Club liegen lassen?«, fragte Gemma.

»Das glaube ich nicht.« Thea runzelte die Stirn. »Aber vermutlich hätte sie es gar nicht bemerkt, wenn es ihr runtergefallen wäre. Da drinnen war der Teufel los. Das ist am Wochenende eigentlich immer so, aber am Freitag stieg dort eine Geburtstagsparty und gleichzeitig auch noch eine Verlobungsfeier. Es herrschte ein ganz schönes Gedränge, und man konnte sich vor lauter Leuten überhaupt nicht mehr bewegen.« Mit vorwurfsvollem Ton fügte sie hinzu: »Reagan wollte irgendwo anders hingehen, aber keiner hat ihr zugehört.«

Hugo fuhr auf. »Reagan wusste, wie es dort ist, als wir uns verabredet hatten. Sie war schon dort gewesen.«

Gemma vermutete, dass er nicht gerne kritisiert wurde. Und sie wusste, dass Kerry das Gleiche dachte, weil ihre Kollegin plötzlich mit strenger Stimme fragte: »Ihre Freundin hat sich also in einem überfüllten Club nicht wohlgefühlt, und Sie haben sie allein nach Hause gehen lassen, Hugo? Haben Sie sich keine Sorgen um sie gemacht?«

Er warf Kerry einen zornigen Blick zu. »Warum hätte ich? Sie war ja erwachsen. Und sie musste nur mit dem Bus den Hügel hochfahren.«

Gemma sah ihn erstaunt an. Was hatte Reagan an Hugos offensichtlichem Narzissmus bloß anziehend finden können?

Thea blaffte ihn an: »Aber es ging nicht gut, Hugo, oder? Sie ist gestorben. Gestorben! Wenn du sie begleitet hättest – wenn irgendeiner von uns sie begleitet hätte –, wäre sie vielleicht noch am Leben.« Ihr Blick wanderte zwischen Gemma und Kerry hin und her. »Und Sie haben uns immer noch nicht gesagt, was ihr zugestoßen ist. MacKenzie Williams hat Hugo nur erzählt, dass man sie tot im Garten gefunden hat. Wie ist sie umgekommen? Irgendwas Schreckliches muss ihr passiert sein, sonst würden Sie beide nicht mit uns sprechen. Bei einem natürlichen Tod würden nicht zwei so hochrangige Polizistinnen die Vernehmungen führen.«

Gemma sagte bloß: »Sind Sie alle schon mal im Haus der Cusicks gewesen? Auch wenn Sie sagen, dass Reagan dort nicht gerne Besuch hatte?«

Sie nickten alle, wenn auch ein wenig zögerlich. Hugo warf Sidney einen kurzen Blick zu, bevor er erwiderte: »Wir haben sie ein paarmal abgeholt. Wenn sie noch nicht fertig war oder wenn Nita noch nicht zurück war und sie den Jungen nicht alleinlassen konnte, durften wir rein. Und ich bin ein paarmal hin, als Nita nicht zu Hause war.« Und dann, als hätten sie ihm unanständiges Verhalten vorgeworfen, fügte er hinzu: »Aber wir haben kein Geheimnis daraus gemacht und uns immer angemessen verhalten.«

»Thea?«, wandte Gemma sich an die junge Frau.

»Ja, schon. Ich war ein paarmal im Haus. Vermutlich etwas häufiger, aber normalerweise nur, wenn Nita aus war.«

»Waren Sie in Reagans Zimmer?«

»Ja, natürlich.«

»Hatte Reagan einen Computer?«

Thea nickte. »Sogar einen ziemlich guten. Sie hielt ihr Geld zusammen – einer der Gründe, warum sie diesen Job angenommen hatte, war, dass sie sich so die Miete sparen konnte –, aber bei ein paar Dingen wie dem Computer und dem Drucker hat sie nicht gespart.« Sie nannte Gemma die Marken von beiden Geräten.

Während Gemma sie notierte, sagte Kerry: »Und was ist mit dem Garten? Ist irgendjemand von Ihnen hineingegangen?«

»Wir haben uns ein- oder zweimal auf die Terrasse gesetzt und etwas getrunken«, sagte Thea. »Aber das ganze Haus – das Gebäude, die Terrasse – war so schrecklich steril. Kein bisschen gemütlich. Nita will nicht mal, dass Reagan in der Küche etwas kocht.« Sie schien nicht zu bemerken, dass sie in der Gegenwartsform sprach.

»Hugo?«, fragte Kerry.

Er sah sie argwöhnisch an. »Ja, ab und zu. Zum Spazieren. Wo hat man sie …?« Er brach ab und schluckte. »Sie wissen schon.«

Statt zu antworten, sagte Kerry: »Hat sie Ihnen das Tor gezeigt, durch das man in den Garten kommt?«

»Nein.« Er runzelte die Stirn. »Wieso auch? Wir sind immer durchs Haus reingegangen.«

»Und Sie sind nicht hingegangen, um sich mit ihr auszusprechen, nachdem sie Freitagabend den Club verlassen hatte?«

»Nein, das habe ich Ihnen doch schon gesagt. Es gab nichts zu bereden«, sagte Hugo mit anschwellender Stimme.

»Gut, gut. Beruhigen Sie sich.« Kerry lächelte ihn an, aber Gemma glaubte nicht, dass Hugo sich davon beeindrucken ließ. »Wir müssen uns nach diesen Dingen erkundigen. Am besten beantworten Sie einfach unsere Fragen und bringen es hinter sich. Wohin sind Sie am Freitag nach dem Club gegangen?«

Hugo sah zu Sidney hinüber und sagte dann: »Wir haben mit ein paar Kumpels in der UCL abgehangen. Im Studentenwohnheim. Und uns dabei ganz schön betrunken, wenn es Sie interessiert.«

»Sie alle drei?«

»Nein, nur Sidney und ich. Thea hat ihr eigenes Ding gemacht.«

»Können Ihre Freunde das bezeugen?«

»Ja, vermutlich schon. Aber ich bin mir nicht sicher, an wie viel sie sich erinnern werden. Oder ob sie es toll finden, wenn sie mit der Polizei sprechen müssen.« Zum ersten Mal wirkte Hugo ein wenig ängstlich. Ob bei dieser Zusammenkunft wohl auch Drogen im Spiel gewesen waren?

»Wir werden uns bemühen, sie nicht allzu sehr in Aufregung zu versetzen«, sagte Kerry mit so viel Aufrichtigkeit, dass Gemma ein Grinsen unterdrücken musste. »Thea, was ist mit Ihnen?«, hakte Kerry nach.

»Ich bin zu meinem Freund gegangen. Ich hatte genug Trubel für einen Abend. Wir sind zu Hause geblieben und haben ferngesehen.« Im Gegensatz zu Hugo wirkte sie entspannt. »Ich wünschte nur, ich hätte nach Reagan gesehen. Vielleicht hätte ich ja irgendwas tun können …«

»Das kann man nicht wissen«, entgegnete Gemma, obwohl sie ihre Schuldgefühle verstehen konnte.

»Ich benötige Ihre Personalien und auch Angaben, wie ich Ihre Freunde erreichen kann.« Kerry nickte zu Hugo und Sidney. »Und Ihren Freund«, fügte sie an Thea gewandt hinzu. »Und ich muss noch wissen, wann Sie den Club verlassen haben. Sind Sie gemeinsam aufgebrochen?«

»Ja«, sagte Thea. »Wir sind zusammen mit der U-Bahn zur Euston Road gefahren und haben uns da dann voneinander verabschiedet.«

»Ich muss Sie drei bitten, ins Polizeirevier von Kensington zu kommen und noch mal alles, was Sie uns hier erzählt haben, zu Protokoll zu geben.« Um möglichen Einwänden zuvorzukommen, fügte sie hinzu: »Ich verstehe es, wenn Sie heute Vormittag Vorlesungen oder andere Verpflichtungen haben sollten, aber ich möchte, dass Sie das noch heute erledigen. Wir wollen doch nicht, dass ich Sie von einer Funkstreife abholen lassen muss, oder?« Mit diesen Worten trank sie den letzten Schluck von ihrem Latte und winkte nach der Rechnung.

Sobald Kerry gezahlt hatte, brachen sie auf. Doch bevor sie den Ausgang des Restaurants erreichten, drehte Gemma sich noch mal um. Die drei jungen Leute steckten über den Tisch hinweg die Köpfe zusammen, und während sie sie beobachtete, berührte Sidney mit den Fingerspitzen leicht die Tasche von Hugos Blazer. Eine eigentümlich innige Geste.

Sie waren gerade auf die Straße hinausgetreten, als Thea aus den Arkadentüren herausgestürmt kam und ihnen hinterherrief. »Ich hab den beiden gesagt, dass ich spät dran bin für ein Seminar.« Sie sah kurz zu den Arkaden zurück. »Denn ich dachte, Sie sollten vielleicht wissen, dass Reagan mit Hugo Schluss machen wollte. Sie hatte einen anderen.«

»Wissen Sie, wen?«, fragte Gemma.

»Sein Name ist Edward Miller. Er ist ein Klient von Nita Cusick.«

Als Kincaid am Dienstagmorgen aufwachte, fühlte er sich ein wenig schlapp – und auch steif von der Nacht auf Juliets Sofa, das gut dreißig Zentimeter zu kurz für ihn war. Juliet eilte durchs Haus und rief den Kindern zu, dass sie sich beeilen sollten, wenn sie nicht zu spät zur Schule kommen wollten. Er konnte gar nicht glauben, dass es ihm gelungen war, mitten in diesem Chaos zu schlafen.

»Und ich muss zu einer Baustelle«, erklärte Juliet, als sie Kincaid auf seinem Weg durch die Küche eine Tasse Tee in die Hand drückte. Den restlichen Tee goss sie aus der Kanne in eine Thermosflasche und tat noch Milch und Zucker hinein.

»Du kannst statt mir duschen«, fügte sie hinzu, nachdem sie ihn kritisch gemustert hatte. »Ich mach das dann nach der Arbeit.« Sie hatte ihren Baustellen-Overall an und sah darin sogar noch weiblicher aus als sonst.

In dem Moment kamen Sam und Lally geräuschvoll hereinmarschiert. Sie trugen ihre Schuluniformen und wuchteten sich die Taschen auf den Rücken. Plötzlich empfand Kincaid starkes Heimweh. Da Gemma nicht zurückgerufen hatte, hatte er seinen Kindern gestern Abend nicht mehr Gute Nacht sagen können, und jetzt verpasste er auch noch ihre gemeinsame morgendliche Routine.

Warum Gemma wohl nicht mehr angerufen hatte? Juliet klaubte ihre Sachen zusammen und drückte ihm einen raschen Kuss auf die Wange.

»Du siehst heute Morgen noch nach Daddy, okay?«, fragte sie.

»Natürlich.« Er zog sie in eine Umarmung. »Und du hältst mich bitte auf dem Laufenden, ja?« Er zählte darauf, von ihr die Informationen zu bekommen, die ihm seine Mutter nicht geben würde. Aber das wollte er vor den Kindern nicht aussprechen.

»Musst du schon gehen?«, fragte Sam und machte ein langes Gesicht.

»Ich fürchte, ja. Ich muss zur Arbeit. Außerdem vermissen mich deine Cousins und deine Cousine.« Er zerzauste Sams Haare und widerstand dem Drang, das Gleiche bei Lally zu tun. Stattdessen beugte er sich hinunter und küsste sie sehr sanft auf die Wange. »Du passt auf deine Mum auf, okay?«

Lally nickte, errötete und zog etwas aus der Jeanstasche. Sie reichte ihm ein gefaltetes Stück Papier. »Gibst du das bitte Kit?«

»Ja, klar.« Er verstaute es sorgfältig in seiner Hemdtasche.

»Es ist Origami. Ich habe geübt.«

»Ich sag's ihm. Er wird sich …«

»Wir müssen schnell los«, unterbrach ihn Juliet und schob die Kinder eilig zur Tür hinaus.

»Jules«, sagte er, und als sie sich umdrehte, fügte er hinzu: »Danke. Für alles. Und …« Er grinste. »… halte dir Ronnie Babcock warm.«

Obwohl sich der Zustand seines Vaters stabilisiert hatte und er inzwischen wieder zu Hause war, machte Kincaid sich während der ersten Stunde seines Rückwegs vor allem Sorgen um seine Eltern. Aber auf der Höhe von Birmingham holte ihn allmählich der mangelnde Schlaf der vergangenen Nacht ein. Im Auto war es warm, und er drohte einzunicken. Er kurbelte die Fenster seines alten Astra weiter herunter und drehte das Radio lauter, doch nichts schien gegen seine Müdigkeit zu helfen. »Genauso gefährlich wie betrunken sein«, murmelte er und bog erleichtert in die erste Autobahnraststätte ein.

Als er eine Lücke am Rand des Parkplatzes fand, stellte er den Motor ab und schlief innerhalb von Sekunden ein.

Eine halbe Stunde später schreckte er wieder hoch. Sein Mund fühlte sich an wie altes Leder, und ihm pochte der Schädel. Nachdem er sich notdürftig auf Vordermann gebracht hatte, ging er in den Shop und holte sich einen Kaffee. Als ihm auffiel, dass er seit dem gestrigen Abend nichts mehr gegessen hatte, nahm er auch noch ein Sandwich und eine Wasserflasche. Ein paar Minuten später saß er wieder im Auto, schlang das Sandwich hinunter und trank die Flasche leer. Nun fühlte er sich wieder wesentlich wacher. Er nahm einen Schluck Kaffee, ließ den Wagen an und fädelte sich vorsichtig wieder auf die Autobahn ein.

Während der Fahrt kehrten seine Gedanken zum Vorabend und dem Gespräch mit Ronnie Babcock zurück. Mittlerweile wusste er, dass sein Freund recht hatte. Was Denis und Ryan Marsh zugestoßen war, hatte ihn so sehr aufgewühlt, dass er nicht mal mehr die einfachste Polizeiarbeit hatte erledigen können. Aber wie sollte er jetzt ordentliche Ermittlungen anstellen, ohne dabei Spuren zu hinterlassen, die ihn und seine Familie in Gefahr bringen konnten?

Während er erneut auf die sanften Hügel der Cotswolds im Westen blickte, nagte ein schwer zu fassender Gedanke an ihm. Er erinnerte sich jetzt, dass er ihm bereits im Tiefschlaf im Auto kurz vor dem Aufwachen gekommen war. Hatte er geträumt? War es um Ryan gegangen? Er sah zum Autobahnschild hinauf – die nächste Ausfahrt war Oxford. Und südlich von Oxford, in der Nähe von Sonning, lag das Cottage, in dem er, Doug und Melody vor einiger Zeit Christie besucht hatten, die Ehefrau von Ryan Marsh. Lebte sie immer noch dort? Und wenn ja, wurde sie dann nach wie vor überwacht? Es war vermutlich zu gefährlich, ihr einen Besuch abzustatten.

Und dann fiel ihm die Insel ein, Ryans Versteck auf der Themse, in der Nähe von Didcot. Christie Marsh hatte grob gewusst, wo es lag, weil sie ihrem Mann einmal bis zum Fluss gefolgt war, und sie war es auch gewesen, die ihnen von dem Versteck erzählt hatte. Dort hatten er und Doug Ryan gefunden und ihn überredet, mit ihnen zu kommen. Hätten sie das nicht getan, wäre er dann vielleicht noch am Leben?

War es Christie nach Ryans Tod gelungen, die Insel zu finden? Falls nicht, was mochte Ryan dort zurückgelassen haben?

Aus einem plötzlichen Impuls heraus wechselte Kincaid in die Spur, die zur Oxford-Ausfahrt führte. Er hatte vor, es herauszufinden.

15

Nachdem sie das Bill's und die Arkaden der U-Bahn-Station hinter sich gelassen hatten, versuchten sie es gleich bei der Pianobar auf der anderen Seite der Kensington High Street. Der Club war geschlossen, und sie sahen, dass er nicht vor fünf aufmachen würde. »Wir müssen noch mal wiederkommen«, sagte Kerry. »Ich würde sagen, um halb fünf. Dann erwischen wir das Personal vielleicht noch, bevor die ersten Gäste auftauchen.« Gemma gab ihr recht, dachte aber auch darüber nach, dass es wohl wieder ein langer Tag werden würde und Kincaid bislang noch nicht Bescheid gegeben hatte, wann er zu Hause sein und ihr mit den Kindern helfen würde.

Als Nächstes kehrten sie ins Revier Kensington zurück, um sich zu einer Strategiesitzung in Kerrys Büro zu verziehen – und in Kerrys Fall zu einer weiteren Tasse Kaffee. Allmählich hatte Gemma den Eindruck, dass durch die Adern dieser Frau statt Blut Koffein fließen musste.

»Was halten Sie von unserem kleinen Trio?«, fragte Kerry, während sie sich an die Kante ihres Schreibtischs lehnte.

»Merkwürdig«, sagte Gemma, nachdem sie einen Moment nachgedacht hatte. »In jeder Hinsicht. Reagan scheint eine kluge junge Frau gewesen zu sein. Ich kann mir nicht vorstellen, was sie in Hugo Gold gesehen haben mag. Obwohl er auf den Fotos anders rüberkam. Da sie miteinander gemodelt haben, hat sie vielleicht die Person in ihm gesehen, die er vor der Kamera dargestellt hat.«

»Ja, könnte sein. Aber Sidney ist ziemlich unangenehm, finden Sie nicht auch?« Ihre Abneigung gegen ihn stand Kerry deutlich ins Gesicht geschrieben.

»Ich habe den Eindruck, Hugo sonnt sich ziemlich in Sidneys Bewunderung, obwohl ich bezweifle, dass er sie erwidert. Und Thea ... Was hat ein Mädchen wie sie mit den beiden zu schaffen?« Gemma schüttelte den Kopf und fügte hinzu: »Ich würde gerne mit MacKenzie Williams über Hugo sprechen.« Sie nahm ihr Büchlein heraus, machte sich eine entsprechende Notiz.

»Ich lasse jemanden ihre Alibis für Freitagabend überprüfen«, sagte Kerry. »Obwohl ich davon ausgehe, dass Sidney keine Sekunde zögern würde, Hugo zu decken.«

»Und ich glaube, dass Sidney froh ist, Hugo für sich allein zu haben«, überlegte Gemma laut.

Angesichts der Möglichkeiten, die sich daraus ergaben, begannen Kerrys Augen zu funkeln. »Meinen Sie, Sidney könnte sie ermordet haben?«

»Aus Eifersucht? Vielleicht. Aber wie?«

»Er kommt mir wie ein gewiefter Mistkerl vor«, sagte Kerry. »Vielleicht hat er sich was ausgedacht, wie er durchs Haus eindringen konnte. Oder über die Mauer – obwohl wir keine Kletterspuren entdeckt haben.« Dann seufzte sie und schüttelte den Kopf. »Aber ich kann mir nicht vorstellen, dass Reagan sich mit ihm allein an einem abgeschiedenen Ort zusammensetzen würde.«

Gemma nickte zustimmend. »Und nichts, was wir gehört haben, erklärt den hohen Alkoholgehalt in ihrem Blut. Wenn sie grundsätzlich nicht viel getrunken hat und im Club ein oder vielleicht auch zwei Gläser hatte, wie konnte sie dann praktisch im Delirium enden?«

»Vielleicht hat Hugo sie zu einem Treffen überredet. Ich halte das für gut möglich. Dann sind sie über Reagans neuen

Freund in Streit geraten. Er wurde wütend. Sie haben miteinander gekämpft. Er hat sie erstickt und anschließend alle Beweise beseitigt.«

An Kerrys verträumter Miene konnte Gemma erkennen, dass sie an diesem möglichen Tathergang Gefallen fand, doch leider musste sie ihre Gedankenblase zum Platzen bringen. »Das erklärt immer noch nicht den Alkohol. Besonders wenn sie eh schon auf ihn sauer war und sich nicht gut gefühlt hat. Und das würde auch bedeuten, dass Hugo mit dem Haus so gut vertraut sein müsste, um es zu schaffen, alle Beweise zu beseitigen, möglicherweise auch noch ihren Computer mitgehen zu lassen und sich dann schließlich unbemerkt rauszuschleichen.«

»Vielleicht war das Mädchen ja auch eine heimliche Alkoholikerin.« Kerry klang säuerlich. »Sie können nicht alles, was Leute über eine Verstorbene sagen, für bare Münze nehmen. Vielleicht hatte sie nicht mal Kopfschmerzen. Vielleicht brauchte sie nur eine Ausrede, um die Bar zu verlassen. Vielleicht wollte sie sich mit ihrem neuen Freund treffen.«

Gemma wusste, dass sie recht hatte, obwohl sie nur ungern das Bild aufgeben wollte, das sie sich bislang von Reagan Keating gemacht hatte. »Wir müssen mit diesem Edward Miller sprechen«, sagte sie. »Und dafür müssen wir erst Nita Cusick einen Besuch abstatten.«

»Und davor …« Kerry leerte ihren Kaffee, dann ging sie um den Schreibtisch herum und nahm einen schweren alten Schlüssel in die Hand. »… müssen wir Mrs Armitage den Schlüssel des Gärtners zurückbringen. Die Spurensicherer sind durch, also brauchen wir keinen Zugang mehr. Und ich würde mich gern mal mit der Dame unterhalten.«

Diesmal parkten sie auf der Nordseite von Cornwall Gardens. Als sie aus dem Auto stiegen, blinzelte Gemma. Die Sonne brannte bereits heiß vom Himmel, und sie hieß die Schatten, die die Reihenhäuser warfen, dankbar willkommen. Als sie aufblickte, kam ihr der Gedanke, wie geheimnisvoll das eingefriedete Grundstück wirkte, komplett verborgen hinter seinen beeindruckenden Häuserreihen und hohen Toren.

Die Vorderseite von Mrs Armitages Haus war blassrosa gestrichen, und nachdem sie ihre Terrasse gesehen hatte, hätte Gemma sich bei ihr auch keine andere Farbwahl vorstellen können. Der frische schwarze Anstrich der Vordertür glänzte, und die Messingbeschläge waren so stark poliert, dass sie dachte, sie könnten nur noch aus einer dünnen Schicht bestehen. Das Haus hatte die gleichen großen Vorderfenster wie das von Nita Cusick, aber im Gegensatz zu deren Fensterscheiben, die von der Straße aus Einblick ins Wohnzimmer gewährten, waren die von Mrs Armitage diskret mit Netzgardinen verhängt.

Als sie zur Vordertür kamen, konnten sie durch das leicht geöffnete Fenster im Untergeschoss ein Radio hören. Dieses Mal hatten sie anscheinend Glück. Mrs Armitage war zu Hause.

Kerry betätigte den Türklopfer, und einen Augenblick später hörten sie die Stimme einer Frau sagen: »Ich komme. Immer mit der Ruhe.« Dann wurde die Tür aufgestoßen, und Jean Armitage nahm sie ohne erkennbare Überraschung in Augenschein.

»Mrs Armitage?«, begann Kerry. »Mein Name ist Detective Chief Inspector Boatman, und das ist Detective Inspector Gemma …«

»Ich weiß, wer Sie sind«, sagte Mrs Armitage. »Ich habe mich schon gefragt, wann Sie es endlich bis zu mir schaffen würden. Dann kommen Sie mal besser rein.«

»Wir haben es schon gestern bei Ihnen probiert, Mrs Armitage.«

»Davon habe ich gehört. Da war mein Bridge-Nachmittag. Sie haben doch hoffentlich nicht erwartet, dass ich herumsitzen und Däumchen drehen würde, während Sie mit der halben Nachbarschaft sprechen.«

Als Gemma sich an das gedämpftere Licht im Flur gewöhnt hatte, betrachtete sie den alten, aber strahlenden Linoleumboden und den Schimmer auf dem Treppengeländer. Sie roch Bienenwachs und Lavendel – und irgendein köstliches Gebäck.

Der Grundriss des Hauses war exakt der gleiche wie bei den Cusicks, aber damit endeten die Ähnlichkeiten auch schon. Als sie einen Blick ins Wohnzimmer warf, sah sie Möbel, deren Chintzbezüge eindeutig *nicht* zur Blumentapete passten, einen zwar ausgetretenen Perserteppich, der jedoch trotzdem sehr wertig aussah, und einen überraschend großen und modernen Flatscreen-Fernseher. Vor den rückwärtigen Fenstern hingen die gleichen Netzgardinen wie auf der Straßenseite, aber Gemma bemerkte, dass sie gut hindurchsehen konnte. Es war ein gemütliches und wohnliches Haus.

Mrs Armitage selbst war ganz anders, als Gemma sie sich vorgestellt hatte. Sie hätte nicht sagen können, ob sie jünger oder älter als siebzig war, aber sie hatte sich auf eine Weise gut gehalten, die nichts mit Make-up oder plastischer Chirurgie zu tun hatte. Ihre dichten grauen Haare waren zu einer einfachen Frisur geschnitten. Ihre Kleidung bestand aus einer beigen Twillhose, mit einem Gürtel um ihre adrette Taille, und einer dünnen weißen Baumwollbluse. Ihre Haut zeigte nur wenige, feine Falten, und ihren leuchtend blauen Augen schien nichts zu entgehen. Alles in allem eine attraktive Frau, diese Mrs Armitage, und Gemma konnte jetzt besser nachvollziehen, warum Clive Glenn, der Gärtner, mit Respekt und Bewunderung von ihr gesprochen hatte.

»Folgen Sie mir doch bitte runter in die Küche«, sagte Mrs Armitage. »Ich habe gerade eben ein paar Törtchen für Mrs Cusick gebacken. So ein Schock für sie, die Arme.«

Kerry sagte: »Ja, natürlich.« Es war nicht klar, ob sie damit der Einladung in die Küche zustimmte oder den Schock von Mrs Cusick bestätigte, aber sie stieg, gefolgt von Gemma, bereitwillig hinter Mrs Armitage die Treppe hinunter.

Die Küche wirkte ebenso altmodisch wie das Wohnzimmer, sie sah bequem aus und als ob sie ständig benutzt wurde. Auf der Arbeitsplatte stand ein Blech mit abkühlenden Törtchen. Auf dem Tisch lag eine Lesebrille, ein Stift und das halb ausgefüllte Kreuzworträtsel der *Times*.

»Hält das Gehirn fit«, sagte Mrs Armitage, die Gemmas Blick bemerkte. Gemma fiel ein, was Melody ihr erzählt hatte. Dass ihr Vater jeden Tag das *Times*-Kreuzworträtsel löste. Und sie vermutete, dass sein Gehirn ebenfalls ganz schön fit war. »Ich wollte mir gerade ein zweites Frühstück gönnen«, fuhr Mrs Armitage fort. »Möchten Sie gerne Tee und ein Törtchen?«

»Ja, bitte, das wäre ganz reizend«, sagte Gemma rasch, bevor Kerry ablehnen konnte. »Kann ich bei irgendwas helfen?«

»Teller und Tassen sind in dem Schrank da.« Mrs Armitage deutete mit einem Nicken auf die rechte Seite der Küchenspüle. »Ich setze nur gerade den Teekessel auf.«

Als sie zum Schrank ging, blickte Gemma durch die Fenster über der Spüle. Davor hingen die gleichen Netzgardinen wie ein Geschoss höher, durch die sie einen weichgezeichneten Blick auf die Terrasse und durch eine Lücke zwischen den Rosen hindurch auf den Gemeinschaftsgarten dahinter erhaschte. Der Ausblick war ganz bezaubernd, doch leider lag die Stelle, an der Mrs Armitage Reagans Leiche gefunden hatte, auf der anderen Seite des Gartens. Eine der Terrassentüren stand offen, durch die eine willkommene, etwas kühlere Brise hereinwehte. In der Küche war es warm, vom Backofen und von der Hitze des Tages, die sogar bis ins Untergeschoss hinunterreichte.

Kerry hatte sich an den Tisch gesetzt und checkte ihr Handy, was ihr einen missbilligenden Blick von der Gastgeberin einbrachte. Gemma konnte nur hoffen, dass sie ihr eigenes Telefon auf lautlos gestellt hatte.

»Nehmen Sie doch bitte das gute Geschirr«, sagte Mrs Armitage, als sie sah, wie Gemma nach ein paar gewöhnlichen Tassen griff. Das gute Geschirr bestand, wie Gemma gleich darauf erkannte, aus feinstem weißem Porzellan mit Goldrand. Richtige Teetassen und Untersetzer sowie kleine Teller, alles von schlichter Eleganz. »Wie hübsch«, rief sie aus, während sie die Tassen behutsam auf dem Tisch abstellte.

»Als mein Mann noch am Leben war, haben wir häufig Gesellschaften gegeben. Heute habe ich dazu nicht mehr so häufig Gelegenheit, außer wenn ich dran bin, die Bridgerunde auszurichten.« Zum ersten Mal klang Mrs Armitage nicht mehr ganz so forsch.

»Das tut mir sehr leid«, sagte Gemma. »Wann haben Sie Ihren Mann denn verloren?«

»Vor zwei Jahren. Kurz nach unserem fünfzigsten Hochzeitstag. Es war ein Herzinfarkt.«

Gemma verdrängte ihre Gedanken an Hugh. »Es muss schwer für Sie gewesen sein, ganz allein zu sein und Reagan Keatings Leiche zu finden«, sagte sie zu Mrs Armitage.

»Ach je. Mich wirft so schnell nichts um, wie Harold immer gesagt hat.« Mrs Armitage schüttelte leicht den Kopf, aber sie schien Gemmas Mitgefühl zu genießen. »Setzen Sie sich doch«, sagte sie dann, während sie eine volle Teekanne und einen Teller Gebäck auf dem Tisch abstellte.

»Kannten Sie Reagan gut, Mrs Armitage?«, fragte Gemma, als sie eine Tasse Tee und eins der Törtchen entgegennahm. Sie sah Kerrys Gesicht an, dass sie keine Teetrinkerin war, obwohl sie die angebotene Tasse kommentarlos akzeptierte und löffelweise Zucker hineinschaufelte.

»Nein, nicht gut. Aber sie war freundlich zu mir, als Harold gestorben ist. Obwohl sie da erst ein paar Monate für Nita gearbeitet hatte, hat sie mir eine Kondolenzkarte und selbstgebackene Biscuits vorbeigebracht. Wenn Sie mich fragen, war Reagan sehr gut erzogen. Und so ein hübsches Mädchen.«

Für Tee hatte Kerry zwar nicht viel übrig, aber über das Törtchen schien sie sich sehr zu freuen. Kurz bevor sie es in den Mund steckte, fragte sie: »Haben Sie Freitagabend irgendetwas Ungewöhnliches bemerkt, Mrs Armitage? Ich bin sicher, dass Sie eine gute Beobachterin sind.«

Gemma war es gelungen, ein kleines Stück abzubeißen, während Mrs A – Clive Glenns Spitzname für sie hatte sich in ihrem Kopf festgesetzt – gesprochen hatte. Die Törtchen hatten einen scharfen Zitrusgeschmack, waren mit Mincemeat gefüllt und intensiv gewürzt. Der Teig war ganz locker und köstlich. Als Tochter eines Bäckers vermutete Gemma, dass Mrs Armitage sie mit Schmalz gebacken hatte. Sie konnte sich kaum vorstellen, dass Nita Cusick dieser köstlichen Versuchung nachgeben würde, und hoffte, das Jess Mincemeat mochte.

Mrs Armitage lächelte über das Kompliment, schüttelte dann aber mit offensichtlichem Bedauern den Kopf. »Ich halte gerne die Augen offen, aber in diesem Fall, fürchte ich, bin ich keine große Hilfe. Ich habe mir um zehn die Nachrichten angesehen und bin dann zu Bett gegangen. Ich halte mich gerne an einen geregelten Tagesablauf und habe außerdem einen festen Schlaf.« Sie sah sie über ihre Tasse hinweg an. »Reagan ist ermordet worden, oder?«

»Wir glauben, ja«, sagte Gemma. Sie wusste, dass Kerry mit Gwen Keating gesprochen hatte, aber bisher hatten sie Nita noch nicht über das Obduktionsergebnis unterrichten können. »Hat Ihnen das irgendwer gesagt, Mrs Armitage?«

»Nita. Ich habe sie heute Morgen getroffen. Sie hatte mit der Mutter des armen Mädchens telefoniert und war ganz außer sich.« Mrs Armitage sah selbst ein wenig aufgewühlt aus. »Müssen wir davon ausgehen, dass jemand in unseren Garten eingedrungen ist und … diese schreckliche Sache getan hat?«

»Wir haben das Tor untersucht und mit Clive Glenn gesprochen«, sagte Kerry und aß die letzten Bissen ihres Törtchens. »Wir haben auf beiden Seiten des Gartens keine Einbruchsspuren entdeckt, weswegen es uns wahrscheinlicher erscheint, dass Reagan Keating von jemandem getötet wurde, der entweder in einem der Häuser lebt oder Zugang zu einem hat …«

Mrs Armitage schüttelte sofort den Kopf. »Das glaube ich nicht. Niemand in Cornwall Gardens würde so etwas tun.«

»Kennen Sie denn alle Ihre Nachbarn, Mrs Armitage?« Kerry klang skeptisch.

»Na ja, nein. Einige der Häuser sind in Wohnungen aufgeteilt. Und ein paar werden nur gelegentlich bewohnt. Aber so etwas haben wir hier noch nie gehabt.«

»Soweit ich weiß, hatten Sie in letzter Zeit doch gewisse Unannehmlichkeiten«, sagte Gemma. »Wegen des Anbaus Ihrer Nachbarn.«

»Ach, die.« Mrs Armitage kniff die Lippen zu einem schmalen Strich zusammen. »An die habe ich gar nicht gedacht.«

»Sie sind Asiaten, oder?«

»Er ist Chinese. Aber damit hat es nichts zu tun. Es geht darum, dass sie keinerlei Rücksicht auf ihre Nachbarn nehmen. Oder sich an irgendwelche Regeln halten.«

»Sie meinen wegen des Anbaus?«

Mrs Armitage nickte. »Er ist ein Schandfleck. Ich weiß, dass sie Probleme hatten – ziemlich tragische –, aber das ist keine Entschuldigung.«

»Ihr Junge ist gestorben, richtig?«, sagte Gemma. Ihr fiel auf, dass das Kind der Sus auch erstickt war. »Stand Reagan mit den Sus in Kontakt?«

Mrs Armitage runzelte die Stirn. »Nicht dass ich wüsste. Obwohl ich ein paarmal gesehen habe, wie sie ihren Sohn zurechtgewiesen hat, wenn die beiden Jungs gleichzeitig draußen waren. Völlig zu Recht. Er war genauso rücksichtslos wie seine Eltern und ein kleiner Unsympath.« Sie sah ein wenig verschämt aus. »Ich möchte nicht schlecht über die Toten reden, aber es ist wahr.«

Gemma überlegte, ob die Sus vielleicht aus irgendeinem Grund Reagan für den Tod ihres Sohnes verantwortlich gemacht und ihn gerächt hatten, indem sie sie erstickten. Zugang zum Garten hatten sie natürlich, aber der Rest des Szenarios erschien ziemlich unwahrscheinlich.

»Wenn Sie mit ihnen reden wollen, müssen Sie noch mal wiederkommen. Sie arbeiten beide den ganzen Tag. Ich weiß gar nicht, wann sie diese Monstrosität benutzen wollen.«

Gemma dachte an den kleinen Jungen, den nicht nur Mrs Armitage als unangenehm und unbeliebt beschrieben hatte – und dessen Eltern niemals zu Hause waren. Sie spürte das vertraute Schuldgefühl, weil sie fürchtete, ihre eigenen Kinder zu vernachlässigen – und schob es bewusst beiseite. »Sie sind sehr aufmerksam, Mrs Armitage. Welche anderen Nachbarn kannte Reagan?«

Mrs Armitage dachte einen Moment nach und sagte dann:

»Sie war ziemlich dicke mit Asia, Asia Ford, drüben an der Blenheim Crescent.«

»Ja, die haben wir schon kennengelernt«, sagte Kerry. »Scheint eine eigenartige Freundin für eine junge Frau zu sein.«

Mrs Armitage zeigte sich empört. »Asia ist eine interessante Frau. Belesen, weit gereist. Ich finde das überhaupt nicht eigenartig.«

Gemma versuchte einen anderen Ansatz. »Reagan war eine attraktive junge Frau. Wissen Sie, ob sie mit einem der Männer enger befreundet gewesen ist?«

Nachdem sie so lange ihre Lippen zusammengepresst hatte, dass Gemma schon dachte, sie würde gar nicht mehr antworten, seufzte Mrs Armitage: »Ich möchte nichts Ungehöriges sagen.« Trotz ihres Zögerns hörte Gemma aus ihrer Stimme keinerlei Zurückhaltung heraus und schwieg erwartungsvoll.

»Ich habe etwas in der Art beobachtet«, gab Mrs Armitage schließlich zu. »Es war Roland Peacock. So ein netter Mann. Er widmete dem Mädchen bei der Gartenparty ziemlich viel Aufmerksamkeit. Ich glaube nicht, dass er auf etwas aus war – es gab ziemlich viel Champagner-Punsch, dazu machte Asia Fords Limoncello die Runde, und alle waren ziemlich angeheitert –, aber seiner Frau hat das offensichtlich gar nicht geschmeckt.« Sie schüttelte den Kopf. »Pamela Peacock. Klingt nach einem alten Beatles-Song, finden Sie nicht?«

Gemma nickte. »Ja, stimmt. Wie ist sie so, diese Mrs Peacock?«

»Eine ziemlich blöde Kuh«, erwiderte Mrs Armitage überraschend vehement. »Roland Peacock ist wie gesagt ein netter Mann. Würde mich nicht wundern, wenn seine Frau ihn dazu brächte, sich woanders etwas Trost zu suchen.«

Der Fluss sah im Frühling anders aus.

Zu seiner eigenen Überraschung hatte Kincaid kaum

Schwierigkeiten gehabt, den kleinen Bootshafen wiederzufinden. Er hatte sich dort ein Kanu genommen und lächelnd daran gedacht, wie Doug Cullen trotz seines verletzten Knöchels darauf bestanden hatte, das Boot zu rudern, das sie bei ihrem letzten Besuch gemietet hatten. Er hatte es nicht über sich gebracht, Doug daran zu erinnern, dass er auf den Kanälen und Flüssen von Shropshire aufgewachsen war und seit seiner Kindheit mit vielen verschiedenen Bootstypen umgehen konnte.

Jetzt paddelte er in die Richtung, an die er sich von damals erinnerte, und suchte die Biegungen des Flusses nach der kleinen Insel ab. Ein breiter Kanal trennte sie vom Ufer, der erst zu sehen gewesen war, als sie ihn schon fast erreicht hatten.

Die Landschaft sah heute weniger karg aus als damals, und die Windungen des Flusses wirkten unter der üppigen Pflanzendecke wenig vertraut. Nachdem er jedoch um eine lange Biegung herumgefahren war und den mit Büschen bewachsenen Landvorsprung sah, erkannte er ihn sofort wieder. Er paddelte hin und ging mit dem Kanu in derselben kleinen Einbuchtung ans Ufer, wo er und Doug auch damals angelandet hatten. Beim Aussteigen trat er ins Wasser und durchweichte sich die Turnschuhe. Dann stellte er sich hin und versuchte, sich im Gelände zu orientieren. Im Februar hatte abgesehen von gelegentlichen Vogelrufen eine unheimliche Stille geherrscht. Heute dagegen war die Luft von lautem Gezwitscher erfüllt, aber nichts deutete auf die Anwesenheit von Menschen hin. Kincaid erinnerte sich, wie Ryan gesagt hatte, es gebe hier keinen Handyempfang, und mit einem Mal fühlte er sich sehr einsam.

Er schloss die Augen und konzentrierte sich fest auf seine Erinnerungen, dann machte er sie wieder auf. Da drüben, dachte er, dort war das Lager gewesen, hinter dieser kleinen

Lücke zwischen den Bäumen. Während er sich vorsichtig einen Weg durchs Unterholz bahnte und zu der Stelle ging, die ihm bekannt vorkam, wunderte er sich, wie schnell sich die Natur ihr Territorium zurückeroberte. Von Ryans Feuerstelle war nur eine kleine Senke im Unkraut und den Nesseln geblieben. Aber Ryan musste doch sicher mehr als das hinterlassen haben.

Kaum zu glauben, dass dies der Unterschlupf eines Menschen gewesen war, komplett mit Zelt, Kochstelle und behelfsmäßigen Sitzbänken. Er wusste, dass Ryan an jenem Tag das Zelt nicht mitgenommen hatte. War jemand vorbeigekommen, der es als leichte Beute betrachtet und einfach mitgenommen hatte? Plötzlich überkam ihn das schreckliche Gefühl, hier nur seine Zeit zu verschwenden. Er war lediglich einer Laune gefolgt, einem aus Reue geborenen Wunsch. Wo er doch besser in London hätte sein und versuchen sollen herauszufinden, wer Denis Childs angegriffen hatte. Einen Moment lang stand er bloß da und betrachtete gedankenverloren die Überreste des Lagers, wobei er das Echo von Stimmen hörte und in seiner Vorstellung den Rauch von Holzfeuer roch. Dann erinnerte er sich an etwas. Als Ryan sie an jenem Tag begrüßt hatte, war er mit einem Gewehr bewaffnet gewesen. Als er mit ihnen gekommen war, hatte er es zurückgelassen. Aber jetzt konnte er es nirgends entdecken. War es auf die gleiche Weise verschwunden wie das Zelt?

Für alle Fälle suchte er noch mal genauer, wobei er in der Lagermitte begann und mit jeder sorgfältigen Umrundung den Suchbereich ausdehnte. Keine Spur von einem Gewehr, das im Gestrüpp vor sich hin rostete. Aber als Kinder hatten er und Juliet Archäologen gespielt und nach »Artefakten« gesucht, die ihr Vater zuvor für sie verbuddelt hatte. Diese frühen Übungen im Erkennen von aufgewühlter Erde hatten ihm als

Polizist bei einigen Fällen geholfen, an die er sich größtenteils gar nicht mehr erinnern wollte. Setzlinge liebten die weiche Erde, und dort war der Pflanzenwuchs manchmal von einem helleren Grün. Sein Puls beschleunigte sich, als er eine entsprechende Stelle entdeckte, ein paar Meter vom eigentlichen Lagerplatz entfernt. Als er sich daraufhin noch sorgfältiger umsah, fand er bald noch eine weitere. Nachdem ein weiterer Suchumlauf nichts mehr ergab, blickte er sich nach einem Grabgerät um, wobei er sich darüber ärgerte, dass er so unvorbereitet gekommen war. Das Beste, was er auftreiben konnte, war ein spitzer Stock.

Inzwischen war es weit nach Mittag, und während er an der ersten Stelle zu graben begann, spürte er, wie die hoch stehende Sonne auf seinen Nacken herunterbrannte. Er ließ nicht nach, aber als er einen knappen halben Meter tief gekommen war, machte er eine Pause, lehnte sich auf den Stock und wischte sich den Schweiß aus den Augen. Er glaubte nicht, dass Ryan noch tiefer gegraben hätte, um etwas zu verscharren.

Als er zur zweiten Stelle weiterging und mit dem Stock die Erde bearbeitete, was eher Schürfen als Graben gleichkam, wünschte er sich, er hätte am Bootshafen eine Wasserflasche gekauft. Er war erst ein paar Zentimeter tief gekommen, als er auf etwas Festes und Glattes stieß. Nachdem er auch das nähere Umfeld freigelegt hatte, konnte er einen ersten Blick auf das Hindernis werfen. Weiß, glatt und leicht abgerundet. Nach ein paar weiteren Zentimetern identifizierte er es als PVC-Rohr, und es war ganz sicher nicht zur Sanitärinstallation hier verlegt worden.

Mit gestärktem Enthusiasmus kratzte und räumte er noch mehr Erde beiseite, am Ende kniete er sich hin, warf den Stock weg und benutzte seine bereits wunden Hände als Schaufeln. Sobald das gesamte Rohr freilag, hob er es heraus und betrachtete es eingehend. Es war gut sechzig Zentimeter lang und hatte einen Durchmesser von fünfzehn Zentimetern, war am einen Ende mit einem fest verklebten Deckel versiegelt und hatte am anderen einen Schraubverschluss.

Vorsichtig drehte er den Verschluss ab. Ganz zuoberst war ein blaues Baumwolltuch hineingestopft. Als er den Stoff langsam herauszog, stellte Kincaid fest, dass er mit etwas befüllt war – etwas Schwerem und Körnigem. So wie es sich anfühlte, hielt er den Inhalt für ein kugelförmiges Trockenmittel, das man lose in Baumärkten kaufen konnte. Dann sah er sich noch einmal das Tuch an. Ein Kopftuch, wie er bemerkte, dunkelblau und aus indischer Baumwolle. Ryan hatte es getragen – oder zumindest ein ganz ähnliches –, an dem Tag, als er mit ihnen die Insel verlassen hatte.

Plötzlich widerstrebte es ihm, die weiteren Gegenstände einen nach dem anderen herauszuziehen. Stattdessen setzte er sich auf die Fersen und klopfte den Erdhaufen, den er beim Graben aufgeschüttet hatte, an der Spitze platt. Dann hob er das Rohr am versiegelten Ende an und ließ den Inhalt behutsam auf die so entstandene Fläche gleiten. Zwei Stofftaschen mit Kordelverschluss kamen zum Vorschein. In der ersten steckte ein Notizbuch, das vor allem Listen mit Campingausrüstung zu enthalten schien, sowie ein Pass mit Ryans Foto, ausgestellt auf den Namen Roger Meadows – Ryan hatte seine Initialen gemocht und anscheinend auch Nachnamen mit Naturbezug –, sowie eine mit einem engen Gummiband umwickelte Rolle 100-Pfund-Scheine.

Was in der zweiten Tasche war, erahnte Kincaid bereits an ihrer Form. Er öffnete sie vorsichtig und war froh, dass er das Rohr nicht einfach achtlos ausgeschüttet hatte. Es war eine Handfeuerwaffe, eine Walther, Kaliber neun Millimeter, mit einem Ersatzmagazin. Er starrte sie an. Wenn sie Ryan gehört hatte, wo war dann die Waffe hergekommen, mit der er sich getötet hatte?

Er betrachtete noch mal das Kopftuch. Es war natürlich möglich, dass Ryan mehr als ein Baumwolltaschentuch besessen hatte. Aber er hatte eines getragen, als er die Insel verließ, und keines, als er starb. Falls er nur eines gehabt hatte, war er dann noch mal zur Insel zurückgekehrt?

Ryan hatte im Februar eine Woche bei Doug gewohnt, aber natürlich nicht als Gefangener, und Doug war den ganzen Tag in der Arbeit gewesen. Also hatte Ryan jeden Tag mehrere Stunden gehabt, in denen er unbeobachtet tun und lassen konnte, was er wollte. Aber wenn er noch mal zurückgekommen war, wie zur Hölle hatte er es dann bis hierher geschafft? Per Anhalter? Mit einem Mietauto? Die Geldscheinrolle bewies, dass er dafür die Mittel gehabt hätte. Und wenn dem so war, hatte er dann auch ein Boot gemietet? Oder eines gestohlen, um keine Spuren zu hinterlassen?

Wenn Ryan zurückgekommen war, was hatte er dann von hier mitgenommen? Oder, was vielleicht noch wichtiger war: Was hatte er hiergelassen?

Seiner Überlegung folgend nahm er den letzten verbliebenen Gegenstand, eine Pfefferminzpastillen-Dose mit einer Kantenlänge von etwa fünf mal neun Zentimetern. Als er sie öffnete, entdeckte er darin verschiedene Camping-Utensilien – ein paar Streichhölzer, Flusen aus einem Wäschetrocknerfilter, die praktisch waren, wenn man ein Feuer anzünden wollte, eine Rolle Schnur sowie ein kleines Schweizer Taschenmesser. Ganz unten in der Dose bemerkte er noch einen kleinen, flachen Gegenstand. Er war dunkelblau und etwa so groß wie sein Daumennagel. Kincaid schob die Trocknerflusen beiseite und nahm das kleine Rechteck heraus. Es war eine Speicherkarte.

Entgegen Mrs Armitages Rat hatten Gemma und Kerry es gleich bei den Sus versucht und danach bei den Peacocks. Von Mrs Armitage hatten sie erfahren, dass Roland Peacock dienstags immer bei seiner Zeitung war. Und natürlich hatte sie recht behalten. Nachdem sie also niemanden zu Hause angetroffen hatten, gingen sie weiter um die Wohnanlage herum bis zum Blenheim Crescent, wo sie an Nita Cusicks Tür klingelten. Als dort ebenfalls keiner aufmachte, bogen sie um die Ecke in die Kensington Park Road und suchten nach der Adresse, wo sich nach Nita Cusicks Angaben ihr Büro befand. Es war ein kleines elegantes Ladenlokal, zwischen einem Feinkostladen und einem italienischen Bistro gelegen und nur ein paar Türen vom Kitchen and Pantry entfernt. Es gab kein Firmenschild, nur eine kleine Messingtafel neben dem Eingang, auf der CUSICK PUBLIC RELATIONS stand. Durch das Fenster konnten sie in ein Empfangszimmer blicken, das eher wie eine schicke Kombination aus Wohnzimmer und Konferenzraum als wie ein Büro aussah.

Als Gemma die Tür aufstieß, läutete eine Glocke, und gleich darauf kam Nita aus einem Raum im hinteren Bereich. »Ach, Sie sind's«, sagte sie, und Gemma fragte sich, wen sie eigentlich erwartet hatte. Gemma fand, dass sie seit ihrem Treffen am Sonntag um fünf Jahre gealtert schien. Damals hatte sie dünn, aber fit gewirkt. Heute war ihr Gesicht regelrecht ausgemergelt, und in ihrem maßgeschneiderten ärmellosen Kleid sahen ihre Schultern auf fast obszöne Weise knochig aus.

»Können wir Sie kurz sprechen, Mrs Cusick?«, fragte Kerry knapp, doch Gemma konnte in ihrer Stimme hören, dass auch sie besorgt war.

»Oh.« Nita wirkte einen Moment lang ratlos, als ob sie die Frage erst einmal verarbeiten musste, dann sagte sie: »Natürlich. Kommen Sie mit mir nach hinten.« Sie führte sie in einen fensterlosen Büroraum, der nicht gerade unordentlich, aber bewohnter wirkte als alles, was Gemma in Nitas Haus gesehen hatte. An der Rückwand hing eine Reihe Schwarzweißfotos, die Jess beim Tanzen zeigten. Auf ein paar war er sogar noch jünger als Toby, und Gemma verfolgte fasziniert, wie sich seine Anmut und Körperhaltung entwickelt hatte.

Obwohl Nita ihnen keine Sitzplätze anbot, ließen Gemma und Kerry sich auf die beiden Besucherstühle sinken.

»Man hat uns gesagt, Sie haben die Neuigkeiten über Reagan bereits gehört«, kam Kerry sofort zur Sache.

»Gwen Keating hat mich heute Morgen sehr früh angerufen.« Nita zitterte, obwohl es in ihrem Büro warm war, und schlüpfte in eine Strickjacke, die sie über die Lehne ihres Stuhls geworfen hatte. »Ich kann es immer noch nicht fassen. Schlimm genug, dass Reagan tot ist …« Sie schüttelte den Kopf. »Aber ermordet? Das kann doch nicht sein.«

»Leider ist es so, Mrs Cusick. Und ich versichere Ihnen, dass wir alles unternehmen, um den Schuldigen zu finden. Wenn wir jetzt bitte …«

Nita ließ Kerry nicht ausreden. »Ihre … Leiche. Gwen möchte gerne die Beerdigung in die Wege leiten. Jetzt, wo Sie mit der – was immer es war, was Sie getan haben – fertig sind …« Sie wirkte außerstande, den Gedanken zu Ende zu führen, und sah so elend aus, dass sie Gemma leidtat.

»Ich verspreche, dass wir Ihnen und Mrs Keating sofort Bescheid geben, wenn wir Reagan freigeben können«, sagte Gemma.

»Gwen möchte die Messe dort abhalten lassen. In Cardiff. Was natürlich verständlich ist, aber Jess … Ich weiß nicht, was ich mit Jess machen soll.«

»Will er denn zur Beerdigung gehen?«, fragte Gemma.

»Keine Ahnung. Er spricht ja nicht mit mir.«

Gemma hörte die Empörung in Nitas Stimme und empfand sofort etwas weniger Mitleid mit ihr. Sie musste an Kit denken, wie er ungefähr im gleichen Alter wie jetzt Jess versucht hatte, den Schock und die Trauer über den Tod seiner Mutter zu verkraften. »Er ist erst zehn«, sagte sie. »Das muss sehr schwer für ihn sein.«

»Ja, natürlich.« Nita nickte. »Sein Vater findet, Jess solle ein paar Tage zu ihm kommen. Aber ich finde die Idee nicht gut, weil er sich dann dem Ganzen nur noch mal stellen müsste, wenn er wieder zu Hause ist.«

Da hatte sie wohl recht, auch wenn Gemma gefühlsmäßig eher Jess' Dad zustimmen wollte.

»Mrs Cusick«, sagte Kerry, »wir haben erfahren, dass Reagan einen Ihrer Klienten kannte. Einen gewissen Edward Miller.«

Nita runzelte die Stirn. »Edward? Natürlich kannte sie Edward. Er und Thomas kommen gelegentlich zu uns nach Hause.«

»Thomas?«, fragte Gemma.

»Edwards Bruder. Sie besitzen eine Boutique-Gin-Brennerei. Ganz stark im Kommen.«

Gemma fragte sich, ob sie damit den Gin oder die Brüder meinte. »Laut Reagans Freundin«, sagte sie, »hatten Reagan und Edward Miller auch privat Kontakt miteinander.« Insgeheim ärgerte sich Gemma darüber, wie sehr sie sich von Kerrys Polizeijargon anstecken ließ.

»Was?« Nita sah aus, als wäre plötzlich eine Bombe vor ihren Füßen gelandet. »Wenn Sie meinen, dass sie und Edward ein Paar gewesen sein sollen, dann ist das absurd. Edward und Thomas stammen aus einer angesehenen Familie …«

»Wollen Sie damit sagen, Reagan sei nicht gut genug für Edward Miller gewesen?«, fragte Gemma.

»Nein, natürlich nicht. Reagan war eine ganz wunderbare

junge Frau. Aber ihr gesellschaftlicher Hintergrund und der von Edward sind sehr verschieden. Reagan hat eine Wirtschaftsschule besucht, Edward war in Harrow und Oxford. Und wenn das, was Sie sagen, stimmt – was ich bezweifle –, dann war das sehr unprofessionell von ihr.« Deutlicher konnte man nicht zum Ausdruck bringen, dass sich die Dienstboten keineswegs mit den Höhergestellten einlassen durften.

»Wo können wir diesen Mr Miller finden?«, fragte Kerry, die sich, wie es schien, nicht länger mit den gesellschaftlichen Feinheiten aufhalten wollte.

»Wahrscheinlich in der Brennerei«, entgegnete Nita mit sichtbarem Widerwillen. »Red Fox Gin, in Shepherd's Bush. Aber es wäre mir lieber, wenn Sie ihn nicht behelligen würden.«

Zurück im Bootshafen gab Kincaid das Kanu ab und erklärte dem gesprächigen Hafenbesitzer, ja, der Paddelausflug sei angenehm und ohne Probleme verlaufen. Dann ging er in seinen vor Nässe quietschenden Schuhen zum Auto, wo er die zwar bereits getragenen, aber dafür trockenen Socken aus der kleinen Reisetasche nahm und sich auf die Kante der Rückbank setzte. Nachdem er Socken und Schuhe getauscht hatte, blickte er auf den Fluss jenseits des Bootshafens hinaus. Wie friedlich er wirkte, dachte er, doch in Kincaid selbst sah es anders aus.

Auf der Insel hatte er noch einige Zeit dagestanden und nachdenklich auf Ryans Versteck hinuntergeschaut, ehe er am Ende alles, bis auf die Speicherkarte, wieder im Rohr verstaute. Er hatte es bereits wieder halb vergraben, als er, einem plötzlichen Impuls nachgebend, das Ende noch einmal abschraubte und das Kopftuch herauszog, wobei er zuvor noch das Trockenmittel ins Rohr leerte. Danach hatte er das Loch wieder aufgefüllt und die Stelle so gut er konnte mit Blättern und Sträuchern getarnt.

Jetzt blickte er auf seine Hände hinunter. Sie waren wund gerieben und rot. Was würde er mit seiner Entdeckung anfangen? Was hatte Ryan vorgehabt, und was war auf der Speicherkarte, die er so mühevoll versteckt hatte?

Würde er es überhaupt wagen, sich dieses Ding mit seinem Computer zu Hause anzusehen? Er war sich gar nicht sicher, ob er seinen Computer ausreichend gegen Überwachung schützen konnte, falls ihn jemand ausspähte.

Aber was er am meisten brauchte, war jemand, dem er vertraute und mit dem er reden konnte. Allmählich sah er ein, dass er diese ganze Geschichte schon viel zu lange für sich behalten hatte. Und er wusste, dass er sich besser ein paar gute Entschuldigungen einfallen lassen sollte.

Er zog das Handy aus der Tasche und rief Doug Cullen an.

16

JULI 1994

An jenem Tag im Café hatte er sich beherrscht und Red keine Antwort gegeben. Er hatte noch nie zu impulsivem Handeln geneigt und war auch diesmal erst ein paar Tage seiner normalen Routine nachgegangen, hatte verschiedene Jobs erledigt, im Tabernacle Tee getrunken und gehört, was die anderen so erzählten. Da er nicht die Absicht hatte, Reds Anweisung zu befolgen, beschloss er schließlich, seine Drohung aus der Welt zu schaffen, indem er sie überflüssig machte.

Also fuhr er an einem Tag außer der Reihe nach Hause, wobei er seinen Lieferwagen wie üblich ein paar Straßen entfernt parkte und die restliche Strecke zu Fuß zurücklegte. Doch diesmal machte er sich nicht nur Sorgen, dass ihn jemand aus seinem Undercover-Leben sehen könnte, sondern auch wegen Reds Leuten.

Während seines letzten Besuchs zu Hause war er ganz nah an einem Nachbarn vorbeigegangen und von ihm nicht erkannt worden. Es erstaunte ihn, wie sehr kleine Veränderungen die Wahrnehmung der Menschen beeinflussten. Er hatte seine Haare strähnig lang wachsen lassen und trug einen Fünftagebart. Außerdem hatte er seine Anzüge gegen Flanellhemden, T-Shirts und Jeans eingetauscht. Kleider machten offensichtlich wirklich Leute. Was einerseits gut war, da so seine Tarnung nicht sofort aufflog, wenn er auf einen Freund oder Bekannten traf, aber dadurch wurden seine Besuche auch zu einem ziemlichen Eiertanz. Schließlich sollten die Nachbarn nicht denken, seine Frau empfinge fremde Männer, die wie selbstverständlich bei ihr ein und aus gingen.

Also tat er wie immer so, als ob er klopfte, und ließ sich dann selbst mit seinem Schlüssel ein. Im Haus stank es nach Terpentin. Er folgte dem Geruch und fand seine Frau in der Küche, wo sie auf einer Leiter stand und gerade die alte Tapete von der Wand neben dem Herd entfernte.

Erschrocken fuhr sie herum und fragte: »Schatz, was machst du denn hier?« Dann sprang sie mit einem Lächeln von der Leiter und lief in seine Arme.

Er hielt sie eine Weile fest, ehe er sie auf Armeslänge von sich fortschob und von Kopf bis Fuß betrachtete. Sie trug eine alte, mit Farbe bekleckste Jeans und ein Unterhemd. Ihre dunklen Haare hatte sie mit einem Kopftuch zurückgebunden. »Du riechst nach Terpentin«, sagte er. »Und du siehst nicht wie die Frau eines Polizisten aus.«

»Das ist nur fair, schließlich siehst du auch nicht wie ein Polizist aus.« Sie sah zu ihm hoch und lachte. Dieses Hin und Her war mittlerweile zu ihrer Begrüßungsformel geworden. »Aber im Ernst, Liebling.« Sie blickte ihm forschend ins Gesicht. »Was tust du hier? Ist alles in Ordnung?«

»Komm«, sagte er, »lass uns einen Tee trinken.«

Womit Red nicht gerechnet hatte, war, dass er vor seiner Frau keine Geheimnisse hatte. Als sie an ihrem Küchentisch saßen, inmitten von Farbdosen und auf dem Fußboden ausgebreiteten Zeitungsseiten, erzählte er ihr, was Red von ihm verlangte.

»Aber das ist ja schrecklich«, sagte sie. »Diese armen Leute haben doch schon ihren Sohn verloren. Wieso sollte die Met jetzt auch noch schlimme Dinge über sie erfinden?«

»Weil die Met die Untersuchungen ordentlich in den Sand gesetzt hat, und jetzt hoffen sie, dass sie von ihrem Versagen ablenken, indem sie die Familie des Jungen in Misskredit bringen.« Was er nicht erwähnte, war sein Verdacht, dass sich die zuständigen Polizisten im Lawrence-Fall nicht bloß der Schlamperei schuldig gemacht hatten. Seine Protestgruppe war davon überzeugt, dass der Vater von einem

der ursprünglichen Verdächtigen mindestens einen der Ermittler bestochen hatte.

»Das ist ja abscheulich.« Sie war außer sich vor Zorn, und er liebte sie dafür. »Aber sie können dich doch nicht dazu zwingen, oder?«, fragte sie besorgt.

Er ergriff ihre Hand und erzählte ihr von Reds Drohung und dem Foto. Er hatte ihr die Protestler während seiner wöchentlichen Besuche beschrieben, und sie nickte, als er Annette Whitely erwähnte. »Es muss sehr mühsam gewesen sein, auch nur eine Aufnahme von uns hinzubekommen, die man als intim missverstehen könnte«, fügte er hinzu. »Was bedeutet, dass sie mich verfolgen.«

Sie riss die Augen auf. »Wie furchtbar. Kannst du nicht einfach hinschmeißen? Ihnen sagen, dass du das nicht mehr tun willst?«

»Ich kann nicht einfach aufhören. Nicht, wenn ich je wieder als Polizist arbeiten will.« Er drückte ihr die Hand und lächelte. »Na ja, vielleicht bekomme ich dann noch einen Posten bei der Fußstreife in Upper Footing …«

Sie lachte. »So einen Ort gibt es nicht, das weißt du genau, Den. Aber, ganz im Ernst …«

Sie sah ihn lange an. Eine warme Brise wehte durchs Fenster herein und fuhr ihr durch die Haare. Er sah in ihre kornblumenblauen Augen und wusste nicht, wie er es noch länger ertragen sollte, von ihr getrennt zu sein und diese eine Nacht pro Woche wie eine Hungerration zu akzeptieren. Aber er sah keine andere Möglichkeit. »Du hast es gerade selbst gesagt, Liebling«, flüsterte sie schließlich. »Du bist ein Polizist und kein Diplomat, und Kompromisse haben in deinem Job nichts zu suchen. Aber versprich mir bitte, dass du sehr, sehr vorsichtig sein wirst.«

Die Firmenanschrift, die Nita Cusick ihnen genannt hatte, entpuppte sich als einfache Garage in einer ganz gewöhnlichen Vorstadtstraße in West London. »Sind Sie sicher, dass wir Red Fox Gin hier finden werden?«, fragte Gemma.

»Die Adresse stimmt«, sagte Kerry, während sie das Auto in eine Parklücke manövrierte. »Und schauen Sie mal.« Sie zeigte auf ein kleines Metallschild neben dem Garagentor, auf dem der lächelnde Kopf eines roten Fuchses abgebildet war. »Clever.«

Kann sein, dachte Gemma, aber dies war nicht der Ort, wo sie eine »Boutique«-Brennerei erwartet hätte.

Das Einzige, was dieses Gebäude von den umliegenden Häusern und Garagen unterschied, war das glänzend rot gestrichene Tor. Seitlich davon gab es noch eine kleine Tür, neben der sie eine Klingel entdeckten und ein kleines Messingschild, in das RED FOX LONDON DRY GIN, DISTILLERS eingraviert war.

Kerry sah zu Gemma herüber. »Offenbar sind wir hier richtig.« Dann klingelte sie.

Nach längerem Warten öffnete eine junge Frau. Sie war klein, ein bisschen untersetzt und hatte eine blau gefärbte Igelfrisur. Ihr weißes Baumwollträgerhemd verdeckte keines ihrer grellbunten Tattoos, die ihr von den Handgelenken bis zu den Schultern reichten. »Sorry«, sagte sie mit einem unverwechselbaren East-London-Akzent. »Wir haben heute nur wenig Personal hier. Und auch nicht wirklich geöffnet.«

»Wir sind keine Kundschaft«, sagte Kerry und zeigte ihren Dienstausweis vor. »Wir würden uns gerne mit einem Mr Edward Miller unterhalten.«

Die junge Frau starrte sie an und erwiderte dann etwas unwirsch: »Edward empfängt heute keinen Besuch. Wenn Sie eine Nummer …«

»Es tut mir leid«, unterbrach Gemma sie mit einem Lächeln. »Aber wir müssen ihn wirklich sprechen.« Dann fügte sie in sanftem Ton hinzu: »Es ist wichtig.«

»Na gut«, sagte die junge Frau nach einem weiteren kurzen Zögern und einem Zucken ihrer vielfarbigen Schultern. »Dann kommen Sie mal lieber rein, nicht?« Nachdem sie die Tür ganz für sie geöffnet hatte, führte sie sie in einen Raum, der gleichzeitig als Showroom und als Ladengeschäft zu dienen schien. An einer Wand standen Glasregale, auf denen in perfekter Symmetrie die verschiedenen Sorten Red Fox Gin aufgereiht waren. Mindestens ein halbes Dutzend, wie Gemma überrascht feststellte, als sie die Flaschen betrachtete. Es gab auch eine Theke und einen Sitzbereich, der mit bequem aussehenden modernen Möbeln ausgestattet war.

Gemma sah eine Tür, durch die man in die eigentliche Garage kommen musste, und eine weitere, die wahrscheinlich in einen Raum mit Blick auf den kleinen eingezäunten Parkplatz führte, den sie rechts von der Garage bemerkt hatten.

Plötzlich flog diese zweite Tür mit einem lauten Knall auf, und ein Mann trat mit langen Schritten in den Showroom. »Agatha, sag den Leuten – wer immer sie sind –, dass sie sich verp…« Als er erkannte, dass die Besucher offensichtlich bereits hereingekommen waren, schien er zu erstarren. Er war groß und hatte unbändige rote Haare. Nicht kupferrot wie Gemmas Locken, sondern richtiges Fuchsrot. Die Farbe, für die man auf Schulhöfen gehänselt wurde. Er fuhr sich mit den Händen durch seine Haarpracht und sah ein wenig verdattert drein. »Agatha, ich sagte doch, dass ich nicht …«

»Edward, sie sind von der Polizei.«

»Mr Miller«, ergriff Gemma das Wort, »wir müssen mit Ihnen über Reagan Keating sprechen.« Sie stellte sich und Kerry vor, war aber nicht sicher, ob er ihre Namen mitbekam.

Agatha übernahm die Initiative. »Geh doch mit den Damen ins Büro, Edward. Ich bringe dann Tee, okay?« Sie legte Edward Miller eine Hand auf den Arm, und er nickte langsam.

»Danke, Ag«, sagte er. Als schuldete er ihnen eine Erklärung, fügte er an Kerry und Gemma gerichtet hinzu: »Meine Assistentin, Agatha. Sie hält den Laden am Laufen.« Gemma sah, dass seine Augen rot gerändert und verquollen waren. Sie mussten also davon ausgehen, dass Nita Cusick ihm die Neuigkeiten über Reagan bereits erzählt hatte.

Er führte sie in den Raum, aus dem er gerade so eilig herausgestürmt war, und ließ sich in einen Sessel an einem Schreibtisch sinken, der mit zahlreichen Schriftstücken bedeckt war. Hinter ihm war eine Anrichte, auf der jeweils eine Flasche von den Ginsorten stand, die Gemma bereits im Ausstellungsraum gesehen hatte. Dazu ein paar saubere Trinkgläser.

Die einzige andere Sitzgelegenheit hier war ein schmales Sofa gegenüber vom Schreibtisch, auf dem sich Gemma und Kerry wie Sardinen nebeneinanderquetschen mussten. »Entschuldigen Sie bitte«, sagte Edward. »Normalerweise haben wir unsere Meetings im Vorzimmer oder in der Garage. Aber …« Er brach ab und sah sie mit ausdrucksloser Miene an, so als könnte er sich nicht mehr erinnern, aus welchem Grund sie hier waren.

Nach einem kurzen Blick zu Kerry übernahm Gemma die Gesprächsführung. »Mr Miller, soweit wir wissen, waren Sie mit Reagan Keating befreundet. Sie haben bereits erfahren, dass sie tot ist?«

Er verzog das Gesicht und nickte. »Nita hat mich angerufen. Ich kann's immer noch nicht fassen.« Er schüttelte seinen großen Kopf.

Edward Miller sah gut aus, dachte Gemma. Er hatte einen kräftigen Körperbau und eine leichte Stupsnase, was bei einem Mann seiner Größe ungewöhnlich wirkte. Er konnte nicht viel älter als Hugo Gold sein. Aber während Hugo etwas Jungenhaftes hatte, wirkte Edward Miller auffallend männlich. Und es war, als wäre ihm diese Wirkung auch wichtig, so sehr wie er sich nun um Fassung bemühte.

Er schluckte, schüttelte noch einmal den Kopf und fragte: »Wieso sind Sie hier?«

»Weil wir Ihre Hilfe benötigen«, sagte Gemma. »Sagen Sie uns doch bitte zuerst mal, wann Sie Reagan zum letzten Mal gesehen haben.«

Edward dachte einen Augenblick nach. »Nach der Gartenparty. Also Montag, denke ich.«

»Hatten Sie seitdem mit ihr gesprochen?«

»Ja. Ich wollte … Wir wollten uns Freitagabend sehen. Ich musste zu einem Event von unserer Brennerei – freitags machen wir oft die Runde –, aber Reagan sagte, sie wollte mich anschließend treffen. Sie musste … Es ist mir ziemlich unangenehm …« Er unterbrach sich, als Agatha ein Tablett mit bunt zusammengewürfelten Tassen und einer Teekanne hereinbrachte.

Während sie ihnen mit geübten Bewegungen einschenkte, warf sie Edward einen besorgten Blick zu und sagte: »Thomas hat angerufen. Er kommt rein und kümmert sich um die heutige Produktion. Du kannst also heimgehen, wenn du möchtest.«

»Um dann was zu tun?«, fuhr er sie an, um sich gleich darauf mit einem Kopfschütteln bei ihr zu entschuldigen. »Tut mir leid, Ag. Ich kann nur nicht … Ich möchte lieber hierbleiben.«

Agatha schien es nicht persönlich zu nehmen. »Gut, du kannst es dir ja noch überlegen.« Nach einem kurzen Nicken in Richtung Gemma und Kerry ließ sie sie mit ihrem Tee allein.

»Thomas ist Ihr Bruder?«, fragte Gemma.

»Und mein Geschäftspartner. Er wird – ach, du lieber Himmel, Ag wird es ihm schon erzählt haben, als er angerufen hat. Er ist sicher auch am Boden zerstört. Er mag … Er mochte sie.« Edward schob seinen Tee, ohne einen Schluck davon getrunken zu haben, zur Seite und rieb sich übers Gesicht.

»Sie kennen Reagan schon länger, oder?«

»Seit sie bei Nita angefangen hat. Nita hat uns geholfen, das hier an den Start zu bringen, als alle glaubten, wir wären verrückt.« Im nächsten Moment sprang er ruhelos auf und nahm eine Flasche von der Anrichte. Mit zitternder Hand schenkte er sich ein Glas ein. »Die beste Medizin.« Er prostete ihnen zu und trank einen Schluck. »Möchten Sie einen probieren?«

Gemma roch den intensiven Duft von Wacholder, eine starke Zitrusnote und ein betörendes Gewürzgemisch. »Vielen Dank, aber wir bleiben besser beim Tee«, sagte sie.

»Doch trotz aller Unkenrufe ist Ihr Geschäft ein Erfolg«, sagte Kerry, während sie sich aufrechter hinsetzte und ihren Oberschenkel von Gemmas wegzog. Offenbar fand sie es schwer, bei so engem Körperkontakt professionell zu bleiben. Kerry wollte auf etwas hinaus, und Gemma war gespannt, was es war.

»Ja, erfolgreicher, als wir es uns je erträumt haben.« Edward gelang ein Lächeln. »Wir dachten ja selbst, wir wären verrückt. Mittlerweile haben wir jedoch noch zwei weitere Destillieranlagen bestellt.«

»Sie brennen hier auf dem Gelände?«

»Ja. Bislang haben wir nur einen Apparat, unseren alten Kupferkessel.«

»Und Sie verwenden zum Destillieren starken Alkohol?«

Edward sah Kerry stirnrunzelnd an. Anscheinend fand er die Frage ein wenig befremdlich. Aber er schien sich deswegen keine Sorgen zu machen. »Ja, natürlich. Wir beginnen mit einem hochwertigen Getreidebranntwein – unserer ist aus Gerste und hat ungefähr sechzig Prozent. Den geben wir zusammen mit unserer Mischung aus Pflanzenextrakten in den Destillierapparat. Dann lassen wir das Ganze bei konstanter Temperatur über Nacht aufweichen, bevor wir es am nächsten Tag destillieren – langsam, wobei wir die Pflanzenextrakte Schicht für Schicht abschöpfen.« Kerrys Gesichtsausdruck nach zu urteilen, hätte er genauso gut Griechisch sprechen können. »Wir produzieren hier Kleinserien«, sagte er. »Der Gin, den Sie bei den großen Brennereien bekommen, wird anders hergestellt. Die benutzen Konzentrate …«

Kerry unterbrach ihn mit einer Handbewegung. »All das, um das Ergebnis in ein Glas Tonic zu schütten?«

»Na ja, man kann damit auch ein paar andere Dinge anfangen.« Dem amüsierten Ausdruck nach zu urteilen, der für einen kurzen Moment über Edwards Gesicht huschte, glaubte er wohl, mit einer Frau zu sprechen, die eine Badewanne voll Gin seinem Boutique-Erzeugnis vorzog.

Obwohl es Gemma so vorkam, als wollte Kerry noch mehr über den Alkohol erfahren, hörte sie sie jetzt sagen: »Sie haben von Freitagabend erzählt. Sie und Mrs Keating wollten sich treffen. Was ist passiert?«

Edward zuckte mit den Schultern. »Sie ist nicht aufgetaucht.«

»Sie haben sie doch sicher angerufen oder ihr eine Nachricht geschrieben.«

»Ja, natürlich.« Auf Edwards Gesicht zeigten sich die wenig attraktiven Flecken, die sehr hellhäutige Menschen bekamen, wenn sie erröteten. »Keine Antwort. Ein paar der Jungs waren noch hier und haben die Produktion der letzten Tage geprüft. Also habe ich abgewartet und sie nach einer Weile noch mal angeschrieben. Ein paar Minuten danach habe ich dann diese seltsame Antwort bekommen und gedacht, dass sie mir den Laufpass gibt.«

»Macht es Ihnen was aus, sie mir zu zeigen?«, fragte Gemma. »Nur ihre Antwort«, fügte sie hinzu, als sie sein wachsendes Unbehagen spürte.

Mit einem zögerlichen Schulterzucken nahm Edward das Handy vom Schreibtisch und tippte ein paarmal aufs Display, ehe er um den Tisch herumkam und es Gemma reichte. Der Text stand in einem Pop-up-Kasten, der mit einem kleinen Foto von Reagan markiert war, was die junge Frau erneut auf unheimliche Weise lebendig erscheinen ließ. Gemma las die Nachricht für Kerry laut vor: »Sorry, Kopfschmerzen, kann nicht kommen.«

»Und das war alles?« Sie sah zu Edward hoch und widerstand dem Drang, den Bildschirm hinauf und hinunter zu wischen.

Edward nickte, nahm ihr das Handy aus der Hand und setzte sich wieder hinter den Schreibtisch.

»Und haben Sie danach noch versucht, sie zu erreichen?«

Er trank einen weiteren Schluck aus dem Glas und wich ihrem Blick aus.

»Nein«, gestand er. »Zumindest nicht bis gestern, und da war ihre Mailbox voll. Hören Sie, das Ganze ist wie schon gesagt ein wenig unangenehm.« Er errötete noch mehr. »Reagan und ich, wir haben uns gemocht. Aber wir haben nicht miteinander … geschlafen … wenn Sie das glauben sollten. Sie war mit jemand anderem zusammen, und sie sagte, sie müsse erst richtig mit ihm Schluss machen, bevor sie … Bevor wir …« Er räusperte sich und sagte dann, als wolle er sie herausfordern: »Sie war ein anständiges Mädchen, verdammt.«

»Davon bin ich überzeugt«, sagte Gemma. »Als sie Ihnen abgesagt hatte und sich dann nicht mehr meldete, dachten Sie da, sie hätte es sich anders überlegt und wollte nicht mehr mit ihrem Freund Schluss machen?«

»Ich wusste nicht, was ich denken sollte. Ich meine, sind ›Kopfschmerzen‹ nicht die klassische Entschuldigung, wenn eine Frau einen einfach nicht sehen will?«

»Kann sein. Aber Reagan hat an diesem Abend auch anderen von diesen Kopfschmerzen erzählt. Möglich, dass es ihr wirklich nicht gut ging.«

»Aber daran ist sie nicht gestorben, oder?«, fragte Edward. Es war das erste Mal, dass er sich nach Reagans Tod erkundigte.

»Hat Mrs Cusick es Ihnen nicht erzählt?«, fragte Kerry.

Er schüttelte den Kopf. »Nein, sie sagte bloß, dass Reagan …« Er schluckte. »… tot ist. Dass man sie ermordet hat. Ich bin davon ausgegangen … Ich wollte nicht darüber nachdenken, dass sie …«

»Sie ist nicht vergewaltigt worden«, sagte Gemma. »Hat Nita Ihnen das nicht gesagt?«

»Nein. Nita war nicht sehr gesprächig. Das ist die andere Sache, die mir ein wenig unangenehm ist.«

Gemma sah ihn an. »Ich kann Ihnen nicht ganz folgen.«

Edward zögerte, dann sagte er: »Hören Sie, natürlich habe ich mir Sorgen gemacht, als ich nichts von Reagan hörte. Es sah ihr gar nicht ähnlich, mich so hängen zu lassen. Ich dachte, wenn sie wirklich nicht mit mir zusammen sein wollte, würde sie mich wenigstens nicht so auf die Folter spannen. Ich wäre zu ihr nach Hause gegangen, um nach ihr zu schauen, aber Nita … Reagan dachte, Nita fände es nicht gut, wenn wir uns sehen, also wollte ich sie da nicht mit reinziehen. Sie wollte es Nita sagen. Und sie sagte, wenn Nita ein Problem mit unserer Beziehung hätte, würde sie bei ihr kündigen. Sie wollte sich eh verändern und war überhaupt nur noch da, weil sie sich um den Jungen Sorgen gemacht hat.«

»Jess?«, fragte Gemma überrascht. »Wieso?«

»Er stand unter großem Druck wegen dieses Vortanzens für die Ballettschule. Wenigstens dabei wollte sie ihn noch begleiten. Sie sagte, dass er sie brauchte. Er ist mit der Scheidung seiner Eltern nicht gut klargekommen. Dass sein Dad mit einer neuen Frau zusammen ist, hat es auch nicht besser gemacht.« Edward stand wieder auf. Er ging zur Anrichte und begann mit ruckartigen Bewegungen, die Flaschen präzise auszurichten. »Mittlerweile denke ich, wenn ich sie an diesem Abend angerufen hätte oder zu ihr nach Hause gegangen wäre oder sonst irgendetwas unternommen hätte, dann wäre sie vielleicht nicht …« Er hielt ihnen weiterhin den Rücken zugekehrt.

»Mr Miller«, sagte Gemma. »Edward. Wann haben Sie Reagans Antwort erhalten?« Sie hatte das Telefon nicht lange genug in der Hand gehabt, um die Zeitsignatur zu überprüfen.

Er drehte sich herum und schniefte. »Ich weiß nicht. Die Jungs waren schon nach Hause gegangen. Es muss deutlich nach Mitternacht gewesen sein.«

»Ich finde, Sie sollten sich nicht damit belasten, was Sie hätten tun können«, sagte Gemma. Aber sie war nicht richtig bei der Sache. Wie sicher würde Kate Ling wohl bestimmen können, ob Reagan vor oder nach Mitternacht gestorben war?

Es war nicht leicht gewesen, Doug Cullen zu einem Gespräch zu überreden – ganz zu schweigen von einem Treffen.

»Warum hast du mir nicht gesagt, dass Denis wieder da ist?«, fragte er, als Kincaid ihm gerade vorschlagen wollte, gemeinsam auf ein Bier zu gehen.

»Ich wusste nicht …«

»Du musst doch mitbekommen haben, dass er überfallen worden ist. Warum zum Teufel hast du mir nichts davon erzählt?« Dougs Privatschulakzent war nun deutlich zu hören, wie immer, wenn er richtig wütend wurde. »Und warum hast du mich während der letzten paar Monate wie einen Aussätzigen behandelt? Und jetzt möchtest du ganz plötzlich ein beschissenes Bier mit mir trinken gehen?«

»Das Ganze ist kompliziert, Doug. Ich bin in … in der Nähe von Wallingford. Wenn du mich nach der Arbeit treffen kannst, gebe ich dir Bescheid, sobald ich in …«

»Was tust du in Wallingford? Das ist doch, wo …«

»Ich weiß, wo Wallingford ist.« Allmählich wurde Kincaid selbst sauer. »Können wir uns einfach treffen? Ich möchte nicht am Telefon darüber reden. Lass dir irgendeine Entschuldigung einfallen, warum du früher gehen musst, aber sag niemandem, dass du mich siehst. Keinem. Verstanden?«

»Was soll diese Geheimniskrämerei? Findest du das nicht ein bisschen übertrieben?« Aber jetzt war Doug neugierig. Kincaid konnte es ihm anhören.

»Ich werde dir alles erklären«, sagte er. »Versprochen. Wir sehen uns in …« Er überlegte einen Moment. »… der Scotch Malt Whisky Society. Du weißt, wo das ist. Ich schreibe dir, sobald ich in der Stadt bin.«

Kincaid legte auf. Anders ließ sich Doug nicht unterbrechen, wenn er erst mal in Fahrt gekommen war.

Kincaid hatte gerade den Wagen gestartet und fuhr aus dem Bootshafen, als sein Telefon läutete. Ein Blick auf das Display verriet ihm, dass der Anrufer nicht noch mal Doug war, sondern Rashid.

»Rashid, was hast du für mich?«, meldete er sich. Dann packte ihn kurz die Panik. »Es geht doch nicht um Denis, oder?«

»Nein. Ich habe nichts gehört«, versicherte Rashid ihm. »Es geht um diese andere Sache. Du solltest besser reinkommen …«

»Ich bin gerade nicht in London. Kannst du mir nicht einfach sagen …?«

»Nein, lieber nicht.« Rashid klang ungewöhnlich kurz angebunden. »Und es gibt ein paar Dinge, die du sehen solltest. Meine heutige Schicht ist vorbei, aber ich bleibe im Büro und warte auf dich.«

In London herrschte dichter Verkehr. Als Kincaid endlich beim Krankenhaus ankam, war er verschwitzt und angespannt. Er fragte sich, ob Rashid wirklich auf ihn gewartet hatte, aber der Rechtsmediziner war wie versprochen in seinem Büro.

»Duncan«, sagte er und stand auf. Auf seinem Gesicht lag nicht das übliche ironische Lächeln, und zum ersten Mal, seit Kincaid sich erinnern konnte, schloss er seine Bürotür. »Danke, dass du gekommen bist.« Er wies Kincaid zu seinem gewohnten Stuhl und setzte sich selbst hinter den Schreibtisch. »Es tut mir leid, dass ich dich so herbestellt habe.«

Kincaid fühlte sich noch ein wenig alarmierter. »Rashid, um was geht es denn, um Himmels willen?«

Rashid nahm einen Stift, drehte ihn zwischen den Fingern und sagte: »Ich habe gedacht … Ich wusste, dass du ein paar schwierige Monate hinter dir hast. Und als du mir von deinem Freund erzählt hast, dachte ich, du wärest vielleicht ein kleines bisschen paranoid. Dafür entschuldige ich mich.«

Kincaid rührte sich nicht. Was immer Rashid herausgefunden hatte, war anscheinend ziemlich schlimm.

»Ich möchte, dass du dir ein paar Fotos anschaust. Kommst du bitte mal um den Schreibtisch herum?« Rashid klickte mit der freien Hand ein paarmal auf seine Maus. Kincaid stand auf und stellte sich neben ihn. »Schusswunden wirste ja schon gesehen haben, oder?« Dass der Rechtsmediziner statt seiner üblichen etwas förmlichen Sprechweise plötzlich in einen Cockney-Slang verfiel, machte Kincaid nur noch nervöser.

Er nickte und spürte, wie trocken sein Mund war.

»Okay, sieh dir das an.« Rashid öffnete auf einem der beiden großen Bildschirme, die auf seinen Tisch standen, ein Foto. »Das ist eine selbst zugefügte Kopfschusswunde. So was haben wir recht häufig. An der Schläfe und manchmal unter dem Kinn. Gut. Siehst du die Bläschen unter der Haut hier um den Eintrittspunkt herum?« Er deutete mit dem Stift auf die entsprechenden Stellen. »Sie kommen vom Rückstoß, von den

Gasen, die das Projektil erzeugt.« Jetzt drehte sich Rashid zum anderen Bildschirm herum. »Und das hier ist die Aufnahme von deinem Freund.«

Kincaid blinzelte und versuchte, nicht an das zu denken, was er in jener Nacht gesehen hatte. »Gut.« Das könnte irgendwer sein, sagte er sich. Die Nahaufnahme von einem Kopf und dem dunklen Fleck, wo die Patrone eingedrungen war.

»Keine Spuren von einem Rückstoß. Siehst du?« Rashid tippte mit dem Stift auf den Monitor.

Er sah es. »Und was bedeutet das?«

»Ich will damit sagen, dass es nur sehr wenigen Selbstmördern gelingt, die Waffe von der Haut entfernt zu halten. Vielleicht mitten in einem Streit. Oder wenn sie es sich im allerletzten Augenblick anders überlegen, aber die Reflexe nicht mehr schnell genug einsetzen. Auf jeden Fall sehr unwahrscheinlich, dass so etwas passiert. Und außerdem ...« Er zeigte wieder mit seinem Stift. »Das hier bedeutet ...?« Rashid sah zu ihm auf, als erwartete er eine Antwort von einem strebsamen Schüler.

»Ein Schalldämpfer. Selbst hergestellt aus einer Trinkflasche.«

»Ganz genau.« Rashid klang zufrieden. »Zugegeben, es ist nicht unmöglich, dass ein Selbstmörder einen Schalldämpfer benutzt. Einmal habe ich es schon erlebt. Ein alleinstehender Mann. Vielleicht wollte er die Nachbarn nicht belästigen. Es hat Wochen gedauert, bis sich jemand über den Geruch beschwerte.«

»In diesem Fall aber nicht sehr wahrscheinlich. Was hast du sonst noch?«

»Der Schusskanal ist nicht im richtigen Winkel. Ganz zu schweigen davon, dass man deinen Mann mitten im Wohnzimmer aufgefunden hat. Nicht auf einem Stuhl, dem Sofa oder dem Bett. Wie viele Leute töten sich im Stehen? Auch das ist nicht unmöglich. Hab ich auch schon erlebt, bei einem Typ, der betrunken gewesen war und sich gerade ein Wortgefecht mit seiner Frau geliefert hatte. Aber sogar der hat es noch geschafft, sich die Mündung an die Kopfhaut zu pressen, bevor er den Abzug betätigte. Verstehst du, was ich meine?« Rashid tippte auf die Maus, und ein weiteres Foto ging auf.

Kincaid drehte sich der Magen um. Es war ein Foto vom Leichnam am Tatort, mit dem Weitwinkelobjektiv der Spurensicherer aufgenommen. Mitten in dem billig eingerichteten Wohnzimmer, an das Kincaid sich erinnerte, lag Ryan ausgestreckt da, sein Gesicht zur Seite gedreht, die Arme weit gespreizt, während sich unter seinem Kopf eine dunkle Lache ausbreitete. Die Finger seiner rechten Hand waren um den Griff einer halb automatischen Handfeuerwaffe geschlossen.

Einen Moment lang hatte Kincaid wieder den Geruch in der Nase – das warme Kupferaroma von frischem Blut, vermischt mit dem Gestank nach Exkrementen –, und er steckte rasch die Hände in die Taschen, um sie am Zittern zu hindern.

Während er auf das Foto starrte, schien der Raum um die Leiche herum plötzlich deutlichere Konturen anzunehmen. Es war dasselbe heruntergekommene Wohnzimmer, kein Zweifel, aber es war nicht genauso, wie er es damals gesehen hatte. »Der Rucksack fehlt«, sagte er.

Rashid sah zu ihm auf und zog fragend die dunklen Augenbrauen hoch.

»Ich erinnere mich jetzt wieder. Ich war nur ungefähr eine Minute in dem Zimmer. Ich habe erkannt, dass er tot war, und ich durfte mich nicht mit ihm in Verbindung bringen lassen. Aber mir war nie klar, woher ich wusste, dass es kein Selbstmord war. Neben dem Sofa stand ein halb offener Rucksack. Er war gerade am Packen gewesen. Was immer er in der Wohnung zurückgelassen hatte, er war wiedergekommen, um es zu holen. Und irgendwann zwischen dem Eintreffen der ersten Einsatzkräfte und den Aufnahmen der Spurensicherung hat jemand den Rucksack mitgenommen.«

»Da hast du's«, sagte Rashid. »Du hattest recht. Ich hätte das hier nie als Selbstmord eingestuft.«

»Aber …« Kincaid versuchte, die Fassung wiederzuerlangen. »Wie konnte das passieren? Wieso wurde dieser Todesfall als Selbstmord durchgewunken?«

»Das musst du die Rechtsmedizinerin fragen«, sagte Rashid.

»Wer war es?«

»Kate Ling.«

Die Decke saß zu eng, sie schnürte ihn ein. Er versuchte, sie wegzuziehen, merkte jedoch, dass er die Hände nicht bewegen konnte. Waren sie gefesselt? Er versuchte sich dagegen zu wehren, aber sein Körper schien außerstande, ihm zu gehorchen.

»Ganz ruhig, Mr Childs«, sagte eine Stimme, die ihm entfernt bekannt vorkam. »Sie sind im Krankenhaus. Erinnern Sie sich?«

Natürlich, dachte er, die OP. Er wusste wieder, dass er operiert werden musste. War es schon vorüber? Wo war seine Schwester? »Liz? Wo ist Liz?«, versuchte er zu sagen, aber sein Mund funktionierte ebenfalls nicht.

Ein Knebel, er musste geknebelt sein. Sie waren ihm auf die Schliche gekommen. Panik ergriff ihn. Er musste sich befreien. Sie würden Diane etwas antun. Das hatte Craig gesagt.

»Mr Childs, wehren Sie sich nicht. Wenn Sie sich nicht beruhigen, müssen wir noch mal die Dosis Ihrer Beruhigungsmittel erhöhen.«

Beruhigungsmittel? Warum bekam er Beruhigungsmittel? Sein Herz pochte wie wild, und er versuchte die Hände freizubekommen.

Aus einiger Entfernung hörte er die Stimme sagen: »Sein Blutdruck und der Puls sind in die Höhe geschossen. Wir versuchen's noch mal heute Abend, wenn seine Frau da ist.«

Und dann senkte sich erneut Nebel auf ihn herab.

17

»Laut der Rechtsmedizinerin hatte sie mit jemandem Sex gehabt«, sagte Kerry Boatman, als sie und Gemma nach Kensington zurückfuhren. »Angenommen – was ich aber kaum glauben kann –, dass Mr Miller nicht gelogen hat und er wirklich nicht mit dem Mädchen geschlafen hat. War es dann vielleicht Hugo? Vielleicht hatte sie die Nase ja gar nicht so voll von Hugo, wie alle zu glauben scheinen. Oder vielleicht wollte sie ihm einen Abschiedsfick gönnen.«

»Sie sind ja eine ganz schöne Zynikerin«, sagte Gemma amüsiert.

Kerry schenkte ihr ein kurzes Grinsen, während sie den Wagen fünf Zentimeter vom Heck eines Ford Transit entfernt zum Stehen brachte. »Berufskrankheit. Was also, wenn sie Mr Miller nach dem Club getroffen hat? Ein kleines romantisches Tête-à-Tête. Er hat seinen schnöseligen Gin von der extra hochprozentigen Sorte mitgebracht, weil er dachte, dass er so endlich in ihr Höschen kommt.«

»Und?«, fragte Gemma, die hoffte, dass Kerry gleichzeitig Theorien aufstellen und die Straße im Auge behalten konnte.

»Sie gesteht, dass sie es gerade mit Hugo getrieben hat. Der Schnösel erkennt, dass sein romantischer Abend den Bach runtergeht. Anständige Mädchen machen so etwas nicht. Er will sie für sich allein haben, also presst er sie auf den Boden und versucht sie vom Schreien abzuhalten. Und puff ist sie tot. Anschließend drapiert er ihre Leiche wie eine unbefleckte Prinzessin.« Aus Kerrys spöttischem Tonfall hörte Gemma Ärger heraus.

»Was ist mit der Nachricht?«

»Hat er sich selbst geschickt. Von ihrem Handy, das er auf dem Weg nach da, wo immer er wohnt, in einen Mülleimer geworfen hat.« Kerry beschleunigte von der Ampel weg, als nähme sie am Rennen von Le Mans teil.

»Ähm«, sagte Gemma so vorsichtig wie möglich. »Es klingt, als hätte er bis gegen Mitternacht ein Alibi.«

»Dann hat er sie danach getroffen.«

Es war offensichtlich, dass Kerry Edward Miller nicht ausstehen konnte. Aber das hieß nicht, dass sie recht hatte. Ehe sie von Red Fox weggefahren waren, hatten sie sich die Kontaktdaten von Edwards Bruder Thomas geben lassen und von den Übrigen, die nach der Verkostung dageblieben waren. Dazu gehörte auch Agatha Smith. Auch wenn Gemma Zweifel an Edward Millers Aufrichtigkeit hatte, konnte sie sich Agatha kaum als Lügnerin vorstellen. »Wir müssen Kate Ling auf einen Todeszeitpunkt festnageln«, sagte sie. »Und wir müssen herausfinden, wann Reagan den Club in Kensington verlassen hat.« An der Haltestelle Shepherd's Bush kam Kerry wieder quietschend zum Stehen und nickte zur Uhr im Armaturenbrett. Es war kurz nach halb vier. »Wenn wir in Kensington sind, sollten wir eigentlich jemanden in der Pianobar antreffen.« Als die Ampel grün wurde, beschleunigte sie sanft und fuhr in die Holland Park Road. Trotz ihres kleinen Wutausbruchs war sie eine gute Fahrerin.

Doch etwas wunderte Gemma sich über diesen Anflug von Zorn. Was an Edward Miller hatte Kerry so auf die Palme gebracht?

Sie duckten sich unter dem halb geöffneten Rolltor der Pianobar hindurch und stiegen die enge Treppe hinauf. Kerry fluchte, während sie hochging. Gemma fragte sich, ob sie wohl an Klaustrophobie litt. Als sie die Tür zum ersten Stock aufstießen, klang Kerry wie eine Schwimmerin, die auftauchte, um nach Luft zu schnappen.

Das Lokal war ein langer und enger Schlauch, mit einem großen Fenster, das auf die Straße hinausblickte und zugleich den großen Konzertflügel einrahmte. Bistrotische und -stühle sowie ein paar Bänke säumten die Wände, doch die Mitte des Gangs war unmöbliert. Hier roch es schwach und gar nicht unangenehm nach Schnaps und Schweiß. Gemma sehnte sich nicht nach den Zeiten zurück, als eine Bar wie diese noch nach den Aschenbechern des Vorabends gestunken hatte.

Im hinteren Bereich war die eigentliche Bar. Momentan stand dort nur ein einzelner Barkeeper und trocknete mit einem Geschirrtuch Gläser ab.

»Holla«, sagte er, als er aufblickte. »Wir haben bis fünf geschlossen. Haben Sie das Schild nicht gelesen?«

Kerry, die offensichtlich immer noch schlechte Laune hatte, hielt ihm ihren Dienstausweis hin. »Polizei.«

Der Barkeeper hob ironisch eine Augenbraue. »Vom Eichamt?«

»CID«, fuhr Kerry auf. Die Augen des Mannes wurden ein klein wenig größer. Er ließ sein Geschirrtuch sinken und meinte: »Immer schön locker bleiben. Was kann ich für die Damen tun?« Er hatte die zurückweichenden Haare zu einem Pferdeschwanz gebunden, und sein enges schwarzes T-Shirt spannte sich über einem leicht gerundeten Bauch. Aber sein Grinsen deutete auf einen gewissen Charme hin, und Gemma vermutete, dass er ihn einzusetzen wusste.

Bevor Kerry ihm mit Handschellen drohen konnte, schenkte Gemma ihm ihr strahlendstes Lächeln. »Als Erstes könnten Sie uns mal Ihren Namen sagen.«

Er zögerte nur kurz, ehe er mit den Schultern zuckte. »Darrell. Darrell Byrd. Wie die Band. Mit einem *y*.«

»Haben Sie letzten Freitag hier gearbeitet?«

»Freitags und samstags arbeite ich immer, Schätzchen. Ich und ein, zwei andere. Dann ist hier drinnen das reinste Irrenhaus. Warum wollen Sie das wissen?«

»Wir haben nur ein paar Fragen im Zusammenhang mit einem Fall, den wir gerade untersuchen.« Gemma hatte den Verdacht, dass er ein wenig zum Drama neigte, und sie wollte vermeiden, dass seine Aussagen von dem Wissen um »das ermordete Mädchen« eingefärbt waren. Sie hielt ihr Handy mit Reagans Foto in die Höhe. »Haben Sie diese junge Frau am Freitag gesehen?«

Darrell trocknete sich die Hände am Geschirrtuch ab und nahm das Telefon entgegen. Dann betrachtete er das Foto eingehend. »Ja, ich erinnere mich an sie. Obwohl ich nicht sagen könnte, ob sie am Freitag oder am Samstag da war.«

»Warum erinnern Sie sich an sie? Ist sie ein Stammgast?«

Er schüttelte den Kopf. »Nein. Aber sie war hübsch, Sie wissen schon, auf so eine Das-Mädchen-von-nebenan-Art.«

»Haben Sie ihr Alkohol ausgeschenkt?«, fragte Kerry.

»Natürlich habe ich ihr Alkohol ausgeschenkt. Das ist mein Beruf.« Darrell bedachte sie mit einem unfreundlichen Blick. »Und sie war nicht minderjährig, falls Sie darauf hinauswollen.«

»Nein, darum geht es nicht«, versicherte Gemma ihm. »Dann hat sie also ein paar Gläser getrunken?«

»Eines. Einen Spezialcocktail. Ich habe ihn selbst gemixt. Sie hat beim Probieren das Gesicht verzogen. Er hat ihr wohl nicht geschmeckt.« Darrell schien die Erinnerung zu schmerzen.

»Und das war alles?«

»Ja, außer einer meiner Kollegen hat ihr noch etwas gebracht. Aber ich glaube nicht, dass sie das getan haben. Sie ist kurz danach gegangen. Hat sich vorher noch ein bisschen mit einem Typen gestritten. Ich habe es nur bemerkt, weil sie hinten beim Klo gestanden haben …« Er nickte zu einem schmalen Korridor hinüber, der auf einer Seite der Bar nach hinten führte. »… und ich gerade einen neuen Karton Wodka aus dem Lagerraum geholt habe.«

»Haben Sie mitbekommen, worüber sie sich gestritten haben?«

»Nein.« Darrell überlegte kurz. »Sie nannte ihn einen Betrüger.«

»Sie sagte, dass er sie betrügt? War es nicht andersherum?«, fragte Gemma. Vielleicht hatte Hugo die Sache mit Edward Miller herausgefunden.

»Das ist es, woran ich mich erinnere. Ich konnte mir eh nicht erklären, was sie an dem Typen gefunden hat.« Darrell verdrehte die Augen. »Diesem kleinen Wichser. Bitte entschuldigen Sie meine Ausdrucksweise.«

Gemma runzelte die Stirn und sah Kerrys verwirrten Gesichtsausdruck. »Ein blonder Mann, mit so einer Frisur?« Sie hielt die Hand unter ihre Kieferlinie. »Sehr gut aussehend, wie ein Fotomodell?«

Darrell sah jetzt genauso verdattert aus wie Kerry. »Nein. Ein schmalbrüstiger kleiner Kerl, der mehr Spinat hätte essen sollen. Mit aschblonden Haaren. Und Pickeln.«

Kincaid ließ das Auto beim Krankenhaus stehen und nahm die U-Bahn von Whitechapel nach Farringdon. Von dort lief er die kurze Strecke die Greville Street hinunter zur Scotch Malt Whisky Society, die über der Bleeding Heart Tavern untergebracht war.

Er nutzte diesen Club schon eine Weile als Rückzugsort. Seit er nach Holborn versetzt worden war, konnte er ihn zu Fuß erreichen und kam häufiger, aber er hatte noch nie jemanden aus seinem Team beim Revier Holborn hierher mitgenommen.

Jetzt war er froh, einen Ort zu haben, an dem er sich – wenigstens für den Moment – sicher fühlen und nachdenken konnte. Als er beim Bleeding Heart ankam, ging es bereits auf fünf Uhr zu, und vor den Pubs in Hatton Garden standen schon mehrere Grüppchen. Geduckt ging er durch den kleinen Seitengang neben dem Bleeding Heart und drückte auf den Türöffner der Whisky Society. Als die Tür summend aufging, stieg er die Freitreppe in den ersten Stock hinauf.

Die Räumlichkeiten der Society lagen direkt über dem Pub. Im großen Hauptraum gab es eine Bar, aber auch bequeme Sitzgelegenheiten an Tischen und auf Sofas. Farbenprächtige, moderne Bilder zierten die weißen Wände. In der Mitte des Raums befand sich ein Kamin, an dem man es sich im Winter gemütlich machen konnte, der jetzt jedoch nicht brannte. Auf zwei Seiten des Raumes waren Fenster, die offen standen, um so viel Luft wie möglich hereinzulassen. Von einer Seite der Bar ging ein deutlich kleinerer Raum ab, das Nebenzimmer, in dem ein einzelner langgestreckter Tisch stand. Die Wände dort drinnen waren von Regalen gesäumt, in denen die besonderen Flaschen der Society lagerten.

Kincaid trug sich an der Bar ein und bestellte ein Sandwich, das jemand aus dem Pub heraufbringen würde. Dann bat er den Barkeeper: »Suchen Sie etwas für mich aus. Etwas Belebendes.«

»Schlimmer Tag?«, erkundigte sich der junge Mann.

»Das kann man wohl sagen.«

»Hm.« Der Barkeeper dachte eine Weile nach, ehe er eine

nummerierte Flasche nahm und mit dem Inhalt ein kleines Glas befüllte. »Das sollte das Richtige sein«, sagte er, als er es Kincaid reichte. »Wohl bekomm's.«

Kincaid dankte ihm und ging mit dem Drink in der Hand zu dem niedrigen Tisch im hintersten Eck. Er wollte den Platz, an dem man am ungestörtesten sprechen konnte. Auf dem Weg von Farringdon hierher hatte er Doug angeschrieben und die knappe Antwort erhalten, dass man ihn bei Scotland Yard noch aufgehalten habe, er inzwischen aber ebenfalls unterwegs sei.

Kincaid überlegte kurz, dann schickte er eine Nachricht an Gemma, in der er ihr nur mitteilte, dass er wieder in London sei und bald heimkommen werde. Er war noch nicht bereit, mit ihr zu reden, und wusste gar nicht, wo er anfangen sollte oder wie er ihr erklären würde, wo er den Tag über gewesen war. Die Sehnsucht nach ihr und den Kindern verursachte ihm beinahe körperliche Schmerzen, aber darüber konnte er jetzt nicht nachdenken. Er musste sich auf das konzentrieren, was er herausgefunden hatte, und versuchen, alldem irgendeinen Sinn abzuringen.

Er hob das Glas und nahm einen Schluck. Gut. Der Whisky schmeckte wie geräucherter Torf und brannte ihm so stark in der Kehle, dass ihm die Tränen kamen. Mit »belebend« ließ sich dieses Getränk nicht mal annähernd beschreiben. Er hob das Glas erneut hoch und nahm es in Augenschein. Die Flüssigkeit war blassgolden mit einem ganz leichten Grünton. Er fügte einen Tropfen Wasser aus dem Krug auf dem Tisch hinzu und nippte noch einmal, ganz vorsichtig. Diesmal schmeckte er unter dem Rauch auch Süße heraus, dazu Butter und Heilkräuter und zuletzt einen ganz feinen Hauch dunkler Schokolade. Nach dem nächsten Schluck lehnte er sich zurück und spürte, wie die Anspannung aus seinem Körper wich. Als er hochsah, grinste der Barkeeper ihn an, und Kincaid reckte den Daumen hoch.

Sein Sandwich kam, und als Doug durch die Tür trat, war er sowohl mit dem Essen als auch dem Drink fertig und hatte gerade für sie beide Kaffee bestellt. Während Doug den Raum nach ihm absuchte, hatte er einen kurzen Moment Zeit, ihn zu betrachten. Es war beinahe zwei Monate her, seit er seinen Freund zum letzten Mal gesehen hatte, und er war schockiert, wie hager Dougs Gesicht hinter seiner vertrauten runden Brille aussah. Hager und sonnenverbrannt. Kincaid wunderte sich, was Doug bloß angestellt hatte. Er trug kein Jackett, und mit seiner gelockerten Krawatte, den hochgekrempelten Hemdsärmeln und dem Beutel über der Schulter sah er mehr denn je wie ein Schuljunge aus.

Dann erblickte Doug ihn und kam ohne zu lächeln durch den Raum zu ihm herüber. Kincaid stand auf und streckte ihm die Hand hin. Doug zögerte, dann schüttelte er sie knapp. Es fühlte sich linkisch an, auch weil Kincaid die Hände vom Graben wehtaten.

»Danke, dass du gekommen bist«, sagte Kincaid, nachdem Doug auf dem angebotenen Stuhl Platz genommen hatte. »Ich habe Kaffee für uns bestellt, weil ich glaube, dass wir einen klaren Kopf brauchen. Aber bestell dir bitte, was immer du möchtest.«

»Kaffee ist schon in Ordnung.«

»Wo hast du dir das denn geholt?«, fragte Kincaid und deutete auf Dougs rosafarbenes Gesicht. »An der Costa del Sol?«

»Beim Gärtnern.« Dougs grimmiger Ausdruck verriet deutlich, dass er nicht auf Smalltalk aus war.

Der Barkeeper brachte den Kaffee. Kincaid dankte ihm, schenkte ein und sah dann zu, wie Doug ordentlich Zucker und Sahne in seiner Tasse verrührte. Er wartete ab und begann, sobald er Dougs ungeteilte Aufmerksamkeit hatte, mit dem einzig möglichen Einstieg – der Nacht von Ryan Marshs Tod und dem, was er damals in dessen Wohnung gesehen hatte.

»Du bist dort gewesen?«, fragte Doug. »Du hast ihn gesehen? Warum hast du mir nichts davon gesagt?«

»Weil …« Kincaid blickte sich um und versicherte sich, dass die Leute an den Nachbartischen in ihre eigenen Gespräche vertieft waren. »Weil ich Schiss hatte. Ich wusste, dass Ryan um sein Leben gefürchtet hatte. Er glaubte, die Granate in St. Pancras sei für ihn bestimmt gewesen. Und ich habe an dem Abend gemerkt, dass irgendwas mit dem Tatort nicht stimmte.«

»Aber …«

»Ich dachte, ich müsste dafür sorgen, dass keiner von uns mit Ryan in Verbindung gebracht werden konnte. Und ich habe mir überlegt, es wäre weniger gefährlich für dich, wenn du an die Selbstmordversion glaubst. Nach ein paar Wochen wusste ich dann nicht mehr, ob ich noch ganz bei Trost bin. Aber ich habe …« Er schwieg kurz, starrte auf seine Hände hinunter und rieb die Daumen fest aneinander. »Ich habe es nicht geschafft, darüber zu reden.« Er blickte zu Doug auf und erntete nach einem Moment ein kurzes verständnisvolles Nicken.

»War es schlimm?«

Kincaid nickte. »Ja, das war es.«

»Aber warum erzählst du es mir jetzt?«

»Weil ich nun Gewissheit habe, dass ich nicht verrückt bin.« Kincaid berichtete, was Rashid herausgefunden hatte.

Doug schüttelte den Kopf. »Warum jetzt? Wieso hast du Rashid jetzt gefragt? Warum erzählst du es mir, nachdem du mich monatelang im Dunkeln gelassen hast?«

»Wegen Denis.«

Doug starrte ihn an. »Was hat Denis damit zu tun?«

Kincaid blickte sich noch mal um und senkte dann die

Stimme. »Ich habe Denis getroffen. Samstagabend. Ich vermute, dass ich der Letzte war, der ihn vor dem Überfall gesehen hat. Er hat mich gebeten, ihn in einem Pub in Holborn zu treffen. Denis hatte den Verdacht, dass er beschattet wurde, genau wie Ryan. Und er hat angedeutet, dass bei der Polizei irgendetwas Übles vor sich geht. Er hat mich davor gewarnt, irgendwelche Fragen zu stellen, zu meiner eigenen Sicherheit und der meiner Familie. Und dann hat jemand versucht, ihn auf seinem Nachhauseweg umzubringen.«

»O Gott«, flüsterte Doug. »Weiß sonst noch jemand von eurem Treffen?«

»Ich habe einem Freund in Cheshire davon erzählt. Einem Polizisten. Er ist ein guter Mann, und ich musste mit jemandem sprechen, der nichts mit der Met zu tun hat.«

»Cheshire?« Doug wirkte ein wenig vor den Kopf geschlagen.

»Mein Dad hatte ein kleines gesundheitliches Problem, und ich musste dorthin.«

Doug runzelte die Stirn. »Das erklärt immer noch nicht, warum du mir das alles jetzt erzählst.«

Kincaid holte tief Luft. »Weil ich gemerkt habe, dass ich kein Recht habe, dich ohne dein Wissen beschützen zu wollen. Und dass ich dich vielleicht sogar in noch größere Gefahr bringe, wenn ich dich im Unklaren lasse. Und weil …« Kincaid trank den Rest seines mittlerweile kalten Kaffees, um sich vor der letzten Hürde zu stärken. »Und weil ich deine Hilfe brauche.«

»War es also gelogen, dass Reagan sich mit Hugo gestritten hat? Oder hat sie sich mit ihm *und* Sidney in die Haare gekriegt?«, fragte Kerry. »Und warum sollte sie Sidney Betrug vorwerfen?« Sie waren ein paar Häuser von der Pianobar entfernt in der Kensington High Street stehen geblieben. Gemma wünschte, sie könnte sich bei Carluccio's in den Schatten setzen und einen Kaffee trinken, aber Kerry war offensichtlich nicht in der richtigen Stimmung, um bei einer Tasse Espresso zu plaudern.

»Ich rufe mal Thea Osho an.« Gemma zog ihr Handy hervor. »Ich bin sicher, dass sie uns nicht alles verraten hat, was sie über diesen Abend weiß.« Doch unter der Nummer, die Thea ihnen genannt hatte, ging niemand ran. Gemma schrieb ihr eine Nachricht, doch bitte so schnell wie möglich zurückzurufen. Wobei ihr auffiel, dass sie eine SMS von Kincaid versäumt hatte, während sie in der Bar gewesen waren.

»Mist«, stieß sie hervor, nachdem sie sie gelesen hatte.

»Stimmt was nicht?«, erkundigte sich Kerry.

Gemma zwang sich zu einem Lächeln und sagte: »Mein Mann lässt mich im Stich. Ist es okay, wenn wir für heute Schluss machen? Sonst müsste ich ganz schnell eine Betreuung für meine Kinder organisieren.«

Kerry schnalzte mitfühlend mit der Zunge. Dann schüttelte sie den Kopf. »Ich kann mir nicht vorstellen, dass dieses Mädchen gar keine Fehler gehabt haben soll. So einen Menschen gibt es meiner Erfahrung nach gar nicht. Die Obduktion hat uns verraten, dass sie nicht lange vor ihrem Tod mit jemandem Sex gehabt hatte. Aber bis wir die DNA des Spermas analysiert haben, können wir nur davon ausgehen, dass es Hugo gewesen war. Ich glaube kaum, dass sie was mit diesem hühnerbrüstigen Sidney gehabt hat. Obwohl natürlich schon merkwürdigere Dinge passiert sind. Und wenn Mr Schnöseliger Schnapsbrenner nicht lügt und er es wirklich nicht gewesen ist, müssen wir uns noch nach anderen Optionen umsehen. Wir haben den Gärtner noch nicht ausgeschlossen, der kein Alibi hat. Genauso wenig Roland Peacock.« Sie schaute auf die Uhr. »Ob seine Frau wohl inzwischen zu Hause ist?«

Die Frau, die ihnen im Haus der Peacocks die Tür öffnete, war schlank und blond und strahlte genau die Art Eleganz aus, bei der Gemma sich nach einem ganzen Tag voller Verhöre in der Hitze schrecklich verwelkt vorkam.

»Mrs Peacock?«, fragte Kerry und erklärte ihr, wer sie waren. Anscheinend eher verärgert als besorgt, führte Pamela Peacock sie in das Haus, in dem sie bereits am Vortag gewesen waren.

»Roland sagte, dass Sie wegen dieser Kleinen die Runde machen«, sagte sie über die Schulter hinweg.

Kerry war Edward Miller auf die Nerven gegangen, diese Frau mit ihrem affektierten Mittelschichtakzent ließ dagegen Gemma mit den Zähnen knirschen. »Sie meinen Reagan Keating, Ma'am«, verbesserte Gemma sie. »Sie war vierundzwanzig. Wohl kaum eine Kleine.«

»Sie war ein Kindermädchen.« Mrs Peacock warf Gemma einen belustigten Blick zu. »Und für mich ist jede Frau unter dreißig eine Kleine, Sergeant. Sie sind doch Sergeant, oder?«

»Detective Inspector«, antwortete Gemma, so freundlich, wie sie konnte. Sie schätzte Pamela Peacock auf Anfang vierzig und genauso gut in Schuss für ihr Alter wie Nita Cusick. Es war unglaublich, was man mit Geld machen konnte. Ihrer eigenen Mutter hatte man mit vierzig ihr Alter deutlich angesehen.

Sie kamen in die Küche, wo eine Kasserolle von Le Creuset auf dem Herd stand, in der etwas köstlich Duftendes vor sich hin köchelte. Gemma hoffte, dass Roland Peacock dafür verantwortlich war und dass es dieser Frau nicht gelungen war, eine Gourmetmahlzeit zuzubereiten, ohne dabei ihr perfektes Leinen-Outfit oder ihr Make-up durcheinanderzubringen. Der Sessel, in dem Roland gestern gesessen hatte, war leer und seine Arbeitsmaterialien weggeräumt.

»Ist Mr Peacock zu Hause?«, fragte Kerry.

»Nein. Er ist mit unserem Sohn beim Rugby-Training. Setzen Sie sich doch bitte.« Sie deutete auf den Esstisch, bot ihnen aber weder Tee noch Kaffee an.

»Das ist kein Problem«, sagte Kerry, als sie und Gemma sich auf den Stühlen niederließen, »da wir ohnehin mit Ihnen sprechen wollten.«

Pamela Peacock hob eine ihrer gezupften Augenbrauen. »Wie kann ich Ihnen denn behilflich sein?«

»Wir versuchen, ein wenig mehr über Reagan in Erfahrung zu bringen, um uns ein besseres Bild von …«

»Ich habe gehört, sie sei ermordet worden. Jean Armitage hat es Roland erzählt. Ehrlich gesagt halte ich das für grotesk. Sie täuschen sich da bestimmt. Die Kleine ist wahrscheinlich an einer Überdosis gestorben.«

»Warum glauben Sie das, Mrs Peacock?«, fragte Gemma.

»Na, so was passiert eben.« Pamela Peacock zuckte mit den Schultern. »Das wissen wir doch alle.«

»Sagen Sie das, weil Sie etwas über Reagans Umgang mit Drogen wissen?«

»Nein, ich kannte sie ja kaum.«

»Aber Ihr Mann hat sich ganz gut mit ihr verstanden, soweit wir wissen. Sie haben erst kürzlich auf der Gartenparty miteinander geplaudert, am vorletzten Sonntag.«

Pamela Peacock, die bislang lässig an der Kücheninsel gelehnt hatte, richtete sich auf und verschränkte die Arme. »Sie haben offensichtlich mit Jean Armitage gesprochen. Roland war bloß höflich. Er ist ein sehr charmanter Mann, und ich kann verstehen, dass sich eine junge Frau von seiner Aufmerksamkeit geschmeichelt fühlt. Ich würde Ihnen generell davon abraten, allzu viel auf Jean Armitages Gerede zu geben. Sie ist eine ziemliche Drama-Queen.«

Gemma erkannte, dass sie Jean Armitages Aussage sehr viel mehr Glauben schenkte als der von Pamela Peacock, und sie übersetzte deren Worte zu: Alle waren betrunken vom Limoncello. Roland hat wie wild mit Reagan Keating geflirtet, die ihm deswegen keine runtergehauen hat, und Jean Armitage ist eine neugierige Kuh, die sich in alles einmischt.

»Sie haben sicher recht, Mrs Peacock«, sagte Kerry mit verständnisvollem Lächeln, um die Wogen zu glätten. »Aber können Sie uns irgendwas über letzten Freitagabend sagen? Ihr Sohn war krank, richtig?«

»Magen-Darm-Grippe.« Pamela Peacock sah aus, als müsste sie sich allein bei dem Gedanken beinahe übergeben. »Roland ist mit ihm aufgeblieben. Ich war gerade von einer anstrengenden Geschäftsreise zurückgekehrt. Außerdem sind Krankheiten nicht meine Abteilung. Das war schon immer eher Rolands Stärke.«

Gemma musste an die Nächte denken, die sie bei dem ein oder anderen Kind gewacht hatte, und beneidete Pamela Peacock fast darum, wie leicht sie diese Verantwortung abgeben konnte. »Ähm, gibt es jemanden, der das bezeugen kann?«

»Ja, natürlich. Wir mussten den Hausarzt rufen.«

Gemma staunte, dass sie einen Hausarzt gefunden hatten, der Hausbesuche machte, und dann auch noch mitten in der Nacht. »Wie geht es Ihrem Sohn?«

»Er durfte heute wieder zur Schule.« Pamela Peacocks Ton wurde ein wenig weicher. »Armer Georgie. Darum wollte Roland ihn auch nicht allein zum Rugby-Training lassen.«

»Ihr Mann hat uns erzählt, dass Ihr anderer Sohn – der ältere, oder? – dieses Schuljahr in einem Internat ist.«

»Nein. George ist der Ältere der beiden. Arthur, unser jüngerer Sohn, geht aufs Internat.« Pamela Peacock schüttelte den Kopf. »Aber dafür gibt es jetzt eigentlich keinen Grund mehr. Wir werden ihn zum nächsten Schuljahr wohl wieder zurückholen. Ehrlich gesagt hat er es dort recht schwer. Vielleicht ist es nicht die beste Idee, ein von Mobbing gebeuteltes Kind in ein Internat zu stecken.« Sie lächelte matt. »Aber wir wussten uns nicht mehr anders zu helfen.« Als sie nicht sofort reagierten, fügte sie ungeduldig hinzu: »Jean Armitage hat Ihnen doch bestimmt von Henry erzählt. Henry Su.«

»Ich glaube, Ihr Mann hat ihn erwähnt«, erwiderte Gemma. »Das war der Junge, der gestorben ist, oder?«

Pamela Peacock verzog das Gesicht. »Es war furchtbar. Aber er hat Arthur das Leben so schwergemacht, dass wir uns bereits entschieden hatten, ihn im nächsten Schuljahr wegzuschicken.«

»Man hat uns gesagt, er sei schwierig gewesen. Jess Cusick hat er auch geärgert, stimmt's?«

»Man möchte eigentlich annehmen, Jess hätte mit seinem Getanze ein dankbareres Ziel als Arthur abgegeben. Allerdings ist Arthur ein Streber und beim Sport etwas zimperlich. Jess scheint dagegen aus härterem Holz geschnitzt zu sein. Vielleicht hat ihn das Tanzen stärker gemacht.« In ihrer Stimme lag keine Bosheit, lediglich eine unerwartet offenherzige Zuneigung zu ihrem Sohn.

»Ich habe Jess kennengelernt«, sagte Gemma. »Er wirkt sehr fokussiert.«

Pamela Peacock lachte humorlos auf. »Das kann man wohl sagen. So fokussiert, dass der ganze üble Mist nach Henry Sus Tod einfach von ihm abgeperlt ist. Wussten Sie, dass die Sus ihm die Schuld gegeben haben? Und auch dem Kindermädchen? Reagan.«

»Reagan?«, fragte Gemma erstaunt. »Weshalb?«

»Sie haben behauptet, wenn sie an diesem Tag richtig auf Jess achtgegeben hätte, dann wäre ihr aufgefallen, dass Henry verschwunden ist, und sie hätte Alarm schlagen können.«

»Aber für Henry war sie doch gar nicht verantwortlich.«

Pamela Peacock seufzte. »Ich glaube nicht, dass Eltern, die ein Kind verloren haben und bei irgendjemandem außer sich selbst die Schuld dafür suchen, derart feine Unterschiede machen.«

»Du Spinner«, sagte Doug voller Inbrunst, nachdem Kincaid ihm erzählt hatte, was er den Nachmittag über getan hatte. »Deswegen warst du also in Wallingford. Ich hätte dich doch begleitet.« Er sah so enttäuscht aus wie ein Kind, dem man das Weihnachtsfest verweigert hatte.

»Ich weiß. Das war ein ganz spontaner Entschluss.«

»Und was hast du gefunden?«

Mit gesenkter Stimme erstattete Kincaid ihm Bericht.

»Er wollte abhauen«, sagte Doug nach kurzem Überlegen. »Er hatte gar nicht vor, sich umzubringen.«

»Nein.«

»Vielleicht hatte er Verbindungen zu den Aktivisten geknüpft, die er infiltriert hatte. Vielleicht dachte er auch, er könnte sich gemeinsam mit seiner Familie ins Ausland absetzen, wo ihn keiner so leicht finden würde.« Doug runzelte die Stirn und schwenkte den zuckrigen Schaum, der den Boden seiner Tasse bedeckte. »Die meisten verdeckten Ermittler legen sich Jahre im Voraus aufwändige Ausstiegsstrategien zurecht. Sie brauchen sie, wenn sie wieder in den normalen Dienst zurückkehren, aber vielleicht wollte Ryan seinen Plan tatsächlich in die Tat umsetzen.« Doug schien die Idee irgendwie tröstlich zu finden. »Du weißt doch noch«, fuhr er fort, »wie wir Ryan in den Personallisten der Met entdeckt haben, erst als Uniformierten, später beim CID? Und wie er dann aus allen aktiven Dienstplänen verschwunden ist?«

Kincaid nickte, hatte aber keine Ahnung, worauf Doug hinauswollte.

Der sah ihn an und dann wieder seinen Kaffee, als suchte er nach den richtigen Worten. »Du weißt ja, dass Melodys Vater als Erster vom Überfall auf Denis erfahren hat. Er … deutete Melody gegenüber an, dass Denis vielleicht von irgendwas aus seiner Vergangenheit eingeholt worden sein könnte.«

»Seiner Vergangenheit?«, fragte Kincaid überrascht.

»Also, ich habe genauso reagiert wie du. Aber ich dachte mir, dass es ja nicht schaden kann, mal einen Blick zu riskieren. Und das habe ich dann getan. Wenn man das Muster einmal kennt, entdeckt man es ganz leicht.«

»Welches Muster?«

»Das gleiche wie bei Ryan. Makellose Dienstakte. In Rekordzeit von der Streife zum CID befördert. Ein Jahr als Detective Sergeant in Hackney. Dann, puff. Drei Jahre lang nichts. Null. Nada. Und ganz plötzlich taucht Denis Childs wieder auf, als DI im Revier Charing Cross.«

Kincaid lehnte sich zurück und starrte ihn an. Schließlich sagte er: »Scheiße. Denis war verdeckter Ermittler. Ich hätte nie gedacht …«

»Nein. Aber das erklärt einiges. Diese Verbindungen in der Vergangenheit, auf die Ivan Talbot angespielt hat – könnten das Leute aus irgendwelchen Gruppierungen sein, in die er eingeschleust war? Oder alte Seilschaften vom Special Branch?«

Kincaid fiel wieder ein, worüber er bereits nachgedacht hatte. »Könnte es sein«, fragte er Doug, »dass Denis Ryan Marsh kannte? Oder zumindest von Ryan Marsh wusste? Als er mich nach Holborn versetzen ließ, hatte Ryan Matthew Quinns kleine Gruppe schon seit Monaten unterwandert.«

»Allmählich glaube ich, dass alles möglich ist. Und Denis war schon immer sehr gut darin, sich Informationen zu beschaffen.« Doug schob sich die Brille die Nase hoch und langte nach seinem Beutel. »Hast du diese Speicherkarte dabei? Lass uns mal einen Blick draufwerfen. Vielleicht kann Ryan uns ja was verraten.«

Nach einem weiteren Blick durch den Raum – allmählich kam er sich wie ein Spion vor – ließ Kincaid das kleine Rechteck aus seiner Brieftasche gleiten und reichte es Doug.

Während er zusah, wie Doug seinen Laptop auf den Tisch stellte, klingelte in seiner Tasche das Handy. Er nahm es heraus und sah, dass der Anruf von Jasmine Sidana kam, seiner DI aus dem Team in Holborn. Einen Moment lang überlegte er, ob er ihn überhaupt entgegennehmen sollte, doch er wusste, dass Sidana ihn nicht ohne guten Grund anrufen würde. Um Doug nicht zu stören, schob er seinen Stuhl ein Stück zurück und ging dran.

»Sir«, meldete sich Sidana. »Ich weiß, dass Sie gerade in Familienangelegenheiten stecken, aber wir haben vorhin in der Nähe von King's Cross eine Leiche aus dem Kanal gezogen. Und es gibt da etwas, das Sie sich ansehen sollten.«

»Ich bin schon wieder in London.« Kincaid sah auf die Uhr und überschlug im Kopf, wie lange er zu Fuß vom Pub zur U-Bahn-Station brauchen würde. »In einer halben Stunde könnte ich da sein.«

Nachdem er aufgelegt hatte, sah er Doug mit gerunzelter Stirn vor dem Bildschirm sitzen. »Was ist los?«

»Die Speicherkarte. Sie enthält nur Fotos. Ein ziemliches Durcheinander. Ich werde daraus nicht schlau.« Er drehte den Laptop herum, damit Kincaid einen Blick auf den Monitor werfen konnte.

Kincaid scrollte sich durch Dutzende Aufnahmen. Seine Bestürzung wuchs mit jedem geöffneten Bild. Er erkannte die Gebäudegruppe in dem Dorfzentrum. Und auch das Pub. Genauso wie die Kirche mit ihrem unverwechselbaren überdachten Friedhofstor. »Lieber Himmel«, flüsterte er. »Das ist Hambleden. Und das da ist Angus Craigs Haus.«

Das Gebäude, das inmitten herbstlich roter Bäume stand, sah aus wie damals, als er zum ersten Mal davorgestanden hatte – vor dem Brand. Doug hatte es erst später gesehen, wie ihm nun klar wurde, als die Craigs beide bereits tot waren und von dem Haus nur noch eine rauchende Ruine stand.

18

JULI 1994

Sie hatten sich auf dem Küchenfußboden geliebt, zwischen den ausgelegten Zeitungen und Farbdosen. Es hatte sich verrucht angefühlt, und sie waren so leidenschaftlich gewesen, dass sein Körper immer noch kribbelte, als er Stunden später im Tabernacle ankam.

Und so war er überhaupt nicht auf die langen Gesichter der Gruppenmitglieder vorbereitet, die im Café über ihre Kaffeetassen gebeugt saßen. Unter ihnen Annette Whitely und Marvin Emba, ein gelehrtenhaft aussehender Schwarzer, sowie ein halbes Dutzend, die regelmäßig da waren.

»Was ist passiert?«, fragte er, als er sich hinsetzte, ohne an seine Kaffeebestellung zu denken.

»Wo bist du gewesen?«, fragte Marvin mit herausfordernd vorgerecktem Kinn. »Wir haben dich mehrfach angerufen.«

»Ich hatte einen Job zu erledigen.« Auf diese Situation war er wirklich nicht vorbereitet, und es gefiel ihm nicht, keine glaubhafte Erklärung parat zu haben. »In North London«, fügte er hinzu, während er an einem Farbklecks auf seiner Hand rubbelte. Er hatte ihn gerade erst bemerkt und versuchte, sich nicht von dem Gedanken ablenken zu lassen, wie er dort hingekommen war. »Was ist denn los?«, fragte er noch einmal und zählte die Anwesenden rasch durch. Keines der ständigen Mitglieder fehlte.

»Es geht um Whitewatch«, sagte Annette. Whitewatch war die extremste unter den faschistischen Gruppen, die sich in jüngster Zeit in

London gebildet hatten. Und er war sicher, dass der Special Branch ein Auge auf sie hatte. »Sie haben angekündigt, beim Karneval aufzumarschieren. Dabei werden Menschen zu Schaden kommen.«

»Wir müssen etwas unternehmen«, sagte Marvin. »Protestieren. Dafür sind wir doch da.«

»Dann wird es wirklich Verletzte geben«, entgegnete Denis so ruhig wie möglich. Beim Notting Hill Carnival hatte es von Anfang an immer wieder rassistisch motivierte Gewalt gegeben. Bis zu den diesjährigen Feierlichkeiten dauerte es nur noch ein paar Wochen. Die Polizei würde mit zahlreichen uniformierten Einsatzkräften vor Ort sein, aber selbst die konnten nicht alle Konflikte eindämmen, bevor sie sich zu gewalttätigen Auseinandersetzungen auswuchsen.

»Du weißt doch, wie sie sind, Den.« Annette, die sonst auf seiner Seite stand, funkelte ihn an. »Wir können nicht einfach die Hände in den Schoß legen und nichts tun.«

Whitewatch waren nicht nur so rassistisch, wie ihr Name andeutete – sie hatten es insbesondere auf Menschen von gemischter Herkunft abgesehen, die sie als »Abscheulichkeiten« bezeichneten. Menschen wie Annette. »Hört mal«, sagte er. »Sich mit diesen Leuten einzulassen ist, als würde man Benzin auf ein Feuer kippen. Genau das wollen sie doch. Das wissen wir alle. Das einzig Sinnvolle ist es, eine friedliche Botschaft auszusenden.«

»Dann marschieren wir eben friedlich«, bemerkte Deirdre, eine Lehrerin mit krausen Haaren und einer riesigen Brille, wie sie ein Jahrzehnt zuvor in Mode gewesen war. Deirdre hatte gerne das Gefühl, das Sagen zu haben. Die anderen sahen jedoch ihn erwartungsvoll an. Er hatte nie gewollt oder vorgehabt, dass sie ihn wie den Anführer der Gruppe behandelten. Aber er hatte festgestellt – und vermutlich ging es den anderen verdeckten Ermittlern ebenso –, dass einem der Polizeiberuf eine gewisse natürliche Autorität verlieh, die man nur schwer verbergen konnte.

»Wir können marschieren«, stimmte er zu. »Aber ich glaube, un-

serer Sache ist besser gedient, wenn wir Flugblätter und Handzettel verteilen, in denen wir die Leute dazu ermutigen, friedfertig zu bleiben. Ein Aufruhr würde nichts besser machen.« Er sah, wie Einzelne zögerlich nickten, spürte jedoch auch den Widerstand der anderen. »Wo habt ihr es denn gehört?«, fragte er. »Seid ihr sicher, dass das nicht nur ein Gerücht ist?«

»Mein Bruder«, sagte eine Frau namens Beverly, »arbeitet in einer Autowerkstatt, und da gibt es einen Typ, der mit der Whitewatch-Gruppe rumhängt. Er hat damit geprahlt, dass sie beim Karneval ein paar Kopftritte verteilen werden. Und ordentlich … Na ja, du kannst es dir ja denken.« Beverly war genau wie Deirdre weiß, und den weißen Mitgliedern ihrer Gruppe fiel es besonders schwer, rassistische Beschimpfungen zu wiederholen.

»Vielleicht ist es ja nur Gerede. Aber wir werden die Augen offen halten, okay?« Diesmal fiel das Nicken zwar etwas enthusiastischer aus, aber er war sich bei niemandem von ihnen sicher, dass sie das Gerücht für sich behalten würden. Nicht mal bei Annette. Und je mehr es sich verbreitete, desto wahrscheinlicher würde es zu Gewaltausbrüchen kommen.

Sosehr es ihm auch widerstrebte, er musste Red Craig darüber Bericht erstatten. Das war sein Job.

Nach ihrem Besuch bei den Peacocks gingen Gemma und Kerry die Cornwall Crescent entlang. Als sie beim Haus der Sus ankamen, fühlte Gemma sich bedrückt. Sie freute sich nicht gerade darauf, mit einem Ehepaar zu sprechen, das sein Kind verloren hatte und die Trauer darüber zu bewältigen versuchte, indem es sich alle Nachbarn zu Feinden machte.

Die Fassade dieses Hauses war von der gleichen Bauart wie die der anderen in dieser Reihe. Doch während die meisten irgendwelche Verzierungen aufwiesen, wie zum Beispiel polierte Messingklopfer in Form geschnittener Hecken oder Blumenkästen, gab es bei den Sus nichts dergleichen. Ihr Haus wirkte wie ein blindes Auge.

Kerry stieg die Stufen hoch und betätigte die Klingel. Sie musste noch ein weiteres Mal drücken, bevor jemand aufmachte.

Gemma hatte erwartet, beide Sus würden aus China stammen, aber die Frau, die ihnen öffnete, war weiß und ebenso blond und dünn wie Pamela Peacock, wenn auch ohne deren natürliche Eleganz. Ihre Miene war verhärtet und ihre roten Lippen zu einem schmalen, wenig einladenden Strich zusammengekniffen. Als Kerry sich und Gemma vorstellte und ihren Dienstausweis zückte, sah sie sie erst verblüfft an. Dann sagte sie mit hoher, schneidender Stimme: »Jetzt reicht es aber endgültig. Wen haben sie denn jetzt bestochen, damit wir von der Polizei belästigt werden?«

Kerry sah sie verdattert an. »Mrs Su?«, fragte sie, um Fassung bemüht. »Mrs Lisa Su?«

»Sie wissen ganz genau, wer ich bin. Sonst wären Sie doch nicht hier. Ich werde nicht mit Ihnen sprechen …«

»Mrs Su, hier muss ein Missverständnis vorliegen. Warum glauben Sie denn, dass wir hier sind?«

»Wegen des Anbaus natürlich.«

Gemma dachte, dass Lisa Su abgesehen von dem zornigen Gesichtsausdruck, der sich in ihre Züge eingebrannt zu haben schien, eigentlich eine hübsche Frau war. Ihre Augen traten leicht hervor, als würden sie vom Druck, der in ihrem Innern herrschte, nach außen gepresst.

»Unser Besuch hat mit Ihrem Anbau nichts zu tun«, sagte Kerry. »Ist Ihr Mann zu Hause?«

»Ja, aber ich will ihn nicht stören.« Mrs Su wirkte plötzlich unsicher. »Können Sie nicht bitte einfach mir sagen, worum es geht?«

»Macht es Ihnen was aus, wenn wir reinkommen?«, fragte Kerry. Sie standen noch immer auf der Türschwelle, und sie sah vielsagend zum übernächsten Haus hinüber, in dem Mrs Armitage wohnte. »Außerdem müssen wir wirklich mit Ihnen und Ihrem Mann sprechen.«

»Oh, na gut.« Mrs Su winkte sie wenig höflich in den Flur, wo sie sie stehen ließ, während sie selbst die Treppe ins Untergeschoss hinunterging. Sie hörten sie rufen: »Ben? Da sind …« Danach wurde ihre Stimme von einer zuschlagenden Tür abgeschnitten.

Die Türen zum Wohnzimmer waren ebenfalls geschlossen. Wie draußen vor dem Haus hing auch hier nichts an den Wänden, was über die Persönlichkeit der Bewohner Aufschluss gegeben hätte.

Ben Su kam vor seiner Frau die Treppe herauf. Gemmas erster Gedanke war, dass sie ihn sich nicht so gut aussehend vorgestellt hatte. Er war groß und schlank und hatte dichte schwarze Haare, die an den Schläfen zu ergrauen begannen. Sein attraktives Gesicht war genau wie das seiner Frau von Zornesfalten durchzogen. Aber während Lisa Su zickig wirkte, sah er … gefährlich aus. Gemma wich instinktiv einen Schritt zurück, aber sie konnte nirgends hin.

»Was wollen Sie?«, fragte er in präzisem, akzentfreiem Englisch.

»Wir untersuchen den Tod einer Anwohnerin hier im Garten«, sagte Kerry. »Reagan Keating. Wir glauben, dass Sie sie kannten.«

»Wovon sprechen Sie? Wir wissen nichts von einer Toten. Wir können …«

»Das Kindermädchen?«, unterbrach ihn seine Frau. »Das Kindermädchen ist tot?«

Kerry warf Gemma einen Blick zu. Konnte es wirklich sein,

dass sie nichts davon mitbekommen hatten? Es war gut möglich. Soweit Gemma wusste, waren sie mit niemandem in der Nachbarschaft befreundet, und sie schienen den ganzen Tag außer Haus zu sein. Außerdem blockierte der monströse halb fertige Anbau wahrscheinlich die Sicht auf den Garten, sowohl vom Untergeschoss als auch von den Zimmern im Erdgeschoss aus.

»Ja, das Kindermädchen«, antwortete Gemma, der das Paar bereits gehörig auf die Nerven ging. »Sie ist irgendwann in der Nacht von Freitag auf Samstag im Garten ermordet worden. Wir haben gehört, dass Sie sie auf irgendeine Weise für den Tod Ihres Sohnes verantwortlich machen.«

Mrs Sus Augen traten noch weiter hervor. »Wer hat Ihnen das erzählt? Wir haben nur gesagt, wenn sie vorsichtiger gewesen …«

»Lisa, das reicht«, fuhr ihr Mann dazwischen. An Kerry und Gemma gewandt sagte er: »Wir wissen nichts über diese Angelegenheit, und wir haben uns beide auch nicht viel mit dieser Frau unterhalten. Wenn es Ihnen nichts ausmacht, würde ich Sie jetzt …«

»Mr Su, Mrs Su.« Kerry wirkte erbost. »Es tut uns leid, wenn wir Ihre kostbare Zeit verschwenden. Aber eine junge Frau ist ermordet worden. Haben Sie am Freitagabend irgendwen oder irgendwas Ungewöhnliches bemerkt?«

Lisa Su schüttelte den Kopf. »Ich bin die Nacht über bei meiner Schwester geblieben. In Milton Keynes.«

»Mr Su?«

Einen Moment lang dachte Gemma, er würde die Antwort verweigern. Dann sagte er jedoch: »Ich war mit Kunden von der Bank unterwegs und erst spät wieder zurück.«

»Wie spät?«, hakte Kerry nach.

Wieder dieses kurze Zögern. »Gegen drei.«

»Kann das jemand bestätigen?«

»Natürlich. Aber das können Sie mit meinem Anwalt …«

»Es ging um diesen Jungen«, ging Lisa Su dazwischen. »Den Tänzer. Über ihn hat Ben mit ihr gesprochen. Hätte er unseren Henry nicht drangsaliert, wäre er nicht in den Schuppen gegangen, um sich zu verstecken. Das weiß ich ganz genau. Henry mochte keine engen Räume. Und er hätte nie seinen Inhalator verloren, wenn er nicht wegen etwas aufgeregt gewesen wäre. Das hat Ben zu ihr gesagt.«

»Wirklich?«, fragte Gemma Ben Su. »Wann haben Sie mit Reagan Keating darüber gesprochen?«

Aber es war Lisa, die ihr antwortete. »Auf dieser ätzenden Gartenparty, wo keiner mit uns geredet hat.« In ihren großen Augen glitzerten Tränen.

»Nur, dass ich es verstehe.« Gemma hätte Lisa Su am liebsten gepackt und geschüttelt. »Wollen Sie damit etwa sagen, dass Jess Cusick Ihren Sohn schikaniert hat?«

»O Gott, was für ein unangenehmes Pärchen«, sagte Kerry, während sie vom Haus fortgingen. »Die Frage ist nur, ob sie so schrecklich sind, *weil* ihr Sohn gestorben ist. Oder war ihr Sohn so ein kleines Ekel, weil seine Eltern noch viel größere Ekel sind? Und sind sie jetzt sogar noch schlimmer als vorher?«

»Ich glaube nicht eine Sekunde lang, dass Jess Cusick Henry drangsaliert hat.« Gemma war immer noch ganz aufgebracht. Ben Su hatte ihnen auf die Rückseite einer Visitenkarte die Namen und Telefonnummern seiner Kollegen von der Bank und von der Schwester seiner Frau notiert. Dann hatte er noch die Nummer seines Anwalts dazugeschrieben und ihnen gesagt, dass sie sich mit allen weiteren Fragen an ihn wenden sollten. Gemma hatte alle Mühe gehabt, sich zu beherrschen.

Als sie beim Auto ankamen, sah Kerry zu ihr herüber. »Ich

glaube, wir könnten was zu trinken gebrauchen, nach so einem riskanten Einsatz.«

Da konnte Gemma ihr nur zustimmen. Außerdem hatte sie bereits mit Wesley Howard ausgemacht, dass er nach den Kindern sah. Nun war also nur Kincaid nicht versorgt, aber den würde sie sicher nicht anrufen, um ihm zu sagen, dass sie später kam.

Kerry führte sie zu The Hansom Cab, ein Pub an der Earl's Court Road. Er lag gleich neben dem Rassells-Gartencenter, in dem Gemma am vergangenen Samstag gewesen war, und nur ein paar Schritte vom Revier Kensington entfernt. Der vordere Bereich des Pubs war übersichtlich und angenehm unaufgeregt, mit bequemen Sitzmöbeln und einer beeindruckenden Theke in der Mitte des Raums. Es schien vor allem von Stammgästen aus der Gegend besucht zu werden. Kerry suchte für sie einen Tisch in der Ecke aus und ließ sich mit einem wohligen Seufzer in einen Plüschsessel sinken.

»Meine Füße bringen mich noch um«, sagte sie, während sie unter dem Tisch verstohlen aus den Schuhen schlüpfte. »Sie sollten wissen, dass dieses Lokal eine ziemliche Geschichte hat.« Sie machte eine Geste, die das gesamte Pub einschloss. »Obwohl man es kaum glaubt, wenn man das Lokal heute sieht. Eine Zeit lang gehörte es Piers Morgan, seinem Bruder Rupert und einem anderen vornehmen Pinkel namens Tarquin Gorst. Können Sie sich das vorstellen? Piers, Rupert und Tarquin. Allesamt schnöselige Trottel. Es war ein Tummelplatz für Prominente. Aber Gott sei Dank sind die Zeiten vorbei. Inzwischen ist es nur ein anständiges Pub mit gutem Bier und sehr gutem Essen.«

Die Kellnerin kam herbei, um ihre Bestellung aufzunehmen, eine freundliche junge Frau, deren Tattoos denen von

Agatha Smith aus der Brennerei in nichts nachstanden. Kerry bat um ein Pale Ale vom Fass. Gemma, die die Bar in Augenschein nahm, entdeckte ein vertrautes Logo. »Ich probiere den Red Fox Gin, mit Tonic.«

»Sie mochten ihn, oder?«, fragte Kerry, nachdem die Kellnerin gegangen war.

»Meinen Sie Edward Miller?« Gemma dachte darüber nach. »Ja, ich glaube schon. Obwohl ich ihn deshalb nicht von der Liste der Verdächtigen streichen würde. Ihnen hat er überhaupt nicht gelegen, oder?«

Kerry zuckte mit den Schultern und machte ein reumütiges Gesicht. »Das ging nicht gegen ihn persönlich. Ich habe einfach ein paar tief sitzende Vorurteile.« Als Gemma sie abwartend ansah, seufzte sie und fuhr dann fort: »Ich war ein kluges Mädchen. Aber meine Eltern mussten jeden verfügbaren Penny zusammenkratzen, um mir eine ordentliche Ausbildung zu ermöglichen. Also bin ich sechs Jahre lang von Leuten, die so gesprochen haben wie Edward Miller, von oben herab behandelt worden. Weil sie meinten, dass es mir nicht zustand, mit ihnen an einer Schule zu sein.«

»Solche Menschen sind Ihnen also ein Dorn im Auge«, sagte Gemma mit verständnisvollem Grinsen.

»So groß wie ein Pint«, stimmte Kerry zu, nachdem die Kellnerin ihre Getränke gebracht hatte. Sie erhob ihr Glas. »Cheers. Auf dass wir diesen verdammten Fall bald aufklären. Ich würde es wirklich gerne den Sus anhängen, aber vermutlich werden sich ihre Alibis bestätigen.«

»Ich glaube nicht, dass sie irgendwas mit dem Mord an Reagan zu tun haben«, sagte Gemma und nippte an ihrem Gin. »Ich kann mir keinen guten Grund vorstellen, warum Reagan mit einem der beiden allein in den Garten gegangen sein sollte.«

Sie zog die Brauen zusammen und dachte an den dunkelhaarigen und grüblerischen Ben Su. Der Mann verströmte ebenso viel Kraft wie Zorn. Und er sah sehr gut aus. »Na gut, vielleicht nehme ich das wieder zurück …« Sie trank noch einen Schluck. Die Kräuternote des Gins gefiel ihr. Dann sagte sie: »Was, wenn Lisa *tatsächlich* bei ihrer Schwester gewesen ist? Was, wenn Reagan sich wegen Henrys Tod schuldig gefühlt hat? Wenn sie Bens Aufforderung nachgekommen ist, ihn im Garten zu treffen, weil sie dachte, dass sie eine Chance bekäme, sich zu entschuldigen?«

»Denkbar«, bestätigte Kerry.

»Und als sie sich nicht so bei ihm entschuldigen wollte, wie er sich das vorgestellt hatte, hat er sie erstickt«, sagte Gemma. »So könnte es gewesen sein. Aber hätte Reagan, die alle als mäßige Trinkerin beschreiben, wirklich so viel mit ihm gebechert?«

Kerry, die die Speisekarte studiert hatte, ließ sie nun sinken und sagte in einem Ton, der keinen Widerspruch duldete: »Probieren Sie die Hühnerpastete. Das ist hier die Spezialität.«

»Oh, aber ich wollte eigentlich nicht …« *Aber warum eigentlich nicht?*, dachte sie. Die Kinder waren versorgt, und was Kincaid trieb, wusste nur der Himmel. Plötzlich war ihr nach ein wenig Rebellion. »Ich nehme die Hühnerpastete«, sagte sie, als die Kellnerin mit gezücktem Block zu ihrem Tisch zurückkehrte. »Und noch einen Gin Tonic.«

Kerry hob eine Augenbraue.

»Mir geht's gut«, sagte Gemma, obwohl sie merkte, dass ihre Zunge ein wenig taub war. »Und ich muss ja nicht fahren.«

»Gin ist ziemlich heftig.« Kerry nickte zu Gemmas Glas. »Mir schmeckt er nicht. Laut Ihrem Freund, Mr Miller, ist die Mischung in seinem Kessel sogar noch stärker. Was, wenn er etwas von dem besonders Hochprozentigen in ein Glas gekippt hat, das Reagan für ein ganz normales Getränk hielt. Oder in mehrere Gläser hintereinander? Sie hätte erst was davon mitbekommen, als es schon zu spät war.«

Gemma hatte Kate Ling eine Nachricht geschrieben und um den genauen Todeszeitpunkt von Reagan Keating gebeten, doch bislang hatte sie nichts von ihr gehört. »Das kann schon sein. Aber ich glaube, es wird sich herausstellen, dass Edward Miller bis nach Reagans Tod beschäftigt war.«

»Dann ist da noch diese verdammte Nachricht auf seinem Handy.« Kerry sah mit düsterer Miene in ihr Bier. »Die passt mir nicht. Und es stört mich auch, dass uns die drei Musketiere nichts von Reagans und Sidneys Streit in der Bar erzählt haben.«

»Vielleicht haben Hugo und Thea nichts davon mitbekommen«, gab Gemma zu bedenken. »Aber was auch immer zwischen Reagan und Sidney vorgefallen sein mag, ich glaube nicht, dass sie sich mit ihm im Garten getroffen hat. Bis wir die Bestätigung für ihre Alibis bekommen, tappen wir im Dunkeln. Und wir wisch…« Ihre Zunge verhielt sich eindeutig nicht kooperativ, aber ihr Verstand fühlte sich glasklar an. »… wissen nicht genug. Über Reagan. Nita Cusick hielt nichts von Reagans Freunden und scheint sich generell nicht für ihr Privatleben interessiert zu haben. Aber es gibt jemanden, mit dem wir noch nicht gesprochen haben.«

»Wen?«, fragte Kerry.

»Den Exmann. Jess' Dad.«

Doug lief neben Kincaid her. Er hatte darauf bestanden, ihn bis zum Revier Holborn zu begleiten. »Du solltest dich wirklich nicht mit mir sehen lassen«, sagte Kincaid. »Besonders weil du die Speicherkarte mit dir rumträgst.«

»Ich nehme in Holborn die U-Bahn. Du glaubst doch nicht, dass mich jemand anspringen und mir den Laptop entreißen wird, oder?« Doug klang belustigt. Doch als Kincaid zum Straßenschild hinübernickte und Doug auffiel, wo sie waren, murmelte er: »Scheiße.«

Sie liefen die Clerkenwell Road entlang, die Denis am Samstagabend genommen haben musste, als er zum Pub in der Roger Street und von dort wieder nach Hause gegangen war. Es war kurz nach sechs, und der Gehsteig in der Clerkenwell war voller Pendler auf dem Weg nach Hause oder in ein Pub.

»Ja, das war Denis' Strecke«, sagte Doug. »Aber es war dunkel, als er überfallen wurde, und es geschah auch nicht auf offener Straße.« Trotzdem sah er sich argwöhnisch um. »Glaubst du, dass Denis irgendwas dabeihatte?«

»Es scheint nichts gestohlen worden zu sein.«

»Und wenn es etwas war, von dem keiner weiß, dass er es hatte?«

Kincaid dachte nach und schüttelte den Kopf. »Ich glaube, wer immer Denis überfallen hat, hat irgendwen kommen hören, wahrscheinlich die Mädchen, die den Notruf getätigt haben. Ansonsten hätte er ihm die Taschen geleert. Und er hätte wohl auch dafür gesorgt, dass er wirklich tot ist.«

Er war nicht ganz bei der Sache, da er immer noch über die Fotos nachdachte, die Ryan Marsh versteckt hatte. Auf dem letzten hatte er Edie Craig erkannt, die darauf denselben grünen Schal trug, den sie auch damals umgehabt hatte, als er sich zum ersten Mal vor der Dorfkirche mit ihr unterhalten hatte. Und im Hintergrund hatte er noch Edies kleinen Whippet, Barney, entdeckt, der ohne Leine loswetzte. Er hätte schwören können, dass die Aufnahmen kurz vor dem Feuer entstanden sein mussten. Hieß das, dass Ryan dort gewesen war? Hatte er die Craigs gekannt?

Konnte es sein, dass Ryan für Angus Craig gearbeitet hatte, offiziell oder unter der Hand?

Es gab auch noch eine andere mögliche Erklärung für diese Fotos, aber darüber wollte er gar nicht nachdenken. Nicht jetzt.

»Alles in Ordnung mit dir, Duncan?« Doug fasste Kincaid am Arm und hielt ihn an. »Du hast mir gar nicht zugehört, oder? Wenn ich dich nicht ins Revier begleiten soll, muss ich jetzt hier weitergehen.«

Kincaid bemerkte, dass die Clerkenwell mittlerweile in die Theobald's Road übergegangen war, und an der Ecke Lamb's Conduit Street konnte er das klotzige Gebäude sehen, in dem das Revier Holborn untergebracht war. »Entschuldige«, sagte er. »Hör mal, du wirst doch mit Melody darüber sprechen, oder?«

Doug sah verunsichert aus. »Wieso ... soll ich nicht?«

»Du hast ja schon mit ihr darüber geredet.« Kincaid grinste schwach. »Dann kannst du ihr den Rest genauso gut auch noch erzählen. Ich würde gerne wissen, was ihr Vater da angedeutet hat. Ivan Talbot hat seine Ohren überall und Quellen, an die wir nicht rankommen. Und ich möchte gerne alles erfahren, was ihr beide über Kate Ling herausfinden könnt.«

»Okay. Ich ruf dich an.«

Als Doug sich zum Gehen wandte, sagte Kincaid: »Dougie.« Als er Dougs Gesicht sah, musste er lächeln. Er hasste diesen Spitznamen. »Danke, dass du gekommen bist.«

Ausnahmsweise schien Doug mal nicht zu wissen, was er sagen sollte. Also deutete er nur einen Salut an und drehte sich um. Kincaid sah ihm hinterher, bis er mit dem Beutel über der Schulter in der Menge verschwunden war, und er hoffte, dass er seinen Freund nicht gerade einer schrecklichen Gefahr ausgesetzt hatte.

Der CID-Raum in Holborn sah noch genauso aus, wie Kincaid ihn am Morgen zuvor verlassen hatte, als er nach Cheshire aufgebrochen war. Ein Blick auf seine Hosenbeine, die inzwischen wieder trocken und etwas steif waren, bewies ihm, dass wirklich Zeit vergangen war. Er fuhr sich mit der Hand übers Kinn. Die Bartstoppeln waren recht lang, aber dagegen konnte er im Moment nichts unternehmen. Außerdem fühlte sich sein Gesicht warm an. Ob er wohl wie Doug einen Sonnenbrand hatte?

Jasmine Sidana blickte von ihrem Schreibtisch hoch und sah ihn kommen. Er hätte schwören können, einen Ausdruck der Erleichterung über ihr Gesicht huschen zu sehen.

Simon Gikas starrte wie üblich auf seine Computermonitore, und DC Sweeney war offenbar heimgegangen. *Mir soll's recht sein,* dachte Kincaid. Als Sidana ihn begrüßte, blickte Simon ebenfalls hoch und stand auf. »Chef, sind Sie sicher, dass Sie hier sein sollten? Wie geht es Ihrem Dad?«

Zu seiner Bestürzung merkte Kincaid, dass er sich seit seinem Aufbruch aus Nantwich noch nicht bei seiner Mutter gemeldet hatte. »Gut. Er hält sich wacker. Sie haben ihn nach Hause entlassen.«

»Waren Sie auf dem Heimweg noch ein bisschen angeln?«, fragte Simon mit Blick auf Kincaids mitgenommene Kleidung.

Damit lag er näher an der Wahrheit, als er ahnen konnte, dachte Kincaid. »Also, was gibt es?«

Sidana stand auf und ließ den Blick über die wenigen anderen Detectives wandern, die so spät noch hier arbeiteten. »Vielleicht gehen wir besser in Ihr Büro, Chef.«

Kincaid folgte den beiden und schloss die Tür. Keiner von ihnen setzte sich. Er konnte sich nicht vorstellen, was so eine Geheimhaltung erforderte, aber er spürte, wie sich sein Magen vor Anspannung zusammenkrampfte. »Was zum Teufel ist denn los?«

Simon Gikas warf Sidana einen Blick zu, den sie mit einem

Nicken erwiderte. »Wir haben heute in der Nähe von King's Cross einen Toten aus dem Regent's Canal gefischt, nicht weit vom *Guardian*. War kein schöner Anblick. Seinem Zustand nach zu urteilen, lag er schon seit ein paar Tagen im Wasser. Sie haben dann erst in der Leichenhalle festgestellt, dass er nicht bloß ertrunken ist. Man hat ihn erstochen.«

»Und?«, fragte Kincaid.

Sidana griff den Faden auf. »Seine Brieftasche und das Handy hatte er noch in den Taschen. Laut seinem Führerschein war er ein zweiundfünfzigjähriger Weißer namens Michael Stanley. Seine Fahrerlaubnis gilt auch für kommerzielle Transporte. Er könnte also ein Lastwagenfahrer gewesen sein. Aber als die in der Leichenhalle seine Fingerabdrücke überprüft haben, gehörten die zu einem Michael Stanton. Sie waren im System der Met gespeichert. Er war ein Polizist.«

»Was?« Kincaid starrte sie an. Das kam ihm alles viel zu vertraut vor.

»Ja«, sagte Simon. »Oder er war einer gewesen. Er wurde zwar nicht als pensioniert geführt, hatte aber in den letzten zehn Jahren nirgends mehr einen Posten. Und soweit ich seine Dienstakte einsehen konnte, hat es da wohl ein paar disziplinarische Probleme gegeben.«

»Was ist mit seinem Handy?«

»Wahrscheinlich total im Eimer, nach so langer Zeit im Kanal. Und ich glaube, dass es eh bloß ein Wegwerfhandy war. Das billigste Modell.«

»Die Anschrift auf dem Führerschein?«

»Eine Wohnanlage in Hackney, aber die angegebene Hausnummer gibt es dort nicht.«

Kincaid gefiel das Ganze immer weniger, und bei Hackney schrillten bei ihm die Alarmglocken. Ryan Marshs Tarnwohnung war in Hackney gewesen. »Wo genau in Hackney?«, fragte er mit so barscher Stimme, dass sowohl Simon als auch Sidana ihn erstaunt ansahen.

Mit gerunzelter Stirn nannte Simon ihm den Namen der Wohnanlage. Es war nicht die, in der Ryan gelebt hatte, aber eine ganz ähnliche.

»Wer ist der Rechtsmediziner?«, erkundigte sich Kincaid.

»Die Leiche ging ans Royal London Hospital«, sagte Sidana. »Ich weiß nicht, ob schon jemand für die Obduktion eingeteilt worden ist.«

»Ich möchte, dass Rashid Kaleem sie durchführt. Und, Simon, finden Sie seine richtige Adresse heraus. Er muss irgendwo Spuren hinterlassen haben.«

»Sir«, sagte Sidana mit einem Zögern, das er von ihr nicht kannte. »Wir waren uns nicht ganz sicher. Bislang haben wir Chief Superintendent Faith noch nicht darüber informiert, dass die Fingerabdrücke des Opfers in den Personalunterlagen der Met gespeichert sind. Er scheint im Moment ziemlich viel um die Ohren zu haben.«

»Ja, ich weiß.« War es paranoid zu glauben, dass sie es mit einem weiteren verdeckten Ermittler zu tun hatten? Aber es passte ins Muster. Und wenn auch nur eine entfernte Möglichkeit bestand, war es besser, wenn möglichst wenig Leute davon wussten. Diesen beiden vertraute er. Tom Faith zwar auch, aber sobald er unterrichtet war, würde er die Information nach oben weiterreichen, und dieser Gedanke machte ihn nervös. »Wir wollen erst sehen, was wir herausfinden können, bevor wir den Chief Super damit behelligen«, sagte er und erntete dafür zufriedene Blicke von Sidana und Simon.

»Haben Sie Fotos?«, fragte er.

Sidana reichte ihm einen Ordner, den sie ins Büro mitgenommen hatte. Als er ihn aufschlug, entdeckte er Abzüge von den Tatortaufnahmen. Er erkannte den Abschnitt des Kanals, aus dem die Leiche gezogen worden war. Der Fußgängerpfad am Kanal war tagsüber vermutlich recht belebt, während der Nacht musste er abgesehen von vereinzelten Joggern jedoch weitestgehend menschenleer sein. Natürlich musste der Mann nicht zwingend an derselben Stelle ins Wasser gestürzt sein, wo er aufgetaucht war …

War das Opfer von vorne oder von hinten erstochen worden? Bei einem Kampf oder einem Angriff aus dem Hinterhalt?

Er blätterte zu den Nahaufnahmen der Leiche. Die Einstichstelle befand sich linksseitig unter dem Brustkorb. Erst bei der Obduktion würde sich herausstellen, ob das Messer von unten nach oben eingedrungen war, was auf einen überlegt geführten Stich hindeuten würde. Als Nächstes betrachtete er eingehend das Gesicht des Mannes, das jedoch zu aufgedunsen war, um viel zu erkennen. Am Hals hatte er einen kleinen Fleck, aber anhand des Fotos konnte Kincaid nicht feststellen, ob es ein Bluterguss, ein Muttermal oder vielleicht ein Tattoo war.

Auf der nächsten Seite fand er eine vergrößerte Kopie des Führerscheins. Der Mann, der ihm von diesem Foto entgegenblickte, war unscheinbar. Mit schütterem hellblondem Haar und einem ziemlich altmodisch wirkenden Schnurrbart, den er nicht mehr gehabt hatte, als er in den Kanal fiel. Augen: braun; Größe: ein Meter achtundsiebzig. Doch irgendwas in diesem unauffälligen Gesicht ließ Kincaid denken, dass er diesem Mann nicht den Rücken zugedreht hätte.

»Kann ich die behalten?«, fragte er Sidana.

»Ihre Abzüge, Chef.«

»Dann schauen Sie doch bitte mal, wie schnell sich Rashid an die Obduktion machen kann.«

»Sie sehen ziemlich geschafft aus, Chef«, sagte Sidana. Aus ihrem Mund war das der größtmögliche Ausdruck von Sorge um sein persönliches Wohlergehen. »Sie sollten heimgehen.«

Ja, dachte er, das sollte er wirklich. Aber er würde viel zu erklären haben, wenn er nach Hause kam, und das war nichts, worauf er sich freute.

19

AUGUST 1994

Er hatte um Regen gebetet, doch der Tag des Karnevals brach sonnig und wolkenlos an. Es versprach heiß zu werden, und Hitze erhöhte immer die Gefahr von Ausschreitungen. Der Notting Hill Carnival war für die Polizei ein Albtraum, mit einer knappen Million Menschen, die sich in wenigen Straßen drängten und zumeist reichlich Alkohol tranken.

Sonntag war der erste Tag des Karnevals, so dass sich der Andrang heute wahrscheinlich in Grenzen hielt und auch die Stimmung noch nicht so aufgeheizt sein würde. Trotzdem musste er sich bereits einen Weg durch die Menge bahnen, um zum Tabernacle zu gelangen, wo sich seine Gruppe zusammenfinden wollte.

Gott sei Dank hatte er ihnen die Plakate ausreden können. »Beim Karneval ist es seit jeher um die Harmonie zwischen den Kulturen gegangen«, hatte er ihnen gesagt. »Hier müsst ihr die Leute nicht davon überzeugen.«

»Sag das mal Stephen Lawrence«, hatte Marvin erwidert, wozu die anderen zustimmend genickt hatten.

Der Einfall mit den Ansteckern stammte von Annette. Sie hatte sie selbst angefertigt, die eine Hälfte nur mit Stephen Lawrences' Vornamen, die andere mit seinem Foto. Sie hatten beschlossen, sie an ihrer Kleidung, den Bändern und den Schärpen zu tragen. Außerdem wollten sie sie an die Festivalbesucher verteilen.

Als er beim Tabernacle ankam, waren die Aktivisten bereits so be-

hängt wie menschliche Christbäume, und die Anstecker schepperten und klirrten, wenn sie sich bewegten. Annette, die ihre Haare normalerweise glättete, hatte sie zu kleinen Zöpfen geflochten und mit Perlen und Bändern geschmückt. Sie reichte ihm eine lange Schärpe, die mit extra großen Ansteckern bedeckt war. »Die habe ich für dich gemacht«, sagte sie.

Er hielt sie in die Höhe. »Aber die ist … rosa«, sagte er und grinste. Die Begeisterung seiner Gruppe wirkte ansteckend, so wie die Steelband-Musik, die bereits aus den gewaltigen Lautsprechern entlang der Karnevalroute pulsierte. Pflichtbewusst hängte er sich die Schärpe um, und sie bewunderten noch mal untereinander ihre improvisierten Kostüme. Wobei sie wie kleine Kinder kicherten, die sich für eine Party fertig machten.

»Denkt daran zusammenzubleiben«, sagte er, als sie bereit waren. »Und lasst euch auf keinen Ärger ein, okay?«

»Du bist so eine Glucke, Denny.« Annette schaute lachend zu ihm auf. »An dir ist ein Schullehrer verloren gegangen. Wir versprechen, brav zu sein. Und du vergisst bitte nicht, Spaß zu haben.« Er dachte, dass sie damit richtiger lag, als sie wusste, und versuchte, wenigstens so auszusehen, als wäre er in Feierlaune.

Im Verlauf des Nachmittags merkte er, dass ihm das gar nicht so schwerfiel. Notting Hill war heute das reinste Kaleidoskop aus Klängen, bunten Farben und Bewegungen. Auf den großen Bühnen legten DJs Reggae auf, Steelbands marschierten, die Kostüme waren unbeschreiblich farbenfroh, und alle tanzten. Dazwischen aßen sie an den Ständen gewürztes Hühnchen, Mais und ein jamaikanisches Gericht aus Erbsen und Reis. Ihre Anstecker hatten sie schon längst alle verteilt. In der Menge waren mehr schwarze als weiße Gesichter, und überall schien eine kameradschaftliche Stimmung zu herrschen. Fremde tanzten miteinander in der Sonne, die Frauen hatten sich die Strickjacken, die sie am Vormittag noch getragen hatten, mittlerweile um die Hüften gebunden und sahen aus, als trügen sie karibische

Röcke. An der Elgin Crescent führten drei Streifenpolizisten einen kleinen Tanz auf. Sie hatten die Choreografie offenkundig einstudiert, und als sie fertig waren, erhob sich unter den Umstehenden anerkennender Jubel.

Die Polizeipräsenz hatte freundlich und versöhnlich gewirkt, und wenn es zu irgendwelchen Raufereien gekommen war, hatte er es nicht bemerkt.

Irgendwann fühlten sie sich müde und durstig und beschlossen, zum Tabernacle zurückzukehren. Allmählich wurden ihnen auch die Gerüche zu viel – die nicht nur von den Essensständen stammten, sondern auch vom Schweiß und von verschüttetem Rum und Bier. Vor allem trieb ihnen aber der Uringestank die Tränen in die Augen. Die Karnevalleitung ließ jedes Jahr transportable Toiletten aufstellen, aber die reichten nie aus, besonders für die Biertrinker. Die Gehwege waren voller Zigarettenstummel, Essensresten und zerdrückten Red-Stripe-Bierdosen.

Nachdem die Gruppe eben in die Westbourne Park Road eingebogen war, bemerkte er plötzlich etwas Matschiges unter seinem Schuh. Er blickte zu Boden und sah eine zertretene Waffel, inmitten einer Pfütze aus geschmolzener Eiscreme. Während er die klebrige Sohle an einer sauberen Stelle des Gehwegs abwischte, spürte er ein Kitzeln im Nacken und schaute hoch.

Sie trugen weiße T-Shirts mit zwei einander überlappenden scharlachroten »W«s, dem Symbol der Whitewatch. Mit Bierflaschen in den Händen gingen sie zu fünft nebeneinander her und liefen in westlicher Richtung die Westbourne Park Road hinunter. Fünf, dachte er, wie die fünf Männer, die Stephen Lawrence überfallen hatten. Fünf weiße Männer. An ihren Gürtelschlaufen hingen Ketten.

Er richtete sich langsam auf und streckte instinktiv die Arme aus, um die Menschen in seiner näheren Umgebung nach hinten zu drängen. Annette und Marvin. Das konstante Wummern der Steelband schien in den Hintergrund zu treten, bis er nur noch das Pochen sei-

nes eigenen Herzens hörte. Dann richtete er seine Aufmerksamkeit auf den Mann in der Mitte. Seine Gedanken erstarrten, überschlugen sich, weil sein Verstand sich weigerte, das Gesicht mit der Situation in Einklang zu bringen.

Es war Mickey, der ihm direkt in die Augen sah und grinste.

»Nette rosa Schärpe hast du da, Schätzchen«, rief Mickey unter dem johlenden Gelächter der anderen. Sie waren besoffen oder high. Vielleicht auch beides. Er merkte es an ihrem unsicheren Schwanken und den glasigen Blicken. Einen Augenblick lang überlegte er fieberhaft, ob ihr Auftauchen vielleicht speziell ihm galt. Er hatte gewusst, dass Mickey in eine rechte Gruppe eingeschleust worden war, aber er hätte sich niemals träumen lassen, dass es diese war. Er hatte Red Craig berichtet, dass die Aktivisten beim Karneval aufmarschieren wollten. War das hier die Reaktion?

Und dann fragte er sich, ob Mickey seine Tarnung auffliegen lassen wollte.

»Eine Schwuchtel, die mit Farbigen und Mischlingen spielt«, sagte der Mann ganz rechts. Darüber amüsierten sie sich alle, und ihr Lachen klang so bösartig, dass sich ihm die Haare aufstellten. Mickey, dachte er, was tust du da bloß?

Er spürte, wie Annette einen Schritt nach vorne trat und Luft holte, um etwas zu sagen. Doch er schob sie wieder zurück.

»Verzieht euch, Jungs«, sagte er in ruhigem Ton, wobei er ausschließlich Mickey ansah und darauf achtete, nicht bedrohlich zu wirken.

»Willst du uns dazu zwingen?«, höhnte der Mann auf der Rechten.

Aus der mittlerweile verstummten Gruppe von Zuschauern trat ein schwarzer Mann hervor und stellte sich unmittelbar vor die Gang hin. Er war jung und schlank und sein Gesicht aschgrau vor Zorn. »Ihr Scheißkerle«, schrie er sie an. »Ihr gehört nicht hierher. Das ist unser Karneval. Haut ab.«

In Mickeys Augen trat ein kalter Ausdruck. Denis dachte sofort: O Gott, er hat sich nicht im Griff.

Aus dem Augenwinkel sah er einen Blitz. Er drehte den Kopf und erblickte kurz einen professionellen Fotoapparat – in den Händen eines kräftigen Mannes mit hellblonden Haaren. Sein Gesicht war halb vom Kameragehäuse verdeckt.

Denis hob einen Arm, halb aus Zorn, halb im Protest. Und als das Nachbild des Blitzes vor seinen Pupillen verblasste, sah er, wie Mickeys Hand die Flasche warf. Sie traf den jungen Schwarzen am Kopf. Er stürzte in den Rinnstein und wand sich stöhnend. Aus seinen Haaren floss Blut.

Die Menge stieß einen kollektiven Laut aus, eine Art wütendes Aufkeuchen, vereinzelt stürmten Leute vor. Denis schrie sie in instinktivem Befehlston an zurückzubleiben. In der Ferne erklangen schrille Polizeisirenen. Mickey wippte auf den Fußballen und sah noch immer siegesgewiss aus, bereit, sich auf einen Kampf einzulassen, doch unter seinen Begleitern machte sich Unruhe breit. Als die Sirenen lauter wurden, begannen sie mit dem Rückzug. Mickey warf ihm noch einen letzten Blick zu und drehte sich dann auf dem Absatz um.

Denis kniete sich neben den gestürzten Mann. Er sah sich nach etwas um, irgendwas, mit dem er die Blutung an seinem Kopf stillen konnte. Als er versuchte zu erkennen, wie schwer die Verletzung war, waren seine Hände binnen Sekunden rot verschmiert. Etwas Weißes landete neben ihm auf dem Boden, und er sah, dass es Annettes Strickjacke war. Als er danach griff, spürte er einen scharfen Schmerz an der Hand und erkannte mit einem raschen Blick, dass er sich an einer Scherbe der zerbrochenen Flasche aufgeschlitzt hatte.

Er ignorierte den Schnitt und tat sein Bestes, um den Kopf des Mannes zu verbinden. Gleichzeitig schrie er: »Irgendjemand muss den Notarzt rufen.« Eine hübsche schwarze Frau mit einem kleinen Jungen an der Hand kniete sich neben ihn und sagte: »Wes, mein Schatz, wir geben dem Mann dein T-Shirt, ja?«

Er wollte zu ihr sagen, sie solle den Jungen lieber in Sicherheit bringen, aber als er hochsah, verschwanden Mickey und seine Gang gerade in der Menge.

Sobald Melody bei Doug ankam, merkte sie, dass er vor Neuigkeiten schier platzte. Aber solange das Licht noch gut war, wollte sie sich erst von ihm zeigen lassen, was er mit dem Garten angestellt hatte. »Kein Wunder, dass du dir einen Sonnenbrand geholt hast«, sagte sie, als sie in der Dämmerung auf die frisch umgegrabenen Beete blickte.

»Du willst mir doch immer noch helfen, oder?«, fragte Doug.

»Auf jeden Fall«, sagte sie. Aber alle ihre Ideen und die Begeisterung für dieses Projekt schienen wie weggeblasen zu sein. Es kam ihr wie eine unlösbare Aufgabe vor, diese leeren Beete nun zu bepflanzen. »Lass uns am Wochenende darüber reden.«

Sie gingen hinein, und erst als sie ihre Teetasse in der Hand hielt, ließ sie ihn erzählen.

Doug berichtete ihr alles, was er von Kincaid erfahren hatte.

Melody konnte es nicht fassen und schüttelte den Kopf. »Ryan hat sich nicht umgebracht? Aber …« Sie fühlte sich wie betäubt. Das Wissen, dass Ryan Marsh sich selbst getötet hatte, hatte in den letzten zwei Monaten beinahe ihr ganzes Leben bestimmt. Sie hatte davon geträumt, wie er sich die Waffe an den Kopf hielt, hatte gesehen, wie die blauen Augen in seinem rußverschmierten Gesicht sie anblickten, während er den Abzug betätigte. Wieder und wieder hatte sie sich gefragt, ob sie irgendetwas hätte sagen oder tun können, um ihn davon abzuhalten. Und ob sie jemals die schrecklichen Erinnerungen an das tödliche Feuer in St. Pancras würde abschütteln können, wenn sie ihn so sehr verfolgt hatten.

Plötzlich packte sie die Wut. »Duncan hat uns nichts davon erzählt. Warum hat er nichts gesagt?«

»Er hatte keinen Beweis. Und …«

»Wir hätten Beweise finden können. Wir hätten …«

»Es gab noch einen anderen Grund, warum er es uns nicht gesagt hat. Nach Ryans Tod hatte er Angst, wir könnten auch in Gefahr geraten, wenn wir zu graben anfingen. Denk nur dran, was mit Denis passiert ist.«

»Aber zwischen Denis und Ryan besteht keinerlei Verbindung«, sagte Melody. »Außer der Tatsache – oder unserem Verdacht –, dass sie beide verdeckt ermittelt haben.«

Doug setzte sich rittlings auf einen Fußhocker und gestikulierte beim Reden nachdrücklich mit seiner Bierflasche. »Beide haben geglaubt, dass sie beobachtet werden. Und es gab möglicherweise irgendeine Verbindung zwischen Ryan und Angus Craig.«

»Das glaube ich nicht«, fuhr Melody auf.

»Er hatte Fotos von Craigs Haus. Vielleicht hat er für jemanden gearbeitet, der Craig beobachtet hat.«

»Aber wer …?«

»Und es gibt noch mehr Neuigkeiten. Als du auf dem Weg hierher warst, hat Duncan angerufen. Heute haben sie in Camden in der Nähe von King's Cross einen toten Mann im Kanal entdeckt. Laut seinen Fingerabdrücken einen Polizisten. Aber sein Ausweis war gefälscht, und seit mindestens zehn Jahren hatte er keinen offiziellen Posten mehr bei der Met. Seine Adresse war auch falsch, mit einer Hausnummer, die es in der angegebenen Wohnanlage nicht gibt. Aber der angegebene Wohnkomplex ist in Hackney, nicht weit von Ryan Marshs Tarnwohnung entfernt.«

Melodys Neugier war geweckt. »Du sagst, kein offizieller Posten seit mindestens zehn Jahren. Wie alt war dieser Mann?«

»Zweiundfünfzig. So steht es zumindest auf dem falschen Führerschein. Duncan sagt, er habe ›disziplinarische Probleme‹

gehabt. Aber was ich in seiner Akte gefunden habe, ist damit nur unzureichend beschrieben.« Doug stand auf und ging in die Küche, um sich ein weiteres Bier aus dem Kühlschrank zu holen. Als er auf die Flasche deutete und fragend die Brauen hob, nickte Melody.

Sie nahm ihres entgegen, trank jedoch nicht, sondern hielt sich die kalte Flasche ans Gesicht, während Doug wieder seinen Platz auf dem Fußhocker einnahm. Es wurde dunkel, und durch die offenen Fensterläden konnte sie sehen, wie draußen die Lichter angingen. Melody erschauderte, erhob sich und schloss die Läden. »Was noch?«, fragte sie, als sie sich wieder zu Doug umdrehte.

»Dieser Mann, Michael Stanton, ist ein paarmal von der Bildfläche verschwunden. Er war ein Detective Constable, ist zwölf Jahre bei der Polizei gewesen und nie befördert worden. Dann, im Sommer '93, war er plötzlich wie vom Erdboden verschluckt und tauchte erst drei Jahre später wieder auf. Danach ist er von einer Abteilung in die andere versetzt worden und hat sich mehrfach Verwarnungen wegen übertriebener Gewalt eingehandelt und Beschwerden von Kolleginnen wegen sexueller Belästigung. Bis er schließlich wieder verschwand, und diesmal für immer.«

»Im Sommer '93?« Melody runzelte die Stirn. »Ist Denis nicht '94 für ein paar Jahre abgetaucht? Könnte es da einen Zusammenhang geben?«

»Zwischen Denis und diesem Drecksack? Ich wüsste nicht, welchen.«

»Aber das sind doch ein bisschen viele Zufälle.« Melody stand auf, um hin und her zu gehen. »Was zum Henker hat Denis Childs 1994 gemacht?«

»Du kennst jemanden, der das wissen könnte«, sagte Doug ein wenig zögerlich.

»Was?« Melody sah ihn mit gerunzelter Stirn an, die Bierflasche halb zum Mund erhoben. »Wovon sprichst du?«

»Die Frage ist nicht wovon, sondern von wem. Von deinem Vater.«

Als Kincaid durch die Vordertür trat, war es im Haus dunkel und still. Es war weit nach neun – und natürlich lagen die beiden Kleinen schon im Bett –, aber irgendwas an der Stille fühlte sich nicht richtig an. Er ermahnte sich, nicht albern zu sein, war aber dennoch erleichtert, als er ein Bellen hörte und Geordie herbeigerannt kam, um ihn zu begrüßen.

»Wo ist Mum, mein Junge?« Er bückte sich und kraulte den Hund an den seidigen Ohren. Geordie, der natürlich jedes Wort verstand, führte ihn in die Küche. Gemma saß am Tisch. Das einzige Licht kam von der kleinen Lampe über der Arbeitsplatte, und sie hielt etwas in Händen, was wie eine Teetasse aussah.

»Gemma«, sagte er, weniger zärtlich als beabsichtigt. »Was tust du hier im Dunkeln? Wo sind die Kinder?«

»Charlotte schläft. Toby darf noch …« Sie sah auf die Küchenuhr. »… fünf Minuten lang lesen. Und Kit macht seine Hausaufgaben.« Sie betonte jedes Wort mit wütender Präzision. Das verhieß nichts Gutes. »Und darf ich fragen, wo du warst?«, fuhr sie fort. »Deine Mum hat vor Ewigkeiten angerufen. Sie dachte, es interessiere dich vielleicht, wie es deinem Vater geht.«

»Es geht ihm doch gut, oder?«, fragte Kincaid alarmiert.

»Sie sagt, ja. Meint, er sei bloß ein bisschen übellaunig.«

»Ah, gut.« Er fühlte sich erleichtert. »Dann seh ich mal nach den Kindern.«

»Erst erzählst du mir, was los ist.« Gemma beugte sich vor und deutete auf den Stuhl vor ihr. »Setz dich.« Als ihr Gesicht in den Schein der Lampe geriet, sah er, dass es keinen Sinn hatte zu widersprechen.

»Ich weiß nicht, wo ich anfangen soll.« Er ging zum Oberschrank, in dem er den guten Scotch aufbewahrte, und goss einen Fingerbreit in ein Glas. Dann hielt er Gemma fragend die Flasche hin.

Sie schüttelte den Kopf. »Nein danke, für heute Abend hatte ich genug.«

»Scotch?«, fragte er verwirrt.

»Nein. Das ist eine längere Geschichte, und die werde ich jetzt nicht erzählen.«

Als er die Flasche zurückgestellt und auf dem Stuhl Platz genommen hatte, sagte Gemma, beinahe im Plauderton: »Weißt du, wenn du jemand anderer wärst, würde ich meinen, du hast eine Affäre.«

»Eine Affäre?« Er sah sie schockiert an. »Wie kommst du denn auf die blöde Idee?«

»Findest du das so blöd? Du verhältst dich distanziert, findest Entschuldigungen, um nicht nach Hause zu kommen. Wenn du weg bist, kannst du anscheinend nicht mal erklären, was du gerade tust. Und nachdem du gestern den ganzen Weg nach Cheshire gefahren bist, um nach deinem Vater zu sehen, hast du es heute nicht mal fertiggebracht, deine Mutter anzurufen. Oder deine Nachrichten zu lesen. Also erzähl mir jetzt bitte mal, was los ist.«

Er nahm einen Schluck. Sobald sich der Whisky den ganzen Weg bis in seinen Bauch hinuntergebrannt hatte, holte er Atem und begann. Wie zuvor bei Doug fing er mit dem Abend an, an dem Ryan Marsh gestorben war. Während er sprach, sah er, wie ihre Augen immer größer wurden. Ihre Wangenkochen traten deutlich hervor, und sie hielt die Lippen fest zusammengepresst. Als er zu seinem Gespräch mit Ronnie Babcock in Nantwich kam, unterbrach sie ihn.

»Du hast das alles Rashid erzählt, aber nicht mir? Und dann Ronnie und nicht mir?«

»Nicht mit Absicht, Gem. Ich wollte dir keine Sorgen machen, und außerdem dachte ich, dass ich mir das alles vielleicht nur einbilde und …«

»Seit wann traust du mir denn nicht mehr zu, dass ich es dir schon sage, wenn du total übergeschnappt bist?«, fiel sie ihm ins Wort.

»Und, hättest du's mir gesagt?«, hielt er dagegen. »Wenn ich dir erklärt hätte, dass ich Ryan Marsh an diesem Abend tot gesehen habe? Und dass ich nicht glaube, dass er sich umgebracht hat, auch wenn ich keinen Beweis dafür habe?«

Gemma lehnte sich zurück. Nach einem Moment sagte sie: »Ich weiß es nicht. Ich hätte geglaubt, dass du verständlicherweise aufgeregt bist.«

»Das kannst du laut sagen.« Er hörte den scharfen Sarkasmus in seiner eigenen Stimme und trank noch einen Schluck Whisky. »Aber ich war nicht übergeschnappt.« Er erzählte ihr von seinem zweiten Treffen mit Rashid, zögerte jedoch, ihr zu sagen, dass Kate Ling die erste Autopsie durchgeführt hatte. Er wusste, dass Gemma sie mochte, genau wie er, und dass sie es nicht gerne hören würde.

»So ein Mist«, flüsterte Gemma, als er fertig war.

»Ja.« Er stand auf, nahm die Whiskyflasche und goss ihr einen Schluck in die leere Teetasse. »Und das ist noch nicht alles.«

Er erzählte ihr, wie er zu der Insel gerudert war und dort die Speicherkarte entdeckt hatte. Und was er dann auf ihr gefunden hatte.

Gemma sah verwirrt aus. »Moment. Wie hast du …?« Doch dann dämmerte es ihr. »Du hattest deinen Laptop nicht dabei, und du hättest dafür nie einen Computer in der Arbeit benutzt. Du hast Doug gefragt, oder?«

Nach kurzem Zögern nickte er. »Ich habe ihn heute Nachmittag angerufen.«

»Was ist mit Melody? Weiß sie auch über alles Bescheid?«

Kincaid wusste, dass er sich immer tiefer hineinritt, aber daran konnte er nichts ändern. »Doug wollte mit ihr reden. Wir glauben, dass ihr Vater etwas über Denis wissen könnte.« Er berichtete ihr von Ivans Andeutungen.

Gedankenverloren nippte Gemma am Whisky, verzog dann das Gesicht und stellte die Tasse zur Seite. »Nicht alles, was Ivan Talbot weiß, ist zwangsläufig auch die Wahrheit«, sagte sie. »Und nichts von alldem liefert eine Erklärung, warum Ryan Aufnahmen von den Craigs hatte. Glaubst du, er hat Angus Craig ausgespäht? Wer hätte so was denn autorisiert? Und wer könnte so eine getürkte Obduktion veranlassen?« Zum ersten Mal wirkte sie ein bisschen ängstlich. »Dazu bräuchte es jemanden, der sich auskennt und über genug Macht verfügt …«

»Gem, Kate Ling hat die Obduktion durchgeführt.«

»Was?« Sie starrte ihn an, blass vor Schreck. »Das ist Blödsinn. Das glaub ich nicht.«

»Sie hat den verdammten Wisch unterschrieben.«

»Aber dann muss sich Rashid geirrt haben«, sagte sie und schüttelte den Kopf.

»Hast du je erlebt, dass Rashid nicht extrem gründlich war? Oder nicht recht hatte?«

»Nein. Aber … dann muss Kate unwissentlich einen Fehler gemacht haben.« Gemma reckte stur das Kinn vor.

»Mehr als einen. Der Bericht strotzte nur so vor Fehlern.«

»So eine Leichenschau ist immer eine Sache des Blickwinkels. Das weißt du doch. Und sie war …« Gemma verstummte abrupt.

»Sie war was?«

Gemma schüttelte den Kopf. »Ach, nichts«, sagte sie dann, sah ihm aber nicht in die Augen. »Was hast du jetzt vor?«

Ihm fiel auf, dass er ihr noch nichts von dem toten Polizisten – oder Ex-Polizisten – im Kanal erzählt hatte. Aber er fühlte sich erschöpft und verdreckt und wusste gerade nicht, was er mit all diesen Informationen anstellen würde. »Weitergraben, nehme ich an«, sagte er und rieb sich mit der Hand übers Kinn. »Es muss da Verbindungen geben, die wir nicht sehen.«

»Gut, du hast ja deine Mitverschwörer, die dir dabei helfen können. Ist bestimmt auch besser so, nachdem du mich offenkundig nicht brauchst.«

Gemma stand auf und kippte ihren nicht getrunkenen Scotch in die Spüle. »Ich gehe ins Bett«, sagte sie. »Mach du einfach, was du willst.«

20

SEPTEMBER 1994

Einen Tag nach dem Vorfall beim Notting Hill Carnival hatte er ein Treffen mit Red Craig verlangt. Aber nicht wieder im Café. Er hatte nicht vor, diskret zu sein. Im Holland Park, beim Tor zur Kensington High Street, hatte er stattdessen bestimmt. Dort wartete er jetzt und lief auf und ab, während er sich die pochende Hand festhielt.

Craig war spät dran, und als er auftauchte, wirkte er wie gewöhnlich wie aus dem Ei gepellt, hochnäsig und leicht amüsiert. Stinkwütend marschierte Denis in den Park und zwang Craig dazu, ihm zu einer Stelle zu folgen, wo keine Fußgänger vorbeikamen. »Was zur Hölle ist da gestern passiert?«, stieß er dann hervor. »Mickey ist total verrückt geworden. Ist Ihnen das klar? Er hat einen Passanten angegriffen.«

»Er sagt«, erwiderte Craig, während er sich ein Blatt vom Kragen schnippte, »er und seine Freunde seien bedroht worden – von Ihnen und dem Schwarzen. Er habe sich verteidigen müssen. Und außerdem habe er sich so vor seiner Gruppe glaubwürdig gemacht.«

Denis starrte ihn an. »Glaubwürdig? Haben Sie sie noch alle? Dieser Mann hätte sterben können. Mickeys Aktion hätte einen Aufruhr ausgelöst.« Er fuhr sich mit zitternder Hand über den Mund. »Einen Aufstand! Und die Met wäre daran schuld gewesen.«

»Sie wissen doch, dass offiziell keine Verbindungen zwischen uns und den verdeckten Ermittlern bestehen.«

Denis konnte seinen Schock nicht verbergen. »Sie meinen, Sie hätten ihn verleugnet?«

»Genau wie Sie, wenn es nötig sein sollte.« Craig lächelte. »Ich schlage vor, dass Sie aus Ihrer gestrigen Heldennummer vor der Gruppe das Beste machen. Wir brauchen richtige Informationen, irgendwas, mit dem wir der Lawrence-Kampagne schaden können. Und wenn Sie nicht in der Lage sind, die zu beschaffen, finden wir jemand anderen, der es hinbekommt.«

Danach war Denis sechs Wochen lang nicht zu den wöchentlichen Treffen der verdeckten Ermittler erschienen. Er hatte sich nur mit knappen Nachrichten gemeldet und innerlich gekocht vor Wut auf Craig, auf Mickey, die Polizei und seine eigene Unzulänglichkeit. Nach einem Monat meinte seine Frau, man könne derzeit nicht mit ihm leben und sie sei froh, dass er nur einmal pro Woche nach Hause kam.

Das Einzige, was er sich zugutehalten konnte, war, dass er seine Gruppe vor einem Zusammenstoß mit der Whitewatch bewahrt hatte. Doch als er das nächste Mal im Tabernacle aufkreuzte, fing Annette ihn im Garten ab. Das Wetter hatte umgeschlagen, und es wurde bereits früher dunkel. Am Powis Square flackerten die ersten Lichter auf, als sie ihn am Arm berührte und fragte: »Können wir ein kurzes Stück spazieren gehen?« Zum ersten Mal hätte er ihr gerne den Arm um die Schulter gelegt, um in ihrer Nähe Trost zu finden – und vielleicht suchte er sogar mehr als Trost. Aber dann drückte sie seinen Arm nur kurz und ließ ihn wieder los. Sie schüttelte die Hände, um sie in der abendlichen Kälte aufzuwärmen, und damit war der Moment vorüber.

Annette blickte ihn an und sah dann zur Seite. »Denny, ich weiß, dass du uns beschützen willst. Ich sehe es an allem, was du tust. Und beim Karneval warst du einfach fantastisch. Aber es hat keinen Sinn, wenn wir uns immer nur zum Kaffee treffen. Es geht doch darum, dass wir etwas Bedeutsames tun.«

»Ihr wollt Märtyrer werden?«, fragte er, und plötzlich schloss sein überschäumender Ärger auch sie mit ein.

»Nein«, antwortete Annette behutsam. »Ich glaube nicht, dass das

irgendwer von uns möchte. Aber wir wollen dieses ungerechte System anprangern, das die Mörder von Stephen Lawrence hat laufen lassen. Und dazu müssen wir den Mund aufmachen.«

Denis drehte sich um und sah sie an. Er saß in der Zwickmühle. Wenn er sich darauf einließ, ihnen zu helfen, brachte er vielleicht unschuldige Menschen in Gefahr. Wenn er sich weigerte, würde er seinen Job und wahrscheinlich sogar seine ganze Karriere begraben können. Und er würde Annette, Marvin und die anderen in die Hände von jemandem treiben, der sie ganz sicher verraten würde.

Er wusste, welche Pflicht er zu erfüllen hatte und was das Richtige war.

»Okay«, sagte er schließlich. »Zählt auf mich.«

Kincaid hatte eine wenig erholsame Nacht. Während seines unruhigen und erschöpften Schlafs träumte er von Blut und Wasser und spürte die ganze Zeit die Anwesenheit von Gemma, die sich auf der anderen Seite des Betts eingerollt hatte. Irgendwann, früh am Morgen, wälzte sie sich herum und schmiegte sich an ihn, völlig entspannt im Tiefschlaf.

Er war dagegen hellwach und blieb dennoch regungslos liegen, weil er es nicht wagte, sie aufzuschrecken. Aber die Wärme ihres Körpers und ihr steter Atem beruhigten ihn, bis er schließlich auch wieder in den Schlaf sank. Diesmal träumte er von Hambleden, in einer Flut aus Bildern, wie auf der Speicherkarte, die er gefunden hatte. Er sah das Haus, intakt und unberührt von den Flammen. Er sah die Kirche und das Friedhofstor. Er sah Edie Craig. Ihr grüner Schal wehte in der Dämmerung hinter ihr her, doch sie hielt ihr Gesicht hartnäckig von ihm abgewandt. Irgendwo außer Sichtweite bellte unentwegt ihr kleiner Hund, und Angus Craig schrie seine Frau an, sie solle den verdammten Köter zum Schweigen bringen.

Kincaid erwachte mit einem Keuchen. Hunde bellten, aber

er erkannte, dass es seine waren, und sie kläfften nicht zur Warnung, sondern im Spiel. Es war bereits Morgen. Die Kinder waren wach, und Gemma hatte das Bett verlassen. Er blieb ruhig liegen und versuchte den letzten Ausläufer seines Traums festzuhalten, doch wie ein zerreißendes Tuch löste er sich aus seinem Griff. Der bellende Hund … Edie Craigs bellender Hund. Warum war ihr Hund in jener Nacht draußen und unversehrt gewesen, während doch das Haus abbrannte? Blinzelnd setzte er sich auf und schlug die Decke zurück.

Als er zum Frühstück hinunterging, zeigte Gemma ihm immer noch die kalte Schulter.

»Ich bring die Kinder zur Schule«, sagte sie, obwohl er angeboten hatte, das zu übernehmen.

Kincaid reichte es. »Geht und holt eure Rucksäcke«, sagte er zu den Kindern, in einem Ton, der keinen Widerspruch duldete.

Nachdem die Kinder draußen waren, stellte Kincaid sich in die Tür und versperrte Gemma den Weg. »Gemma, hör auf damit, okay? Du hattest recht, ich hatte unrecht. Ich hätte nie etwas vor dir geheim halten sollen. Es tut mir leid.«

Sie schaute ihn an, die Hände in die Hüften gestemmt. »Was, wenn dir etwas zugestoßen wäre? Ich hätte nichts davon erfahren. Nichts von allem. Jetzt bist du losgezogen und hast genau das getan, wovor Denis dich gewarnt hat – du hast deine Nase in diese Dinge gesteckt. Und weißt du noch, was ihm zugestoßen ist?«

»Was soll ich deiner Ansicht nach denn tun? Den Kopf in den Sand stecken und warten, bis alles vorüber ist?«

»Nein, aber … ja, vielleicht.«

»Und denjenigen, der Ryan Marsh ermordet hat, ungeschoren davonkommen lassen?« Ihre Stimmen hatten sich zu dem gesteigert, was Toby »Schreiflüstern« nannte. Kincaid bemühte sich, ruhiger zu sprechen. »Du würdest es gut finden, wenn ich denjenigen laufen lasse, der Denis überfallen hat? Das glaub ich dir nicht.«

Gemma stand da, die Arme vor der Brust verschränkt, und funkelte ihn an. Nach einer Weile seufzte sie. »Nein. Aber verheimliche nie wieder etwas vor mir.«

»Nein. Werd ich nicht. Versprochen.«

Sie ließ zu, dass er ihr die Hände auf die Schultern legte und ihr einen Kuss auf die Wange gab.

Durch die offene Tür fragte Toby: »Mummy, können wir jetzt reinkommen?«

»Einen Moment noch«, erwiderte sie.

»Nur zur Information, heute Morgen werde ich nicht nach Holborn fahren«, sagte Kincaid.

»Was? Warum nicht?«

»Weil ich nach Hambleden muss, um mit einem Mann über einen Hund zu sprechen.«

Gemma setzte die Kinder bei ihren jeweiligen Schulen ab und fuhr dann zum Revier Kensington. Auf ihrer Fahrt, während sie an einer Ampel nach der anderen anhalten und warten musste, grübelte sie über alles nach. Sie war zwar nicht mehr ganz so sauer auf Kincaid wie zuvor, aber glücklich war sie auch nicht.

Was hätte sie getan, wenn er ihr in jener Nacht anvertraut hätte, dass er Ryan tot aufgefunden hatte? Ihm gesagt, dass er sich alles nur einbildete? Aus dem, was Rashid ihm gestern gesagt hatte, konnte sie sich zusammenreimen, was damals Kincaids Unbehagen geweckt haben musste. Der halb gepackte Rucksack, die Leiche in der Mitte des Zimmers. Vielleicht hatte es noch andere winzige Hinweise gegeben. Und Duncan hatte Ryan gekannt. Er hätte auf seine Instinkte vertrauen sollen.

Er *hatte* auf seine Instinkte vertraut, rief sie sich wieder ins Gedächtnis. Er hatte Angst gehabt, und sein Instinkt hatte ihm geraten wegzulaufen. Was, wenn er das nicht getan hätte? Was, wenn er einfach blindlings hineingestolpert wäre und die falschen Fragen gestellt hätte? Wäre es ihm dann vielleicht ergangen wie Denis? Oder wie Ryan?

Trotz der warmen Morgenluft lief ihr ein Schauer über den Rücken. In was war er da nur hineingeraten? Und was zum Teufel hatte er bloß damit gemeint, er wolle mit einem Mann über einen Hund sprechen?

Gerade als sie einparkte, klingelte ihr Handy, und Kate Lings Name erschien auf dem Display. »Scheiße«, stieß Gemma laut hervor. Sie hätte Kincaid sagen sollen, dass sie mit Kate an diesem Fall arbeitete. Sie holte tief Luft und meldete sich mit gezwungener Freundlichkeit: »Hallo, Kate. Was gibt's?«

Kate klang belustigt. »Du hast mich um einen Anruf gebeten. Erinnerst du dich noch? Du wirst ganz schön vergesslich auf deine alten Tage, Gemma.«

»Ach, richtig, das hab ich.« Gemma lachte. Es klang unaufrichtig. »Es geht um den Zeitpunkt von Reagan Keatings Tod. Wir haben gehofft, du könntest vielleicht bestimmen, ob er vor oder nach Mitternacht war.«

Kates Seufzen war übers Telefon deutlich zu hören. »Du weißt, wie ungern ich das tue, Gemma. Aber wenn du meine inoffizielle Meinung hören willst, würde ich sagen, sie ist vor Mitternacht gestorben. Aber nicht lange davor. Kannst du damit was anfangen?«

»Toll. Danke, Kate.«

»Ich helfe dir, wo ich kann, Gemma«, sagte Kate und kicherte verschmitzt. Dann legte sie auf, bevor Gemma ihr noch mal danken konnte.

Gemma saß da, starrte das Handy an und fühlte sich unwohl.

Wie konnte Kate bei Ryan Marshs Obduktionsbericht nur so danebengelegen haben? Gestern Abend hatte sie Kincaid zwar nicht zugestimmt, aber sie vertraute genauso uneingeschränkt auf Rashids Urteil wie er.

Ein Klopfen an ihr Fenster ließ sie zusammenfahren. Es war Kerry, die zu ihr hereinsah. Gemma stellte den Motor des Escort ab und öffnete die Tür.

»Ich versuche schon eine ganze Weile, Ihre Aufmerksamkeit zu erregen«, sagte Kerry. »Sie schienen völlig weg zu sein. Geht es Ihnen gut?«

»Alles in Ordnung.« Gemma nahm ihre Tasche und schloss den Wagen ab. Sie sah Kerry an und stöhnte. »Sagen Sie mir nicht, dass wir wieder laufen werden.«

»Es ist nicht weit. Gleich hinter der U-Bahn-Station Earl's Court. Nita Cusicks Ex trifft uns in einem Hotel in Barkston Gardens. Aber er hat unsere Verabredung gerade um eine halbe Stunde verschoben. Es besteht also kein Grund zur Eile. Außerdem würde es dort auch keinen Parkplatz geben.«

In Wahrheit war Gemma ganz froh über den Spaziergang und die Chance, noch etwas länger nachzudenken. Sie wünschte, sie könnte sich Kerry anvertrauen. Noch lieber wäre ihr jedoch, wenn sie mit Melody sprechen könnte.

Gemma berichtete Kerry von Kate Lings Anruf.

»Vor Mitternacht also?«, fragte Kerry nachdenklich. »In dem Fall kam die Nachricht an Edward Miller nicht von Reagan Keating. Und …« Sie hob die Hand, bevor Gemma protestieren konnte. »… Millers Bruder, Agatha Smith und die beiden Angestellten von der Brennerei schwören Stein und Bein, dass Edward nicht nur bis mindestens ein Uhr in dem Laden gewesen ist, sondern auch noch einiges von seinem eigenen Erzeugnis getankt hat. Er soll so besoffen gewesen sein, dass er gerade noch so die Straße runter nach Hause wanken konnte.«

Gemma war erleichtert. Sie hatte nicht geglaubt, dass Edward Miller dazu fähig gewesen wäre, Reagan Keating zu ermorden, aber natürlich konnte sie sich auch mal täuschen.

»Thea Oshos Freund hat ihr Alibi ebenfalls bestätigt«, fuhr Kerry fort. »Und die Unifreunde von Hugo und Sidney haben angegeben, dass die beiden gegen elf Uhr in den College-Wohnräumen von einem von ihnen eingetrudelt sind.«

»Verdammt«, sagte Gemma, und Kerry grinste.

»Ich empfinde genauso. Wer bleibt jetzt noch übrig?« Sie mussten an der Kreuzung an der Cromwell Road stehen bleiben, wo man sich wegen des vorüberrauschenden Verkehrs nur schwer verständigen konnte.

Als die Ampel wieder umschaltete und sie weiter die Earl's Court Road entlanggingen, sagte Gemma: »Die beiden Peacocks. Die Sus. Der Gärtner. Ein Gartenanwohner, den wir bislang noch nicht auf dem Schirm haben. Oder irgendein völlig Unbekannter.«

»Sehr hilfreich.« Kerry bedachte sie mit einem kurzen Seitenblick. »Reagan wäre dieser Unbekannte jedoch bekannt gewesen. Vielleicht kann uns ja der Exmann was Nützliches erzählen.«

Sie kamen an der U-Bahn-Station vorbei und bogen fast unmittelbar darauf nach links in die Barkston Gardens ab, wo sie zu einem hübschen Platz gelangten, in dessen Zentrum ein umzäunter Park angelegt war. Eine friedliche Oase nach dem Lärm auf der Earl's Court Road. Die umstehenden Reihenhäuser waren die typischen mit weißen Leisten verzierten roten Ziegelgebäude, die Gemma vor allem mit Chelsea und South Kensington verband. Nach nur wenigen Schritten tauchte zu ihrer Linken das Hotel auf.

»Er wohnt hier doch nicht etwa, oder?«, fragte Gemma, als sie durch den einladenden Empfangsbereich gingen.

Kerry zuckte mit den Schultern. »Keine Ahnung. Ich weiß nur, dass er uns um ein Treffen hier im Speisesaal gebeten hat.«

Wie sich herausstellte, bestand besagter Speisesaal aus drei miteinander verbundenen Räumen und einer Bar im hinteren Bereich. Durch die großen Fenster, die auf die Straße hinausblickten, schien Licht herein. Das Personal trug gerade von einem mittig stehenden Tisch die Reste eines großen Frühstücksbüfetts ab. Ein paar der Anwesenden nahmen noch ihre Morgenmahlzeit ein, doch an den meisten Tischen saßen Gäste mit Laptops und Aktenordnern und auch ein paar Gruppen, die offensichtlich in Geschäftsmeetings steckten.

Ein freundlich wirkender rothaariger Mann kam auf sie zu, um sie zu begrüßen. »Ich fürchte, das Frühstück ist gerade vorbei«, sagte er lächelnd mit einem deutlichen schottischen Akzent. »Aber können wir sonst etwas für Sie tun?«

Sogar Kerry schien von seinem Charme berührt. Sie erwiderte sein Lächeln und sagte: »Wir sind hier mit jemandem verabredet. Einem Mr Cusick.«

»Ah, gut. Chris ist im Nebenraum. Er hat mich gebeten, nach Ihnen Ausschau zu halten. Ich bringe Sie zu ihm.«

Sie folgten ihm zu einer Tür, die im hinteren Bereich des Speisesaals nach links abging, und betraten ein gemütliches kleines Zimmer mit bequemen Sitzmöbeln, niedrigen Tischen und deckenhohen Bücherregalen an der hinteren Wand.

Ein Mann, der in einem der Sessel saß und konzentriert auf seinem Laptop tippte, blickte auf. Dann stellte er den Computer beiseite und erhob sich, um sie zu begrüßen.

»Danke, Darren«, sagte er zu ihrem Begleiter und streckte erst Kerry, dann Gemma die Hand hin. »Mein Name ist Chris Cusick.« Er bedeutete ihnen, auf zwei nebeneinanderstehenden Stühlen Platz zu nehmen. »Bitte, setzen Sie sich doch. Möchten Sie vielleicht Kaffee oder Tee?«

Als sie durch den Speisesaal gegangen waren, hatte Gemma vor einem der Gäste einen schönen Latte auf dem Tisch stehen sehen. »Für mich bitte einen Latte. Danke schön.« Sie hatte heute Morgen noch keinen Kaffee gehabt und spürte das auch.

»Für mich bitte das Gleiche«, sagte Kerry und machte ein seliges Gesicht.

Cusick ging hinaus, um mit Darren zu sprechen. Dann kam er wieder herein und setzte sich. Er war groß, hatte einen dünnen Bart und die gleichen seidenweichen braunen Haare wie Jess. Außerdem bewegte er sich mit einer Grazie und Entschlossenheit, die Gemma stark an seinen Sohn erinnerten. »Danke, dass Sie mich hier treffen«, sagte er. »Sie fragen sich bestimmt, wieso.«

»Ich dachte, Sie wären Banker«, sagte Gemma.

Er grinste und entblößte dabei seine weißen Zähne, aber Gemma sah auch die Ringe unter seinen Augen. »Das stimmt. Investmentbanker. Die meiste Zeit verbringe ich am Computer.« Er deutete mit der Hand auf den Laptop, den er inzwischen geschlossen hatte. »Was ich natürlich auch zu Hause tun könnte. Ich wohne gleich am Anfang des Gartens.« Er wies mit einer weiteren Geste in die entsprechende Richtung, und Gemma verspürte den Wunsch, sich ganz auf die Bewegung seiner Hände zu konzentrieren. »Aber meine Freundin, Parminder – meine Partnerin, wenn Sie so wollen – ist Notärztin bei der Luftrettung. Sie arbeitet nachts.« Wieder ließ er ein Lächeln aufblitzen. »Anscheinend passieren nur da die richtig lustigen Dinge, obwohl ich es nicht nachvollziehen kann.« Er zuckte mit den Schultern. »Wie auch immer. Vormittags bin ich meistens hier, um ihr ein bisschen Ruhe und Frieden zu gönnen.«

»Ich verstehe, weshalb«, sagte Kerry, als Darren ihnen den Kaffee brachte. Sie sah aus, als würde sie gleich zu schnurren beginnen.

»Sie wollten mit mir über Reagan sprechen«, sagte Chris Cusick, als sie ihre Tassen genommen hatten. Gemma hatte den Eindruck, dass er trotz seiner freundlichen Art daran gewöhnt war, bei einem Gespräch die Führung zu übernehmen. Sie wunderte sich, wie das mit Nita funktioniert hatte.

»Ich war total geschockt, als ich von Nita gehört habe, was passiert ist«, fuhr er fort. »Reagan war ein nettes Mädchen. Und sie konnte so gut mit Jess umgehen. Es will mir immer noch nicht in den Kopf, dass sie tot ist. Und jetzt hat Nita mir auch noch erzählt, dass Sie glauben, sie sei ermordet worden.« Er betrachtete sie aufmerksam, während er sprach. Gemma vermutete, in der Hoffnung, sie würden ihm sagen, dass er sich täuschte.

»Sie haben Ihrer Frau nicht geglaubt, Mr Cusick?«, fragte sie.

»Exfrau«, korrigierte er sie mit Nachdruck. »Und Nita kann manchmal etwas … dramatisch sein.«

»Sie meinen, sie erfindet Dinge, um Ihre Aufmerksamkeit zu erregen?«, fragte Kerry, die ihren Latte mit einem einzigen Schluck halb geleert hatte.

Er sah sie mit großen Augen an, aber dann zuckte er erneut mit den Schultern. »Sie ist dafür bekannt, dass sie gelegentlich etwas übertreibt.«

»Stehen Sie beide in regelmäßigem Kontakt miteinander?«

»Wir haben das geteilte Sorgerecht für Jess. Und mir gehört das Haus in Cornwall Gardens.«

Kerry nickte und trank noch einen Schluck Kaffee. »Das ist ja ganz schön großzügig von Ihnen, Mr Cusick.«

»Es ist auch Jess' Zuhause.«

»Haben Sie noch dort gewohnt, als Reagan anfing?«, fragte Gemma, worauf Cusick sie mit einem durchdringenden Blick bedachte.

»Nita und ich haben uns, sechs Monate nachdem Reagan bei uns angefangen hatte, getrennt. Und falls Sie sich fragen, ob ich eine Affäre mit Reagan hatte, Detective: Nein, hatte ich nicht. Wir kamen gut miteinander aus, und ich war froh, dass sie Jess in der Scheidungszeit so eine Stütze war. Parminder, meine Freundin, mochte sie auch sehr.«

»Mr Cusick«, sagte Gemma, »Sie verstehen sicher, dass wir das fragen müssen: Können Sie uns sagen, wo Sie letzten Freitagabend gewesen sind?«

»Selbstverständlich.« Er schien nicht beleidigt zu sein. »Das war Parminders freier Abend. Wir waren mit Freunden essen. Ach ja, und danach sind wir noch auf ein paar Drinks hierhergekommen. Der Barkeeper hier mixt einen großartigen Passion Fruit Martini.«

»Und wann ungefähr sind Sie wieder von hier aufgebrochen?«

Cusick zuckte mit den Schultern. »Ich glaube, kurz vor Mitternacht. Freitagabends ist hier in der Bar oft ziemlich viel los, aber als wir gingen, war es schon ziemlich leer. Dann sind wir in die Wohnung zurück und haben uns einen Film angeschaut. Wenn Parminder frei hat, versuche ich lange mit ihr aufzubleiben. Was mir aber nicht immer gelingt.«

Kerry tippte die Kontaktdaten seiner Freundin in ihr Handy und wollte ihm gerade danken, dass er sich die Zeit für sie genommen hatte, als er ihr ins Wort fiel: »Haben Sie Jess gesehen? Geht es ihm einigermaßen gut? Das muss ein fürchterlicher Schock für ihn gewesen sein, aber er reagiert nicht auf meine Anrufe. Oder die von Parminder. Und normalerweise will er immer alle blutigen Einzelheiten von ihren Einsätzen hören. Er wird erst am Freitag bei uns sein, und ich mache mir Sorgen um ihn.«

»Ich habe ihn gesehen«, entgegnete Gemma. »Er schien ziemlich wütend und aufgeregt. Ihre Frau hat uns gesagt, dass er mit ihr auch nicht spricht.«

»Der arme kleine Kerl.« Cusick zog die Stirn in Falten. Dann stellte er die Teetasse klappernd auf den Unterteller und sagte entschlossen: »Ich werde heute Abend mal rübergehen und mit ihm sprechen. Besuche während der Woche sind zwar nicht Teil unserer Sorgerechtsvereinbarung, aber dann muss Nita eben einmal in den sauren Apfel beißen.«

»Mr Cusick.« Gemma berührte ihn am Arm, als er sich gerade aus dem Sessel erhob. Sie stellte die Frage, die sie schon länger beschäftigte: »Wissen Sie zufällig, wo Ihr Sohn letzten Samstagvormittag gewesen ist? Anscheinend ist er früh aus dem Haus gegangen, ohne seiner Mutter zu sagen, wo er hinwollte. Sie war ganz aufgebracht, als sie merkte, dass er weg war – vor allem nachdem sie von Reagans Tod erfahren hatte. Eine Freundin von ihr hat ihn dann schließlich am Nachmittag bei seiner Ballettstunde im Tabernacle gefunden.«

»Das hat Nita mir gar nicht erzählt. O Mann.« Er schüttelte den Kopf und kniff die Lippen zusammen. »Ich kann Ihnen sagen, wo Jess vermutlich war und warum er es nicht seiner Mutter gesagt hat. Er besucht an mehreren Nachmittagen pro Woche einen Kurs in der London Boys Ballet School in Finsbury Park. Das ist einer der Gründe, warum Nita darauf bestanden hat, Reagan zu behalten. Damit sie ihn hinbringen konnte. Obwohl ich finde, dass er alt genug ist, um selbst mit der U-Bahn zu fahren. Das Vortanzen für den Fortgeschrittenenkurs der über Elfjährigen war Samstagvormittag. Jess wird dort hingegangen sein und hat Nita nichts davon erzählt, weil sie es ihm verboten hat.«

»Warum?«, fragte Gemma verblüfft. »Ich hätte gedacht, dass ein so talentierter Junge wie Jess so viel Förderung wie möglich haben sollte.«

»Meine Frau sieht das anders. Die London Boys Ballet School ist die einzige rein männliche Ballettschule der Welt, und sie leisten dort Unglaubliches. Aber für Nita gibt es nur das Royal Ballet. Schon seit Jess drei war und sein Tanzlehrer ihr gesagt hat, dass er vielversprechende Anlagen habe.«

Hier hat alles angefangen, dachte Kincaid, als er vor der Brücke in Henley-on-Thames vom Gas ging. Vor sieben Monaten waren er, Gemma und die Kinder gerade auf dem Heimweg von einem Besuch in Glastonbury gewesen, als sein Chief Superintendent Denis Childs ihn auf dem Handy anrief. Sie waren damals immer noch dabei, Charlotte an ihr neues Zuhause zu gewöhnen, und Childs wusste, dass Kincaid ab der folgenden Woche in Elternzeit gehen würde.

Aber es war ein Todesfall, der Aufmerksamkeit erregen würde, hatte Childs gesagt, und möglicherweise ein Unfall. Kincaid wusste nicht recht, wie er ablehnen sollte. Ob er sich das Ganze nur mal anschauen könnte? Es klang, als würde Kincaid ihm damit einen persönlichen Gefallen erweisen.

Zu Gemmas Ärger sagte er zu. Kincaids Route hatte an diesem Tag ohnehin durch Henley geführt, dann in nördlicher Richtung auf die Marlow Road und am gewundenen Lauf der Themse entlang flussabwärts.

Die Leiche des Opfers hatte man im Wehr unterhalb des Dorfes Hambleden gefunden, wo sie sich verfangen hatte. Wie Kincaid inzwischen wusste, war Denis Childs bekannt gewesen, dass der frisch pensionierte Deputy Assistant Commissioner Angus Craig in Hambleden lebte. Und wie er jetzt außerdem wusste, hatte Childs guten Grund, Craig in einem mysteriösen Todesfall als Verdächtigen zu betrachten.

Childs hatte Kincaid also geradewegs ins offene Messer laufen lassen.

Im Verlauf der Ermittlungen waren dann Beweise aufgetaucht, die Angus Craig noch mit einem weiteren Tod in

Verbindung brachten, aber Denis Childs hatte seine Verhaftung hinausgezögert.

Während der frühen Morgenstunden des folgenden Tages war das Haus der Craigs in Hambleden in Flammen aufgegangen. Craigs Leiche und die seiner Frau Edie waren im Innern aufgefunden worden.

Es hatte wie ein ganz eindeutiger erweiterter Suizid ausgesehen. Edie hatte man in der Küche entdeckt, Angus in seinem Arbeitszimmer, beide mit der Pistole erschossen, die Angus' Finger noch zu umklammern schienen. Die Leichname der beiden waren jedoch zu verbrannt, um noch genauere Rückschlüsse zuzulassen.

Aber irgendwas an den Ereignissen jener Nacht hatte nicht aufgehört, an Kincaid zu nagen. Und heute Morgen hatte er, ausgelöst von seinen Träumen und dem Gebell seiner eigenen Hunde, endlich erkannt, was es gewesen war. Ein Nachbar hatte ein paar Stunden vor Ausbruch des Feuers Edie Craigs kleinen Whippet, Barney, laut bellen hören. Nachdem bei den Craigs niemand ans Telefon gegangen war, hatte er eine Nachricht hinterlassen und den Hund über Nacht bei sich behalten.

Seither hatte Kincaid das Gefühl gehabt, Edie Craig könnte geahnt haben, was passieren würde, und dass sie den Hund vielleicht ins Freie gelassen hatte, damit er in Sicherheit war. Aber wenn das stimmte, was war dann in den Stunden zwischen der Entdeckung des Hundes und vor dem Ausbruch des Feuers geschehen? Ihm war dazu keine schlüssige Erklärung eingefallen.

Er erinnerte sich, dass die Detective Constable am Tatort gesagt hatte, der fragliche Nachbar heiße Wilson. Das Haus der Craigs, ein schönes Anwesen am Rand des Dorfes, hatte Edie gehört, ein Erbe ihrer Familie. Der nächste Nachbar musste das näher am Dorf gelegene Haus sein, einen knappen Kilometer von den Craigs entfernt. Dort würde er es zuerst versuchen. Er wollte lieber keine Spuren hinterlassen, indem er die Polizei von Henley hinzuzog, obwohl er Detective Constable Imogen Bell gerne wiedergesehen hätte.

Er hatte das Dorf bisher nur im Herbst gesehen, jetzt war es sogar noch schöner, weil das saftige Grün der Bäume einen lebhaften Kontrast zu den dunklen Steinen und roten Ziegeldächern der Gebäude bildete. Er fuhr am Pub vorbei, in dem er ein Bier getrunken hatte, und an der Kirche, wo er Edie Craig einmal am Friedhofstor begegnet war. Als er den Dorfkern hinter sich ließ, wurde der Abstand zwischen den Häusern allmählich größer. Dann kam eine Zeit lang gar nichts, ehe er das Grundstück erreichte, an das er sich erinnern konnte. Der kleine Bungalow stand ein Stück von der Straße zurückversetzt, und in dem sorgfältig gepflegten Garten herrschte eine wahre Blütenpracht. In der Ferne, wo früher das rote Ziegeldach der Craigs am Horizont zu erkennen gewesen war, sah Kincaid nun nichts mehr.

Er erspähte eine große Freifläche am Straßenrand, wo er das Auto abstellte und ausstieg. Heute Morgen hatte er sich ordentlich gekleidet, aber sobald er in den nicht klimatisierten Astra gestiegen war, hatte er sich das Jackett ausgezogen und den Krawattenknoten gelockert. Jetzt schlüpfte er wieder in das Jackett, an dem nur ein paar wenige Hundehaare vom Rücksitz hingen, und zog den Knoten seiner Krawatte einen knappen Zentimeter enger.

Er hatte gerade das Gartentor geöffnet, als die Vordertür des Bungalows aufschwang. Ein Mann trat hindurch, halb herausgezerrt von zwei kleinen Hunden, die er an Leinen hielt. Einer war ein Blenheim-Cavalier-King-Charles-Spaniel. Den anderen erkannte er sofort. Barney, Edie Craigs Whippet.

»Sie haben ihn behalten«, sagte er.

»Entschuldigung?« Der Mann sah verwirrt aus und auch ein wenig misstrauisch. »Kann ich Ihnen helfen?«

»Barney. Edie Craigs Hund.«

Der Hund, der seinen Namen hörte, sich aber vielleicht auch entfernt an Kincaids Stimme erinnerte, fing an, mit dem Schwanz zu wedeln, und zog an der Leine. Kincaid ging in die Hocke, und als der Mann sah, dass das Gartentor geschlossen war, ließ er den Hund laufen. Barney rannte zu Kincaid und leckte ihm nach kurzem Beschnuppern ganz zart die Finger.

»Entschuldigung?«, wiederholte der Mann. »Aber wer sind Sie?«

Kincaid tätschelte den Hund noch einmal sanft, ehe er wieder aufstand und sich sammelte. »Mein Name ist Kincaid.« Er zog den Dienstausweis aus der Tasche und hielt ihn gerade so lange ausgeklappt vor sich hin, dass der Mann das Siegel der Met und seinen Namen sehen konnte. Er war sich nicht sicher, ob er sich als Detective Superintendent zu erkennen geben wollte. Nachdem er den geschlossenen Ausweis wieder in seine Jacketttasche hatte gleiten lassen, streckte er die Hand aus. »Und Sie müssen Mr Wilson sein, oder?«

Mit einem Nicken schüttelte der Mann zaghaft Kincaids Hand. Seine Finger waren feucht. »Danforth Wilson. Das ist richtig. Wie kann ich Ihnen behilflich sein?«

Wilson war ein kleiner Mann, in seinen späten mittleren Jahren. Er trug eine Brille mit goldenem Gestell sowie eine etwas eigenwillige und der Jahreszeit kaum angemessene Brokatweste. Er musterte Kincaid aus zusammengekniffenen Augen. Seitdem er den Ausweis gesehen hatte, sah er sogar noch nervöser aus.

»Können wir uns irgendwo unterhalten?«, fragte Kincaid, während er sich erneut hinunterbeugte, um den Spaniel zu streicheln. »Das ist aber ein besonders schöner Cavalier, den Sie da haben, Mr Wilson.«

Wilson schien sich zu entspannen. »Danke schön. Sie heißt Lola. Ich wollte gerade die Hunde zu ihrem Morgenspaziergang ausführen, aber es schadet wohl nichts, wenn wir uns erst noch ein bisschen in den Garten setzen.« Er deutete auf eine Bank, die zwischen üppigen Rosensträuchern stand. Kincaid wünschte sich jetzt, er hätte sein Jackett im Wagen gelassen. Er folgte Mr Wilson und setzte sich neben ihn, wobei er so gut wie möglich den Dornen auswich, die sich ihm entgegenreckten.

»Graham Thomas«, sagte Wilson. »Ganz bezaubernd, nicht.«

Kincaid brauchte einen Moment, um zu begreifen, dass er den übertrieben wuchernden gelben Rosenstock meinte, der in diesem Moment mit einer seiner zahlreichen Dornenranken sein Augenlicht bedrohte. »Ja«, stimmte er zu. »Wirklich bezaubernd.« In der Sonne wirkte der süße Duft der Rosen beinahe berauschend. Er rutschte ein Stück zur Seite, so dass er Wilson in die Augen blicken konnte. »Mr Wilson …«

»Woher kennen Sie Barney? Sie sind doch nicht gekommen, um …«

Kincaid schüttelte rasch den Kopf. »Ich habe Barney einmal zusammen mit Edie Craig getroffen. Ich bin froh zu sehen, dass es ihm hier gut geht.«

»Es gab ja sonst niemanden, der sich um ihn kümmern konnte. Keiner der beiden hatte Familie. Es ist immer noch nicht klar, was mit ihrem Nachlass geschehen wird.« Offenbar hatte Kincaid nicht verbergen können, wie sehr ihn Wilsons guter Kenntnisstand überraschte, denn er fügte rasch hinzu: »Im Pub weiß darüber jeder Bescheid. Niemand wollte den Hund haben. Mir hat es nichts ausgemacht, und inzwischen ist er mir ziemlich ans Herz gewachsen, fürchte ich. Als Sie vorhin sagten, dass Sie von der Polizei sind …«

»Ich bin gekommen, um mich mit Ihnen über Barney zu

unterhalten«, sagte Kincaid. »Ich habe Edie und Barney einmal getroffen, und später wurde ich zu dem Feuer gerufen. Als ich heute durch Henley kam, habe ich mich gefragt, ob es dem Hund wohl gutgeht. Jemand von der Polizei hier hat mir gesagt, dass Sie ihn in dieser Nacht bei sich aufgenommen haben.« Alles, was er Wilson erzählte, entsprach der Wahrheit. »Und ich dachte, vielleicht können Sie mir noch einmal genau erzählen, was passiert ist.«

Der kleine Mann schwieg. Hinter den spiegelnden Gläsern seiner goldenen Brille konnte Kincaid seine Augen nicht ausmachen. Wilson zupfte ein Blütenblatt von einer der herabhängenden Graham Thomas. »Ich denke nicht gern daran zurück«, sagte er schließlich, während er das Blatt mit seinen makellos manikürten Fingern in Stücke riss. »Wenn ich es gewusst hätte … Wenn ich etwas unternommen hätte … Aber wenn ich rübergegangen *wäre* und er … Craig …« Ein Schauder durchlief Wilsons Körper. Kincaid wusste, was er sagen wollte.

»Darüber dürfen Sie gar nicht nachdenken«, sagte Kincaid. »Aber in dieser Nacht … Ist Barney je zuvor nachts frei herumgelaufen?«

»Nein, nie. Darum habe ich … Das war alles sehr merkwürdig. Ich weiß nicht, warum ich ihn nicht angeleint und zurückgebracht habe.«

»Warum erzählen Sie mir nicht einfach der Reihe nach, was passiert ist?«

»Ich wollte Lola gerade für ihren kurzen Auslauf vor dem Schlafengehen in den Garten lassen. Meine Fernsehsendungen waren alle vorbei … Ich bin eine ziemliche Nachteule, müssen Sie wissen.« Er lächelte Kincaid kurz von der Seite an, als wäre es etwas Unanständiges, lange aufzubleiben. »Ich habe ein Bellen gehört und wusste erst gar nicht, was ich damit anfangen sollte.«

»Wissen Sie noch, wann das ungefähr war?«

»Also, das kann ich Ihnen nicht genau sagen.« Wilson schob sich die Brille hoch, mit einer Geste, die Kincaid an Doug erinnerte. »Ich glaube mich zu erinnern, dass meine Sendung um Viertel vor zwölf vorbei war. Danach bin ich, Sie wissen schon, aufs Klo gegangen. Und dann habe ich mir noch einen kleinen Absacker genehmigt.« Auch auf dieses schuldbewusste Geständnis folgte ein angedeutetes Lächeln.

Kincaid wartete ab.

»Ich dachte, wenn jemand mit dem Hund draußen wäre, würden sie bald weitergehen. Also habe ich noch ein bisschen gewartet. Aber das Bellen hörte einfach nicht auf. Ich habe Lola im Haus eingeschlossen und bin mit der Taschenlampe raus. Und da stand Barney auf der Wiese direkt vor meinem Zaun und hat gebellt. Er kam, als ich nach ihm rief.«

»War der Hund so wie immer?«

»Ich weiß noch, dass er zitterte. Aber es war auch eine kühle Nacht, und er hat kein sehr dichtes Fell.« Aus Wilsons Stimme klang echte Zuneigung. »Von Edie war weit und breit nichts zu sehen. Also habe ich ihn ins Haus reingeholt und …« Er machte eine Pause. »Um ehrlich zu sein, habe ich nicht gewusst, was ich tun sollte. Ich hatte die Nummer der Craigs, aber man möchte ja nicht … Ich habe überlegt, ob ich ihn einfach rüberbringen und in ihrem Garten absetzen soll, aber …«

»Also haben Sie bei ihnen angerufen?«, ermutigte Kincaid ihn weiterzureden.

»Ja, ich habe ihnen eine Nachricht auf Band gesprochen. Als nach einer halben Stunde immer noch keiner zurückgerufen hat, habe ich Barney mit etwas Wasser und einem Handtuch als Schlafunterlage in die Küche gesteckt. Ich hatte vor, bei Tagesanbruch aufzustehen und ihn heimzubringen. Aber …« Er unterbrach sich, nahm die Brille ab und ließ die Drahtbügel in seinen Fingern vor und zurück schaukeln. »Aber dann weckten mich die Sirenen auf. Und der Rauchgeruch. Zuerst dachte ich, es wäre mein eigenes Haus, und bekam Panik. Doch dann sah ich aus dem Fenster und … ich konnte … es brennen sehen …«

»Das muss schrecklich für Sie gewesen sein«, sagte Kincaid nach einem Moment des Schweigens. »Was haben Sie gemacht?«

»Ich habe mich angezogen und bin die Straße runter, um zu sehen, ob ich irgendwas tun kann. Aber man hat mich fortgeschickt, wie irgend so einen Schaulustigen.« Man konnte immer noch hören, wie sehr ihn das gekränkt hatte.

»Aber Sie sind dann noch mal hingegangen?«, hakte Kincaid nach.

»Als es hell war. Die Polizei hat mich wieder weit vor dem Haus aufgehalten, aber ich habe diesen Detective gebeten, Edie auszurichten, dass Barney bei mir ist. Erst als ich später am Vormittag im Pub war, habe ich erfahren, dass sie tot waren.« Wilson setzte die Brille wieder auf und verschränkte die Hände im Schoß. Sein Blick schien sich in der Ferne zu verlieren. »Sie haben mir erzählt, was geschehen ist, aber ich konnte … mir einfach nicht vorstellen, wie jemand so etwas tun kann.«

Kincaid saß ruhig auf der Bank und beobachtete die Hunde, die ein schattiges Fleckchen zum Liegen gefunden hatten. Barney erwiderte seinen Blick, das kleine Gesicht mit den hellen Augen wirkte aufmerksam und zutraulich. »Nein«, sagte er. »Das kann ich auch nicht, Mr Wilson. Ist Ihnen in dieser Nacht noch irgendwas anderes aufgefallen, das Ihnen ungewöhnlich vorkam?«

»Nein. Nicht dass ich wüsste. Abgesehen von den Männern im Auto natürlich. Aber das war davor. Und ich habe auch schon dieser Streifenpolizistin davon erzählt.«

Kincaid, der gerade hatte aufstehen wollen, ließ sich wieder auf die Bank zurücksinken und starrte Wilson an. »Was für Männer?«

»Die im Geländewagen. Einem Range Rover. Einem neuen. Das weiß ich noch, weil ich es so merkwürdig fand, dass auf den Nummernschildern Schlamm klebte, während der restliche Wagen blitzsauber war.«

»Wo war das genau?«

»Direkt vorm Pub. Lola und ich – und jetzt natürlich auch Barney – gehen jeden Abend auf einen kleinen Besuch dort vorbei, so gegen halb sechs. Ich dachte, das Auto würde anhalten und uns über die Straße lassen. Tat es aber nicht. Ziemlich unhöflich, fand ich. Die hinteren Scheiben waren abgedunkelt, aber die beiden Männer auf den Vordersitzen konnte ich im Vorbeifahren recht deutlich erkennen. Sie fuhren zum Haus der Craigs, also dachte ich, es ginge vielleicht um eine Polizeiangelegenheit – bloß dass sie gar nicht wie Polizisten aussahen. Und der auf meiner Seite, der Beifahrer, hat mir einen Blick zugeworfen, der geradezu mörderisch war. Ich wollte ihnen noch etwas zurufen, Sie wissen schon, ihnen sagen, dass sie besser auf ihre Manieren achten sollten, aber danach … wollte ich nicht mehr.«

»Nein«, sagte Kincaid. Das Herz pochte ihm in den Ohren. »Mr Wilson, können Sie mir diese Männer beschreiben?«

»Das habe ich doch schon alles dieser Polizistin erklärt«, erwiderte Wilson, dem man erneut die Kränkung anmerkte.

»Ja, aber würde es Ihnen etwas ausmachen, es mir noch mal zu erzählen?«

Wilson seufzte. »Der Beifahrer war älter. Er hatte kein sehr sympathisches Gesicht. Und er hatte etwas am Hals, genau hier.« Er berührte die Stelle seitlich an seinem eigenen Hals. »Ein Muttermal … oder eine alte Tätowierung.«

Kincaid befiel eine schreckliche Vorahnung. »Und der Fahrer?«

»Ach, der war jünger und sah viel besser aus. Mit kurzen braunen Haaren und so einem Stoppelbart, der im Moment so in Mode ist.«

Einen Moment lang dachte Kincaid, es wäre am besten, wenn er jetzt aufstünde, sich bei dem Mann bedankte, ihm die Hand schüttelte und einfach davonging. Doch stattdessen blieb er sitzen und starrte ins Leere, bis Barney zu ihm herübertrottete und die lange spitze Schnauze auf sein Knie legte.

»Mr Wilson«, sagte er, »Sie waren mir eine große Hilfe. Können Sie sich sonst noch an etwas erinnern?«

Wilson runzelte die Stirn und dachte so konzentriert nach, dass sich sein ganzes Gesicht in Falten zu legen schien. »Ich könnte Ihnen nicht genau sagen, wieso. Aber mir kam es so vor, als würden sie streiten. Der Fahrer wirkte erschrocken, als wäre ihm erst nachträglich aufgefallen, dass er mich beinahe überfahren hätte. Und er sah wirklich schneidig aus, mit diesem Tuch um seinen Hals.«

21

Kincaid war schon fast wieder beim Auto, als ihm einfiel, was er auf dem Handy hatte. Er drehte sich um und ging zu Mr Wilson zurück, der gerade die Hunde am Gartentor einsammelte. »Mr Wilson, dürfte ich Ihnen bitte noch etwas zeigen?« Er hielt ihm das Telefon hin. Das Foto auf dem Display, das Michael Stanton zeigte, hatte er am Abend zuvor Doug geschickt. Es war sein Führerscheinbild. »Erkennen Sie diesen Mann?«

Wilson betrachtete die Aufnahme mit gerunzelter Stirn und sah dann zu Kincaid hoch. »Der sieht wie der Mann im Auto aus. Der Beifahrer, nicht der am Steuer. Wer ist er? Ich hoffe, dass er nicht noch mal hierherkommt.«

»Keine Sorge, Mr Wilson.« Kincaid steckte das Handy in die Tasche zurück und rang sich ein Lächeln ab. »Dieser Mann wird Sie ganz sicher nicht mehr behelligen.«

Als er im Auto saß, winkte er Wilson zu und wendete auf dem Sträßchen. Er hatte nicht vor, an den Überresten des Hauses von Angus und Edie Craig vorbeizufahren, und er wollte rasch raus aus dem Dorf.

Er nahm den gleichen Weg zurück, auf dem er gekommen war. Als er den Wagen vor dem Ortseingang von Henley runterbremste, merkte er, dass seine Hände zitterten. Er bog von der Hauptstraße ab und erblickte gleich darauf den Fluss. Im Herbst hatte er einige Tage in Henley verbracht, um den Tod der Ruderin Rebecca Meredith zu untersuchen, und so wusste er sofort, wo er war – auf der New Street, beim Hotel du Vin.

Nachdem er mit Glück gleich eine Parkmöglichkeit entdeckt hatte, entledigte er sich beim Aussteigen erneut seines Jacketts und der Krawatte.

Ein paar Meter weiter beschrieb die Straße einen Bogen auf den Fluss zu und traf an der Brücke auf die Hart Street. Zwischen der Straße und dem Wasser gab es Parkplätze und einen Zugang zu kleinen Bootsanlegestellen. Er ging hinunter und blieb am Rand des Kais stehen. Von dort blickte er zum Leander Club auf der anderen Seite des Flusses hinüber und beobachtete ein paar Ruderteams, die am späten Vormittag zu einer Trainingseinheit rausfuhren.

Nach einer Weile merkte er, wie ihm die Sonne auf Kopf und Gesicht brannte, aber er fühlte sich wie erstarrt. Statt des Flusses hatte er das Haus der Craigs vor Augen, das Innere des Gebäudes, kurz bevor das Feuer zuschlug, so wie er es sich in seiner Vorstellung schon häufig ausgemalt hatte.

Edie lag tot in der Küche. Ihr Gesicht war verschwommen. Er konnte … er wollte es nicht sehen.

Angus lag auf dem Boden im Arbeitszimmer, wo Kincaid ihn noch kurz zuvor verhört hatte. Genau wie Ryan Marsh in der Mitte des Raums, vor seinem wuchtigen und einschüchternd wirkenden Schreibtisch. Nicht zusammengesunken auf dem Lederstuhl dahinter und auch nicht neben dem Tisch, wo er auf den Fußboden hätte kippen können, wenn er sich in seinem Bürostuhl erschossen hätte. Und genau wie Ryan hielt er immer noch die Pistole, die ihn und auch Edie getötet hatte.

Aber was, wenn Angus Craig sich genau wie Ryan nicht selbst erschossen hatte? Oder seine Frau? Was, wenn das Ganze nur wie ein erweiterter Suizid hatte aussehen sollen, so wie auch Ryans Tod nur als Selbstmord inszeniert worden war?

Was, wenn in jener Nacht jemand in das Haus eingedrungen war, um zuerst Edie, die nichts ahnend in der Küche stand, niederzuschießen und danach Angus in seinem Arbeitszimmer? Wenn er einen Schalldämpfer verwendet hatte, war Angus vom ersten Schuss nicht aufgeschreckt worden.

Sollte sich einer der beiden Craigs in einem letzten Moment der Panik gewehrt haben, hätten die Ermittler es nicht erkennen können, da sowohl der Tatort als auch die Leichen zu sehr vom Feuer verkohlt waren.

Wer immer das getan hatte, musste mit dem Haus vertraut gewesen sein – es vielleicht beobachtet und fotografiert haben.

Bei dem Gedanken wurde Kincaid übel.

Nach einer Weile ging er zum Auto zurück, lehnte sich dagegen und rief Doug an.

Als der sich meldete, sagte er: »Ich habe rausgefunden, dass Ryan und Stanton am Abend, bevor die Craigs gestorben sind, in Hambleden gewesen sind.«

»Was? Wovon redest du?« Doug schien vollkommen verwirrt.

Kincaid erzählte es ihm.

Nach längerem Schweigen entgegnete Doug: »Ich kann im Moment nicht richtig reden. Ich ruf dich gleich zurück.«

Fünf Minuten später summte Kincaids Handy. Im Hintergrund hörte er Straßengeräusche und vermutete, dass Doug aus dem Gebäude gegangen war. »Warum hat dieser Wilson niemandem davon erzählt?«, stieß Doug ansatzlos hervor.

»Hat er. Imogen Bell wusste davon, aber sie hatte keinen Grund, diese Information weiterzugeben. Wilson ist ein ziemlicher Wichtigtuer. Vermutlich hat sie geglaubt, er übertreibt ein bisschen, um Aufmerksamkeit zu bekommen. Und es bestand auch nie ein Zweifel, dass Angus Craig seine Frau und sich selbst getötet hatte.«

Doug schwieg wieder. Dann sagte er: »Du glaubst doch nicht ernsthaft, dass Ryan und dieser Stanton die beiden umgebracht und das Feuer gelegt haben? Ich kann nicht glauben, dass Ryan Marsh ein Mörder gewesen sein soll.« Er wirkte genauso erschüttert, wie Kincaid sich fühlte.

»Nein.« Kincaid dachte an Melodys Schilderung, wie Ryan sich verhalten hatte, nachdem die Phosphorgranate in der St. Pancras Station explodiert war. Ryan war nicht vor dem Feuer weg-, sondern darauf zugelaufen. Er hatte die Menschen unbedingt in Sicherheit bringen und etwas tun wollen, um zu helfen.

Danach war Ryan vom Tatort geflohen, aus Angst, die Granate hätte ihm gegolten. Aber warum? Wegen dem, was in den Stunden geschehen war, bevor die Craigs starben? Wegen dem, was er wusste? Oder getan hatte?

Kincaid dachte daran zurück, wie Melody, Doug und er Ryans Frau besucht hatten. Ryans alte Labradorhündin war zu ihm gekommen und hatte ihm den Kopf aufs Knie gelegt, genau wie Barney heute Vormittag. Und bei ihm zu Hause hatte Ryan sofort ganz liebevoll Kincaids Hunde begrüßt.

»Wilson meinte, dass die beiden Männer miteinander gestritten haben«, sagte Kincaid jetzt zu Doug. »Vielleicht hatte Ryan ja gewusst – oder geahnt –, was geplant war. Vielleicht war ihm klar, wozu Stanton fähig war.«

»Stanton war als gewalttätig bekannt. Ryan muss davon gewusst haben.«

»Wenn mein Verdacht, wie die Craigs wirklich ums Leben gekommen sind, stimmt, dann hatte er noch viel mehr auf dem Kerbholz als Wutausbrüche und sexuelle Belästigung.« Kincaid versuchte, die einzelnen Teile zusammenzufügen. »Craigs Ermordung muss geplant gewesen sein, mindestens von dem Zeitpunkt an, als er ernsthaft in den Verdacht geriet, Rebecca Meredith getötet zu haben.«

»Schadensbegrenzung für den Fall, dass er sie umgebracht hat?«, fragte Doug.

»Oder für den Fall, dass andere Dinge ans Licht kommen«, überlegte Kincaid laut, während er zusah, wie die Möwen träge über dem Fluss kreisten. »Wir hatten herausgefunden, dass Craig einen weiteren Mord begangen hatte. Was, wenn er in Dinge verwickelt war, die wir nicht aufgedeckt haben? Und die auch auf andere Leute zurückfallen würden?«

»Du meinst etwas, das er für einen Handel vor Gericht hätte einsetzen können, wenn er wegen Mord angeklagt worden wäre?«, fragte Doug nach einem Moment des Schweigens.

»Möglich wär's. Aber Stanton – und Ryan, wie tief er auch in diese Sache verwickelt gewesen sein mochte, waren nur Schachfiguren in diesem Spiel. Die Frage ist, wen Angus Craigs Tod geschützt hat?«

»Wer immer es war … Er oder sie müssen Ryan und Michael Stanton getötet haben«, sagte Doug.

Kincaid nickte, auch wenn Doug es nicht sehen konnte. Alle ihre Vermutungen ergaben Sinn, aber seine Gedanken kehrten immer wieder zu Barney zurück. »Edie Craigs Hund war mindestens zwei Stunden vor Ausbruch des Feuers im Freien gewesen. Wieso? Konnte Ryan den Hund rausgelassen haben? Er hätte ihn niemals bewusst verbrennen lassen.«

»Angenommen, die Craigs waren bereits stundenlang tot, bevor das Feuer ausbrach. Vielleicht hatte der Brand ja geschwelt.«

Kincaid dachte an den besagten Morgen zurück. »Laut dem Brandinspektor haben sowohl das Flammenmuster als auch die Menge des verwendeten Brandbeschleunigers für eine rasche Ausbreitung des Feuers gesprochen. Überall im Gebäude war Benzin verschüttet und dann angezündet worden. Also, was ist in den Stunden dazwischen passiert?« Als er merkte, dass ihm ein paar Passanten irritierte Blicke zuwarfen, senkte Kincaid die Stimme.

»Vielleicht haben sie nach etwas gesucht«, gab Doug zu bedenken. »Vielleicht haben sie mit dem Feuer die Spuren ihrer Suche beseitigt. Oder einfach alle Beweise vernichtet.«

»Ich glaube«, sagte Kincaid, während er sich frustriert mit der Hand durch die Haare fuhr, »dass wir die Wahrheit nie herausfinden werden. Alle, die uns hätten verraten können, was genau in dieser Nacht los war, sind tot.«

Nachdem Gemma und Kerry sich von Chris Cusick verabschiedet und das Hotel verlassen hatten, spürte Gemma, wie ihr Handy vibrierte. Als sie es checkte, sah sie einen verpassten Anruf. Sie hielt sich das andere Ohr zu, um den Verkehrslärm zu dämpfen, und versuchte, die verstümmelte Sprachnachricht zu verstehen.

»Das war Asia Ford«, sagte sie zu Kerry, als sie die Nachricht abgehört hatte. »Anscheinend ist der hochprozentige Alkohol, mit dem sie den Limoncello anmischt, verschwunden. Sie klang ziemlich aufgeregt.« Gemma versuchte gleich, sie zurückzurufen, aber nachdem es am anderen Ende ein paarmal geklingelt hatte, klickte es in der Leitung, als sie offenbar zu einem Anrufbeantworter umgeleitet wurde. Gemma legte auf, ohne eine Nachricht zu hinterlassen. »Keine Antwort. Aber sie hat gesagt, dass sie auf unseren Anruf warten wird.«

»Hochprozentiger Alkohol?« Kerry sah bestürzt aus. »Ach du liebe Güte. Sagen Sie mir nicht, dass er die ganze Zeit direkt vor unserer Nase gewesen ist. Wir sollten uns besser auf den Weg machen und ein paar Takte mit ihr reden.«

Jetzt bereute Gemma den Fußmarsch entlang der Earl's Court Road. Auf dem Hinweg war es scheinbar sanft bergab gegangen, aber als sie das Revier erreichten, taten ihr vom Anstieg die Beine weh, und auch Kerry schien ein bisschen außer Atem zu sein. Sobald sie bei ihrem Auto ankamen, versuchte Gemma noch mal, Asia anzurufen. Es ging immer noch niemand dran. Sie hatte ein immer schlechteres Gefühl bei dieser Sache. »Wir nehmen am besten meinen Wagen«, sagte sie, während sie den Escort aufsperrte, und Kerry stimmte ihr zu.

»Hochprozentiger Alkohol«, wiederholte Kerry, als Gemma losfuhr. »Leicht zugänglich für jeden, der wusste, dass sie ihn verwendet hat. Also doch nicht Edward Millers übler Fusel.«

»Sie glauben doch nicht, dass Asia ihn Reagan verabreicht hat?«

»Ich bezweifle, dass sie uns in dem Fall angerufen hätte.« Kerry zog ihr Handy hervor und tippte etwas ein. »Hören Sie mal dieses Rezept: ›Fünfundsiebzigprozentiger Getreidebranntwein. Zitronenschalen. Zucker. Wasser.‹ Hier steht, dass man keinen Wodka verwenden soll, weil selbst der stärkste Wodka einen Eigengeschmack hat.«

»Jeder um den Garten herum wusste, dass Asia Limoncello gemacht hat«, sagte Gemma. »Und wenn nicht, dann haben sie es nach der Gartenparty erfahren.« Sie versuchte, ein wenig mehr Gas zu geben, aber im dichten Mittagsverkehr auf der Kensington High Street konnte sie so nicht viel erreichen. Sie gab Kerry ihr Handy. »Würden Sie es noch mal versuchen?«

Kerry tat, wie geheißen, und schüttelte den Kopf, als wieder niemand ranging. »Vielleicht hat sie es vergessen.«

»Asia Ford mag etwas exzentrisch sein, aber sie wirkt überhaupt nicht schusselig auf mich.«

»Als Sie nicht gleich zurückgerufen haben, hielt sie es vielleicht nicht mehr für so wichtig.«

»Vielleicht«, sagte Gemma.

Sie klingelten an Asia Fords Tür, aber es kam keine Reaktion. Sie klingelten noch mal und warteten. Kerry schien allmählich die Geduld zu verlieren. »Also, wenn es wirklich so dring…«

»Lassen Sie es uns bei Nita versuchen«, fiel ihr Gemma ins Wort. »Vielleicht können wir durch den Garten gehen.«

Sie gingen zwei Häuser weiter, aber bei den Cusicks reagierte auch niemand.

»Dann vielleicht bei Mrs Armitage«, schlug Gemma vor. »Sie ist am ehesten um diese Tageszeit zu Hause.« Um zu ihr zu gelangen, mussten sie um das an der Kensington Park Road gelegene Ende des Gartens herumlaufen. Unterwegs versuchte Gemma, beim einzigen Gartenabschnitt mit Eisenzaun einen Blick durch die dichte Rosenhecke zu werfen, aber sie war absolut undurchdringlich. Eine richtig Dornröschenhecke, dachte sie.

Mrs Armitage öffnete zu Gemmas Erleichterung gleich beim ersten Klingeln. »Detectives, was kann ich für Sie tun?«, fragte sie mit einem Lächeln und winkte sie herein. »Haben Sie es noch mal auf Tee und Törtchen abgesehen?«

»Könnten Sie uns bitte in den Garten lassen?«, fragte Gemma. »Asia Ford hat mich angerufen und gesagt, dass sie uns dringend sehen möchte, aber jetzt geht sie weder ans Telefon noch an die Tür. Wir dachten, sie ist vielleicht draußen.«

»Natürlich. Gehen Sie nur durch. Das sieht Asia gar nicht ähnlich.« Mit besorgter Miene führte Mrs Armitage sie durch die Küche und zur Hintertür hinaus. »Hat sie gesagt, weswegen sie mit Ihnen sprechen wollte?«

»Irgendwas mit ihrem Limoncello«, erwiderte Gemma, wollte aber nicht mehr sagen, bevor sie herausfanden, was los war.

Zu Gemmas Erstaunen geleitete Mrs Armitage sie nicht über den Pfad, sondern geradewegs über die Wiese. »Clive wird es schon nichts ausmachen, wenn wir einmal übers Gras laufen«, sagte sie. Der Garten sah verändert aus, dachte Gemma, während sie die federnde Erde unter ihren Füßen spürte. Sie brauchte einen Moment, bevor sie begriff, dass das an den Wolken lag, die während der letzten halben Stunde im Westen heraufgezogen waren. Es herrschte ein gedämpftes graues Licht, in dem die Farben der Gräser und Blumen noch intensiver wirkten, und sie nahm einen schwachen Regengeruch wahr.

Im Gemeinschaftsgarten schien Asia Ford nicht zu sein, aber als sie sich dem Haus näherten, sahen sie, dass das kleine Tor zu Asias überdachtem Hintergarten offen stand. »Das ist seltsam«, murmelte Mrs Armitage. »Asia lässt ihr Tor nie auf.«

Aus Gemmas Unbehagen wurde Angst. Sie beschleunigte ihre Schritte, trat als Erste durchs Tor und rief: »Asia? Miss Ford?«

Die Küchentür stand ebenfalls auf. Aus dem Innern drang ein schwaches Geräusch, und Gemma eilte hinein. Asia saß auf einem der Korbstühle und hielt sich ein Geschirrtuch an den Hinterkopf. Ihr Gesicht war kreidebleich, und sie sah Gemma verständnislos an.

»Ach du liebe Güte«, sagte Kerry, als sie hinter ihr eintrat.

Gemma sah, dass das Geschirrtuch voller Blut war, und eilte zu ihr. »Miss Ford! Was ist passiert? Sind Sie in Ordnung?«

»Das kann ich Ihnen ehrlich nicht sagen.« Asia schüttelte ein wenig den Kopf und verzog sofort das Gesicht. »Ich wollte gerade etwas aus dem Gewächshaus holen. Ich weiß nicht mehr, was es war. Und das Nächste, woran ich mich erinnern kann, ist, dass ich mit dem Gesicht auf dem Steinboden gelegen habe. Als ich versucht hab, mich zu bewegen, tat mir der Kopf schrecklich weh. Bin ich gestürzt?«

»Am besten schauen wir uns das mal an«, sagte Gemma. Mrs Armitage, die im Hintergrund zugange gewesen war, reichte ihr ein frisches Geschirrtuch, und Gemma dankte ihr mit einem Lächeln. Als Erstes blickte sie Asia direkt in die Augen und sah zu ihrer Erleichterung, dass die Pupillen nicht erweitert waren. Dann ging sie um den Stuhl herum und hob ganz sanft das besudelte Geschirrtuch an. Um die Verletzung herum verklebte zwar trocknendes Blut Asias feine hellbraune Haare, aber auch so konnte Gemma die Wunde in der Kopfhaut erkennen, die unterhalb des Wirbels klaffte. Sie blutete noch, und die Wundränder waren ausgefranst.

»Autsch«, sagte sie, während sie das saubere Tuch zusammenfaltete und vorsichtig auf die Verletzung legte. »Sie haben da ziemlich was abbekommen. Können Sie sich erinnern, ob Sie ohnmächtig geworden sind? Haben Sie sich vielleicht im Fallen irgendwo den Kopf angeschlagen?«

»Nein, leider nicht. Aber ich habe Sie angerufen, oder? Ich weiß noch, dass ich das Telefon mit ins Gewächshaus genommen habe, für den Fall, dass Sie mich zurückrufen. Ich muss es wohl fallen gelassen haben …«

»Wir werden nachsehen. Ich bin sicher, dass wir es finden«, beruhigte Gemma sie.

»Waren Sie das an der Tür?« Asia klang noch immer benommen. »Ich habe die Klingel gehört, konnte aber nicht aufstehen …« Asia zog verwirrt die Stirn in Falten. »Ich verstehe das nicht. Wie sind Sie hereingekommen, wenn ich Ihnen nicht aufgemacht habe?«

»Mrs Armitage hat uns durch den Garten geführt. Miss Ford, ich fürchte, diese Wunde muss genäht werden. Und die Sanitäter werden Sie sicher genauer untersuchen wollen.« Sie warf einen Blick zu Kerry, die bereits leise in ihr Handy sprach.

»Aber mir geht's gut. Wirklich. Ich …« Asia machte Anstalten aufzustehen, plumpste jedoch gleich wieder in den Korbstuhl zurück.

Kerry nannte der Notrufzentrale gerade die Hausnummer.

»Ich begleite dich ins Krankenhaus, meine Liebe«, sagte Mrs Armitage. Sie setzte sich neben Asia und tätschelte ihr die Hand.

Gemma nutzte die Gelegenheit, um kurz auf die Terrasse hinauszugehen. Eine Brise strich durch den Garten und wirbelte den Duft der Glyzinen um sie herum, während gleichzeitig von der Pergola violette Blütenblätter wie Konfetti herabsanken. Nach der Helligkeit in der Küche dauerte es einen Moment, bis sich ihre Augen an das Zwielicht gewöhnten.

Von der Türöffnung aus studierte sie die Szenerie und wünschte sich, sie wären vorhin nicht wie eine Rinderherde durch den Garten getrampelt. Sie sah nur eine Möglichkeit, wie Asia sich diese Verletzung selbst hätte zufügen können: Wenn sie nach hinten umgekippt wäre und dabei irgendetwas mit dem Kopf gestreift hätte. Aber Asia hatte gesagt, dass sie mit dem Gesicht nach unten auf dem Steinboden gelegen habe, als sie wieder zu sich gekommen war. Sie war also nach vorne gefallen.

Gemma streckte ihren Kopf wieder in die Küche und fragte: »Asia – Miss Ford –, können Sie mir genau sagen, wo Sie waren, als Sie umgefallen sind?« Als sie sah, dass Asia erneut Anstalten machte aufzustehen, fügte sie rasch hinzu: »Nein, bitte bleiben Sie sitzen. Können Sie es mir einfach beschreiben?«

»Ich hab halb im Gewächshaus und halb davor gelegen. Ich muss ja einen imposanten Anblick geboten haben.« Erleichtert merkte Gemma, dass wieder etwas Farbe in Asias Gesicht zurückkehrte.

»Aber mit dem Kopf waren Sie im Gewächshaus, oder? Und Sie sind sicher, dass Sie mit dem Gesicht nach unten gelegen haben?«

»Ja, aber … Ich verstehe nicht, wie … Ich wünschte, ich könnte mich erinnern, was passiert ist. Ich komme mir so blöd vor.« Asia befühlte ihre Wange, wo Gemma jetzt zum ersten Mal eine kleine Schürfwunde bemerkte. »Haben Sie mein Telefon gefunden?« Asia klang etwas gereizt.

»Bis jetzt nicht. Aber das werde ich noch. Versprochen.« Gemma drehte sich um und machte ein paar vorsichtige Schritte in den Garten.

Er war ganz leicht zu erkennen, sobald man wusste, wonach man Ausschau halten musste. Ein Ziegelstein, der ein paar Meter von dem Stapel entfernt lag, mit dem Asia den Gewächshausboden gefliest hatte. Sie zog die kleine Taschenlampe aus ihrer Handtasche, ging näher ran und ließ sich in die Hocke sinken. Als sie den Lichtstrahl über den Ziegelstein wandern ließ, bemerkte sie glänzende Blutflecke.

Sie stand auf und ging zur Tür zurück. »Kerry«, sagte sie leise, »wir brauchen hier auch die Streife.«

Kincaid stieg ins Auto, wobei er immer noch über das Ende seines Telefonats mit Doug nachdachte. Angus und Edie Craig waren tot, genau wie Ryan Marsh und Michael Stanton. Aber noch jemand anderer hatte die Craigs – oder zumindest Angus – in jener Nacht gesehen. Denis Childs.

Um welche Uhrzeit war er zu dem Haus gegangen? Hatte er irgendwen oder irgendwas bemerkt? Was hatte er zu Angus Craig gesagt und was der zu ihm?

Denis hatte am nächsten Morgen, als sie vor den verkohlten Ruinen gestanden hatten, dem Verdacht auf erweiterten Suizid nicht widersprochen, aber innerlich hatte er gewütet – und da war noch etwas anderes in ihm zu spüren gewesen. Inzwischen fragte Kincaid sich, ob er Angst gehabt hatte.

Mehr denn je musste er mit Denis sprechen. Sobald er wieder in London war, würde er Diane Childs anrufen. Wenigstens konnte er sich ohne Umwege nach Denis' Zustand erkundigen.

Als er den Wagen anließ, ertönte im gleichen Moment das Signal, mit dem sein Handy eine Nachricht ankündigte. Fluchend zog er es erneut aus der Tasche.

Die Nachricht stammte von Simon Gikas und lautete: »Haben Stantons Wohnung gefunden. Beantragen Durchsuchungsbeschluss.« Darunter stand eine Adresse in Hackney, die vermutlich zum selben Wohnkomplex gehörte wie die falsche Anschrift auf Stantons Führerschein.

»Ich treffe Sie dort in einer Stunde«, schrieb er zurück.

Kincaid schaffte es tatsächlich gerade mal, den Rückwärtsgang einzulegen, ehe das Handy wieder ertönte. Diesmal rief jemand an. »Verdammt«, sagte er laut. Erst wollte er gar nicht drangehen, aber dann sah er, dass es Ronnie Babcock war.

»Ich fürchte, ich habe schlechte Neuigkeiten, Duncan«, sagte Ronnie. »Erinnerst du dich an den pensionierten Bullen, von dem ich dir erzählt habe? Frank Fletcher? Er ist tot. Darum habe ich ihn im Pub nicht mehr gesehen.«

»Wie, tot? War es Selbstmord?«

»Nein, nicht ganz. Ein Unfall beim Reinigen seiner Pistole. Extrem hoher Alkoholspiegel im Blut, was mich nicht überrascht, so wie er sich im Pub immer die Kante gegeben hat. Ich habe mir den Autopsiebericht angeschaut. Sieht ziemlich eindeutig aus.«

Eindeutig, na toll, dachte Kincaid. »Im Moment traue ich solchen Berichten nicht weiter, als ich sie werfen kann«, sagte er angespannt.

»Ich könnte mit dem zuständigen Ermittler reden«, schlug Ronnie vor.

»Nein, tu das nicht«, erwiderte Kincaid rasch. Er glaubte nicht an Unfälle beim Waffenreinigen, und er wollte nicht, dass Ronnie rumlief und den falschen Leuten Fragen stellte. »Steck da lieber nicht deine Nase rein. Aber kannst du mir sonst noch was über Fletcher erzählen? Hat er zum Beispiel je angedeutet, dass er mal verdeckter Ermittler war?«

Kincaid hörte, wie eine Tür zuging und die gedämpften

Stimmen, die er im Hintergrund gehörte hatte, verklangen. »Entschuldige«, sagte Ronnie, »bei all dem Krach kann ich nicht denken. Also meinst du immer noch, es könnte da eine Verbindung zu deinem verdeckten Ermittler geben? Die Welt ist klein.«

»Zu klein für meinen Geschmack«, entgegnete Kincaid. »Aber ich weiß es nicht. Ich greife nach Strohhalmen. Dabei könnte alles helfen.«

»Na gut, ich versuche, mich zu erinnern. Es ist wirklich schade. Ich mochte Frank. Ich möchte mir gar nicht vorstellen, dass … Aber andererseits ist es so oder so nicht schön, oder?«

»Ronnie …«

»Immer schön langsam mit den jungen Pferden«, sagte Ronnie mit seinem breitesten Cheshire-Akzent. »Ich denke ja nach … Ich habe dir doch erzählt, was Frank ständig vor sich hin gemurmelt hat. Dass die Leute niemals glauben würden, was die Met so treibt. Für mich klang das alles wie verschwörungstheoretischer Quatsch, aber vielleicht hat er ja das damit gemeint.«

»Und er hat nie gesagt, für wen er genau gearbeitet hat?«

»Nein. Ich weiß noch, dass ich ihn das einmal gefragt hab und er danach gar nicht mehr reden wollte. Hat nicht mal mehr sein Glas ausgetrunken.«

Kincaid wollte ihm gerade danken, da schob Ronnie noch hinterher: »Ach, und das habe ich nie richtig verstanden, aber wenn er total betrunken war, hat er oft so was gesagt wie: ›Folge dem Geld. Du musst immer dem Geld folgen.‹« Kincaid konnte förmlich sehen, wie Ronnie mit den Schultern zuckte. »Ich dachte, als Nächstes erzählt er mir gleich was vom *Zauberer von Oz*. Alles Schwachsinn, wenn du mich fragst.«

OKTOBER 1994

Er wusste, dass er den Team-Meetings in der Wohnung nicht ewig fernbleiben konnte. Und nachdem er eine besonders übellaunige Nachricht von Red Craig erhalten hatte, er möge doch bitte die Beziehungen zu seinen Ermittlerkollegen besser pflegen, riss er sich schließlich zusammen und machte sich auf den Weg nach Earl's Court. Wenigstens hatte er damit ein Ziel.

Es war ein kühler Herbstabend, als er an der Kensington High Street aus dem Bus stieg. Aber je näher er Earl's Court kam, desto flauer wurde ihm im Magen. Das ist nur psychosomatisch, sagte er sich. Reiß dich zusammen, Den. Er hatte in diesen Zusammenkünften nie einen Sinn gesehen, außer dass sie sich gemeinsam daran erinnerten, wer sie waren und wem ihre Loyalität galt. Und dass sie sich bewusst machten, dass sie stets von jemandem beobachtet wurden.

Als er die Stufen zur Wohnung hochstieg, kämpfte er gegen Übelkeit an. Es lag am Geruch, dachte er, nach abgestandenem Rauch, Alkohol und an einer Stelle sogar nach Urin, wo jemand auf den Treppenabsatz gepinkelt hatte. Er hasste dieses Rattenloch.

Sein mulmiges Gefühl nahm noch zu, als er die Wohnung betrat. All die üblichen Verdächtigen waren da, bis auf Lynn, die er mittlerweile für seine einzige Verbündete in dem Haufen hielt.

Er wich Mickeys Blicken aus. Der würde das sicher für Feigheit halten, aber Denis hatte Angst, dass er diesen miesen kleinen Dreckskerl umbringen würde, wenn er ihn ansähe. Immer wenn er die Au-

gen schloss, sah er Mickeys Gesichtsausdruck vor sich, als er auf der Westbourne Park Road die Flasche nach dem Mann geworfen hatte.

Sheila lächelte ihn strahlend an und torkelte mit einer offenen Weinflasche zu ihm herüber. »Lange nicht mehr gesehen, mein Großer.« Sie küsste ihn auf die Wange, und der Weingeruch in ihrem Atem drehte ihm den Magen um. »Komm, mach mit bei unserer Party«, drängte sie, während sie auf einem Tisch in der Nähe nach einer schmutzigen Porzellantasse griff. Er wusste, dass sie im Verlauf des Sommers immer mehr getrunken hatte, aber heute wirkte sie richtig besoffen.

»Nein danke«, sagte er so leichthin wie möglich und drückte sie am Arm.

Mickeys Hohn ließ nicht lange auf sich warten. »Wo ist das Problem, großer Mann? Verträgst du keinen Alkohol?« Dann nannte er ihn noch eine Schwuchtel, was in Mickeys Augen die größtmögliche Beleidigung darstellte. »Oder vermisst du nur deine Freundin?« Lachend sah er Denis ins Gesicht. »Ja, ich weiß alles über deine Freundin. Hier gibt es keine Geheimnisse, Bruder«, sagte er, wobei er das letzte Wort besonders betonte, als wäre es ein Insiderwitz.

»Na, du musst dich schon entscheiden, meinst du nicht?«, entgegnete Denis, der es darauf anlegte, die kindischen Beleidigungen ins Lächerliche zu ziehen. »Schwul und Freundin wird kaum gehen.«

Indes war Sheila wieder in Mickeys Reichweite geraten. Er streckte den Arm aus, zog sie ruckartig zu sich heran und grabschte ihr hinten an den kurzen Rock. Sie riss sich von ihm los und sah verärgert aus, aber er zog sie erneut zu sich zurück, wobei er diesmal einen Arm um sie schlang und die Hand auf ihre Brust legte.

»Verpiss dich, Mickey.« Sheila stieß ihm den Ellbogen in die Brust. So fest, dass er fluchend den Arm sinken ließ und Denis sich fragte, ob sie wirklich so betrunken war, wie sie schien. »Mit dir werd ich sogar im Schlaf fertig. Rühr mich noch einmal an, und als Nächstes sind deine Klöten dran.«

Dylan West lachte über Mickeys offensichtliches Unbehagen. Jim

Evans sah nervös aus. Und über Mickeys Gesicht zuckte der gleiche Zorn, den er beim Karneval gesehen hatte.

»Lass sie in Ruhe«, brachte Denis krächzend heraus.

»Was willst du dagegen unternehmen, Mr Saubermann?« Mickey stieß ein hohes Kichern aus, und Denis merkte, dass er ebenfalls betrunken war.

Irgendjemand hatte das billige elektrische Heizgerät angeschaltet, und im Zimmer war es drückend heiß. Denis' Übelkeit wurde so stark, dass ihm der Speichel im Mund zusammenlief. Plötzlich verkrampften sich seine Eingeweide, und er klappte beinahe zusammen.

O Gott. Was war das? Irgendein besonders heftiges Virus? Er musste hier raus, ehe er sich über seine Kleidung erbrach. Die Vorstellung, sich vor Mickey derart zu demütigen, konnte er nicht ertragen, und er würde auch nicht auf die furchtbar eklige Toilette hier gehen, wo jeder hören konnte, wie er sich übergab. Also stürmte er hinaus und die Stufen hinunter, bis vors Haus, wo er nach frischer Luft schnappte.

Danach schaffte er es, zur hell erleuchteten Hauptstraße zurückzugehen. Er sah wohl zum Fürchten aus, denn die entgegenkommenden Passanten machten einen großen Bogen um ihn, aber das war ihm egal. Das erste Pub, auf das er an der Earl's Court Road stieß, war seine Rettung, und er schaffte es ohne sich zu blamieren bis zur Herrentoilette.

Eine halbe Stunde später kam er wieder heraus. Er fühlte sich schwach und leer, aber auch ein bisschen standfester und klarer im Kopf.

Er musste wieder zurück und sich Mickey stellen, wenn er den anderen und sich selbst noch in die Augen schauen wollte. Er wusch sich das Gesicht und spülte den Mund aus, ehe er sich die Haare mit den nassen Händen zurückstrich. Sobald er in die kühle Nachtluft hinaustrat, begann er zu zittern, und als er wieder vor dem Haus stand, schlotterte er richtig. Doch er musste das jetzt durchziehen.

Er stieß die Haustür auf und begann, die Treppe hochzusteigen. Von oben kam kein Geräusch, und die Stufen schienen unter seinen Füßen zu schlingern. Ob er wohl im Fieberwahn war? Als er den richtigen Treppenabsatz erreichte, blinzelte er sich den Schweiß aus den Augen, der ihm inzwischen von der Stirn tropfte, und betrat die Wohnung.

Sheila lag auf dem Fußboden. Warum, fragte er sich betäubt, lag sie auf dem Fußboden? Lynn kauerte daneben und rückte den hochgerutschten Minirock ihrer Freundin zurecht.

Dann blickte Lynn zu ihm auf. Er sah, dass sie weinte.

Und da begriff er, dass Sheila tot war.

22

Gemma ließ sich auf den Stuhl neben Asia sinken und erzählte ihr von ihrem Verdacht, dass jemand sie überfallen hatte.

Danach sah Asia beinahe genauso benommen aus wie nach dem Schlag auf ihren Kopf. »Nein«, protestierte sie. »Wieso sollte … Warum würde mir jemand wehtun wollen?«

»Haben Sie vor Ihrem Sturz jemanden gesehen oder gehört?«

»Nein. Ich war hier drin. Aber ich erinnere mich wieder, dass ich wegen des Alkohols besorgt war und mich gefragt habe, ob ich vielleicht einen Fehler gemacht hatte. Ich hatte zwei volle Flaschen Getreidebranntwein für den nächsten Schwung Limoncello, und eine davon fehlt. Ich hätte sie wahrscheinlich nicht im Gewächshaus aufbewahren sollen, aber ich hätte nie gedacht …«

»Konnte man die Flaschen von außen sehen?«, fragte Gemma.

»Nein, sie waren in einem geschlossenen Schrank unter dem Pflanzenregal. Der Alkohol und die Zitronenschalen müssen ungefähr sechs Wochen an einem kühlen und dunklen Platz ziehen, bevor man Zucker und Wasser zugeben kann. In den Küchenschränken habe ich nicht genug Platz dafür, also bewahre ich alles zusammen draußen auf.« Asia hörte sich allmählich erschöpft an, obwohl sie das Geschirrtuch vom Kopf genommen hatte und die Wunde nicht mehr zu bluten schien. Kerry war mit Mrs Armitage zur Haustür hinaufgegangen, und

Gemma hörte Sirenen, die näher kamen. Sie hatte nicht mehr viel Zeit, Antworten auf ihre Fragen zu bekommen.

»Asia, als Sie mich angerufen haben, sagten Sie, Sie seien um ›den Jungen‹ besorgt. Was haben Sie damit gemeint?«

Asia zögerte einen Moment, dann sagte sie: »Ich glaube, ich hätte es gar nicht erwähnen sollen. Das war nicht fair von mir ...«

»Machen Sie sich darüber bitte keine Sorgen. Ich werde es schon richtig zu nehmen wissen. Versprochen. Haben Sie Jess Cusick gemeint?«

Asia nickte. »Heute Vormittag habe ich ihn im Garten gesehen, wo er doch eigentlich in der Schule hätte sein sollen. Und als ich dann bemerkte, dass die Flasche verschwunden war ...«

»Aber warum glauben Sie, dass Jess etwas damit zu tun hat?«

»Weil er wusste, wo sie war und was sie enthielt. Er war dabei, als seine Mutter mir half, die fertige Mischung für das Gartenfest anzurichten. Und weil ... Na ja, Sie wissen ja, wie Kinder sind ...« Asia seufzte. »Zumindest war das die Sorte Mist, die wir während meiner Schulzeit gebaut haben. Ich habe mir Sorgen um ihn gemacht, wissen Sie, nach dem, was der armen Reagan passiert ist.« Ihre Augen füllten sich mit Tränen.

Gemma tätschelte ihr die Hand. Die Sirenen waren verstummt, und von oben konnte sie Stimmen hören. »Ihm geht's bestimmt gut«, sagte sie, obwohl sie einen besorgten Stich spürte. »Asia, haben Sie sonst noch jemandem von dem verschwundenen Alkohol erzählt oder dass Sie Jess gesehen haben?«

»Na ja, ich habe natürlich seiner Mutter Bescheid gegeben.«

Genau wie Ryan Marshs Wohnung befand sich auch die von Michael Stanton im Erdgeschoss einer gewöhnlichen Wohnanlage. Kincaid dachte, dass es für jemanden, der unter falscher Identität lebte, wichtig sein musste, kommen und gehen zu können, ohne dass sämtliche Nachbarn es mitbekamen. Es waren jedoch die Nachbarn gewesen, die Sidanas Team zur Wohnung geführt hatten. Obwohl die Wohnungsanschrift auf Stantons Führerschein nicht existierte, hatte Sidana eine Befragung der Nachbarschaft organisiert, die an einem Ende der Wohnanlage begann und sich systematisch Tür für Tür voranarbeitete. Schließlich hatte ein Anwohner Stanton auf dem Foto als »den unsympathischen Typ zwei Türen weiter« identifiziert.

Weitere Nachbarn und die Grundbucheinträge hatten seine Aussage bestätigt. Sidana hatte daraufhin einen Durchsuchungsbeschluss erwirkt und einen Schlosser aufgetrieben, der gerade die Tür für sie und Sweeney geöffnet hatte, als Kincaid eintraf.

Es war eine unscheinbare Wohnung in einem unscheinbaren Gebäudekomplex – weder zu vornehm noch zu ärmlich und recht gut gepflegt. Ein paar der renovierten Sozialwohnungen waren offensichtlich von der Stadt an solvente Privatleute verkauft worden, da es sich bei einigen der geparkten Autos um relativ neue Modelle handelte.

»Sir«, sagte Sidana und warf ihm einen dieser tief besorgten Blicke zu, mit denen er bei ihr inzwischen rechnete. Er wollte sie beruhigen, dass es ihm gut ginge, brachte es aber nicht über sich.

Der Schlosser, der gerade seine Ausrüstung zusammenpackte, sagte: »Nettes Schloss für eine Sozialwohnung. Was bewahrt der Kerl da drin auf? Gold?«

Es schien jedoch, als besäße Michael Stanton – oder Michael Stanley, wie er früher mal geheißen hatte – überhaupt nicht viel. Die Wohnung bestand aus Wohn- und Schlafzimmer sowie Bad und Küche. Sie hätte zu einem Hotel gehören können. Die Möbel waren anonym, zwar nicht billig, aber sie sahen aus, als wären sie in großen Mengen eingekauft worden. An der Wand hing ein sehr großer neuer Flachbildfernseher, an den eine Videospielkonsole angeschlossen war. Kincaid warf einen raschen Blick auf die Spiele und stellte fest, dass die Sammlung größtenteils aus den aktuellsten und besonders realistischen Ego-Shootern bestand. Sweeney beäugte die Konsole mit begehrlichem Gesichtsausdruck.

An den Wänden hingen keine Bilder, und auf den Tischen und Sesseln lag nichts zu lesen – nicht einmal eine Zeitung.

Sidana sah sich kurz in der Küche um. »Sieht aus, als hätte der Typ von gebackenen Bohnen und tiefgefrorenen Fertiggerichten gelebt«, sagte sie. »Es gibt überhaupt nichts Frisches.« Mit offensichtlicher Missbilligung rümpfte sie die Nase.

»Kein Computer«, rief Sweeney aus dem Schlafzimmer. »Auf dem Nachttisch liegt nur ein Handyladekabel.«

Kincaid ging zu ihm. In der Bettdecke sah er den Abdruck eines Körpers, und alle Kissen lagen auf einer Seite des Bettes – bisher der einzige echte Hinweis darauf, dass sich an diesem Ort ein Mensch aufgehalten hatte. Er durchsuchte die Schubladen in der einzigen Kommode – Socken, Unterhosen mit Eingriff, Pullover und T-Shirts –, danach die Garderobe. Ein ordentlicher Anzug, nicht billig, aber auch nicht teuer. Freizeithemden, ein paar Krawatten.

Dann stellte er sich in die Mitte des Raumes und schaute sich nachdenklich um. Er glaubte nicht, dass irgendjemand ohne ein paar Besitztümer lebte, die etwas über seine Identität und Vergangenheit aussagten. Sogar Obdachlose transportierten in ihren Einkaufswagen allerlei Dinge mit sich herum, die ihnen wichtig waren. Er dachte an Ryans Versteck. Wenn Stanton verdeckt gearbeitet hatte, auf eigene Rechnung oder nicht, musste er etwas Ähnliches angelegt haben.

»Schauen Sie überall nach«, wandte er sich an Sweeney und

Sidana. »Unter den Sachen, hinter den Sachen, in den Sachen. Irgendwas übersehen wir hier.«

Es war Sidana, die das Versteck fand. »Ich glaube, hier sollten eigentlich Türen sein«, sagte sie nach ein paar Minuten und klopfte an die flache Holzverkleidung neben dem Schrank, der die Dosen mit den gebackenen Bohnen enthielt. »Und fühlen Sie mal.« Sie fuhr mit den Fingern über die Oberfläche der Holzplatte. »Sie passt gut dazu, aber ich glaube, dass sich die Lackierungen ein bisschen unterscheiden. Außerdem klingt es wie ein Hohlraum.«

Vorsichtig räumte sie die Bohnendosen, Tomatensaucen und Suppen aus dem angrenzenden Schrank. Dann tastete sie in seinem Inneren herum.

»Solide. Zumindest ist da eine Trennwand, aber ich kann nicht …« Plötzlich erhellte ein Lächeln ihre ernste Miene. »Verflixt und zugenäht.« Für Sidanas Verhältnisse war das ein ganz schön kräftiger Fluch. »Auf einer Seite ist ein kleiner Riegel.«

Sie brauchte fünf Minuten, um eine schwarze Reisetasche in den Bohnenschrank zu manövrieren und dann auf den Küchenfußboden zu legen. Die Tasche hatte Handgepäckgröße, ungefähr dreißig mal dreißig auf sechzig Zentimeter, und war in ihrem Versteck eng zusammengequetscht gewesen.

Sidana warf Kincaid einen Blick zu. Der nickte und sagte: »Ihr Fund.« Dann streifte sie Latexhandschuhe über und öffnete den Reißverschluss. Anschließend nahm sie jeden Gegenstand einzeln heraus und legte ihn auf die große Mülltüte, die sie auf dem Boden ausgebreitet hatten.

Obenauf in der Tasche lag Arbeitskleidung – schwarze Armeehosen, schwarze Hemden und eine schwere schwarze Baumwolljacke. Ordentlich gefaltete Kleidungsstücke für nächtliche Einsätze. Als Nächstes förderte sie eine Pistole zutage. Eine Glock, sah Kincaid. Sweeney, der nicht Sidanas Abneigung gegen das Fluchen teilte, flüsterte: »Heilige Scheiße.«

Mit angespannter Miene legte Sidana die Waffe auf die Mülltüte. Als Nächstes kamen zwei Schachteln mit Munition zum Vorschein und etwas, das in ein schwarzes Tuch eingewickelt war – ein T-Shirt, wie Kincaid bemerkte, als Sidana es vorsichtig auseinanderfaltete.

In das T-Shirt war ein Teleskopschlagstock eingerollt, wie ihn uniformierte Polizisten standardmäßig an ihren Einsatzgürteln trugen. In zusammengeschobenem Zustand wirkte der kurze Zylinder nicht sehr bedrohlich, aber ein zu voller Länge ausgefahrener Schlagstock war eine brutale Waffe. Als er ihn ansah, musste Kincaid an Denis Childs' Kopfwunde denken.

»Verpacken Sie den getrennt von den anderen Dingen und ganz vorsichtig«, sagte er ohne weitere Erklärungen.

Sidana tat wie verlangt, ehe sie sich wieder daranmachte, systematisch alles auszupacken: ein teures Fernglas, verschiedene Camping-Gerätschaften und, in einer Lederbrieftasche, zwei Reisepässe sowie mehrere tausend Pfund in Geldscheinen. Beide Pässe waren weder auf Michael Stanton noch auf Michael Stanley ausgestellt, enthielten aber das gleiche Foto wie Stantons Führerschein. »Saubere Arbeit«, kommentierte Sidana. »Die sehen genau wie offizielle Dokumente aus.« Kincaid sagte auch dazu nichts.

Beinahe ganz unten in der Tasche machte etwas ein knisterndes Geräusch. Sidana tastete herum und zog dann einen großen Briefumschlag hervor. Sie wollte ihn gerade öffnen, als Kincaid sagte: »Dürfte ich mir den mal ansehen?«

Er zog Handschuhe an und trug den Umschlag zum Küchentisch. Er war leicht und fühlte sich an, als enthielte er Papier. Vorsichtig ließ er den Inhalt auf den Tisch gleiten.

Es waren Fotos, viele bereits vom Alter vergilbt. Einige waren offensichtlich Kindheitsbilder von Stanton – ein Familienporträt mit einem Mann, der ihm sehr ähnlich sah, und einer müde wirkenden Frau, ein Bild von ihm als kleinem Jungen am Meer, wie er lächelnd einen Eimer und eine Schaufel festhielt. Der Junge auf dem Foto war ungefähr in Tobys Alter, und Kincaid dachte betroffen darüber nach, dass dieses Kind zu dem Mann herangewachsen war, den sie als Stanton kannten.

Auf der Rückseite eines Fotos klebte ein anderes, das ein wenig dicker war. Er packte es an einer Ecke und zog es ganz vorsichtig ab. Es war eine Polaroidaufnahme mit verblassten Farben und leicht klebriger Oberfläche. Sie zeigte ein halbes Dutzend Leute, die sich in einem Raum zusammendrängten, der wie ein billig eingerichtetes Wohnzimmer aussah.

Kincaid betrachtete das Foto genau und versuchte, die Gesichter zu erkennen, die in der empfindlichen Emulsion festgehalten worden waren. Vor der Gruppe standen zwei Frauen, eine ziemlich ernst wirkende Blondine und eine auffallend hübsche Brünette. Hinter ihnen hatten sich die Männer aufgestellt. Stanton stach ihm sofort ins Auge – gut zwanzig Jahre jünger, mit einem Kurzhaarschnitt und einer deutlich sichtbaren kleinen Tätowierung am Hals. Und der große, hagere Mann mit den dunklen zotteligen Haaren, die ihm bis zum Kragen reichten, und dem Stoppelbart – du lieber Himmel, das war Denis Childs. Kincaid war nicht sicher, ob er ihn abgesehen von seinen dunklen mandelförmigen Augen erkannt hätte.

Er war so verdutzt von Denis' Anblick, dass er einen Moment brauchte, um den Mann einzuordnen, der ein wenig abseits der Gruppe stand. Ordentlich frisierte kurze Haare, deren Farbe sich auf der verblassten Aufnahme nicht bestimmen ließ. Ein militärisch kurz geschnittener Schnauzbart. Der gleiche hochmütige Gesichtsausdruck, mit dem er Kincaid vor ein paar Monaten konfrontiert hatte, während der Vernehmung in seinem Arbeitszimmer. Kein Zweifel. Das war Angus Craig.

»Was haben Sie gefunden, Chef?«, fragte Sidana.

Kincaid stand mit dem Rücken zu ihnen. »Bloß ein paar alte Fotos«, sagte er und steckte sich, fast ohne nachzudenken, das Polaroid in die Brusttasche.

Kerry war alleine zurückgeblieben – sie würde Asia an die Sanitäter übergeben und den Streifenbeamten die Bewachung der Terrasse und des Gewächshauses befehlen –, während Gemma eilig zum Haus der Cusicks hinüberlief.

Nita öffnete bereits nach dem ersten Läuten. Sie wirkte verblüfft und nicht allzu erfreut, Gemma zu sehen. »Es tut mir leid«, sagte sie. »Das ist kein guter Zeitpunkt. Ich wollte gerade gehen.« Statt ihres gewohnten Business-Outfits trug sie heute eine Yogahose und Turnschuhe.

»Ich fürchte, das duldet keinen Aufschub.« Ohne eine Einladung abzuwarten, trat Gemma ein, und Nita führte sie mit einem Schulterzucken ins Wohnzimmer. Gemma sah, dass die weißen Rosen immer noch in ihrer Vase standen. Mittlerweile waren sie jedoch verwelkt, und im Zimmer hing ein unangenehm abgestandener Geruch.

Nita drehte sich zu Gemma herum und verschränkte die Arme vor der Brust. Sie wirkte sehr schmal unter ihrem dünnen T-Shirt. »Wenn es um meinen Klienten Edward Miller geht, haben Sie inzwischen sicher festgestellt, dass Sie ihn grundlos belästigt haben. Ich schätze es nicht …«

»Mrs Cusick, Ihre Nachbarin Asia Ford ist vor ein paar Minuten in ihrem Gewächshaus attackiert worden. Haben Sie irgendwen im Garten gesehen?«

»Was? Was sagen Sie da?« Nita starrte sie an und wurde mit

einem Schlag ganz blass unter ihrem Make-up. »Wie … Das gibt's doch gar nicht. Wie … Wie geht es ihr?«

»Sie wird sich wieder erholen, die Wunde muss aber genäht werden.«

Nita ließ sich auf das nächststehende Sofa fallen, als hätten ihr die Beine den Dienst versagt. »Gott sei Dank. Aber wer …?«

»Ich habe gehofft, Sie könnten uns das erzählen. Waren Sie den ganzen Vormittag zu Hause?«

»Heute Morgen war ich beim Yoga. Dann bin ich schnell ins Büro, um Papierkram zu erledigen. Und dann hat Asia mich angerufen …«

»Waren Sie bei ihr?«

»Ja, ich bin kurz rüber. Sie war sehr aufgeregt. Hat die ganze Zeit davon geredet, dass ihr jemand was gestohlen hat. Ich habe geglaubt, sie wäre etwas verwirrt.«

»Ging es um den verschwundenen Alkohol?«

»Ja … Ich glaube schon.«

»Ist Ihnen Asia bisher schon mal verwirrt vorgekommen?«, fragte Gemma, während sie gegenüber von Nita Platz nahm.

»Eigentlich nicht, aber … Ich kann mir nicht vorstellen, dass irgendjemand …«

»Nita.« Gemma merkte, wie sie die Geduld verlor. »Asia hat Sie heute Vormittag angerufen, weil sie um Jess besorgt war. Sie sagte, sie habe ihn im Garten gesehen, nach Schulanfang. Wo ist er?«

Nita entgleisten die Gesichtszüge, und sie schlug eine Hand vor den Mund. »Ich weiß es nicht. Die Schule hat angerufen. Er hat sich heute Morgen nicht ins Anwesenheitsbuch eingetragen. Jetzt, da Reagan nicht mehr da ist, geht er allein in die Schule, wenn ich morgens beim Yoga bin. Als ich heimkam, war er weg, also bin ich davon ausgegangen …«

»Natürlich«, sagte Gemma. »Aber es ist Stunden her, seit Asia ihn im Garten gesehen hat …«

»Ich glaube auf gar keinen Fall, dass mein Sohn an ihrem Alkohol war«, unterbrach Nita sie schniefend. »Das hab ich ihr auch gesagt. Jess würde niemals …«

»Das kann schon sein. Aber jemand ist verletzt worden, und Ihr Sohn ist verschwunden. Wir müssen ihn finden. Haben Sie eine Ahnung, wo er stecken könnte?«

Nita sackte in sich zusammen und schüttelte den Kopf. »Er geht nur zur Schule und zum Tanzen. In der Schule ist er nicht, und vor Schulschluss gibt es keinen Tanzunterricht.« In ihren Augen standen wieder Tränen. »Er ist erst zehn.«

»Fast elf«, korrigierte Gemma sie. Dann setzte sie sich neben sie und tätschelte ihr die Schulter. Wenn Chris Cusick richtiglag und Jess letzten Samstag allein nach Finsbury Park und wieder zurück gefahren war, war er ein ziemlich cleveres Bürschchen. »Wir werden ihn finden«, sagte sie zu Nita. »Bis dahin bleiben Sie zu Hause, damit Sie uns Bescheid geben können, wenn er anruft oder heimkommt. Okay?«

»Okay.« Nita schenkte ihr ein schwaches Lächeln. »Aber was, wenn …«

Gemma unterbrach sie mit einem Kopfschütteln. »Nein, machen Sie sich keine Sorgen. Haben Sie sich in seinem Zimmer umgesehen?« Nita nickte. »Hat er irgendwas Außergewöhnliches mitgenommen?«

Nita dachte einen Moment lang nach. »Sein Tanzbeutel ist weg. Normalerweise holt er ihn nach der Schule ab.«

Nachdem Gemma sich noch mal davon überzeugt hatte, dass Nita ihre Handynummer hatte, verabschiedete sie sich von ihr und kehrte zu Asia Fords Haus zurück. Das Notarztteam untersuchte Asia noch, also ging Gemma mit Kerry in den Eingangsbereich und brachte sie auf den neuesten Stand.

»Können Sie den Garten nach ihm absuchen lassen?«, fragte sie.

»Kann ich, aber hören Sie, Gemma. Wenn dieser Junge Asias Hochprozentigen geklaut hat, könnte er ihn auch Reagan verabreicht und sie dann erstickt haben. Er ist ein durchtrainierter kräftiger Junge. Er hätte das hinbekommen. Dann hat er sich vielleicht Sorgen gemacht, dass Asia ihn mit dem verschwundenen Alkohol in Verbindung bringen könnte, und hat diesen Vormittag hier rumgehangen und auf eine Chance gewartet, sie loszuwerden.«

»Glaub ich nicht«, entgegnete Gemma. »Es gibt keinen schlüssigen Beweis, dass er den Alkohol genommen hat. Und selbst wenn, kann ich mir nicht vorstellen, dass Reagan sich auf ein mitternächtliches Stelldichein mit ihrem zehnjährigen Schützling und alkoholischen Getränken im Garten eingelassen hätte.«

»Ja, ja.« Kerry verdrehte angesichts von Gemmas Heftigkeit die Augen. »Ich gebe ja zu, dass das ziemlich unwahrscheinlich ist. Aber wer hat dann Asia Fords Alkohol genommen? Was hat der Junge heute Vormittag im Garten getrieben? Und wo zum Henker ist er jetzt?«

»Ich weiß es nicht, aber ich mache mir Sorgen um ihn. Wir wissen, dass er seit Reagans Tod wütend und verschlossen gewesen ist. Er und Reagan hatten einander nahegestanden. Was, wenn er nicht nur um sie trauert? Wenn er irgendwas weiß? Oder gesehen hat? Wir haben keine Ahnung, was er in Reagans Todesnacht getan hat. Meiner Erfahrung nach gehen Zehnjährige normalerweise nicht dann ins Bett, wenn sie es sagen. Und wenn seine Mutter eine Schlaftablette genommen hat, konnte sie auch nicht nach ihm sehen.«

»Ach, verdammt.« Kerry stieß den Atem aus. »Sagen Sie mir bitte nicht, dass wir ein Kind haben, das sich in Gefahr befindet. Bevor wir die Kavallerie rufen, lassen Sie uns bitte erst noch mal überall nachsehen, wo …«

Gemmas Handy klingelte. Sie dachte, es wäre Nita mit Neuigkeiten, und bat Kerry mit einer Geste, sie zu entschuldigen.

Aber der Anruf stammte von Thea Osho, der jungen Frau, die sie im Bill's getroffen hatten. »Detective«, sagte sie ein wenig zögerlich. »Sie wollten, dass ich Sie anrufe.«

Gemma ging nach draußen. »Thea, worüber hat sich Reagan Freitagabend in der Pianobar mit Sidney gestritten?«

»Sidney?«

»Ja, Sidney. Davon hat uns keiner von Ihnen was erzählt.«

Am anderen Ende herrschte Schweigen. Schließlich sagte Thea: »Sie sind zwar Schwachköpfe, aber meine Freunde. Ich wollte sie nicht in Schwierigkeiten bringen. Reagan hatte herausgefunden, dass Hugo für ein Abschlussprojekt in einem Hauptfach eine von Sidneys Arbeiten verwendet hatte. Sie war total wütend auf die beiden. Sie kann Unehrlichkeit nicht ausstehen.«

»Wollte sie deswegen mit Hugo Schluss machen?«

»Reagan meinte, wenn er bei einer Sache schummelte, würde sie nie sicher sein können, dass er nicht auch bei anderen Dingen betrog. Aber ich glaube, seit ihrer Bekanntschaft mit Edward Miller hat sie Hugo eh mit anderen Augen betrachtet.«

»Kluges Mädchen«, murmelte Gemma, nachdem sie sich bei Thea bedankt und aufgelegt hatte. Die Trennung von Hugo wäre eine gute Entscheidung gewesen – wenn Reagan doch bloß lange genug gelebt hätte, um sie durchzuziehen.

Aber was hatte irgendwas davon mit Jess' Verschwinden zu tun?

Gemma stand da und sah gedankenverloren die Blenheim Crescent entlang. Sie zitterte ein wenig in dem Wind, der mit den sich auftürmenden Wolken gekommen war. *Wo würdest du hingehen, wenn du ein zehnjähriger Junge wärst, wütend und vielleicht auch ängstlich?* Gemma glaubte nicht, dass er sich im Garten versteckte. Er war auch nicht zu seinem Vater gegangen. Sie hatten Chris Cusick gerade erst getroffen, und es gab keinen Grund zu glauben, dass er unaufrichtig zu ihnen gewesen war.

Sie dachte an die Dinge, die Chris Cusick gesagt hatte, und auch an das, was Nita ihr gerade eben erzählt hatte.

Und plötzlich wusste sie, wo sie suchen musste.

»Scheiß auf die Beweiskette«, sagte Kincaid laut, während er von der Wohnung in Hackney zum Revier in Holborn fuhr. Er spürte das Polaroid wie ein schweres Gewicht in seiner Tasche. Sobald er im Auto gewesen war, hatte er das Foto in einen Beweissicherungsbeutel gesteckt, es aber nicht im Protokoll vermerkt, so dass es als Beweismittel völlig nutzlos sein würde.

Aber er musste immer an das Bild denken. Sie waren davon ausgegangen, dass Stanton verdeckt gearbeitet hatte. Genau wie Denis. Aber sie hatten keinen Grund zur Annahme gehabt, zwischen den beiden bestünde irgendeine Verbindung. Und was zum Teufel hatte Angus Craig mit ihnen zu schaffen gehabt? So wie er auf dem Foto ausgesehen hatte, war er wohl kaum an einem verdeckten Einsatz beteiligt gewesen. Außerdem war er älter als die beiden und damit wahrscheinlich höherrangig gewesen.

»Verflucht«, sagte er, als es ihm plötzlich klar wurde und er hart bremsen musste, um nicht in das Auto vor ihm zu krachen.

Angus Craig hatte sie geführt. Nach allem, was er über Craig herausgefunden hatte, musste er die Macht, die mit diesem Job einherging, geliebt haben. Die Kontrolle, die Machenschaften und die günstigen Gelegenheiten, die sich daraus ergaben.

Und es bedeutete auch, dass Denis Childs in langer und notwendigerweise auch recht enger Beziehung zu Craig gestanden hatte. Und dass Denis Childs und Michael Stanton einander gekannt hatten, wahrscheinlich sogar ziemlich gut.

Als er sein Büro betrat, grübelte er immer noch über die Konsequenzen nach. Er checkte seine Nachrichten und die Berichte, aber die Ermittlungen zum Tod von Michael Stanton waren, abgesehen von der Entdeckung der Wohnung und was darin aufbewahrt worden war, keinen Schritt weitergekommen.

Was darin aufbewahrt worden war … Angus und Edie Craig waren mit einer halb automatischen Pistole erschossen worden, aber die Waffe war am Tatort zurückgeblieben. Ryan hatte man ebenfalls mit einer halb automatischen Pistole erschossen, und auch diese Waffe war am Tatort zurückgelassen worden. Also gab es keine Verbindung zwischen der Pistole in Stantons Wohnung und einer der Tatwaffen bei den beiden Morden – vorausgesetzt, er hatte recht und es waren Morde gewesen. Keine Verbindung außer Stanton selbst. Er hatte Angus Craig gekannt. Er war an dem Abend, als die Craigs umkamen, in der Nähe ihres Hauses gesehen worden.

Und er hatte Ryan Marsh gekannt.

Hatte Stanton die Craigs umgebracht?

Hatte Stanton auch den Mord an Ryan begangen, zwar mit einer anderen Waffe, aber der gleichen Vorgehensweise?

Und wenn etwas davon zutraf, wie sollte er es jemals beweisen?

Er sah noch einmal den Schlagstock vor sich, den sie in Stantons Sachen gefunden hatten. Und er dachte an die Beschreibung von Denis Childs' Kopfwunde. Es gab keine Fotos von der Verletzung, die er sich zu Vergleichszwecken hätte ansehen können, aber er hätte schwören können, dass der Abdruck in Denis' Schädel zum dünnen, biegsamen Ende eines ausgefahrenen Schlagstocks passte.

Allerdings konnte er seinem Team nicht vorschlagen, diesen Vergleich anzustellen – und auch nicht dem Team, das den Überfall auf Childs untersuchte –, ohne gleichzeitig offenzulegen, wieso er diese Verbindung herstellte. Und das brachte ihn wieder zu dem entwendeten Foto zurück.

Er musste mit Doug sprechen.

Außerdem passte King's Cross nicht ins Bild. Wenn Michael Stanton in Hackney gewohnt hatte, warum war seine Leiche dann im Regent's Canal aufgetaucht, nur ein paar hundert Meter entfernt von King's Cross und St. Pancras, wo damals in der großen Bahnhofshalle die weiße Phosphorgranate hochgegangen war? Und von der Stelle im Kanal war auch die Caledonian Road nicht weit weg, wo Ryan mit Matthew Quinns Protestgruppe gelebt hatte. Zufall? Wahrscheinlich. Aber es gefiel ihm nicht.

Er sah auf die Uhr und schrieb eine SMS an Doug. »Können wir uns in einer Stunde sehen? Im The Driver?«

Doug antwortete: »Warum zum Teufel denn da?«

»Werde ich dir erklären«, schrieb Kincaid zurück, obwohl er sich gar nicht sicher war, ob er das konnte.

Mit einer gemurmelten Entschuldigung in Richtung Sidana verließ er das Büro.

Er spazierte aus dem Gebäude und bemühte sich ganz bewusst darum, weder zu schnell zu gehen noch an das Polaroid zu denken, das ihm ein Loch in die Tasche zu brennen schien. Ein paar Minuten später stieg er an der Haltestelle St. Pancras/King's Cross aus der U-Bahn. Der Himmel war inzwischen dicht bedeckt, und aus dem Norden wehte eine leichte Brise heran. Eine willkommene Abwechslung nach der vormittäglichen Hitze.

Gegen den Wind lief er in nördlicher Richtung den York Way hinauf, da er vorhatte, vor dem Driver noch einen Abstecher zum Fußweg am Kanal zu machen. Er wollte sich die Stelle ansehen, wo Stanton aus dem Wasser gefischt worden war. Als er an dem brandneuen Gebäudekomplex vorbeilief, in dem der *Guardian* residierte, dachte er an die Zeiten zurück, als man noch nicht mal tagsüber am Kanal entlanggegangen wäre, ganz zu schweigen von nachts. Aber mit all den städtebaulichen Entwicklungen rund um King's Cross hatte sich der Kanal zu einem beliebten Anziehungspunkt gemausert. Und zu einer begehrten Immobilienlage.

Er blieb stehen und blickte von der York Way Bridge auf den friedlich wirkenden Kanal hinunter. Am linken Ufer lag eine Reihe schmaler, fröhlich aussehender Boote vertäut, am rechten drängten sich dagegen steil aufragende Büro- und Wohngebäude. Er wusste jedoch, dass es weiter östlich, in der Nähe der Caledonian Road, Abschnitte gab, wo die Anlegestellen verwaist waren, wo dichter Pflanzenwuchs den Fußweg am linken Ufer verbarg und wo die Gebäude auf der rechten Seite kleine Fenster hatten, die wie blinde Augen aussahen. In so einem Abschnitt war Michael Stantons Leiche aufgetaucht.

Er ertappte sich dabei, wie er erneut an Ryan dachte. Da er monatelang in der Wohnung an der Caledonian Road gelebt hatte, musste er sich in dieser Gegend sehr gut ausgekannt haben. Ob er dort wohl auch Fotos gemacht hatte, so wie in Hambleden? Viele der Aufnahmen vom Dorf und seiner Umgebung waren sehr gut gewesen, beinahe professionell komponiert.

Was war eigentlich aus Ryans Fotoapparat geworden? Er war nicht unter den Dingen gewesen, die er auf der Insel versteckt hatte. Hatte er ihn in der Nacht seines Todes dabeigehabt, vielleicht in dem halb offenen Rucksack, der in der Hackney-Wohnung im Wohnzimmer gestanden hatte?

Eine Böe wehte ihm Staub in die Augen und blies scheppernd Unrat den Rinnstein entlang. Er drehte sich um. Anstatt die Stufen zum Fußweg hinunterzusteigen, ging er den Weg zurück, den er gekommen war.

Als er wieder bei King's Cross anlangte, bog er ab und lief die Caledonian Road hinauf. Ob Matthew wohl noch dort wohnte? Und würde er Stanton auf dem Foto erkennen können? Ihm fiel auf, dass Matthew vermutlich noch gar nicht von Ryans Tod erfahren hatte. Soweit es die Protestgruppe betraf, war Ryan Marsh einen Tag nach der Explosion in St. Pancras verschwunden.

Er sah, dass die Wohnung der unaufhaltsam voranschreitenden Gentrifizierung bisher noch nicht zum Opfer gefallen war. Doch das georgianische Gebäude sah schmuddeliger und heruntergekommener aus denn je, und als er die Klingel drückte, erhielt er keine Antwort. Er wäre beinahe schon wieder umgekehrt, als er den freundlichen Inhaber des Hähnchenrestaurants nebenan wiedererkannte.

»Medhi«, sagte er, als er das Lokal betrat. »Medhi Atias.«

Atias, ein Mann in den mittleren Jahren, mit dunklen Augen und leichtem Bauchansatz, sah auf und lächelte überrascht. »Mr Kincaid. Wie schön, Sie zu sehen.«

Kincaid hatte Atias kennengelernt, während er Matthew Quinns kleine Aktivistengruppe untersucht hatte. Er mochte ihn und konnte sich erinnern, dass Ryan ihn ebenfalls geschätzt hatte. »Wie geht es Ihnen, Mr Atias?« Kincaid schüttelte ihm über die Theke hinweg die Hand. »Wie laufen die Geschäfte?« Im Gegensatz zum Rest des Gebäudes war es in dem Lokal sauber und hell. Atias hatte ihm erzählt, die Erschließung der Gegend sei günstig für ihn gewesen, weil die Menschen in den neuen Bürokomplexen gutes und preiswertes Essen brauchten.

»Besser denn je«, sagte Atias. »Inzwischen liefere ich sogar in ein paar von den Gebäuden Essen aus. Und wie steht's bei Ihnen?«

Der Geruch von frittiertem Hühnchen, Pommes und heißem Kaffee ließ Kincaid das Wasser im Mund zusammenlaufen. Er merkte, dass er den Lunch ausgelassen hatte.

»Kann ich Ihnen etwas servieren, Mr Kincaid?«

Er war in Versuchung, aber ein Blick auf die Uhr über der Theke verriet ihm, dass er dann zu spät zu seiner Verabredung mit Doug kommen würde. »Danke, aber ich kann leider nicht. Mr Atias, lebt Matthew Quinn immer noch oben in der Wohnung?«

»Leider nein. Sie sind alle weggezogen. Genau wie die Studenten einen Stock tiefer. Ich glaube, das Bauunternehmen wartet jetzt nur noch darauf, dass alle Mietverträge auslaufen. Meiner gilt bis Ende des Jahres.«

»Tut mir leid, das zu hören«, erwiderte Kincaid mit aufrichtiger Anteilnahme.

Atias zuckte mit den Schultern. »Ich werde was Neues finden. In der Nähe von Brighton, sagt meine Frau.«

Ihm wurde klar, dass Atias genauso wenig von Ryans Tod wissen konnte wie Matthew. Die Frauen in Matthew Quinns Gruppe hatten sich zu Ryan hingezogen gefühlt, aber Kincaid wusste inzwischen, dass sie für Ryan nur zum Job gehört hatten. Medhi Atias war für Ryan womöglich am ehesten das gewesen, was man unter einem Freund versteht.

»Mr Atias, ich glaube, Sie sollten es erfahren. Ryan Marsh ist tot.«

»Ah.« Zu Kincaids Überraschung nickte Atias bloß. Der Ausdruck in seinen Augen war nicht zu deuten. »Das habe ich mir schon gedacht. Danke, dass Sie es mir gesagt haben.«

»Darf ich fragen, warum Sie es sich gedacht haben?«

»Weil er seit über zwei Monaten seine Tasche bei mir liegen

hatte. Er hat gesagt, sie sei sehr wichtig und dass ich sie für ihn aufbewahren solle.« Atias zuckte mit den Schultern. »Wenn er dazu imstande gewesen wäre, hätte er sie abgeholt.«

Kincaid starrte ihn an. »Seine Tasche?«

Atias wischte sich die Hände an der Schürze ab und verschwand im Hinterzimmer. Gleich darauf kehrte er mit einer kleinen Reisetasche zurück. »Ich hätte sie keinem von denen gegeben«, sagte er mit einem Nicken in Richtung der inzwischen leer stehenden Wohnung. »Oder der Polizei. Wenn sie danach gefragt hätten. Aber Sie sind, glaube ich, ebenfalls ein ehrenwerter Mann.«

Kincaid nahm die Tasche. Sie war unauffällig, aus dunkelblauem Nylon und ungefähr so groß wie eine Damenhandtasche. Was immer darin steckte, fühlte sich hart und klobig an. »Wissen Sie, was das ist?«, fragte er.

»Seine Kamera, natürlich«, sagte Atias. »Normalerweise hat er sie überallhin mitgenommen. Aber nicht an dem Tag, als der Junge gestorben ist.«

OKTOBER 1994

Er versuchte, Sheila zu berühren, ihren Puls zu ertasten, in der verzweifelten Hoffnung, dass er sich täuschte. Aber Lynn stieß ihn zur Seite. »Fass sie nicht an«, zischte sie. »Es gibt nichts, was du tun kannst. Ich habe von der Telefonzelle an der Ecke aus Red Bescheid gegeben.«

»Aber wir müssen den Notarzt rufen.«

»Nein, er hat gesagt, ich soll mich nicht vom Fleck rühren und niemanden anrufen. Er kommt hierher.«

Denis ließ sich schwer auf einen Stuhl fallen. Ihm klapperten die Zähne, und die Beine schienen sein Gewicht nicht mehr tragen zu können. »Aber es ging ihr gut. Ein bisschen betrunken. Sie …«

»Du hast keine Ahnung, wie viel Scheiß sich Sheila eingeworfen hat.« Lynn rieb sich mit dem Handrücken über das Gesicht. »Diesmal hat sie zu viel genommen, und es hat sie umgebracht.«

»Aber …« Er dachte an Sheilas Minirock, der hochgerutscht gewesen war, ehe Lynn ihn glatt gestrichen hatte. Und war das da an ihrem Hals ein Bluterguss? Ihm verschwamm die Sicht. Er versuchte aufzustehen, um es sich näher anzuschauen, sank jedoch hilflos auf den Stuhl zurück.

»Mickey«, krächzte er. »Mickey hat sie angefasst. Ich hätte sie nie mit ihm allein lassen dürfen. Er muss …«

»Ich kann dir nur sagen, es war niemand da, Denny.« Lynn sah ihn aufmerksam an, und als sie wieder sprach, erklang ihre Stimme wie aus weiter Ferne. »Was ist mit dir, Den? Bist du krank?«

Sie hörten hastige Schritte aus dem Treppenhaus, und dann platzte Red in den Raum. »Du lieber Himmel«, sagte er und starrte Sheila an. Sein schneidender Blick fuhr zu Denis herum. »Hat er das getan?«, bellte er Lynn an.

»Gott, nein. Ich vermute, sie hat eine Überdosis genommen.«

»Wir sollten den Notarzt …«, setzte Denis an, brachte aber nur ein Flüstern zustande.

»Klappe halten«, sagte Craig. »Hören Sie mir zu. Beide. Wir rufen überhaupt niemanden an. Es gibt nichts, was wir für sie tun können, und die Polizei kann sich im Moment keine unangenehmen Fragen leisten. Verstehen Sie mich?«

Nach einem kurzen Moment erwiderte Lynn leise: »Ja, Sir.«

Als Denis nicht antwortete, wandte sich Craig an Lynn. »Was ist los mit ihm? Ist er betrunken?«

»Nein, ich glaube, er ist krank.«

»Lieber Himmel«, wiederholte Craig, diesmal eher angewidert als schockiert.

Denis betrachtete Craig eine Weile, wie er so dastand. Er dachte nach, aber ihm fehlte die Kraft für einen Widerspruch.

»Wir verfrachten ihn in ein Taxi«, sagte Craig. »Kein Notarzt. Helfen Sie mir, ihn die Treppe runterzuschaffen.«

Denis protestierte nicht, als sie ihn vom Stuhl hochhievten, einer auf jeder Seite, und dann unsanft die Stufen hinunterbugsierten. Wobei Craig unentwegt leise fluchte. Er hielt Denis aufrecht, während Lynn zur Straßenecke ging und in der Earl's Court Road ein Taxi heranwinkte. Als es anhielt, öffnete Craig die Tür und schubste Denis kurzerhand auf den Rücksitz.

»Ein bisschen zu viel getrunken«, hörte er ihn zum Fahrer sagen, während er ein paar Geldscheine durchs Fenster reichte. »Klingeln Sie einfach, wenn Sie ihn vor seiner Tür abgeladen haben. Ich kann Ihnen jetzt schon sagen, dass seine Frau überhaupt nicht erfreut sein wird.«

»Nicht betrunken«, versuchte Denis zu sagen, aber es kamen keine Worte heraus. Das Letzte, was er hörte, bevor das Taxi losfuhr, war, wie Craig dem Fahrer seine Adresse in der Sekforde Street nannte.

23

Es war die Stunde am Nachmittag, in der es bereits zu spät für einen Lunch, aber noch zu früh für den Tee war, und das Café im Tabernacle war menschenleer. Abgesehen von der jungen Frau, die hinter der Bedienungstheke arbeitete.

»Haben Sie einen Jungen gesehen, ungefähr so groß?« Gemma hob die Hand auf Schulterhöhe. »Blond. Tanzt hier immer samstags.«

Die junge Frau schüttelte den Kopf. »Tut mir leid. Ich war hinten und habe Hummus zubereitet.«

Gemma bedankte sich bei ihr, ehe sie langsam den Speisesaal durchquerte und dann nach oben ging. Auf dem Treppenabsatz im ersten Stock überprüfte sie die Türen zum Theater. Verschlossen. Sie betrat den Vorraum des Tanzstudios, wo sie Jess zum ersten Mal begegnet war, aber er war leer. Die Türen zum Studio und zum Büro waren ebenfalls verschlossen.

Enttäuscht sank sie ein wenig in sich zusammen. Sie war sich so sicher gewesen, dass sie recht hatte, dass dies der Platz war, an dem Jess sich am meisten aufgehoben fühlte, am ehesten zu Hause.

Wohin jetzt? War er zur Ballettschule in Finsbury Park gegangen? Wollte Jess an seinem normalen Tanzunterricht teilnehmen? Und dann was? Heimgehen und hoffen, seine Mutter wüsste nicht, dass er nicht in der Schule gewesen war? Das glaubte sie nicht.

Sie machte sich jetzt ernsthafte Sorgen, und das entfachte

auch ihre Angst um Duncan. Sie hatte kein Wort mehr von ihm gehört, seitdem er am Morgen aufgebrochen war, um – wie er sagte – mit einem Mann über einen Hund zu sprechen. Was zum Teufel trieb er bloß?

Sie schüttelte nachdrücklich den Kopf und ging dann in die Damentoilette, wo sie sich Wasser ins Gesicht spritzte und ihre Nachrichten checkte. In der Toilette war es ruhig und kühl, und das Wasser fühlte sich auf ihren heißen Wangen gut an. Mit langsamen Bewegungen trocknete sie die Hände ab und verspürte wenig Lust, wieder in die Welt hinauszugehen.

Dann kam ihr ein Gedanke.

So lautlos wie möglich ging sie in den Vorraum zurück, wo sie einen Moment dastand und lauschte. Sie hörte ein leises Quietschen, möglicherweise von einem Türscharnier.

Mit ein paar Schritten war sie bei der Herrentoilette und stieß die Tür auf. »Ist hier jemand drin?«

Sie hörte ein gedämpftes Keuchen. Die Klotüren waren geschlossen. Als sie sich hinunterbeugte, konnte sie keine Füße sehen. Aber er hatte es nicht mehr geschafft, den Tanzbeutel anzuheben, als er die Beine auf den Klodeckel gezogen hatte.

Gemma lehnte sich ans Waschbecken. »Jess, komm raus zu mir. Ich bin's. Gemma Jones. Ich weiß, dass du da drin bist.«

Keine Antwort.

Nach einer kurzen Pause sagte sie: »Irgendwann musst du rauskommen, Jess. Bis dahin werde ich nicht weggehen. Hör mal, ich verspreche dir, ich werde deiner Mum nicht sagen, wo du bist.«

Dann dauerte es wieder einen Moment, ehe sie ein rutschendes Geräusch hörte, und gleich darauf kamen die Füße des Jungen in Sicht. »Sie dürfen gar nicht hier drin sein«, sagte er, machte aber keine Anstalten, die Tür zu entriegeln. Er klang, als hätte er geweint.

»Hier oben ist niemand. Und wenn einer reinkommt, sage ich ihm, dass die Toiletten kaputt sind.«

Wieder das rutschende Geräusch, aber die Tür blieb zugesperrt.

»Du musst doch Hunger haben«, sagte Gemma. »In meiner Handtasche habe ich einen Schokoriegel.«

»Könnte ich den haben?«

»Auf jeden Fall. Mit Erdnussbutter.«

Langsam und mit einem Quietschen ging die Tür auf, und Jess Cusick kam heraus, wobei er seinen Beutel umklammert hielt. Er senkte den Kopf, aber Gemma hatte bereits gesehen, dass seine Augen rot und verquollen waren.

Sein Anblick versetzte ihr einen Schock. Sein Gesicht wirkte eingefallen, mit deutlich hervortretenden Wangenknochen. Er sah aus, als hätte er seit ihrer letzten Begegnung vor ein paar Tagen ein paar Pfund verloren. »Wir könnten in den Vorraum gehen«, sagte sie, um ihre Bestürzung zu verbergen.

Er schüttelte so vehement den Kopf, dass seine aschblonden Haare hin und her flogen, und zog sich wieder halb in die Kabine zurück. »Nein. Ich will nicht, dass mich irgendjemand sieht.«

»Okay«, entgegnete Gemma rasch. Sie sah sich in dem kleinen Raum um. »Schau mal. Wir können uns doch da drüben hinsetzen.« Mit dem Schokoriegel in der Hand deutete sie auf eine schmale Wand am hinteren Ende des Raums. Seine Augen folgten der Bewegung. Sie hätte genauso gut einen streunenden Hund anlocken können.

Gemma schlüpfte an ihm vorbei, wobei sie darauf achtete, ihn nicht zu berühren, und ließ sich vor der Wand auf den Boden sinken. Als sie begann, den Riegel auszupacken, setzte sich Jess neben sie und sagte: »Ich kann das selbst.« Anstelle seiner Schuluniform trug er T-Shirt und Jeans und verbreitete den typischen Jungs-Schweißgeruch, den sie von ihren eigenen Söhnen kannte. Seine Füße in den Turnschuhen ragten vor ihm auf, zu lang im Verhältnis zu seinem restlichen Körper.

Gemma reichte ihm den Riegel und wendete sich höflich ab, als er den Rest der Verpackung zerfetzte und die Schokolade hungrig verschlang.

Als er fertig war und das Papier zusammengeknüllt hatte, sagte er zaghaft: »Danke schön.«

»Schwer nachzudenken, wenn man Hunger hat.«

Jess nickte und sah sie misstrauisch an. »Werden Sie meiner Mum verraten, wo ich bin?«

»Nicht, wenn du das nicht möchtest. Aber vielleicht erzählst du mir, warum du heute Morgen die Schule geschwänzt hast.«

Jess bearbeitete das Verpackungspapier und knüllte es immer kleiner zusammen. Schließlich sagte er: »Ich musste irgendwas … tun.« Als Gemma nichts erwiderte, fuhr er nach kurzem Zögern fort. »Im Garten. Ich wollte sehen, wo sie …« Seine Stimme zitterte. Ein kurzer Seitenblick verriet Gemma, dass er fest die Zähne zusammenbiss. »Gestorben ist«, brachte er endlich heraus. »Davor konnte ich es mir nicht anschauen. Aber ich musste es sehen.«

»Warum musstest du es sehen, Jess?«

»Weil alles meine Schuld war.« Jetzt kämpfte er mit aller Kraft gegen die Tränen an.

»Wie könnte das deine Schuld gewesen sein?«, fragte Gemma. Kerrys Verdacht, was dieser Junge getan haben könnte, kam ihr in den Sinn und auch, dass sie mit ihm gerade mutterseelenallein war. Aber sie verspürte nicht die geringste Furcht.

»Wegen Henry.«

»Henry Su? Der Junge, der gestorben ist?«

Jess nickte und schluckte hörbar. »Sein Dad, Mr Su, ist zu Re… Reagan und mir gekommen. Bei der Gartenparty. Er war furchtbar wütend und hat gesagt, dass ich daran schuld bin, dass Henry gestorben ist, und dass ich dafür bezahlen werde. Reagan hat ihm gesagt, er soll den Mund halten. Dass das nicht stimmt und dass er so was nicht sagen darf. Ich habe geglaubt, er schlägt sie. Er hat gesagt, ihr wird es auch noch leidtun. Er war … Ich glaube, er war betrunken.«

»Was ist dann passiert?«, fragte Gemma, während sie gleichzeitig hektisch darüber nachdachte, dass sie Ben Sus Alibi doch überprüft hatten. Seine Kollegen hatten es bestätigt. Hatten sie für ihn gelogen?

»Reagan hat mich weggezogen. Sie hat gesagt, er ist ein Fiesling und sie lässt ihm das nicht durchgehen. Aber ich wollte nicht, dass er ihr wehtut. Also hab ich ihr gesagt … Ich hab ihr gesagt, dass es stimmt.«

»Du hast was?« Gemma rutschte auf den kalten Fliesen ein kleines Stück zurück, damit sie Jess in die Augen sehen konnte.

Er wirkte jetzt sehr entschlossen und weinte nicht mehr. »Ich hab ihr gesagt, dass es stimmt. Ich bin schuld, dass Henry tot ist.«

»Aber …«

»Er hat mich immer geärgert. Er war … fies. Verstehen Sie? Hundsgemein. Er hat Arthur … Dinge … angetan. So lange, bis Arthurs Eltern ihn weggeschickt haben. Dann hat er bei mir angefangen, aber er hat gesagt, ich kann es nicht verraten, weil ich dann Ärger kriege. Fürs Lügen. Ich … ich hab's nicht geschafft, dass er mich in Ruhe lässt.« Die Worte sprudelten jetzt nur so aus Jess heraus. »Er hat immer nur Angst gehabt, wenn er seinen Inhalator nicht finden konnte. Ständig hat er von seinem blöden Inhalator geredet. An dem Tag ist er ihm aus der Tasche gefallen. Und er hat's nicht gemerkt. Ich hab ihn aufgehoben. Ich hab gedacht, ich lass ihn ein bisschen schwitzen, wenn er merkt, dass er ihn verloren hat. Ich hab ja nicht gewusst, dass er sich in den blöden Schuppen einsperren wird. Ich bin einfach nach Hause gegangen. Und dann … Und dann war er …« Jess holte zitternd Luft. »… war er tot. Und ich konnte keinem sagen, was ich getan hab.«

»O Jess«, hauchte Gemma. »Wie furchtbar.«

»Ich hab die ganze Woche Angst gehabt. Und dann hab ich's ihr erzählt. Ich hab's Reagan erzählt. Dass ich den Inhalator gestohlen habe.«

»Was hat sie gesagt?«

Jess schluckte. »Sie hat gesagt, ich muss es Henrys Eltern sagen. Sie hat gesagt, dass es ein schrecklicher Unfall war. Aber wenn ich es nicht sage, dann werde ich es mein Leben lang nicht mehr los.« Er sah Gemma ernst an. »Und sie meinte damit nicht den Inhalator.«

Gemma nickte. »Ich weiß.«

»Aber sie hat gesagt, dass ich's zuerst meiner Mutter sagen muss.«

»Natürlich musstest du das«, sagte Gemma und spürte eine Kälte, die nicht von den Fliesen kam.

»Also hab ich … Ich hab's Mum gesagt. Sie hat gesagt, dass sie mich verhaften lassen werden – Henrys Eltern – und dass ich vielleicht ins Gefängnis komme. Dass ich nie mehr tanzen werde. Sie hat gesagt, dass Reagan mein Leben kaputtmacht, wenn sie mich auf solche Ideen bringt.«

Gemma saß einen Moment lang schweigend da und versuchte, sich eine Frage zurechtzulegen. »Jess, wann war das? Wann hast du es deiner Mum erzählt?«

»Am Freitag. Reagan ist danach in mein Zimmer gekommen. Mum muss mit ihr gesprochen haben. Sie hat gesagt, dass es ihr sehr leidtut, aber dass sie nicht weiß, ob sie noch länger bei uns bleiben kann.« Er weinte wieder, und die Tränen kullerten ihm über die Wangen. »Ich war wütend. Ich bin ins Bett gegangen. Bevor sie ausgegangen ist, ist sie noch mal reingekommen, um mit mir zu reden. Aber ich hab so getan, als ob ich schlafe.«

»Und am Samstag?«

»Als ich aufgewacht bin, war Mum weg. Und Reagan war weg. Zuerst hab ich gedacht, dass sie vielleicht ganz weggegangen ist, aber ihre Sachen waren noch da. Also bin ich …«

Als er stockte, gab ihm Gemma einen leichten Klaps auf den Arm. »Also bist du in den Bus gestiegen und zur London Boys Ballet School zum Vortanzen gefahren.«

Jess starrte sie an. »Woher wissen Sie das?«

»Ich habe mit deinem Dad gesprochen. Er hat es vermutet.«

»Aber … war er …«

»Er hat's verstanden.« Als Jess sich ein wenig entspannte, sagte sie: »Jess, was hast du heute Morgen wirklich im Garten gemacht?«

Jess bedachte sie mit einem raschen Blick und sah dann gleich wieder weg. »Ich konnte ihn nicht finden«, flüsterte er. »Den Inhalator. Er war in meinem Zimmer, in der Schublade. Ich hab gedacht, vielleicht … Vielleicht hat Reagan ihn genommen … Weil sie vielleicht gewusst hat, dass sie Mr Su treffen wird. Und … Also musste ich danach suchen.«

»Du hast ihn nicht gefunden.«

»Nein.«

»Jess«, sagte Gemma ganz langsam. »Was glaubst du, ist Reagan Freitagnacht passiert?«

Eine ganze Weile lang sagte er nichts und presste das Verpackungspapier zu einer immer festeren Kugel zusammen. »Ich glaube … Ich glaube, sie hat mit Mr Su geredet. Er … Er hat gesagt, dass er ihr wehtun will.«

»Glaubst du, Reagan hätte ohne deine Erlaubnis mit Mr Su gesprochen?«

Jess antwortete nicht.

»Weißt du, was mit Reagans Handy passiert ist?«

Er schüttelte den Kopf. »Nein. Aber ich … Ich habe ihren Laptop genommen. Als meine Mum gesagt hat, dass sie tot ist, dass sie sich umgebracht hat … Ich hab gedacht, dass das vielleicht nicht stimmt. Oder dass sie eine Nachricht für mich geschrieben hat …«

»Und? Hat sie?«

»Keine Ahnung«, antwortete er mit düsterer Miene.

Gemma versuchte, ihre durcheinanderwirbelnden Gedanken zu sortieren und ruhig zu bleiben. Nichts war so wichtig wie die Sicherheit dieses Kindes. »Jess, ich glaube, wir sollten deinen Dad anrufen.«

Es hatte ihn bereits nervös gemacht, das Polaroid mit sich herumzutragen. Seit er die Tasche mit Ryans Kamera bei sich hatte, sah Kincaid jedoch ständig über die Schulter.

Kincaid vermutete, dass Ryan sich an jenem Tag vielleicht erst in letzter Minute dazu entschieden hatte, seine Kamera bei Medhi Atias zu deponieren. Obwohl er nicht mit den anderen Demonstranten zusammen gewesen war, hatte Ryan nicht wissen können, ob er nicht vielleicht auch verhaftet werden würde, wenn etwas schiefging.

Was war also in der Kamera gespeichert, dass Ryan sich zu so einer Vorsichtsmaßnahme genötigt gesehen hatte? Kincaid umklammerte die Nylontasche unter seinem Jackett noch ein wenig fester. Er würde erst im Pub feststellen können, was auf der Speicherkarte war.

Schließlich sah er das mit Pflanzen bedeckte Gebäude vor sich. Der senkrechte Garten an den Wänden stand in voller Blüte, doch er nahm sich nicht die Zeit, ihn zu bewundern. Stattdessen betrat er die Bar und blinzelte, während sich seine

Augen an das gedämpfte Licht gewöhnten. Im Pub war noch nicht viel los, und er hatte keine Schwierigkeiten, Doug an einem der hinteren Tische zu entdecken. Neben ihm saß Melody. Sie standen beide auf, um Kincaid zu begrüßen, und er küsste Melody leicht auf die Wange.

Er bemerkte ihre neue Frisur, einen jungenhaften Kurzhaarschnitt, der ihre Weiblichkeit sogar noch zu unterstreichen schien. Sie kam ihm zerbrechlich vor und sehr angespannt.

»Ich weiß, du willst mich wahrscheinlich nicht hierhaben«, sagte sie. »Aber du hast mich schon viel zu lang aus allem rausgehalten, und Ryan war mir auch wichtig.«

Kincaid schüttelte den Kopf und nahm ihnen gegenüber Platz. »Nein, ich möchte dich dabeihaben. Ich hätte dich fragen sollen, ob du kommen möchtest. Aber ich dachte, dass du für Gemma einspringst.«

»Ich bin sicher, dass ich einen ganz schönen Anschiss von der Super kriegen werde, weil ich heute Nachmittag blaumache. Aber das ist mir egal.«

Kincaid fragte die beiden, ob sie noch eine Runde wollten – Doug trank ein kleines Bier und Melody etwas, das wie Sodawasser aussah. Dann ging er an die Bar und bestellte ein kleines Pale Ale.

Als er zum Tisch zurückkam, sagte Doug: »Ich habe ihr von … Hambleden erzählt. Von Ryan.«

»Ich glaub das nicht.« Melody umfasste ihr Glas so fest, dass die Fingerknöchel weiß hervortraten. »Ich glaub nicht, dass er diese Dinge getan hat … Er hätte nicht …«

Kincaid beugte sich vor und sprach leise, auch wenn das allgemeine Stimmengewirr im Pub seine Worte ohnehin übertönte. »Wir wissen nicht, was er getan hat. Wir wissen nur, dass eine Verbindung zwischen ihm und dem Dorf besteht – und den Craigs. Wegen seiner Fotos. Und dass er am Abend vor dem Feuer mit Michael Stanton in Hambleden gewesen ist. Und wenn Mr Wilson recht hat, hat er sich mit Stanton gestritten. Was ich gerne wissen möchte, ist, ob Ryan oder Stanton da immer noch für die Polizei gearbeitet haben.«

»Aber wir nehmen an, dass sie beide – zumindest irgendwann mal – für den Special Branch tätig waren«, sagte Doug. »Oder in Ryans Fall für eine der neueren Einheiten, die unter dem Dach der SO15 Inlandsextremisten beobachten.«

»Dir ist schon klar, dass die Bezeichnung ›Inlandsextremismus‹ immer schon völliger Blödsinn gewesen ist, oder?«, fragte Meldoy aufgebracht. »Im Grunde meint man damit jede Protestgruppe, die die öffentliche Ordnung gefährden *könnte*. Und als ›eine Gefährdung der öffentlichen Ordnung‹ kann alles gelten, was der Polizei oder der Regierung nicht passt. Jeder, der jemals bei einer Demonstration mitgemacht hat, kann das Etikett ›Inlandsextremist‹ angehängt bekommen.«

»Du hast schon wieder die Zeitung deines Vaters gelesen«, erwiderte Doug und grinste sie an. Dafür erntete er zwar einen durchbohrenden Blick, aber Melody entspannte sich ein wenig. »Ich finde natürlich auch, dass man Demonstranten nicht einfach so hinterherspionieren darf«, fuhr Doug nach einem Schluck Bier fort. »Aber im Moment reden wir davon, dass sie Angus Craig ausspioniert haben. Der hatte mit Protestgruppen nichts am Hut.«

»Da irrst du dich.« Kincaid zog das Polaroid aus der Tasche und schob es über den Tisch, wobei er sorgsam darauf achtete, es nur am Rand zu berühren.

Doug sah es an, dann nahm er die Brille ab und betrachtete es eingehender. Melody runzelte die Stirn und zog es von ihm weg. »Was ist das?«, fragte sie.

»Das habe ich heute Nachmittag in Michael Stantons Wohnung gefunden.«

»Bei Stanton?« Doug sah zu ihm auf. »Wovon redest du? Du hast doch gesagt, seine Adresse stimme nicht.«

»Ja, das ist richtig. Aber Jasmine Sidana hat die Wohnung ausfindig gemacht und einen Durchsuchungsbeschluss erwirkt. Ihr macht euch gar keine Vorstellung. Da drinnen sah es aus wie bei den Anonymen Verdeckten Ermittlern. Aber er hatte ein Geheimversteck, genau wie Ryan. Mit dem gleichen Zeug – Bargeld, Pässe, eine Pistole – und dazu noch Einsatzkleidung. Der einzige wirklich persönliche Gegenstand war ein Umschlag mit alten Familienfotos. Und an einem davon klebte dieses hier.«

Melody sah bestürzt aus. »Aber das ist Beweismaterial …«

»Ich habe es nicht in die Beweismittelliste eingetragen. Und auch nicht Sidana oder Sweeney gezeigt. Schaut es euch noch mal genau an.«

Doug holte das Foto zurück. »Das ist Stanton«, sagte er. »So viel steht fest. Er sieht aus wie auf seinem Ausweisfoto, trotz der Skinhead-Aufmachung. Passt übrigens gut zu ihm, finde ich. Aber … o mein Gott!« Er riss die Augen auf. »Das ist ja Denis. Wieso trägt er die Haare so komisch, und was soll der Bart? Und sie sind beide gut zwanzig Jahre jünger.«

Während Melody die Aufnahme wieder zu sich herüberzog, revanchierte sie sich mit triefendem Sarkasmus für Dougs vorherige Stichelei. »Meinst du wirklich, dass das Foto schon so alt ist? Ich habe gehört, dass Polaroids wieder ganz groß im Kommen sind. Keine Leaks mehr, keine Nacktaufnahmen im Internet.« Sie grinste Doug an. »Es ist gar nicht so weit hergeholt, dass die beiden sich kannten. Wir haben doch eh schon vermutet, dass sowohl Denis als auch Stanton verdeckt für den Special Branch gearbeitet haben.« Sie studierte erneut das Foto. »Wenn auch nicht gemeinsam … O Scheiße.« Sie sah Kincaid an. »Der da bei ihnen ist Angus Craig. Was zum …«

»Ich schätze, er war ihr Führungsbeamter«, sagte Kincaid, der bereits eine Weile darüber nachgedacht hatte. »Was bedeutet, dass er und Denis sich sehr gut kannten. Also war Denis' Unterredung mit Craig an dem Abend in Hambleden gar keine Höflichkeitsgeste zwischen zwei leitenden Polizeibeamten. Er wollte Craig gar nicht vor dem warnen, was da gerade über ihn hereinbrach. Das war es nämlich, was ich anschließend gedacht habe und weswegen ich so stockwütend auf Denis gewesen bin.« Er verstummte einen Moment und versuchte, seine Gedanken zu ordnen. »Aber ich glaube, dass Denis entweder wusste oder zumindest vermutete, was Craig auf dem Kerbholz hatte, und dass er mich deswegen auf den Meredith-Fall angesetzt hat. Außerdem glaube ich, dass es was Persönliches war. Er hat Craig verabscheut. Aber das hätte ihn nicht davon abgehalten, seine bevorstehende Verhaftung für seine Zwecke auszunutzen. Um zu bekommen, was er wollte.«

»Ich verstehe nicht, was du meinst«, sagte Melody. »Was hätte er von Craig haben wollen?«

»Informationen«, antwortete Doug. »Vielleicht dachte er, er könnte herausfinden, wer die ganzen Jahre seine schützende Hand über Craig gehalten hat.«

»Was ist«, begann Kincaid nachdenklich, »wenn er diese Information von ihm gekriegt hat? An diesem Abend ist irgendwas Einschneidendes passiert. Anschließend hat Denis begonnen, die Figuren auf dem Spielbrett zu verschieben. Gemmas Versetzung. Meine Versetzung. Danach hat er seine Lebertransplantation in die Wege geleitet. Und als er wieder da war und gesund genug, um die Dinge in die Hand zu nehmen, hat er irgendwas in Gang gesetzt.«

»Etwas, das ihn beinahe das Leben gekostet hätte«, sagte Craig. *Und ihn immer noch das Leben kosten könnte,* dachte Kincaid. Auch wenn Doug es nicht aussprach, wusste er, dass sie alle das Gleiche dachten.

»Wir haben in Stantons Versteck noch etwas gefunden«, sagte Kincaid. »Einen Schlagstock.«

Melody und Doug sahen ihn unverwandt an. »Du meinst einen gewöhnlichen Polizeischlagstock?«, fragte Melody.

»Denis wurde etwas Hartes auf den Hinterkopf geschlagen, was dazu gedacht ist, brutale Gewalt auszuüben. Mit einem Teleskopschlagstock gewinnt man außerdem Reichweite, so dass der Angreifer kleiner als Denis gewesen sein könnte und trotzdem in der Lage, ihm großen Schaden zuzufügen.«

Doug, der gerade sein Bierglas zum Mund heben wollte, hielt mitten in der Bewegung inne. »Du glaubst, dass es Stanton war, der Denis angegriffen hat?«

Kincaid nickte. »Und wenn die Craigs in jener Nacht ermordet worden sind, hatte Stanton bestimmt auch etwas damit zu tun. Es bestand eine persönliche Verbindung zwischen ihm und Craig.« Er tippte auf das Foto. »Und Denis. Aber ich kann mir nicht vorstellen, dass irgendwas davon auf Stantons eigenem Mist gewachsen ist. Für wen hat er also gearbeitet? Und für wen war Ryan Marsh tätig? Irgendjemand muss ihn angewiesen haben, die Craigs zu fotografieren. Und Matthew Quinns Protestgruppe zu unterwandern.« Er tastete nach der kleinen Tasche, die er auf den Stuhl neben sich gelegt hatte. Wollte er wirklich wissen, was Ryan so sicher verwahrt hatte? Aber er hatte den Rubikon bereits überschritten und wusste, dass er nicht mehr umkehren konnte.

»Was ist?«, fragte Melody. »Was verschweigst du uns?«

Kincaid stellte die Tasche auf den Tisch. »Ryan hat das hier bei einem Freund gelassen.« Es war ihm lieber, Medhi Atias nicht mit in die Sache hineinzuziehen. »Am Tag der Demonstration in St. Pancras. Ich bin erst heute Nachmittag darüber gestolpert.« Als die beiden ihn zweifelnd anblickten, sagte er: »Es ist seine Kamera. Ich habe die Tasche noch nicht aufgemacht.«

»Kann ich sie mir ansehen?«, fragte Doug.

Nachdem er sich mit einem kurzen Blick durch das Pub vergewissert hatte, dass niemand auf sie achtete, schob Kincaid die Tasche über den Tisch.

Doug öffnete sie und holte mit einem Lächeln die Kamera heraus. »Nett. Eine Spiegelreflexkamera von Canon. Groß genug, um hochwertige Aufnahmen zu machen, und klein genug, um sie in einer Tasche verschwinden zu lassen, wenn man nicht auffallen möchte.« Er drückte den Anschaltknopf. »Hoffentlich ist noch was im Akku.« Die Kamera erzeugte ein leises surrendes Geräusch, und das Objektiv fuhr heraus. »Bingo.« Doug klang erleichtert.

»Die Speicherkarte«, sagte Kincaid. »Ist da irgendwas drauf?«

Melody sah zu, wie Doug anfing, durch die Fotos zu scrollen. »Eine Menge Innen- und Außenaufnahmen von King's Cross/St. Pancras. Ganz normale Touristenmotive. Der Kanal. Granary Square. Gasholders – so heißt das neue Bauprojekt hinter St. Pancras doch, oder? Das alte Pancras-Gaswerk.«

Melody runzelte die Stirn und tippte Doug auf die Hand. »Scroll mal zurück.« Voller Ungeduld nahm sie ihm den Fotoapparat aus der Hand und drehte selbst am Steuerrädchen. »Das hier ist …« Sie hob den Blick zu Kincaid. »Das ist der Polizist, der am Tatort in St. Pancras aufgetaucht ist, nach der Granate.« Sie drehte weiter am Rad. »Hier sind ein paar Fotos von ihm. Sieht aus, als komme er gerade aus einem der Gasholders-Gebäude. Ich erinnere mich an seine silbergrauen Haare und den silbernen Anzug. War er nicht vom SO15?«

Kincaid streckte die Hand nach der Kamera aus und stieß dabei fast sein Glas um. Ungläubig starrte er auf das Display.

»Das ist Nick Callery, der Detective vom SO15. Wozu um alles in der Welt hat Ryan Fotos von Nick Callery gemacht?«

Gemma hatte Jess mit der Aussicht auf ein Sandwich und ein kaltes Getränk schließlich doch noch nach unten locken können. Dann rief sie seinen Dad an. Während sie mit Chris Cusick telefonierte, ließ sie Jess auf seinem Platz im Speisesaal nicht aus den Augen. Chris war überrascht, dass Nita ihm gar nichts von Jess' Verschwinden erzählt hatte. Aber Gemma fiel dabei ein, dass Nita ihm am Samstag zuvor auch nicht Bescheid gegeben hatte, als Jess verschwunden war.

»Wie haben Sie ihn gefunden?«, wollte Chris wissen.

»Ich habe ihn letzten Samstag im Tabernacle kennengelernt. Während ich darauf gewartet habe, dass die Tanzstunde meines Sohns zu Ende geht. Jess wirkte hier – ich weiß auch nicht – glücklich und entspannt. Also dachte ich, ich versuch's einfach mal. Mr Cusick, ich weiß, dass Sie Ihrer Frau sagen müssen, wo Jess steckt, aber könnten Sie ihn vielleicht ein, zwei Tage bei sich behalten? Ich glaube, dass es im Moment sehr schwer für ihn ist, zu Hause zu sein, nach allem, was dort passiert ist. Und ich fände es schlimm, wenn er noch mal abhauen würde.«

»Ich sorge dafür, dass das nicht passiert«, entgegnete Cusick. »Parminder hat die nächsten paar Tage frei, so dass wir gemeinsam ein Auge auf ihn haben können. Und wenn Nita wegen der Sorgerechtsvereinbarung rummeckern möchte, dann soll sie halt.«

»Ähm, könnten Sie bitte bloß sagen, dass Jess Sie angerufen hat? Ich möchte nicht, dass Nita sauer auf mich ist, weil sie nicht selbst darauf gekommen ist, hier nachzusehen.«

»Oh, na klar.« Sie konnte an Chris Cusicks Ton erkennen, dass er genau verstand, was sie meinte.

Gemma blieb mit Jess so lange im Innern des Gebäudes direkt hinter den Eingangstüren stehen, bis der Wagen seines Vaters draußen vorfuhr. Als sie ihn hinausführte, zog Jess plötzlich an ihrer Hand. »Ich will nicht nach Hause.«

Gemma hatte sich zu Jess gesetzt, während er sein Sandwich aß, und ihm eingeschärft, dass er seinem Vater alles erzählen solle, was er auch ihr gesagt hatte, über Henry, den Inhalator und die Reaktion seiner Mutter.

»Dein Dad versteht das«, erwiderte sie jetzt. »Er sagt, dass du nicht zu deiner Mum gehen musst.«

Jess nickte beruhigt.

Gemma fühlte sich ebenfalls beruhigt, als sie sah, wie Chris Cusick seinen Sohn in die Arme schloss und Jess den Kopf einen Moment lang in der Halsbeuge seines Vaters vergrub.

Sie winkte ihnen zum Abschied hinterher und rief dann Kerry an, um sich bei ihr zurückzumelden. Doch Kerry war zu einem anderen Fall gerufen worden und konnte gerade nicht reden.

Gemma seufzte erleichtert, weil sie vorerst keine Entscheidungen treffen musste. Sie holte ihre eigenen Kinder von der Schule ab und versuchte das Beste aus diesem Tag zu machen, der seit Langem der erste normale war.

Sie hatte zwei Anrufe verpasst, von MacKenzie Williams und Chief Superintendent Marc Lamb, die beide wissen wollten, wie weit der Fall war. MacKenzie entschuldigte sich ausgiebig, weil sie Gemma in diesen Irrsinn hineingezogen und sich dann verpisst hatte, wie sie es formulierte. Aber sie hatten wohl große Mühe, das Shooting für den Katalog neu zu organisieren.

Gemma rief keinen der beiden zurück. Stattdessen machte sie ihren Kindern Omeletts mit Salat, wozu sie Ofenpommes aßen, die Kit wie aus dem Nichts gezaubert hatte. Kit war mit

Captain Jack in die Küche gekommen, der sich ihm wie ein Pelzkragen um die Schultern gelegt hatte.

Wie sind die Kätzchen nur derart schnell so groß geworden? Mit seinem piratenhaften Stolzieren und den blitzschnellen Reflexen machte das schwarz-weiße Kätzchen seinem Namen alle Ehre. »Pass auf, dass er dich nicht kratzt«, sagte sie.

»Nein, das tut er … Au.« Lachend machte Kit das Kätzchen von sich los und setzte es ab. Dann sah er ihm nach, wie es mit hochgestelltem Schwanz aus der Küche schoss.

»Wo ist Dad?«, hatte er nach einer Weile gefragt, während er gerade die Kartoffeln in Scheiben schnitt.

Gemma hatte von Kincaid nur eine SMS erhalten, in der nicht mehr stand als: »Noch im Revier. So bald wie möglich zu Hause.« Womit er sich ganz schön viel Freiraum bewahrte, wie sie fand. »Bei der Arbeit«, sagte sie zu Kit.

»Armer Dad«, antwortete Kit zu ihrer Überraschung. »Geht es ihm gut? Macht er sich Sorgen um Granddad?«

Die Frage traf Gemma völlig unvorbereitet. »Ich … Ich bin sicher, dass es ihm gut geht, Kit. Ich glaube, er hat im Moment nur zu viel am Hals.«

»Ich wünschte, wir könnten mehr Zeit mit Granddad und Nana Rosemary verbringen«, sagte Kit. Er hatte so viel verloren, und Gemma wusste, dass er seine Großeltern vergötterte, die er erst so spät in seiner Kindheit kennengelernt hatte.

»Das machen wir. Was meinst du? Wollen wir sie in den Ferien besuchen?« Noch während sie es sagte, fiel ihr auf, wie sehr sie das auch selbst wollte. »Aber ihr drei müsst versprechen, dass ihr Hugh nicht zu sehr strapaziert.«

Kit zerteilte weiterhin mit präzisen Schnitten die Kartoffeln. »Es geht ihm doch gut, oder?«

»Sicher, mein Schatz. Viele Menschen bekommen Stents eingesetzt. Er muss sich nur eine Weile ausruhen.«

Erst später beim Abspülen wurde ihr klar, dass sie gar nicht genau wusste, ob Kit sich mit seiner letzten Frage nach seinem Granddad oder seinem Dad erkundigt hatte.

Nachdem sie Charlotte gebadet und ins Bett gesteckt hatte, wies sie Toby an, ebenfalls in die Wanne zu steigen und sich am *ganzen Körper* zu waschen. Dann ging sie nach unten und goss sich ein Glas Wein ein. Sie brauchte jetzt unbedingt jemanden zum Reden.

Normalerweise übernahm Duncan immer die Rolle des Zuhörers, und er hätte ihr vielleicht bei ihrer Entscheidung helfen können. War es dumm von ihr, dass sie zu wissen glaubte, was geschehen war? Er hätte es ihr gesagt. Aber Duncan war nicht da. Genau genommen schon seit einer ganzen Weile nicht mehr.

Also setzte sie sich allein an den Küchentisch, nippte an ihrem Wein und legte sich ihre Argumente zurecht. Dann nahm sie das Telefon und rief Kerry Boatman an.

Kincaid dachte an den Tag der Granatenexplosion in St. Pancras zurück. Als er und sein Team aus Holborn herbeigeeilt waren, hatte Nick Callery sich bereits am Tatort befunden und das SO15 repräsentiert. Er hatte Kincaid erzählt, er sei zufällig gerade in der Nähe gewesen, als der Notruf reinkam. Das erklärte er jetzt Doug und Melody und sagte dann: »Aber was ist, wenn er bereits im Bahnhof gewesen ist? Was, wenn Callery wusste, dass es eine Demonstration geben würde und dass sie eine Rauchbombe zünden wollten?«

»Du meinst, dass Ryan zum SO15 gehört hat und dass Callery sein Führungsbeamter war?«, fragte Doug.

»Könnte doch sein.« Kincaid hob gedankenverloren das Glas an die Lippen und merkte, dass es leer war. »Aber von Matthew Quinns kleiner Gruppe kann sich eigentlich niemand bedroht gefühlt haben.«

Doug nahm wortlos alle drei Gläser und bahnte sich einen Weg zur Theke. Das Pub füllte sich zusehends.

»Wie geht es deinem Dad?«, erkundigte sich Melody bei Kincaid. »Ich hatte noch keine Gelegenheit, dir zu sagen, wie leid es mir tut, dass er krank ist.«

Bestürzt erkannte Kincaid, dass er sich schon wieder den ganzen Tag lang nicht bei seinen Eltern gemeldet hatte. »Es geht ihm gut. Danke dir.« Er nahm sich vor, sie gleich anzurufen, wenn er mal einen kurzen Moment Ruhe hatte. »Melody«, wechselte er dann das Thema, »könntest du herausfinden, wer ein finanzielles Interesse an den Grundstücken hat, deren Bebauung Matthew Quinn verhindern wollte? Natürlich wissen wir, dass sein Vater so jemand ist, aber Lindsay Quinn ist nicht der einzige Anteilseigner bei King's Cross Development. Und außerdem würde ich immer noch gerne erfahren, was dein Vater mit seinen Andeutungen über Denis' bewegte Vergangenheit gemeint hat.«

Doug kehrte zurück und balancierte vorsichtig zwei kleine Biergläser in der einen und ein Weißweinglas für Melody in der anderen Hand. Er nahm das Gespräch an der Stelle wieder auf, an der er den Tisch verlassen hatte. »Wenn Callery Ryans Führungsbeamter war, muss er sich doch vor Angst in die Hose gemacht haben, als er geglaubt hat, Ryan wäre bei der Explosion umgekommen.«

»Aber selbst wenn Ryan für die Antiterror-Spione gearbeitet hat«, warf Melody ein, »erklärt das noch lange nicht, warum er Fotos von Callery besaß und nicht andersherum.«

»Nein«, stimmte Kincaid ihr zu. Allerdings erklärte es ebenso wenig, warum Ryan so große Angst gehabt hatte, die Granate könnte ihm gegolten haben, dass er untergetaucht war. Oder was das St.-Pancras-Debakel mit Angus Craig zu tun hatte. Oder warum Ryan tot war.

Welche Verbindung gab es zwischen Ryan Marsh und Michael Stanton? Und wenn wirklich Michael Stanton den Überfall auf Denis begangen hatte, hatte er es dann aus persönlichen Motiven getan – vielleicht wegen einer alten offenen Rechnung? Oder hatte ihm jemand befohlen, es zu tun? Und wer zum Teufel hatte Stanton mit dem Messer niedergestochen und ihn in den Regent's Canal geworfen?

Schlagartig fiel ihm Ronnie Babcocks Anruf vom Nachmittag wieder ein. »Frank Fletcher«, sagte er zu Doug und Melody. »Klingelt da bei euch was?« Als er nur Kopfschütteln erntete, schilderte er, was Ronnie ihm über den ehemaligen Officer von der Met erzählt hatte, der sich immer in wilden Polizeiverschwörungen erging, sobald er zu tief ins Glas geschaut hatte.

»Noch so ein zweckdienlicher Selbstmord?«, fragte Doug.

Kincaid zuckte mit den Schultern. »Ronnie hat gesagt, dass er viel getrunken hat – völlig unkontrolliert, nach seiner Beschreibung. Bei ihm könnte es auch ein Unfall gewesen sein. Oder ein echter Selbstmord, wenn der Mann keinen Grund mehr gesehen hat weiterzumachen. Ich habe Ronnie extra gebeten, nicht weiter nachzuforschen. Nur für den Fall, dass jemand seine Nachforschungen meldet.«

Doug und Melody wechselten einen kurzen Blick, und er fragte sich, ob sie ihn für völlig durchgedreht hielten. »Na ja, ich kann mir das ja mal ansehen«, sagte Doug. »Wo ich doch schon in ein paar Wespennestern herumgestochert habe.«

»Aber sei vorsichtig.« Durch die Lamellenjalousien drang immer weniger Licht in das Pub. Da fiel Kincaid erst auf, dass es schon recht spät war. »Wo wir gerade vom Trinken sprechen …« Er leerte sein Glas. »Danke schön. Das nächste Mal geht die erste Runde auf mich. Aber jetzt muss ich mich sputen.«

Er ließ die Kamera mitsamt der Speicherkarte bei Doug,

der versprach, die Fotos auf dem Laptop durchzugehen und zu schauen, ob er noch etwas Nützlicheres herausfinden konnte. Erst als er aus dem Pub schon heraus war, fiel Kincaid auf, dass er gerade das Gleiche getan hatte wie Ryan, als er an jenem Tag Medhi Atias seine Kamera zur Aufbewahrung gegeben hatte. Aber er ermahnte sich selbst, ruhig zu bleiben. Schließlich war er nicht auf dem Weg zu einer Demonstration, die mit großer Wahrscheinlichkeit schiefgehen würde.

Vielleicht aus Ärger über sich selbst oder weil das Bier ihn ein wenig kühn hatte werden lassen, nahm er nicht den gleichen Weg zurück, auf dem er gekommen war, sondern ging weiter in nördlicher Richtung. Beim Regent's Canal stieg er die Treppe zum Fußweg hinab und lief dann nach King's Cross zurück – also genau die Strecke, die er eigentlich früher am Abend hatte laufen wollen, nur in umgekehrter Richtung.

Der Kanal lag inzwischen zum größten Teil im Schatten. In den ersten Wohnungen und Gebäuden gingen bereits die Lichter an, und ein paar Jogger waren unterwegs. An dem Abschnitt, wo Stantons Leiche aus dem Wasser gezogen worden war, entdeckte er ein Stück polizeiliches Absperrband. Es flatterte an dem Eisenzaun, der die Steinmauer an der nördlichen Seite des Fußwegs krönte. Die Kriminaltechniker hatten den Weg bestimmt nicht lange absperren wollen. Ein kurzes Stück weiter waren neben dem Fußweg ein paar verschlossene Metalltüren. Er fand sie an dieser Stelle ein wenig eigenartig und fragte sich, ob sich dahinter wohl Lagerräume verbargen, die zu den Wohnungen darüber gehörten. Aber nachts würde der Bereich hier unbeleuchtet und schwer einzusehen sein.

Er vertraute zwar auf Sidanas Gründlichkeit, wollte aber trotzdem absolut sichergehen, dass in den Gebäuden zu beiden Seiten des Kanals niemand eine verdächtige Zusammenkunft beobachtet hatte.

Als er zum York Way kam, stieg er die Treppe hoch und ging dann weiter, bis er auf die Rückseite der großen Bahnhofshalle von St. Pancras gelangte. Von dort konnte er jenseits des gewundenen Kanals die dunklen eisernen Umrisse der Gasholders-Gebäude erkennen, die früher das Gaswerk beherbergt hatten.

Er sah keine Verbindung zwischen Michael Stanton, der ein paar hundert Meter weiter hinten im Kanal gelegen hatte, und Nick Callery. Abgesehen davon, dass sie beide Ryan Marsh gekannt hatten. Allerdings gab es für Ryans Bekanntschaft mit Callery nicht mehr Hinweise als ein paar Fotos auf Ryans Kamera. Und das war eine ziemlich dünne Beweislage.

Aber was, dachte Kincaid, wenn Callery nicht so schnell am Tatort in St. Pancras aufgetaucht war, weil er Ryan beschattet hatte, sondern weil er ganz in der Nähe in einer der Gasholders-Wohnungen lebte?

Das war allerdings nicht nur ziemlich weit hergeholt, sondern wahrscheinlich totaler Blödsinn, dachte er.

Er schüttelte den Kopf und betrat den Bahnhof, froh über die Wärme. Dann ging er bis zum vorderen Bereich der Bahnhofshalle, wo sich der Eingang zur U-Bahn-Station befand. Als er an der Stelle vorbeikam, wo die Granate explodiert war, musste er erneut an Matthew Quinns Aktivistengruppe denken. Die meisten von ihnen hatten in bester Absicht gehandelt, aber letzten Endes hatte ihre kleine Einlage mit der vermeintlichen Rauchbombe tödliche Folgen gehabt. Er erinnerte sich an sein Gespräch mit Matthews Vater, dem Bauunternehmer in diesem Areal. Dabei hatte Lindsay Quinn zugegeben, dass er ein paar Bekannten von Matthews Feldzug erzählt hatte, mit dem der das historische London vor den Bulldozern retten wollte. Er hatte seinen Sohn nicht ernst genommen, aber irgendwer – davon war Kincaid inzwischen überzeugt – schon.

Diesen Punkt hatte er bei ihrem ersten Treffen nicht mehr weiterverfolgt, nun war es allerdings an der Zeit, noch mal mit Quinn zu reden.

NOVEMBER 1994

Er hatte ins Krankenhaus gemusst. Schwere Gastroenteritis hatten sie es genannt und ihn für ein paar Tage dabehalten, um sicherzugehen, dass er wieder genug Flüssigkeit im Körper hatte. Dann hatten sie ihn heimgeschickt, mit der Anweisung, noch mindestens eine Woche lang im Bett zu bleiben. Ein Arzt hatte sich seine Untersuchungsergebnisse angesehen und die Stirn gerunzelt, aber als Denis ihn gefragt hatte, was das Problem sei, hatte der Mann nur den Kopf geschüttelt und gesagt, er solle sich keine Sorgen machen.

Zu Hause war er unruhig gewesen, aber zu schwach, um irgendetwas anderes zu tun, als herumzunörgeln. Diane behandelte ihn mit mehr Geduld, als er verdiente. Seine Krankheit hatte sie sehr erschreckt.

Am Ende der Woche durfte er vom Bett aufs Sofa im Wohnzimmer umziehen und konnte richtige Kleidung tragen statt seinem Schlafanzug und dem Morgenmantel. Darüber war er besonders froh, als es an der Tür läutete und Diane gleich darauf Angus Craig hereinführte.

»Sir«, krächzte er, während er sich aufrecht hinsetzte.

»Wie ich sehe, geht es Ihnen wieder besser«, sagte Craig herzlich. »Gut, gut. Ich hatte mich beim Krankenhaus erkundigt und erfahren, dass Sie ernsthaft krank waren.«

Diane stand unschlüssig herum und sah ihn nervös an. »Kann ich Ihnen was zum Trinken bringen, Mr …?« Craig hatte sich ihr offensichtlich nicht mit Namen vorgestellt.

»Nein, das hier wird nicht lange dauern«, entgegnete Craig. »Wenn

Sie uns nur ein paar Minuten allein lassen könnten, Schätzchen.« Dabei lächelte er sie auf eine Weise an, die Denis' Blut zum Kochen brachte.

Diane kniff die Lippen zusammen. »In Ordnung. Ich muss eh noch einkaufen gehen.«

Sie verließ das Zimmer, und gleich darauf hörte Denis die Vordertür ins Schloss fallen.

Craig setzt sich, ohne eine Aufforderung abzuwarten, auf den besten Sessel und zog einen Brief aus der Brusttasche. »Ich dachte, wir besprechen das besser persönlich.« Er reichte ihm den Umschlag.

Als er ihn entgegennahm, versuchte Denis zu verbergen, wie sehr ihm die Hand zitterte. Dann schlitzte er das Kuvert mit dem Daumen auf und faltete das Schreiben auseinander. Es war ein offizieller Versetzungsbefehl, in dem er darüber unterrichtet wurde, dass er sich in zwei Wochen bei einem Dezernat für Schwerverbrechen in Lambeth zu melden hatte. Er würde wieder ein CID sein.

»Sie werden Ihren Rang natürlich behalten«, sagte Craig. »Ich nehme an, Sie freuen sich wieder auf echte Polizeiarbeit.«

»Aber …« Denis starrte ihn an. »Was ist mit meinen Aktivisten? Was ist mit meiner Exitstrategie? Ich kann doch nicht einfach verschwin…«

»Darum haben wir uns gekümmert.« Craig machte eine wegwerfende Handbewegung. »Ihr ›Cousin‹ hat Ihrer Vermieterin einen Besuch abgestattet. Ihr alter Dad ist sehr krank geworden, und Sie sind nach Norwich gezogen, um ihn zu pflegen. Für immer. Ich bin sicher, dass sich das rumspricht. Irgendwann werden ein paar Postkarten verschickt, auf denen steht, dass Ihr Vater gestorben ist und Sie nun auf Reisen gehen wollen.«

»Aber was ist mit Sheila?« Denis rutschte zur Sofakante vor. Schon das strengte ihn so sehr an, dass sich ihm der Kopf drehte. »Was ist mit Mickey? Er hat sie getötet. Davon bin ich überzeugt. Sie können nicht einfach …«

»Sheila ist an einer Mischung aus Alkohol und Drogen gestorben. Ich habe den Autopsiebericht gesehen. Traurig, aber so ist es nun mal. Mickey Stanton hatte nichts damit zu tun. Er war mit den anderen im Pub.«

»Aber er …«

»Mir gefällt, was Sie aus diesem Haus gemacht haben«, unterbrach Craig ihn. Er stand auf und schlenderte durch das Wohnzimmer, um die Stuckarbeiten zu inspizieren. »Georgianisch, oder? Und Ihre Frau – so eine schöne Frau. Ich bin sicher, sie weiß Ihre Karriereaussichten und Ihren Ehrgeiz zu schätzen. Es wäre doch eine Schande, sie jetzt zu enttäuschen, nicht?« Craig blieb stehen, die Hände wie auf dem Exerzierplatz hinterm Rücken verschränkt, und sah ihm direkt in die Augen. »Verstehen wir uns, Detective Inspector?«

Denis, der immer noch den Brief umklammert hielt, blieb nichts anderes, als zu nicken.

DEZEMBER 1994

Er machte Lynn erst in der Woche vor Weihnachten ausfindig. Denis hatte ihren Tarnjob gekannt, da sie sich ihm schon früh anvertraut hatte. Was ein klarer Regelverstoß gewesen war. Aber wegen der neuen Position und seiner immer noch angegriffenen Gesundheit hatte er es nur ein paarmal geschafft, das Gebäude während der Zeiten zu beobachten, zu denen sie am ehesten kommen oder gehen würde. Er hatte schon begonnen zu glauben, dass sie ihm nicht die Wahrheit gesagt hatte – oder dass sie, wie er, von ihrem Posten abgezogen worden war –, als er sie eines Tages während des allgemeinen Exodus der Angestellten um fünf Uhr nachmittags durch die Türen des Bürogebäudes heraustreten sah. Die Luft war kalt und feucht, und sie setzte sich eine Bommelmütze auf die blonden Haare.

Er ging ihr zwei Blocks weit hinterher und überprüfte dabei regelmäßig, ob sie beschattet wurde. Als sie an der ersten Kreuzung anhielt und auf Grün wartete, stellte er sich neben sie. »Lynn«, sagte er leise.

Sie drehte sich zu ihm, und er sah ihrer verkniffenen Miene an, dass sie ihn im ersten Moment nicht erkannte. Seine Haare waren kürzer, sein Gesicht glatt rasiert, und er war so dünn, dass sein Anzug und der Mantel wie Leichentücher um ihn schlackerten.

Dann wich plötzliche alle Farbe aus ihrem Gesicht. »Denis. Mein Gott, was ist denn mit dir passiert?«

»Können wir miteinander reden?«, fragte er. »Gleich da vorne ist ein Pub.«

Mit einem Mal sah sie ängstlich aus. »Ich darf nicht mit dir gesehen werden. Das weißt du doch.«

»Nur fünf Minuten.« Er deutete auf das hin und her schwingende Pubschild. »Ich lass mich hinter dich zurückfallen, und wir treffen uns an der Bar.«

Sie zögerte, aber die Ampel hatte umgeschaltet, und die wartenden Fußgänger setzten sich wieder in Bewegung. »Okay. Fünf Minuten. Aber nicht länger.«

In dem Pub war so viel los, dass sie sich an der Bar miteinander unterhalten konnten, ohne dass sie jemand hören würde, dachte er, zufrieden mit seiner Wahl. Als er sich neben sie zwängte, sah er, dass sie bereits einen Gin Tonic in der Hand hielt. »Ich trinke keinen Wein mehr«, flüsterte sie, ohne ihn anzusehen. Er wusste warum. Wein war Sheilas Getränk gewesen.

Als er einen Orangensaft bestellte, warf sie ihm einen überraschten Blick zu. »Vollkommen abstinent, Den? So wie du aussiehst, täten dir ein paar Bier ganz gut.«

Nun, da er endlich die Gelegenheit hatte, mit ihr zu sprechen, merkte er, dass ihm nichts einfiel. Während er dem Barkeeper seine Münzen reichte, hatte er einen Moment, um sich zu sammeln. »Du siehst gut aus«, sagte er schließlich.

Lynn zuckte mit den Schultern. »Ich hör bald auf. Ist ja auch ein verdammt langweiliger Job. Und ich hab einen neuen Freund. Er möchte, dass ich nach Deutschland ziehe und in einer Kommune für Vegetarier lebe. Kannst du das glauben?« Sie schüttelte den Kopf. »Wie kommen die nur auf so einen Scheiß?« Sie fragte nicht, wohin man ihn versetzt hatte, und von sich aus schnitt er das Thema auch nicht an. Sie sah älter aus, dachte er, als er sie näher betrachtete, und ihr Gesicht blieb die ganze Zeit angespannt.

»Lynn«, begann er behutsam. »Wegen dieser Nacht. Sheila. Wir können Mickey nicht damit davonkommen lassen.«

Einen winzigen Moment lang sah sie ihn entsetzt an und drehte sich dann weg. »Bist du vollkommen bescheuert?«, zischte sie. »Übrigens hat Mickey sie überhaupt nicht angefasst.«

»Was? Aber …«

»Ich sag's dir, wie's ist. Mickey ist mit den anderen im Pub gewesen. Und als ich bei der Wohnung angekommen bin, habe ich gesehen, wie Angus Craig gerade weggegangen ist.«

Fassungslos sah er sie an.

»Trink deinen verdammten Saft und hör auf, mich anzuglotzen.«

Gehorsam spülte er seinen trockenen Mund mit einem Schluck Saft, ehe er sagte: »Aber … du hast gesagt, dass du ihn angerufen hast. Du hast Angus angerufen, als du sie gefunden hast.«

»Ich habe von der Telefonzelle an der Ecke aus seinen Pager angewählt. Er hat mich dann dort zurückgerufen. Er kann nicht weit weg gewesen sein. Vielleicht hat er die Wohnung sogar überwacht.«

»Aber warum hast du nicht …?«

»Was? Etwas zu ihm gesagt?« Lynn nahm einen großen Schluck von ihrem Gin. »Erst als ich von der Telefonzelle zurückgekommen bin und mir Sheila richtig angesehen habe, ist mir klar geworden, dass sie … Sie hatte Blutergüsse am Hals, und ihre Unterhose war zerrissen …« Sie verstummte, und ihre Augen füllten sich mit Tränen. »O Gott«, flüsterte sie. »Arme Sheila.«

»Aber er … Wenn er …« Denis bemühte sich, das alles zu begreifen. »Dieser Mistkerl. Das dürfen wir ihm nicht durchgehen lassen.«

Lynn wischte sich mit dem Handrücken über die Wangen und bedachte ihn mit einem genervten Blick. »Sei doch nicht so wahnsinnig naiv, Den. Wen genau soll ich denn darüber informieren? Und was glaubst du wohl, würde mit mir passieren, wenn ich es täte? Denk mal drüber nach, du Schlaukopf. Wir haben nichts. Nada. Und ich riskiere nicht meine Karriere – oder sogar mein Leben – für eine verlorene Sache.« Lynn leerte ihren Gin und setzte das Glas mit einem dumpfen Knall exakt in die Mitte des Bierfilzes. »Du hörst mir jetzt zu. Wenn du das jemals meldest oder zu irgendwem was darüber sagst, werde ich alles abstreiten. Und nimm nie wieder mit mir Kontakt auf. Hast du mich verstanden?« Sie schenkte ihm ein schiefes Lächeln. »Hab ein schönes Leben, Denis.«

Dann drehte sie sich um und bahnte sich mit den Ellbogen einen Weg durch das überfüllte Pub. Als sie die Tür öffnete und auf die Straße trat, wehte ein kalter Windstoß herein.

Er stand noch eine ganze Weile an der Bar und dachte nach. Sie hatte recht. Er hatte nichts. Wenn er etwas sagen würde, brächte das Lynn in Gefahr. Er würde seinen Job verlieren, sein Haus, vielleicht sogar seine Frau. Und dann würde ihm immer noch keiner glauben.

Aber er war ein guter Polizist. Und ein geduldiger Mann. Eines Tages würde Angus Craig einen Fehler begehen, und dann würde er zur Stelle sein.

24

Als er in Notting Hill ankam, hatte Kincaid schon wieder den Moment verpasst, den beiden jüngeren Kindern Gute Nacht zu sagen. Er fand Gemma in der Küche, wo sie Wäsche zusammenfaltete. Kincaid lächelte ihr vorsichtig zu und sagte: »Hallo, meine Liebe.«

Gemma schaute von einer von Charlottes winzigen Schuluniformblusen auf, die sie gerade zusammenlegte, und er konnte sehen, wie erschöpft sie war.

»Es tut mir …«, begann er, aber sie schnitt ihm das Wort ab.

»Ich möchte es gar nicht wissen. Nicht heute Abend. Deine Mum hat sich übrigens gemeldet. Dein Dad erholt sich gut.« Rose, das weiße Kätzchen mit dem Schildpattmuster, machte sich einen Spaß daraus, immer wieder in den Korb mit der sauberen Wäsche zu springen. Gemma war von ihrem Spiel sichtlich genervt. Sie setzte Rose auf den Boden und scheuchte sie so lange weg, bis das Kätzchen schließlich aus der Küche flitzte. »Diese Ungeheuer«, murmelte sie.

Kincaid wusste nicht, was er sagen konnte, ohne in ein Minenfeld zu geraten. Also half er ihr schweigend mit der Wäsche, bis sie ihn mit einem Lächeln bedachte, das kaum ihre Mundwinkel erreichte.

»Geht es dir gut?«, wagte er sich schließlich aus der Deckung.

Gemma seufzte und hielt sich den Stapel gefaltete Wäsche an die Brust. Kincaid roch den schwachen Duft des Trocknertuchs. »Ich weiß es nicht. Ich habe Angst, dass ich einen schrecklichen Fehler gemacht haben könnte. Aber ich möchte nicht darüber reden. Ich erzähl's dir morgen.«

Damit musste er sich zufriedengeben.

Sobald er es am Donnerstagmorgen für einigermaßen akzeptabel hielt, wählte er Lindsay Quinns Nummer. Es war Punkt acht Uhr, und als Quinn wie erwartet nicht persönlich dranging, hinterließ er eine Nachricht. Zu seiner Überraschung rief Quinn bereits fünfzehn Minuten später zurück und schlug Kincaid vor, ihn wie beim letzten Mal im Restaurant Booking Office in St. Pancras zu treffen.

Sie waren für halb zehn verabredet, und so hatte Kincaid gerade noch genug Zeit, sein Auto beim Revier Holborn zu parken und dann die U-Bahn nach St. Pancras zu nehmen. Quinn war einer der Hauptanteilseigner bei King's Cross Development. Das Unternehmen hatte seine Büroräume in einem der neuen Gebäudekomplexe nördlich von King's Cross, aber Quinn hatte Kincaid erklärt, er ziehe es vor, vertrauliche Meetings in der Bar im restaurierten Renaissance Hotel abzuhalten. Kincaid konnte ihm das gut nachfühlen.

Das Hotel, ein imposantes neugotisches Bauwerk, war umwerfend restauriert worden, und die Bar, in der einst die Fahrkartenschalter von St. Pancras ihren Platz gehabt hatten, war sein Juwel. Nach Westen hin kam man von hier ins Erdgeschoss des Hotels; wenn man den östlichen Ausgang nahm, gelangte man in die obere Etage des Bahnhofs. Kincaid trat durch die Türen auf der Bahnhofsseite ein. Sobald sich seine Augen an das schwächere Licht gewöhnt hatten, entdeckte er Lindsay Quinn ganz hinten an dem Ecktisch, wo er ihn auch beim letzten Mal getroffen hatte. Diesmal musste er niemanden vom Servicepersonal bitten, ihm den Weg zu weisen.

Quinn, ein großer, schlaksiger Mann in den Fünfzigern, dessen lockige Haare das erste Grau zeigten, schloss seinen Laptop und stand auf, um ihn zu begrüßen. »Superintendent Kincaid. Tee?« Er deutete auf das Teeservice, das bereits auf dem Tisch stand. »Heute Morgen gibt es Assam. Ich beziehe ihn von einer Pflanzung in Ceylon. Bitte nehmen Sie doch Platz.«

»Danke, dass Sie so kurzfristig Zeit für mich haben«, sagte Kincaid, während er sich setzte. Er wartete ab, bis Quinn seine Teetasse gefüllt hatte. Bei ihrem letzten Gespräch hatte er gelernt, dass Quinn seinen Geschäften zwar in dieser zwanglosen Umgebung nachging, er aber dennoch sehr viel Wert auf höfliche Umgangsformen legte. Kincaid goss einen kleinen Schuss Milch in den dampfenden Tee und roch den markanten Malzduft dieser intensiv orangen Mischung.

Quinn drehte seine Tasse auf dem Unterteller, eine kleine angespannte Bewegung und das erste Anzeichen von Nervosität in seinem Auftreten. »Ich hoffe, bei Ihrem Besuch geht es nicht um meinen Sohn«, sagte er mit einem Lächeln, das sich nicht in seinen Augen zeigte.

»Nur im allerweitesten Sinne«, beruhigte Kincaid ihn. »Wie geht es Matthew denn?« Er sagte nicht, dass er von Matthews Auszug aus der Wohnung in der Caledonian Road wusste.

»Ich habe ihm die finanzielle Unterstützung gestrichen. Er lebt nicht mehr in der Wohnung, also kann ich die Zahlungen nicht mehr als Hausmeistergehalt betrachten. Ich habe ihm gesagt, wenn er an die Uni zurückgeht und sein Studium zu Ende bringt, komme ich wieder für seine Kosten auf. Aber bislang hat er sich noch nicht dazu entschließen können.«

»Er lebt also bei Ihnen?«

Quinn verzog das Gesicht. »Ich habe ihm noch einen Monat Zeit gegeben, um sich zwischen der Uni und einem Job zu entscheiden.«

Kincaid dachte, dass Quinn viel zu großzügig war und dass es Matthews Rettung sein könnte, ohne Geld und Wohnung dazustehen und sich einen Job suchen zu müssen. Er wusste aber auch, dass es bei anderen Leuten viel leichter fiel, darüber zu urteilen, wie sie mit ihren Kindern umgingen, als bei sich selbst. Und dass es ihn überhaupt nichts anging, solange Matthew nicht gegen das Gesetz verstieß. »Wie auch immer er sich entscheidet, ich wünsche ihm alles Gute.«

»Das ist sehr freundlich von Ihnen, wenn man bedenkt, wie sehr er Ihnen auf den Sack gegangen ist.« Diesmal war Quinns Lächeln aufrichtig.

Kincaid nahm einen Schluck Tee. Er schmeckte so köstlich und facettenreich wie ein edler Wein. Es hatte wohl auch seine Vorteile, wenn man Geld wie Heu besaß. »Ich habe auch Söhne«, offenbarte er, um eine Brücke zwischen sich und Quinn zu schlagen. »Der ältere ist beinahe fünfzehn. Kinder können es einem schwermachen.« Er hoffte aus tiefstem Herzen, dass Kit niemals etwas so Hirnverbranntes wie Matthew Quinn tun würde, aber er wusste, dass es dafür keine Garantie gab.

»Ganz offensichtlich«, sagte Quinn mit unüberhörbarer Ironie. »Wenn Sie nicht wegen meines Sohnes hier sind, Mr Kincaid, wie kann ich Ihnen dann behilflich sein?«

»In gewisser Hinsicht hat es mit Matthews Aktivisten zu tun«, sagte Kincaid. »Können Sie sich erinnern, Mr Quinn, dass Sie mir erzählt haben, Sie hätten Matthews Gruppe und ihre Ziele mal ein paar Leuten gegenüber erwähnt? Ich habe gehofft, Sie könnten mir vielleicht sagen, wer genau diese Leute waren.«

Quinn vollzog erneut das Ritual des Einschenkens. Seine Miene blieb unbewegt. »Können Sie mir sagen, warum Sie das wissen müssen?«, fragte er schließlich.

»Ich fürchte, nein. Außer dass es in keiner Weise Ihren Sohn betrifft.«

Quinn rührte winzige Mengen Milch und Zucker in seinen Tee, dann sah er Kincaid in die Augen und zuckte mit den Schultern. »Warum nicht? Es war ein informelles Treffen, bei dem wir diskutiert haben, wo wir mit unserer Initiative zur Wiederbelebung von King's Cross gerade standen. Sie haben ja wahrscheinlich mitbekommen, dass viele der Projekte hier viel langsamer angelaufen sind als anfangs erwartet. Aber inzwischen geht es zügig voran.«

Kincaid nickte und versuchte, seine Ungeduld zu zügeln, während Quinn die Stirn runzelte, als stöberte er in seinem Gedächtnis. »Stört es Sie, wenn ich mir Notizen mache?« Kincaid zog ein kleines Büchlein aus der Tasche.

»Nein, keineswegs«, antwortete Quinn. »Daran ist nichts Geheimes.« Er nannte Kincaid etwa ein Dutzend Namen. Einige verband Kincaid mit viel beachteten Sanierungsprojekten, andere sagten ihm nichts. Er notierte alle und nahm sich vor, sie zu überprüfen, sobald er wieder in Holborn war. Dann steckte er das Notizbuch wieder in die Tasche und wollte sich gerade bedanken, als Quinn noch hinzufügte: »Ach, und Ihr Deputy Assistant Commissioner Trent. Sie möchte auf dem Laufenden gehalten werden, weil wir hier einen internationalen Kopfbahnhof haben.«

Kincaid starrte ihn an. »DAC Trent?« Evelyn Trent hatte als eine der Ersten Denis im Krankenhaus besucht und Diane Childs im Namen der Polizeiführung ihr Mitgefühl ausgesprochen. Irgendwie kam ihm Trent vertraut vor. Elegant, blond, gepflegtes Äußeres, immer kontrolliert – all diese Eigenschaften fügten sich zu einem Gesamtbild, in dem er sich nur mit Mühe ihre Gesichtszüge vor Augen rufen konnte …

Dann fiel der Groschen.

Evelyn Trent war eine der beiden Frauen auf dem Polaroid.

»Ich setze bei dieser Angelegenheit meinen nicht gerade zierlichen Arsch für Sie aufs Spiel«, sagte Kerry, als sie Gemma vor ihrem Haus abholte. »Schön haben Sie's hier.«

»Danke sehr.« Gemma war inzwischen daran gewöhnt, dass sich die Leute fragten, wie sich zwei Polizisten von ihrem Gehalt diese Gegend in Notting Hill leisten konnten. Sie nickte zum Haus hinüber. »Lange Geschichte.« Als sie den Blick senkte, sah sie die Unterlagen aus der Aktentasche ragen, die Kerry zwischen Schalthebel und Sitz geklemmt hatte. »Und vielen Dank hierfür. Ich hatte schon Angst, Sie würden mich für bekloppt erklären.«

»Ich glaube ja, dass Sie bekloppt sind. Aber …« Kerry schüttelte den Kopf. »… ich kann nicht riskieren, dass ich falschliege. Außerdem habe ich mit Ihrer Argumentation einen Richter überzeugen können. Das spricht schon mal für Sie.«

Kurz darauf hatte sie in der Blenheim Crescent geparkt. »Sie haben es sich doch nicht anders überlegt, oder?« Während Kerry den Motor abstellte, warf sie Gemma einen forschenden Blick zu.

»Nein. Das ist es nicht … Aber wenn ich recht habe, wird das schreckliche Konsequenzen haben.«

»Die Konsequenzen sind Gott sei Dank nicht unser Job.« Kerry sah in den Innenspiegel und beobachtete, wie hinter ihnen ein Streifenwagen anhielt und wiederum dahinter ein Lieferwagen von der Spurensicherung. »Dann wollen wir mal mit der Show loslegen.«

Als sie bei der Tür ankamen, hatten die uniformierten Polizisten zu ihnen aufgeschlossen. Und noch während die Kriminaltechniker ihre Ausrüstung aus dem Lieferwagen luden, drückte Kerry auf den Klingelknopf. Als die Tür aufging, sagte sie: »Mrs Cusick, dürfen wir eintreten? Wir haben einen Durchsuchungsbeschluss für dieses Anwesen.«

»Was?« Nita starrte sie unverwandt an. »Was soll das bedeuten? Sie haben gesagt, Sie müssten mit mir reden, und ich habe schon meinen Geschäftstermin verschoben …« Sie schien erst jetzt die beiden Uniformierten und die Kriminaltechniker zu bemerken, die ihre Spurensicherungskoffer trugen. »Was haben Sie denn vor, um Himmels willen?« Ihre Stimme klang schrill. »Wenn mein bescheuerter Ehemann Sie dazu …«

»Mrs Cusick.« Kerry hielt den Beschluss in die Höhe. »Wenn Sie bitte bestätigen würden, dass Sie dieses Dokument gesehen haben.«

Nita Cusick sah angestrengt auf das Blatt Papier und dann wieder zu Kerry. »Nein. Sie können nicht einfach so in mein Haus kommen. Sie dürfen mein Kind nicht schikanieren.«

»Ist Ihr Sohn denn hier, Mrs Cusick?«, fragte Kerry mit einem Seitenblick zu Gemma, weil sie ganz genau wusste, dass er nicht da war. »Wenn ja, können wir einen Opferschutzbeamten rufen, der sich um ihn kümmert.«

»Nein. Nein, er ist … nicht hier.«

»Dann schlage ich vor, dass wir mal eintreten.« Als Kerry, Gemma und der Constable, der sehr groß und sehr dunkelhäutig war, auf sie zugingen, wich Nita Cusick zurück. Die Uniformierten bogen nach rechts in das Wohnzimmer, so dass Nita gar keine andere Wahl blieb, als auch dorthin zu gehen. »Am besten setzen wir uns hin«, schlug Kerry vor.

Der Constable, der sich Gemma als Jacobs vorgestellt hatte, bezog Posten neben der Tür – ganz entspannt in Rührteuch-Stellung. Sie sahen zu, wie die beiden Kriminaltechniker mit ihrer Ausrüstung das Haus durchquerten. Einer ging nach oben, der andere nach unten. Sie hatten Anweisung, nach bestimmten Gegenständen Ausschau zu halten, aber auch nach allem anderen, was im Zusammenhang mit der Ermordung von Reagan Keating oder dem Angriff auf Asia Ford von Bedeutung sein könnte.

Nita war rückwärts bis zu einem der Sofas gegangen und ließ sich jetzt darauf sinken, als wäre sie sich ihrer Handlungen gar nicht bewusst. Anstelle der Yoga-Klamotten trug sie heute ein enges graues Leinenkleid. Die Farbe betonte noch ihren fahlen Teint, und als sie sich hinsetzte, rutschte ihr das Kleid wenig schmeichelhaft an den Oberschenkeln hoch.

Gemma stellte fest, dass die verblühten Rosen inzwischen weggeräumt waren, aber die Luft im Zimmer war trotz des gestrigen Temperaturrückgangs immer noch stickig. Ein weiteres Mal musste sie gegen den Impuls ankämpfen, ein Fenster aufzureißen.

»Sie können doch nicht meine Sachen durchwühlen«, sagte Nita und wollte aufstehen, aber nach einem Blick auf den Constable ließ sie sich wieder zurücksinken. »Wonach suchen die?«

»Mrs Cusick, es gehört zur Standardvorgehensweise, den Wohnsitz eines Mordopfers zu durchsuchen«, erklärte Kerry ihr. »Es hätte schon viel früher erledigt werden müssen, aber die Umstände von Reagan Keatings Tod waren ein bisschen ungewöhnlich.« Wie zuvor mit Gemma abgesprochen, fügte sie hinzu: »Ich glaube, ich mache uns einen Tee, während wir warten. Es dauert bestimmt nicht lange.«

»Aber ich …«, setzte Nita an, doch Kerry hatte den Raum bereits verlassen.

»Es tut mir leid, dass wir Sie damit behelligen müssen, Nita«, sagte Gemma. »Ich bin sicher, dass nichts dabei herauskommt.« Sie sah in die Richtung, in die Kerry gegangen war, und verdrehte die Augen. »Vorschriften sind manchmal so was von lästig.«

Nita entspannte sich merklich, aber der Blick, den sie Gemma zuwarf, war immer noch misstrauisch. »Woher wussten Sie, dass Jess nicht da ist?«

»Ah ja, wir haben mit seinem Vater gesprochen. Das gehört zur Routine, wenn ein Kind vermisst wird. Er hat uns gesagt, dass Jess in Sicherheit ist und dass es ihm vielleicht besser geht, wenn er für ein paar Tage aus der Umgebung rauskommt, die ihn so an Reagan erinnert.«

»Klar, dass er das sagt.« Nita kniff die Lippen zusammen. »Das … Das hat ihm wahrscheinlich diese Krankenschwester eingeredet. Ich habe ihm gesagt, dass er damit gegen unsere Sorgerechtsvereinbarung verstößt und dass ich meinen Anwalt einschalten werde.«

»Ich bin sicher, dass Sie nur das Beste für Ihren Sohn wollen«, sagte Gemma besänftigend und bewusst vage.

»Ja, sicher. Aber bald ist sein Vortanzen beim Royal Ballet, und sein Vater hat ihm die lächerliche Idee in den Kopf gesetzt, dass er da bleiben sollte, wo er ist.«

»Sie meinen die London Boys Ballet School, oder? Wo Jess zweimal die Woche hingeht? Ich dachte, die wäre ziemlich gut.«

»*Ziemlich* gut beschreibt es genau, wenn Sie mich fragen. Aber diese Schule kann nicht mehr als ein Schritt auf dem Weg sein, wenn man in einer weltberühmten Kompanie trainieren will.«

»Oh? Ich dachte eigentlich, dass ich sie mir mal für meinen Sohn anschaue.«

»Ihr Junge ist wie alt, sieben?« Nita tat Toby und seine Karriere als Tänzer mit einem Schulterzucken ab. »Ich bezweifle, dass es viel ausmacht, wo Sie ihn hinschicken.«

Gemma zwang sich zu einem Lächeln. »Jess' Herz hängt also am Royal Ballet?«

»Ja, natürlich.« Nita runzelte die Stirn, als hätte Gemma etwas Blasphemisches gesagt.

»Dann wäre es furchtbar, wenn irgendetwas – oder irgendjemand – Jess' Erfolg beim Vortanzen gefährden würde.«

»Genau das habe ich ihr gesagt …« Nita schloss den Mund, und plötzlich wirkte sie wieder äußerst misstrauisch.

»Meinen Sie Reagan?«, fragte Gemma. »Sie hat das doch bestimmt genauso gesehen.«

»Natürlich hat sie das. Sie hat verstanden, wie wichtig das für Jess ist.«

Gemma bemühte sich um einen beiläufigen Ton, als wäre die Frage, die sie stellen wollte, nicht weiter wichtig. »Also hätte Sie nie etwas vorgeschlagen, was seine Zukunft als Tänzer gefährdet hätte?«

»Auf keinen Fall.«

»Und es hätte Ihnen nichts ausgemacht, wenn sie Jess dazu ermutigt hätte, Henry Sus Eltern von dem Inhalator zu erzählen – dass er ihn Henry an dem Tag, als er gestorben ist, weggenommen hat?«

Einen Moment lang zeigte sich auf Nitas Miene ein Ausdruck völliger Verständnislosigkeit, so als hätte Gemma plötzlich in einer fremden Sprache gesprochen. Dann riss sie schockiert die Augen auf, während ihr gleichzeitig alle Farbe aus dem Gesicht wich. »Ich weiß nicht, wovon Sie sprechen«, flüsterte sie.

»Doch, ich glaube, das tun Sie«, sagte Gemma ruhig. »Jess hat Reagan erzählt, dass er an dem Tag, als Henry starb, seinen Inhalator aufgehoben hat. Er hatte Henrys ständiges Piesacken satt und fand, dass es ihm recht geschehen würde, wenn er wegen des verlorenen Inhalators Ärger bekäme. Er hat ihn in die Tasche gesteckt und ist nach Hause gegangen. Er wusste nicht, dass Henry sich in die Hütte sperren und in Panik geraten würde. Jess wollte das den Sus erzählen. Reagan hat ihn darin unterstützt. Sie hat ihm aber auch gesagt, dass er erst mit

Ihnen darüber sprechen müsse. Sie haben Jess dagegen erklärt, dass sein Leben *und* seine Tanzkarriere zerstört sein würden, wenn sein Geheimnis herauskäme. Und dass Sie alles tun würden, damit das nicht passiert.«

»Aber das können Sie nicht wissen … Das ist absurd. Jess würde nie …«

Gemma hatte nicht vor zuzugeben, dass Jess es ihr erzählt hatte. »Wir haben Reagans Computer gefunden«, sagte sie, als wäre damit alles erklärt. Das entsprach auch der Wahrheit, da der Laptop in Jess' Rucksack gewesen war und sein Vater ihn heute Morgen ins Revier gebracht hatte. Ob er irgendwelche verwertbaren Informationen enthielt, musste sich erst noch herausstellen. Er war mit einem Passwort geschützt, das Jess nicht kannte.

»Reagan hat Jess am Freitagabend erzählt, dass sie vielleicht bei Ihnen aufhören würde. Sie glaubte, dass es Jess sein Leben lang belasten würde, wenn man ihn dazu zwingt, sein Geheimnis zu bewahren. Sie war ganz schön verbohrt, wenn es um die Wahrheit ging, die Kleine.« Gemma schüttelte den Kopf in gespieltem Unverständnis.

»Wahrheit?«, sagte Nita mit unverhohlenem Gift in der Stimme. »Sie war eine verdammt selbstgefällige Besserwisserin. Wie hätte Sie denn wissen können, was am besten für Jess ist? Ich bin seine Mutter.«

Gemma nickte. »Natürlich sind Sie das. Und ich verstehe das. Ich würde auch nicht wollen, dass mir jemand Fremdes erzählt, wie ich mit meinen Kindern umzugehen habe. Oder wo mein Sohn tanzen soll, nach all der Mühe und den Opfern, die ich gebracht habe, damit er die besten Chancen hat.«

»Jess muss für das Royal Ballet tanzen.« Auf Nitas Wimpern glitzerten Tränen. »Sonst wäre doch alles umsonst gewesen. All diese Jahre, alles, worauf ich verzichtet habe …«

Auf Gemma wirkte es nicht so, als hätte Nita auf allzu viel verzichtet. Doch sie nickte und lehnte sich vor, lud Nita dazu ein, ihr noch mehr anzuvertrauen. »Sie müssen mit Reagan gesprochen haben – versucht haben, sie zum Bleiben zu überreden. Und dass sie die blöde Idee aufgibt, Jess müsse zu den Sus gehen.«

»Ich … Sie ging an diesem Abend aus. Ich habe sie nicht mehr lebend wiedergesehen.«

»Aber Sie haben ihr eine Nachricht geschrieben, als sie Freitagabend mit ihren Freunden weg war. Die haben uns das erzählt. Sie haben auch gesagt, dass sie sehr aufgewühlt gewesen ist und nicht mit Ihnen sprechen wollte.« Gemma hatte wegen dieser Lüge kein schlechtes Gewissen.

»Nein, ich habe ihr nicht geschrieben. Ganz sicher nicht.« Nita schien sich förmlich einzurollen, mit den hochgezogenen Knien und vorgebeugten Schultern nahm sie beinahe die Haltung eines ungeborenen Babys ein. »Ich habe keine Ahnung, warum sie das erzählt hat. Es stimmt nicht.«

»Aber Reagan hat immer die Wahrheit gesagt. Sie war dabei, mit ihrem Freund Schluss zu machen, weil er unehrlich war.«

»Sie hat mir nichts von Edward Miller erzählt«, sagte Nita in einer Aufwallung von Trotz. »Das war nicht ehrlich.«

»Das wollte sie noch tun«, versuchte Gemma erneut, sie zu besänftigen. »Ich glaube, sie hätte es Ihnen schon früher gesagt, aber als Jess ihr von dem Inhalator erzählt hat, hat ihr das einen Strich durch die Rechnung gemacht. Außerdem wollte sie erst mal die Sache mit Hugo Gold zu Ende bringen, ehe sie sich auf irgendeine Beziehung mit Edward Miller einließ.«

»Sie hat unter meinem Dach gelebt. Mein Essen gegessen. Mein Kind mit ihren Vorstellungen vergiftet.« Nita wischte sich über den Mund. »Und dann hat sie … meinen Klienten verführt. Edward.«

Zum ersten Mal wurde Gemma bewusst, dass Nita sich vielleicht selbst Hoffnungen auf Edward Miller gemacht hatte. Dass sie möglicherweise zu viel in seine freundliche Art hineininterpretiert hatte.

»Hinter Ihrem Rücken«, stimmte sie zu. »Noch ein Grund mehr, wütend auf sie zu sein.«

Nita nickte so heftig, dass ihr Kopf auf und ab hüpfte. »Dazu hatte sie kein Recht. Genauso wenig, wie sie Jess hätte sagen dürfen, was er tun soll.«

»Selbstverständlich wollten Sie da mit ihr reden«, sagte Gemma und ließ Nitas Behauptung, sie hätte ihr keine Nachricht geschrieben, einfach unter den Tisch fallen. »Sie mussten herausfinden, was sie mit Jess vorhatte. Ob sie den Sus von dem Inhalator erzählen wollte.« In verständnisvollem Ton fügte sie hinzu: »Ich kann das nachvollziehen. Ich hätte es nicht ausgehalten, all diese Dinge nicht zu wissen. Aber vielleicht hätte sie es Ihnen gar nicht sagen wollen. Oder zumindest nicht die Wahrheit.« Gemma erkannte jetzt, dass Nita davon ausgegangen war, Reagan würde sie belügen.

Sie hatte die geschäftigen Hintergrundgeräusche im Haus nun schon seit einiger Zeit gehört – die leisen Stimmen, Schritte und knarzende Stufen. Sie konnte nur hoffen, dass Kerry ihr noch ein paar Minuten verschaffen würde. Constable Jacobs stand so unbewegt wie eine Statue außerhalb ihres Sichtfeldes, und Gemma wagte es nicht, zu ihm hinüberzusehen.

»Sie dachten, wenn Reagan angeheitert wäre, würde sie es Ihnen möglicherweise verraten, stimmt's nicht, Nita? Das einzige Problem war, dass Reagan nicht viel getrunken hat. Aber was, wenn sie etwas richtig Leckeres zum Trinken bekäme – vielleicht einen Gin-Punsch. Sie müssen ja einen ziemlichen Vorrat an Red Fox gehabt haben. Dann würde ihr gar nicht auffallen, wenn viel mehr Alkohol drin war, als sie gewohnt war.«

Nita starrte sie mit erweiterten Pupillen an, während sich ihre Brust rasch hob und senkte. Gemma musste an einen Hasen denken, der im Lichtkegel heranrasender Scheinwerfer erstarrte.

Sie schluckte und fuhr fort: »Es war so eine schöne Nacht. Warm. Ganz ungewöhnlich für Mai. Die perfekte Nacht, um im Garten miteinander zu plaudern. Mit einer Kerze, einer Karaffe Punsch und zwei hübschen Gläsern. Und Reagan in ihrem weißen Kleid. Sie hätte direkt aus einem Märchen herausspaziert sein können. Und es hat wunderbar funktioniert, oder? Nur sie beide und das kühle weiche Gras, das einzige Licht kam von den Sternen und der flackernden Kerze. Sie hat den Punsch getrunken und gekichert. Als sich alles wie ein Karussell um sie zu drehen begann, hat sie sich in die Wiese zurückplumpsen lassen. Und dabei hat sich ihr weißes Kleid wie Schaum um sie herum ausgebreitet.«

»Das können Sie nicht wissen«, flüsterte Nita. »Das können Sie unmöglich wissen.«

Gemma verschränkte fest die Finger, um ihre Hände am Zittern zu hindern. »Aber als Sie sie fragten, was sie wegen Jess tun wolle – sicher haben Sie gesagt, sie müsse doch verstehen, wie wichtig es ist, dass nichts sein Fortkommen behindert –, da hat sie gesagt, nichts wäre wichtiger für Jess, als das Richtige zu tun. Dass sie ihm dabei auf jede erdenkliche Weise helfen würde. Und das konnten Sie nicht zulassen, oder, Nita?«

Nita blinzelte einmal, aber ihre Augen blieben völlig emotionslos. Gemma dachte an Asia Fords blutenden Kopf und war plötzlich sehr froh, dass der Constable mit ihnen im Raum war.

»*Bring sie zum Schweigen*«, flüsterte Gemma, kaum hörbar. »*Bring sie zum Schweigen*, haben Sie gedacht. *Stopf ihr das weiche weiße Kleid in den Mund*. Und sie selbst muss sich auch sehr weich angefühlt haben, mit ihrer Mädchenhaut, fast so wie die eines Kindes. Sie hat sich ein bisschen gewehrt. Die Kerze ist umgekippt und ausgegangen, das Wachs hat sich aufs Gras ergossen. Puff. Und dann war sie verlöscht, genau wie die Kerze. Aber sie konnten sie nicht so liegen lassen.« Gemma schluckte gegen die aufsteigende Übelkeit an. »Unordentlich wie eine Stoffpuppe. Also haben Sie ihr Kleid glattgezogen. Sie haben sie auf den Rasen drapiert, als wäre sie gerade eingeschlafen, war es nicht so, Nita?«

Ein erneutes Blinzeln und ein winziges Kopfschütteln, das keine wirkliche Verneinung war.

Gemma holte Atem. »Wo hat Reagan ihr Handy gelassen, Nita? In der Küche? In ihrem Zimmer? Es muss ein Schock gewesen sein, als Sie gerade alles weggeräumt haben und die Nachricht kam. Von Edward. Sicher nicht von *Ihrem* Edward, haben Sie gedacht. Haben Sie die Nummer erkannt? Was, wenn er herkäme? Sie müssen Panik bekommen haben. Also haben Sie zurückgeschrieben, nur für den Fall. Wo ist das Handy jetzt, Nita? Haben Sie es behalten? Sie mussten ja die SMS und E-Mails durchlesen und schauen, ob Reagan es irgendwem erzählt hatte. Es muss ein noch größerer Schock gewesen sein, als Sie am nächsten Tag bemerkt haben, dass der Computer verschwunden war. Hatte sie ihn etwa irgendjemandem gegeben? War jemand im Haus gewesen? Aber nichts ist passiert, außer dass Jess nicht mehr mit Ihnen gesprochen hat. Er wollte Ihnen nicht sagen, wo er Samstagvormittag gewesen ist. Wusste er etwas? Oder ahnte er zumindest was?« Gemma war nun unerbittlich. »Hat er Reagan mehr geliebt als Sie? Als dann Asia anrief und Ihnen erzählt hat, sie habe ihn im Garten gesehen, wo er doch in der Schule hätte sein sollen, haben Sie wieder Panik bekommen. Diesmal richtige. Asia hat Ihnen erzählt, sie glaube, er könnte vielleicht ihren Alkohol geklaut haben. Aber Sie wollten nicht, dass irgendjemand Sie – oder Jess – mit der fehlenden Flasche in Verbindung bringt. Asia hat

Ihnen noch etwas anderes erzählt, oder, Nita? Roland Peacock hat Sie in jener Nacht gesehen, wie Sie durch den Garten zurückgekommen sind. Er war gekommen, um Asia zu sagen, dass sie ihr Rendezvous für den Abend abblasen mussten. Seine Frau war unerwartet nach Hause gekommen, da sein Sohn krank war. Er hat sich nicht getraut, Asia anzurufen. Wie Sie sich sicher denken können, wollte erst keiner der beiden darüber sprechen.« Es war Roland, der Gemma am Morgen angerufen und sich stockend offenbart hatte. Nach dem Überfall auf Asia hatte er beschlossen, vor der Polizei nichts mehr verbergen zu wollen, selbst wenn das bedeutete, dass er deswegen mit seiner Frau reinen Tisch machen musste. Er hatte zugegeben, dass seine Affäre mit Asia schon eine Weile ging und dass Clive Glenn ihn ein paarmal dabei beobachtet hatte, wie er bei Tagesanbruch aus ihrem Haus geschlüpft war.

Nitas Augen waren beim Zuhören immer größer geworden, aber sie äußerte sich nicht. Gemma atmete erneut tief ein und fuhr fort: »Also haben Sie es darauf ankommen lassen, Nita. Schließlich mussten Sie Asia ebenfalls zum Schweigen bringen. Aber das hat nicht geklappt. Und Asia hat uns gesagt, dass Jess die Flaschen nie angerührt hat. Bloß Sie, Nita.«

»Das können Sie nicht wissen«, flüsterte sie und fuhr sich mit der Zunge über die Lippen. »Nichts davon können Sie wissen. Und ich werde Ihnen nichts erzählen.«

»Wäre Roland Peacock als Nächster an der Reihe gewesen? Mit wem hätte es aufgehört, Nita?«

Das Zucken in Nitas Hand verriet Gemma mehr als genug. Als die Tür zum Flur aufging, schaute sie erleichtert hoch. Sie hätte es keinen Augenblick länger in einem Raum mit Nita Cusick ausgehalten.

Es war Kerry, die sie zu sich herwinkte. Als Gemma aufstand, merkte sie, dass sie schweißgetränkt war.

Jacobs Miene war immer noch regungslos, aber in seinen Augen sah sie mitfühlendes Verständnis, als er ihr beim Hinausgehen zunickte. Als sich die Tür hinter ihr schloss, lehnte sie sich einen Moment gegen die Wand im Flur.

»Gemma, geht es Ihnen gut?«, fragte Kerry.

»Ja, alles okay.« Gemma richtete sich auf. »Was haben Sie gefunden?«

Kerry hielt zwei Beweisbeutel in die Höhe. Einer enthielt ein Handy, der andere einen Notfall-Inhalator für Asthmatiker. »Haben wir beide in einer Schublade in ihrem Schlafzimmer gefunden, unter der Rüschenunterwäsche vergraben. Ehrlich, Leute gibt's.« Sie verdrehte die Augen. »Das Handy ist nicht passwortgeschützt. Es gehörte Reagan Keating. Und Nita kann den Inhalator auch nicht als ihren ausgeben. Auf dem Etikett steht Henry Sus Name.«

»O Gott.« Gemma wurden die Knie schwach, und sie sank wieder gegen die Wand.

»Ganz zu schweigen«, fuhr Kerry fort, »von der Flasche Getreidebranntwein ganz hinten in ihrer Hausbar. Die Fingerabdrucktechniker werden sicher ihre Freude daran haben.« Damit Gemma sie nicht unterbrach, fügte sie rasch hinzu: »Und sie haben die Schuhe gefunden, die sie laut Ihrer Beschreibung gestern anhatte. Das UV-Licht hat vorne an den Kappen etwas sichtbar gemacht, das wie Blutspritzer aussieht. Haben Sie irgendwas aus ihr herausbekommen?«

»Ein Geständnis? Nein. Eine Bestätigung?« Gemma nickte. »Ja.«

»Dann bringen wir sie jetzt mal zum Revier«, sagte Kerry. »Und versuchen, nicht vor Aufregung in unsere eigene Rüschenunterwäsche zu pinkeln, bis wir erfahren, ob der Staatsanwalt was damit anfangen kann.«

Es fiel Kincaid nicht leicht, das Treffen mit Lindsay Quinn rasch zu beenden und gleichzeitig so zu tun, als ob ihn das, was er ihm erzählt hatte, nur beiläufig interessierte. Er dankte ihm für den Tee, schüttelte Quinn die Hand und ließ ihn mit leicht verwirrter Miene zurück.

Als er aus der Bar auf die obere Ebene der Bahnhofshalle hinaustrat, hörte er, wie unten jemand auf die Tasten eines Klaviers einhämmerte. Rachmaninow, dachte er, eines der Klavierkonzerte und gut gespielt. Das war die Art Musik, die seine Mutter immer beim Hausputz angehört hatte oder wenn sie mit einem kniffligen Problem beschäftigt gewesen war, aber in diesem Moment schien sie Kincaids Kopf beinahe zum Explodieren zu bringen. Er hielt rasch auf den nächstgelegenen Ausgang zu, und kaum war er draußen auf der Euston Road, klingelte sein Handy.

Es war Doug. »Du wirst nicht glauben, was ich herausgefunden habe«, sagte er, nachdem Kincaid sich gemeldet hatte. »Dein Typ in Cheshire, der sich umgebracht hat? Der pensionierte Chief Inspector Fletcher?«

»Was ist mit ihm?«, fragte Kincaid, während er den Kopf senkte und das andere Ohr mit der Hand zuhielt, um den Verkehrslärm auszusperren.

»Er hat für Deputy Assistant Commissioner Trent gearbeitet. Beim SO15.«

Zum zweiten Mal innerhalb von kurzer Zeit hatte Kincaid das Gefühl, einen Tritt in den Magen abbekommen zu haben. »Scheiße.« Er holte Atem und versuchte, die einzelnen Informationen miteinander zu verbinden. »Wir müssen reden. Nicht am Telefon. Wo bist du?«

»Daheim«, entgegnete Doug. »Ich mache doch blau, weißt du nicht mehr? Melody auch. Sie ist allerdings bei der Zeitung. Wir verlieren wahrscheinlich beide unseren Job.«

»Ich hoffe nur, dass nichts Schlimmeres passiert«, murmelte Kincaid und dachte fieberhaft nach. Er wagte es nicht, sich mit den beiden beim Bahnhof King's Cross oder irgendwo in der Nähe von Holborn zu verabreden. »Wir treffen uns einfach da, wo wir uns neulich getroffen haben, okay?« Vielleicht war seine Paranoia lächerlich, aber das war ihm egal. »Und Melody soll bitte überprüfen, ob unser DAC in irgendeiner Form finanziell an King's Cross Development oder einem ihrer Tochterunternehmen beteiligt ist. Dann triffst du dich mit ihr in Kensington, und ihr kommt gemeinsam. Nehmt ein Taxi.«

Doug lachte. »Du willst mich wohl auf den Arm nehmen.«

»Nein, ganz bestimmt nicht«, blaffte Kincaid. »Tu's einfach.«

Kincaid ging zu Fuß. Doug und Melody würden für den Weg nach Hatton Garden eine ganze Weile benötigen, und er brauchte Zeit zum Nachdenken. Als er sich auf der Gray's Inn Road in südlicher Richtung hielt, kam er an der Wren Street, der Roger Street und dem Duke vorbei, jenem Pub, das Denis für sicher genug gehalten hatte, um sich am Samstagabend dort mit ihm zu treffen. Er hoffte, dass er nicht so naiv wie Denis war, wenn er glaubte, dass man ihn in der Scotch Malt Whisky Society nicht aufspüren würde.

Erst in der Greville Street fiel ihm ein, dass die Whisky Society nicht vor zwölf öffnete. Er fühlte sich wie ein Volltrottel, als er sich in das Pub im Erdgeschoss setzte, Doug in einer Nachricht darüber informierte und langsam einen Kaffee trank. Das Pub füllte sich allmählich mit Mittagsgästen, während draußen ein plötzlicher Regenguss die Straße überschwemmte und dann genauso schnell wieder endete, wie er ausgebrochen war. Als Doug und Melody in der Greville Street aus einem Taxi stiegen, war es genau Mittag.

Er nahm sie draußen in Empfang, und dann gingen sie gemeinsam zu den Räumen der Society über dem Pub hinauf. Kincaid bestellte für sie alle Sandwiches und noch mehr Kaffee, ehe er ihnen berichtete, was er von Lindsay Quinn erfahren hatte. Er nahm das Polaroid aus der Tasche und reichte es ihnen hinüber.

»O verdammt!«, kommentierte Doug kurz und bündig, während er darauf starrte.

»Das ist sie, kein Zweifel«, bestätigte Melody. »Aber wer ist die andere Frau, die hübsche Brünette?«

»Das spielt im Moment keine Rolle«, sagte Doug. »Dir ist schon klar, dass Evelyn Trent auch Nick Callerys Vorgesetzte ist, oder? Ich habe übrigens seine Adresse herausgefunden. Er wohnt im Gasholders-Komplex. Hat also Callery das Treffen mit Stanton eingefädelt, oder hat Stanton Callery in dessen eigener Gegend aufgelauert und gedacht, er würde die Oberhand gewinnen?«

»Wenn das sein Plan war, ist er auf jeden Fall gescheitert.« Kincaid dachte nach. »Andererseits ... Als Nick Callery am Montag ohne erkennbaren Grund in Holborn aufgetaucht ist, hatte er eine Schnittwunde an der rechten Hand. Er hat gesagt, sie stamme von einem Unfall mit einem Küchenmesser.«

»Vielleicht hat Stanton ihn angegriffen«, sagte Doug, »und es ist schiefgegangen.«

»Tot im Kanal zu enden könnte man wirklich mit ›schiefgegangen‹ beschreiben. Da geb ich dir recht.« Kincaid schenkte der Barkellnerin ein kurzes Lächeln, als sie ihnen den Kaffee brachte. Sobald sie außer Hörweite war, fuhr er fort: »Inzwischen frage ich mich, ob Callery in Holborn aufgekreuzt ist, weil er wusste, wie nahe Denis und Tom Faith sich stehen, und er Informationen von Faith abgreifen wollte.«

»Und es kommt noch schlimmer«, sagte Doug mit einem Seitenblick zu Melody.

»Ich hatte nicht genug Zeit für genauere Nachforschungen.« Sie zuckte entschuldigend mit den Schultern. »Es gibt nichts so Offensichtliches wie ihren Namen auf der Liste der Anteilseigner bei KCD. Aber als ich den Verbindungen zu ein paar der Tochterunternehmen nachgegangen bin, stieß ich auf eine Evelyn Janes-Trent. Ich glaube, wir können davon ausgehen, dass die beiden ein und dieselbe Person sind.«

Die drei sahen einander schweigend an, während ihr Kaffee immer kälter wurde. Dann fasste Kincaid zusammen, was sie hatten. »Wir können also berechtigterweise annehmen, dass sie ihre Position missbraucht hat, um ihre finanziellen Interessen zu schützen.«

»Mit nicht autorisierten Operationen?«, warf Doug ein, aber es war keine echte Frage. »Okay. Das kann ich glauben. Leute umzubringen, die einem nicht in den Kram passen? Klar. Aber was wollen wir dagegen unternehmen? Ich möchte nicht wie Ryan enden. Oder wie Stanton, ganz gleich was für ein mieser Mistkerl er gewesen ist. Oder wie dein trauriger Typ in Cheshire. Wir bräuchten jemanden, der uns das alles glaubt und gleichzeitig nicht für sie arbeitet. Wer könnte das sein? Anscheinend wusste nicht mal Denis Childs darauf eine Antwort.« Er lehnte sich zurück, während die Barkellnerin ihre Sandwiches servierte. Als sie fort war, beugte er sich wieder vor und betrachtete sie ernst durch seine Brillengläser. »Ryan in Matthew Quinns Protestgruppe zu stecken mag ja noch rechtens gewesen sein, aber alles seither war völlig durchgedreht. Und wer soll sie verhören, um Gottes willen? Sie ist bei der Terrorabwehr!«

»Ich weiß, wer«, sagte Melody.

Sie hätte genauso gut eine Bombe mitten auf den Tisch fallen lassen können. Kincaid und Doug fuhren gleichzeitig herum und starrten sie an. Doug, dem die Angst nicht auf den

Magen zu schlagen schien, kaute gerade auf einem großen Bissen Roastbeef herum.

»Was meinst du damit?«, nuschelte er mit vollem Mund.

Aber Kincaid verstand plötzlich, wen sie meinte. »Dein Vater. Er wusste vor allen anderen vom Überfall auf Denis. Und seine Andeutungen über Denis' Vergangenheit – vielleicht wusste er ja auch von den verdeckten Ermittlungen.«

»Meinem Dad hat die Vorstellung nie behagt, dass die Polizei Spione auf normale Bürger ansetzt, die keine Verbrechen begehen. Das war einer der Gründe, warum er nicht wollte, dass ich zur Polizei gehe.«

Kincaid wusste, dass Melody aus der Macht und dem Einfluss ihres Vaters nie Profit hatte schlagen wollen. Und sie wollte von ihren Kollegen auch nicht als unzuverlässiges Informationsleck betrachtet werden. Außerdem hoffte er, dass er Melody und Doug bislang unter Callerys Radar hatte halten können. Aber wenn Melody ihre gesammelten Erkenntnisse ihrem Vater vorlegte und Ivan sie verwendete, würde es sicher nicht lange dauern, bis Trent Ivan Talbots »geheime Quelle« ausfindig gemacht hatte. »Du würdest dich damit mitten in die Schusslinie begeben, Melody«, sagte Kincaid.

»Mit jeder Sekunde, die wir warten, wird es für uns alle immer gefährlicher«, erwiderte sie. »Für dich, mich, Doug, Gemma, deine Kinder. Du glaubst doch nicht wirklich, dass sie uns nicht aufspüren kann.«

Kincaid wusste, dass sie recht hatte. Doug ebenfalls, wie er an dessen zögerlichem Nicken sah.

»Und was ist damit, dass du deinen Vater in Gefahr bringst?«, fragte Kincaid.

»Er hatte schon größere Fische am Haken als diesen. Und bei der Zeitung haben sie ganz andere Recherchemöglichkeiten als wir. Ich habe gerade mal an der Oberfläche gekratzt.«

»Bist du sicher?«, fragte Kincaid.

Melody schob ihren unberührten Teller beiseite. »Ja. Und jetzt gehe ich.« Sie schenkte ihnen ein unerwartet strahlendes Lächeln und fügte hinzu: »Bevor ich es mir noch anders überlege.«

Sie sahen ihr hinterher. »Verdammt sture Frau«, sagte Doug mit einer Mischung aus Ärger und Stolz.

Aber Kincaid dachte schon wieder sorgenvoll an Evelyn Trent. »Warum Craig?«, wollte er wissen. »Die anderen ergeben einen Sinn, wenn man sich auf diese wahnsinnige Denkweise einlässt. Aber wenn sie Angus und Edie Craig wirklich hat umbringen lassen, warum ist sie dann dieses enorme Risiko eingegangen?«

»Ganz offensichtlich kennen sie sich schon seit Ewigkeiten.« Doug tippte auf das Polaroid, das immer noch auf dem Tisch lag. »Wer weiß, in wie vielen dreckigen Geschäften sie in all den Jahren schon ihre Finger hatte? Vielleicht besaß er ein Druckmittel gegen sie und hat gedroht, es einzusetzen, wenn sie die Anklage gegen ihn zulassen sollte.«

Kincaid schaute auf das Polaroid. »Du darfst Denis nicht vergessen. Wie viel hat er gewusst? Und was hat er nach seiner Rückkehr aus Singapur getan, dass sie so schnell die Hunde auf ihn losgelassen hat?« Er nahm eine Brotkruste in die Hand und legte sie dann wieder hin. Genau wie Melody hatte er den Appetit verloren.

»Schade, dass wir ihn nicht danach fragen können«, sagte Doug. »Sonst wüsste ich niemanden, an den wir uns wenden können …«

Kincaid unterbrach ihn mit einer knappen Geste. »Ich bin so ein Idiot«, sagte er. »So ein Riesenidiot. Es gibt eine Person, die weiß, was Denis getan hat. Ich habe bloß nie daran gedacht, sie zu fragen.«

Diane Childs hatte Kincaid gesagt, dass sie gerade das Royal London Hospital verlassen wolle, aber im Krankenhauscafé auf ihn warten werde, wenn er sich beeilte. Kincaid fand es unangenehmer denn je, das Krankenhaus zu betreten, aber er wollte Diane nicht vergraulen, indem er sie um einen anderen Treffpunkt bat. Von der U-Bahn-Station Whitechapel aus ging er zu Fuß zum Klinikkomplex. Dabei richtete er den Kragen seines Jacketts auf, um sich gegen den Wind zu schützen. Auch wenn die Kälte, die er verspürte, nichts mit dem Wetter zu tun hatte. Zweimal sah er sich um und hatte das Gefühl, dass sich seine Nackenhaare aufstellten. Beim zweiten Mal glaubte er, einen Mann in einem silbergrauen Anzug zu bemerken, der durch die Menge schlüpfte. Doch als er noch mal hinschaute, sah er nur ein paar asiatische Teenager in Trainingsanzügen und eine Gruppe von Frauen in Saris, die Einkaufskörbe trugen.

Diane Childs wartete wie versprochen im Krankenhauscafé auf ihn, an einem Tisch in der Ecke. Ihre magentafarbene Bluse bildete einen lebhaften Kontrast zu den öden Anstaltsfarben um sie herum. Sie stand auf und begrüßte ihn mit einem Lächeln, gefolgt von einer unverhofften Umarmung.

»Geht es Ihnen gut?«, fragte sie, als er ihr gegenüber Platz genommen hatte. »Sie klangen am Telefon so besorgt.«

»Es tut mir leid, dass ich Sie damit behellige«, erwiderte Kincaid. »Wo Sie weiß Gott schon genug am Hals haben.« Er war sich nicht sicher, wie er sein Anliegen formulieren sollte, und versuchte, sich heranzutasten. »Aber ich bin auf etwas gestoßen und habe gedacht, dass Sie mir vielleicht dabei helfen könnten. Es könnte etwas mit dem Grund für den Überfall auf Denis zu tun haben.«

Dianes elegante dunkle Augenbrauen hoben sich zu einem gleichermaßen bestürzten wie fragenden Ausdruck. »Bitte, fahren Sie fort.«

Kincaid holte tief Luft. »Ich weiß nicht, wie viel Denis Ihnen anvertraut hat, aber ich glaube, vor ein paar Jahren hat er mit einem Mann namens Angus Craig zusammengearbeitet.«

Diane sah noch verwirrter aus. »Wenn Sie mich fragen wollen, ob Denis beim Special Branch war: Ja, das stimmt.«

»War er in verdeckter Mission tätig?«

»Ja. Obwohl ich gar nicht weiß, ob ich das sagen darf. Und es stimmt: Er hat mit Craig gearbeitet. Das weiß ich allerdings nur, weil er einmal zu uns nach Hause gekommen ist. Damals, als Denis krank war.« Sie verzog das Gesicht. »Ein schrecklicher Mann.«

Dem konnte Kincaid nicht widersprechen. »Denis war krank?«

»Ja. Anfangs wussten wir nicht, was er hatte. Wegen dieser Krankheit ist er auch beim Special Branch ausgeschieden. Beim ersten Mal sagten sie, es wäre eine schlimme Virusinfektion, aber die Symptome traten immer wieder auf. Es hat Jahre gedauert, bis Hepatitis C bei ihm diagnostiziert wurde. Trotzdem hat ihn die Krankheit diesen Job gekostet.« Sie schüttelte den Kopf. »Aber zeitgleich mit der Erkrankung ist am Ende seiner Dienstzeit beim Special Branch noch irgendwas anderes passiert. Ich weiß nicht, was … Er hat es mir nie erzählt. Aber es … Ich bin nicht sicher, ob ich es erklären kann. Er war danach nicht mehr derselbe.« Seufzend fügte sie hinzu: »Ich klinge ziemlich überspannt, oder? Ich sollte dafür dankbar sein, was immer es war. Schließlich hatte er seitdem einen Schreibtischjob.«

»Hat Denis je erwähnt, dass er damals mit DAC Trent zusammengearbeitet hat?«

»Evelyn?« Diane wirkte überrascht. »Nein, hat er nicht. Ich bin immer davon ausgegangen, dass es sich beim Special

Branch um einen exklusiven Männerverein handelt.« Sie runzelte die Stirn. »Ich hatte ehrlich gesagt nie den Eindruck, dass er sie sonderlich mag. Ich war erstaunt, als sie ihn im Krankenhaus besucht hat. Ist aber wahrscheinlich einfach die übliche Vorgehensweise.«

»Nicht dass ich wüsste«, entgegnete Kincaid ausweichend. »Aber dürfte ich Ihnen noch eine Frage stellen? Als Denis nach seiner Lebertransplantation wieder zu arbeiten anfing, hat er da irgendetwas Ungewöhnliches getan?«

Diane dachte eine Weile darüber nach, während sie ihre leere Kaffeetasse zentimeterweise auf dem Tisch hin und her schob. Dann blickte sie ihm in die Augen. »Ich glaube, ich darf Ihnen das sagen. Es ging um Angus Craig und seine Frau. Ich habe sie ein- oder zweimal auf Polizeiveranstaltungen getroffen. Eine nette Frau. Ich habe nie verstanden, wieso ... Na ja, darum geht es jetzt nicht. Sie sind gestorben, im Herbst. Denis hat mir erzählt, dass Craig sie erschossen hat. Dann hat er das Haus in Brand gesteckt und sich selbst getötet. Zumindest stand das wohl so im Ermittlungsbericht.«

»Aber Denis hat das nicht geglaubt.«

»Nein. Er war damals ziemlich krank. Er hat sich so aufgeregt, dass ich mir Sorgen um ihn gemacht habe. Gott sei Dank hatten wir die Reise nach Singapur schon arrangiert, und er hat eingewilligt, die Operation durchzuziehen. Ich dachte, danach würde er die Angelegenheit auf sich beruhen lassen. Als wir dann wieder zu Hause waren, hat er mir gesagt, er wolle sich gleich am ersten Tag im Yard die Ermittlungsakten vornehmen. Dieser sture Bock.« Sie lächelte Kincaid an. »Aber Sie können ihn auch selbst danach fragen.

Kincaid sah sie verdutzt an. »Was?«

»Er ist seit zwei Tagen wieder bei Bewusstsein. Ich wollte Sie gerade anrufen, als Sie sich gemeldet haben. Er hat mir gesagt, dass ich Ihnen und Tommy Bescheid geben darf. Aber niemandem sonst.«

25

Sie wollte auf keinen Fall im Verlag mit ihrem Vater sprechen oder an einem öffentlichen Platz. Da sie wusste, dass ihre Mutter zu einem frühen Wochenende in ihr Landhaus aufgebrochen war, rief sie Ivan an und fragte ihn, ob sie sich im Haus in der Stadt treffen könnten.

»Zum Lunch?«, hatte er gefragt.

»Nein, nein, ich bin nicht hungrig«, hatte Melody ihm versichert. Aber als sie in das Reihenhaus am Kensington Square kam, war Ivan bereits da und in der Küche zugange. Er hatte Jackett und Krawatte abgelegt und sich die alte Schürze vor das maßgeschneiderte Hemd und die Hose gebunden. Die Terrassentür stand offen und rahmte die wirbelnden Schatten der schnell dahingleitenden Wolken ein.

Ihr Vater zog sie erst an seine Brust und hielt sie dann auf Armeslänge von sich, was ihr wie immer das Gefühl gab, sechs Jahre alt zu sein. Ivan benutzte nie Parfüm, roch aber stets dezent nach Rasierseife, ein sauberer Duft, den Melody tröstlich fand. »Kein Kaffee«, sagte er mit ernstem Blick, als er sie losließ. »Du siehst blass aus. Und du bist sogar noch dünner als am Sonntag. Hier, ich habe dir ein Sandwich gemacht.« Als er beiseitetrat, sah sie einen Teller, auf dem ein Vollkornbrot-Sandwich und ein geschnittener Apfel lagen. Daneben stand ein Glas Milch. Keinen Tag älter als sechs.

Seufzend setzte sie sich hin. Sie hatte gar keine andere Wahl. Im Unterschied zu ihrer Mutter, die von Kindesbeinen an erwartete, dass immer jemand da war, der für sie sorgte und ihr das Essen auf den Tisch stellte, hatte ihr Vater das tief sitzende Bedürfnis, sich um andere zu kümmern. Wenn Melody dem nicht nachgab, würde es kein Gespräch geben.

Sie sah, dass das Sandwich dick mit Schinken, Cheddar und Pickles belegt war, und als sie den ersten Bissen in den Mund nahm, merkte sie, dass sie riesigen Hunger hatte. Die Milch war perfekt, kühl und sahnig. Nachdem sie mit beidem fertig war, hatte sie das Gefühl, sich unterhalten zu können, ohne zu zittern. Währenddessen hatte Ivan eine Kanne Tee aufgebrüht. Als er sich ihr gegenüber hinsetzte und zwei Tassen einschenkte, fragte er: »Also, was gibt's?«

Im Taxi hatte sie über alle möglichen Gesprächseinstiege nachgedacht, aber nun fragte sie schlicht: »Dad, woher kennst du Denis Childs?«

»Ah.« Er warf ihr über die Tasse hinweg einen forschenden Blick zu. Plötzlich wurde Melody bewusst, dass ihr Vater und Denis viel gemeinsam hatten. Beide waren sie große Männer, die sich mit erstaunlicher Eleganz bewegten. Sie waren ungefähr gleich alt und gebrauchten, einer wie der andere, die Macht, die ihre Position ihnen verlieh, mit Klugheit und moralischer Integrität. »Ich habe mir schon gedacht, dass das deine Frage sein könnte.« Mit der zarten Porzellantasse in seinen großen Händen lehnte er sich zurück. »Ich war damals bei der Zeitung gerade zu einem Schreibtischjob befördert worden, hatte aber noch immer den Drang, mir eine Kamera zu schnappen und rauszugehen, wenn was los war. Es war beim Notting Hill Carnival. Lass mich nachdenken … Das muss 1994 gewesen sein. Es kam zu einer üblen Situation. Ein paar weiße Schläger fingen an, eine Gruppe Demonstranten zu verhöhnen, die gegen die Ermordung von Stephen Lawrence protestierte. Einer der Demonstranten hat ihnen erst die Stirn geboten und half dann einem Verletzten aus der Besuchermenge. Ich habe davon ein tolles Foto gemacht – titelseitenwürdig –, habe es aber nie veröffentlicht.« Er schüttelte den Kopf, sein Blick schien in die Vergangenheit zu schweifen. »Ich hätte nicht genau sagen können, wieso. Irgendwas hat nicht gestimmt. Der Typ wirkte nicht wie ein Aktivist auf mich. Zu entschlossen, zu sehr Herr der Lage in einer brenzligen Situation. Ich habe dann ein paar Jahre lang nicht mehr darüber nachgedacht. Bis ich ihn wiedersah, wie er als DCI eine Pressekonferenz in einem medienwirksamen Mordfall leitete. Ich ließ es mir nicht nehmen, anschließend ein wenig mit ihm zu plaudern.« Ivan zuckte die Schultern. »Wir sind im Lauf der Jahre in Kontakt geblieben, Denis und ich. Natürlich nicht öffentlich, wie du dir sicher denken kannst.«

Nein, natürlich nicht, dachte Melody. Ivan hatte in der Öffentlichkeit bekannte Verbindungen immer gemieden. Er meinte, dass sie ihn davon abhalten würden zu sagen, was gesagt werden musste. »Wie hast du erfahren, dass Denis überfallen wurde?«, fragte sie.

»Tom Faith hat mich angerufen.«

Melody nickte. Das hätte sie sich eigentlich denken können.

»Für mich hat es sich nicht nach einem gewöhnlichen Überfall angehört«, fuhr Ivan fort. »Und ich dachte, dass deine Leute es sich vielleicht mal ansehen sollten.« Er sprach ganz bewusst mit seinem breitesten Geordie-Akzent.

»Warum hast du das nicht einfach gesagt?«

Ivan grinste. »Die Zeitung muss sich da raushalten.«

Melody erwiderte sein Lächeln. »Dir ist schon klar, dass du ganz schön manipulativ bist, oder?«

Ivan wurde wieder ernst. »Kann sein. So wie dein Chief Superintendent, obwohl der diesmal vielleicht zu manipulativ war. Was ist passiert? Ich habe nichts aus dem Krankenhaus erfahren.«

Melody begann zu erzählen, zuerst sprach sie stockend über Ryan Marshs Rolle bei der Protestkundgebung in St. Pancras und sein anschließendes Verschwinden. Dann darüber, wie sie sein Versteck aufgespürt hatten und wie er ihnen die Informationen gegeben hatte, die zur Ergreifung des Mörders in ihrem Fall führte. Ihre Hände zitterten wieder, als sie ihm von Ryans Tod erzählte und dass sie in den vergangenen Monaten mit der Vorstellung hatte leben müssen, er hätte sich erschossen und dass sie ihn alle irgendwie im Stich gelassen hätten.

Ivan Talbot konnte gut zuhören. Er ließ sie reden und wieder verstummen, ohne sie zu unterbrechen, und beobachtete sie ohne ein Anzeichen von Ungeduld. Sie hatte Mühe, die Ereignisse der vergangenen Woche – tatsächlich war es noch nicht mal eine Woche – in eine nachvollziehbare Form zu bringen. Kincaids Treffen mit Denis, der anschließend überfallen wurde. Seine wachsende Gewissheit und schließlich die Bestätigung von Rashid, dass Ryan ermordet worden war – was Kincaid darin bestärkte, dass auch der Anschlag auf Denis zielgerichtet gewesen sein musste. Dann ihre Entdeckung, dass irgendeine Verbindung zwischen Ryan Marsh und Angus Craig bestanden hatte. An dieser Stelle hob Ivan zwar die Augenbrauen, unterbrach sie jedoch immer noch nicht.

»Doug und ich haben uns zusammengereimt, was du vermutlich andeuten wolltest«, sagte sie, wobei sie ihn gereizt ansah. »Dass Denis verdeckt gearbeitet hat, wahrscheinlich für den Special Branch.« Als Ivan lediglich nickte, fuhr sie fort. »Als Nächstes ist dann eine männliche Leiche im Regent's Canal aufgetaucht. Seine Fingerabdrücke haben nicht zum Namen in seinem Ausweis gepasst. Stattdessen gehörten sie einem Polizisten. Übrigens keinem sehr netten. In seinen Dienstakten klaffte die Lücke, die auf verdeckte Ermittlungen hindeutet, aber er hatte auch einige Einträge wegen gewalttätigen Verhaltens, und in den letzten zwölf Jahren war er scheinbar komplett von der Bildfläche verschwunden.«

»Hast du ein Foto von ihm?« Ivans Frage überraschte sie.

Melody holte das Handy hervor, öffnete das Führerscheinbild von Michael Stanton und hielt es ihm hin.

Ivan musterte es mit finsterer Miene. »Es ist Jahre her, aber ich könnte schwören, dass das der Mann war, der beim Karneval die Flasche geworfen und einen Unbeteiligten verletzt hat. Er war ganz schön überzeugend in seiner Rolle, das kann ich dir sagen. Von *ihm* hätte ich nicht gedacht, dass er ein Polizist war. Der Special Branch muss Spione auf beiden Seiten gehabt haben. Die Stimmung, die damals nach dem Mord an Stephen Lawrence herrschte, war hochexplosiv.«

»Wir glauben, dass Angus Craig ihr Führungsbeamter war. Sie waren alle miteinander verbandelt. Dann hat Duncan einen …« Melody unterbrach sich und hüllte sich enger in ihre Strickjacke. Sie hatte über Ryans Tod sprechen können – sogar über seine Ermordung –, aber sie war sich nicht sicher, ob sie auch über diesen Teil der Geschichte reden konnte. Ihr Dad ließ ihr Zeit. Sie nippte an ihrem Tee, der mittlerweile merklich kühler geworden war, schluckte und schaffte es schließlich fortzufahren. »Duncan hat einen Zeugen aufgetan, der Ryan Marsh gemeinsam mit Stanton – diesem Mann hier …« Sie tippte auf das Handy. »… in dem Dorf gesehen hat, wo Angus Craig gewohnt hat. Ein paar Stunden bevor er und seine Frau ums Leben gekommen sind. Ich glaube nicht … Ich kann nicht glauben, dass Ryan dafür verantwortlich war. Aber wir gehen davon aus, dass die Craigs ebenfalls ermordet worden sind. Also haben wir uns gefragt, wer verhindern wollte, dass Angus Craig vor Gericht aussagte. Und was Denis wusste beziehungsweise von Angus Craig in dessen Todesnacht erfahren hatte.«

»Ich würde noch einen Schritt weiter gehen«, sagte Ivan nachdenklich, »und fragen, wer den verdeckten Ermittler auf die Aktivisten angesetzt hat, die das Bauprojekt in King's Cross gestört haben.«

Gesprochen wie ein wahrer Journalist, dachte Melody. »Darauf sind wir schließlich auch gekommen.« Sie sah ihrem Vater in die Augen. Vielleicht sollte sie an dieser Stelle aufhören und sich verabschieden. In was würde sie ihn da hineinziehen, wenn sie es ihm erzählte? Wie viel Schaden würde sie damit ihren beiden Eltern zufügen? Und der Zeitung? War es das Risiko wert?

Doch Melody sah seinem Gesicht an, dass sie bereits zu weit gegangen war, um jetzt noch einen Rückzieher zu machen. Ivan Talbot würde das Ganze auf keinen Fall mehr auf sich beruhen lassen. Diese Geschichte würde eine der größten Enthüllungsstorys seiner Karriere werden. Und es ging um die Sicherheit eines Mannes, den er als Freund betrachtete.

»Wir glauben«, sagte Melody, »dass Deputy Assistant Commissioner Trent dahintersteckt.« Und dann erklärte sie ihm, wieso.

Er schlief, allerdings unruhig. Sie gaben ihm zwar keine Beruhigungsmittel mehr, doch er fühlte sich immer noch verwirrt und ohne rechten Bezug zur wirklichen Welt. Wenn er wach war, ärgerte er sich über seine Gedächtnislücken. Er wusste, dass er Duncan im Pub getroffen hatte. Er erinnerte sich, dass er zur Roger Street gegangen war und an ihr Gespräch, als sie zusammen am Tisch gesessen hatten. Er wusste auch noch, wie er das Lokal verlassen hatte. Danach riss sein Erinnerungsfaden ab.

Sie hatten ihm erzählt, wo und wie er aufgefunden worden war. Hatte man ihn beschattet? Oder hatte jemand seine Strecke gekannt und ihm aufgelauert? Hatte er Duncan in Gefahr gebracht? Seine Frau versicherte ihm immer wieder, dass mit Duncan alles in Ordnung sei, aber er wurde das Gefühl nicht los, dass er nicht nur sich selbst in üble Schwierigkeiten gebracht hatte.

Er schlief wieder ein. Diesmal träumte er von Feuer, Furcht und Gesichtern aus der Vergangenheit. Als er aufwachte, stand sie am Fußende seines Bettes. »Warum bist du einfach weggegangen?«, fragte er.

Dann fiel ihm ein, dass das lange her war und dass er ja inzwischen wusste, warum sie an jenem Abend vor mehr als zwanzig Jahren davonmarschiert war und ihn allein im Pub hatte stehen lassen. Schlagartig wurde sein Verstand ganz klar, und er bekam Gänsehaut. Er tastete nach dem Kontrollgerät seines Bettes und richtete das Kopfteil auf, bis er ihr geradewegs in die Augen blicken konnte. Doch dann rutschte ihm die Tastatur aus der Hand und baumelte außer Reichweite am Ende des Kabels.

»Aber ich bin doch gerade erst gekommen«, entgegnete sie mit einem Lächeln.

»Woher hast du gewusst, dass ich wach bin?«, fragte er in einem Ton, der – wie er hoffte – nur beiläufiges Interesse verriet. Er erkannte, dass sie den Vorhang zugezogen hatte, der das Bett und den Großteil des Raums von der Tür abschirmte.

»Ein kleiner Vogel im Büro deines Freundes Tom hat es mir zugezwitschert.« Sie schüttelte den Kopf und schnalzte missbilligend mit der Zunge. »Oh, Denny. Hast du wirklich gedacht, ich merke nicht, dass du dir die Craig-Akten vorgenommen hast? Ich habe dich für schlauer gehalten. Warum kümmert es dich nach all der Zeit überhaupt, was mit Angus Craig passiert ist? Ich würde behaupten, er hat seine gerechte Strafe bekommen.«

»Niemand verdient es, ermordet zu werden. Nicht mal Angus. Und was war mit Edie, Lynn?« Die Fotos in der Ermittlungsakte hatten sich ihm ins Gedächtnis eingebrannt. Eine Welle von Zorn stieg in ihm auf und ließ ihn unter der dünnen Decke die Fäuste ballen, doch seine Stimme blieb ruhig. »War sie nur ein Kollateralschaden?«

»Angus Craig hatte allen Grund, Selbstmord zu begehen. Und es ist eine traurige Tatsache, dass wütende und verzweifelte Menschen oft diejenigen mit sich in den Tod reißen, die ihnen am nächsten stehen.« Evelyn Trent zuckte mit den Schultern, und er hätte schwören können, dass er hörte, wie dabei die Seide ihres äußerst kostspieligen Kostüms knisterte. »Das weißt du doch so gut wie ich, Denis.« Sie klang, als spräche sie mit einem begriffsstutzigen Kind.

Er sah die Frau an und wunderte sich, wie er sie je für eine Freundin hatte halten können. Als ihm zum ersten Mal der Verdacht gekommen war, dass sie hinter der zunehmenden Korruption in der Polizei steckte, war er davon ausgegangen, dass sie zu Beginn noch zu den Guten gezählt hatte. Aber jetzt wusste er, dass sie von Anfang an ein verfaulter Apfel gewesen war und dass sein Fehler darin bestanden hatte, das nicht zu erkennen.

»Ich weiß nur eins«, sagte er. »Was immer Angus Craig sonst getan haben mag, seine Frau hat er nicht umgebracht. Und auch nicht sich selbst.«

Lynn wirkte amüsiert. »Nicht einmal du könntest das aus der Ermittlungsakte herauslesen.«

»Er hat es mir selbst gesagt.«

»Was?« Zum ersten Mal sah sie überrascht aus. Und ungehalten. »Erzähl doch keinen Mist. Das kann er gar nicht.«

»Hat er aber. Ich war an dem Abend bei ihm. Ich wollte, dass er gesteht, was er Sheila angetan hat. Und wissen, ob sie die Erste war. Er hat mich ausgelacht und einen Idioten genannt. Er hat gesagt, du hast Sheila umgebracht. Dass er sich gerade von Mickey und den anderen im Pub verabschiedet hatte, als du ihn auf dem Pager angefunkt hast. Er wusste, dass es nicht Mickey war, der sie erdrosselt hat. Und ich auch nicht. Ich konnte ja kaum stehen, geschweige denn jemanden erwürgen.«

»Denis.« Sie schüttelte den Kopf, als wäre sie fassungslos. Gleichzeitig trat sie kaum merklich einen Schritt näher und ließ die Hand leicht auf dem Fußende des Bettes ruhen. »Du bist wirklich krank. Was für ein unglaublicher Blödsinn. Willst du vielleicht auch noch behaupten, ich hätte sie vergewaltigt?«

»Sie ist nicht vergewaltigt worden. Es gab keinerlei Anzeichen für sexuellen Missbrauch. Dass du so sorgsam ihren Rock zurechtgerückt hast, war nur Augenwischerei. Extra für mich.«

»Wirklich?« Lynn neigte den Kopf zur Seite. Eine Angewohnheit, an die er sich erinnern konnte. Früher hatte er diese Geste mal einnehmend gefunden. »Anscheinend hat dich der Schlag auf den Kopf komplett den Verstand gekostet. Aber selbst wenn nicht … Warum um Himmels willen hätte ich so was tun sollen?«

»Weil sie ein Spitzel war.« Er leckte sich die Lippen. »Ein Spitzel unter Spitzeln, eine Katze im Taubenschlag. Was für eine Ironie, findest du nicht? Und dann auch noch von Angus Craig persönlich eingeschleust – was wohl die allergrößte Ironie ist –, weil er nicht darauf vertraut hat, dass wir sauber bleiben. Wenn du dich zu sehr mit den Zielen deiner Protestgruppe identifiziert hast … Wem hättest du das anvertraut, wenn nicht der ewig fröhlichen Sheila, stimmt's? Aber bei dir war das anders. Du hast Sheila gar nicht selbst von deinem doppelten

Spiel erzählt. Davon, dass du von deiner Protestgruppe Geld für interne Polizeiinformationen abkassiert hast. Sie hat es erst erfahren, als einer deiner Aktivisten auch mit ihr ins Geschäft kommen wollte. Da du und Sheila unzertrennlich gewesen seid, hat er angenommen, ihr beide macht gemeinsame Sache. Sie muss versucht haben, mit dir darüber zu sprechen. Weil ihr Freundinnen wart. Aber eins hast du nicht gewusst, als du sie zum Schweigen bringen wolltest. Dass sie es Angus bereits erzählt hatte.« Allmählich wurde ihm die Kehle trocken. Behutsam griff er nach dem Wasserbecher und trank einen Schluck durch den Strohhalm. Dabei fragte er sich, ob er ihr das Wasser ins Gesicht spritzen könnte. Aber was würde ihm das schon nützen. Ihm zitterten die Hände.

»Angenommen, irgendwas von dem, was du sagst, wäre wahr.« Lynn betonte jedes einzelne Wort. »Warum hat er mich dann nicht aufgehalten?« Ihre Stimme klang immer noch kontrolliert, aber er sah, wie schnell sich ihr Brustkorb hob und senkte.

»Und seine ganze Special-Branch-Operation auffliegen lassen, in die er so viele Jahre investiert hatte?« Ein heiseres Lachen entrang sich seiner Kehle. »Aber er hatte sogar noch einen besseren Grund, es nicht zu tun. Er hatte etwas gegen dich in der Hand. Und das hat er in den zwanzig Jahren deines unaufhaltsamen Aufstiegs weidlich ausgenutzt. Beschwerden gegen ihn wurden ignoriert oder abgewiesen. Doch beim letzten Mal verlangte er zu viel, nicht wahr, Lynn? Er war erledigt und musste mit einer Anklage wegen Vergewaltigung und mindestens Totschlag rechnen. Er wollte, dass du ihn vor alldem beschützt. Und er hat dir damit gedroht, was passieren würde, wenn du es nicht schaffst. Angus Craig ist für dich genauso nützlich gewesen wie du für ihn, aber jetzt hattest du die Nase voll. Und du hattest Angst, dass er dir wirklich gefährlich werden könnte. Er war übermütig an diesem Abend. Absolut davon überzeugt, dass du dich für ihn einsetzen und alle seine Probleme aus dem Weg räumen würdest. Was du ja auch getan hast, nur nicht so, wie er sich das vorgestellt hat.« Denis betrachtete sie voller Abscheu. »Wer hat für dich die Drecksarbeit erledigt, Lynn?«

»Hör auf, mich so zu nennen«, fuhr sie ihn an, und es war klar, dass sie sich nun nicht mehr verstellte. »Ich heiße Evelyn. Habe ich immer schon. Was die Sache mit Angus anbelangt, dafür war dein alter Freund Mickey genau der Richtige. Er hat für ihn nie viel übriggehabt, besonders seit Angus ihn für dienstuntauglich erklärt hatte. Bei dir war Mickey ja leider nicht so erfolgreich. Aber wenigstens macht er jetzt keine Probleme mehr.«

»Tot?«

»Ja. Er hat geglaubt, er könnte seinen Führungsbeamten ausschalten. Wie dumm von ihm. Aber weil du nicht gestorben bist, fürchtete er – völlig zu Recht –, dass er ausgedient hat. Also hat er versucht, seine Haut zu retten. Wirklich zu schade, dass er dir keinen härteren Schlag verpasst hat.« Seufzend schüttelte sie den Kopf. »Es tut mir leid, dass du aufgewacht bist, Denis. Ganz ehrlich. Das kommt mir leider sehr ungelegen.«

Er zwang sich zu einem Lächeln. »Was willst du jetzt tun, Lynn? Mich mit einem Kissen ersticken?«

»Warum denn gleich so dramatisch, Denis?«, erwiderte sie mit unüberhörbarer Bosheit. Sie kam noch einen Schritt näher und beugte sich zu ihm vor. »Du weißt genau, dass ich das gar nicht tun muss. Weil du deine Frau liebst, Denny. Das war schon immer dein wunder Punkt. Ich glaube nicht, dass du damit leben könntest, wenn ihr etwas zustoßen würde.«

Er schüttelte den Kopf. Ein Fehler, wie er merkte, als der

Raum seitlich wegzukippen schien. Und es dauerte einen Moment, bis er sich wieder halbwegs gefasst hatte. »Das zieht bei mir nicht mehr, Lynn«, widersprach er. Aber gleichzeitig fiel ihm sein Traum wieder ein, das Feuer und die schreckliche Angst, und er wusste nicht, ob er wirklich standhaft bleiben würde.

Kincaid erreichte den Fahrstuhl und zögerte. Diane hatte gesagt, sie habe Tom Faith bereits verständigt. Wenn Denis dem Detective Chief Superintendent so sehr vertraute, war es dann dumm von ihm, es nicht auch zu tun?

Er wich eilig ein paar Schritte zurück, um die Fahrstuhltür nicht zu blockieren, und hielt ein wachsames Auge auf die Besucher, die von oben kamen oder hinauffuhren. Dann fällte er eine Entscheidung. Er suchte sich ein abgeschiedenes Eck und rief Tom Faith auf dem Handy an. Vielleicht war er dumm, aber nicht dumm genug, um sich in die Telefonanlage des Reviers einzuwählen.

Als Faith sich meldete, sagte Kincaid: »Diane hat mir gesagt, dass Denis wieder bei Bewusstsein ist. Ich bin im Krankenhaus. Hören Sie, Sir, vielleicht halten Sie mich ja für übergeschnappt, aber ich glaube, dass er Personenschutz benötigt. Ich werde es Ihnen erklären, aber könnten Sie in der Zwischenzeit …?«

»Ich mach mich sofort auf den Weg«, erwiderte Faith, »und bringe ein paar Streifenbeamten mit. Wenn ich da bin, können Sie mir erklären, was zum Teufel eigentlich los ist.« Damit war die Leitung tot.

Als er den Fahrstuhl nach oben nahm, checkte er, ob Doug oder Melody ihm eine Nachricht geschickt hatten. Fehlanzeige. Nicht, dass er damit gerechnet hatte, so bald schon wieder von ihnen zu hören, aber jetzt hatte er noch mehr das Gefühl, ganz alleine zu sein. Ein Schild neben der Stockwerksanzeige wies darauf hin, dass Telefonieren im Krankenhaus verboten war. Kincaid schaltete sein Handy stumm und steckte es in die Tasche.

Als die Lifttüren aufgingen, fragte er sich, was er zu Denis sagen würde. Er wusste ja nicht mal, wo er anfangen sollte.

Es war die Zeit am Nachmittag, während der im Krankenhaus am wenigsten Betrieb herrschte, und der Korridor war menschenleer. Als er vor der geschlossenen Tür stand, überlegte er kurz, ob er klopfen sollte, aber falls Denis schlief, wollte er ihn nicht aufwecken. Sachte drückte er die Klinke nach unten und trat so leise wie möglich in den Raum.

Kincaid bemerkte, dass der Trennvorhang zwischen Bett und Eingang zugezogen war. Als er Stimmengemurmel hörte, wollte er gleich wieder hinausgehen und abwarten, bis die Krankenschwester oder Hilfskraft ihre Arbeit beendet hatte. Aber dann hörte er Denis sagen: »Was immer Angus Craig sonst getan haben mag, seine Frau hat er nicht umgebracht. Und auch nicht sich selbst.«

Dann vernahm er eine Frauenstimme, konnte aber nicht verstehen, was sie sagte – bis auf das Wort »Ermittlungsakte«. Das Herz schlug ihm bis zum Hals, als ihm dämmerte, wen er da hörte.

Verdammt. Das war Trent. Sie hatte nicht Nick Callery geschickt, sondern war selbst gekommen. Einen Moment lang fühlte er sich wie erstarrt.

Die Stimmen wurden lauter. Jetzt konnte er auch Trent verstehen, und plötzlich wusste er, was zu tun war. Vorsichtig trat er dichter an den Vorhang heran und zog das Handy aus der Tasche. Als er die App für Sprachaufnahmen gefunden und aktiviert hatte, hoffte er inständig, dass sie das Gespräch auf der anderen Seite des Vorhangs mitschneiden würde. Dann verharrte er regungslos und wagte kaum zu atmen, während er das Handy hochhielt und mit wachsendem Entsetzen lauschte. Trents Absätze klackten auf dem Fliesenboden, und es schien, als nähere sie sich dem Bett.

Sie sagte: »Weil du deine Frau liebst, Denny. Das war schon immer dein wunder Punkt. Ich glaube nicht, dass du damit leben könntest, wenn ihr etwas zustoßen würde.«

Denis' erstickte Antwort konnte Kincaid nicht verstehen. Er geriet in Panik, riss den Vorhang beiseite und stürmte in den Raum. »Das reicht«, blaffte er. »Rühren Sie ihn nicht an.«

Evelyn Trent stand nur wenige Zentimeter vom Kopfende des Betts entfernt. Sie wirbelte herum, Überraschung verzerrte ihre Züge. Es schien, als brauchte sie einen Moment, bis sie Kincaid erkannte. »Sie? Was machen Sie denn hier? Raus!«

»Gehen Sie vom Bett weg«, entgegnete Kincaid ruhig.

Sie sah ihn an, und irgendwas in seinem Gesicht brachte sie dazu, wie gegen ihren Willen von Denis zurückzuweichen.

»Ich habe alles mitbekommen«, sagte Kincaid zu ihr. »Sie werden ihn nicht anrühren. Und auch nicht Diane.«

Doch er merkte, wie sie die Kontrolle über sich zurückgewann, und sah die Verachtung, die sie für ihn empfand. »Wirklich, Superintendent? Oder sind Sie nur noch Inspector? Sie sind doch erst vor Kurzem degradiert worden, nicht? Wegen Ihres unprofessionellen Verhaltens. Ich weiß nicht, was Sie gehört haben wollen. Aber ich kann mir gut vorstellen, dass man Sie bald aus medizinischen Gründen entlässt.«

»So wie Frank Fletcher?«, erwiderte Kincaid. Ihre zusammengekniffenen Lippen bewiesen ihm, dass er ins Schwarze getroffen hatte. »O ja, wir wissen über Fletcher Bescheid. Wir wissen über viele Dinge Bescheid.« Kincaid zog das Handy aus der Tasche und hielt es in die Höhe. »Und ich habe jedes Wort aufgezeichnet. Ach ja, und wissen Sie was?« Er bleckte die Zähne zu einem Grinsen. »Die Aufnahme läuft noch.«

Denis, der vor Erschöpfung ganz grau aussah, schaffte es, einen Daumen hochzurecken. »Guter Mann.«

Trent riss entsetzt die Augen auf. »Sie kleiner Scheißer!« Ihr Blick huschte panisch vom Handy zu seinem Gesicht und wieder zurück. Dann warf sie sich auf ihn. Im gleichen Moment platzte Chief Superintendent Faith herein.

Kincaid gelang es, Trent an den Handgelenken zu packen, als sie nach seinem Handy schnappen wollte. Keuchend drehte er ihr die Arme auf den Rücken und hörte, wie Denis sagte: »Du gehst Mr Kincaid besser zur Hand, Tom. Ich finde, der Deputy Assistant Commissioner hat für einen Tag schon mehr als genug Schaden angerichtet.

26

»Jetzt wissen wir aber immer noch nicht«, sagte Kincaid zu Gemma, als sie am Samstagmorgen bei ihrer zweiten Tasse Kaffee am Küchentisch saßen, »wieso Kate Ling Ryan Marshs Obduktionsbericht verfälscht hat.« Er hatte zwei Tage gebraucht, um Gemma auf den aktuellen Stand zu bringen, aber es würde noch eine Zeit dauern, bis sie alle Einzelheiten des Falls durchgesprochen hatten.

»Ich glaube immer noch, dass sie sich nur geirrt hat«, widersprach Gemma.

»Auf jeden Fall wird man ihre Urteilsfähigkeit anzweifeln. Das weißt du doch auch.«

Etwas in ihr sträubte sich gegen seinen sanften Ton. »Lass mich mit ihr reden. Ganz inoffiziell. Ich kann nicht glauben, dass sie zu Trents Netzwerk gehört hat.«

»Du meinst, du willst es nicht glauben.« Um einen Streit zu vermeiden, fügte er hinzu: »Ich doch auch nicht. Es schadet sicher nicht, wenn du mit ihr redest. Sie wird die Neuigkeiten über Trent ja inzwischen schon aus der Zeitung erfahren haben.«

Heute Morgen hatte der *Chronicle* auf der Titelseite über Trents Verhaftung berichtet und eine gründliche Untersuchung ihrer mutmaßlich korrupten und kriminellen Aktivitäten aus zwei Jahrzehnten angekündigt.

Kincaid versprach, Toby ins Ballett zu bringen und mit Charlotte in den Park zu gehen, und so parkte Gemma kurz nach Mittag ihren Wagen an der Fulham Road – nicht weit vom Chelsea and Westminster Hospital entfernt. Sie hatte Kate eine Nachricht auf die Mailbox gesprochen und um ein kurzes Treffen gebeten.

Gemma traf sie in ihrem Büro an, wo sie in Jeans und T-Shirt hin und her lief und Umzugskisten packte. Ihr fiel auf, dass sie Kate bislang immer nur im Medizinerkittel gesehen hatte. Unter ihrem dünnen Baumwoll-T-Shirt wirkte die Rechtsmedizinerin so zerbrechlich wie ein Vogel, und die Jeans schlackerte ihr um die Hüften.

Kate drehte sich um. »Gemma.« Lächelnd durchquerte sie den Raum und zog sie in eine herzliche Umarmung.

»Kate.« Gemma ließ den Blick über die offenen Schubladen und wackligen Stapel mit Büchern und Dokumenten wandern. Die Unordnung schockierte sie. »Was um alles in der Welt soll das hier?«

»Ich gehe weg.« Kate zuckte mit den Schultern. »Ich quittiere den Dienst.«

»Was? Warum?«

Kate strich sich die kerzengeraden glatten Haare aus der Stirn, um die Gemma sie immer beneidet hatte, und seufzte. »Vielleicht sollten wir uns besser hinsetzen.« Sie sah sich um, befreite einen Stuhl von einem vollen Karton und bedeutete Gemma mit einer Geste, darauf Platz zu nehmen. Dann lehnte sie sich an die einzige freie Ecke ihres Schreibtischs. »Ich habe dir doch von der Krankheit meiner Mutter erzählt.« Sie berührte ein paar silbergerahmte Fotografien, die im Gegensatz zum restlichen Inhalt des Zimmers ordentlich mit der Vorderseite nach unten auf dem Schreibtisch gestapelt waren. »Sie ist Donnerstag gestorben.«

»Oh.« Gemma wusste nicht, was sie sagen sollte. »Das tut mir sehr leid.«

»Sie hatte Krebs. Es war absehbar. Und sie ist ganz friedlich eingeschlafen.«

»Aber …« Gemma deutete auf den Schreibtisch. »Ich meine, ich kann mir denken, dass dir gerade alles zu viel ist. Aber warum das hier?«

»Ich muss mich um ihre Angelegenheiten kümmern, die … ziemlich kompliziert sind. Und ich muss mich erholen.«

Gemma erkannte, dass das stimmte. Sobald Kate sich entspannte, war ihr die Erschöpfung deutlich anzusehen, und in ihren dunklen Augen stand Müdigkeit.

»Warum wolltest du mich sprechen? Wegen der jungen Frau im Garten? Die DNA-Resultate liegen mir leider noch nicht vor.«

»Deshalb bin ich nicht hier.« Gemma zögerte, gab sich dann aber einen Ruck – sosehr es ihr auch widerstrebte, Kate jetzt mit dieser Angelegenheit zu konfrontieren. »Es geht um eine andere Autopsie, die du durchgeführt hast. Im Februar. An einem Mann namens Ryan Marsh.«

»O Gott«, flüsterte Kate. Sie schien in sich zusammenzusinken, und Gemma sah, wie sich ihre blasse Haut über die Wangenknochen spannte. Sie wirkte so geschwächt, dass Gemma sie drängte, auf ihrem Stuhl Platz zu nehmen. Dann räumte sie einen zweiten für sich frei und setzte sich daneben.

Sie tätschelte Kates Hand. »Es tut mir leid, dass ich dich so beunruhige, aber kannst du mir von dieser Autopsie erzählen?«

»Die Leiche wurde an mich überstellt«, begann Kate stockend. »Es sah wie ein ganz normaler Selbstmord aus. Ich fand es nur seltsam, dass man mich nicht an den Leichenfundort gerufen hatte. Und auch, dass ich einen Todesfall aus Hackney bearbeiten sollte. Aber das kommt manchmal vor, wenn der eigentlich zuständige Rechtsmediziner gerade überlastet ist. Dann kam ein Mann zu mir … Er sagte, er sei ein Detective, hat mir aber keinen Ausweis gezeigt. Erst war er richtig charmant, und ich hab mir nichts Besonderes dabei gedacht. Wir haben ein bisschen geplaudert. Dann hat er mich angelächelt und gesagt, dass ich den Fall sicher als Selbstmord deklarieren würde. Ich war verwirrt und hab ihn gefragt, ob er mehr darüber wüsste als ich. Da lächelte er wieder und meinte: ›Wenn Sie etwas anderes als Selbstmord zu Protokoll geben, wird Ihre Mutter die Wahrheit über Ihren Vater erfahren.‹« Kate holte tief Luft und presste sich die Finger gegen die Wangen. »Dazu musst du wissen«, fuhr sie nach einem Moment fort, »dass meine Mutter acht Jahre alt war, als sie aus China hierhergekommen ist. Sie stammte aus einer sehr strengen chinesischen Familie. Mein Vater … Er war dagegen ein Einwandererkind der dritten Generation. Die alten Werte bedeuteten ihm nichts. Aber für meine Mutter gab es nichts Schlimmeres, als Schande über die Familie zu bringen.«

»Ich verstehe. Und dein Vater hat etwas getan, was die Familienehre befleckt hätte?«

Kate nickte. »Er hat Spielschulden gemacht. Und in schlechte Immobiliengeschäfte investiert. Der Mann, dieser Detective, hat gesagt, dass ich tun soll, was er von mir verlangt, weil sonst all diese Schulden fällig würden. Mein Vater hätte Bankrott anmelden müssen, und die Ehre meiner Familie wäre ruiniert gewesen.«

Nach allem, was Kincaid ihr erzählt hatte, klang das für Gemma wie ein typischer Schachzug von Evelyn Trent. Sie musste für diesen Zweck auf Informationen zurückgegriffen haben, die sie bei ihren Immobiliengeschäften erfahren hatte. Und wie üblich hatte sie jemanden geschickt, der sich für sie die Hände schmutzig machte. »Kate, dieser Detective? Hat er dir seinen Namen genannt?«

Kate schüttelte den Kopf. »Nein. Er hat das alles übrigens nicht so mit der Brechstange formuliert. Was er sagte, klang eigentlich ganz vernünftig – zumindest anfangs. Und er sah so gut aus, und ich habe gedacht … Ich dachte, er …« Sie schüttelte den Kopf und errötete über dieses Eingeständnis. »Aber als ich merkte, was er von mir wollte, habe ich mich so gedemütigt gefühlt. Und wütend. Ich habe ihm gesagt, dass ich so urteilen würde, wie ich es für richtig halte. Da hat er nur wieder gelächelt und mir viel Glück gewünscht. Ich habe versucht herauszufinden, wer er war. Aber als ich die Autopsie erledigt hatte und wusste, das war kein Selbstmord … Da bekam ich Angst. Und je länger ich über diesen Detective nachgedacht habe, desto sicherer war ich, dass er tun würde, was er gesagt hatte. Hinter seinem Charme war er so eiskalt gewesen, und ich habe mich einfach nicht getraut, den Seelenfrieden meiner Mutter aufs Spiel zu setzen.« Sie wischte sich Tränen aus dem Gesicht. »Wer war dieser Tote, Gemma? Ich hab von ihm geträumt.«

Gemma zögerte, aber sie fand, dass Kate ein Recht hatte, es zu erfahren. »Er war ein Polizist, der sich geweigert hat zu tun, was diese Leute von ihm verlangt haben. Ich kann dir nicht sagen, ob du dich richtig entschieden hast oder nicht, Kate. Aber ich bin mir ziemlich sicher, dass sie ihre Drohung wahrgemacht hätten, wenn du dich ihnen widersetzt hättest. Und deine Weigerung hätte ihrem Opfer auch nicht geholfen.«

»Ich danke dir«, erwiderte Kate tonlos. Dann seufzte sie. »Aber dadurch wird das, was ich getan habe, auch nicht richtig. Ich habe meine Ehre genauso ruiniert wie mein Vater. Und ich wusste gleich, dass ich mit meinem Beruf nicht so weitermachen konnte wie bisher. Doch sobald ich hingeschmissen hätte, wäre meine Mum davon ausgegangen, ich hätte es wegen ihrer Krankheit getan. Aber jetzt …«

»Kannst du mir den Mann beschreiben, der dich bedroht hat?«, fragte Gemma.

Kate verzog das Gesicht. »Ich möchte eigentlich nicht darüber nachdenken. Aber ja.« Sie schloss einen Moment lang die Augen, offensichtlich auf die Erinnerung konzentriert. »In den Vierzigern. Gut gebaut.« Sie errötete wieder. »Insgesamt attraktiv, aber das Auffälligste waren seine frühzeitig ergrauten Haare. Auch seine Augen waren grau. Wenn ich jetzt daran zurückdenke, schüttelt es mich.«

»O verdammt«, sagte Gemma, als die Erkenntnis sie traf. »Das war Nick Callery.« Sie hatte seine Beschreibung oft genug gehört, und es bestand kein Zweifel. Kincaid hatte ihn den »grauen Geist« genannt. Callery war das Puzzlestück, das nicht so recht ins Bild passen wollte. Abgesehen von der Tatsache, dass er direkt für Evelyn Trent arbeitete, wussten sie nichts Genaues über ihn.

»Kennst du ihn?«, fragte Kate.

»Nein, nicht persönlich. Aber er berichtet an DAC Trent.«

»O Mann«, flüsterte Kate, als ihr klar wurde, was das bedeutete.

»Glaubst du, du könntest ihn auf einem Foto identifizieren, Kate?«

Kate nickte bedächtig. »Ganz sicher. Er ist niemand, den man so leicht vergisst.«

Gemma holte Atem. »Ich weiß, es ist ganz schön viel verlangt, aber würdest du bezeugen, was er von dir gefordert hat? Wenn du heute den *Chronicle* gelesen hast, kannst du dir ungefähr vorstellen, auf was du dich damit einlassen würdest.«

Kate versank eine ganze Weile in Schweigen. Dann stand sie auf und kehrte zu dem Karton zurück, den sie gerade gepackt hatte, als Gemma in ihr Büro gekommen war. Während sie einen weiteren Bücherstapel hineinhob, sagte sie schließlich mit rauer Stimme: »Ich liebe meinen Beruf. Und ich bin verdammt gut darin. Ich weiß nicht, was dieser Mistkerl sonst noch angestellt hat, aber er hat meine Redlichkeit auf dem Gewissen. Ja, ich werde todsicher gegen ihn aussagen.«

Die schweren Wohnzimmervorhänge fielen in einer Staubwolke zu Boden. Melody trat zurück und betrachtete zufrieden ihr Werk. Der dunkle Brokatstoff hatte bei ihrem Einzug bereits in der Wohnung gehangen, und sie hatte ihn immer gehasst. Sie hatte ihn hängen lassen, weil er praktisch war – wie ihre Mutter ihr jedes Mal ins Gedächtnis rief. Weil er verhinderte, dass die Sonne die Möbel ausbleichte und zudem die Straßengeräusche von der Portobello Road aussperrte.

»Zum Teufel mit den Straßengeräuschen«, sagte Melody jetzt laut und nieste, als ihr der Staub in die Nase stieg. Und sie *mochte* die Morgensonne. Sie riss die Fenster auf, um frische Luft in die Wohnung zu lassen, und ging dann einkaufen.

Zwei Stunden später kehrte sie vollbepackt mit Einkaufstüten zurück. An einem Stand unter dem Westway hatte sie bunte Sofakissen erstanden sowie zwei originale Fotoabzüge von der Portobello Road, die ihrer Meinung nach perfekt an die Wand mit den Fenstern passen würden.

Danach hatte sie Oliven und frisch gebackenes Brot, Käse, fangfrischen Fisch, Gemüse und einen ganzen Arm voll Tulpen besorgt.

In der Wohnung blieb sie weiter geschäftig, packte die Lebensmittel weg, hämmerte Nägel in die Wand und hängte die Fotos auf. Dann stellte sie die Blumen in eine Vase und deckte zuletzt ihren kleinen Esstisch mit dem Porzellangeschirr und den Kristallgläsern, die sie von ihrer Mutter bekommen hatte. Sie verstand nicht, warum sie das nicht schon früher getan hatte. Selbst als Andy da gewesen war, hatten sie ihre

Pizza oder Fish and Chips am Sofatisch gegessen. Als Belohnung für ihre Mühe bereitete sie sich eine Tasse Tee und setzte sich an die Einkaufsliste, die sie für ihren morgigen Ausflug mit Doug zum Garten-Center zusammenstellte. Laut Wetterbericht sollte morgen der perfekte Tag für Gartenarbeit werden.

Als es läutete, zuckte sie zusammen und verschüttete fast den Tee. Sie erwartete niemanden, und ihr Herz begann panisch zu pochen. Aber als sie zur Gegensprechanlage ging, hörte sie Duncans undeutliche Stimme. Sie betätigte den Haustürsummer und ließ den Blick ein wenig hektisch durch die Wohnung streifen. Er war noch nie hier gewesen. Keiner, außer Andy und ihren Eltern, war hier gewesen, nicht einmal Doug.

Als Kincaid einen Moment später an der Wohnungstür klingelte, schob sie den Riegel zurück und ließ ihn ein.

Er machte einen kleinen Schritt ins Wohnzimmer und schaute sich interessiert um. »Nett hast du's hier«, sagte er. »Die Wohnung passt zu dir. Und was für ein toller Ausblick.« Er trug Jeans, dazu ein Baumwollhemd und sah ein bisschen zerknittert aus. Als er merkte, wo sie hinsah, zupfte er sich ein trockenes Blatt aus den Haaren. »So ist das mit Kindern«, erklärte er. »Charlotte und ich waren im Park. Hör mal, Melody, es tut mir leid, dass ich dich so überfalle. Aber ich habe noch ein paar Minuten, bevor ich Toby vom Tanzen abhole, und ich will unbedingt mit dir sprechen.«

»Nein, das passt gut … Setz dich doch, bitte«, platzte sie heraus und schämte sich für ihre schlechten Umgangsformen.

Duncan ließ sich auf dem einzigen Sessel nieder, setzte sich jedoch ganz vorne an die Kante. In dieser Haltung sah er sehr groß aus und ungewohnt linkisch.

»Kann ich dir was anbieten? Tee oder Limonade?«

»Danke, nein. Ich möchte dich auch gar nicht lange aufhalten. Ich will mich nur bei dir dafür bedanken, dass du mit deinem Vater gesprochen hast.«

Melody wusste, dass Deputy Assistant Commissioner Trent derzeit wegen zahlreicher möglicher Anklagepunkte vernommen wurde, aber wahrscheinlich würde sich die Staatsanwaltschaft, zumindest zu Beginn, auf das Verbrechen beschränken, das man ihr am ehesten nachweisen konnte – den Mord an Detective Constable Sheila Hawkins.

Die Ermittler hatten 1994 unter Sheila Hawkins' Fingernägeln fremdes organisches Gewebe sichergestellt, doch Evelyn Trent hatte sich damals keinem DNA-Vergleich unterziehen müssen. Inzwischen hatte man das jedoch nachgeholt, und wenn man bedachte, was Trent im Krankenhaus zu Denis gesagt hatte, konnte man wohl von einem positiven Ergebnis ausgehen.

»Du hast uns eine Lebensversicherung verschafft«, sagte Kincaid. Es wird Monate oder vielleicht sogar Jahre dauern, bis wir endgültig wissen, wer noch alles unter ihrem Einfluss gestanden hat. An wie vielen Strippen sie gezogen hat. Hätte sich die Zeitung nicht eingemischt … Ich will gar nicht darüber nachdenken, was uns allen dann vielleicht passiert wäre.«

Melody nickte, wusste aber nicht, was sie dazu sagen sollte. Sie konnte es sich selbst denken, war aber noch nicht bereit, über die Verwicklung mit ihrem Vater zu sprechen.

»Wie geht's Andy?« Kincaid deutete auf den Esstisch. »Ich dachte eigentlich, er wäre immer noch auf Tournee.«

»Stimmt. Momentan ist er, glaube ich, in Norwegen.«

Donnerstagnacht hatte sich Andy endlich gemeldet und erzählt, dass ihm in Hannover sein Handy gestohlen worden war und dass es angesichts ihres Tourplans höllisch schwer gewesen sei, ein neues zu bekommen. Außerdem, hatte er mit hörbarer

Nervosität erklärt, sei ihre Tournee verlängert worden, mindestens um ein paar Wochen, vielleicht sogar noch mehr.

»Das ist schon okay«, hatte Melody erwidert. Und es auch so gemeint. Ihr war klar geworden, dass sie Zeit für sich allein brauchte. Um nachzudenken und vielleicht sogar um herauszufinden, wer sie war, wenn sie sich keine Gedanken um die Erwartungen anderer machte – oder sich gegen sie auflehnte.

Als sie nun Kincaids verwirrtem Blick zum Esstisch folgte, musste sie lachen. »Ja, ich habe eine Verabredung zum Abendessen, wenn du dich das fragst. Hazel Cavendish hat gemeint, wir sollten uns mal treffen. Also habe ich sie eingeladen.«

»Ach, schön«, entgegnete er, und sie spürte seine Erleichterung, dass er nicht in eine heimliche Affäre hineingeplatzt war. »Richte ihr bitte liebe Grüße von uns aus. Es ist Zeit, dass wir uns auch mal wieder mit ihr treffen.« Er stand auf. »Aber jetzt will ich dir nicht mehr länger die Zeit stehlen.«

Aber als sie ihn zur Tür brachte, zögerte er und sagte dann: »Ich weiß nicht, ob ich das wirklich tun sollte, Melody. Aber als ich auf Ryans Insel war, habe ich das hier gefunden.« Er griff in eine Tasche seiner Jeans und zog ein blaues Tuch hervor. Es war zu einem ordentlichen Rechteck gefaltet. »Ich dachte«, sagte er, als er es ihr reichte, »du möchtest es vielleicht haben.«

Melody nahm den Stoff in die Hand. Noch ehe sie ihn auseinandergefaltet hatte, wusste sie, was es war. »Ja«, flüsterte sie und strich Ryans Kopftuch mit den Fingern glatt. »Sehr gerne. Danke schön.«

Kate Ling hat aus dem richtigen Grund das Falsche getan, dachte Gemma, während sie durch Kensington nach Hause fuhr. Würde sie es sich irgendwann verzeihen können? Gemma hoffte es.

Aber all die Grübeleien über Kate Ling halfen ihr nicht bei

der Frage, ob sie ebenfalls aus dem richtigen Grund etwas Falsches getan hatte.

Als sie gerade aus dem Krankenhaus gegangen war, hatte MacKenzie Williams sie angerufen. Das Ergebnis ihrer Ermittlungen hatte MacKenzie erschüttert. Sie meinte, es sei ihre Schuld, dass Gemma in diesen Fall hineingeraten war. Außerdem fühlte sie sich betrogen und angewidert von der Frau, die sie für eine Freundin gehalten hatte und die zu so einer schrecklichen Tat fähig gewesen war. Und genau wie Gemma machte sie sich Sorgen um Jess.

»Lass mich heute auf deine Kinder aufpassen«, bot sie an. »Als kleine Wiedergutmachung. Und du gehst mit Duncan nett essen. Ihr braucht mal eine Pause, nur für euch beide.«

Gemma musste ihr recht geben. Sie und Duncan hatten zwar mittlerweile miteinander geredet, waren aber immer wieder von kleineren Familienkrisen unterbrochen worden oder zu erschöpft gewesen, um mehr als nur die Oberfläche anzukratzen. Sie verstand inzwischen, warum er Dinge vor ihr geheim gehalten hatte. Und auch, warum er eher Doug und Melody als sie um Unterstützung gebeten hatte. Aber dieses Verständnis hatte nicht die Kluft überbrücken können, die sich zwischen ihnen aufgetan hatte. Sie fühlte, dass sie da war, genau wie der Ärger, der einen harten Knoten in ihrer Brust bildete.

Als sie in Notting Hill Gate ankam, sah sie auf die Uhr im Armaturenbrett. Tobys Ballettkurs war vorüber, und Duncan würde ihn mittlerweile abgeholt haben. Die Kinder waren sicher schon zu Hause. Sie musste ein paar Sachen im Haushalt erledigen und einkaufen gehen. Und dann musste sie noch entscheiden, was sie zum Abendessen tragen wollte.

Aber zuerst hatte sie noch etwas Wichtigeres vor.

Gemma parkte den Wagen am Powis Square und durchquerte den dicht belaubten Vorgarten des Tabernacle. Hier sah es exakt wie am vergangenen Samstagnachmittag aus, mit Familien, die etwas aßen, während die Kinder spielten, und Gemma hätte schwören können, dass an einem Tisch sogar derselbe Hund festgebunden war.

Sie betrat den roten Ziegelbau und stieg die Stufen hinauf, bis zum Treppenabsatz im ersten Stock, wo es mit einem Mal ganz still war. Eine Weile blieb sie vor den Türen stehen, die in den Vorraum des Tanzstudios führten, nicht sicher, ob sie eine Enttäuschung ertragen würde. Aber sie sagte sich, dass sie jetzt schon so weit gekommen war und dass es albern wäre, einfach wieder umzukehren. Also stieß sie die Türen auf.

Der Vorraum lag verlassen da, doch aus dem Studio drangen die dumpfen Töne eines Klaviers. Durch das Glasfenster in der Studiotür sah sie Gestalten, die sich zur Musik bewegten. Kinder, die Mädchen in Trikots, die wenigen Jungen in den vertrauten weißen T-Shirts und schwarzen Leggings. So würde Tobys Kurs in ein paar Jahren vielleicht auch aussehen. Diese Tänzerinnen und Tänzer waren größer, ihre Körper weiter entwickelt, und ihre Bewegungen wirkten ebenso präzise wie elegant.

Und dort, inmitten der wirbelnden Körper, entdeckte sie ihn. Die hellbraunen Haare flogen in einem Kranz um seinen Kopf, während er sich mit freudig konzentrierter Miene um die eigene Achse drehte.

Sie wandte sich rasch ab, damit er sie nicht sah.

Doch den ganzen Weg die Treppe hinunter, zum Auto hinaus und auch noch lange danach blieb sein Anblick in ihr Gedächtnis eingebrannt.

Jess würde sich erholen.

Gemma hatte sich für ein Lokal der italienischen Restaurantkette Carluccio's entschieden, das nur ein kleines Stück von der Kensington High Street entfernt lag. Es war immer noch warm genug, um an einem der Tische im Freien zu sitzen. »Du hättest dir auch etwas Schickeres aussuchen können«, hatte Kincaid sie geneckt. Aber Gemma hatte gesagt, für sie sei es vornehm genug und dass sie schon länger vorgehabt habe hierherzukommen, wenn das Wetter es zuließe.

Sie aßen Hühnerleberpastete mit einem Relish aus roten Zwiebeln, anschließend Spinatravioli, und dazu tranken sie gekühlten Prosecco. Als der Kellner die Teller abräumte, lehnte Kincaid sich zurück und betrachtete Gemma im weichen Dämmerlicht. Sie trug ein blaugrün und korallenrot gemustertes Sommerkleid, zu dem sie sich eine weiße Strickjacke über die Schultern gelegt hatte. Die Sommersprossen, die die Sonne am letzten Wochenende auf ihre Haut gezeichnet hatte, verblassten bereits wieder, und er vermisste sie schon jetzt.

Gemma vermisste er auch, mehr, als ihm bewusst gewesen war, aber er hatte keine Ahnung, wie er ihr das sagen sollte.

Als der Kellner wiederkam, um ihre Dessertbestellung aufzunehmen, bot er ihnen einen Limoncello aufs Haus an. Gemma schüttelte kurz und nachdrücklich den Kopf, und Kincaid bestellte stattdessen zwei Kaffee.

»Denis ist wieder zu Hause«, sagte er, als sie die Kaffeesahne in ihren Tassen verrührten. »Ich habe heute Nachmittag mit ihm gesprochen.«

»Wir sollten ihnen etwas vorbeibringen«, sagte Gemma. »Vielleicht morgen, wenn er sich kräftig genug fühlt.«

»Solange es keine *verdammten Blumen* sind«, sagte er und machte dabei Denis nach, wenn er in besonders gereizter Stimmung war. »Er hat gesagt«, fuhr er dann fort, wobei er jedes

Wort sorgfältig abwägte, »dass bei der Met jetzt sicher einige Köpfe rollen werden. Und dass man beim Yard gute Polizisten brauchen wird.«

Gemma sah ihn mit unbewegter Miene über den Tisch hinweg an. »Er bietet dir deinen alten Job wieder an?«

»Oder eine Auswahl von Jobs, so wie ich ihn verstehe.« Sie saßen einander so nahe, dass er leicht ihre Hand hätte berühren können, mit der sie die Tasse hielt. Aber er tat es nicht.

»Wirst du darauf eingehen?« Kincaid hätte immer noch nicht sagen können, was sie dachte.

Er wandte den Blick ab und versuchte, seine Empfindungen in Worte zu fassen. Nach einem Moment sagte er: »Nein, ich glaube nicht. Mir gefällt es da, wo ich bin. Ich mag die Leute, mit denen ich zusammenarbeite. Na ja, mal abgesehen von diesem Trottel Sweeney.« Tom Faith hatte ihnen erzählt, dass Sweeney just in dem Moment mit einem Memo in sein Büro hereinmarschiert war, als er mit Denis im Krankenhaus telefoniert hatte. DC Sweeney war jetzt vom Dienst suspendiert, solange seine Aktivitäten und Verbindungen untersucht wurden. »Er ist mir von Anfang an nicht ganz koscher vorgekommen«, sagte Kincaid und rührte noch einmal seinen Kaffee um. »Na ja, egal. Auf jeden Fall möchte ich nicht, dass es so wirkt, als würde ich von dem Schaden profitieren. Und von politischen Verwicklungen habe ich endgültig die Nase voll.«

Gemmas Mundwinkel hoben sich zu einem Lächeln, und diesmal brachte es auch ihre Augen zum Leuchten. »Das freut mich. Meiner Meinung nach wäre das auch ein Schritt zurück. Aber was ist mit Doug? Willst du ihn weiter bei der Dateneingabe im Yard versauern lassen? Er ist ein viel zu guter Detective, als dass man auf ihn verzichten könnte.«

Kincaid zuckte mit den Schultern. »Vielleicht ist das Wohlwollen von denen da oben ja so groß, dass sie eine Stelle in Holborn für ihn finden.«

»Ach du meine Güte. Ich sehe förmlich vor mir, wie er und Jasmine Sidana sich die Köpfe einschlagen.« Gemma lachte, und er konnte sich gar nicht mehr erinnern, wann sie zum letzten Mal so glücklich geklungen hatte.

»Es tut mir leid«, stieß er rasch hervor. »Es tut mir leid, dass ich Geheimnisse vor dir hatte.« Er griff über den Tisch und streichelte ihre Hand, ehe er sie umfasste. Als sie sie nicht wegzog, sagte er: »Es wird nicht wieder vorkommen.«

»Versprochen?« Sie sah auf und hielt seinen Blick fest.

»Ja, versprochen. Aber es gibt da noch was, was ich dir erzählen muss.« Als er spürte, wie sie sich anspannte, drückte er ihre Hand und grinste. »Bevor ich aus Nantwich weggefahren bin, habe ich mich lang und breit mit meiner Mum unterhalten. Sie meint, wir sollten darüber nachdenken, ob wir ihnen nicht den Buchladen abkaufen wollen.«

»Was?« Gemma sah ihn mit offenem Mund an. »Niemals. Du willst dich nur über mich lustig machen.«

»Nein, es stimmt. Kannst du dir nicht vorstellen, wie wir beide ein ruhiges Leben auf dem Land führen?«

»Hör auf damit«, sagte Gemma und schüttelte den Kopf, entzog ihm aber immer noch nicht die Hand. »Erzähl nur Kit nichts davon.«

»Wieso nicht?«

Gemma nahm mit der freien Hand den Löffel und rührte ihren Kaffee um, der mittlerweile bestimmt schon ganz kalt war. »Ich habe ihm, äh, so gut wie versprochen, dass wir in den Ferien dorthin fahren. Er will deine Mum und deinen Dad sehen.«

»Na schön. Das machen wir. Ich will sie auch sehen. Und ich werde Kit bestimmt nicht irgendwelche Flausen in den

Kopf setzen, dass wir da hinziehen.« Er ließ den Finger zu ihrem Handgelenk gleiten, wo er ihren Pulsschlag fühlte. »Aber jetzt«, sagte er leise, »möchte ich erst mal heim.«

Danksagungen

Dieses Buch gäbe es nicht ohne eine ganze Sippe britischer Freunde, die mir mit Einsichten, Ideen und großer moralischer Unterstützung zur Seite gestanden haben: Kate Charles, Barb Jungr, Kerry Smith, Abi Grant, Steve Ulathorne und vor allem Karin Salvalaggio, meine unermüdliche Gefährtin auf der Suche nach dem perfekten Pub.

Großer Dank geht an meine Freunde, die das Buch in verschiedenen Phasen gelesen und mir unschätzbare Ratschläge gegeben haben: Gigi Norwood, Kate Charles, Marcia Talley und ganz besonders Diane Hale, die von der allerersten Szene an mit an Bord war und mein Figurenpersonal oft besser kennt als ich selbst.

Ein ganz besonderer Dank gilt Caroline Todd, die mich mit ihrer enthusiastischen Energie permanent dazu antreibt, *schneller zu schreiben.*

Meine Jungle Red Writers haben mich auf dem gesamten Weg begleitet. Für eure Freundschaft und unsere Online Community bin ich jeden Tag dankbar: Rhys Bowen, Lucy Burdette, Hallie Ephron, Susan Elia MacNeal, Hank Phillipi Ryan und Julia Spencer-Fleming. Die Reds rocken!

Marian Gracis und Edward und Thomas Miller waren so freundlich, mir ihre Namen auszuborgen.

Die Illustratorin Laura Maestro hat erneut eine großartige Vorsatzkarte beigesteuert, die dem Buch und seinen Figuren auf charmante Weise Leben einhaucht.

Wie immer danke ich meiner Agentin Nancy Yost für ihre Geduld (und dafür, dass sie mich zu dem Welpenfoto ermutigt hat!).

Und natürlich bedanke ich mich ganz besonders herzlich beim erstklassigen Team von William Morrow: Carrie Feron, Tavia Kowalchuk, Danielle Bartlett, Lynn Grady, Liate Stelik und noch vielen anderen mehr.

Meine Lieben zu Hause, Rick Wilson, Kayti und Michael Gage und meine süße Enkelin Wren, euch umarme und küsse ich voller Dankbarkeit.

Deborah Crombies

höchst erfolgreiche Romane um Superintendent Duncan Kincaid und Inspector Gemma James von Scotland Yard wurden mit dem »Macavity Award« ausgezeichnet und für den »Agatha Award« und den »Edgar Award« nominiert. Die Autorin lebt mit ihrer Familie im Norden von Texas, verbringt aber viel Zeit in England, wo ihre Romane angesiedelt sind. Weitere Informationen zur Autorin unter www.deborahcrombie.com.

Deborah Crombies Romane mit Duncan Kincaid und Gemma James in chronologischer Reihenfolge:

Das Hotel im Moor (auch als E-Book erhältlich)
Alles wird gut (auch als E-Book erhältlich)
Und ruhe in Frieden (als E-Book erhältlich)
Kein Grund zur Trauer (als E-Book erhältlich)
Das verlorene Gedicht (auch als E-Book erhältlich)
Böses Erwachen (als E-Book erhältlich)
Von fremder Hand (als E-Book erhältlich)
Der Rache kaltes Schwert (auch als E-Book erhältlich)
Nur wenn du mir vertraust (als E-Book erhältlich)
Denn nie bist du allein (auch als E-Book erhältlich)
So will ich schweigen (auch als E-Book erhältlich)
Wen die Erinnerung trügt (auch als E-Book erhältlich)
Wenn die Wahrheit stirbt (als E-Book erhältlich)
Die stillen Wasser des Todes (als E-Book erhältlich)
Wer Blut vergießt (auch als E-Book erhältlich)
Wer im Dunkeln bleibt (auch als E-Book erhältlich)
Beklage deine Sünden (auch als E-Book erhältlich)

GOLDMANN
Lesen erleben

Unsere Leseempfehlung

704 Seiten
auch als E-Book
und Hörbuch
erhältlich

Nach einer Reihe von Alleingängen droht Barbara Havers nun die Strafversetzung, die sie mit Unterstützung von DI Thomas Lynley verhindern will. Da kommt ihr ein Todesfall in Cambridge gerade recht: Die Bestsellerautorin Clare Abbott wurde tot in ihrem Hotelzimmer aufgefunden. Clares Freundin und Lektorin Rory Statham ist fest davon überzeugt, dass es sich um Mord handelt. Barbara glaubt ihr und ermittelt auf eigene Faust. Als kurz darauf auch Rory Opfer eines Anschlags wird, bestätigt sich Barbaras Ahnung. Und sie und Lynley werden in ein vielschichtiges und perfides Verbrechen verwickelt …

Unsere Leseempfehlung

416 Seiten
Auch als E-Book
und Hörbuch
erhältlich

Ein abgelegenes Bauernhaus in Somerset: Zwei Frauen werden Opfer eines brutalen nächtlichen Doppelmordes. Da die Ermittlungen der Polizei ins Leere laufen, bittet Chief Superintendent Ronnie Cray den erfahrenen Psychologen Joe O'Loughlin um Hilfe. Es gibt mehrere Tatverdächtige, doch als eine weitere Leiche auftaucht, mehren sich die Anzeichen, dass ein gestörter und äußerst gefährlicher Serientäter sein Unwesen treibt. Jemand, der auf einem Rachefeldzug für längst vergangenes Unrecht ist. Und der vor nichts und niemandem haltmacht, auch nicht vor O'Loughlins Familie ...